U0511197

中古文学论丛及其他

马自力　著

创于1897　商务印书馆　The Commercial Press
2013 年·北京

图书在版编目(CIP)数据

中古文学论丛及其他/马自力著. —北京:商务印书馆,2013

ISBN 978 - 7 - 100 - 08717 - 9

I. ①中… Ⅱ. ①马… Ⅲ. ①古典文学—文学研究—中国—文集 Ⅳ. ①I206.2 - 53

中国版本图书馆 CIP 数据核字(2011)第 223448 号

中古文学论丛及其他

马自力　著

商 务 印 书 馆 出 版
(北京王府井大街 36 号　邮政编码 100710)
商 务 印 书 馆 发 行
三河市尚艺印装有限公司印刷
ISBN　978 - 7 - 100 - 08717 - 9

2013 年 12 月第 1 版　　　　　开本 640×960　1/16
2013 年 12 月北京第 1 次印刷　印张 33 1/2

定价:100.00 元

目　录

中国古代清淡诗风与清淡诗派

> 贵贱虽异等，出门皆有营。独无外物牵，遂此幽居情。
> 微雨夜来过，不知春草生。青山忽已曙，鸟雀绕舍鸣。时与
> 道人偶，或随樵者行。自当安蹇劣，谁谓薄世荣。[①]

这一首唐代韦应物的《幽居》，作于诗人辞官别秩闲居郊外之时。诗中充满了浓郁的东方情调：那早春细雨中的诗情画意，那达观通脱的人生态度，那古雅清淡的气韵风致，构成了一幅典型的中国士人心灵图卷。在中国诗史上，这类作品屡见不鲜，这类诗的作者也不乏其人；而在中国古代诗论家的心目中，这类作品和诗人则已被奉为某种审美理想的尺度或规范。

这些诗人的名字频频出现于历代诗评中，而且，传统诗论赋予他们的角色评价常常是五光十色、丰富多彩的：以他们的始祖和总代表陶渊明而言，从他身后不久的梁代起，就有钟嵘在其《诗品》中追认他为"古今隐逸诗人之宗"；到了隋代，又有王通在《文中子中说》中封他为"放人"；宋人徐铉和葛立方更推他为"逸民"[②]、

---

① （唐）韦应物著，陶敏、王友胜校注：《韦应物集校注》（增订本）卷8，上海古籍出版社2011年版，第502页。

② （宋）徐铉：《送司桐庐序》，《徐公文集》卷24，《四部丛刊初编》，上海商务印书馆1929年版，集部，第132册，第165页。

"第一达磨"①；而在清人吴淇、顾炎武、龚自珍的眼里，陶渊明又成了"圣贤之人"②、"有志天下者"③、"卧龙豪"④。又如柳宗元，南宋刘克庄赞扬他复兴"雅道"，是"本色诗人"⑤；而清人乔亿则指出他长于"哀怨"，视其为"骚人之苗裔"⑥。此外，王维身兼"高人"⑦、"卧龙"⑧、"神仙侣"⑨三任，张九龄、孟浩然、常建、储光羲、韦应物、梅尧臣、王士祯等，也分别被标上诸多名号。这种颇有意味的文学现象，一方面说明他们在文学史上占有重要的地位，从而成为诗论家们广泛注意的对象；另一方面又显示出他们具有非他人能够比拟的丰富性和复杂性，以至于在同一人身上出现了上述诸多看似抵牾难合的角色评价。

尽管如此，他们还是被诗评家们拈出，在某种审美尺度下被组合成一个凌跨几个朝代的诗人群，并由此对诗歌创作和审美理论产生了深远的影响，这在中外文学史上是罕见其例的。于是，其间奥秘，便很有深入探究一番的必要。

---

① （宋）葛立方：《韵语阳秋》卷 12，（清）何文焕辑：《历代诗话》，中华书局 1981 年版，第 575 页。

② （清）吴淇：《六朝选诗定论》卷 11，广陵书社 2009 年版，第 292 页。

③ （清）顾炎武：《菰中随笔》，《丛书集成初编》，中华书局 1985 年版，第 348 册，第 38 页。

④ （清）龚自珍：《龚自珍全集》，中华书局 1959 年版，第 521 页。

⑤ （宋）刘克庄著，王秀梅点校：《后村诗话》前集卷 1，中华书局 1983 年版，第 226 页。

⑥ （清）乔亿：《剑溪说诗》卷上，郭绍虞编选，富寿荪校点：《清诗话续编》，上海古籍出版社 1983 年版，第 1081 页。

⑦ （唐）杜甫著，（清）仇兆鳌注：《解闷十二首》其八："不见高人王右丞。"《杜诗详注》卷 17，中华书局 1979 年版，第 1516 页。

⑧ （唐）储嗣宗：《过王右丞书堂二首》其一："澄潭昔卧龙。"（唐）王维著，（清）赵殿成笺注：《王右丞集笺注》附录，上海古籍出版社 1998 年版，第 507—508 页。

⑨ （明）李日华：《读右丞五言》："紫禁神仙侣。"（唐）王维撰，（清）赵殿成笺注：《王右丞集笺注》附录，上海古籍出版社 1998 年版，第 508 页。

一、清淡诗派的角色特征

相互一致的角色特征，是清淡诗派成员走到一起的外在依据。

众所周知，屈原以他光耀千古的抒情长诗《离骚》奠定了自己在中国文学史上的崇高地位；同时，也向人们昭示了他积极进取、百折不挠、九死不悔的处世方式和人生态度。杜甫一生追求理想政治，批判黑暗现实，自称"葵藿倾太阳，物性固难夺"（《自京赴奉先县咏怀五百字》）；陆游虽自号放翁，却始终心系"扫胡尘"、"靖国难"，以至于到了晚年，仍然"尚思为国戍轮台"（《十二月四日风雨大作》），他们堪称入世型诗人的代表。作为批判现实的诗人，他们虽然也曾行吟泽畔、筑堂花溪、僵卧荒村①，但他们的行事与心态既不同于佯狂避世的楚狂接舆，又与自号华阳隐居的山中宰相陶弘景迥然相异。也就是说，他们除了富有这类诗人特有的浓烈感情外，更不乏政治家忧时悯世的胸襟怀抱。其角色特征在于"入世"二字。

与入世相对的自然是出世。在中国封建社会，出世之人除了宗教徒而外，大量存在的恐怕就是被称为"幽人"、"逸民"的隐士了。从《后汉书》开始，历代史书就专设隐逸传记载隐士行事。《新唐书》的作者欧阳修、宋祁把隐士划为三种类型：

> 古之隐士，大抵有三概：上焉者，身藏而德不晦，故自放草野，而名往从之，虽万乘之贵，犹寻轨而委聘也；其次，挈治世具弗得伸，或持峭行不可屈于俗，虽有所应，其于爵

① 屈原遭逢被疏，流放江南，行吟泽畔，笑傲沧洲；杜甫辞官入蜀，卜居花溪，营建草堂；陆游被劾去职，归老故乡，有"僵卧荒村不自哀"的诗句。

禄也，泛然受，悠然辞，使人君常有所慕企，怊然如不足，其可贵也；末焉者，资槁薄，乐山林，内审其才，终不可当世取舍，故逃丘园而不返，使人常高其风而不敢加訾焉。且世未尝无隐，有之未尝不旌贲而先焉者，以孔子所谓"举逸民，天下之人归焉。"①

在这里，第一类有德行而不受万乘之聘的隐士和第三类乐山林逃丘园不与世事的隐士比较符合历史上的真实情况，他们是所谓"真隐"。比如许由闻尧欲让天下于己而到河边洗耳；庞公与其妻躬耕畎亩，不受官禄，后来采药入鹿门山，不知所终等等。至于第二类，严格地说，不能算作真正的隐士，他们或怀才不遇，或不合流俗，对于出处辞受，完全持一种听其自然的态度，当仕则仕，当隐则隐。所以，后来的史书隐逸传，就把这一类人排除在外，而专以终身不仕而又有世名当作划分隐士的标准了。总之，隐士的角色特征，在于"出世"二字。

较之入世型诗人屈原、杜甫、陆游等和出世的逸民隐士，以陶渊明为始祖和代表的诗人群自有其角色特征。他们与上述两类人在某些方面同中有异，异中有同。与入世型诗人比较，二者在受儒家修齐治平思想的影响方面是一致的；但是，陶渊明等人在出处语默方面远远不如屈原、杜甫、陆游等那么执着，他们并没有把魏阙庙堂当作人生的唯一目标。在他们看来，江海山林同样具有非同寻常的吸引力。尤其在宦海沉浮与洁身自好、人格独立、心理平衡发生冲突的情况下，江海山林势必将会成为他们赖以栖息的精神家园。

---

① 《新唐书》卷196，中华书局1975年版，第5593—5594页。

　　与隐士逸民比较，二者在追求洁身自好、人格独立和心理平衡方面是一致的；而其不同之处在于，隐士逸民既以此种人生态度处世生存，更以此种处世方式成名立身，因而他们可以被视为洁身自好、人格独立和心理平衡的物化或象征，而陶渊明等人虽然把它作为一种生存方式，但并不把它当作唯一的生存方式。在出处进退方面，陶渊明等人基本上持听其自然的态度，当仕则仕，当隐则隐；但这并不排除发生在他们内心的激烈的冲突。这种内心冲突往往在相互对立的两极因素中展开，比如穷通、贵贱、荣枯、悲乐、自由与樊笼、纵浪大化与投身纷纭等等。矛盾冲突的结果，是产生或仕或隐的现实抉择。对于隐士逸民来说，这种内心冲突是不存在的，至少在他们隐逸山林之前就已经消解；而对于陶渊明等人来说，这种冲突却时时伴随着他们的人生的各个阶段，无论入世还是归隐，都无法摆脱，从而他们吟咏性情、描绘自然的诗歌，便可视为其纷繁复杂心态的真实写照。

二、清淡诗派形成的心理基础

　　在文学史上，每个诗派或诗人群的产生和形成，无不有其内在的心理基础；以陶渊明为首的诗人群也不例外。不过，作为一个独特的诗人群，其产生和形成的心理基础自然有与众不同的特点。一般诗派或诗人群的产生和成立，除了一定的纲领宗旨、组织形式外，主要依靠相互认同这一心理基础；或者说只要有彼此间的相互认同和文学交往，就可以初步构成一个诗派或诗人群，如建安七子、江西诗派等。这样的诗派或诗人群，通常是成员共处于同一时代，其创作或开一代诗风，或被视为一代诗风的标志。

而以陶渊明为首的诗人群，其成员并不共处于一朝一世，也没有某种纲领宗旨、组织形式，他们的创作不被认为是开了一代诗风，或被视为某一代诗风的标志；他们所以构成一个诗人群，成为一种诗风的代表，主要是历史选择或历史认同的结果。如同他们分处于几个不同时代一样，他们的创作被认为是凌跨时代的，被视为中国诗歌审美理想的代表或标志。当然他们自身之间，也有着凌跨时代的相互认同。从这个角度看，以陶渊明为首的诗人群，其产生和形成的心理基础，是相互认同和历史认同的统一。

中华民族历来就有尊古重史的传统。历史既可以是一种工具，可借以知兴替、明得失，把握事物盛衰之道；历史也可以是一种人格，可借以法先王、追前贤，标举某种理想人格及其生成化育的一切。人格化的历史传统对于文化传播的作用，是十分重要而深刻的。首先，它依靠的是对某种理想人格的认同，这种理想人格从观念、情趣等方面对人们发生潜移默化的影响，使人对其产生一种奇特的情感共振，具有相当的凝聚力和感染力；其次，这种理想人格本身又是十分朦胧和含混的，作为理念与形象的结合体，它仿佛某种文学意象或意境，具有多义性，这就给人们的阐释留下了相当的空间。可以说，对理想人格的追求，造成了中国古代文化传播与发展的独特机制——以复古为革新，托古以行其道。这种机制在文学领域里的表现，便是学古与通变的统一。

陶渊明等人是典型的尊崇传统、对往古社会和先民有浓厚兴趣和感情的一群。在这方面，陶渊明具有无可争议的代表性。陶渊明一生经历了几次出仕和归隐，无论是出还是处，他的诗中都少不了往古社会的氛围和怀古的情调。在他生命的调色板上，"遥遥望白云，怀古一何深"（《和郭主簿二首》其一）与"采菊东篱下，悠然见南山"（《饮酒二十首》其五）是两种相近而不可或缺的底色。从某种角度来说，"遥遥望白云"甚至可以成为"采菊东篱下，悠然见南山"的心理底蕴。当他与邻人朋友来往时，是"谈谐无俗调，所说圣人篇"（《答庞参军》），"邻曲时时来，抗言谈在昔"（《移居二首》其一）；当他独处衡门时，是"但恨殊世，邈不可追"（《时运》），"拥怀累代下，言尽意不舒"（《赠羊长史》）。究竟是什么使他如此萦系于怀、悠思难忘呢？且看他的内心独白：

> 延目中流，悠想清沂。童冠齐业，闲咏以归。我爱其静，寤寐交挥。（《时运》）
> 悠悠上古，厥初生民。傲然自足，抱朴含真。（《劝农》）
> 羲农去我久，举世少复真。（《饮酒二十首》其二十）①

这是对先民任真自得的生活的追思；

> 先师遗训，余岂云坠。四十无闻，斯不足畏。（《荣木》）
> 先师有遗训，忧道不忧贫。（《癸卯岁始春怀古田舍二首》其二）
> 道丧向千载，今朝斯复闻。（《示周续之祖企谢景夷三郎时三人共在城北讲礼校书》）
> 道丧向千载，人人惜其情。（《饮酒二十首》其三）②

这是对古道沦丧的叹惋；

---

① 以上三首，分别见（晋）陶渊明著，逯钦立校注《陶渊明集》卷1、卷1、卷3，中华书局1979年版，第14、24、99页。
② 以上四首，分别见（晋）陶渊明著，逯钦立校注《陶渊明集》卷1、卷3、卷2、卷3，中华书局1979年版，第16、77、46、88页。

　　历览千载书，时时见遗烈。(《癸卯岁十二月中作与从弟敬远》)

　　遥遥沮溺心，千载乃相关。(《庚戌岁九月中于西田获早稻》)

　　其人虽已没，千载有余情。(《咏荆轲》)

　　馁也已矣夫，在昔余多师。(《有会而作》)

　　何以慰吾怀? 赖古多此贤。(《咏贫士七首》其二) ①

这是对精神偶像的依恋；

　　愿言蹑轻风，高举寻吾契。(《桃花源诗》)

　　缅怀千载，托契孤游。(《扇上画赞》) ②

这是对往古社会的追寻。

　　以上几个方面，概括起来说无非是人格化的历史。在陶渊明的心目中，先师先民古道古书就是历史的表征，就是他理想寄托之所在。其对陶诗创作的影响，就是给他的诗作笼罩上一层往古社会自然淳朴的氛围，赋予抒情主人公以理想人格的基调。这样一来，陶诗就具备了深厚的历史感，做到了学古与通变的统一。这是深层意义上的学古与通变，人们很难在一般的阅读活动中读出，只能沉潜到作品内部去体会。这是就陶渊明的一般诗作而言，至于他的拟古之作，如《拟古九首》，同样具有上述特征。一般

---

① 以上五首，分别见（晋）陶渊明著，逯钦立校注《陶渊明集》卷3、卷3、卷4、卷3、卷4，中华书局1979年版，第78、84、131、107、123页。

② 以上二首，分别见（晋）陶渊明著，逯钦立校注《陶渊明集》卷6，中华书局1979年版，第168、177页。

的拟古之作，即使不标明所拟对象，人们也很容易找到摹拟的痕迹，从而确定所拟对象；而陶渊明的《拟古九首》，却自然浑成，无迹可求。正如明人许学夷所说："靖节《拟古九首》，略借引喻，而实写己怀，绝无摹拟之迹。"[①] 清人方东树说得更加明白："渊明《拟古》，是用古人格，作自家诗。"[②]

"用古人格作自家诗"使陶诗具有鲜明的个性特征，同时又使陶渊明以及陶诗在某种程度上成为朴素自然的往古社会和志趣高远的理想人格的象征。因而，陶渊明及其诗歌就被转换为一种历史传统，成为尚古心理顶礼膜拜的对象。这一点对清淡诗派的构成具有特别的意义：在尚古心理的作用下，一方面陶渊明以及陶诗成为清淡诗作者们的师承对象，这是他们进行历史认同的结果；另一方面，陶渊明以及陶诗又成为清淡诗作者们相互联系的中介和纽带，而这正是他们相互认同的心理基础。所以在清淡诗作者的笔下，怀古与拟陶之作往往交错出现，陶渊明和陶诗常常作为一种意象或情境进入他们咏史怀古的篇章。

这是一般的怀古诗句：

> 弱岁读群史，抗迹追古人。（张九龄：《叙怀二首》其一）
>
> 寂寞于陵子，桔槔方灌园。（王维：《辋川闲居》）
>
> 洗帻岂独古，濯缨良在兹。（孟浩然：《陪张丞相自松滋江东泊渚官》）
>
> 士贤守孤贞，古来皆共难。（常建：《赠三侍御》）

---

① （明）许学夷著，杜维沫校点：《诗源辩体》卷6，人民文学出版社1987年版，第104页。

② （清）方东树著，汪绍楹点校：《昭昧詹言》卷1，人民文学出版社1961年版，第37页。

摇摇世祀怨，伤古复兼秋。(储光羲：《登商丘》)

鬓眉雪色犹嗜酒，言辞淳朴古人风。(韦应物：《与村老对饮》)

机心付当路，聊适羲皇情。(柳宗元：《旦携谢山人至愚池》)

尝闻晋高士，时堰北窗风。(梅尧臣：《昼寝》)

历下亭中坐怀古，水西桥畔卧吹笙。(王士祯：《忆明湖》)

诗中只是体现了一种怀古的心态或情调，加入陶渊明或陶诗意象之后，此一心态或情调就有了实际的内容，并在对陶渊明人格认同的基础上，使诗的基调与吟咏内容形成为一个浑然无间的整体：

自为本疏散，未始忘幽尚。……且泛篱下菊，还令邹中唱。(张九龄：《九月九日登龙山》)

酌醴赋《归去》，共知陶令贤。(王维：《送六舅归陆浑》)

我爱陶家趣，林园无俗情。(孟浩然：《李氏园卧疾》)

去时能忆竹园游，来时莫忘桃园记。(储光羲：《酬李壶关奉使行县忆诸公》)

终罢斯结庐，慕陶终可庶。(韦应物：《东郊》)

当时陶渊明，篱下望亦久。(梅尧臣：《和江邻几有菊无酒》)

陶潜令彭泽，柴桑一舍耳。犹对匡庐山，共饮西江水。(王士祯：《彭泽雨泊有怀陶公》)

常建和柳宗元虽没有直接以陶渊明或陶诗意象入诗，但《空灵山应田雯》分明是常建笔下的桃花源，而柳宗元的《饮酒》诗不仅深得陶诗之壶奥，而且"绝似渊明"①。

但是，仅仅以陶渊明或陶诗意象入诗，并不能从根本上说明问题：由于陶渊明人格的感召力和陶诗艺术的感染力，咏陶和拟陶之作历来是层出不穷的。比如苏轼出于对陶诗的喜爱和对陶渊明的钦佩之情，就曾在贬谪惠州之时，做过和陶诗数首；但苏轼诗风显然与陶诗大相径庭。所以，张、王、孟、常、储、韦、柳等人对陶诗的认同，除了受人格化的历史传统的影响外，还存在着一个通变的问题。

通变的概念是与学古同时产生的。刘勰最初提出这一概念时，旨在抵制"竞今疏古"之风，主张"还宗经诰"，即"明道"、"征圣"、"宗经"。但通变与复古不同，"通"指文学传统的先后继承，"变"指文学的不断发展，通变即探本求源，以达到"通则不乏"、"变则可久"（《文心雕龙·通变》）。可见，通变是以学古、通古为前提，以变为目的的。也就是说，通变虽然以变为主，但通却是其基调。由于通变的学古、通古色彩，后代诗论家在谈到"变"的问题时，往往强调"正变"，使之与通变对应。

如叶燮在《原诗·内篇》中说：

> 且夫《风》《雅》之有正有变，其正变系于时，谓政治、风俗之由得而失、由隆而污。此以时言诗；时有变而诗因之。时变而失正，诗变而仍不失其正，故有盛无衰，诗之源也。②

"诗变而仍不失其正"，"有盛无衰"，可以说是诗论家们的理

---

① 《笔墨闲录》，转引自《柳宗元集》，中华书局 1979 年版，第 1253 页。

② （清）叶燮著，霍松林校注：《原诗·内篇上》，《原诗 一瓢诗话 说诗晬语》，人民文学出版社 1979 年版，第 7 页。

想。要想做到这一点，首先要识别正风正雅与变风变雅，亦即确认传统和正宗；其次是创变而不失其正调，亦即诗评中常说的"某某得某某体格之正"。一旦被视为变调，就已超越出正变的范围了。

张、王、孟、常、储、韦、柳等人正是学陶而不失正调的一群，他们继陶诗所开创的清淡诗风之后，从各自的角度，不断丰富和发展了清淡诗风的内涵。沈德潜《说诗晬语》卷上云：

> 陶诗胸次浩然，其中有一段渊深朴茂不可到处。唐人祖述者，王右丞有其清腴，孟山人有其闲远，储太祝有其朴实，韦左司有其冲和，柳仪曹有其峻洁，皆学焉而得性之所近。①

这是以陶渊明为始祖，认为唐人王、孟、储、韦、柳等从各自的品性出发，去挖掘陶诗的那一段"渊深朴茂不可到处"。明人胡应麟更从"清"的角度，指出学陶各家的自身特点：张九龄清而淡，孟浩然清而旷，常建清而僻，王维清而秀，储光羲清而适，韦应物清而润，柳子厚清而峭。②

以上仅就陶渊明在唐代的追随者而言，至于梅尧臣、王士禛，其诗仍然不离上述唐人师陶的轨道。欧阳修《梅圣俞墓志铭并序》评梅诗："其初喜为清丽闲肆平淡，久则涵演深远，间亦琢刻以出怪巧，然气完力余，益老以坚。"③《宋史》本传也说梅诗："以深远古淡为意，间出奇巧。"④从而梅诗特点可概括为清奇。而王

---

① （清）沈德潜著，霍松林校注：《说诗晬语》卷上，《原诗　一瓢诗话　说诗晬语》，人民文学出版社 1979 年版，第 207 页。

② （明）胡应麟：《诗薮》外编卷 4，上海古籍出版社 1979 年版，第 186 页。

③ （宋）欧阳修著，李逸安点校：《欧阳修全集》卷 33，中华书局 2001 年版，第 497 页。

④ 《宋史》卷 443，中华书局 1977 年版，第 13091 页。

士祯的神韵说，即以含蓄、冲和、淡远为旨归，他本人也在诗歌创作（特别是五七言绝句）中加以积极的实践，其诗大抵不离清朗一路。

可见，清淡诗作者们对于陶诗的继承与发展，称得上是学古与通变的统一，做到了诗论家们理想中的"诗变而仍不失其正"。这个"正"，可以说是"清"的总特征或主色调；而"变"，则是在此特征或色调中的种种变换。

三、清淡诗风与清淡诗派

清淡诗作者们除了通过陶诗这一中介达到相互认同外，彼此间也存在着社会交往或心灵上的神交。这对清淡诗派的构成，同样是十分有意义的。

张九龄在盛唐初期是士林中颇富威望的人物，尤其以擢拔后进而闻名，因此他成为许多追求功名的士人所干谒的对象。王维、孟浩然都曾对张九龄有干谒之举。王维《寄荆州张丞相》说："所思竟何在，终身念旧恩"；孟浩然《送丁大凤进士赴举呈张九龄》："故人今在位，歧路莫迟回。"王维甚至谈及张对自己创作的影响，如《上张令公》说："言诗或起予"；孟浩然生平唯一的出仕之举，就是 49 岁时入张九龄的荆州长史幕，在短短的几个月期间，陪同张九龄登临荆州诸多名胜古迹，写下许多纪游诗。张九龄也把王孟引为同调，《答王维》说："知己如相忆，南湖一片风"；他在荆州长史任上与孟浩然的交往，比其他诗人更为密切。

王孟同时，孟比王年长 12 岁，而精神相通。相传王维曾画孟浩然像于邹州刺史亭①；至于诗歌，也多有唱和。如孟浩然《留别王维》："惜与故人违，知音世所稀"，王维《送孟六归襄阳》："杜门不欲出，久与世情疏，以此为长策，劝君归旧庐"，又《哭孟浩然》："故人不可见，汉水日东流，借问襄阳老，江山空蔡州。"储光羲与王维也互有交往，储有《蓝上茅茨期王维补网》，王有《待储光羲不至》；诗歌唱和如王维《偶然作六首》，储光羲《同王十三维偶然作十首》等。

　　除上述四人互有社会交往外，其他清淡诗作者则是通过对陶诗或同类作品的模仿和评价达到相互认同。如韦柳的拟陶和学陶，梅尧臣的拟陶、拟韦，王士祯对王孟韦柳的推重等，这些都是构成清淡诗派的必要条件。

　　如果说清淡诗作者们是通过陶诗或相互交往唱和达到相互认同的话，那么，历代诗论家对此类诗人的选择和推重则是一种历史的认同。对于清淡诗派的构成来说，后者显然是不可或缺的。这是清淡诗派与文学史上其他诗派的主要区别之一。这种历史认同一般从两个方面展开：一方面是在对陶诗的评价过程中，一些以陶为师的诗人被纳入陶家风范；另一方面是在对清淡之美的欣赏和提倡活动中，陶渊明等人被奉为这种审美理想的体现者和代表。

　　可见，清淡诗派是一个由陶渊明的人品风范所发起的，以陶诗风格为中心特征和共同审美趣尚的诗人群体。当然，陶诗的风格不只清淡一种，不仅有"悠然见南山"式，还有"金刚怒目"式；追随陶渊明的也不仅仅是王孟常储韦柳以及梅尧臣、王士祯等几人，而且就这几个人来说，其诗风也不能视为只有清淡一种；但

①　参见（唐）皮日休著，萧涤非、郑庆笃整理：《郢州孟亭记》，《皮子文薮》卷7，上海古籍出版社 1981 年版，第 70—71 页。

是，从中国诗史的实际情况看，清淡诗风的确是中国诗史上生命力最强、涵盖面最广的诗风，而陶渊明等人也的确是这种诗风最有资格的代表。

从文学史的角度说，这个诗人群可称得上是独特的文人集团。其成员只是存在于一种共同的审美视野和社会心理状态之中，靠一种共同的创作风格以及造就这种创作风格的独特心态维系着，并达到一种价值认同。

从美学史的角度说，这个诗人群体所造就和代表的诗风，不仅生生不已、绵延不绝，而且在不同的历史阶段，还被不断加入新的有机成分，后者通过古人不绝于口的吟赏和品评，终于形成为某种审美理想的尺度和规范。

总之，这一中国诗史上跨越年代最长的诗派，不是由诗人自身发起组成的诗派，而是诗论家们心目中的诗派。明人胡应麟在其《诗薮》内编卷二中说：

> 有以高闲、旷逸、清远、玄妙为宗者，六朝则陶，唐则王、孟、常、储、韦、柳。
>
> 曲江、鹿门、右丞、常尉、昌龄、光羲、宗元、韦物，陶也。
>
> （唐初）张子寿（九龄）首创清淡之派。盛唐继起，孟浩然、王维、储光羲、常建、韦应物，本曲江之清淡，而益之以风神者也。①

其视线虽停留在宋以前，但就目前所述，显然已经把陶渊明等人视为一个诗派了。这里承袭传统观点，称陶渊明等人组成的

---

① （明）胡应麟：《诗薮》内编卷2，上海古籍出版社1979年版，第23—24、35页。

诗人群为诗派；由于他们以清淡诗风为自己的代表性风格，故称之为"清淡诗派"。①

由于这一诗派的独特性，因而与其相关的问题，如清淡诗风的总体特征及其内涵、清淡诗风与时代文化特征以及诗人心态的关系、清淡诗风的文化蕴涵和文学传统、清淡诗风的美学意义等等，便成了在这一新的角度下极有价值的课题。对于这些问题的探讨，显然是有助于加深人们对中国诗歌乃至中国文化的认识的。

---

① 笔者认为，陶渊明等人组成的诗人群既然是相互认同与历史认同的结果，便具有了构成一个诗派的必要条件。与同处一个时代以及共同的文学纲领这两点相比，诗派成员的相互认同以及批评史上的历史认同似更为关键，更何况清淡诗派具有一个公认的始祖陶渊明，更有一个一以贯之的清淡诗风。

论中国古代清淡诗派的创作审美心态

作为悠久绵长的诗歌流派和文学风格[①],清淡诗派及其清淡诗风本身蕴含着丰富的美学内容。从审美心态着眼,这些美学内容具有哪些特征?这无疑值得深入探讨。

趋同与创异,是每一个创作主体不可回避的问题,清淡诗派也不例外。趋同是趋所处时代美学思潮之同,其目的是让自己的作品为本时代的接受主体认同;创异是创超时代的美学趣味之异,其用意是使自己的作品具备区别于他人的个性特征。

让我们把目光投向清淡派成员对本时代文学思潮和美学思潮的取舍与选择上。不言而喻,他们对待所处时代文学思潮和美学思潮的态度,直接反映了他们的创作审美心态。

一

陶诗不见重于当时,这已是人所共知的常识。但这个事实本身,并不意味着陶诗的产生与诗人所处时代的文学思潮和美学思潮没有任何联系,也并不意味着诗人没有向当时文学思潮和美学思潮做过靠拢的努力。

---

① 参见拙文《中国古代清淡诗风与清淡诗派》,《文学遗产》1994 年第 6 期。

钟嵘《诗品》卷中说"宋征士陶潜，其源出于应璩，又协左思风力。文体省净，殆无长语。笃意真古，辞兴婉惬"。[①] 探源溯流，是钟嵘《诗品》的写作体例，对于被他冠以"古今隐逸诗人之宗"的陶渊明也不例外。应璩是魏时人，《诗品》卷中说他"善为古语，指事殷勤，雅意深笃，得诗人激刺之旨"[②]；左思是西晋人，《诗品》卷上说他"文典以怨，颇为精切，得讽喻之致"。[③] 可见，在钟嵘的心目中，陶诗是雅正、古雅、高雅的三位一体。且不论钟嵘之说是否全面、准确，仅就他立论的角度和他所追溯的时代背景而言，无疑具有启示意义。

魏晋以来，文学进入了一个新的自觉时代。"诗缘情"和"诗言志"的文学观念并行不悖，动情和气骨的文学特征同时展开。但这并不是说魏晋是一个驳杂无序的时代，只不过其文学主流和美学主流是以一种涵容甚广的气势和潜在深藏的方式出现罢了。既称主流，当然有其指向。建安时期是慷慨悲壮，正始时期是清俊遥深，太康时期是精致绮靡，东晋以后则是玄远简淡。[④] 其中贯穿始终的，乃是士人在各种不同的生存状态中执着而清醒的个性意识。这正是自觉时代的文学和美学之精髓所在。纵观魏晋人物，无不各具特色，仿佛横空出世，这更充分地表明了他们对个性意识的刻意追求。

这种执着而清醒的个性意识，体现在陶渊明身上，就是对自然之美的追求。从他对出处进退的抉择，到他的生活方式、文学创作，莫不如此。他虽然在出处方面有过这样或那样的烦恼，但基本上做到了当仕则仕、当隐则隐，不以仕隐为累。他的生活方

① （梁）钟嵘著，陈延杰注：《诗品》卷中，人民文学出版社 1961 年版，第 41 页。
② （梁）钟嵘著，陈延杰注：《诗品》卷中，人民文学出版社 1961 年版，第 35 页。
③ （梁）钟嵘著，陈延杰注：《诗品》卷上，人民文学出版社 1961 年版，第 28 页。
④ 参见王钟陵：《中国中古诗歌史》，江苏教育出版社 1998 年版。

式和气度风范，令千百年来多少士人欣羡和倾倒：在他们眼中，陶渊明永远是那么洒脱超然；陶渊明的那些放旷不羁的故事，也永远值得他们津津乐道。如沈约《宋书·隐逸传》载：

> （渊明）尝九月九日无酒，出宅边菊丛中坐久，值弘送酒至，即便就酌，醉而后归。潜不解音声，而畜素琴一张，无弦，每有酒适，辄抚弄以寄其意。贵贱造之者，有酒辄设，潜若先醉，便语客："我醉欲眠，卿可去。"其真率如此。郡将候潜，值其酒熟，取头上葛巾漉酒，毕，还复著之。①

此后昭明太子萧统的《陶渊明传》和唐代李延寿的《南史·隐逸传》几乎以同样的文字记载了上述轶事；萧统并在《陶渊明集序》中加上了这样的赞语："余素爱其文，不能释手，尚想其德，恨不同时。"②在这里，我们似乎又看到了魏晋名士的林下风流；只不过陶渊明来得更为朴素，更加自然，没有丝毫的矫情，具体地说，就是做到了"物我一体，心与大自然泯一"，而"这正是老庄的最高境界，也是玄学所追求的最高境界。但是这种境界，自玄风煽起以来，还没有人达到过。陶渊明是第一位达到这一境界的人。"③

谈到陶渊明的创作观，不能不提到他的那篇夫子自道的《五柳先生传》。该传两处提到诗文创作。一处说："常著文章自娱，颇示己志。忘怀得失，以此自终"，另一处说："酣畅赋诗，以乐其志"。可见，陶渊明基本上接受了文学用以言志的传统观念，

---

① 《宋书》卷 93，中华书局 1974 年版，第 2288 页。

② （梁）萧统：《陶渊明集序》，（清）严可均校辑：《全梁文》卷 20，《全上古三代秦汉三国六朝文》，中华书局 1958 年版，第 3067 页。

③ 罗宗强：《玄学与魏晋士人心态》，浙江人民出版社 1991 年版，第 345—346 页。

只是在此基础上加上了"自娱"、"乐志"一层新义。传统言志观念的指向是"观风俗，知得失"[①]，而陶渊明的"自娱"、"乐志"则是他任真自得的生活态度之外化。他在"酣畅赋诗，以乐其志"之后，有这样两句感叹："无怀氏之民欤？葛天氏之民欤？"无怀氏和葛天氏，都是传说中的上古帝王。这就是说，他是把自己在著文自娱和酣畅赋诗中体会到的那一份任真自得，与对上古之民生活的体验等同起来，从而把这种言志自娱的文学创作，统一于他的真和善的社会理想。所以，当他感慨于自然节物的变化时要说："春秋多佳日，登高赋新诗"（《移居二首》其二）；当他陶醉于田园生活的淳朴时要说："奇文共欣赏，疑义相与析"（《移居二首》其一）；当他沉浸在浩茫心事之中时要说："伊怀难具道，为君作此诗"（《拟古九首》其六），等等。这样一来，文学创作对陶渊明来说，就成了通往理想社会的途径和借以达自然之道的手段了。

如果说赋诗著文是陶渊明借以达自然之道的手段，那么他的创作风貌便是他达自然之道的结果。因为这是陶渊明留给后人唯一的最形象和直观的遗产；人们正是从这些清淡古雅的作品中认识了陶渊明、了解了陶渊明。正如前人所指出的那样，陶渊明的诗文并非清淡古雅一种或并非纯粹的清淡古雅，其中也包含着慷慨豪放、绚丽精致，从而浓缩着建安以来的文学进程。不过，他的慷慨豪放、绚丽精致却被一种特殊的中和机制所制约，因而他的诗文仍然显示出清淡古雅的总体风貌。

那么，陶渊明的这种创作风貌，与东晋以后追求玄远简淡的文学和美学思潮关系如何呢？应该说，崇尚简约一直是魏晋时期

---

① （汉）班固：《艺文志》，《汉书》卷30，中华书局1962年版，第1708页。

的一种美学风尚。太康之英陆机,在提出著名的"诗缘情而绮靡"
之说后,不忘强调"要辞达而理举,故无取乎冗长";而刘勰则在《文
心雕龙·练字》中概括道:"自晋来用字,率从简易,时并习易,
人谁取难?"这种崇尚简约的美学趣尚,显然是玄学清谈刺激下
的产物。玄学家何邵在其《赠张华诗》中说:"处有能存无,镇
俗在简约",孙绰《赠温峤诗》五章之三说:"长崇简易,业大德盛",
即可为证。当然,在文学领域,玄学清谈刺激下的直接产物还是
玄言诗。这种以张扬玄理为主要目的的诗歌,虽然在文学上没有
多大的成就可言;却对东晋的诗坛造成了深远的影响,那就是玄
理的大量引进。

　　钟嵘在《诗品序》中对玄言诗下了如此的断语:"理过其辞,
淡乎寡味。"这里,"淡"正是玄言诗所具备的一种特殊机制。对此,
人们不难从哲学、社会和美学的层面进行索解。作为一种玄学概
念的"玄淡",和作为一种理想人格的"简淡"、"旷淡",一方面
寄寓在玄言诗中,形成了玄言诗"淡乎寡味"的体性特征;另一
方面,又体现在东晋诗对静态清趣的喜好上,从而促进了山水诗
体的成立。[①] 但此时无论是谈玄体道的玄言诗,还是模山范水的
山水之作,都缺乏一种生命的跃动,更缺乏一种完整生动的艺术
意境;而将大量引进玄理的东晋诗带到现实生活之中,带到一个
普通士人充满矛盾的思想活动之中,并赋予其完整生动的艺术意
境的,应当首推陶渊明。对于陶渊明来说,他的所有诗作就是他
对自身生存意义思考的结晶和他整个人生的浓缩。所以,陶诗就
是陶渊明,一个诗化的陶渊明。从这个意义上说,陶渊明既是东
晋以后追求玄远简淡的文学和美学思潮的继承者,又是它的彻底

---

① 　参见王钟陵:《中国中古诗歌史》,江苏教育出版社 1988 年版。

的改造者。明乎此，则会对古人所说的陶诗"清腴简远，别成一格"①，产生更深一层的认识。

　　既然陶诗是执着而清醒的个性意识的产物，从而与诗人所处的时代精神息息相关；那么，何以陶诗没有见重于当时呢？这个问题的答案，不难从以上所述中找到。因为在时人看来，陶诗就是陶渊明，一个诗化的陶渊明；所以，读陶诗时，首先会被体现在陶渊明身上的理想人格所吸引，感叹"尚想其德，恨不同时"。也就是说，陶渊明最初是以一位高人隐士的形象而不是以一个诗人的身份存留在人们的记忆里的；因而陶诗不可能在当时产生巨大影响。另外，作为东晋以来文学、美学思潮的继承者和改造者，他把玄远简淡的美学情趣移植到日常生活的诗中；而这种玄远简淡的美学情趣一旦从哲学层次被引入普通士人的生活，便会失去其玄远莫测的神秘色彩，而与原来带有士族门阀贵族气味的玄远简淡大异其趣。所以，陶渊明继承了他那个时代的文化精华，也完成了结束那个时代的文化改造使命；但他却没有像谢灵运那样被认为开创了一个新的诗歌时代，而只是作为一个人格理想和艺术精神的象征，让后人不断地追摹和议论。说不尽的陶渊明，这一文学批评史上引人注目的独特现象，再充分不过地说明了陶渊明及其诗歌的超时代性。

二

　　陶渊明所追求的自然之美以及陶诗歌所代表的自然之美，在

---

①　（清）沈德潜著，霍松林校注：《说诗晬语》卷上，《原诗　一瓢诗话　说诗晬语》，人民文学出版社 1979 年版，第 199 页。

一个新的诗歌时代，一个诗歌全盛的时代得到了回响。追求和表现自然之美，在唐代是一股强大的文学和美学思潮。另外，随着唐初孔颖达对"诗言志"传统命题的重新阐释，[1] 注重诗歌的抒情性更成为唐诗创作的自觉意识。于是，自然和谐、形神兼备和情景交融遂成为诗歌创作的新的传统。

张九龄、孟浩然的生活时代属于盛唐时期。盛唐崇尚风骨、追求兴象玲珑的诗境以及自然之美的文学思想，[2] 当然会在他们的观念和创作实践中有所反映。如张九龄《题画山水障》：

> 心累犹不尽，果为物外牵。偶因耳目好，复假丹青妍。尝抱野间意，而迫区中缘。尘事固已矣，秉意终不迁。良工适我愿，妙墨挥岩泉。变化合群有，高深侔自然。置陈北堂上，仿像南山前。静无户庭出，行已兹地偏。萱草忘可树，合欢怨益蠲。所因本微物，况乃凭幽筌。言象会自泯，意色聊自宣。对玩有佳趣，使我心渺绵。[3]

这是一首题画诗。作者先交代自己的耳目所好，在于山水野意；虽然栖于尘世，但秉意始终未变。然后转入对山水画的欣赏，作者强调的是两点：一是画笔的变化起伏合乎自然的原貌，观者仿佛置身于其中；二是画境幽深远淡，令人逸兴翩飞。末四句集中表现作者的感受：对画细玩，一切言事都无济于事，只觉心中一段佳趣汩汩而出，自己向往隐逸的情怀也得以抒发。

如果说张九龄的《题画山水障》体现了他对自然之美和兴象

---

① 参见叶朗：《中国美学史大纲》第十二章第一节，上海人民出版社 1985 年版。
② 参见罗宗强：《隋唐五代文学思想史》第三章，上海古籍出版社 1986 年版。
③ （唐）张九龄著，熊飞校注：《张九龄集校注》卷 4，中华书局 2008 年版，第 353 页。

玲珑的诗境的追求，那么孟浩然的《陪卢明府泛舟回岘山作》则
表明了诗人崇尚风骨的思想，诗云：

　　　　百里行春返，清流逸兴多。鹚舟随雁泊，江火共星罗。
　　已救田家旱，仍忧俗化讹。文章推后辈，风雅激颓波。高岸
　　迷陵谷，新声满棹歌。犹怜不调者，白首未登科。[①]

　　此诗作于开元二十四年（736）家乡隐居中。时卢象在襄阳
令上，春天视察农事，孟浩然作陪。诗中对风骨的提倡和追求，
表现在两处。一处是明确说出来的：诗人赞美卢象为政一方，不
仅能就济民生疾苦，而且注意教化子民；其文章风雅，足以勉励
后辈，力挽颓波。另一处是通过对比映衬，含蓄地表述出来的：
遥望岸上山陵幽谷，在夜色中一片迷茫，而官船之上，却是一派
新声棹歌；面对这天下化成的景象，诗人没有欢欣鼓舞，继续大
唱赞歌，而是突生悲慨，流露出耿耿不平之气。这种不平之气的
表达，比之上面空洞的颂辞，更具有风骨意味。

　　然而，作为清淡诗风的代表者，张九龄、孟浩然在向盛唐文学、
美学思潮靠拢的同时，必然要展现出他们的创异之处，那就是对
逸兴清风的提倡。这一点在上引两诗中隐约可见，而孟浩然的另
一首诗《洗然弟竹亭》则把它明确化了："吾与二三子，平生结交深。
俱怀鸿鹄志，共有鹡鸰心。逸气假毫翰，清风在竹林。达是酒中
趣，琴上偶然音。"[②]这是一种审美情趣，而一旦通过笔墨表达出

----

① （唐）孟浩然著，徐鹏校注：《孟浩然集校注》卷2，人民文学出版社1998年版，
　　第97页。
② （唐）孟浩然著，徐鹏校注：《孟浩然集校注》卷1，人民文学出版社1998年版，
　　第49页。

来，就形成为一种创作思想和文学风格。

王维、储光羲、常建乃至韦应物、柳宗元，他们的活动年代与张九龄、孟浩然所处的盛唐已有一段距离。转折的中唐时代的文学、美学思潮在他们身上有所体现，而上述张、王对逸兴清风的提倡，则在他们那里也得到自然的延续。如王维的《送熊九赴任安阳》说："魏国应刘后，寂寥文雅空。漳河如旧日，之子继清风。"① 其中，"应"指"应玚"，"刘"指"刘桢"，二人都是建安七子中的成员，也可以说是建安风骨的代表，在王维看来就是所谓"文雅"的体现者。值得注意的是，王维把文雅与清风二者对应起来，在对清风进行提倡的同时，也将风雅的内容包含了进去。其实，清淡、风雅本是清淡诗风不可分割的组成部分，王维的上述言论再次证明了这一点。

中唐有两派诗论观点：一派以元结、白居易为代表，推重风雅传统，主张诗歌为政治服务，代表了现实主义诗歌的发展方向；另一派以皎然为代表，推重"情在言外"、"旨冥句中"，标举高情逸韵以及与此相应的艺术风格，这一派诗论代表了中国封建社会后期士大夫的审美情趣。其实，两派的界限也不是那么泾渭分明，二者往往会互相融合。白居易称韦应物五言诗"高雅闲淡"，就把二者结合为一体，他本人后期也创作过大量感伤诗和闲适诗。皎然则称韦诗为"风雅韵"，说"忽观风雅韵，会我夙昔情"，都充分说明了这一点。可见，在中唐时期，风雅与清淡的结合已形成为当时文学、美学思潮的主流；这也就是韦应物同时受到两派诗论代表人物白居易和皎然推重的原因所在。

然而，这种清淡与风雅相结合的趋势，在中唐时期却没有以

① （唐）王维著，陈铁民校注：《王维集校注》卷4，中华书局1997年版，第400页。

理论的形式表现出来；它只是在韦柳的一些言论中有零星的体现，更主要的、大量的反映方式则是韦柳诗风，而这正是韦柳及其诗歌的创异之处。①

三

无论在中国文学史上还是在中国美学史上，宋代都堪称一个转折时期。在文学方面，因为面临唐代文学成就的高峰和唐末五代形式主义文风，宋初兴起了诗文复古运动，力求在继承文学正统的同时，逐步确立自己的文学品格。在美学方面，书画美学提出了"逸品"的概念，诗歌美学提出了兴趣说和妙悟说。

梅尧臣生活在北宋中叶。在他之前，宋初的文学复古运动主要在散文领域展开，其复古的对象是唐代以韩愈为代表的古文。梅尧臣则是宋诗的始祖，刘克庄称："本朝诗，惟宛陵（尧臣）为开山祖师。宛陵出，然后桑濮之淫哇稍息，风雅之气脉复续。"②作为北宋中叶文学复古运动的推动者，梅尧臣的文学观念和创作实践，本身就是趋同与创异的最好体现。

与北宋中叶文学复古运动的另一位推动者苏舜钦一样，梅尧臣深感"西昆体"过于淫巧艰涩，于是大力提倡平淡、古淡、淡泊的文风。如苏舜钦《诗僧则晖求诗》说："会将取古淡，先可去浮嚣"，又《赠释秘演》说："不肯低心事镌凿，再欲淡泊趋杳冥"；梅尧臣《读邵不疑诗卷杜挺之忽来因出示之且伏高致辄书一时之语以奉呈》则说："作诗无古今"。又《依韵和晏相公》说：

---

① 参见拙文《论韦柳诗风》，《中国社会科学》1989 年第 5 期。
② （宋）刘克庄著，王秀梅点校：《后村诗话》前集卷 2，中华书局 1983 年版，第 22 页。

"因吟适情性，稍欲到平淡"。如果仅仅强调平淡，便只能说是针对西昆体文风的一种矫正手段，其本身并无更多的美学意义；梅尧臣的诗歌美学思想当然不限于此。

在"因吟适情性，稍欲到平淡"两句之后，梅尧臣又说"苦辞未圆熟，刺口剧菱芡"。从表面上看，"苦辞"两句似乎与"因吟"两句诗对立的，好像是说自己虽然向往平淡之境，但是苦于语言未达圆熟，显得生涩刺口；其实不然。欧阳修的《水谷夜行寄子美圣俞》最能道出其中三昧：

> 梅翁事清切，石齿漱寒濑。作诗三十年，视我犹后辈。文字愈清新，心意虽老大。譬如妖韶女，老自有余态。近诗尤古硬，咀嚼苦难嗫。初如食橄榄，真味久愈在。①

这里，欧阳修首先指出他的这位诗学前辈"事清切"的总体特征，然后用"妖韶女"和"橄榄"来比喻在此总特征之下的个人特色：这是一种成熟、深沉、耐人咀嚼的清淡之美，与那些浅切、轻率的所谓"平淡"大相径庭，从而给人以"平淡而山高水深"的印象。正因为如此，梅尧臣才说"作诗无古今，唯造平淡难"；这样的"平淡"之境的确不是按一般的路数所能达到的。还是欧阳修的《梅圣俞墓志铭并序》一语破的——"其初喜为清丽闲肆平淡，久则涵演深远，间亦琢刻以出怪巧，然气完力余，益老以劲。"《宋史·梅尧臣传》也说："工为诗，以深远古淡为意，间出奇巧。"②从创作审美心态的角度看，梅尧臣的诗学观念和他的诗风，一方面体现了他对清淡诗风数百年传统的充分尊重，如《答新长老诗

---

① （宋）欧阳修著，李逸安点校：《欧阳修全集》卷2，中华书局2001年版，第29页。
② 《宋史》卷443，中华书局1977年版，第13091页。

篇》称"唯师独慕陶彭泽";另一方面,也充分体现了他对这一传统进行再造的勇气和实绩,如《途中寄上尚书晏相公二十韵》称"陶韦比格吾不私",似乎不以晏殊将他与陶韦比并为意;而《答中道小疾见寄》却称"方闻理平淡,昏晓在渊明","渊明傥有灵,为子气不平",话语之间,仿佛竟以陶渊明的代言人自居了。

梅尧臣开创了宋诗散文化、人工化的发展路径,其个人特色可概括为"以深远古淡为意,间出奇巧","讽咏雅正,旨趣高远,真得古诗人之风。"① 这显然包含着宋元以后注重笔墨逸兴的审美价值取向。所以,当宋代诗歌美学又提出兴趣说和妙悟说的理论,在对唐诗进行理论阐释、对宋诗颇多批评之辞的情况下,作为清淡诗风在清代的体现者,王士禛仍能将兴趣、妙悟与宋诗结合起来,把梅诗也纳入他的神韵说中加以肯定。可以说,梅尧臣及其诗歌与清淡诗风、与唐诗的那种似断还连的关系,是由王士禛重新建立、组织起来的。

王士禛论诗主神韵,是建立在感性和理性两方面的基础之上的。前者指他对前代诗歌作品的个人喜好。他 8 岁时就接受了王孟韦柳诸家诗的洗礼;及长,又编选《唐贤三昧集》;但与严羽的崇唐抑宋不同,这是他对唐诗超越基础上的产物:其时,他已"越三唐而事两宋","《唐贤三昧》之选,所谓乃造平淡时也,然而境亦从兹老矣。"后者指他的神韵说的历史渊源,即他多次提到的钟嵘《诗品》、司空图《二十四诗品》、严羽《沧浪诗话》、徐祯卿《谈艺录》等。在这些宣扬滋味、兴趣、神韵观点的诗论基础上,他超越了一般的唐宋诗之争,而以较为广阔的视野,把宋诗的某些特征纳入自己的诗学观念和诗歌创作,从而拓宽

---

① (元)宋绩臣:《梅圣俞外集序》,(宋)梅尧臣著,朱东润编年校注:《梅尧臣集编年校注》移录五,上海古籍出版社 2006 年版,第 1163 页。

了清淡诗风的发展道路。

　　从创作审美心态的角度看，神韵说的提出有两点值得注意。首先，这反映了王士禛主观上欲以清淡诗风的后继者自居的心情。在《池北偶谈》卷十二中，他曾说到明代诗歌的"古淡"一派，对其寿命不长、"清音中绝"大为惋惜；所以曾有学者推测："他所提出的'神韵'恐怕归根到底乃是'古淡'的化身"。① 其次，神韵说兼取唐宋诗，而以含蓄、隽永、超诣出之，是对清初宗唐诗说的一种矫正；其后，在士禛及其门人的推动下，宋元诗得以流行，并在此基础上，初步形成了清代诗歌的特色。《池北偶谈》卷十八中曾记述过这样一件趣事：

　　　　宋梅圣俞初变西昆之体，予每与施愚山侍读言及《宛陵集》，施辄不应。盖意不满梅诗也。一日，予曰："扁舟洞庭去，落日松江宿，此谁语？"愚山曰："韦苏州、刘文房耶？"予曰："乃公乡人梅圣俞也。"愚山为爽然久之。②

　　施闰章（愚山）是清初宗唐说的代表人物之一。在他头脑里，好诗必属唐诗无疑，所以当王士禛告之"扁舟"二句的主人是宋代的梅尧臣时，他就不能不怅然若失了。从此可以充分看出王士禛兼取唐宋而于宋诗别具慧眼的美学视野，也可以看出他意欲在创作上丰富和充实清淡诗风内涵的努力。

---

① 〔日〕青木正儿著，杨铁英译：《清代文学评论史》，中国社会科学出版社1988年版，第50页。
② （清）王士禛著，靳斯仁点校：《梅诗》，《池北偶谈》卷18，中华书局1982年版，第430—431页。

接受美学与中国古代清淡诗派批评

　　在文学批评史上，一般而言，对于作家作品或文学现象的研究，是不把批评主体包括在内的；批评主体的言论，充其量只能以对论者观点的引发或印证的形式出现。然而，接受美学的诞生和引进，改变了多年来的这种传统观念。关于中国古代清淡诗风与清淡诗派的评论，是中国文学批评史上的一个独特而重要的现象。从接受美学的角度看，关于清淡诗风与清淡诗派的批评言论，足以构成一个完整的系统，因而具备了作为研究对象的条件。

一

　　接受美学又称接受方法、接受理论、接受研究，是 20 世纪 60 年代在西方崛起的一种具有广泛影响的文学理论，其代表者是以姚斯（Hans Robert Jauss）、伊瑟尔（Wolfgang Iser）为首的德国康斯坦茨学派。

　　接受美学的独创性，突出地表现在对作品的本质和读者作用的理解上。首先，接受美学认为任何本文都具有未定性，它向读者呈现的是一个未完成的图示结构："一部文学作品，并不是一个自身独立、向每一时代的每一读者均提供同样的观点的客体。

它不是一尊纪念碑，形而上学地展示其超时代的本质"；作品只是它所可能产生效应的基础或载体，"它更多地象一部管弦乐谱，在其演奏中不断获得读者新的反响，使本文从词的物质形态中解放出来，成为一种当代的存在。"① 因此，作品的本质在于作品的效应史的永无完成中的展示。

其次，接受美学认为："一部文学作品的历史生命如果没有接受者的积极参与是不可思议的。"② 对读者作用的强调并把它提到至高无上的地位，是接受美学区别于其他文学理论的根本点。在接受美学之前的实证主义和形式主义的文学研究，或者过于强调作品与外部世界的关系，把作品看成是社会历史的观念性的对应物，用实证的方法考证二者之间的联系；或者过于强调作品本文的文学性，摒弃作品与作者、与现实社会的联系，把文学作品看成是一个独立自足的实体，对本文的结构、语言进行形式主义研究。接受美学看到了以上两大流派的弊病，选择作家、作品和读者之间的关系为研究对象；而在三者的关系中，又特别重视作品与读者的关系，重视读者的阅读作用，认为读者的阅读与反应，不仅使作品的意义具体化，而且这种共时性的具体意义，还可以在期待视野的转变中，构成历时性的作品的效应史。

于是，接受美学在此基础上，提出了旨在"沟通文学与历史之间、历史方法与美学方法之间的裂隙"③ 的重构文学史的设想。接受美学家们力图摆脱传统文学史的写作方式——"搞一个编年

① 〔德〕姚斯：《文学史作为向文学理论的挑战》，〔德〕姚斯、〔美〕霍拉勃：《接受美学与接受理论》，辽宁人民出版社 1987 年版，第 26 页。
② 〔德〕姚斯：《文学史作为向文学理论的挑战》，〔德〕姚斯、〔美〕霍拉勃：《接受美学与接受理论》，辽宁人民出版社 1987 年版，第 24 页。
③ 〔德〕姚斯：《文学史作为向文学理论的挑战》，〔德〕姚斯、〔美〕霍拉勃：《接受美学与接受理论》，辽宁人民出版社 1987 年版，第 23 页。

史一类的事实堆积”和“根据伟大作家的年表，直线型地排列材料”① 形成“生平与作品”的模式，而把目光转向读者，寻求编纂文学史的新途径。姚斯认为，文学史就是文学作品的消费史，或者消费主体的历史，“只有当作品的延续不再从生产主体思考，而从消费主体方面思考，即从作者与公众相联系的方面思考时，才能写出一部文学和艺术的历史。”② 因此，读者“成为一部新的文学史的仲裁人（见证人）。”③

接受美学强调读者中心论，认为作品意义被读者的阅读活动具体化的历史即文学史，这虽然有其偏颇之处，但它指出了读者参与的必然性和审美意义；这样，就为文学史研究提供了一个新的视角，为探究作品的全部内涵和外延提供了必要的条件。此外，它所运用的“期待视野”这一概念，也很有启示意义。

“期待视野”是读者基于阅读经验和审美理想而构成的思维定向或先在结构，它在阅读之前便已存在了，在阅读活动中，由于作品的影响，造成期待视野的历史与现实的矛盾；矛盾解决以后，历时性的期待视野便在共时性的期待视野中得到了认同。这里，两种视野的转变与融合尤其值得注意。姚斯在《文学史作为向文学理论的挑战》一文中指出：

　　　　文学与读者的关系有美学的、也有历史的内涵。美学蕴涵存在于这一事实之中：一部作品被读者首次接受，包括同已经阅读过的作品进行比较，比较中就包含着对作品的审美

------

① 〔德〕姚斯：《文学史作为向文学理论的挑战》，〔德〕姚斯、〔美〕霍拉勃：《接受美学与接受理论》，辽宁人民出版社 1987 年版，第 5 页。

② 姚斯语，转引自〔美〕霍拉勃：《接受理论》，〔德〕姚斯、〔美〕霍拉勃：《接受美学与接受理论》，辽宁人民出版社 1987 年版，第 339 页。

③ 姚斯语，转引自〔美〕霍拉勃：《接受理论》，〔德〕姚斯、〔美〕霍拉勃：《接受美学与接受理论》，辽宁人民出版社 1987 年版，第 443 页。

价值的一种检验。①

比较是融合的前提条件，融合以后便形成一种新的审美价值判断。姚斯接着说："其中明显的历史蕴涵是：第一个读者的理解将在一代又一代的接受之链上被充实和丰富，一部作品的历史意义就是在这过程中得以确定，它的审美价值也是在这过程中得以证实。"② 这就是说，第一个读者的审美价值判断将无限地延续下去，并被以后的读者根据现时美学思潮和文学实践情况而进行不断的调整，从而使作品的审美价值得到积淀和丰富。

接受美学的上述理论观点，揭示了读者研究的必要性及其基本的研究方法与思路。毫无疑问，这对于中国古代清淡诗风与清淡诗派的研究，具有更为直接的启示意义。因为从某种角度来说，中国古代清淡诗派以及它的艺术体现清淡诗风，是产生和存在于千百年来众多诗论家的吟赏和批评实践中的；清淡诗风的美学意义，在相当程度上来自这些诗论家的赋予。所以，在对中国古代清淡诗风的创作审美心态进行了历史考察之后③，自然要将目光转向清淡诗风与清淡诗派的批评审美心态。

二

历代关于清淡诗派和清淡诗风评论，是由陶渊明及其诗风入

---

① 〔德〕姚斯：《文学史作为向文学理论的挑战》，〔德〕姚斯、〔美〕霍拉勃：《接受美学与接受理论》，辽宁人民出版社 1987 年版，第 24—25 页。

② 〔德〕姚斯：《文学史作为向文学理论的挑战》，〔德〕姚斯、〔美〕霍拉勃：《接受美学与接受理论》，辽宁人民出版社 1987 年版，第 25 页。

③ 参见拙文《论中国古代清淡诗派的创作审美心态》，《北京科技大学学报》2009 年第 3 期。

手的：因为从某种程度上说，清淡诗派是一个由陶渊明的人品风范——其实是一种人生态度或处世方式——所发起的，以陶诗风格为中心特征和共同审美趣尚的诗人群体。相应地，批评主体之于批评对象，也就经历了一个从人格批评到文学批评，从审美吟赏到创作实践的过程。

从人格批评到文学批评的转化，意味着对于陶渊明等人的研究从道德规范层次向诗歌创作层次的迈进。虽然"知人论世"是中国文学批评的传统通则，但是像陶渊明等人那样被长期滞留在道德批评的圈子里，的确是罕有的现象。这当然与陶渊明的第一位留下评论的读者颜延之有密切的关系，他的《陶征士诔》就是典型的道德评价式的审美价值判断："物尚孤生，人固介立"，"（陶）畏荣好古，薄身厚志"，"赋诗《归来》，高蹈独善"[①]；此后的《宋书》、《晋书》、《南史》便顺理成章地把陶渊明安排在《隐逸传》里。萧统的《陶渊明集序》是第一篇给予陶诗以较高文学评价的文字，但文学评价依然是与道德评价相伴而行：

> 其文章不群，辞采精拔，跌宕昭彰，独超众类，抑扬爽朗，莫之与京。横素波而傍流，干青云而直上，语时事则指而可想，论怀抱则旷而且贞。加以贞志不休，安道苦节，不以躬耕为耻，不以无财为病，自非大贤笃志，与道污隆，孰能如此乎！[②]

可见，这种从人格批评出发，并以人格风范为主要批评标准

---

① （南朝宋）延颜之：《陶征士诔》，（清）严可均校辑：《全宋文》卷38，《全上古三代秦汉三国六朝文》，中华书局1958年版，第2646页。
② （梁）萧统：《陶渊明集序》，（清）严可均校辑：《全梁文》卷20，《全上古三代秦汉三国六朝文》，中华书局1958年版，第3067页。

的审美价值判断，一开始就根深蒂固地存在于清淡诗风的评论之中，从而成为后代的诗论家们不得不面对的一份历史遗产。从关于清淡诗派成员和清淡诗风的评论中，可以深切地体会到，人格风范的一致和认可，对于清淡诗派和清淡诗风在诗论家心目中的形成和确立，具有多么重要的意义。如清人沈德潜在其《说诗晬语》卷上中说："陶诗胸次浩然，其中有一段渊深朴茂不可到处。唐人祖述者，王右丞有其清腴，孟山人有其闲远，储太祝有其朴实，韦左司有其冲和，柳仪曹有其峻洁，皆学焉而得其性之所近。"这是人格批评还是文学批评？抑或二者兼而有之？这种现象也许会使那些习惯于西方文学批评方式的人们大惑不解，殊不知这正是中国传统文学批评之本色和独特性的体现。因此，对于有关清淡诗风评论的研究，也就有了超越接受美学所谓读者研究的意义。

对陶渊明展开真正的文学批评，是从唐代开始的，不过还基本停留在对陶诗风格进行初步描述的阶段。陶诗在唐代的追随者自然对此有更深切的体会，但是一方面这种体会大多是以文学作品的形式反映出来的；另一方面他们又是以创作主体的面貌出现的，这里不拟分析。就当时曾对陶诗发表过意见的人而言，他们的确对陶诗有一份似曾相识又重逢的欣喜和试图把握它、挽留住它的执着。李白《戏赠郑溧阳》云："何时到栗里（栗里为陶渊明故里——笔者注），一见平生亲"；杜甫《江上值水如海势聊短述》云："以渊明之高古，偏放于田园"，都反映了上面所说的那种阅读心态。到了宋代，陶渊明研究出现了空前的高涨；对陶诗的把握，也向其构成方式的深度发展。如苏轼指出陶诗外枯中膏、似淡实美、质而实绮、癯而实腴的特征[①]，陈师道《后山诗话》说：

---

① （宋）苏辙：《东坡先生和陶渊明诗引》，（宋）苏轼：《评韩柳诗》，（宋）苏轼撰，孔凡礼点校：《苏轼文集》卷 67、佚文汇编卷 4，中华书局 1986 年版，第 2109—2110、2515 页。

"渊明不为诗，写其胸中之妙尔"，[1] 朱熹说："渊明诗平淡出于自然"，[2] 都强调了陶诗自然的本质，等等。

　　既然是文学批评，而且达到了风格和构成方式研究的深度，那么，横向和纵向的比较就是顺理成章的了。这可以视为《诗品》溯源探流的批评传统的延续。然而与其他诗评言论明显不同的是，关于清淡诗派和清淡诗风的评论，在对陶诗进行吟赏的基础上，又不断地添加或结合进其他吟赏对象，从而使这些评论更富于审美欣赏的意味，超过了一般的文学批评的范畴。如白居易《题浔阳楼》："常爱陶彭泽，文思何高玄，又怪韦江洲，诗情亦清闲"；司空图《与李生论诗书》："王右丞、韦苏州澄淡精致，格在其中，岂妨于遒举哉"；许学夷《诗源辩体》卷二十三："韦柳五言古，犹摩诘五言绝，意趣幽玄，妙在文字之外"[3]，加入了清淡诗派的主要成员王维、韦应物、柳宗元，等等。下面仅以韦柳并称之论为例，略加说明。

<h1 style="text-align:center">三</h1>

　　韦柳并称始于苏轼，以后便一直沿用下来。主观性和偏向性是并称言论的两个特点。前者指诗论家的理论主张与审美理想的关系不确定，即有时是一致的，有时则相反；但不论怎样，二者的关系都由诗论家的审美情趣所决定。

---

①　（宋）陈师道：《后山诗话》，（清）何文焕辑：《历代诗话》，中华书局 1981 年版，第 304 页。

②　（宋）朱熹著，（宋）黎靖德编，王星贤点校：《论文下》，《朱子语类》卷 140，中华书局 1986 年版，第 3324 页。

③　（明）许学夷，杜维沫校点：《诗源辩体》卷 23，人民文学出版社 1987 年版，第 240 页。

第一种情况即理论主张与审美理想一致。如王士祯，虽然一生"论诗凡屡变"：少时主唐，中岁主宋，晚年复归于唐，但其神韵说却是贯穿始终的审美理想。《戏仿元遗山论诗绝句三十二首》其七云："风怀澄淡推韦柳，佳处多从五字求。"他推崇韦柳，是以其"清真古淡"的风格美为基点的，他并且把这种风格归入清淡、清远、超逸的风格体系中，以陶、王、孟、韦、柳等为一家。在此前提下"陶韦"、"王韦"、"韦柳"等提法大同小异，不存在本质的差别。与此同时，这些并称又成为衡量他人作品的艺术尺度，反映出他的审美理想。如他以韦柳、陶韦衡量潘高、王庭、邢昉等人，以为足称"逸品"。①

第二种情况是诗论主张与审美理想不一致。如白居易《与元九书》是中唐新乐府运动的理论纲领；但就在这篇文章里，他却极力推崇韦应物"高雅闲淡"的一类诗，明显与他的诗论相左。他说：

> 其五言诗，又高雅闲淡，自成一家之体。今之秉笔者，谁能及之？然当苏州在时，人亦未甚爱重，必待身后，然人贵之。今仆之诗，人所爱者，悉不过杂律诗与《长恨歌》已下耳。时之所重，仆之所轻。至于"讽喻"者，意激而言质；"闲适"者，思淡而词迂。以质合迂，宜人之不爱也。

事实上，他的讽喻诗与《长恨歌》等感伤诗一样为大多数人所欢迎。仇视他的讽喻诗，闻之"变色"、"扼腕"、"切齿"的，只是那些"权豪贵近者"、"执政柄者"、"握军要者"。所以，白居易

① 参见（清）王士祯《渔洋诗话》卷上，王夫之等撰《清诗话》，上海古籍出版社 1978 年版；《带经堂诗话》卷 10，王士祯著，张宗柟纂集，戴鸿森校点《带经堂诗话》，人民文学出版社 1963 年版。

在此不是因他的讽喻诗不为时人所重而鸣不平，而是为他的闲适诗不为时人所爱而喊冤。于是，他先把韦应物抬出来大大赞许一番，然后再把自己的闲适诗与韦应物"高雅闲淡"的五言诗相比并，引为同调。① 这样，白居易的审美理想便显现出来了。这一点，早被苏轼发现，他在《观净堂效韦苏州诗》中指出："乐天长短三千首，却爱韦郎五字诗。"

偏向性是韦柳并称言论的另一特点。它体现为对韦柳诗某类题材和体裁的偏向，以及对某种风格的偏向。这种偏向性，也是诗论家审美理想影响下的结果。

首先，诗风的研究不应局限于某一题材和体裁，而韦柳并称却大多着眼于山水田园诗和五言古诗。前者似乎不用多加说明，因为并称言论指出韦柳兼学陶谢，并且以此审视韦柳诗，其注意力必然转向陶谢的代表作山水田园诗。至于对韦柳五言古诗的推重，则有两个原因。一是"自王、孟、韦、柳、东野已后，千余年来，无有以五古名家者"②，二是韦柳被视为"汉、魏、六朝诸人而后，能嗣响古诗正音者"③。此外，还有一个原因是隐藏在以上"客观原因"背后的，这一点被宋人张戒无意中道破。在《岁寒堂诗话》卷上中，张戒指出李商隐、刘禹锡、杜牧三人，笔力不相上下，又都工于律诗，尤为七律，只是不工古诗："五言微弱，虽有佳句，然不能如韦柳王孟之高致也。"④ 李、刘、杜三

---

① 相应地，白居易在《与元九书》里也有意把自己的讽谕诗与韦应物"颇近兴讽"的歌行相比并。（唐）白居易著，顾学颉校点：《白居易集》卷45，中华书局1979年版，第965页。

② （清）施山：《望云诗话》卷2，旧钞本。转引自吴文治编：《柳宗元资料汇编》，中华书局1964年版，第715页。

③ （清）田雯：《古欢堂集杂著》卷2，郭绍虞编选，富寿荪校点：《清诗话续编》，上海古籍出版社1983年版，第699页。

④ （宋）张戒：《岁寒堂诗话》卷上，《丛书集成初编》，中华书局1985年版，第2552册，第10页。

人所短，正是王孟韦柳四家所长；只不过这蕴涵着诗论家审美理想的"高致"，恰恰体现在五言古诗上，因而显得这种诗体备受青睐罢了。

其次，诗风的研究也不应局限于某一风格，而韦柳并称言论大多着眼于韦柳诗的闲雅、清淡、简远。诗论家们对此大加推崇，如《苕溪渔隐丛话》前集卷二引北宋不著撰人之《雪浪斋日记》曰："（为诗）欲清深闲淡，当看韦苏州、柳子厚、孟浩然、王摩诘、贾长江" [①]；鲁九皋《诗学源流考》云："柳子厚独传《骚》学，亦宗陶公，五言幽淡绵邈，足继苏州，故世并称曰'韦柳'" [②]；乔亿《剑溪说诗》云："论诗如论士，品居上，才次之。若但以才言，更千百世之下，无出眉山（苏轼——笔者注）右者。必求诸品，当知韦、柳既没，清音遂杳者五百余年。" [③] 以上诸论，无不表示出对这种风格的偏好。其实，韦柳并称本身就把二者的相异之处，如韦的流丽、柳的峭劲等有意地忽略过去了。这一点，清人梁章钜已经看到，他在《退庵随笔》中说："自王渔洋倡神韵之说，于唐人盛推王、孟、韦、柳诸家，今之学者翕然从之。……窃谓王、孟、韦、柳之诗，只须就选本读之，只须遇相称之题学之。" [④] 明确指出王孟韦柳诸家诗，非止符合"神韵"之一格；但如果必求此格，只能从王士禛的选本中、从韦柳诗的相称之题中去找寻。

---

① （宋）胡仔纂集，廖德明校点：《苕溪渔隐丛话》前集卷2，人民文学出版社1962年版，第11页。

② （清）鲁九皋：《诗学源流考》，郭绍虞编选，富寿荪校点：《清诗话续编》，上海古籍出版社1983年版，第1355页。

③ （清）乔亿：《剑溪说诗》卷7，郭绍虞编选，富寿荪校点：《清诗话续编》，上海古籍出版社1983年版，第1104—1105页。

④ （清）梁章钜：《学诗二》，《退庵随笔》卷21，《近代中国史料丛刊》（第一辑）影印光绪元年校刊《二思堂丛书》本，台北文海出版社1966年版，第1097页。

四

在对清淡诗风进行吟赏之余，诗论家们还试图吸取和模仿这种诗风，付诸文学实践。拟陶和拟韦是常见之举，如白居易、苏轼都有这类创作。这种现象，大致是由两个原因造成的：首先是对清淡诗风的爱好，其次是个人遭遇和心态与清淡派诗人在某种程度上的一致。如白居易被贬江州司马后，"独善"思想逐渐占了上风，他对陶诗的称美以及闲适诗的写作，也大多集中在这以后，苏轼贬谪惠州和岭南以后，最喜读陶、柳二集，谓之"南迁二友"[①]，又有大量的和陶、效陶、和韦、效韦之作，并抄录柳诗赠友，但是这些模仿之作却不能与原作相侔。对此，有人从性情方面加以解释，如清人施补华《岘傭说诗》："后人学陶，以韦公为最深，盖其襟怀澄淡，有以契之也。东坡与陶气质不类，故集中效陶、和陶诸作，真率处似之，冲漠处不及也；间用驰骤，益不相肖。"[②]有人从时代因素方面加以说明，如金人元好问《东坡诗雅引》说："近世苏子瞻绝爱陶、柳二家。极其诗之所至，诚亦陶、柳之亚。然评者尚以其能似陶、柳，而不能不为风俗所移为可恨耳。夫诗至于子瞻，而且有不能近古之恨，后人无所望矣！"[③]性情和时代风气固然会影响到诗歌创作，从而造成仿作与原作的差异，但是造成这种差异的根本原因，乃是审美情趣与文学创作性质的不同：

---

① （宋）陆游著，李剑雄、刘德权点校：《老学庵笔记》卷9，中华书局1979年版，第120页。

② （清）施补华：《岘傭说诗》，（清）王夫之等著，丁福保辑录：《清诗话》，中华书局1963年版，第977页。

③ （金）元好问著，狄宝心校注：《元好问文编年校注》卷2，中华书局2012年版，第180页。

审美可以趋古，而创作则要另辟蹊径。

　　当然，对于清淡诗派成员来说，审美和创作是可以达到一致的。自陶渊明以后，每个清淡诗派成员都对本派前辈诗人有一定的看法，因而他们也可以算作是评论者；但当他们从事创作时，便与白居易、苏轼之流的另辟蹊径不同。他们首先认同了这种诗风，并且在创作时努力结合个性特点，意欲实现对时下诗坛风气的改造。如梅尧臣、王士祯的创作有以复古为革新的意味，他们对清淡诗风的改造，仅仅是在"清"的总特征之下的清中之变。其次，由于他们把清淡诗风视为自己文学主张之所在，因此没有必要刻意地模仿本派前辈诗人，而只凭借着一种认同感进行创作，自然就相互走到了一起。

　　综上所述，从批评审美心态的角度看，关于清淡诗派和清淡诗风的评论具有深刻和丰富的美学意义：从人格到文学、从吟赏到实践，其与中国传统美学的价值取向和展开方式是那么的和谐一致，从而不能不诱引我们去探究它的象征意义以及清淡诗风本身所代表的艺术精神了。

论陶渊明的咏史诗及其特征

在中国诗歌批评史上，陶渊明可谓身兼多种角色：有人尊他为"古今隐逸诗人之宗"[①]，有人奉他为"放人"[②]、"逸民"[③]、"第一达磨"[④]，还有人将他推作"圣贤之人"[⑤]、"有志天下者"[⑥]、"卧龙豪"[⑦]，等等。这是一个非常值得重视的文学现象。从表面上看，这些说法似乎仅仅反映了陶诗的丰富性与复杂性；但是，若对渊明历来为人们所忽视的咏史诗进行一番清理和分析，便会发现，诗论家们主要是从各自的品评标准出发，或多或少地通过咏史诗这一特定题材，选择了他们心目中的陶渊明。本文拟对陶渊明的咏史诗进行初步研究，同时探讨批评史上这一文学现象的由来，并对陶诗的总体特征提出一些新的看法。

---

① （梁）钟嵘著，陈延杰注：《宋征士陶潜》，《诗品注》卷中，人民文学出版社1961年版，第41页。

② （隋）王通：《文中子中说》卷9，上海古籍出版社1989年版，第43页。

③ （宋）徐铉：《送刁桐庐序》，《徐公文集》卷24，《四部丛刊初编》，上海商务印书馆1929年版，集部，第132册，第165页。

④ （宋）葛立方：《韵语阳秋》卷12，（清）何文焕辑：《历代诗话》，中华书局1981年版，第575页。

⑤ （清）吴淇著，汪俊、黄进德点校：《六朝选诗定论》卷11，广陵书社2009年版，第292页。

⑥ （清）顾炎武：《菰中随笔》，《丛书集成初编》，中华书局1985年版，第348册，第38页。

⑦ （清）龚自珍：《龚自珍全集》，中华书局1959年版，第521页。

一

　　有人曾给咏史诗下过这样的定义："在中国古典诗歌中，凡是以某一（或某几个）历史人物或事件作为题材，对之进行歌咏、评论、藉以抒泄感情、发表见解的诗歌，皆可称为咏史诗。"① 对此，我们认为应做适当补充，本文从吟咏对象着眼，把咏史诗的形式特征归纳为以下几点：（1）吟咏对象明确：或为历史人物、历史事件，或为神话传说中的人、神及其事迹。由于中国史前神话多已被儒家有意识地历史化了，因此，对以这些题材为对象，其作意与游仙诗迥然有别者，应视其实际情况划入咏史诗；（2）吟咏对象的含义明确。一般说来，它们或者为某种行为准则的代表，或者是某种精神的象征。如伯夷、叔齐不食周粟，采薇于首阳山下；长沮、桀溺摈斥仕途，偶耕于田中；（3）吟咏对象与诗人本身有某种程度的联系，或者可以成为诗人感情的寄托所在，或者可以通过对它们的歌咏表达诗人的某种意愿或意见等等。

　　咏史诗是陶渊明的一类重要代表作。在陶诗中，据粗略统计，咏史诗有三十余首，几占全部诗作的三分之一；如果再算上与咏史相关的其他韵文，则数量和比重更为可观。可见，咏史是足以与田园并立的陶诗两大题材之一。然而，以往的陶诗研究者多把注意力集中于后者，一直忽略了对前者进行系统深入的探讨。这实在是个不小的缺憾。

　　从作品的思想内容和感情基调着眼，可以发现陶渊明咏史诗中经常出现的三大主题，即思古、伤逝和固穷。前两个主题在其

---

① 　陈文华：《论中晚唐咏史诗的三大体式》，《文学遗产》1989 年第 5 期。

他作品中也同样存在。如"遥遥望白云，怀古一何深"（《和郭主簿二首》其一），"拥怀累代下，言尽意不舒"（《赠羊长史》），"缅怀千载，托契孤游"（《扇上画赞》）等，都是"笃意真古"[①]的思古之作，而"但恨殊世，邈不可追"，"黄唐莫逮，慨独在余"（《时运》），"人生若寄，憔悴有时。静言尤念，中心怅而"（《荣木》），"从古皆有没，念之中心焦"（《己酉岁九月九日》），"气变悟时易，不眠知夕永"（《杂诗十二首》其二）等，无不充满了生命怵惕、节物惊心和迁逝之悲。不过，出于思古和伤逝的情调在咏史诗中大多有具体的指向，因而其表现程度遂显得较为含蓄和冲淡。如《咏荆轲》诗，对那个曾经有可能改变历史进程的侠士，只是感慨道："其人虽已没，千载有余情"；《读山海经》其三在描绘了一番"清瑶明玕"的仙境之后，也仅仅慨叹："恨不及周穆，托乘一来游"等。由此可见，渊明咏史诗中思古、伤逝主题的作品与其他题材的同类创作虽表现程度不同，但二者的意脉却是相通的。这一点涉及二者在创作方式上的相互影响问题，见后文。至于固穷主题，则在陶诗特别是咏史诗中，更是一以贯之。"固穷"语出《论语·卫灵公》："君子固穷，小人穷斯滥矣。"[②]意为君子能够做到固守贫困，不失节操，而小人遭受困厄就会胡作非为。陶诗《癸卯岁十二月中作与从弟敬远》、《饮酒二十首》其十六等即为此类创作。

　　归纳一下陶渊明咏史诗的吟咏对象，对说明固穷主题与思古、伤逝主题的关系以及陶渊明咏史诗情感基调的特征，不无必要。吟咏对象中最常出现的一类是贞志不休、安道苦节的贫士。其中诗人志趣所宗者是受厄于陈蔡的孔子，耕稼陶渔的虞舜；供他去取者是圣门诸高足颜回、子路、原宪、子贡；可以与他比并者是

---

① （梁）钟嵘著，陈延杰注：《诗品注》卷中，人民文学出版社1961年版，第41页。
② （宋）朱熹：《四书章句集注》，中华书局1983年版，第161页。

草野诸高士荣启期、黔娄、袁安、张仲蔚；在现实生活中可以效法的是去官之阮公、辞吏之子廉。另一类是报国济民的贤士与勇士。他们是功成自去的二疏、从主而死的三良以及视死如归的荆轲。第三类是不安于命运的摆布而勇于反抗的斗士。这一类多神人异物，如逐日的夸父，填海的精卫，舞干戚的刑天等。此外还有一类是邈邈然恍如隔世的仙人，如王母、羲和等。从这几类吟咏对象在诗中所处的地位来看，贫士形象最为重要、也最为突出，可以构成一个形象系列；其次是第二、三类。三者虽然地位不同，但却共同反映着陶渊明思想感情的方方面面。这种情况，与《形影神》诗中形影神分别代表陶渊明自身矛盾着的三个方面极为相似。

　　魏晋士人崇尚自然，希慕率性任真、而对自然的理解以及实践自然之道的方式却有不同。陶诗《形影神》即提出了三种不同的理解和实践运行方式。"形"主张及时行乐、纵饮逞情，"影"主张行善立功、积德留名，"神"则主张纵浪大化、听任自然。这三个方面，反映了他的人生观各个侧面的冲突与调和。前两种方式在陶诗中的表现比较突出、明确，这就是上文所说的思古与伤逝。因生不逢时、功名难就而怅恨不平，便抒发"日月掷人去，有志不获骋。念此怀悲悽，终晓不能静"（《杂诗十二首》其二）的伤逝悲怀，同时俯仰古今，又强化了"愚生三季后，慨然念黄虞"（《赠羊长史》）的思古悠想。其咏史诗的吟咏对象，往往是古代功成留名的圣哲贤士以及不安于命运摆布的斗士。至于第三种方式，看起来比较抽象、玄虚，但是，联系陶诗的固穷主题，特别是咏史诗的此类创作，便会明白，陶渊明所说的纵浪大化、听任自然，主要是靠固穷去实现：固穷与大化自然在某种程度上是重合的。这就意味着第三种方式主要与固穷主题相对应，其咏史诗的吟咏对象主要是安道苦节的贫士。当然，在诗人确立固穷之志的过程中，思古和伤逝的情调，贤士和斗士的形象也往往会不期而至，夹杂其间，共同完成这一心路历程的艰难跋涉。

值得注意的是，陶渊明的咏史诗大部分作于归隐时期：《咏贫士》《读山海经》写于晚年，《拟古》是在咏史的同时追想反省自己的一生，第九首可定为武帝永初元年（420）作，时陶氏56岁，早已弃职返里，[①] 其他诗篇当系于此年前后；《癸卯岁始春怀古田舍二首》及《癸卯岁十二月中作与从弟敬远》写于家乡服母丧期间，时隔一年诗人才东下为刘裕镇军参军；《饮酒》为同年所作，[②] 诗序明确说成于"闲居寡欢"之时，即可为前诗之证，《咏二疏》、《咏三良》、《咏荆轲》当是晋亡以后所作。按理来说，归隐后的陶渊明及其诗该是相当冲和乃至于"浑身静穆"了，然而事实并非如此：以他的咏史诗来说，不仅有激昂慷慨的"金刚怒目"式，而且更多的还有充满了矛盾的"一心处两端"式，吟咏对象除前贤隐士外，还有勇于反抗命运的斗士，即使在前贤隐士中，也有许多人是经过一番作为后才归隐的，其诗也并非恬淡，而是于恬淡中时而露出不安、不平、无可奈何以至于悲愤来。这种种感情曲线，生动地勾画了陶渊明确立固穷之志的心路历程。

《癸卯岁十二月中作与从弟敬远》诗云："平津苟不由，栖迟讵为拙？"平津，即指仕途。作于一年后的《始作镇军参军经曲阿》诗有曰："时来苟冥会，宛辔憩通衢"，通衢也指仕途。可见陶渊明归隐的一个重要原因，就是仕途多坷。不过这还不是最重要的原因。《癸卯岁始春怀古田舍二首》其二道出了个中奥秘："先

---

① 参逯钦立校注：《陶渊明集》附录二《陶渊明事迹诗文系年》，中华书局1979年版。
② 参逯钦立校注：《陶渊明集》附录二《陶渊明事迹诗文系年》，中华书局1979年版。

师有遗训，忧道不忧贫。"即说他的固穷，是秉承先哲遗训，是维护"道义"的举动。然而，由于他的内心经常充满着穷通出处、贫富贵贱的矛盾冲突，最终，他是在固穷中悟出了自然之道，所谓"虽留身后名，一生亦枯槁，死去何所知，称心固为好"（《饮酒二十首》其十一），"介焉安其业，所乐非穷通"（《咏贫士七首》），他把穷通都置之度外，而选择了称心，即纵浪大化、任性自然。

　　这样一个过程，看来合乎逻辑，似乎一切都是那么的自然、有序，其实中间却有无数的反复。陶渊明的固穷之志，正是在这无数的反复中逐渐得到了确立。如《读山海经十三首》，从首章到末章，即可以视为一个复杂的心路历程，它充分反映了诗人感情、理智的发展、冲突和变化。生死、穷通、贵贱、荣枯、古今、悲乐这些对立的两极观念在诗中此伏彼现，相互转化着，跳跃着。黄文焕说这组诗"首章专言读书之快，曰'不乐复何如'，至十二章而《山海经》内所寄怀者，递举无余矣，却于经外别作论史之感，自了一身则易乐，念及朝廷则易悲。以乐起，以悲结"[1]，虽然对陶诗的丰富性认识不够，仅以"一身"与"朝廷"去规范它；但其间的感情脉络，还是被他把握住了。

　　另外值得一提的是，在陶渊明的咏史诗中，思古、伤逝、固穷之间的演进，是一个双向的过程。由思古、伤逝而至固穷，结果是"谬得固穷节"；而因固穷却难逢知音，又转入思古、伤逝，结果便是"黄唐莫逮，慨独在余"。但无论怎样，发思古之悠想，抒伤逝之悲怀，明固穷之志节，都始终是回荡在陶渊明咏史诗中的主要旋律。

---

① （晋）陶渊明著，（明）黄文焕析义：《陶元亮诗》卷4,《四库全书存目丛书》，齐鲁书社1997年版，集部，第3册，第214页。

二

陶渊明的咏史诗既具有上述如此丰富的情感基调，交响着如此复杂的旋律和主题，那么，它在风格上的独特性则应是不言而喻的了。前人论陶，或曰"长于冲淡"[①]，仅就其田园诗而言，固然不谬，但如果再联系其咏史诗，考察田园与咏史这陶诗两大题材的关系，或许会得到更深入一步的认识。

陶渊明一生虽有五次出仕，但他的大部分时光毕竟是在隐居田园中度过的。他的出仕有各种考虑，[②]他的归隐亦是其思想发展的必然结果。在隐居生活中，他以耕读为事，于自己一生所为，时有反省，于古人出处，亦多有感慨。在一种浓厚的迁逝感之中，他从前贤圣哲那里寻找情感慰藉和精神支柱，又在与邻曲田父的交往中，坚定着固穷守节的信念。所谓"晨兴理荒秽，带月荷锄归"（《归园田居五首》其二），"泛览周王传，流观山海图"（《读山海经十三首》其一），"历览千载书，时时见遗烈"，"平津苟不由，栖迟讵为拙"（《癸卯岁十二月中作与从弟敬远》），"古时功名士，慷慨争此场，一旦百岁后，相与还北邙"（《拟古九首》其四），"壮士胡独然？实由罕所同。介焉安其业，所乐非穷通"（《咏贫士七首》其六），"邻曲时时来，抗言谈在昔"（《移居二首》其一），"深感父老言，禀气寡所谐。纡辔诚可学，违己讵非迷"（《饮酒二十首》其九）等等，正是他亦耕亦读的生活与复杂而明净的心境之写照。其间咏史与田园的联系，犹如耕与读的联系一样密切，或

① （宋）秦观著，徐培均笺注：《韩愈论》，《淮海集笺注》卷22，上海古籍出版社1994年版，第751页。
② 参见袁行霈：《陶渊明与晋宋之际的政治风云》，《中国社会科学》1990年第2期。

者说咏史就包含在田园生活之中。他沉浸在思古之悠想中，抒发着伤逝的情怀，坚定着固穷的志节，正如他戴月荷锄，晨兴理秽，望着南风吹拂田中的新苗一样的自然、真切。"采菊东篱下，悠然见南山"，"此中有真意，欲辨已忘言"，"真意"固然是真切地体会到了，但它却太丰富、太复杂了，如何能分辨得清，又如何能讲得明呢？难怪他会不由自主地"忘言"了。

由耕与读的密切联系演化为田园与咏史的密切联系，是逻辑发展的必然结果。正是这种密切的联系，造成了陶渊明咏史诗与田园诗在创作方式上的相互影响和渗透（比较《饮酒》其十五与《咏贫士》其五等即可见出二者神似之处），使咏史诗带有田园气息，进而更带有诗人独特的气息，从而构成了陶诗在总体上所独有的古今混融、物我同一的特色，构成了陶诗独特的艺术思维方式以及陶诗深厚的历史感的重要内涵。

回顾陶渊明以前咏史诗的发展历程，可以见出他对咏史这一诗体的独特贡献。咏史诗创立于东汉的班固。"孟坚才流，而老于掌故。观其《咏史》，有感叹之词"[1]，但总的说来，班固《咏史》大多是櫽栝本传，"质木无文"[2]。到西晋的左思，咏史诗完成了自身的一次转折。"太冲《咏史》，初非呆衍史事，特借史事以咏己之怀抱也"，"或先述己意，而以史事证之。或先述史事，而以己意断之。或止述己意，而史事暗合。或止述史事，而己意默寓"[3]，不仅将咏史与咏怀相结合，而且在史、论组合艺术方面显示了高超的技巧。至于陶渊明，则在前人的基础上，更把咏史诗与田园

---

① （梁）钟嵘著，陈延杰注：《诗品注》卷下，人民文学出版社1961年版，第55页。

② （梁）钟嵘著，陈延杰注：《诗品注》总论，人民文学出版社1961年版，第1页。

③ （清）张玉谷著，许逸民点校：《古诗赏析》卷11，上海古籍出版社2000年版，第251页。

诗相结合，将其引入浑然的境界，其中闪烁着陶渊明人格的光辉。
清人邱嘉穗论《咏贫士七首》云：

> 上二首皆陶公自述其贞志不休、安道苦节之意。以下五
> 首乃历引古之贫士为证，即承上章"赖古多此贤"句，说来
> 字字皆为自己写照。余尝玩公此下数诗，皆不过借古人事炸
> 一影子说起，便为设身处地，以自己身分推见古人心事，使
> 人读之若咏古人，又若咏自己，不可得分。①

苏轼《东坡题跋》卷二《书渊明东方有一士诗后》云：

> 此东方一士，正渊明也，不知从之游者谁乎？若了得此
> 一段，我即渊明，渊明即我也。②

又前引明人黄文焕《读山海经十三首》，以为"以乐起，以悲结，
有意于布置"，"结乃旁及论史，有意于隐藏"，"因读经，生肆恶放
士之叹……有意于穿插。"③这三段评论说明：（1）陶渊明的咏史
诗是"字字为自己写照"，物我不分，而且诗中有诗人的自我形
象在；（2）这诗人的自我形象，往往能够被读者所认同，甚至达
到"我即渊明，渊明即我"的程度；（3）陶渊明的咏史诗往往能
够自成系列，在结构上巧于安排。这三点可以看作是陶渊明对咏
史诗的独特贡献。

---

① （清）邱嘉穗评注：《东山草堂陶诗笺》卷4,《四库全书存目丛书》，齐鲁书社
  1997年版，集部，第3册，第260页。
② （宋）苏轼：《东坡题跋》卷2,《丛书集成初编》，中华书局1985年版，第1590册，
  第40页。
③ （晋）陶渊明著，（明）黄文焕析义：《陶元亮诗》卷4,《四库全书存目丛书》，齐
  鲁书社1997年版，集部，第3册，第214—215页。

三

至此，可以对本文一开始涉及的问题——陶渊明为何在中国诗歌批评史上身兼多种角色做出初步的解释了。综观前人这类言论，不外三种：其一说陶是隐逸诗人，而且是隐逸诗人之祖，这是就文体而言；其二单讲他的超然旷逸，以至不食人间烟火，这是就品性而言；其三仅见陶的愤世嫉俗，以为他有志于天下，这是就志向而言。三种言论的形成轨迹，从批评客体和批评主体两个方面，都不难发现。

从批评客体亦即陶诗这一角度看，如上所述，因为陶渊明心中常常充满了对立两极观念的冲突，而要率性任真，必须摆脱世俗观念的纷扰，这就决定了他经常处于"一心处两端"的状态之中。陶诗，特别是他的咏史诗，正是在这复杂多变的心路历程中形成了自己的特色：以冲淡自然为其风格特征，行笔富于变化开阔，古今混融，物我同一，自我形象鲜明；而这自我形象常常在一首诗中只展示诗人全貌的一个侧面，且往往易被读者认同。可以说，陶诗总体特征是两极矛盾相互冲突、融合的结果，它的形成，就是一个"豪华落尽见真淳"①的过程。

从批评主体这一角度看，一方面有批评者能否做到公正全面的问题。清人陈沆就发现读陶诗者有"二蔽"，其一是只知"归园、移居及田间诗十数首，景物堪玩，意趣易明"，便"徒以陶公为田舍之翁，闲适之祖"；其二是"闻渊明耻事二姓，高尚羲皇，

---

① （金）元好问著，施国祁注，麦朝枢校：《论诗绝句》，《元遗山诗集笺注》卷11，人民文学出版社1958年版，第525页。

遂乃逐景寻响,望文生义",[①]认定陶氏为"有志天下者"。另一方面,则是批评者的品评标准问题,这一点尤其重要。如钟嵘《诗品》偏重诗体源流演变,论诗每称某某出于某某。王通既有隐逸之举,其以"放人"目陶,不足为怪。葛立方以禅论诗,指出"不立文字,见性成佛之宗,达磨西来方有之,陶渊明时未有也";既然"《形影神》三篇,皆寓意高远",[②]符合"不立文字,见性成佛"的标准,那么称陶为"第一达磨",也就很自然了。顾炎武曾立志恢复明王朝,其论诗多重讽喻教化;龚自珍每感于当时社会的"万马齐喑",同样强调文学"经世匡时"的作用,他们以陶为"有志天下者"、"卧龙豪",自然也别有深意存焉。还有一个方面,就是品评标准的时代性问题。钟嵘处于文学自觉、文体论开始发达的南北朝时期,王通、徐铉、葛立方生活在佛道隆盛的隋唐及宋代;而吴淇、顾炎武、龚自珍活动的年代,是在入清以后,此时,儒家学说早已再次被统治者定为一尊——显然,时代的文化特征对他们上述文学观念及论陶视角的影响,不能仅仅看作是偶然的巧合。

----

① (清)陈沆:《诗比兴笺》卷2,上海古籍出版社1981年版,第76页。
② (宋)葛立方:《韵语阳秋》卷12,(清)何文焕辑:《历代诗话》,中华书局1981年版,第575页。

论陶诗对后代山水诗的影响

众所周知，学术界对山水诗形成的原因有许多说法，但是，对山水诗产生时代的划定则基本上一致，那就是晋末宋初。

晋末宋初是陶渊明生活的时代。在后人的心目中，只有陶渊明以后的谢灵运才是真正的山水诗人，而陶渊明则是一位地道的田园诗人。但是，从陶诗的实际情况看，再联系陶诗对后代山水诗创作所产生的影响，这种看法似乎有略加修正的必要。

在讨论这个问题之前，有必要先看看关于山水诗的界定。王国瓔先生在其《中国山水诗研究》一书的"序言"中指出：

> 所谓"山水诗"，是指描写山水风景的诗，虽然诗中不一定纯写山水，亦可有其他的辅助母题，但是呈现耳目所及的山水状貌声色之美，则必须为诗人创作的主要目的。在一首山水诗中，并非山和水都得到同时出现，有的只写山景，有的却以水景为主。但不论水光或山色，必定都是未曾经过诗人知性介入或情绪干扰的山水，也就是山水必须保持耳目所及之本来面目。当然，诗中的山水并不局限于荒山野外，其他经过人工点缀的著名风景区，以及城市近郊、宫苑或庄园的山水亦可入诗。①

---

① 王国瓔：《中国山水诗研究》，台湾联经出版事业公司 1986 年版，第 1 页。

山水诗，顾名思义就是以山水景物为主要描写对象的诗。这里要注意三点：（一）山水景物的中心词是景物而不是山水；所以有些不出现水光山色的诗也属于山水诗，如王维的《竹里馆》："独坐幽篁里，弹琴复长啸。深林人不知，明月来相照。"诗中只有三种景物：幽篁、深林、明月，再有就是弹琴长啸的诗人自己了。此诗是写别墅环境及氛围，诗中景物描写占较大比重，故算作山水诗。（二）由于诗中除山水描写外，还可以有其他辅助母题，故行旅诗、游览诗、宫廷诗、玄言诗、田园诗等等，往往会在外延上与山水诗发生交叉；这就是中国古代山水诗会如此深厚广博、源远流长的原因之一，同时也是陶诗所以会对后代山水诗产生影响的原因之一。（三）所谓"山水必须保持耳目所及之本来面目"，未必山水不曾经过知性的介入和情绪的干扰。诗为心声，纯写山水之美而无情绪流露的山水诗是不存在的；这一点不言而喻。即使有知性介入，也未必不成山水诗，如苏轼的《题西林壁》。问题在于，诗中的知性和情绪要和山水相吻合，不可抢了山水描写的位置。如"感时花溅泪，恨别鸟惊心"与"飘飘何所似，天地一沙鸥"，分别是杜甫《春望》和《旅夜书怀》中的诗句。前者是将自己仕途蹭蹬的牢愁寄托在花露鸟鸣之上，让人一读便体会到诗人的感与恨；而后者则将自己羁旅漂泊的忧思化为天地间飘飞的沙鸥，让人先睹其形，后感其情。与此相应，《春望》虽然有两联写春望之景，《旅夜书怀》虽然有两联写羁旅之情，但由于二者在情景构成方式上的不同，《春望》属于睹物伤怀的咏怀诗，而《旅夜书怀》则是山水与身世共咏，故后者被划入山水诗的讨论范围之中。

从题材上看，陶诗可分为田园、咏史述怀和行役三大类。其中田园诗是诗人多年隐居生活的写照，咏史述怀只是诗人田园生

活或行役经历的一部分，至于行役，更是如同诗人几次出仕一样
时间短暂。故以数量和代表性来说，渊明之作当然应推田园诗为
首，咏史述怀和行役诗的数量、代表性则依次递减。但是，在所
有三类诗中，那圆融浑成的诗境却是无所不在的；特别是涉及情
与景的关系时，这一特点表现得更加明显。也就是说，陶诗中虽
然没有真正能够称得上山水诗的作品，陶渊明本人也没有像谢灵
运那样去优游山水，但他并不是没有写景之作，他对山水景物的
敏感程度也不比谢灵运差；而且，就陶诗对情景关系的处理这一
点的影响而言，陶渊明对山水诗的影响之大，并不在谢灵运之下。

陶诗在处理情景关系方面的最大特点，就是融情入景，注重
传达自然山水的种种意趣。陶诗的这一特点及其意义，在我们对
山水诗的发展历程略作回顾以后，将会更加明了。

中国诗歌自《诗经》开始就出现了山水描写，一直到晋宋间
山水诗正式确立，其间走过了一个漫长的发展历程。概而言之，《诗
经》中的山水景物，主要用以起兴，引发作品的主题。如《周南·桃
夭》共三章，每章都以"桃之夭夭"开篇，继之以对花、实、叶
的描写，然后引发出对"之子"的赞美。诗中的景物与吟咏对象
显然存在着一种对应关系或内在的一致性。另外，像《郑风·风
雨》对风雨和鸡鸣的描写，以及《小雅·采薇》对杨柳和雨雪的
刻画，主要是出于烘托某种氛围或情绪的目的。楚辞中的山水景
物，同样也是诗人抒发个人情感的媒介或手段。如《九歌·湘夫
人》的开篇："帝子降兮北渚，目眇眇兮愁予；袅袅兮秋风，洞
庭波兮木叶下。"[1] 秋风、湖波、木叶伴随着湘水之神的出现，给
全诗笼罩上了一层迷蒙怅惘的色彩。汉乐府民歌大多是直抒胸

---

① （宋）朱熹集注：《楚辞集注》卷 2，上海古籍出版社 1979 年版，第 35 页。

臆,山水景物往往作为喻体出现。如《上邪》:"山无陵,江水为竭,冬雷震震夏雨雪,天地合,乃敢与君绝。"[①] 即使是全篇写景的《江南》,也是一派欢快惬意的情调,几乎看不到景物刻画的痕迹。"古诗十九首"的山水景物成分比以前有所增加,如《庭中有奇树》、《迢迢牵牛星》等。诗中景物即是诗的主题或其一部分。总之,魏晋以前的诗歌,以抒情言志为主,其表达方式主要是直抒胸臆,因而在处理情与景的关系时,往往是融景入情;山水景物成分的增加,并不意味着景物描写的独立,而只是标志着诗人主观情感的丰富和强烈。

魏晋以后,诗歌创作的情景关系发生了划时代的变化。如果说魏主曹操的《步出夏门行·观沧海》作为中国文学史上第一首完整的山水诗,尚以沧海日月的博大壮阔去比喻诗人的胸襟,因而仍然留有上一阶段即景抒情的痕迹;那么自太康潘、陆以后,诗歌以巧构形似之言为上,则成为普遍的风气。景物描写出现在游览、求仙和隐逸题材的诗篇中,并获得了某种客观实在的意义。也就是说,山水景物不是作为抒发主观情志的媒介和手段,而是作为客观的观照物出现在诗人的笔下。穷形尽相、模山范水从作为其他题材的一部分内容,扩展到诗的全部内容,进而成为蔚为大观的一种文体——山水诗,这正是从潘、陆到大小谢之间的变化轨迹。其特征正如明人陆时雍在《诗镜总论》中所云:"诗至于宋,古之终而律之始也。体制一变,便觉声色俱开。谢康乐鬼斧默运,其梓庆之鐻乎?颜延年代大匠斫而伤其手也。"[②] 这是从律诗逐渐成熟的角度,去说明刘宋以后声色俱开这一诗

---

① (宋)郭茂倩编:《乐府诗集》卷 16,中华书局 1979 年版,第 231 页。
② (明)陆时雍:《诗镜总论》,丁福保辑:《历代诗话续编》,中华书局 1983 年版,第 1406 页。

歌特征的。其实，伴随着律诗的成熟和确立的，乃是诗歌中情
与景关系的变化：

> 诗至于宋，性情渐隐，声色大开，诗运一转关也。康乐
> 神工默运，明远廉俊无前，允称二妙。延年声价虽高，雕镂
> 太过，不无沉闷；要其厚重处，古意犹存。①

如果说谢灵运以他大量的山水之作开辟了诗歌的"性情渐
隐，声色大开"时代；那么，陶诗的浑融境界及其高度写意的
景物刻画，则昭示了唐以后诗歌创作情景交融的必然趋势。这一
点，正是陶渊明虽无多山水之作而学陶者多以山水诗名家的奥秘
所在。

陶集中大概以《游斜川》一首最具山水诗意味。诗前小序说
明诗人出游的缘起、游览中所见山水景物、作诗缘由以及全诗主旨：

> 辛丑正月五日，天气澄和，风物闲美，与二三邻曲，同
> 游斜川。临长流，望曾城，鲂鲤跃鳞于将夕，水鸥乘和以翻飞。
> 彼南阜者，名实旧矣，不复乃为嗟叹。若夫曾城，傍无依接，
> 独秀中皋，遥想灵山，有爱嘉名。欣对不足，率尔赋诗。悲
> 日月之遂往，悼吾年之不留。各疏年纪乡里，以记其时日。②

在这篇诗序里，情与景是相互交融的；而下面的诗篇，则更
是"欣对不足，率尔赋诗"的产物。案"率尔"或作"率共"，

---

① （清）沈德潜著，霍松林校注：《说诗晬语》卷上，《原诗　一瓢诗话　说诗晬语》，
　　人民文学出版社 1979 年版，第 203 页。
② （晋）陶渊明著，逯钦立校注：《陶渊明集》卷 2，中华书局 1979 年版，第 44 页。

南宋汤汉《陶靖节先生诗集注》作"率尔"，今从之。这种去取，除了文献学的考虑外，还因为"率共"只表明了"欣对不足"而赋诗这一结果，而"率尔"则传达出了诗人感物咏怀的心理状态及陶诗"酣畅赋诗，以乐其志"(《五柳先生传》)的特点。诗云：

> 开岁倏五十，吾生行归休。念之动中怀，及辰为兹游。气和天惟澄，班坐依远流。弱湍驰文鲂，闲谷娇鸣鸥。迥泽散游目，缅然睇曾丘。虽微九重秀，顾瞻无匹俦。提壶接宾侣，引满更献酬。未知从今去，当复如此不？中觞纵遥情，望彼千载忧。且极今朝乐，明日非所求。①

且不论此诗情调是否消极，只看诗的写景部分，就会发现，诗中没有穷形尽相的景物描写，所谓"远流"、"弱湍"、"闲谷"、"迥泽"等，都是经过高度抽象化的意中之景，它所着重传达的，是自然山水所蕴涵着的种种意趣，而山水景物似乎只具有某种表意符号的作用。但是，它与《诗经》、楚辞把山水景物作为抒情言志的媒介或手段不同；山水景物在这里不仅已经成为独立的审美对象，而且还具有了超乎其外在表象的形而上的意义。这种完全以写意为中心的山水之作，也与谢灵运完全以写实为中心的山水诗迥乎不同；它走的完全是另一条路，那就是淡墨写意之路。清人方东树在其《昭昧詹言》卷四中评此诗云："此游诗正格，准平绳直无奇妙，而清真自不可及。"②此段评语不仅表明了对此诗风格的肯定，而且意味着淡墨写意的山水诗作法，已经被视为"正

---

① （晋）陶渊明著，逯钦立校注：《陶渊明集》卷2，中华书局1979年版，第44—45页。

② （清）方东树著，汪绍楹点校：《昭昧詹言》卷4，人民文学出版社1961年版，第104页。

格"而为诗论家们所正式接受了。

陶诗在处理情与景关系方面的另一特点，就是塑造了一系列人格化的意象，如羁鸟、池鱼、芳菊、青松、孤云等。它们在不同的场合、在不同的诗歌中，起着象征抒情主人公不同侧面的作用。如"羁鸟恋旧林，池鱼思故渊"（《归园田居五首》其一）；"芳菊开林耀，青松冠岩列。怀此贞秀姿，卓为霜下杰"（《和郭主簿二首》其二）；"万族各有托，孤云独无依。暧暧空中灭，何时见余晖。朝霞开宿雾，众鸟相与飞。迟迟出林翮，未夕复来归"（《咏贫士七首》其一）等。值得一提的是，陶诗中的象征性意象，与《诗经》、楚辞、古诗十九首等仅仅作为比兴的意象已大不相同，它们已获得了独立存在的意义。具体地说，像"羁鸟恋旧林，池鱼思故渊"这样的句子，不仅羁鸟和池鱼本身具有摆脱世俗羁绊而返朴归真的寓意，而且它们存在于这两句中，本身就构成了一种独立自足的意义。不需要像《诗经》等那样，必须在"桃之夭夭，灼灼其华"后面加上"之子于归，宜其室家"之类的注脚。至于"万族各有托"那一段关于孤云和归鸟的描写，则更富象征意味，同时又更富独立自足性。万族有托而孤云无依，它在空寂中自生自灭，何曾见到过夕阳的残晖。它是多么的孤傲而又短寿！众鸟在朝霞初现时，就相与飞出森林；唯有一只倦鸟，却迟出早归。那片高洁的孤云和那只疲倦的归鸟，都是诗人的自我写照；但是它们本身又构成了一幅画面，从而赋予这些象征性的人格化意象以跃动的生命力。这种活生生的象征性人格化意象，构成了陶诗艺术引人注目的一个方面，这也可视为陶诗对文学传统的一个重要贡献。

试论唐太宗及贞观诗风

唐太宗在位的二十三年，是初唐诗发展过程中的一个重要阶段，对唐诗的发展有着不可忽视的影响。这个阶段的创作，基本上是宫廷诗，其本身的价值并不大，不过，在文风的改良与纠偏上，却有一定的意义，而作为贞观宫廷诗坛的主持者与代表作者之一，唐太宗的诗歌理论与实践不能不引起我们的注意。本文试图从这一角度出发，在对唐太宗诗歌理论与实践进行初步探讨的基础上，联系贞观诗风，挖掘其在唐诗发展过程中所起的积极作用与消极作用，以求对初唐诗的发展有一个比较客观的评价。

一、唐太宗的文艺观与文学主张

"唐太宗的文艺观"与"唐太宗的文学主张"并不是同义的反复，前者指他对文学的一般性认识，这种认识还仅仅限于文学的外部特征方面，而后者则主要体现在他对前代文风的原则性看法，以及他对一种中和雅正的文风的倡导上，这个方面，乃是他作为封建社会的一代英主，同时作为一个璀称文学思想家的贞观诗坛的盟主所具备的素质。两个方面相互影响、共同作用，对贞观诗风的形成产生重大影响，而以后者的影响更为直接。

　　唐太宗李世民的青少年时代大部分是在戎马倥偬之中度过的。他所接受的，起初多是武将世家尚武精神的教育与熏陶。因此，骑射征战对于他来说是立身之本，至于文名，则本不在他的追求之中。功成业就之后，他在回首往事时曾说过这样的话："朕少尚威武，不精学业，先王之道，茫若涉海"①，的确，他是有一点儿惭愧，然而经历告诉他，他的一切并不来自笔墨与书卷，这点儿惭愧很快就被他所强烈感受到的功成业就的现实冲淡了。这个因素对他的诗歌表现内容有一定的影响，他的诗中那一类抒发建功立业的人生理想，"济世安民"②政治抱负的篇章，与此有很大的关系。

　　但他毕竟登上了太平君主的宝座。于是，他认为"朕虽以武功定天下，终当以文德绥海内"③，当初是不暇于学，也不必学，现在"始向学"，而且"多属文赋诗，天格瞻丽，意悟冲迈"④，还善书飞白，成为一位诗人兼书法家，所谓"听览之暇，留情文史，叙事言怀，时有构属，天才宏丽，兴托玄远"⑤，"太宗工王羲之书，尤善飞白"⑥。

　　在这个转化的过程中，唐太宗的文艺观便趋于成熟了。《贞观政要》卷七《礼乐》篇记载了贞观二年六月《大唐雅乐》初演时唐太宗与诸臣关于"乐"的作用的一场讨论。御史大夫杜淹认为"前代兴亡，实由于乐"，并举例说，"陈将亡也为《玉树后庭花》，齐

---

① （唐）太宗皇帝：《答魏征上群书理要手诏》，（清）董诰等编：《全唐文》卷9，中华书局1983年版，第106页。
② 《太宗纪》，《旧唐书》卷2，中华书局1975年版，第21页。
③ 《音乐志》，《旧唐书》卷28，中华书局1975年版，第1045页。
④ 《邓世隆传》，《新唐书》卷102，中华书局1975年版，第3985页。
⑤ 《邓世隆传》，《旧唐书》卷73，中华书局1975年版，第2600页。
⑥ 《刘洎传》，《旧唐书》卷74，中华书局1975年版，第2608页。

将亡也而为《伴侣曲》"。这是一种夸大艺术的社会作用，以为文风可以决定政治兴衰的偏见。太宗对此持反对态度，他的意见与嵇康在《声无哀乐论》中的观点有相似之处。他明确提出"夫音声岂能感人？欢者闻之则悦，哀者听之则悲，悲悦在于人心，非由乐也。"针对所谓"亡国之音"，他说道："将亡之政，其人心苦，然苦心相感，故闻之则悲耳。何乐声哀怨，能使悦者悲乎？今《玉树》、《伴侣》之曲，其声俱存，朕能为公奏之，知公必不悲耳。"这一段话说明他能正确地理解文艺与政治的关系，表现了对审美主体以及审美感受的重视和强调。对此，魏征作了政治与伦理上的发挥："乐在人和，不由音调。"①

唐太宗认为立德高于立言，因而注重作家的自身修养。《贞观政要》卷七《文史》篇载："贞观十一年（据《资治通鉴》当为十二年）著作佐郎邓世隆表请编次太宗文章为集。……竟不许。"他以梁武帝父子、陈后主等帝王以文害政的教训为例："只如梁武帝父子及陈后主、隋炀帝，亦大有文集，而所为多不法，宗社皆须臾倾覆"，说明"凡人主惟在德行，何必要事文章"。其实，他不是不事文章，而只是不把文章摆在第一位，他更看重的是作者的修养和德行："朕若制事出令，有益于人者，史则书之，足见不朽。若事不师古，乱政害物，虽有词藻，终贻后代笑，非所须也。"②

唐太宗在反对以文艺论王朝兴亡的同时，又十分强调文艺的社会功能，把它提高到经邦治国的高度，体现了他"戡乱以武，守成以文"③的统治方针。对此，他有一段颇为具体的论述，见于

① （唐）吴兢编著：《贞观政要》卷7，上海古籍出版社1978年版，第233页。
② （唐）吴兢编著：《贞观政要》卷7，上海古籍出版社1978年版，第222页。
③ （宋）司马光编著，（元）胡三省音注：《资治通鉴》卷192，中华书局1956年版，第6030页。

《旧唐书·音乐志》：

> 贞观元年，宴群臣，始奏《秦王破阵》之曲。太宗谓侍臣曰：
> "朕昔在藩，屡有征讨，世间遂有此乐，岂意今日登于雅乐。
> 然其发扬蹈厉，虽异文容，功业由之，致有今日，所以被于
> 乐章，示不忘于本也。"尚书右仆射封德彝进曰："陛下以圣
> 武戡难，立极安人，功成化定，陈乐象德，实弘济之盛烈，
> 为将来之壮观。文容习仪，岂得为比。"太宗曰："朕虽以武
> 功定天下，终当以文德绥海内。文武之道，各随其时，公谓
> 文容不如蹈厉，斯为过矣。"[①]

很明显，以上所述，一方面是唐太宗从封建帝王的角度出发，以江山永固为前提，在考察历代王朝文艺对政治的影响的基础上所得出的清醒认识；另一方面，这些认识也包含着他一定的艺术实践经验。太宗酷爱王羲之书法，并大力推广，勤于实践，他的一些书法理论，如"心与气合，思与神会"、"求骨力而形势自生"、"心正则字正"等（《全唐文》辑有他写的《笔法论》、《指法论》、《笔意论》三篇，又见于《佩文斋书画谱》、《书法钩玄》），不是行家里手，是说不出来的，而且，他的书法理论与他的文学主张有一致之处，在对前朝文风的纠偏与改良上，同样具有一定的积极意义（这一问题，后面我们将要谈到）。

唐太宗的文学主张与他的文艺观有着密切的联系。他的文学主张很多并不是独特的意见。如果我们没有忘记他是善于纳谏的封建英主，那么对这一点就不难理解。而这些意见出自封建社会最高统治者之口，无疑地带有方针政策的性质，因此它们的影响

---

① 《旧唐书》卷28，中华书局1975年版，第1045页。

在当时是比较直接的。

首先，还是出于政权巩固的考虑，他十分强调文艺作品的社会效果，强调文章"可裨于政理"、有益劝诚的教化宣传作用。因此，他反对班、马、扬雄所作的大赋，认为"此既文体浮华，无益劝戒，何假书之史策？"而提倡"词理切直"的文体，"其有上书论事，词理切直，可裨于政理者，朕从与不从皆须备载。"①

其次，他要求诗歌"节之于中和，不系之于淫放"，反对"释实求华，以人从欲，乱于大道"的诗风，提出"以尧舜之风，荡秦汉之弊，用咸英之曲，变烂漫之音"②，也就是提倡中和雅正的诗风。

最后，他要求诗歌以歌颂太平盛世为准的，试图通过诗歌内容的改造来革新文风，而并不把反对淫丽文风与重视文学本身的特征对立起来。这里的宗旨和归结点在于"去兹郑卫声，雅音方可悦"③。因此，在反对淫丽文风之时，没有像隋文帝、李谔那样，以简单的行政命令的方式否定一切，也没有像王通那样，把文学与政治、伦理、道德混为一谈，而体现了一种既大力倡导，又兼容并包的精神。

对于雅正之音的提倡，是唐太宗文学主张的核心。在我国古代文艺观念中，"雅正"一词向来就与音乐风格有直接的关系。唐太宗倡导雅正，首先是与他对音乐的认识直接相关的。在与杜淹的争论中，他的头脑比较清醒，认为声乐不足以决定世道人心，"悲欢之情，在于人心，非由乐也"④；但他当然懂得"声音之道，与

---

① （唐）吴兢编著：《文史》，《贞观政要》卷7，上海古籍出版社1978年版，第222页。
② （唐）太宗皇帝：《帝京篇序》，（清）彭定求等编：《全唐诗》卷1，中华书局1960年版，第1页。
③ （唐）太宗皇帝：《帝京篇》其四，（清）彭定求等编：《全唐诗》卷1，中华书局1960年版，第2页。
④ 《音乐志》，《旧唐书》卷28，中华书局1975年版，第1041页。

政通矣"①的大道理,更不会忘却自己"以尧舜之风,荡秦汉之弊,用咸英之曲,变烂漫之音"的革新文风的抱负,他是努力去倡导,并刻意去追求"去兹郑卫声,雅音方可悦"这一理想境界的。

为此他做了不少努力。一方面,在《帝京篇》的小序中正面提出自己的文学主张,阐明自己要求诗歌"节之于中和,不系之于淫放"以及反对"释实求华,以人从欲"的鲜明态度,并在自己的诗歌创作中反复强调这一点,如"浇俗庶反淳,替文聊就质"②,"去兹郑卫声,雅音方可悦"③等;另一方面,又在朝廷的礼乐仪式中贯彻自己的观点。据《新唐书·礼乐志》记载,贞观六年,唐太宗行幸自己的诞生地武功庆善宫,曾赋诗十韵(即《幸武功庆善宫》),使起居郎吕才被之于管弦。《旧唐书·音乐志》说:"《庆善乐》,太宗所造也。……舞蹈安徐,以象文德洽而天下安乐也。……《庆善》为文舞,谓之《九功》。"④这里的"九功",即"九功之德"。《左传·文公七年》载:"晋郤缺言于赵宣子曰:'……《夏书》曰:"戒之用休,董之用威,劝之以九歌,勿使坏。"九功之德皆可歌也,谓之九歌。六府、三事谓之九功。水、火、金、木、土、谷谓之六府。正德、利用、厚生,谓之三事……'"⑤太宗制《庆善乐》用心是十分明显的,意在渲染自己立国安邦的宏伟功业,颂扬大唐帝国的"文德洽而天下安";同时也是有意以一种功利主义的典雅之声与前朝的《玉树》、《伴侣》等淫艳之曲相抗衡。总之,是为了达到"清庙之歌,咏成功之绩;宾飨之诗,

---

① (汉)郑玄注,(唐)孔颖达等正义:《礼记》卷 37,(清)阮元校刻:《十三经注疏》,中华书局 1980 年版,第 299 页。
② (唐)太宗皇帝:《执契静三边》,(清)彭定求等编:《全唐诗》卷 1,中华书局 1960 年版,第 3 页。
③ (唐)太宗皇帝:《帝京篇》其四,(清)彭定求等编:《全唐诗》卷 1,中华书局 1960 年版,第 2 页。
④ 《音乐志》,《旧唐书》卷 29,中华书局 1975 年版,第 1060 页。
⑤ (晋)杜预注,(唐)孔颖达等正义:《春秋左传正义》卷 19 上,(清)阮元校刻:《十三经注疏》,中华书局 1980 年版,第 144 页。

称礼让之则；百姓化其善，异俗服其德"①的目的，同时，使"淫声薄"，"正乐兴"。

那么，他所倡导的"雅正之声"究竟是什么样的呢？据宋人王溥修撰的《唐会要》卷三十二"雅乐"条载，太常少卿祖孝列"以陈、梁旧曲，杂用吴楚之音，周齐旧乐，多涉胡戎之伎，于是斟酌南北，考以古音，而作《大唐雅乐》。"②而这种"斟酌南北，考以古音"的雅乐是在贞观年间流行起来的③。

《大唐雅乐》的修订方法及特征可以给我们以一定的启示。它是师古的，但又考虑到艺术发展的现实条件，它是传统与现实的统一，又是现实条件下南北艺术的统一。可以说，这也是"以尧舜之风，荡秦汉之弊，用咸英之曲，变烂漫之音"的本质特征，亦即唐太宗倡导中和雅正的本质特征。贞观君臣在重视艺术特征的基础上，采用了一种革新文风的较为稳妥的办法，而与隋文帝、李谔等用简单行政命令强制扫除绮艳文风的轻率之举，形成了鲜明的对照。

贞观君臣对新文风的设计也体现了这一改良文风的本质特征。魏征在《隋书·文学传序》中提出了一种理想文学的标准：

> 江左宫商发越，贵于清绮，河朔词义贞刚，重乎气质。气质则理胜其词，清绮则文过其意，理深者便于时用，文华者宜于咏歌，此其南北词人得失之大较也。若能掇彼清音，简兹累句，各去所短，合其两长，则文质彬彬，尽善尽美矣。④

---

① （魏）阮籍：《乐论》，（清）严可均辑：《全三国文》卷46，《全上古三代秦汉三国六朝文》，中华书局1965年版，第1314页。

② （宋）王溥：《唐要会》卷32，中华书局1955年版，第589页。

③ 《音乐志》："武德九年，始命孝孙修定雅乐，至贞观二年六月奏之。"《旧唐书》卷28，中华书局1975年版，第1041页。

④ 《文学传序》，《隋书》卷76，中华书局1973年版，第1730页。

唐太宗也讲过"尽善尽美"。他在为《晋书·王羲之传》写的序论中说："……详察古今，研精篆素，尽善尽美，其惟王逸少乎！"[1] 由于他大力推广王羲之书法，在唐初曾产生过一场书法革新运动，"从而统一了南北朝以来南师王帖、北宗魏碑的自立门户局面，使王书成为全国书体的正宗。"[2]

笔者认为，唐太宗倡导中和雅正，就其精神实质而言，也是与他所倡导的书法革新相一致的，它的积极意义在于：以一种新兴的文风去抵制没落颓废、趋于穷途末路的文风，以前者的雅正稳重而不无朝气去代替后者的空虚与浮靡；努力使南北文风趋于统一，从而开始从齐梁到盛唐诗歌革新的渐变。从贞观君臣到陈子昂，无疑地显示了唐初文风革新从渐变到突变的过程，唐太宗在其中占有一席之地，我们不能不给予应有的估价。正如有的论者所说的："没有唐太宗君臣，就不会有'四杰'，没有'四杰'，就不会有陈子昂，没有陈子昂和张若虚，也就不会有盛唐的灿烂群星"[3]，唐太宗及其诸臣在这方面所做的理论准备，是不可磨灭的，我们只有把他们放在唐诗发展的这一历史层次上，才能对之作出公正的评价。

二、唐太宗的诗歌创作

唐太宗的诗在风格上不大统一，大致可以分为以帝王之尊写的诗和以文人之才写的诗，两者在许多方面存在着很大的差别。

---

① 《王羲之传》，《晋书》卷 80，中华书局 1974 年版，第 2108 页。
② 赵克尧、许道勋：《唐太宗传》，人民出版社 1984 年版，第 402 页。
③ 罗宗强：《唐代文学思想发展中的几个理论问题》，《中国社会科学》1984 年第 5 期。

这是可以理解的：文学作品远非理论文章那样简洁明了，它们往往是作家复杂的思想感情在一种特殊情境下的凝结与折射。唐太宗是那样一个励精图治的封建君主，对历史有那么清醒的认识，对文风的改良又有那么迫切的要求，而且本身也具备较高的文化修养，面临文艺发展的现实条件，要实现自己的文学主张，他怎样做，做到什么程度，无疑应是我们关心的首要问题。我们分析唐太宗诗的出发点，也应在此。

唐太宗的诗，就流传至今的篇数而言，在初唐诗人中是首屈一指的。《全唐诗》编太宗皇帝诗一卷，收诗八十六题：其中《帝京篇》十首，《过旧宅》、《秋日》、《咏烛》各二首，共九十八首；又附与诸臣联句《两仪殿赋柏梁体》一首，断句三联。今略去联句与断句不论，而只就另九十八首作一些分析。

首先，关于唐太宗诗的分类。就已发表的专论来看，各有不同，有的分为叙写战绩、欢庆功成，写景抒怀，赠别怀人三类[1]；有的分为即事咏怀，景物诗，咏物诗三类[2]；有的分为登临述怀，对景咏物两类[3]。总的看来，都是从内容上来划分的。这固然对分析唐太宗诗有其方便之处，但笔者认为，如果我们同时在唐太宗的风格方面加以注意，或许更能看出唐太宗作为一个封建帝王，同时作为一个封建文人的真面目，对认识唐太宗诗歌创作理论与实践的意义也不无裨益。

唐太宗有政治抒情诗，山水诗和咏物诗。大致说来，政治抒

---

[1] 余美云：《论唐太宗诗——兼及唐初诗坛》，《唐代文学论丛》总第 3 辑，陕西人民出版社 1983 年版。

[2] 杨柳：《唐太宗诗创作的理论与实践初探——兼论其对唐诗发展的影响》，《中国古典文学论丛》第 1 辑，人民文学出版社 1984 年版。

[3] 金启华：《初唐诗论纲》，《唐代文学论丛》总第 4 辑，陕西人民出版社 1983 年版。

情诗有的庄重典雅，有的显刚劲豪迈；山水诗有清丽者，也有淡远者；而咏物诗多错彩镂金之作。

《帝京篇》历来被公认为是唐太宗的代表作，或许与诗前小序有关。这组诗渲染帝都长安形势的宏伟、皇家宫苑的巍峨雄壮，描述唐太宗读经、与群臣欢宴、围猎等宫廷生活场面，呈现出大唐帝国上升时期一派乐观昂扬的气象，也反映出李世民作为奋发有为、励精图治的封建帝王的政治抱负以及自我警省，表现了唐太宗的个人情怀。十首诗层层铺写，缓缓道来，显得雍容典雅，富丽堂皇。其他如《执契静三边》、《正日临朝》、《幸武功庆善宫》、《重幸武功》、《过旧宅二首》、《登三台言志》、《元日》、《初春登楼即目观作述怀》、《春日望海》等篇，同属此类，是所谓"雅正之声"。总的看来，这些诗一方面有其真情实感的基础，其调也较高，有别于前朝亡国之君的逸乐之作，一些句子，如"弱龄逢运改，提剑郁匡时"①，"垂衣天下治，端拱车书同"②，"一朝辞此地，四海遂为家"③，"巨川何以济，舟楫伫时英"④，"岂如家四海，日宇馨朝伦，扇天裁户旧，砌地翦基新"⑤，"巨川思欲济，终以寄舟航"⑥，反映了唐太宗的远大政治抱负与开阔的胸怀；"萍间日彩乱，荷

---

① （唐）太宗皇帝：《幸武功庆善宫》，（清）彭定求等编：《全唐诗》卷1，中华书局1960年版，第4页。

② （唐）太宗皇帝：《重幸武功》，（清）彭定求等编：《全唐诗》卷1，中华书局1960年版，第4页。

③ （唐）太宗皇帝：《过旧宅二首》其一，（清）彭定求等编：《全唐诗》卷1，中华书局1960年版，第5页。

④ （唐）太宗皇帝：《春日登陕州城楼俯眺原野回丹碧缀烟霞密翠斑红芳菲花柳即目川岫聊以命篇》，（清）彭定求等编：《全唐诗》卷1，中华书局1960年版，第6页。

⑤ （唐）太宗皇帝：《登三台言志》，（清）彭定求等编：《全唐诗》卷1，中华书局1960年版，第6页。

⑥ （唐）太宗皇帝：《元日》，（清）彭定求等编：《全唐诗》卷1，中华书局1960年版，第8页。

处香风举"①,"孤屿含霜白，遥山带日红"②,"园荒一径断，苔古半阶斜，前池消旧水，昔树发今花"③等句，也较有特色，具有一定的艺术表现力。但另一方面，缺点也是相当明显的：首先，由于刻意追求对仗的精工，词藻的繁丽，严重地影响了思想感情表达的深度，缺乏一种整体上的艺术感染力；其次，由于矜持着帝王的身份，而又硬要作诗言志，使得一些诗内容直露，流于干巴、空洞的说教（《赋尚书》、《咏司马彪续汉志》就是突出的两个例子），毫无诗意可言。

同属政治抒情诗，还有一类具有刚劲豪迈的特色。如《饮马长城窟行》、《经破薛举战地》、《还陕述怀》、《出猎》、《冬狩》、《入潼关》、《宴中山》即属此类。数量不多，但值得注意。如果说贞观诗坛有少数份篇章反映了一种奋扬蹈厉的精神，显示了一种雄浑豪迈、慷慨悲壮的气象的话，那么这些诗无疑最有代表性。

《饮马长城窟行》是一首乐府诗。贞观四年，李靖、李绩奉命抗击突厥，大获全胜，这首诗便是战争的纪实。值得注意的是，它反映了普遍存在于边塞诗中的一种创作特征，即把征边的劳苦与边塞风光的奇险荒凉加以对比，衬托一种要求建功立业，追求"纪石功名"的人生理想，显示了一种新的创作倾向，可以说对初唐边塞诗有开创之功。其他几首也反映了同样的精神风貌，可称唐太宗最具特色，也最成功的诗作。

唐太宗的山水诗有别于即景抒怀或即事述志的政治抒情诗，

---

① （唐）太宗皇帝：《帝京篇》其六,（清）彭定求等编：《全唐诗》卷 1，中华书局1960 年版，第 2 页。

② （唐）太宗皇帝：《重幸武功》,（清）彭定求等编：《全唐诗》卷 1，中华书局1960 年版，第 4 页。

③ （唐）太宗皇帝：《过旧宅二首》其一,（清）彭定求等编：《全唐诗》卷 1，中华书局1960 年版，第 5 页。

基本上是通篇写景，即使言情，也多与政治无涉，可以看作是文人的制作。这类诗里，一些篇章尚具有清丽，淡远的特色，值得一读。如《望终南山》，极写山势之壮，山色之奇以及山中环境的幽雅恬静，最后感叹道："对此恬千虑，无劳访九仙。"①色彩明丽，语多秀句，所谓"重峦俯渭水，碧嶂插遥天。出红扶岭日，入翠贮岩烟"；又有一种淡泊幽远的风致，读来令人想到盛唐王孟诗派的某些特征。再看《首春》：

> 寒随穷律变，春逐鸟声开。初风飘带柳，晚雪间花梅。碧林青旧竹，绿沼翠新苔。芝田初雁去，绮树巧莺来。②

写冬去春来的自然景物变化，柳飘如带，梅雪相间，旧竹返青，陈苔又翠，鸟儿鸣啭，万象更新，由此衬托出作者的喜悦心情。其他如《初晴落景》、《仪鸾殿早秋》、《秋日二首》、《冬日临昆明池》等，也都在不同程度上带有如上两首诗的特色。它们的共同特征是状物细腻、景中有情，而少矫揉造作、浮靡轻艳的陋弊。但是，有些景物诗的堆砌感十分明显，缺乏生动的形象描绘，意象散乱，内容空虚，反映了六朝形式主义诗风的潜在影响。《初夏》、《喜雪》、《冬宵各为四韵》、《春池柳》、《芳兰》等即属此类。这些诗中的缺陷在咏物诗中反映得更加明显。

唐太宗的咏物诗多数没有实际的内容，如同剪裁的纸花，虽错彩镂金、色彩绚烂，却生气索然。这类诗集中反映了宫廷诗歌

---

① （唐）太宗皇帝：《望终南山》，（清）彭定求等编：《全唐诗》卷1，中华书局1960年版，第7页。

② （唐）太宗皇帝：《首春》，（清）彭定求等编：《全唐诗》卷1，中华书局1960年版，第8页。

的致命弱点，由于作者生活圈子狭小，因而缺乏对社会人生的深刻体验，而久处优越舒适的环境中，逐渐消磨掉了往日奋发进取的锐气，为了附庸风雅，硬作文章，所以只有无病呻吟、为文造情。这个弊病在一些贞观宫廷诗人那里表现得尤其突出。

综上所述，唐太宗努力实践自己的文学创作主张，勤于创作，是取得了一定的成就的，虽然在形式上未能摆脱六朝注重骈丽声律的积弊，但在内容上有所革新，写出了一些刚劲豪迈的诗篇，客观上宣扬了一种建功立业、匡时济世的人生理想，一些诗也较清丽、淡远，与浮荡轻艳的宫体诗有本质的区别。因此我们说，唐太宗在当时的历史条件下能做到这一步，无疑是值得肯定的。

三、贞观诗风的基本特征

占据贞观诗坛主要地位的，是以贞观宫廷为中心，为唐大宗所主持和倡导的宫廷诗。重要诗人有虞世南、魏征、许敬宗、李义府、杨师道、李百药等，都是唐太宗周围的大臣。他们一方面以朝廷大臣的身份，另一方面又以宫廷侍从文人的面貌出现，随着太宗一起巡游、宴乐、围猎，君臣互相唱和酬答，总结前代败亡的历史教训，歌颂今世的繁荣与太平，其中也不乏吟风弄月、娱情赏性之作。由此，在贞观诗坛上形成了以对前朝遗风在内容上改良，而形式上保守为特征的诗风。

虞世南由隋入唐，深为太宗赏识，而且，"太宗作诗，每使虞世南和"①。在隋时，他跟随炀帝作过宫体诗，归唐后，曾力谏唐

① （明）胡震亨：《唐音癸签》卷27，上海古籍出版社1981年版，第281页。

太宗,反对其"戏作艳诗"①。虞世南诗中,《从军行二首》、《出塞》、《拟饮马长城窟》、《结客少年场行》、《门有车马客》、《蝉》几首值得注意。

《蝉》写诗人高远情怀,颇见骨力:"垂緌饮清露,流响出疏桐。居高声自远,非是借秋风。"这首诗对"初唐四杰"之一的骆宾王《在狱咏蝉》一诗有直接的影响。其他几首与唐太宗刚劲豪迈的政治抒情诗一样,流露出对建功立业的人生理想的赞美,显示出昂扬向上的豪迈气概,堪称边塞诗的开山之作。《唐音癸签》引徐献忠语评虞世南:"意存砥柱,拟浣宫艳之旧。故其诗洗濯浮夸,兴寄独远"②,就这类诗来看,是一语中的的。其他如魏征的《述怀》,许敬宗的《奉和入潼关》,杨师道的《陇头水》等篇,也属于同一格调。

奉和应制诗在贞观诗中占有相当大的比重,在各个宫廷诗人那里也是如此。这些诗大多不成功:有的流于空洞呆板、富丽堂皇的歌功颂德,缺乏实在的思想感情,是直接为政治政策服务的附庸文学,如中书侍郎颜师古的《奉和正日临朝》,许敬宗的《奉和执契静三边应诏》,虞世南《赋得慎刑》,有的雕章琢句,专意用事,属对、声律、为文造情,所谓"大抵不出于典实富艳尔"③。这类诗俯拾即是。

贞观诗坛上,也有一股艳情诗的余波回荡。如李义府《堂堂词二首》其二,杨师道《缺题》、《初宵看婚》,长孙无忌《新曲二

---

① 此事见于(唐)刘肃著,许德楠、李鼎霞点校:《公直》,《大唐新语》卷3,中华书局1984年版,第41页。《新唐书·虞世南传》及(宋)尤袤《全唐诗话》即沿袭此说,当非虚传。
② (明)胡震亨:《唐音癸签》卷5,上海古籍出版社1981年版,第43—44页。
③ (宋)葛立方:《韵语阳秋》卷2,(清)何文焕辑:《历代诗话》,中华书局1981年版,第498页。

首》，李百药《火风词二首》，上官仪《八咏应制二首》、《和太尉戏赠高阳公》，但毕竟数量不多，而且对其中的某些诗也要做具体分析①。

综观贞观诗坛，我们发现，这一时期的诗风特征可以用"雅引发清音，丽藻穷雕饰"②十个字来概括，徐献忠评虞世南"虽藻彩萦纡，不乏雅道"③，即接近此意。由此，我们可以体会到贞观诗在从六朝到盛唐发展中的过渡作用。

众所周知，文风的改革是一个相当复杂的问题，必须联系一个时代的文学思想和创作实践加以综合考察，而不能只看艺术形式方面。对贞观诗也应如此。在贞观诗坛上，唐太宗是一个举足轻重的人物，他的文艺观和文学主张以及诗歌创作，都对这时期的诗歌主流——宫廷诗——产生过直接的影响，对唐诗的发展也起到过间接的积极作用。梁陈宫体诗失去了市场，代之而起的是虽注重骈丽声律但内容有所改造的初唐宫廷诗。初唐宫廷诗不仅格调提高了许多，而且还透露出一些新的气象，这是"宫体诗的自赎"④，而由于宫廷诗本身的特点，又产生一系列复杂的问题。因此在宫廷诗中旧影响与新倾向都明显地存在着，一方面诗风的改良收到了初步的成效，另一方面，形式主义诗风又得到了恶性发展，"绮错婉媚"的"上官体"⑤便出现于贞观末年。考察贞观时期的诗歌理论和实践，我们可以这样说：贞观君臣在对前代绮艳文风的改良和纠偏上，是起到了一定的积极作用的。尽管文风没

---

① 参见胡国瑞：《唐初诗风平议》，《光明日报》1983 年 4 月 12 日。
② （唐）封行高：《冬日宴于庶子宅各赋一字得色》，（清）彭定求等编：《全唐诗》卷 33，中华书局 1960 年版，第 450 页。
③ （明）胡震亨：《评汇一》，《唐音癸签》卷 5，上海古籍出版社 1981 年版，第 44 页。
④ 闻一多：《宫体诗的自赎》，《唐诗杂论》，《闻一多全集》，生活·读书·新知三联书店 1956 年版，第三册，第 11 页。
⑤ 《上官仪传》，《旧唐书》卷 80，中华书局 1975 年版，第 2743 页。

有迅速改变，但他们对于改良文风的迫切要求以及主导精神——强调内容的改造，但又不忽视形式的骈雅清丽，对"四杰"产生了有益的影响；在一些优秀的创作中，也透露出了一些新的倾向。这些都是值得肯定的。当然，由于他们自身的阶级局限，使他们在改良文风的理论上仅仅限于倡导"中和雅正"这一步，而由于他们狭小的生活圈子以及他们所热衷的宫廷诗形式本身的局限，又使得他们本来所有的一点生活实感和创作热情消失殆尽，因而无论在内容上和形式上都不可能有太大的变革，只能在形式上更加用力，使之规范化。不过规范化的结果，倒也是"律诗的起来"①的第一步。所以，无论是在理论上还是在实践上，贞观时期都是唐诗成立的准备阶段。

---

① 郑振铎：《插图本中国文学史》，人民文学出版社 1957 年版，第 2 册，第 293 页。

李白诗与妇人及酒

——兼谈王安石评李白诗

北宋大文学家王安石编辑李、杜、韩、欧四家诗时，曾有意把李白列在最后。或问："编四家诗，以杜甫为第一，太白为第四，岂白之才格词致不逮甫耶？"答曰："白之歌诗，豪放飘逸，人固莫及；然其格止于此而已"，"至于甫，则……光掩前人，而后来无继也。"又曰："白诗近俗，人易悦故也。白识见污下，十首九说妇人与酒"①。

此语一出，自然有许多人为李白鸣冤、辩护。有人搬出陶渊明、谢安、欧阳修，说陶篇篇有酒，谢每游山必携妓，欧阳多喜风月闲适之语，未必识见不高②；有人反过来说李诗格高于杜，只是变化不及③；有人说太白之所以多言妇人与酒，乃是愠于群小，不得已而为之④；有人则干脆否认王安石有此评语⑤……

---

① （宋）胡仔纂集，廖德明校点：《苕溪渔隐丛话》前集卷 6，人民文学出版社 1962 年版，第 37 页。（南宋）陈善《扪虱新话》和前此的僧惠洪所撰《冷斋夜话》也有相近的记载。
② （南宋）陈善：《扪虱新话》。
③ （元）陈绎曾：《诗谱》。
④ 《李诗纬》。本条及以上二条转引自（唐）李白著，（清）王琦注《附录四》，《李太白全集》卷 43，中华书局 1977 年版，第 1538、1541、1545 页。
⑤ （宋）陆游著，李剑雄、刘德权点校：《老学庵笔记》卷 6，中华书局 1979 年版，第 79 页。陆游怀疑王安石评语的真实性，缺乏根据。

然而，李白诗与妇人及酒的关系究竟如何？李白诗是否因为言及妇人与酒而"识见污下"？这些言及妇人与酒的诗究竟有没有价值？它们在李白诗歌创作中的地位如何？在这些问题面前，王安石的几句虽褒实贬的评语难免显得苍白，而那些为李白鸣冤辩护之论也并不令人感到十分有力。为了得到满意的答案，必须对李白言及妇人与酒的诗进行全面的考察。

一

仅从作品中出现的有关词语来看，李白的这些诗可分为三类：（1）言及妇人的诗（简称"妇人诗"）；（2）言及酒的诗（简称"酒诗"）；（3）既言及妇人，又言及酒的诗（简称"妇人与酒诗"）。其中，第一类211首，第二类182首，第三类49首。三类诗共442首，占李白诗总数（987首）的44.8%。这意味着：既然上述三类诗占了如此大的比重，那么，如果否定了这些诗，李白诗也就基本上被否定了，如同王安石所做的那样（尽管是与杜、韩、欧三家相比较而言）。唯其如此，在对上述三类诗的内容进行全面考察之前，我们是不能轻易下结论的。

二

先看"妇人诗"。这里的分类标准是：（1）妇人形象在诗中所占地位或所起的作用；（2）这些诗的具体内容。（"酒诗"、"妇人与酒诗"分类标准依此类推。）

从妇人形象在诗中所占地位或所起的作用来看,"妇人"的出现有指代、比喻、点明地点、季节以及烘托景物等几种情况。严格地说,这里的"妇人"实际上尚无完整的艺术形象,只不过作为名词在诗中出现,起着上述几种作用。这与下述各类诗的情况不同。

1. 贤才求主

这些诗表面上是写美人求偶,其实与相思爱情没有多大关系。如《秦女卷衣》:"愿君采封菲,无以下体妨",化用《诗·邶风·谷风》"采葑采菲,无以下体",意在表明自己求人引荐的心情。其他如《寄远》其九、《古风》二十七、《感兴》其六,也属此类。

2. 仕途坎坷以及迟暮之悲

《古风》四十四:"君子恩已毕,贱妾将何为!"《妾薄命》:"以色事他人,能得几时好?"在这里,弃妇形象和美人迟暮只是借用,意在慨叹仕途艰难、贤才迟暮。《中山孺子妾歌》同此。

3. 妒才

比较"众女嫉余之娥眉兮"(《离骚》)与"由来紫宫女,共妒青娥眉"(《古风》四十九),不难看出,二者都是借美人遭妒来表达妒才这一特定含义的。"君王虽爱娥眉好,无奈宫中妒杀人"(《玉壶吟》)说得更明显。《赠裴司马》、《惧谗》、《效古》其二、《于阗采花》也属此类。

以上三类,都是楚辞表现手法的运用。另外,还有用有关妇人的典故表明某一方面含义的诗。如《古风》三十五、五十八、《远别难》等。这些诗与妇女生活没有直接关系,比之相思爱情、咏妇人等题材的诗，在数量、思想深度以及艺术成就方面都远远不及。

4. 相思爱情

作为诗歌的传统题材，它们在李白诗中不仅大量存在，而且代表了李白写妇人诗的主要成就。

（1）闺怨：《玉阶怨》写闺中少女淡淡的哀愁，《渌水曲》《拟古》其二则写浓愁，以至于怨。这些诗在描写或烘托少女朦胧含蓄的爱的意识、传达一种莫名的忧愁方面，很见功力。

（2）思妇、征人妇：对于封建时代的妇女来说，丈夫在外举仕、行游、为官等是常见的事，因而思妇便成了诗歌的一个传统题材。《乌夜啼》《久别离》《春思》《巴女词》等，都是写思妇的；《自代内赠》则是代思妇写给丈夫的，词意缠绵悱恻，哀怨动人。

征人妇诗与战争直接相关，大多写战争给人带来的痛苦，更多表现对丈夫安危的关心以及对丈夫早日归家的企盼。如《子夜吴歌》其三、其四、《北风行》《黄葛篇》《学古思边》《思边》等，凄凉、不满、关切、思念、希冀往往交织在一起，融汇出一个"怨"字。

（3）相思，与思妇、征人妇诗不同，这类诗几乎不涉及家庭生活，而仅与相思爱慕相关。如《夜坐吟》（"冬夜夜寒觉夜长"）、《代秋情》《大堤曲》《拟古》《代别情人》《寄远》其四、其五、其十二、其十一、其三、其六，或写少女情深，或写女子失恋，或写男子情思，或写相思入梦以至梦断，或写睹物思人，不一而足。

5. 弃妇、商人妇

弃妇形象最能反映妇女的不幸，弃妇的怨泣也最哀婉动人。

李白笔下的弃妇，有宫人出嫁，为君弃者，如《怨歌行》；有被人弃者，如《怨情》（"新人如花虽可宠"）、《庐江主人妇》，诗中哀怨与不平溢于言表。

商人妇诗大都是李白目之所见、心有所感之作。"悔作商人妇，青春长别难"（《江夏行》)，"那作商人妇，愁水复愁风"（《长干行》其二)，几乎成了封建时代商人妇形象的普遍模式。《长干行》其一、《荆州歌》也属此类。与白居易从政治角度写商人妇不同，李白这类诗是商人妇不幸命运的真实写照。

不应忽视的是，李白在这些诗中对不幸的妇女寄予了深切的同情。

6. 咏妇人

这些诗的吟咏对象，或是报家仇的女子，所谓勇妇，如《东海有勇妇》、《秦女休行》中的"勇妇"、"秦女"；或是历史上或传说中的著名女性，如《子夜吴歌》其一、《凤凰曲》、《送祝八之江东赋得洗纱石》、《王昭君》、《上元夫人》中的罗敷、弄玉、西施、王昭君、上元夫人等；还有《玉真仙人词》、《赠嵩山焦炼师》、《送内寻庐山女道士李腾空二首》中的女道士，《清平调词三首》中的杨贵妃等。这些诗或直咏其事，或因事抒情，于笔墨间偶有寄托。

此外如《口号吴王美人半醉》、《赠段七娘》写妇人醉态；《越女词》其一、五、《浣纱石上女》写妇人容貌；《越女词》其二、三写女子娇羞之态等，这些诗并无内容污下者，相反有些诗还清新可喜，反映出民风的淳朴自然。

除上述各类诗外，李白的"妇人诗"中确有一些格调不高者。《相逢行》（一作《有赠》）写轻狂少年的风流，有调侃、青春不再、及时行乐的意味，《陌上赠美人》、《相逢行》（"相逢红尘内"）意思相近；至于《寄远》其七，则比较轻佻，有些色情的味道。

　　总之，女性是文学作品的传统题材之一，仅凭以"妇人"入诗的现象和数量，不足以证明诗人的"识见"污下与否。在李白诗中，言及妇人者许多是继承楚辞表现手法，或者用典，其重点不在妇人形象本身。就是那些与妇女生活密切相关的诗篇，也在一定程度上暴露了社会问题，艺术成就显而易见，其价值不容否定。至于格调不高者，终属少数；白璧微瑕，不足以掩没李白诗歌的光辉。

三

　　次看"酒诗"。李白诗中的"酒"，有指代、借贷、求荐引等含义，但更多的情况还是如下各类：

1. 送别

　　"斗酒送别"在唐诗中是常出现的题材，在李白"酒诗"中所占比重也最大，如《单父东楼秋夜送族弟沈之秦》、《别中都明府兄》、《夜别张五》、《广陵赠别》、《南阳送客》，凡此种种，不胜枚举。

2. 交游、友情

　　酒往往是交游的媒介，也可以是友情的纽带或象征。《早寄王汉阳》写以酒招友，《题金陵王处士水亭》写以酒相识，《酬中都小吏携斗酒双鱼于逆旅见赠》写"斗酒双鱼表情素"，大多亲切自然，充满生活气息。

3. 豪侠、隐士

豪侠、隐士同样与酒有不解之缘。"酒后竞风采，三杯弄宝刀"（《白马篇》）与"称是秦时避世人，劝酒相欢不知老"（《山人劝酒》）一样引人入胜。《送张秀才谒高中承》、《饯校书叔云》等也属此类。

4. 咏怀

如果说《赠钱征君少阳》、《冬起醉宿龙门觉起言志》表现了李白的济世之志，其中略无随波逐流之念的话，那么《赠宣城宇文太守兼呈崔侍御》、《独酌清溪江石上寄权昭夷》则勾画出诗人孤傲不群的自我形象："举杯向天笑，天迥日西照"的确是诗人的真实写照。当然，酒后难免生愁，"彼物皆有托，吾生独无依。对此石上月，长醉歌芳菲"（《春日独酌》其一），是因触景而觉孤独；"愁来饮酒二千石"（《江夏赠韦南陵冰》)，则是借酒浇愁；"举杯消愁愁更愁"（《宣州谢朓楼饯别校书叔云》）与"酒酣心自开"（《月下独酌》其四）是以酒消愁的两种结果；"停杯投箸不能食，拔剑四顾心茫然"（《行路难》其一）则是关于人生飘忽、世路艰难的永恒慨叹。

"且乐生前一杯酒，何须身后千载名"（《行路难》其三），这里表露出的及时行乐意绪，既是魏晋以来"人的主题"的延续，同时也反映了一个社会走向穷途时必然出现的社会心理和价值观念。

《月下独酌》其一和《将进酒》是李白的代表作，可以视为以上几种类型的综合。前者既有孤独的心绪，又有及时行乐的意念，同时还隐含着一种莫名的忧愁。后者集豪迈、旷达、以酒自慰、及时行乐于一身；不过这里的及时行乐给人的印象却不是消沉和颓唐，而是旷达与豪迈，这恐怕是诗中反映了盛唐气象的缘故。

5. 怀古

把酒凭吊与登临怀古往往是同时进行的,《秋夜板桥浦泛月独酌怀谢朓》云："独酌板桥浦,古人谁可征",即是如此,《金陵》其一、三也属此类。

6. 酒与诗、琴、景

酒逗诗兴,诗助豪饮。《赠武十七愕》、《赠僧行融》、《铜官山醉后绝句》直接反映了"李白一斗诗百篇"的创作特点。而琴酒相得,往往与隐逸、友情相关,《悲歌行》、《拟古》其十、《别韦少府》即属此类。至于把酒赏景,亦人生乐事,《秋浦歌》其十二写赏花,《赠秋浦柳少府》写赏月,《春归终南山松龙旧隐》写观山,当属此类。

7. 咏酒

这里既有"醉起步溪月,鸟还人亦稀"(《自遣》)的嗜酒之乐,又有"北斗酌美酒"(《短歌行》)的惊人想象。或许,"三杯通大道,一斗合自然"(《月下独酌》其二)有些狂放,而"巴陵无限酒,醉杀洞庭秋"(《陪侍郎叔游洞庭醉后三首》其三)则出人意料之外,却在情理之中。

总之,李白与酒的关系,犹如他和他自己的影子。李白言及酒的诗篇,最能反映他的思想与性格,其中一些诗简直就是他本人的写照。同样,这些诗的价值也是不能否定的。当然有些诗显得消沉一些,有的诗写得比较随便①,这是事实,但仍不过是九牛一毛而已。

----

① 如《赠内》:"三百六十日,日日醉如泥。虽为李白妇,何异太常妻。"(唐)李白著,(清)王琦注:《李太白全集》卷25,中华书局1977年版,第1192页。

四

再看"妇人与酒诗"。这类诗重点在"妇人"或"酒"的篇章，上文已并入"妇人诗"或"酒诗"加以说明，这里不再赘述。

1. 妇人及酒与文人生活

作为文人交游、娱乐的活动之一，携妓饮酒或饮酒听妓的风气在盛唐已露端倪，至中晚唐则更为普遍。李白的一些诗表现了这种文人生活，如《江上吟》、《东山吟》、《邯郸南亭观妓》、《九日登山》等，其中"美酒樽中置千斛，载妓随波任去留"一句，可以说得其神髓。

不过，这类反映文人生活的诗中也有格调不高者。暂且不论个别诗篇中流露出来的"世纪末"情绪，仅看它们反映的文人活动就很清楚了，如《对酒》（"蒲萄酒"），实际上写的是狎妓。

2. 妇人及酒与游侠

游侠饮酒听妓似乎也是时之所尚。《少年行》（"君不见淮南少年游侠客"）写的就是这类生活。不过，这些诗并不是与消沉、颓唐相联系，而是与游侠特有的豪迈、慷慨相联系的。

五

让我们回到开始的问题上来。显然，李白诗与妇人及酒的关系虽未达到"十首九说妇人与酒"的程度，却也十分密切（尤其是酒）。盛唐是一个能以万事万物入诗的诗歌鼎盛时代，作为盛唐文化的产物和精神代表，李白把妇人与酒诗化，应该是不难理解的。但值得重视的是，李白的这些诗涉及了广泛的社会问题、社会思潮和时代风尚，真实地勾画了诗人的自我形象。对此，不仅不能以"识见污下"目之，相反，如欲全面评价李白诗歌创作，研究李白其人，这些诗都是不可忽视的重要材料。另外，这些诗包括了李白的一些代表作，后者与这些诗中的其他篇章，无论是在思想内容上，还是在艺术表现方法上，都有着千丝万缕的联系。几乎可以肯定地说，如果没有这些篇章作为土壤，创造一种氛围，李白的那些代表作是无从产生的。因此，我们认为李白言及妇人与酒的诗在其诗歌创作中占有重要的地位。

　　由此看来，王安石对李白诗的评价，实在是一种没有根据的偏颇之见。首先，他因李白诗"十首九说妇人与酒"（且不论这个统计是多么主观失实）便对李白的全部诗歌加以贬斥；其次，他在没有对李白言及妇人与酒的诗进行全面考察的情况下，便断定这些诗"识见污下"，进而推断李白诗固然"豪放飘逸"，却"格止于此"。另外，从诗歌批评史的角度来看，王安石对李白诗的评论是较早的扬杜抑李的言论之一。自元稹在《唐故工部员外郎杜君墓志铭并序》中提出杜甫"尽得古今之体势，而又兼今人之所独专矣。……诗人以来，未有如子美者"，认为"李（白）尚不能历其藩翰，况堂奥乎"[1]，李杜优劣之争便拉开了序幕。王安石继元稹之后，其扬杜抑李之论比元稹可谓有过之而无不及。然而，作为中国诗坛的"双子星座"，李白和杜甫对诗国的贡献同样是功不可没的，二者可以说是相互映衬，相得益彰。因此，包

---

① （唐）元稹著，冀勤点校：《唐故工部员外郎杜君墓志铭并序》，《元稹集》卷56，中华书局1982年版，第601页。

括王安石评李白诗在内的李杜优劣之论，除了反映论者个人的审美趣味以及评诗标准的不同外，没有更多的意义；或许它们的最大效用在于令人记取韩愈那首著名的《调张籍》："李杜文章在，光焰万丈长。不知群儿愚，那用故谤伤。蚍蜉撼大树，可笑不自量！"[①] 韩愈的评语也许有些刻薄，然而与那些李杜优劣之论相比，却富于永久的生命力。

① （唐）韩愈著，钱仲联集释：《韩昌黎诗系年集释》卷 9，上海古籍出版社 1984 年版，第 989 页。

论韦柳诗风

　　韦应物、柳宗元并称，始于北宋。苏轼首倡此说，以后，人们又把韦柳与王孟连称，使之成为中国诗歌史上人所共知的话题。韦柳并称的历史传承性表明，韦柳诗风是一个重要的、不可忽视的文学现象。

　　本文试图对韦柳诗风作一总体研究，说明其总体的特征及其在中唐诗坛上的地位，探讨形成这种诗风的原因，并从古人对这种诗风的推重出发，挖掘韦柳诗风的美学意义。

一

　　韦应物、柳宗元是中唐诗坛上一种独特诗风的杰出代表，但由于二人相距三十六年，而且没有直接的交往①，所以，直至北宋的苏轼，才首次将韦柳合称，并对韦柳诗风的总体特征作了初步的概括。他在《书黄子思诗集后》中指出：

　　　　李、杜之后，诗人继作，虽间有远韵，而才不逮意，独

———————
① 韦应物《寄杨协律》诗，杨协律即柳宗元丈人杨凭之弟杨凌。此诗作于兴元元年（784），时柳宗元仅十二岁。

韦应物、柳宗元发纤秾于简古，寄至味于淡泊，非余子所及也。①

以后，人们在诗话、笔记、序跋、诗作中，出于各自的文学观点和审美感受，补充和修改了苏轼的看法。如刘克庄在《后村诗话》中说：唐初"陈拾遗首倡高雅冲淡之音，……太白、韦、柳继出，皆自子昂发之。"又说：

> 唐诗多流丽妩媚，有粉绘气，或以辨博名家。惟韦苏州继陈拾遗、李翰林崛起，为一种清绝高远之言以矫之，其五言精巧处不减唐人。……前世惟陶，同时惟柳可以把臂入林，余人皆在下风。②

王袆《张仲简诗序》：

> 唐之盛也，李、杜、元、白诸家，……自成其家。③

吴讷《晦庵诗抄序》：

> 于其间求夫音节雅畅，辞意浑融，足以继绝响而闯渊明之阃域者，唯韦应物、柳子厚为然尔。④

① （宋）苏轼著，孔凡礼点校：《书黄子思诗集后》，《苏轼文集》卷67，中华书局1986年版，第2124页。
② （宋）刘克庄著，王秀梅点校：《后村诗话》前集卷1、新集卷3，中华书局1983年版，第6、184—185页。
③ （明）王袆：《王忠文公集》卷2，中华书局1985年版，第54页。
④ （明）程敏政编：《皇明文衡》卷43，《四部丛刊初编》，上海商务印书馆1929年版，集部，第428册，第361页。

王士禛《戏仿元遗山论诗绝句三十二首》其七：

> 风怀澄淡推韦柳，佳处多从五字求。[①]

以上诸说，出发点和结论各异，但都指出了韦柳诗风的总体特征。古人的评论固然富于启示性，然而却显得模糊。我们若不从作品入手，进行归纳分析，是难以准确地把握韦柳诗风的真正特征的。

韦柳诗歌按其内容大致可分为两类：一类是以现实政治为主要题材的"兴讽诗"；另一类是以山水田园为主要题材的写景抒情诗。前者继承天宝诗歌正视现实、抨击黑暗和崇儒复古、愤世嫉俗两大基本主题，与中唐元白、韩孟诗派的思想特征和创作倾向有相通之处，在中唐诗风的转变过程中起到了积极的作用；但不能代表韦柳诗歌的主要风格。后者继承天宝诗歌超脱现实、清高隐逸的基本主题，并加以改造和创新，终于以其特有的风格在中唐诗坛上独树一帜。在韦柳的诗集中，最主富于特色的，是山水田园诗；占了最大比例、并且最能传世的，是描摹山水、抒写性情的诗句。因此，探讨韦柳诗风的特征，应以写景抒情诗为主要对象。

不过，韦柳较少单纯模山范水和吟咏田园风光、农家事务之作。在韦柳诗集中，这两类题材大都是相互渗透、相互融合的；山水诗富于田园情趣，田诗亦不乏山水描写。因而他们的写景抒情诗，大都具有"山水与田园情趣合流"[②]的风貌。

---

① （清）王士禛著，李毓芙等整理：《渔洋精华录集释》卷 2，上海古籍出版社 1999 年版，第 330 页。
② 曹道衡认为，山水情与田园诗的合流在王维手中正式完成（见其《也谈山水诗的形成与发展》一文，载《文学评论》1961 年第 2 期）。王国璎在此基础上进一步发挥，认为"山水与田园情趣合流"乃是唐代山水诗的一大特征（见其《中国山水诗研究》一书，台湾联经出版事业公司 1986 年版）。

韦应物的《寺居独夜寄崔主簿》写诗人独居夜寺的感受，以隐士口吻，写所闻、所见、所想，烘托出了作者幽独、孤寂的自我形象。《沣上西斋寄诸友》写闲游山水的情趣以及诗人旷达豁然的胸襟，在情调上与前一首的忧怆、孤寂不同，显得闲雅恬适；但幽独、孤高的自我形象却如出一辙。韦应物并不是浑身静穆的隐士，或远离尘嚣的"幽人"。陈沆《诗比兴笺》云："或谓韦公冲然物外，寄情吏隐，本非用世匡主之辈，未必江湖魏阙之思，此非知韦者也。"[1] 但韦应物也不是直面现实的斗士。他从"朝提樗蒲局，暮窃东邻姬"（《逢杨开府》）的纨绔子弟，转变成"身多疾病思田里，邑有流亡愧俸钱"（《寄李儋元锡》）的正直官吏，是很有用世之心的；但世态的炎凉与现实的黑暗，使他受到多次打击和挫伤。他变得越来越沉静、冲淡了。"等陶辞小轶，效朱方负樵"，诗人效仿陶渊明和朱百年，取其孤傲与高洁作为自己的精神支柱，尽管不时感到寂寥，但他的心情又怎能不坦然、恬淡呢？他是把自己纳入历史长河，与古人完全融合在一起了。

可以说，传达恬淡冲和与寂寞幽独的意绪，烘托诗人古雅高洁的自我形象，是韦应物写景抒情诗的一个显著特征。白居易称其"高雅闲淡"[2]，王士祯称其"风怀澄淡"，乔亿称其"如古雅琴，其音淡泊"[3]，不妨说都是指这一特征而言。惟其高洁，故必幽独；惟其古雅，故亦恬淡。韦应物十分擅长创造幽独寂寞与恬淡冲和的意境；而这种意境，大多是为烘托诗人古雅高洁的自我形象服务的。

---

[1] （清）陈沆：《诗比兴笺》卷3，上海古籍出版社1981年版，第184页。

[2] （唐）白居易著，顾学颉校点：《与元九书》，《白居易集》卷45，中华书局1979年版，第965页。

[3] （清）乔亿：《剑溪说诗》又编，郭绍虞编选，富寿荪校点：《清诗话续编》，上海古籍出版社1983年版，第1127页。

如《雨夜感怀》:"微雨洒高林,尘埃自萧散。耿耿心未平,沉沉夜方半。独惊长簟冷,遽觉愁鬓换。谁能当此夕,不有盈襟叹。"《秋夜》:"暗窗凉叶动,秋斋寝席单。忧人半夜起,明月在林端。一与清景遇,每忆平生欢。如何方恻怆,披衣露更寒。"无不充满了孤寂的情调。再如《对残灯》:

> 独照碧窗久,欲随寒烬灭。幽人将遽眠,解带翻成结。

写得含蓄而又极见幽独之情。此诗脱胎于梁代沈满愿的《残灯》:"残灯犹未灭,将尽更扬辉。惟余一两焰,犹得解罗衣。"[①]但情调迥异,正如明人杨慎所说:"韦有幽意而沈淫矣。"[②]另外,《春日郊居寄万年吉少府中孚三原少府伟夏侯校书审》《闲居寄诸弟》《南园陪王卿游瞩》等,与《沣上西斋寄诸友》一样,也是通过对诗人闲旷心情的描写,将一段恬淡悠然之意充溢于整首诗中。如《闲居寄诸弟》:

> 秋草升庭白露时,故园诸弟益相思。尽日高斋无一事,芭蕉叶上独题诗。[③]

韦应物在长安西郊时,常题诗于桐叶,有《题桐叶》为证:"参差剪绿绮,潇潇覆凉珂。忆在沣东寺,偏书此叶多。"此次出

---

① (唐)韦应物著,陶敏、王友胜校注:《韦应物集校注》(增订本)卷8,上海古籍出版社2011年版,第521—522页。

② (明)杨慎:《升庵诗话》卷10,丁福保辑:《历代诗话续编》,中华书局1983年版,第848页。

③ (唐)韦应物著,陶敏、王友胜校注:《韦应物集校注》(增订本),上海古籍出版社2011年版,第162页。

任滁州刺史，他又在蕉叶上题诗，寄托怀乡思亲之情。唐代大书
法家怀素在零陵时，曾种芭蕉万余株，以蕉叶代纸写字，因名
所居曰"绿天庵"。韦应物芭蕉题诗，是否受了怀素的启发，不
得而知，但若论自然任性、闲旷雅淡，则韦应物比怀素有过之
而无不及。

　　柳宗元的写景抒情诗，同样具有韦诗的如上特征。《柳州二月
榕叶落尽偶题》："宦情羁思共凄凄，春半如秋意转迷。山城过雨
百花尽，落叶满庭莺乱啼。"百花落尽，榕叶满庭，诗人感到阵
阵秋意；此刻黄莺纷乱啼鸣，更衬出诗人内心的寂寞凄清。韦应
物诗云："物色坐如见，离抱怅多盈。况感夕凉气，闻此乱蝉鸣。"
（《答端》）在表达内心情感方面，二者可谓异曲同工。又如在柳
宗元的《中秋起望西园值月上》中，大自然跃动的生机与诗人凄
冷的心境形成了鲜明的对照，静谧的夜色突出了诗人不能平静的
内心波澜。毫无疑问，此诗在情调上与前举韦应物的《寺居独夜
寄崔主簿》、《雨夜感怀》、《秋夜》等诗是完全一致的。《南涧中题》：

　　　　秋气集南涧，独游亭午时。回风一萧瑟，林影久参差。
始至若有得，稍深遂忘疲。羁禽响幽谷，寒藻舞沦漪。去国
魂已远，怀人泪空垂。孤生易为感，失路少所宜。索寞竟何
事？徘徊只自知。谁为后来者，当与此心期。①

　　此诗记游，重在一个"独"字。"语语是独游"②，可见诗人之
孤高。此诗写景，重在一个"羁"字。"羁禽"是人格化的意象，
是诗人的自我写照。此诗抒情，重在一个"孤"字。"孤生易为感"，

---

① （唐）柳宗元：《柳宗元集》卷43，中华书局1979年版，第1193页。
② 沈德潜评语，（清）沈德潜编：《唐诗别裁集》卷4，中华书局1975年版，第61页。

感中有忧愁，也有不平。陆时雍说：“读柳子厚诗，知其人无与偶”[①]；苏轼评比诗，以为“忧中有乐，乐中有忧”[②]，确切地指出了诗中凝聚的深沉情绪。

柳宗元作为一个进步政治家而屡遭贬谪，其内心凄苦不平是不言而喻的。故其诗反映这种意绪的成分比韦诗多一些、浓一些。如“海上尖山似剑铓，秋来处处割愁肠”（《与浩初上人同看山寄京华亲故》），“城上高楼接打荒，海天愁思正茫茫”（《登柳州城楼寄漳汀封连四州》）等。相应地，诗人的自我形象便显得更加孤傲高洁，如《江雪》：白色笼罩着高山、小径、大江，一切似乎都沉埋于寒雪之下；只有孤舟一叶，渔翁一人，赫然显现在空寂的背景上。这苏世独立的渔翁形象，正是诗人的自我写照。

然而，柳宗元并不是总在咀嚼着内心的凄苦和忧怆。当他生活安定，心情平和时，也不免“行歌坐钓，望青天白云，以此为适”（柳宗元《与杨晦之第二书》）。特别是在永州冉溪置地构屋，开始了以农圃为邻的村居生活以后，他便较多地显露了“乐山水而嗜闲安”（参见柳宗元《送僧浩初序》）的一面。在冉溪，他不仅创作了如散文诗般优美的山水游记，而且还为后世留下了情词并茂的山水田园诗。如《溪居》、《夏初雨后寻愚溪》，表现了摆脱尘网、超绝人寰的意趣，突出了诗人孤傲高洁的自我形象。在诗人看来，世上的一切蝇营狗苟，都是那么渺小、可笑。后一首“寂寞固所欲”与韦应物的“独予欣寂寥”（《沣上西斋寄诸友》）一样，暗示着诗人拥有强大的精神支柱，一切寂寞孤独都无所谓。寂寞孤

---

① （明）陆时雍：《诗镜总论》，丁福保辑：《历代诗话续编》，中华书局1983年版，第1420页。

② （宋）胡仔纂集，廖德明校点：《苕溪渔隐丛话》前集卷19，人民文学出版社1962年版，第123页。

独甚至成了一桩让诗人更深刻地体味人生、完善自我的乐事。《雨后晓行独至愚溪北池》写云散日出，溪景明丽，诗人独自来到愚溪（即冉溪）北池。只见高树临水，倒影清清，忽而晨风乍起，惊落树上雨滴，在池中泛起些许涟漪。结尾二句点明，清幽的景色与诗人此时的闲适心情有如宾主相得，彼此相契。再如《夏昼偶作》：

> 南州溽暑醉如酒，隐机熟眠开北牖。日午独觉无余声，山童隔竹敲茶臼。[1]

夏季日午，诗人伏案而眠。一觉醒来，万籁俱寂，只听得山童的几下捣茶声；但这声音是那么遥远，仿佛来自另一个世界。此诗气息古雅，"言思爽脱"[2]，巧妙地烘托出了诗人高洁闲雅的自我形象。

前面提到，田园情趣的表达是韦柳写景抒情诗的一个重要特点。这里所谓田园情趣，不仅指诗人在田园生活中或偶至乡间时所抒发的思想感情和体会到的某种趣味，它还包括诗人游览山水或闲居独处时的种种意趣。由此看来，传达恬淡冲和与寂寞幽独的意绪，烘托诗人古雅高洁的自我形象，正是韦柳写景抒情诗的一个重要特征。唯其如此，韦柳诗给人的感觉才那么高雅、古淡，那么富于涵咏不尽的"至味"。

韦柳的写景抒情诗在刻画山水方面又有什么特征呢？

韦应物《同德寺雨后寄元侍御李博士》：

---

[1]　（唐）柳宗元：《柳宗元集》卷 43，中华书局 1979 年版，第 1220 页。

[2]　（宋）范晞文：《对床夜语》卷 4，丁福保辑：《历代诗话续编》，中华书局 1983 年版，第 432 页。

川上风雨时，须臾满城阙。岂晓青莲界，萧条孤兴发。
前山遽已净，阴霾夜来歇。乔木生夏凉，流云吐华月。严城
自有限，一水自难越。相望曙河远，高斋坐超忽。①

又《登楼寄王卿》：

踏阁攀林恨不同，楚云沧海思无穷。数家砧杵秋山下，
一郡荆榛寒雨中。②

前一首作于闲居洛阳时。"川上"四句写诗人独坐在高峻的佛
寺里，与风雨如晦的城阙遥遥相对，生出无限遐想。"前山"以下
八句写雨霁天晴、烟消云散，诗人仰望迢迢星河、皎皎明月，体
验到一种难以言传的缥缈和空寂。江风、城阙、佛寺、群山、华月、
星河等意象次第出现，不断强化着此诗高而远的意味。后一首作
于楚州刺史任上。诗人把思绪连属于"楚云""沧海"，企图以此
填补不能与友人同游山水的缺憾。前人评此诗，以为"高视城邑，
真复如此开合，野兴甚浓，正是绝意。复增两联，即情味不复如
此"③，无意中道出了韦诗高远含蓄的特色。《游溪》诗中，如烟似
的白鹤，如洗般的碧空，以及淡淡的微风，青青的远树，还有悠
闲地玩舟垂钓的诗人，构成了一幅绝妙的图画：清幽、淡远，大
有"不著一字，尽得风流"的韵味。可见，运用高远、清淡的山

① （唐）韦应物著，陶敏、王友胜校注：《韦应物集校注》（增订本）卷2，上海古
籍出版社2011年版，第95页。
② （唐）韦应物著，陶敏、王友胜校注：《韦应物集校注》（增订本）卷3，上海古
籍出版社2011年版，第162页。
③ （宋）刘辰翁：《刘辰翁诗话》，吴文治主编：《宋诗话全编》第10册，江苏古
籍出版社1998年版，第9889页。

水意象，传达清幽、淡远的气韵，是韦应物写景抒情诗的另一显著特征。具有这一特征的，还有《初发扬子寄元大校书》、《赋得暮雨送李胄》、《滁州西涧》、《闻雁》等诗。韦诗描摹山水的佳句也是如此。如"绿野际遥波，横云分叠嶂"（《扈亭西陂燕赏》），"微风飘襟散，横吹绕林长。云淡水容与，雨微荷气凉"（《南塘泛舟会元六昆季》），"寒树依微远天外，夕阳明灭乱流中。孤村几岁临伊岸，一雁初晴下朔风"（《自巩洛舟行入黄河即事寄府县诸友》），等等。

这一特征同样适合于柳宗元的写景抒情诗。《零陵春望》视野开阔，气象澄澈，宛如一幅淡淡的着色山水，给人以清新、高远的感觉。《渔翁》"烟销日出"一联，写日出雾散，渔翁已不见踪迹，唯有袅袅柔橹的余音在绿水青山中回荡；结尾二句，写渔翁在湘江中回眺天际，只觉山岩上舒卷的白云仿佛向他悠然飘来，尤其富于幽淡绵邈的韵致。

柳宗元的写景抒情诗中，不乏以清幽、淡远见长的山水刻画。如"壁空残月曙，门掩候虫秋"（《酬娄秀才寓居开元寺早秋月夜病中见寄》），"道人庭宇静，苔色连深竹"（《晨诣超师院读禅经》），"笙簧潭际起，鹳鹤云间舞"（《再至界围岩水帘遂宿岩下》），"泉归沧海近，树入楚山长"（《酬徐二中丞普宁郡内池馆即事见寄》），"霞散众山迥，天高数雁鸣"（《旦携谢山人至愚池》），"目极千里无山河，麦芒际天摇青波"（《闻黄莺》），等等，都是典型的例子。

需要说明的是，韦柳很少单纯地表现田园情趣、刻画山水景物，但二者在诗中的地位却有主次轻重之分。如前所述，韦柳所擅长的，是传达一种独特的"田园情趣"，并把它渗透到山水描写中，使山水景物富于"田园气息"或"田园情貌"。这就意味着对"田园情趣"的把握和抒发，在韦柳诗中占有重要的地位。

所谓"田园情趣"、"田园气息"、"田园情貌"到底是什么呢？是寂寞幽独与恬淡冲和的意绪；是清幽、淡远的气韵；是诗人古雅高洁的自我形象之外化。韦柳诗风的总体特征，尽可以从这三个方面去归纳和概括。

对韦柳诗风，前人有多种描述。南宋人敖陶孙说："韦苏州如园客独茧，暗合音徽"，"柳子厚如高秋独眺，霁晚孤吹"[1]；清人朱锡绶说："韦柳似海红，古媚在骨"[2]；乔亿说："韦诗如峨眉天半，高无与比；柳诗如巴东三峡，清夜啼猿"[3]。皆用形象的语言，道出了韦柳诗风某一方面的特征。本文欲对韦柳诗风进行总体上的科学概括，显然不能停留在比喻的层次上，必须将上述分析加以综合。其结果，一言以蔽之，就是"高雅清远"。

"高雅清远"体现了韦柳诗风的独特性。

传统诗评常把韦柳与王孟相提并论，以这四家代表唐诗中清微淡远的一派。但仔细品味，韦柳与王孟之间仍存在着风格上的差别。简言之，王孟多偏重于意境的创造，诗风淡泊秀朗；韦柳多着重于意绪的抒发，诗风高雅清远。从个人遭际来看，王维大半生在亦官亦隐中度过，孟浩然生前是受人景仰的隐士。他们所感受到的，多是在对山水田园的凝神观照中，内心流露出的一份恬淡悠然之情。韦柳则不同。韦应物生长于开、天盛世，以玄宗近侍三卫郎的身份，享尽了荣华，也浸染了盛世的恢宏、自信和激情，但安史之乱的狂飙，突然把他抛到仕宦的险径上，使他充

---

① （宋）敖陶孙：《臞翁诗评》，（宋）魏庄元编：《诗人玉屑》卷 2，上海古籍出版社 1959 年版，第 18 页。

② （清）朱锡绶：《幽梦续影》，《丛书集成初编》，中华书局 1985 年版，第 380 册，第 15 页。

③ （清）乔亿：《剑溪说诗》卷上，郭绍虞编选，富寿荪校点：《清诗话续编》，上海古籍出版社 1983 年版，第 1090 页。

分体验到现实的黑暗。理想的失落，常常使他陷入怀想；而在如梦的怀想中，他又时时感到寂寞和孤独。柳宗元起初也是仕途通达，由集贤殿正字、蓝田尉升至监察御史，后拜礼部员外郎。但永贞革新的失败，使他一下子沦入"风波一跌逝万里"（《冉溪》）的境地，他的心中郁积了多少凄苦与不平！读韦柳诗，常常感到比王孟诗多了一份寂寞幽独；就是因为，韦柳对山水田园采取的已不仅是鉴赏和适意的态度，而更多的是把它们当成寄托性情的对象了。从诗歌创作来看，王孟注重兴象玲珑、气象浑成，追求"诗中有画"；而韦柳则着意"寄至味于淡泊"，把高度凝练的情绪，以平和的口气自然道出，追求"诗中有人"。王孟诗固然不乏诗人情绪的抒发，但它往往被诗人巧妙地化入优美的意境中，与自然景物形成浑融的一体，并不构成特立突出的自我形象。而韦柳诗无论是直抒胸臆，还是借景抒情，诗人的意绪都被置于突出的地位。这些恬淡冲和与寂寞幽独的意绪，往往烘托出诗人古雅高洁的自我形象。清人乔亿说："诗中有画，不若诗中有人。左司高于右丞以此。"[1] 以诗中是否"有人"论高下，固然褊狭；但准确地指出了王与韦诗风的不同，王孟与韦柳诗风的主要区别也正在于此。试看：王孟句如"行到水穷处，坐看云起时"（王维《终南别业》），"日耽田园趣，自谓羲皇人"（孟浩然《仲夏归南园寄京邑旧游》）；韦柳句如"忧人半夜起，明月在林端"（韦应物《秋夜》），"机心付当路，聊适羲皇情"（柳宗元《旦携谢山人至愚溪》），都抒写田园情趣，而盛、中唐界限分明。显然，这种区别是"关气运"，"非人力"[2] 所能使然的。

① （清）乔亿：《剑溪说诗》又编，郭绍虞编选，富寿荪校点：《清诗话续编》，上海古籍出版社1983年版，第1122页。
② （明）胡应麟：《诗薮》内编卷4，上海古籍出版社1979年版，第59页。

综观中唐诗坛,有以元白、韩孟为代表的两大诗风。前者求俗,诗风明白如话,一泄无遗;后者尚险、尚奇、尚怪,诗风狠重排奡,艰涩巉刻。再有就是"韦柳体"[①],即独立于元白、韩孟之外的韦柳诗风了。与元白、韩孟相比,韦柳无疑是另一个风度境界。虽然元白、韩孟诗派成员也写山水田园诗,风格有的也较清淡,但仍留有该派的风格特征。如白居易的《溪中早春》,写晨出览景,暮归就餐;内容浅近,缺乏余味。孟郊的《游终南山龙池寺》,韩愈的《独钓》,在他们的诗中是相当冲和的了,但"地寒松桂短","雨多添柳耳"等句,仍明显露出刻削的痕迹,给人以奇特感。可见,即使是元白、韩孟两派成员较清淡的诗,也不能与韦柳诗等量齐观;其间风格的差异是不言而喻的。因此可以说,在中唐诗坛上,韦柳诗乃以其特有的风貌独树一帜,足以与元白、韩孟两派诗风分庭抗礼,占有重要的地位。

当然,说韦柳诗风的总体特征是"高雅清远",并不排斥韦柳诗在此之外存在着各自的特色,如韦的流丽,柳的峭劲等。但从韦柳诗风的总体特征看,这些特点就显得次要得多了。

二

形成韦柳诗风的原因很多,其中社会心理、佛教思想的影响,以及韦、柳对诗歌艺术遗产的继承发展三个方面,尤为重要。

中唐是中国封建社会由前期向后期转化的起点。中唐人虽对朝廷怀有"中兴"的期望,而进取的热情却已大大减退。中唐文

---

① (宋)严羽著,郭绍虞校释:《沧浪诗话·诗体》,《沧浪诗话校释》,人民文学出版社 1983 年版,第 59 页。

艺也失去了盛唐那种奋发扬厉、雄视万物的气势，开始转向内心世界。社会心理发生了巨大的变化：危机感和失落感随着社会矛盾的日益激化，越来越突出地表现出来。

社会走下坡路，导致知识分子出路变窄，是产生上述现象的重要原因。中唐知识分子所面临的藩镇割据、朋党之争、宦官专权的现实，决定了当时的唐王朝无法像开元盛世那样，具有广开贤路的魄力。中唐士人经常在深切感到社会危机的同时，因理想无所寄托而产生失落感和躁动不安的情绪。这就使他们"既关心政治、热衷仕途而又不感兴趣或不得不退出和躲避它"[①]。结果，他们往往对时世采取一种不即不离、淡然处之的态度。

文艺常常是时代风云的晴雨表。白居易的功利主义文学思想，既反映了对王朝"中兴"的期望，同时也是社会危机感的产物。而以皎然为代表的诗歌美学思想，不是像白居易那样把文学投射到外部世界，强调其社会功能；而是把它置于自身的反省和回顾中，强调其审美功能。这种思想，是由"中兴"无望而产生的失落感和超脱现实、清高隐逸人生态度的反映。

上述社会心理还导致了文艺创作转向内心世界，从而构成了中唐以来以人的心境和意绪为艺术表现主题的趋势。

韦柳不可避免地受到了中唐社会现实的影响。他们在意识到社会危机而倡导风雅的同时，常怀有一种难言的失落感，因而在看待出与处的关系时，常常表现出不明确或矛盾的态度。韦应物说："虽怀承明恋，欣与物累睽"（《答库部韩郎中》），柳宗元说："机心久已忘，何事惊麋鹿"（《秋晓行南谷经荒村》）。《寺居独夜寄崔主簿》和《南涧中题》更是集中地反映了他们的矛盾心态。至于

---

① 李泽厚：《美的历程》，中国社会科学出版社 1984 年版，第 190 页。

那种恬淡冲和的意绪，则是这种矛盾心态达到稳定和平衡时的产物。这些特定的内容，共同参与构成了韦柳诗风的方方面面。

佛教与韦柳的生活有着密切的联系。"玄宗以后，中国常生变乱，诸帝仍奉佛法，而尤以代宗为最。"[①]代宗曾授胡僧不空为开府仪同三司，封肃国公，又"常于禁中饭僧百余人，有寇至则令僧讲《仁王经》以禳之，寇去则厚加赏赐。"[②]元和十四年，韩愈因谏迎佛骨事，几乎被宪宗置于死地。可见代、宪宗两朝佞佛之盛。随着崇佛风尚的形成，佛教遂与士人生活有了密切的联系。《新唐书·五行志》载："天宝后，诗人多为忧苦流寓之思，及寄兴于江湖僧寺。"[③]中唐以后，士大夫的居处、游览、交往，大都离不开佛寺和僧徒这两个内容了。这种风尚在韦柳及其诗中都有突出的体现。韦柳不仅寓居佛寺，而且经常游山寻寺，与僧徒交往。这在他们的诗中都有明显的反映。

佛寺那种特有的情趣与氛围，给韦柳的心境以相当大的影响。韦诗云："道心淡泊对流水，生事萧萧空掩门"（《寓居沣上西斋寄丘员外》）；柳诗云："步登最高寺，萧散任疏顽"，"置之勿复道，且寄须臾闲"（《构法华寺西亭》）等，即可为证。清净而萧条的环境陶冶着他们的怀抱，使他们体验到摆脱尘世的愉悦；同时，又反衬出他们内心的寂寞和幽独。对常居精舍禅院的韦应物、柳宗元来说，这种影响不可能是短暂和肤浅的。因此，韦柳诗所反映的独特意绪，与佛教不无关系。

当然，佛教对韦柳诗艺术构思和艺术风格的影响，尤为重要。我们主要看南宗禅的影响。韦、柳与禅宗有一定联系，如韦诗提

---

① 汤用彤：《隋唐佛教史稿》，中华书局 1982 年版，第 30 页。

② （宋）司马光著，（元）胡三省音注：《唐纪四十》，《资治通鉴》卷 224，中华书局 1956 年版，第 7196 页。

③ 《新唐书》卷 35，中华书局 1975 年版，第 921 页。

到"跻阁谒金像，攀云造禅局"（《四禅精舍登览悲旧寄朝宗巨川兄弟》），柳宗元曾为六祖慧能写过《曹溪第六祖赐谥大鉴禅师碑》。禅宗与老庄哲学、魏晋玄学相结合，强调梵我合一，推行非理性的直觉思维，对诗歌重凝神观照、物我融合的艺术构思，起了一定的强化作用。韦应物的"野水烟鹤唳，楚天云雨空"（《游溪》），"杨柳散和风，青山淡吾虑"（《东郊》），柳宗元的"壁空残月曙，门掩候虫秋"（《酬娄秀才寓居开元寺早秋月夜病中见寄》），"烟销日出不见人，欸乃一声山水绿"（《渔翁》）等句，莫不是凝神观照、物我冥合的产物。这种艺术构思在韦柳诗中起了主导作用；没有它，很难想象那些清幽淡远的诗篇如何产生。另外，禅宗还造成和强化了士大夫们重恬淡、冲和、含蓄的审美情趣，使他们努力追求所谓"透彻玲珑，不可凑泊"，"不涉理路，不落言筌"[①]超然之美。在这种审美情趣的影响下，中晚唐出现了相应的诗歌理论。韦柳诗以"高雅清远"的风貌脱颖而出，无疑是与这一趋势同步的。

与社会心理和佛教的影响相比，诗歌艺术遗产的继承发展，则是形成韦柳诗风的内在原因。在对前代诗歌发展的回顾中，中唐人大致有两派言论：一派以元稹、白居易为代表，推重风雅传统，主张诗歌为政治服务，代表了现实主义诗歌的发展方向。一派以皎然为代表，推重"情在言外"，"旨冥句中"[②]，标举高情逸韵以及与此相应的艺术风格。这一派诗论代表了中国封建社会后期士大夫的审美情趣。

值得注意的是，两派诗论的代表人物白居易和皎然，都对韦应物的诗歌很感兴趣。白居易以为"韦苏州歌行，才丽之外，颇

---

① （宋）严羽著，郭绍虞校释：《诗辨》，《沧浪诗话校释》，人民文学出版社 1983 年版，第 26 页。

② （唐）皎然著，李壮鹰校注：《诗式校注》卷 2，人民文学出版社 2003 年版，第 153 页。

近兴讽;其五言诗,又高雅闲淡,自成一家之体"①。《因话录》所载皎然谒见韦应物的故事,被传为文坛佳话。皎然以师事韦,不仅是因为韦诗"格将寒松高,气与秋江清"(皎然《答苏州韦应物郎中》),与他标举的"高情逸韵"相一致;而且还由于韦诗的"风雅"深深地吸引了他。他在给韦应物的诗中说:"诗教殆沦缺,庸音互相倾。忽观风雅韵,会我夙昔情"(同上)。持不同文学观的白居易与皎然同样高度赞赏韦诗,表明在韦诗的艺术渊源中,"风雅"和"清淡"是互相并行而又互相融合的两大支脉。其实,柳诗也是如此;只不过由于白居易和皎然距韦柳生活年代太近,无法从风格上将韦柳合论罢了。这要等到宋代才能实现。

　　"风雅"指讽谕兴寄,也指高雅纯正的气韵风神。它是充实的内容与雅正的体格的统一。韦柳诗不乏讽谕兴寄,而代表韦柳诗风的作品,更是兼具高雅纯正的气韵风神。一方面,这些诗透露出一定的现实内容,如对现实的不满,对农民的同情,充满了对人生的感悟;另一方面,这些诗又传达了寂寞幽独与恬淡冲和的意绪,烘托出诗人古雅高洁的自我形象。难怪刘克庄论陈子昂时要推及韦、柳:陈子昂对人生的感悟,对现实的关注,他的伟大的孤独感和高蹈胸怀,不正是对韦、柳颇多影响吗?

　　韦应物、柳宗元自己也是追求风雅,倡导风雅的。韦应物说:"环文溢众宾,雅正得吾师"(《答长宁令杨辙》),以"雅正"为作诗根本。孟郊评韦诗:"章句作雅正,江山益分明"(《赠苏州韦郎中使君》)。白居易在《吴郡诗石记》中说:"其风流雅韵,多播于吴中。"他还将自己的《郡斋旬假命宴呈座客示郡寮》与韦应物的《郡斋雨中与诸文士燕集》同刻在诗石上,视己诗为俗,

---

① (唐)白居易著,顾学颉校点:《与元九书》,《白居易集》卷45,中华书局1979年版,第965页。

韦诗为雅。柳宗元"征于《诗》大、小雅"(《献平淮夷雅表》),作过雅诗歌曲;同时,他对具有"风赋比兴之旨"的作品大加赞赏,极力宣扬。因此,刘克庄说:"自渊明没,雅道几熄,当一世竟作唐诗之时,(柳)独为古体以矫之"[1],而胡应麟则直接称柳诗曰"古雅"[2]。

元好问《别李周卿二首》其二云:"风雅久不作,日觉元气死……《古诗十九首》,建安六七子。中间陶与谢,下逮韦柳止。"把韦柳归入"风雅"传统之列。这里可以看到,"风雅"诗与五言古诗的发展轨迹基本上是吻合的。在探讨五言古诗风格的基础上,所谓"清淡诗派"曾被提到引人注目的地位。

胡应麟《诗薮》内编卷二把五言古诗的风格分为两大类,以陶渊明为"平淡"风格的首创者。在此前提下,又提出了"清淡诗派"一说:"唐初……陈子昂独开古雅之源,张子寿首创清淡之派。盛唐继起,孟浩然、王维、储光羲、常建、韦应物,本曲江之清淡,而益以风神者也"[3]。这里虽未提及柳宗元,但"清淡诗派"成员都学陶,柳既在陶所开创的"平淡"诗风——姑称之"陶家风范"之中,自然也应属于此派。可见,所谓"清淡诗派",是从风格角度划分的一个唐诗宗派体系。

"清淡诗派"向来以"陶家风范"的面目出现。陶渊明是此派的始祖,唐代追随者们从不同角度继承发扬陶诗传统,构成了此派在"清淡"这个总的风貌下的不同特点。

韦应物学陶主要有两个方面。一方面是学陶的语言。如《与友生野饮效陶体》、《效陶彭泽》、《种瓜》,前两首学陶诗的"平淡",

① (宋)刘克庄著,王秀梅点校:《后村诗话》新集卷5,中华书局1983年版,第226页。
② (明)胡应麟:《诗薮》内编卷5,上海古籍出版社1979年版,第82页。
③ (明)胡应麟:《诗薮》内编卷2,上海古籍出版社1979年版,第35页。

后一首学陶诗独特的"田家语"。质直的"田家语"使诗显得淳朴、古雅，平淡而富于启示性的语言，比摹状绘形的描写性语言更能引起联想，使诗具有含蓄隽永的韵味。另一方面，韦应物还努力效仿陶诗"风华清靡"的韵度风神。钟嵘《诗品》卷中论陶诗云："世叹其质直，至如'欢言酌春酒'、'日暮天无云'，风华清靡，岂直为田家语耶！"[①] 这里所谓"风华清靡"，其实质在于"清"，是由自然、质朴而来的。韦学陶的这一面，正是从此着眼。如说"怪来诗思清人骨，门对寒流雪满山"，"清诗舞艳雪，孤抱莹玄冰"，"冰壶见底未为清，少年如玉有诗名"，把诗或诗思与晶莹澄澈和质素的事物相提并论。他赞赏清新淡远的诗，是因为它们暗合物之自然和己身性情之自然。这样，他便把目光转向了如"初发芙蓉，自然可爱"[②] 的谢灵运诗：陶诗质而清，谢诗丽而清，二者的相通之处不是很明显吗？从对"清"的追求出发，他有意将陶谢熔于一炉。他的诗既有流丽和精工的物色描摹，又有不事雕琢的感情倾吐。孟郊形容韦诗："谢客吟一声，霜落群听清"（《赠苏州韦郎中使君》），看到了韦学谢的一面；而苏轼从总体出发，说韦能"发纤秾于简古，寄至味于淡泊"，则比孟郊的看法更为全面深刻。

柳宗元的《饮酒》、《溪居》、《首春逢耕者》、《田家三首》其一等，语言简淡、质朴，常脱口而出，多近自然，颇具陶诗"豪华落尽见真淳"（元好问《论诗绝句三十首》其四）的特色。而陶诗"风华清靡"的一面，在柳诗中也有反映，不过多以"清"的特征与谢诗的精工结合在一起而已。柳宗元对"清"同样十分倾心：《酬贾鹏山人郡内新栽松寓兴见赠二首》把"清"与"幽静贞吉之道"

---

① （梁）钟嵘著，陈延杰注：《诗品注》卷中，人民文学出版社 1961 年版，第 41 页。
② 《颜延之传》，《南史》卷 34，中华书局 1975 年版，第 881 页。

及自然的韵律相比并，他的诗用"清"字凡三十余处。他说："激而发之欲其清"（《答韦中立论师道书》），明确表示追求"清"的境界。不过，他还强调"抑之欲其奥，扬之欲其明，疏之欲其通"，表明他对"清"的追求，是通过锻炼的方法来实现的。"激而发之欲其清"，即以清扬之笔写凝重之情。因此，从精工而至于自然之"清"来看，柳宗元是自觉地走向谢灵运的。前人所说"柳州出于康乐"[①]，大概就是缘此而发。

"清淡诗派"在盛唐的代表王维和孟浩然也是兼学陶谢的。他们"以陶诗之平淡自然为本，兼取谢诗之秀美"[②]，努力创造兴象玲珑，"诗中有画"的意境，诗风淡泊秀朗；但他们并未着力从"清"的角度发挥陶、谢诗的特色。只有韦柳，才自觉地从"清"的方面努力，铸造了韦柳诗风"高雅清淡"的总体特征，从而把"清淡诗派"发展到了一个新的阶段。

三

作为一种典型诗风的代表，韦柳诗风蕴含着中国古典诗歌的审美理想。这种理想，在关于韦柳并称的言论中有明显的反映。

韦柳并称有一个发生、发展的过程。唐人还没有"韦柳"这个概念，他们只是对韦柳诗进行分别的评论，在其中表达自己的审美趣味。如白居易极力推崇韦应物"高雅闲淡"的一类诗，以为"苏州在时，人亦未甚爱重，必待身后，然后人贵之"（《与元

---

① （清）刘熙载著，袁津琥校注：《艺概·诗概》，《艺概注稿》卷2，中华书局2009年版，第311页。

② 赵昌平：《韦柳异同与元和诗变》，《中国古典文学论丛》第4辑，人民文学出版社1986年版，第103页。

九书》），又说："常爱陶彭泽，文思何高玄，又怪韦江州，诗情亦清闲"（《题浔阳楼》），"时时自吟咏，吟罢有所思，苏州与彭泽，与我不同时"（《自吟拙什因有所怀》）。孟郊也同样推重韦诗，他甚至表示："顾惟菲薄质，亦愿将此并"（《赠苏州韦郎中使君》）。韦诗风格与白居易、孟郊所倡导的诗风显然不同，因此，白、孟对韦诗的态度，已不受其诗歌主张的限制，而显露出另一种审美趣味。

　　经过唐人的酝酿，到了宋代，韦柳并称才正式出现。苏轼以韦柳并称，也是出于个人的审美趣味。从《书黄子思诗集后》中可以看出，他对自然、含蓄、超逸、简远的诗怀有极大的兴趣，但他本人的诗风却很少具有这样的特点。其间的差异不难解释。这是审美与创作的不同：审美可以向前代看，创作则要自辟蹊径。苏轼以后，严羽从风格角度，明确提出了"韦柳体"的概念。刘克庄论五言古诗的流变，强调了韦柳诗中"风雅"的内涵。从此，韦柳诗的独特风格，遂引起了更多人的关注。

　　自从白居易、苏轼等将韦柳诗风追溯至陶渊明，到了元、明两代，以"平淡"看待韦柳诗风，已成为诗论家的一般认识。揭傒斯说，学韦柳等诗，"当于平淡中求真味"[1]。胡应麟特意把古雅与清淡区别开来，而将韦柳归入后一风格体系："古诗轨辙殊多，大要不过二格"，有"以和平、浑厚、悲怆、婉丽为宗者"，有"以高闲、旷逸、清远、玄妙为宗者，六朝则陶，唐则王、孟、常、储、韦、柳。"[2] 这表明元、明诗论家对韦柳诗风的推重，已从一般的审美趣味向审美理想的层次发展。

---

① （元）揭傒斯：《诗法正宗》，陈伯海编：《唐诗汇评》，浙江教育出版社1995年版，第3166页。
② （明）胡应麟：《诗薮》内编卷2，上海古籍出版社1979年版，第23—24页。

迄至清代，韦柳并称之论已臻成熟；对韦柳诗风的推重，也由王士禛发展到了顶峰。清代并称之论对韦柳诗的品评越来越细致深入，着眼点集中于韦柳诗风与五言古诗的关系，对韦柳诗风"清"的特征，也由前代的一般欣赏转而为高度的评价，所谓"韦、柳既没，清音遂杳者五百余年"①。此期诗论家还把韦柳诗风与自己的诗歌主张相结合，以韦柳诗风为自己审美理想的体现者。这在王士禛的诗论中表现得最为突出。

王士禛的神韵说，标举冲淡、清远、超逸的艺术风格，在唐诗中盛推王孟韦柳，以为圭臬。神韵说推崇韦柳，其中包含着王士禛本人的审美理想。首先，他推崇韦柳，是以"清真古淡"的风格美为基点的；他把这种风格归入了冲淡、清远、超逸的风格体系之中，以陶、王、孟、韦、柳为一家。在此前提下，"陶韦"、"王韦"、"韦柳"等说法大同小异，没有本质上的区别。其次，他把这类并称当作一个艺术尺度，去衡量其他诗人的作品。如以石湖、邢昉为韦柳门庭中人；王庭有"陶韦"风，与石湖、邢昉相上下，足称"逸品"②。

然而，他把韦柳诗风当作自己诗论主张的体现者，便难免对韦柳诗风的特征有所夸张。梁章钜在《退庵随笔》中指出了这一点。他认为王孟韦柳诸家诗非只符合"神韵"之一格，若求此格，只能从王士禛的选本中去找。

由上所述可知，作为一种审美趣味，古人对韦柳诗风的推重是早已存在的；只是到了宋代，才以韦柳并称的形式固定了下来。

①　（清）乔亿：《剑溪说诗》卷下，郭绍虞编选，富寿荪校点：《清诗话续编》，上海古籍出版社 1983 年版，第 1105 页。

②　参见（清）王士禛：《渔洋诗话》卷上，王夫之等著：《清诗话》，上海古籍出版社 1978 年版；《带经堂诗话》卷 10，王士禛著，张宗柟纂集，戴鸿森校点：《带经堂诗话》，人民文学出版社 1963 年版。

以后韦柳并称之论不仅没有中断过，而且成了历代诗论中人所乐道的话题。按照接受美学的观点①，正是这种具有历史延续性的阅读活动，使苏轼最初作出的审美判断，在"接受之链"上不断得到补充或修改，从而使韦柳诗风的审美价值渐趋确定，同时也使某种审美理想不断沉积下来。

确定韦柳并称之论中蕴含着审美理想，至少要有两个前提：一是并称的基点应是对某类风格的推重；二是并称具有艺术尺度的意义，即可以用它评判艺术作品的价值。这两个前提无疑是存在的，但它们的含义如何，对审美理想的性质有什么影响，需要进一步探讨。

苏轼之所以把韦柳并称，是基于对某类风格的推重；这类风格到底以何为主，内涵怎样？在《书黄子思诗集后》中，苏轼一方面指出了韦柳诗中丰外淡、外枯中膏的风格特征；另一方面，还暗示出韦柳诗具有"清空"风格的某些特色，所谓"高风绝尘"、"远韵"等。所以，苏轼对这类风格的推重，是以具有"清空"风格特色的天成、超然、高风绝尘等为主的；至于韦柳，他认为他们在这些特色的基础上，又别具新意。"清空"与本文第一部分概括的"清远"既有联系又有区别。二者都具有淡远的特色，但"清远"的外延要比"清空"宽泛，正如"清淡"的外延比"清远"宽泛一样。

总之，韦柳并称之论对闲雅、淡远、清空等诗风的推重是十分明显的。不过，在并称的前提下，古人对韦柳二人还各有轩轾。

---

① 按：受美学倡导读者中心论，认为作品意义被读者阅读活动具体化的历史就是文学史，从而为文学史研究提供了一个新的视角；又把"期待视野"这一概念引入文学研究领域，揭示了阅读活动的美学内涵和历史内涵。参见〔德〕姚斯：《文学史作为向文学理论的挑战》,〔德〕姚斯、〔美〕霍拉勃：《接受美学与接受理论》，辽宁人民出版社 1987 年版。

一方面，这是由于韦应物、柳宗元的诗存在着同中之异：韦诗可视为盛唐之音的延续，而柳诗则初逗宋调特征；这就为后代宗唐和宗宋的两派诗论提供了论战的材料，使韦柳高下之争成为唐宋诗之争的一部分①。另一方面，韦柳高下之争，无论扬韦抑柳，还是扬柳抑韦，反映的都是中国诗歌的一种审美理想。从某种程度上说，诗论家们无意抬高或贬抑谁，他们念念不忘的只是自己心目中的审美理想。从本质上看，这些审美理想是一致或相通的——都是对某类风格的推重。只是各人强调的方面不同，这类风格在各人心目中的代表不同而已。

　　韦柳并称还有更高一层的涵义。即它作为一种审美理想的象征，超越了对韦柳诗进行风格概括的特定功能，而具备了某种艺术尺度的意义。在这种情况下，"韦柳"、"王韦"、"陶韦"等说法仅仅是字面上的差别而已。

　　传统诗评以这类并称比喻或评价某人的诗具有闲雅、淡远、清空的风格，是很常见的。如王士禛以"陶韦"论王庭诗，又如张巨山《陈简斋墓志》称陈与义诗"清邃超特，纡余闳肆，高举横绝，上下陶、谢、韦、柳之间"②等等。这说明韦柳并称代表了中国诗歌的某种审美理想。

　　值得注意的是，韦柳并称作为一种艺术尺度，还进入了绘画评论领域。清人汪琬说：

　　　　……予于是知诗道之通于画也。……李思训、王摩诘，犹诗之正宗也，荆浩、关仝、董源、李成，犹李、杜诸大家也；

①　赵昌平：《韦柳异同与元和诗变》，《中国古典文学论丛》第4辑，人民文学出版社1986年版。

②　（宋）刘克庄著，王秀梅点校：《后村诗话》后集卷2，中华书局1983年版，第67—68页。

范宽、郭熙，犹唐大历以后诸接武者也；郭恕先、米元章之流，往往于绳墨之外自出胸臆，是为逸品，其在韦、柳之间乎？①

逸品实际上是中国画论所推崇的极品。朱景玄《唐朝名画录》首次在神、妙、能之外列逸品，《四库提要》说此书"逸品则无等次，盖尊之也。"②汪氏用韦柳规范郭、米，以为逸品，正反映了中国绘画的一种审美理想。诗歌和绘画作为中国艺术的代表种类，其审美理想从某种程度上可以说代表了中国艺术的精神。韦柳并称出入诗论和画论领域，并体现了诗画的某种审美理想，便自然而然地与中国艺术精神联系在一起了。

中国艺术与儒、释、道三家哲学、宗教思想有着千丝万缕的联系。就其基本精神而言，中国艺术受儒家思想的影响，崇尚中和之美，以"雅正"为准的；受佛家思想的影响，崇尚空灵之美，以"入禅"为最高境界，受道家思想的影响，崇尚超逸之美，以自由、忘我为追求目标。这种基本精神，在韦柳并称的各种言论中都有反映。如"五言以来，六朝之唐，谢、陶之陈子昂、韦应物、柳子厚最为近风雅"③，"韦应物祖师语，柳宗元声闻辟支语"④，"韦应物之'欲持一瓢酒……'高简妙远，太音声希，所谓舍利子是诸法空相"⑤，等等。因此可以说，韦柳并称集中地反映了中国艺

① （清）汪琬：《吴道贤诗小序》，王运熙、顾易生主编，王镇远、邬国平编选：《清代文论选》，人民文学出版社1999年版，第235页。
② （清）纪昀等纂：《四库全书总目提要》卷112，河北人民出版社2000年版，子部22，第2876页。
③ （金）元好问：《东坡诗雅引》，吴文治编：《古典文学研究资料汇编·柳宗元卷》，中华书局1964年版，第186页。
④ （清）王士祯著，张宗柟纂集，戴鸿森校点：《带经堂诗话》卷1，人民文学出版社1963年版，第42页。
⑤ （清）方南堂：《辍锻录》，郭绍虞编选，富寿荪校点：《清诗话续编》，上海古籍出版社1983年版，第1944页。

术的精神，丰富了中国艺术精神的内涵，在中国诗歌批评史乃至美学史上，是一个不容忽视的现象。

当然，韦柳并称言论所体现的审美理想，如同画论中对南宗画或文人画的极端推重一样，有其狭隘的一面。珍泉幽涧，澄泽灵沼，虽无一点尘滓，沁人心脾；终不若长江大河飘沙卷沫来得气势宏伟、撼人心魄。韦柳诗风的局限，也可以从此看出。

综上所述，韦柳诗风作为一个独特的文学现象，既是属于中唐的，带有中唐的时代色彩，在中唐诗坛上占有重要的地位；同时又是超越中唐的，它的独特性被古人加以发挥，以文学并称的形式，表达了他们对中国古典诗歌的一种审美理想。而这种理想，在某种程度上可以说是中国艺术精神的集中体现。

韦柳诗歌与中唐诗变

在唐诗发展史上，开元、天宝与元和、长庆是两个创作高峰。从开、天以后至大历初，盛唐诗坛上的巨星如孟浩然、王维、李白、高适、杜甫、岑参等相继陨落，而中唐元白、韩孟等尚未成熟，因而在大历、贞元的 40 年间（766—805），诗坛相对黯淡、沉寂，形成一个明显的低潮。一般认为，活动于此期的大历十才子是这诗歌盛衰之际的过渡人物，诗风在他们手中完成了从盛唐到中唐的转变。这种观点早已为人们所接受，然而，这里却忽略了一个重要的文学现象，即常为后人所乐道的"韦柳"的存在。韦应物、柳宗元也是活动于此期的著名诗人，其诗作虽不能划归于大历或元和诗风，但与二者却有某种微妙的联系，因而呈现出一定的过渡性，而这种过渡性，比之大历十才子显然具有更大的积极意义。

一

唐兴百余年，至天宝十四载安史之乱爆发，便开始走了下坡路。此前的开元末到天宝年间，王朝衰落的迹象已有所显露。长期受盛唐精神熏染的士人们，在这严酷的现实面前，其震惊、迷惘与愤激是可想而知的。这种强烈的心理反应，构成了天宝诗风

"深刻的不安"的感情基调，标志着诗歌发展的新趋向。

安史之乱结束后，社会秩序逐渐稳定下来。从代宗时起，开始整理财政、安定生产。由于南方没有受到兵炙的直接影响，经济上破坏不大，加上北人避乱，给江南带来了劳动力和技术，所以大历年间，江南经济迅速恢复，超过了北方，维持着唐帝国社会经济的虚假繁荣。但土地兼并、藩镇割据、宦官专权以及边患压力，始终是笼罩在唐王朝头上的阴影。然而即使如此，一些目光短浅、尚未被"渔阳战鼓"惊醒的文人，仍悠然做起"中兴"的好梦。他们歌咏升平、自我麻醉，相对于天宝以来诗歌发展的趋势，是一个反动。

大历十才子便是这类文人的代表。他们生长在安史乱以前，登第于天宝年间或军史乱以后，在朝廷丧失广开贤路的魄力和权奸当道的情况下，欲求仕进，便不能不依附权势，攀结豪门，充当为统治者歌功颂德的工具。《旧唐书·李虞仲传》载："大历中，（李端）与韩翃、钱起、卢纶等文咏唱和，驰名都下，号'大历十才子'。时郭尚父（子仪）少子暖尚代宗女升平公主，贤明有才思，尤喜诗人，而端等十人，多在暖之门下。每宴集赋诗，公主坐视帘中，诗之美者，赏百缣。"[1] 其身份与清客俳优相差无几。

这些"不能自远权势"的文人，只能唱出一些风骨中衰的颂歌。如"中有重臣承霈泽，外无轻骑犯族旗"（卢纶《送史兵曹判官赴楼烦》），"还似海沂日，风清无鼓鼙"（卢纶《送浑别驾赴都》），"六龙多顺动，四海正雍熙"（钱起《奉和圣制登会昌山应制》）等等。时代的变迁，在他们的诗中多表现为"不识冶游伴，多逢憔悴人"（卢纶《春思贻李方陵》）的诧异，而很少有直接的

---

① 《旧唐书》卷163，中华书局1975年版，第4266页。

反映，像卢纶的《逢病军人》、《村南逢病叟》，李端的《宿石涧店闻妇人哭》，耿纬的《路旁老人》，实在是凤毛麟角，不过是对现实的偶尔一瞥而已。

在与现实的关系上，韦柳诗与十才子迥然不同。

先看韦应物。韦应物早期在两京地区做官，对京都新旧贵族看得很透，并在一些歌行中揭露了他们的丑恶面目。如《长安道》、《贵游行》。前者写"何能蒙主恩，幸遇边尘起。归来甲第拱皇居，朱门峨峨临九衢"，是发了战争财的新贵族；后者写"一生何所求，平明击钟食"，是醉生梦死的旧贵族。面对这"风雨惄岁候，兵戈横九州"的现实，他不是像十才子那样自我麻醉："上堂多庆乐，不醉莫停杯"（卢纶《送从侄滁州觐省》），而是对现实表示了强烈的关切："焉知坐上客，草草心正忧！"

韦应物的感怀诗，能总结安史之乱一些战役的经验教训。如《睢阳感怀》赞赏张巡死守睢阳，堵住安禄山叛军南下的道路；《径幽谷关》指责朝廷用人失当；《广德中洛阳作》对朝廷引回纥兵入中原焚掠作了大胆的批评。

作为一名正直官吏，韦应物十分同情人民疾苦，笔端常流露出忧心如焚而又无可奈何之情。《广德中洛阳作》描绘了洛阳遭回纥兵焚掠后"萧条孤烟绝，日入空城寒"的凄惨景象，表达了自己"生长太平世，不知太平欢。今还洛阳中，感此方苦酸"的沉痛心情。《使云阳寄府曹》记载了秦中大水成灾的惨状，忧虑之情溢于言表。《高陵书情寄三原卢少府》道出了正直官吏的共同苦闷："促戚下可哀，宽政身致患"，并流露出洁身自退的想法。宋人刘辰翁说"应物居官自愧，闵闵有恤人之心"[1]，可谓知言。

---

[1]　《韦江州集》附录，《四部丛刊初编》，上海商务印书馆 1929 年版，集部，第 147 册，第 68 页。

再看柳宗元。五言叙事诗《韦道安》赞扬韦以自杀抗议府兵作乱的侠义之举，表达了诗人反对割据的思想。诗末说："我歌非悼死，所悼时世情"，表明了此诗"即事名篇"的性质。《唐饶歌鼓吹曲》十二篇，是以诗的形式总结唐初政治得失的"奏章"，《平淮夷雅》直接描写元和十一、十二年征讨吴元济的战争，这些诗，都表达了柳宗元作为政治家的远大抱负以及对现实人生的强烈关切。

《寄韦珩》作于初到柳州不久。诗人对此地政治之黑暗十分震惊。决心改变现状，结果积劳成疾，须发苍然。此诗与韦应物的《广德中洛阳作》、《始至郡》一样，表达了诗人对民生的关怀，以及忧心如焚的情感。《种柳戏题》、《柳州城西北隅种柑树》等诗，更流露了一个正直官吏的心声："好作思人树，渐无惠化传"，"若教坐待成林日，滋味还堪养老夫"，希望遗惠一方，给人民带来和平富裕的生活，其"居官自愧"以及"恤人之心"与韦应物略无二致。

特别值得提出的是《田家》三首。诗人对农民"世世还复然"的苦难生活十分同情，此诗其一便提出了农民命运的问题，其二形象地勾勒了一个横行肆虐的里青的嘴脸，其三通过少丰之年只能以馈粥待客的亲历之事，暗示出荒年农家的艰难。这三首诗似乎更接近杜甫"即事名篇"的讽谕之作。

二

大历十才子是一群敏感的诗人。尽管他们时常自我麻醉，但时代的变迁，士人情绪的转化，他们还是感受到了。然而由于缺乏理想，不思振作，时代的情绪与气氛，在他们的吟咏中只是一个"愁"字，诗的色彩是灰蒙蒙的，偶尔有些亮色，也不过是"落日映危樯"（卢纶《送惟良上人归江南》）的回光返照而已。他们的诗，不仅表现出对盛世逝去的错愕与怀恋，更在错愕与怀恋中流露出颓唐，由此转化为对时世的不即不离。在他们诗歌的诸多题材中，这种情调贯穿始终。

在情感基调方面，韦柳诗同样与大历十才子迥然有别。

韦应物有关社会现实的诗上文已经谈到，诗中"深刻的不安"的基调是十分明显的，这里不再赘述，而仅就历来被人们目为闲雅恬适的一些篇章略作分析。

《自巩洛舟行入黄河即事寄府县僚友》作于韦应物赴滁州刺史任的途中。此诗人们大都看重"寒树依微远天外，夕阳明灭乱流中"的写景的一联，而对诗人表白心迹的两句"为报洛阳游宦侣，扁舟不系与心同"未予充分的注意。《庄子·列御寇》曰："巧者劳而知忧，无能者无所求，饱食而遨游，泛若不系之舟，虚而遨游者也。"① 诗人"劳而知忧"，但对现实又无可奈何，于是发出如此感叹。《滁州西涧》同此，诗中那种恬淡而又忧伤的情怀，正是韦应物在接触到现实的黑暗与官场的污浊之后，被出与处的矛盾所困扰的表露。韦诗中屡屡提到"岂恋腰间绶，如彼笼中禽"一类的话，都可视为这种矛盾心态的曲拆反映。

清人陈沆在《诗比兴笺》中指出："或谓韦公冲然物外，寄情吏隐，本非用世匡主之辈，未必江湖魏阙之思。此非知韦者也。"② 韦诗常常给人们一种"冲然物外，寄情吏隐"的错觉，是由于他

---

① （清）郭庆藩著，王孝鱼点校：《庄子集释》卷 10 上，中华书局 1961 年版，第 1040 页。
② （清）陈沆：《诗比兴笺》卷 3，上海古籍出版社 1987 年版，第 184 页。

把用世之心巧妙地隐藏在一种闲雅恬适的氛围之中，使人不易察觉。如《春日郊居寄万年吉少府中孚三原少府伟夏侯校书审》一诗，前六句写田园春景以及诗人的闲适生活，一片幽雅恬静，下两句"城阙应多事，谁忆此闲居"好像也是顺理成章，紧扣题旨，殊不知"城阙应多事"这一句表白心迹的话，就由此巧妙带过。同样，《郡斋雨中与诸文士燕集》中"自惭居处崇，未睹斯民康"的居官自愧，《园林晏起寄昭应韩明府卢主簿》中"上非遇明世，庶以道自全"的反省，也几乎被全诗的闲雅情致所湮没。可以说，恬淡中常带忧伤，闲适中时有反省，是韦应物这类诗在情感基调上的主要特色。

柳宗元诗的情感基调，简言之就是悲剧感和超脱感。柳诗悲剧感的特点，是在怨的情调之外使人感到一种对理想的坚定信念。如《冉溪》，诗中"缧囚"一词饱含着多少冤屈，而"樊重种漆"的典故又蕴藏着多少愤激与自信！《衡阳与梦得分路赠别》、《岭南春行》同样也充满了怨调，但促使诗人发出如此浩叹的，却不是患得患失的个人计较，而是对理想的坚定信念。柳诗的超脱感，表面看来与悲剧感相矛盾，但实际上它们是一而二、二而一的。悲剧感的背后，有诗人坚定的信念；而超脱感之中，也不乏诗人执着的追求。柳诗中常出现的"机心"，就很能说明后一点。"机心"本自《庄子·天地》："有机械者必有机事，有机事者必有机心"，[1]原指机巧的心思，柳诗一般指用世之心。诗人口口声声说他忘了"机心"，实际上正表明他对此并未忘怀。如《秋晓行南谷经荒村》说"机心久已忘，何事惊麋鹿？"看似随口道出，实则别有一番深意存焉。

---

① （清）郭庆藩著，王孝鱼点校：《庄子集释》卷5上，中华书局1961年版，第433页。

三

上文提到，天宝诗风"深刻的不安"的基调代表着诗歌创作的新趋向。这一论点是傅璇琮、倪其心先生在《天宝诗风的演变》一文中提出的①。傅、倪二先生进一步指出："从开元末到天宝年间，至安史之乱爆发之前，诗歌创作有三个趋势是明显的：一是超脱现实，清高隐逸；一是正视现实，抨击黑暗；一是愤世疾俗，崇儒复古。"从韦柳与大历十才子的比较中不难看出：天宝诗风所包含的三个创作趋势，到大历十才子那里一度中断了，而在韦柳手中却得到了延续。

所谓超脱现实、清高隐逸的创作趋势，是由张九龄、孟浩然开创，而为王维所承袭推进的。它的实质是不苟污浊、洁身自好，在清高超脱中显露出冰清玉洁、光明磊落的本色。大历十才子吟咏山水、称道隐逸、送别饯行的大量诗篇，从表面看似乎是"衍王孟余绪"，发展了这一趋势，其实不然。因为十才子"既无独善之志，又无隐逸之实"，"连表面的清高都保不住"，所以他们"那些称道隐逸的诗歌纵使能沿袭王孟清新诗风的余绪，也不可能得其高洁脱俗的格调"②，是和天宝诗风中这一趋势的创作同形异质、貌合神离的。相反，韦柳创作的大量山水田园诗，却深得此派神髓，而且韦诗恬淡中常带忧伤，闲适中时有反省，以及柳诗的悲剧感和超脱感，还给这一创作趋势的发展注入了有益的养料。

---

① 傅璇琮、倪其心：《天宝诗风的演变》，《唐代文学论丛》总第 8 辑，陕西人民出版社 1986 年版，第 3 页。

② 葛晓音：《诗变于盛衰之际——论大历十才子的诗风及其形成》，《唐代文学论丛》总第 5 辑，陕西人民出版社 1984 年版，第 172 页。

天宝诗风中正视现实、抨击黑暗的创作趋势，是以王昌龄、常建、李颀以及李杜高岑等人为代表的，它对中唐元白新乐府创作有很大影响。值得注意的是，元稹在《乐府古题序》中已明确指出了杜甫是这一运动的直接开导者，而白居易却在肯定了杜诗符合诗道"六义"之后另有强调。《与元九书》云："如近岁韦苏州歌行，才丽之外，颇近兴讽"[1]，把韦应物的"兴讽诗"抬到很高的地位，并且引为同调。这就接触到一些易被人们忽视的问题。

韦应物集中有歌行二卷，其中一些诗篇具有新乐府用新题写时事以及富于社会政治内容的特点。除上文提到的《贵游行》外，《王母歌》《汉武帝杂歌三首》其一、其二讽刺当时一帝王迷信神仙佛道，《金谷园歌》揭露当时豪右的穷奢极欲，是借古讽今，较为含蓄，《采玉行》以白描手法反映在徭役重压下采玉人的艰辛，《夏冰歌》铺叙与反话并用，结句突出批判锋芒，则是直歌其事，较为直露。

韦应物有关社会政治的诗，也属于"兴讽"之作的范畴。把它们与白诗作一比较，从二者的类同关系中，不难看出韦诗对白居易新乐府创作的潜在影响。

韦应物《杂体五首》其二、歌行《鸢夺巢》都是写恶鸟为害，而它们的天敌鹰却饱食终日，不肯搏击，或得其好处，视而不见，连身为百鸟之尊的凤凰也不发一言。两首诗"思直臣以逐奸邪"[2]的寓意以及具体意象在白居易的《新乐府·秦吉了》《和答诗（和大嘴乌）》中得到了继承，就连遣词造句也十分相似。《杂体五首》其三写织女劳苦，它作于白居易相同题材的《新乐府·缭绫》之前，

---

[1]　（唐）白居易著，顾学颉校点：《与元九书》，《白居易集》卷 45，中华书局 1979 年版，第 965 页。

[2]　（清）陈沆：《诗比兴笺》卷 3，上海古籍出版社 1981 年版，第 188 页。

二者一简一繁，与元稹的《织妇词》、王建的《织妇曲》异曲同工。

韦应物这类诗对白居易影响最大的，还是"居官自愧"，念念不忘民生疾苦的思想。因己优而念及民苦的，韦诗有"高居念田里，苦热安可当"，"自惭居处崇，未睹斯民康"，白诗有"百姓多寒无可救，一身独暖亦何情"，"如有饱暖者，百人无一人。安得不惭愧，放歌聊自陈"；因自己不劳而食惭愧不已的，韦诗有"方惭不耕者，禄食出闾里"，白诗有"自惭禄仕者，曾不营农作，饱食无所劳，何殊卫人鹤"，"念我何功德，曾不事农桑……念此私自愧，尽日不能忘"，等等。二人相似之处，不一而足。

如果说韦应物是以社会政治诗的实绩引起了白居易的注意，从而对新乐府运动发生了积极的影响；那么，与白居易同时的柳宗元，则主要是以有关"文"的理论及其在当时的影响，对中唐现实主义诗歌创作做出了积极的贡献。

"文以明道"是柳宗元论"文"的中心之点。这主张是与"务采色，夸声音"的形式主义文风相对立的，这与白居易倡导现实主义诗歌的出发点一致。他的所谓"道"，即以"生人之意"为本，以"利安元元为务"的"圣人之道"，其作用是"辅时及物"，这与白居易论诗的内容也很相近。至于柳宗元强调讽谕、兴寄，更与白居易强调诗道"六义"是同一初衷。

柳宗元生前在文坛的地位一直很高，因而他的理论在当时影响很大。如他热情肯定青年沈起的"兴寄之作"，并广为传播，他的意见"告之能者，诚亦响应"，"览者叹息，谓予知文"（《答贡士沈起书》）。

在永州柳宗元写过一首《同刘二十八哭吕衡州兼寄江陵李元二侍御》，题中"元侍御"即元稹。吕温死于元和六年，这时新乐府运动已取得很大成绩。柳寄诗给元，不仅昭示了二人的友谊，且表明了他对新乐府运动的关注。柳宗元的有些诗是与元白新乐府一致的。如白居易说自己的讽谕之作是诗的奏章，他就有《唐饶歌十二章》；元稹说新乐府受了杜甫"即事名篇"之作的启发，他就有"所悼时世情"的《韦道安》和"直歌其事"的《田家三首》，等等。

天宝诗风中以萧颖士、李华、贾至、元结为代表的崇儒复古、愤世疾俗的创作趋势，对中唐韩孟诗派的创作有一定的影响。韦柳诗上承天宝诗风的这一创作趋势，其愤世疾俗的一面，与韩孟诗"不平则鸣"的思想特征相通。

韦应物在怀想盛世景象时，常发泄出一种不平之气。如"可怜蹭蹬失风波，仰天大叫无奈何！"（《温泉行》）语气激烈，愤世之意不下于孟郊"出门即有碍，谁谓天地宽"的慨叹。又如"方凿不受圆，直木难为轮"，"折腰非吾事，饮水非吾贫"（《任洛阳丞请告》），愤激程度虽比"仰天大叫"缓和得多，但其"拙直"仍给孟郊留下了深刻的印象，后者对此赞赏道："佳木依性植，由枝亦不生"（《赠苏州韦郎中使君》）。

柳诗的悲剧感，既表现为"怨"的情调，就意味着不平之气的存在。其诗无论是吊友人、叹己身，还是咏山水、赋闲居，都表现了不同程度的不平之鸣。如《哭连州凌员外司马》："我歌诚自恸，非独为君悲"，《零陵赠李卿元侍御简吴武陵》："理世固轻士，弃捐湘之湄"，《酬曹侍御过象县见寄》："春风无限潇湘意，欲采苹花不自由"，等等。这一特点，诗人自己也不否认，《对贺者》所云："嘻笑之怒，甚乎裂眦，长歌之哀，过于恸哭。庸讵知吾之浩浩，非戚戚之尤者乎！"的确是一段地地道道的自白。

综上所述，天宝诗风的三个创作趋势，在韦柳诗中不仅得到了自然的延续，而且被赋予了独特的色彩，其中尤以前两个创作趋势为突出。韦柳诗歌与中唐诗变的关系，于此可见。

　　长期以来，关于中唐诗歌的演变过程，存在着一种僵硬机械的划分模式：大历十才子过渡，元白、韩孟创变。其他诗人被分别划入上述三大块中。这种做法，显然忽略了韦柳诗这个重要而独立的文学现象的存在。韦柳同属中唐诗变前期，在从十才子到元白、韩孟的演进中，他们的诗歌创作产生了一定的影响。这种影响，表现为一种变化前的过渡性，正如宋人刘克庄在《后村诗话》中指出的"唐诗人与李杜同时者，有岑参、高适、王维，后李杜者，有韦柳，中间有卢纶、李益、两皇甫、五窦，最后有姚、贾诸人"[①]，他又说："唐初王、杨、沈、宋擅名，然不脱齐梁之体。独陈拾遗首倡高雅冲淡之音，一扫六朝之纤弱，趋于黄初、建安矣。太白、韦、柳继出，皆自子昂发之。"[②] 所谓高雅冲淡之音，其思想内核无非是"兴寄"。韦柳继陈子昂而出，发而为诗，不仅与天宝诗风，同时也与元白、韩孟两大诗派创作的思想特征相一致。唯其如此，如果说十才子的意义是"将盛唐的熟词熟境发展到极端，致使中唐元白、韩孟两派不得不力求变化，务去陈言，对诗歌进行重大革新"[③]，那么，韦柳的意义则在于继承和发展天宝诗风的积极因素，并直接参与和影响了中唐诗风的转变。

①　（宋）刘克庄著，王秀梅点校：《后村诗话》前集卷1，中华书局1983年版，第20页。
②　（宋）刘克庄著，王秀梅点校：《后村话诗》前集卷1，中华书局1983年版，第6页。
③　葛晓音：《诗变于盛衰之际——论大历十才子的诗风及其形成》，载《唐代文学论丛》总第5辑，陕西人民出版社1984年版，第181页。

论中唐文人社会角色的变迁及其特征

一

　　士是中国古代的一种重要的社会角色。它原本是介于贵族和庶民之间的一个社会阶层，春秋中期以后，士的独立性逐步加强；战国时代完成了这一演化。士作为一个阶层的独立，在士的变迁过程中，具有划时代的意义。到了汉代，士阶层发生了新的变化，这就是士吏合一。[①] 在汉代，有所谓文吏、武吏及儒生的分别。文吏与武吏往往对称，又经常出现在和儒生相对的场合。王充认为，文吏和儒生各有其材智，各有所长，不可兴此废彼；但从二者的所学来看，儒生和文吏还是有本与末的差别，其尊卑高下也就因此确定了。如《论衡·程材篇》云：

　　　　论者多谓儒生不及彼文吏，见文吏利便，而儒生陆落，则诋訾儒生以为浅短，称誉文吏谓之深长。是不知儒生，亦不知文吏也。儒生、文吏皆有材智，非文吏材高而儒生智下也。

　　　　文吏以事胜，以忠负；儒生以节优，以职劣。二者长短，各有所宜；世之将相，各有所取。取儒生者，必轨德立化者

---

① 参见阎步克：《士大夫政治演生史稿》第 10 章《儒生与文吏的融合：士大夫政治的定型》，北京大学出版社 1996 年版。

也；取文吏者，必优事理乱者也。

　　五曹自有条品，簿书自有故事，勤力玩弄，成为巧吏，安足多矣？……文吏、儒生皆有所志，然而儒生务忠良，文吏趋理事。苟有忠良之业，疏拙于事，无损于高。

　　然则儒生所学者，道也；文吏所学者，事也。……儒生治本，文吏理末，道本与事末比，定尊卑之高下，可得程矣。①

　　这些议论和看法，从士人社会角色变迁的角度来看，涉及士人所扮演的社会角色的社会地位和社会形象，指向对某种社会角色的策划和评价，因而对后世人们的思想观念和行为处世影响很大。

　　在先秦士农工商四等民中②，士阶层的流动性是最大的，因而其思想行为也最为活跃。作为贵族和庶人阶层的交流转换地带，士阶层一方面承接来自贵族的沦落分子，如上述商鞅、韩非，还有张仪、范雎等；另一方面则接纳大量来自下层的庶人。先秦时期，尤其是战国时代，那些富有政治才能的士人在一个诸侯国的去留，对该国的强弱兴衰具有不可忽视的意义。另一方面，士人与各诸侯国统治者的人身关系，也是相对自由的：合则留，不合则去。而这种自由的流动和择业方式，又在相当程度上促进和强化了先秦时代的思想解放。可以说，先秦士人的思想和行为方式，从根本上铸就了中国传统士人的基本性格。

---

① （汉）王充：《论衡·程材篇》，黄晖：《程材篇》，《论衡校释》卷 12，中华书局 1990 年版，第 533、535、541、543 页。

② 《国语·齐语》载管仲治齐，以士农工商四民分居定业。又《春秋谷梁传注疏》卷 13 成公元年："古者立国家，百官具，农工皆有职以事上。古者有四民，有士民（注：学习道艺者），有商民（注：通四方之货者），有农民（注：播殖耕稼者），有工民（注：巧心劳手以成器物者）。"（晋）范宁注，（唐）杨士勋疏：《春秋谷梁传注疏》，上海古籍出版社 1990 年版，第 126 页。

　　士人之入仕，就他们本人而言是一种谋生和立身的手段。而在先秦的思想家那里，特别是儒家的经典里，则作为一种必然的道路看待。如《论语·子张》曰："学而优则仕。"这似乎是说，"学而优"的士人入仕是必然之路。《孟子·滕文公下》："士之失位也，犹诸侯之失国家也。士之仕也，犹农之耕也。"则把士人入仕说成是像农民耕种土地那样，是无可选择的分内之事了。至于入仕做什么，《墨子·尚贤上》明确说："士者所以为辅相承嗣也。"意谓辅佐君王。这对后来影响深远，杜甫所谓"致君尧舜上"，遂成为中国古代士人的政治理想和终极目标，同时也为中国古代士人的角色变迁，划定了一个大致的范围和界限。

　　从游士到儒士，是秦汉士人阶层的一大转变。汉武帝通过思想或制度的刚性规定，确立了儒家独尊的地位，并通过察举制，使儒家的教条趋于具体化和可操作性。举贤良方正，举孝廉，以及博士、博士弟子的培养，都是同时面向士人和法吏两个阶层，以儒家思想对其进行双向改造。西汉后期，儒士阶层基本形成。

　　汉魏之际的战乱和军阀割据，似乎在某种程度上重演了战国时代的历史。士人正常的入仕之途虽被阻断，但并没有妨碍他们发挥自己的才能。于是，割据势力的中心便聚集了一群才能出众的谋士，如曹操身边的荀彧，刘备身边的诸葛亮，孙权身边的鲁肃等。谋士之外，还有一批著名的文士，如建安七子等。这些谋士和文士的社会名望很大，在汉末群雄的角逐中，奔走戮力，各为其主，发挥了至关重要的作用。

　　然而，在这些谋士和文士的辅佐下建立的封建专制政权，并没有给他们的社会角色带来本质性的变化；相反，他们所代表的名士阶层与统治者的冲突，却往往使自己面临杀身之祸。荀彧、杨修、孔融等因为种种莫须有的罪名被曹操杀害，让人们想起汉代政权建立以后"兔死狗烹"、"鸟尽弓藏"的史实。而曹氏父子推行的"破浮华交会之徒"[①] 以正风教的政策，实际上是思想钳制的代名词，它不仅对汉末以来的名士清议风气造成了致命的打击，而且使建安文人从追求修齐治平、关注现实民生的慷慨悲歌之士，沦为徘徊于王权与道义冲突中的消沉苦闷的宫廷文学侍从。

从建安七子到竹林七贤，从汉代清议到魏晋清谈，以这些著名的历史人物和事件为标志，可以清晰地看出士人社会角色变迁的轨迹。在上述两个关于历史人物和事件的转换过程中，原来众多汲汲于事业功名的士人，历经严酷现实的种种打击，渐渐地从政治的中心淡化出去，而主要充当起思想文化传统的传承者和创造者的社会角色。在这些游离于社会政治实践、徜徉于思想艺术领域的士人群中，还包括了为数不少的隐士逸民。门阀世族与文化传统的内在联系突显出来，十分引人注目；而伴随着士族高门的衰落，那些出身寒族的寒士，以及来自庶姓平民的寒人，也渐渐地成长起来，成为与士族高门分庭抗礼的社会群体，到了隋朝实行科举制以后，便拥有了更广阔的发展空间。

但是，尽管士族门阀走向式微，士庶清浊的观念却根深蒂固，影响深远。唐长孺先生在论述南朝寒人的兴起时指出："西晋以后，清浊之分即士庶之别，官职亦以此为准，凡是士族做的官就是清

---

① （刘宋）范晔：《后汉书》卷70《孔融传》载《曹操与孔融书》："孤为人臣，进不能风化海内，退不能建德和人，然抚养战士，杀身为国，破浮华交会之徒，计有余矣。"中华书局1965年版，第2273页。

官，寒人做的官则是浊官。南北朝评定门第标准是婚与宦，'宦'不完全是看他自己及其家族所任官职之高卑，重要的倒是在于所任官职特别是出身官的清浊。当时在品级高低和位望清浊之间有时不甚一致，即有品高而较浊者，也有品低而较清者，在这种情况下，通常宁可选择清官。"[①] 说的就是这种情况。入清流，做清官，成了当时和隋唐以后士人的努力方向和选择社会角色的一个主要标准，只不过隋唐以后所通过的途径和采取的手段不同而已。

二

唐代士人社会角色的变迁是与唐代社会政治的变迁紧密相联的。唐代士人的理想和信念，更多地被专制制度整合，并按照其内在的规定性，通过改变自己的社会地位和社会角色来实现。科举的内容决定了举子必须把自己塑造成儒士和文人，而科举的目的则指向仕进。不仅一般的文人遵循着这条既定的路线，就连那些曾经给予中唐古文运动以巨大影响的儒士学者们也未能免俗。于是这种儒士、文人和官僚的三位一体，构成了唐代文人的基本面貌。从社会身份的角度看，活跃在唐代社会政治文化生活中的几种社会角色，基本上可说是郎官、翰林学士、谏官、幕僚、州官等等。这几类人中，除了翰林学士是新产生的一种社会角色外，其他几类基本上是在原有的官僚体制格局中略作调整；但似乎郎官、幕僚和州郡官之流在社会政治和文化活动中尤为活跃，所起

---

① 唐长孺：《魏晋南北朝史论丛续编》，《魏晋南北朝史论丛》（外一种），河北教育出版社 2000 年版，第 548 页。

的作用也更加明显。科举和入幕，特别是科举，成为士人改变自己的社会地位和转换社会角色的两大基本途径。大多数士人都走过这条坎坷不平的路。而科举和入幕的共存，集中体现了唐代士人社会角色变迁的时代特征。

一般学术界概括中唐与盛唐之别，总是从社会历史的角度，兼及世风和文风。这种方法，无论是操作手段还是表述语言，都已经十分完备。与上述研究的切入点不同，本文从文人社会角色入手，发掘中唐文人社会角色之于社会变迁和文学演进的内在联系，并阐述二者的互动关系。

中唐文人社会角色的变迁，主要体现在以下几个方面：

其一，翰林学士兴起并逐渐成为一种重要的政治力量，乃自中唐始。最典型的例子是陆贽，由于在特定的时期和环境下起到了特殊的作用，故号称"内相"、"天子私人"，从而给唐代翰林学士这一社会角色加上了一圈神秘的光环。此外，王叔文、王伾积极倡导和推进顺宗时期的政治改革，其翰林学士的特殊身份也很引人注目[1]，以至于对立面宦官俱文珍等抓住要害，奏请削去王叔文的翰林学士一职时，"制出，叔文大骇，谓人曰：'叔文须时至此商量公事，若不带此职，无由入内。'"[2]从王叔文对被削去翰林学士一职的强烈反应可以看出，这个社会角色对于他本人及其所推进的政治改革，具有多么重要的意义。

其二，宦官专权与官僚朋党以及与之相关的文人集团的同时并存，成为中唐社会的两大特征。这也是进入唐代以来十分突出

---

[1]　《旧唐书》卷14《顺宗纪》贞元二十一年：二月，"以太子侍书、翰林待诏王伾为左散骑常侍，充翰林学士。以前司功参军、翰林待诏王叔文为起居舍人，充翰林学士。"中华书局1975年版，第406页。

[2]　《王叔文传》，《旧唐书》卷135，中华书局1975年版，第3734—3735页。

的社会现象。如中唐旷日持久的牛李党争，开始于宪宗朝[1]，至文宗朝趋于白热化，以致文宗有"去河北贼易，去朝廷朋党难"的慨叹[2]。而文人的政治分野和形成相应的集团，也是与朋党之争密切相关的。

其三，进士科受到空前的重视，以致成为"士林华选"[3]。"朝廷设文学之科，以求髦俊，台阁清选，莫不由兹"[4]。这是就一般朝官而言；至于宰相，基本上经由科举出身，其中进士出身者占绝大多数。

吴宗国先生在《唐代科举制度研究》一书中，曾对唐代宰相的出身进行过一番调查[5]：

太宗朝：许敬宗 隋秀才，房玄龄、侯君集 隋进士，其余26人皆不从科举出身；

高宗朝：宰相41人，其中隋秀才2人，唐初进士9人，明经擢第2人，科举出身者共13人，已达四分之一；

武则天临朝称制期间：科举出身的宰相只有韦思谦及在高宗末年即已为相的裴炎、郭正一、魏玄同4人；

---

① 《旧唐书》卷14《宪宗纪上》："（元和三年四月）乙丑，贬翰林学士王涯虢州司马，时涯甥皇甫湜与牛僧孺、李宗闵并登贤良方正科第三等，策语太切，权幸恶之，故涯坐亲累贬之。"中华书局1975年版，第425页。《资治通鉴》卷237宪宗元和三年："夏，四月，上策试贤良方正直言极谏举人，伊阙尉牛僧孺、陆浑尉皇甫湜、前进士李宗闵皆指陈时政之失，无所避；户部侍郎杨於陵、吏部员外郎韦贯之为考策官，贯之署为上第。上亦嘉之，诏中书优与处分。李吉甫恶其言直，泣诉于上，且言'翰林学士裴垍、王涯覆策。湜，涯之甥也，涯不言；垍无所异同。'上不得已，罢垍、涯学士，垍为户部侍郎，涯为都官员外郎，贯之为果州刺史。后数日，贯之再贬巴州刺史，涯贬虢州司马。"中华书局1956年版，第7649页。
② （宋）司马光编著，（元）胡三省音注：《资治通鉴》卷245，中华书局1956年版，第7899页。
③ （唐）沈既济：《词科论》，（清）董诰等编：《全唐文》卷476，中华书局1983年版，第4868页。
④ （宋）王溥：《唐会要》卷76，中华书局1955年版，第1382页。
⑤ 吴宗国：《唐代科举制度研究》，辽宁大学出版社1997年版。

武则天称帝期间（690—705）：明经、进士出身者 20 人，占这一时期宰相总数二分之一左右，而且其中有不少平民子弟——明经擢第 10 人中，陆元方、唐休璟、崔玄暐为下级官吏子，杨再思、格辅元、杜景俭父祖无官，狄仁杰、李昭德、姚王寿、韦安石为贵族；进士及第 10 人中，宗楚客、李迥秀为贵族，李峤为县令子，娄师德、苏味道、周允正、吉顼、张柬之平民出身，韦嗣立、韦承庆兄弟是父祖为县令的故相韦国谦之子。以上普通地主子弟和中下级官吏子孙共 14 人；

玄宗开元元年—开元二十二年（713—734）：科举出身的宰相共 18 人，占这个时期宰相总数 27 人的三分之二；此后由于门荫入仕的李林甫和杨国忠专权，科举出身的宰相一度急剧减少：只有韦见素一人为科举出身；

肃宗朝：宰相 16 人，进士 4 人，制科 2 人；

代宗朝：宰相 12 人，进士 4 人，制科 3 人；

德宗朝：宰相 35 人，进士 12 人；

顺宗朝：宰相 7 人，进士 3 人，科举出身者 5 人；

宪宗朝：宰相 29 人，进士 17 人，进士出身第一次超过半数；

穆宗朝：宰相 14 人，进士 9 人；

敬宗朝：宰相 7 人，进士 7 人；

文宗朝：宰相 24 人，进士 19 人；

武宗朝：宰相 15 人，进士 12 人；

宣宗朝：宰相 23 人，进士 20 人；

懿宗朝：宰相 21 人，进士 20 人。

由此统计可知，唐代宰相的构成走势，基本上可以概括为：由唐初的基本上不经科举出身，到武则天、玄宗时科举出身的宰相占多数，再到中晚唐科举出身特别是进士出身的宰相占绝大多数；而从科举及第的科目看，则由明经、进士平分秋色到进士独霸天下。

其四，文人大量入幕，幕府由边幕演变为内地幕。幕府僚佐的大量出现以及走向中央行政机构的趋势，在此时期也相当地突出。

其五，中唐以后，文人外放为州官的情况比较多见，这也成为一个引人瞩目的新现象。许多著名的文人如元、白、韩、柳等，都曾做过州刺史，还有的被贬为远州司马，他们大部分是得罪于皇帝或当朝权贵而被外放的。

其六，经学家、思想家的涌现及其文人化（亦即此期的经学家和思想家，无论从兴趣还是方法上来说，其文人色彩比较浓厚），而私学的兴起则与官学的衰落恰成鲜明的对照。

其七，中唐文人社会角色的多元化，是这个时期的突出现象。这里所谓的多元化，是指中唐文人社会角色的一身多任和多元集合，亦即社会学所说的"角色集"。所谓"角色集"，是指一组相互依存、相互补充的角色。它具有两方面的含义：（1）多种角色集中在一个人身上，它主要以特定的某一人为中心，强调在特定人物身上，不同角色的相互作用。（2）不同角色的承担者由于特定的角色关系聚集在一起，代表不同角色的个体之间相互发生作用。

比如，在相当一部分的唐代文人身上，经历过举子、进士（或明经）、郎官（或畿县官吏）、幕僚、翰林学士等角色迁转。其后有的继续升迁，直至位极人臣，达到古代文人社会理想的极致；有的则获罪遭贬，沦为远州微官，一蹶不振。而在中唐文人的角色迁转过程中，在特定的条件或场合下，他们又会聚集、邂逅，或者遥相唱和，互相激励；这种角色之中和角色之间的相互作用，对于中唐文学的发展和变化，起到了不可忽视的作用。

其八，中唐的三大社会矛盾：藩镇、朋党、宦官，前二者与文人社会角色变迁相关的有文人入幕、翰林学士、郎官、文人集团。而与宦官相关的就是谏官，这也是具有中唐特色的现象。

无论翰林学士也好，郎官也好，都属于清要之官，即有较高的社会地位，工作十分显要，而无较多的实惠。尤其是翰林学士，只是一种差遣，其品阶资俸均依前官，所以其社会角色的意味更加明显。有时它似乎成了对士人政治才能的一种认可，因而在赋予士人这种角色时，史书上往往用"召入宫中为翰林学士"等一类的字眼。而郎官在士人从科举到入仕、从地方到中央、从低秩到高秩的地位迁转过程中，则是一个十分重要的纽带和过渡，因而它也是一个十分重要的社会角色。而这些社会角色产生，又是与唐代科举的普及、进士科的被重视，因而文辞才能被凸显，以及士人通过科举途径大量而普遍地走上仕途的大背景密切相关的。这就是文人与官员结合得如此紧密，二者的社会角色往往合二为一的原因。而中唐以后，文化下移、世俗化浪潮以及文人的务实心态，均导致了像白居易、韩愈这一类士人的出现，他们的共同点为：秉承儒家正统思想观念，而以道统承担者自居；责任感和使命感都很强，但同时又十分重视自己的政治地位的升降。即使在政治遭际与自己的人格信仰发生根本性冲突，其实是与道统发生冲突时，尽管在他们的内心充满了矛盾、挣扎和冲突，也往往还是屈就于现实，最终向现实低头。

按儒家的传统观念，士人在邦有道时是采取出仕的态度，在邦无道时则采取隐逸的立场。而且在邦有道时，是以贫贱为耻的。《资治通鉴》卷五十一《汉纪》四十三"臣光曰"：

　　古之君子，邦有道则仕，邦无道则隐。隐非君子之所欲也。人莫己知而道不得行，群邪共处而害将及身，故深藏以避之。王者举逸民，扬仄陋，固为其有益于国家，非以徇世俗之耳目也。是故有道德足以尊主，智能足以庇民，被褐怀玉，深藏不市，则王者当尽礼以致之，屈己以访之，克己以从之，然后能利泽施于四表，功烈格于上下。盖取其道不取其人，务其实不务其名也。

其或礼备而不至，意勤而不起，则姑内自循省而不敢强致其人，曰：岂吾德之薄而不足慕乎？政之乱而不可辅乎？群小在朝而不敢进乎？诚心不至而忧其言之不用乎？何贤者之不我从也？苟其德已厚矣，政已治矣，群小远矣，诚心至矣，彼将叩阍而自售，又安有勤求而不至者哉！①

这是针对士不得不隐而发的议论，唐代的情况与此不同。初唐四杰之一卢照邻在《对蜀父老问》中说："吾闻诸夫子曰：'邦有道，贫且贱焉，耻也。'当今万方日朗，九有风靡，主上垂衣裳正南面而已矣，庸非有道乎？"②到了中唐，白居易在感谢座主并自诫的《箴言》并序中说：

贞元十有五年，天子命中书舍人渤海公领礼部贡举事。越明年春，居易以进士举，一上登第。洎翌日，至于旬时，伏念固陋，惧不克副公之选，充王之宾；乃自陈戒于德，作《箴言》。曰：我闻古君子人，疾没世名不称，耻邦有道贫且贱。今我生休明代，二十有六年，乃策名，名既闻于君，乃

① （宋）司马光编著，（元）胡三省音注：《资治通鉴》卷51，中华书局1956年版，第1648—1649页。
② （唐）卢照邻著，祝尚书笺注：《卢照邻集笺注》卷6，上海古籍出版社1994年版，第372页。

干禄，禄将及于亲。升闻逮养，繄公之德，公之德，之死矢
报之。报之义靡他，惟励乃志，远乃猷；俾德日修，道日就。
是报于公。匪报于公，是光于躬。匪光于躬，是华于邦。吁！
其念哉！其勖哉！庶俾行中规，文中伦；学惟时习，罔怠弃；
位惟驯致，罔躁求。惟一德五常，陶甄于内。惟四科六艺，
斧藻于外。若御舆，既勒衔策，乃克骏奔。若治金，既砥淬
砺，乃克利用。无曰擢甲科，名既立而自广自满。尚念山九
仞，亏于一篑。无曰登一第，位其达而自欺自卑。尚念行千里，
始于足下。呜呼！我无监于止水，当监于斯文。庶克钦厥止，
慎厥终。自顾于《箴言》，无作身之羞，公之羞。[①]

从以上两例可见，唐人在功名面前一贯保持着积极进取的态
度。中唐士人肩负着中兴盛唐的要求和企望，又承继着盛唐士人
积极进取的精神，但在实际生活和政治遭际中，又往往摆脱不了
文化世俗化的趋势。于是，在政治的重压下，其结果往往是内心
充满了矛盾和不平，而最终以平常态和日常心对待，以世俗的面
貌出现。在中唐士人身上，集中地体现了他们与文化下移这一社
会现实之间的互动关系。韩愈在长安应博学宏词科试时，曾有书
干谒崔元翰，在《上考功崔虞部书》的结尾说：

夫古之人四十而仕，其行道为学，既已大成，而又之死
不倦，故其事业功德，老而益明，死而益光……愈今二十有
六矣，距古人始仕之年尚十四年，岂为晚哉？行之以不息，
要之以至死，不有得于今，必有得于古；不有得于身，必有
得于后：用此自遣，且以为知己者之报，执事以为如何哉？[②]

---

① （唐）白居易著，顾学颉校点：《白居易集》卷46，中华书局1979年版，第976—977页。
② （唐）韩愈著，马其昶校注：《韩昌黎文集校注·外集》卷上，上海古籍出版社
1987年版，第663页。

这一方面固然是求人援引；另一方面也是为自己打气，坚定自己的信念和操守。这里，韩愈基本上摆脱了个人生计的考虑和士不遇时的怨怼，充分体现了传统儒士的积极进取精神。

另外一个制度层面的变化就是文官制度的日趋成熟。唐代士人日渐自觉不自觉地被纳入这个体制，他们对生活道路的选择，越来越难以摆脱这个体制的制约。从此读书做官成为古代士人一成不变的生活选择。"学而优则仕"需要制度的保障和实施，唐代士人再也不需要像先秦游士那样四处游说，只需参加科举，或者入幕即可。科举之路坎坷且茫茫，但毕竟那是可望而可即的。科举不利或铨选未果，便选择入幕。而入幕的文人化和普遍化是中唐以后的事，因为从中唐开始，朝廷从重视边关转向重视内地，文人不必远辟边幕，只需征辟内地幕府即可。加上幕府素有"莲幕"的美称，一些幕主喜好文学，或者其本人就是文人，故其幕中往往荟萃了众多的文辞卓异之士。而这既为中唐文学景观添写了独具特色的一笔，也为士人内部的分途提供了切实的条件。

总之，在中唐文人社会角色的变迁中，体现了文官制度的成熟以及文化下移造成的文化日常化、世俗化的趋势。前者与他们的政治态度相关，后者则与他们的生活态度相关。

三

中唐以来，世风与文风发生了根本性的变化，这种变化可以从以下几个方面看出：

首先是文人的精神风貌、为人处世和道德操守的变化。总的来说，更加贴近现实，更加不避俚俗，其表达方式也更加坦率直露。如白居易、韩愈，他们的志向和理想与前人一般无二，但其实现途径，已经不是像盛唐文人那样，或佯狂傲世，或走终南捷径，以高人仙客的面目闻名于世，而是先汲汲于科举考试，然后按照官僚体制的内在机制一步步地向上攀爬。总之，有一个实际的操作程序（连应试时的干谒、请托，及第后的入幕等等都是如此）。但是宦途坎坷，世风险恶，他们一生中总是要遭受一两次致命的打击，他们的社会角色也总是要发生几次重大的变迁，元白刘柳韩愈等无不如此。也正是在现实生活的磨砺中，在社会角色的转换中，他们的思想和创作逐步成熟起来。

其次是浅俗文风流行于文坛，成为主流。这是一种流行时尚，与曲子词、参军戏、变文等文体的流行近似。白的浅切、元的艳靡、韩的狠重、刘的流丽、柳的清峻，都从不同的侧面体现了这种文风的变化。无论如何，这种风格都与盛唐的典雅、中正大相径庭了。如韩愈以四言体写的《元和圣德诗》，为达到所谓"警动百姓耳目"的目的，刻意追求一种逼真的警示效果，有时近乎于血淋淋的描写，和雅诗的一般作法和风格形成鲜明的对照。

再次是在浅俗文风之下的个性化发展。韩柳古文写作的目的，与元白讽喻诗的创作目的是一致的，都是要清除实用文体或公文体的不良影响，把脱离现实生活和日常语言的诗赋骈文等扭转到贴近生活、反映世道人心，体现普通人思想、感情和欲望的道路上去。这种改造或扭转的动因，一是思想的解放，二是人的个性化，三是生活的触动。中唐文人的个性往往十分突出，这与他们的思想和身世有密切的关系。韩愈的个性便很有典型意义，如他对仕进常常采取一种实用的态度，不是空谈崇高神圣，而是在某种程度上，首先把仕进当作解决生活困窘的一种手段，然后才谈到经济之志。这就显得坦率真诚得多。他同时也把仕进当作实现个人抱负的手段，达不到目的，便毫不隐晦地表现出不满，就连其请托、颂圣的目的，都让人一目了然。中唐文人的这种个性化，自然会导致文学创作的个性化发展。

那么，在这种世风和文风的根本性变化过程中，文人社会身份的变化起了什么作用呢？在中唐文人行为处世当中，其身份意识的意义有多大呢？答案应该是正面的。从元稹、白居易、刘禹锡、柳宗元、韩愈等人来看，他们的身份意识或角色意识的确起了重要的作用。这种作用，对于其思想性格的形成和成熟，对于其文学成就的取得，都是具有决定性意义的。

白居易的谏官意识固然十分明显，这里不必多言；而韩、柳、刘同在贞元末为监察御史或监察御史里行，他们的贬官，也都与其任上的言论有直接的关系。这些言论，都是出于其角色的自身要求而发的，结果是给他们的生活带来严重的冲击。所以，在远贬的途中，他们常常会进行反思，其中尤以白居易和韩愈为典型。他们所经历的冤屈、愤懑、不平、自诫、圆熟的心理历程，几乎完全一致，结果是白居易选择了中隐，韩愈选择了文章经业。而刘禹锡的自嘲显示出过来人的通达，柳宗元的幽独当中常常以机心自警，又何尝不是大彻大悟之后的一种解脱之计呢？

至于中唐文人的角色意识，可以说是十分明显的。比如大历十才子之一卢纶有五言排律五十韵《纶与吉侍郎中孚、司空郎中曙、苗员外发、崔补阙峒、耿拾遗湋、李校书端，风尘追游，向三十载。数公皆负当时盛称，荣耀未几，俱沉下泉。畅博士当感怀前踪，有五十韵见寄。辄有所酬，以申悲旧，兼寄夏侯侍御审、侯仓曹钊》，均以官职代称与其唱和往来之文友，其间角色意识甚浓。卢纶在诗中历言诸子云：

侍郎文章宗，杰出淮楚灵。掌赋若吹籁，司言如建瓴。
郎中善余庆，雅韵与琴清。郁郁松带雪，萧萧鸿入冥。员外
真贵儒，弱冠被华缨。月香飘桂实，乳溜滴琼英。补阙思冲融，
巾拂艺亦精。彩蝶戏方圃，瑞云凝翠屏。拾遗兴难侔，逸调
旷无程。九酝贮弥洁，三花寒转馨。校书才智雄，举世一娉婷。
赌墅鬼神变，属辞鸾凤惊。差肩曳长裾，总辔奉和铃。共赋
瑶台雪，同观金谷筝。倚天方比剑，沉井忽如瓶。神昧不可问，
天高莫尔听。君持玉盘珠，写我怀袖盈。读罢涕交颐，愿言
跻百龄。①

《蔡宽夫诗话》云：

官名有因人而重，遂为故事者，何逊为水部员外郎，以
诗称；至张籍自博士复拜此官，乐天诗贺之云："老何殁后
吟诗绝，虽有郎官不爱诗。……今日闻君除水部，喜于身得
省郎时。"籍答诗亦云："幸有紫薇郎见爱，独称官与古人同。"
自是遂为诗人故事。②

言及身份或角色意识最强的中唐文人，则非陆贽莫属。他的
奏议制诰，与其"天子私人"、"内相"的角色十分贴切。在德宗
第一次向他询及国事时，他的内心活动在《论两河及淮西利害状》
中表露无遗：

臣质性凡钝，闻见陋狭。幸因乏使，簪组升朝，荐承过

---

① （清）彭定求等编：《全唐诗》卷 277，中华书局 1960 年点校本，第 3146 页。
② （宋）蔡启：《官名因人而重》，《蔡宽夫诗话》，郭绍虞辑：《宋诗话辑佚》（下册），
中华书局 1980 年版，第 398 页。

恩，文学入侍，每自奋励，思酬奖遇，感激所至，亦能忘身。
但以越职干议，典制所禁；未信而言，圣人不尚。是以循循
默默，尸居荣近，日日以愧，自春徂夏，心虽怀忧，言不敢
发，此臣之罪也，亦臣之分也。……（臣）职居禁闼，当备
顾问，承问而对，臣之职也；写诚无隐，臣之忠也。谨具件
如后，惟明主循省而备虑之……臣本书生，不习戎事。窃惟
霍去病，汉将之良者也。每言"行师用军之道，顾方略何如耳，
不在学古兵法"，是知兵法者无他，见其情而通其变，则得
失可辨，成败可知。古人所以坐筹樽俎之间，制胜千里之外
者，得此道也。臣才不逮古人，而颇窥其意。是敢承诏不默，
辄陈狂愚。①

　　此状作于建中四年（783）三月至四月，为朱泚乱前的奏草
两篇之一。此处摘引的是该状的状头。这段文字委婉曲折而意义
鲜明显豁，反映了作为一个由"文学入侍"的翰林学士初次被皇
帝问及国家政要方略时，由惊喜到不安再到坦然的复杂心情，也
体现了陆贽"畏慎"的性格特点。此时贽年未及而立，可谓少年
老成，然而能窥古人"坐筹樽俎之间，制胜千里之外"奥妙者，
自当如此持重，而一鸣惊人。权德舆《唐陆宣公翰苑集序》云：

　　　　亲友或规之，公曰："吾上不负天子，下不负吾所学，
　　不恤其他。"②

---

① （唐）陆贽：《论两河及淮西利害状》，《翰苑集》卷 11，文渊阁《四库全书》，上
　　海古籍出版社 2003 年版，集部，第 1072 册，第 654—655 页。
② （唐）权德舆：《唐陆宣公翰苑集序》，《唐陆宣公翰苑集》卷首，《四部丛刊初编》，
　　上海商务印书馆 1929 年版，集部，第 665 册，第 8 页。

　　陆贽在翰林学士这个特殊的位置上，成功地扮演了古代士人理想中的、甚至可以说是梦寐以求的"帝王师"的角色，从而实现了对战国到汉代期间士人社会角色的复归。而一旦远贬忠州，十年谪居，则"土塞其门，家人由于狗窦中，州将不得谒面"[①]，一心寻方访医，撰集《古今集验方》五十卷行于世，最终完成了从医君者到医民者的社会角色转换。他的《翰苑集》给后人留下了一个解剖中唐文人社会角色变迁的典型标本。

---

① （明）何良俊：《黜免》，《何氏语林》卷 29，文渊阁《四库全书》，上海古籍出版社 2003 年版，子部，第 1041 册，第 871 页。

唐代的翰林待诏、翰林供奉和翰林学士

一、问题的提出

中国古代官制可以称得上是一个庞大而复杂的系统。由于历史悠久、名目繁杂，职官的称号在不同的朝代，甚至在同一朝代的不同时期都有这样或那样的变化，而其执掌和地位也往往随之发生相应的变化。这就给后人对它的了解带来了相当的困难，认识不清乃至概念的混淆时有发生。有关唐代的翰林待诏、翰林供奉和翰林学士的认识混乱即其例之一。

关于翰林待诏、翰林供奉和翰林学士，后人认识混乱的突出表现就是把三者混为一谈。比如李白，无论是史载还是他自称，都只说是翰林待诏或翰林供奉①，从未说过曾做过翰林学士；但由于李白世称李翰林，又由于翰林学士在三者之中名气最大，后人就往往把他当成了翰林学士。这种情况甚至在唐代即已出现，如李华有《故翰林学士李君墓志》，范传正有《唐左拾遗翰林学士李公新墓碑》，刘全白有《唐故翰林学士李君碣记》。此后，在一些笔记小说中常常会见到称李白为"翰林学士"的情况。如宋人

---

① 《旧唐书》卷 190 下《文苑传》：李白"与筸俱待诏翰林"，中华书局 1975 年版，第 5053 页。《新唐书》卷 202《文艺传》："帝赐食，亲为（李白）调羹，有诏供奉翰林。"中华书局 1975 年版，第 5763 页。李白《为宋中丞自荐表》："翰林供奉李白。"（唐）李白著，（清）王琦注：《李太白全集》卷 26，中华书局 1977 年版，第 1217 页。

李昉《太平广记》卷二四"李龟年"条即称李白为"翰林学士"："上自是顾李翰林，尤异于他学士。""……太真因惊曰：'何翰林学士能辱人如斯？'"明人冯梦龙辑《警世通言》第九卷《李谪仙醉草吓蛮书》："天子见其应对不穷，圣心大悦，即日拜为翰林学士"。清褚人获《隋唐演义》第八十二回《李谪仙应诏答番书高力士进谗议雅调》："玄宗见他应付不穷，十分欢喜，即擢为翰林学士，赐宴于金华殿中，着教坊乐工侑酒。"皆采用"翰林学士"的说法。当然，这些来自笔记小说的说法不足为信，但它们起码反映了当时人们的一种认识。而就文学界而言，这种情况到了现代，可以说是愈演愈烈，于是李白天宝初入翰林院为翰林学士，便几乎成了占统治地位的说法。比较典型的如《李白大辞典》注"李翰林"条云："李白于天宝元年（742）至三载（744）曾奉诏入翰林院，为翰林学士，又称翰林供奉。"[1]《李白全集校注汇释集评》注李白《翰林读书言怀呈集贤院内诸学士》诗云："李白在朝，即为翰林学士，未授他官。"[2]

那么，唐代翰林待诏、翰林供奉、翰林学士究系何指？三者的关系如何？它们的执掌和地位有何不同？本文试在已有研究的基础上对有关材料进行梳理，并对上述问题试作回答。

二、研究概述

在讨论翰林院和学士院的建置以前，有必要回顾一下关于唐代翰林学士的研究情况，由此或许可以看出发生认识混乱的一些端倪。

---

[1]　郁贤皓主编：《李白大辞典》，广西教育出版社1995年版，第1页。
[2]　詹锳主编：《李白全集校注汇释集评》，百花文艺出版社1996年版，第3467页。

　　自宋以来，就开始有了关于翰林学士的评述。这时，人们的注意力还比较集中在翰林学士对中书之权的分割和侵蚀上。如范祖禹在《唐鉴》中指出翰林学士身份的特殊性及其重要性："中书门下，出纳王命之司也，故诏敕行焉。明皇始制（当为"置"之误）翰林，而其职始分。既发号令，预谋议，则自宰相以下，进退轻重系之矣，岂特取其词艺而已哉！"①

　　明清时期，学者开始对翰林学士的执掌、品位等具体问题进行研究。如纪昀等的《历代职官表》在考察历代翰林院的建置时，指出唐宋翰林与明清翰林职能的不同：唐宋翰林"典内庭书诏"，类似于清代军机大臣的"承净旨书宣"；而明清翰林仅仅是袭用了"唐宋学士院旧名"，只承担"历代国史著作之任"而已（卷二十三《翰林院》"历代建置"条）。钱大昕《廿二史考异》卷五十八《职官志》则认为翰林学士只是一种差遣，不是一种职位："既内而翰林学士、弘文集贤、史馆诸职，亦系差遣无品秩，故常假以他官。有官则有品，官有迁转，而供职如故也。"②对翰林学士的全面研究始于现代。岑仲勉先生于 20 世纪 40 年代发表《补唐代翰林两记》、《翰林学士壁记注补》两篇长文③，从正史、诗文、笔记小说和金石资料等方面，进行细致的爬梳整理，对唐人丁居晦《重修承旨学士壁记》所载唐代翰林学士出入学士院的情况做了深入的考订补充，是公认的成就卓著之作。此后，日本学者于 50 年代开始关注唐代翰林学士，其代表作为山本隆义的《唐宋时代的翰林学士》④和矢野主税的《唐代的翰林学士院》⑤。不过，

① （宋）范祖禹：《唐鉴》卷 10，文渊阁《四库全书》，上海古籍出版社 2003 年版，史部，第 685 册，第 539 页。
② （清）钱大昕：《职官志》，《廿二史考异》卷 58，商务印书馆 1937 年版，第 996 页。
③ 收入岑仲勉《郎官石柱题名新考订》，上海古籍出版社 1984 年版。
④ 载《东方学》1952 年第 4 期。
⑤ 载《史学研究》1953 年第 50 号。

他们的着眼点还主要是翰林学士在君权相权消长斗争中的作用。此外，香港学者刘健明的《论唐代的翰林院》[①]，以及台湾学者周道济的《汉唐宰相制度》[②]，也大致沿袭上述思路。

近年大陆的唐代翰林学士研究，自 20 世纪 80 年代以来形成了一个热点。以世纪之交为界，可分为前后两段。前一段的论文和专著，研究的重点多集中在唐代翰林学士与中晚唐政治的关系方面。如袁刚《唐代的翰林学士》[③]、《唐代翰林学士反对宦官的斗争》[④]、《隋唐中枢体制的发展演变》[⑤]，杨友庭《唐代翰林学士略论》[⑥]，赵康《论唐代翰林学士院之沿革及其政治影响》[⑦]，王永平《论翰林学士与中晚唐政治》[⑧] 等等。这些论著的共同特点是对唐代翰林学士的地位和作用评价较高，如杨友庭说翰林学士是唐后期"统治阶级中举足轻重的一股政治势力"，赵康甚至进一步说翰林学士是唐后期"皇帝提拔大臣，经供奉内庭后出任宰相的必经之路"。

后一段的论文和专著，从表面上看似乎有回归资料考订和整理的趋向，但实际上其视野较之前一段可以说更为宽阔，研究也更加全面和深入，并产生了一批高质量的作品。其中比较突出的是傅璇琮有关唐代翰林学士的系列考论文章，以及毛蕾所著《唐代翰林学士》一书。

傅璇琮的系列考论，按照唐代翰林学士建置后各朝皇帝的年

① 载《食货》1986 年第 15 卷第 7、8 期。
② 周道济：《汉唐宰相制度》，台湾大化书局 1978 年版。
③ 载《文史哲》1985 年第 6 期。
④ 载《山东大学学报》1989 年第 2 期。
⑤ 袁刚：《隋唐中枢体制的发展演变》，台湾文津出版社 1994 年版。
⑥ 载《厦门大学学报》1985 年第 3 期。
⑦ 载《学术月刊》1986 年第 10 期。
⑧ 载《晋阳学刊》1990 年第 2 期。

代次第展开，计有：载于《文学遗产》2000年第4期的《唐玄肃两朝翰林学士考论》，载于《中华文史论丛》2001年第3辑的《唐代宗朝翰林学士考论》，载于《燕京学报》新十期的《唐德宗朝翰林学士考论》（与施纯德合写），以及载于《中国文化研究》2001年秋之卷的《唐永贞年间翰林学士考论》。傅璇琮的上述系列论文，其着眼点在于探讨唐代知识分子的生活方式和心理状态，试图由此研究唐代社会特有的文化风貌，进而从较为广阔的社会背景来认识唐代文学。因此，作者更加关注唐代翰林学士与文学的关系，上文提到的文学界关于李白天宝初入翰林院为翰林学士的误解，即为作者的另一篇论文《李白任翰林学士辨》[①] 所指出和订正。但在谈到唐代翰林待诏和翰林供奉的关系时，该文认为，实际上，玄宗于开元初建立翰林院时，"所谓翰林供奉、翰林待诏，实为同一职名，并非如《新唐书·百官志》所说，先是待诏，后改供奉。"这一新的说法，似乎又把本来即将辨明的问题复杂化了。虽然作者随后引了两条材料：一条是《资治通鉴》卷二一七天宝十三载正月记："上即位，始置翰林院，密迩禁廷，延文章之士，下至僧、道、书、画、琴、棋、数术之工皆处之，谓之'待诏'"。[②] 另一条是顾炎武《日知录》卷二四《翰林》，称"待诏翰林"又可名之曰翰林供奉。然而这两条材料，特别是后一条，并没有对此说法进行论证，似乎都不能说明翰林待诏和翰林供奉只是两种不同的称谓而实为一职。

　　毛蕾的《唐代翰林学士》[③] 应该说是迄今对此专题研究最为全

---

① 载《文学评论》2000年第5期。

② （宋）司马光编著，（元）胡三省音注：《资治通鉴》卷217，中华书局1956年版，第6923页。

③ 毛蕾：《唐代翰林学士》，社会科学文献出版社2000年版。

面和深入的专著。该著不仅系统地阐述了唐代翰林学士院的形成、
翰林学士院制度、翰林学士的职能及在中枢决策体系中的地位、
翰林学士与皇帝及时政的关系，而且值得一提的是，作者在论述
过程中特别注意将翰林院与学士院区别开来，将翰林待诏与翰林
学士区别开来，因而被韩国磐先生评为"多所创见"（该书序）。
该著以翰林学士为专题和主体进行系统的考察，同时又专辟一章
讨论翰林院和学士院的沿革和地理关系，以及翰林待诏的各种名
目和职能，其阐述可谓清楚明白。但在阐述翰林学士院的形成过
程中，只是说翰林文词待诏、翰林供奉是其后出现的翰林学士的
前身，似乎忽略或淡化了由翰林待诏到翰林供奉的演变这一环节。
因而，如果把翰林待诏、翰林供奉和翰林学士三者放在一起，人
们还是有些迷惑：究竟翰林待诏与翰林供奉是像傅璇琮先生所说
的只是两种不同的称谓而实为一职呢，还是翰林待诏、翰林供奉、
翰林学士三者之间存在着演变和更迭的关系？本文倾向于后一种
看法。

三、翰林院与学士院

　　唐代的翰林待诏、翰林供奉二者同翰林学士之间存在着明显
的区别，这从翰林院和学士院的沿革和地理关系上即可看出。

　　《新唐书》卷四十六《百官志一》常常为研究者引用：

　　　　唐制，乘舆所在，必有文词、经学之士，下至卜、医、
　　技术之流，皆直于别院，以备宴见；而文书诏令，则中书舍
　　人掌之。自太宗时，名儒学士时时召以草制，然犹未有名号；

乾封以后，始号"北门学士"。玄宗初，置"翰林待诏"，以张说、陆坚、张九龄等为之，掌四方表疏批答、应和文章；既而又以中书务剧，文书多壅滞，乃选文学之士，号"翰林供奉"，与集贤院学士分掌制诏书敕。开元二十六年，又改翰林供奉为学士，别置学士院，专掌内命。凡拜免将相、号令征伐，皆用白麻。其后，选用益重，而礼遇益亲，至号为"内相"，又以为天子私人。凡充其职者无定员，自诸曹尚书下至校书郎，皆得与选。入院一岁，则迁知制诰，未知制诰者不作文书，班次各以其官，内宴则居宰相之下，一品之上。宪宗时，又置"学士承旨"。唐之学士，弘文、集贤分隶中书、门下省，而翰林学士独无所属，故附列于此云。①

学士院的建置时间是玄宗开元二十六年，在学士院宿直的是翰林学士，其中地位最高者为宪宗时所设立的翰林承旨。至于翰林院，其建置时间则在开元初，它是翰林待诏和翰林供奉的宿直之所。《唐会要》卷五十七"翰林院"条："开元初置。……盖天下以艺能技术见召者之所处也。"②《资治通鉴》卷二一七玄宗天宝十三载记："上即位，始置翰林院，密迩禁廷，延文章之士，下至僧、道、书、画、琴、棋、数术之工皆处之，谓之'待诏'。"③玄宗设翰林院，只是承继唐制，类似翰林院的待诏机构在唐初已经存在，玄宗不过是为其选定了一个地理位置，并为其确定了一个"翰林院"的名目而已：《旧唐书》卷四十三《职官二》载，皇帝在大明宫、兴庆宫、西内、东都、华清宫都设立了待诏之所，"其

---

① 《百官志一》，《新唐书》卷46，中华书局1975年版，第1183—1184页。
② （宋）王溥：《唐会要》卷57，中华书局1955年版，第977页。
③ （宋）司马光编著，（元）胡三省音注：《资治通鉴》卷217，中华书局1956年版，第6923页。

待诏者,有词学、经术、合炼、僧道、卜祝、术艺、书弈,各别院以廪之,日晚而退。其所重者词学。"[1]《新唐书》卷四十六《百官志一》载,"唐制,乘舆所在,必有文词、经学之士,下至卜、医、伎术之流,皆直于别院,以备宴见"。[2]

至于翰林院和学士院的地理位置和地理关系,以往人们不甚了了,而这正是出现将翰林待诏、翰林供奉同翰林学士混为一谈的错误的关键所在。比如上述《李白大辞典》的说法:"李白于天宝元年(742)曾奉诏入翰林院,为翰林学士,又称翰林供奉。"如果作者把翰林院与学士院、翰林供奉与翰林学士区分开来,就不会犯如此明显的错误了。

其实,在唐代的有关文献里,即有翰林院和学士院地理位置的记载。德宗朝的翰林学士韦执谊撰有《翰林院故事》,其中有云:"翰林院者,在银台门内,麟德殿西,重廊之后,盖天下以艺能伎术见召者之所处也。学士院者,开元二十六年之所置,在翰林院之南,别户东向。"[3]宪宗、穆宗朝的翰林学士李肇所撰《翰林志》,则进一步明确了翰林院与学士院的地理关系:

> 开元二十六年刘光谨、张垍乃为学士,始别建学士院于翰林院之南。……今在右银台门之北第一门,向□榜曰:"翰林之门",其制高大重复,号为胡门。入门直西为学士院,即开元十六年所直也。引铃于外,惟宣事入。其北门为翰林院。[4]

① 《旧唐书》卷 43,中华书局 1975 年版,第 1853 页。
② 《新唐书》卷 46,中华书局 1975 年版,第 1183 页。
③ 见(宋)洪遵辑:《翰苑群书》,中华书局 1991 年版,第 11 页。
④ 见(宋)洪遵辑:《翰苑群书》,中华书局 1991 年版,第 3—6 页。

可见，翰林院和学士院都在大明宫右银台门外，学士院在翰林院之南。宋人程大昌根据上述材料绘制过《大明宫右银台门翰林院学士院图》[1]（见文末附图），从图中可以看出，翰林院和学士院共处于一个相对封闭的院落之内，翰林院在北，学士院在南，分别有待诏居和承旨阁相邻，两院的共同出入口为翰林门。

四、翰林待诏、翰林供奉和翰林学士三者之间的更迭演变关系

关于翰林待诏、翰林供奉和翰林学士三者之间的更迭演变关系，可以从史料的爬梳整理中加以认定，并进而确定其各自的执掌和所处的地位。

正如前引《新唐书·百官志一》和《旧唐书·职官二》所载，唐初的待诏机构容纳了众多擅长各种技能的才彦之士，其中词学之士较受重视。为了与其他翰林待诏如医待诏、书待诏、画待诏、棋待诏相区别，并以示重视，玄宗便把文词待诏从翰林待诏中擢拔出来，称之为"翰林供奉"，取其"入居翰林，供奉别旨"之意。对此，韦执谊《翰林院故事》记之甚详：

> 元宗以四隩大同，万枢委积，诏敕文诰悉由中书，或虑当剧而不周，务速而时滞，宜有偏掌，列于宫中，承导迩言，以通密命。由是始选朝官有词艺学识者，入居翰林，供奉

---

[1]　（宋）程大昌著，黄永年点校：《雍录》附图，中华书局 2002 年版。

别旨。①

据有关考证，玄宗选文词待诏为翰林供奉的时间，大致是在开元十年前后。②如此实行了十余年后，才又设立学士院，别置翰林学士。从翰林待诏到翰林供奉，再到翰林学士，可以说是一个质的飞跃。这时的翰林学士的地位较之从前大为提高。

关于翰林待诏、翰林供奉和翰林学士的更迭演变关系及其执掌地位，可以概括如下：

翰林待诏：唐初设立。擅长文词、经学、医卜以及各种技艺如书画、博弈者，居宫中（玄宗以后居翰林院），以备应诏。属皇帝的差遣侍从之臣，主要陪皇帝消遣娱乐，以及文章应和。无品阶。

翰林供奉：玄宗开元十年前后设立。以翰林待诏中文学之士为翰林供奉，与集贤院学士一起，帮助皇帝起草重要文书，分掌制诏书敕。实为代行中书舍人之职，但无品阶。

翰林学士：玄宗开元二十六年设立。选翰林待诏中一部分人为翰林学士，别置学士院，专门执掌起草制诏书敕。属皇帝的机要秘书一类，但为兼职，而无独立品阶，其中翰林承旨地位最高，出院后升迁的概率较大，许多翰林承旨由此拜相。故为时人所重。这里应该指出的是，玄宗设立学士院别置翰林学士后，翰林待诏和翰林供奉仍然存在，只是从此以后二者在性质上的区别渐渐缩小，甚至趋于弥合。由于专门设立了执掌起草内诏、拜免将相的翰林学士，翰林待诏和翰林供奉本来名词

---

① （宋）洪遵辑：《翰苑群书》，中华书局1991年版，第12页。
② 参见傅璇琮《李白任翰林学士辨》，《文学评论》2000年第5期。

化的意义渐渐向动词演化，而专门用来指称"待诏"或"供奉"于翰林院。所以宋人叶梦得在《石林燕语》卷七中说："唐翰林院，本内供奉艺能技术杂居之所，以词臣侍书诏其间，乃艺能之一尔。开元以前，犹未有学士之称，或曰翰林待诏，或曰翰林供奉，如李白犹称供奉。"也仅仅是在此意义上，翰林待诏和翰林供奉便如傅璇琮先生所断言的那样，成为了名号不同而其实一也的职位了。

附图：

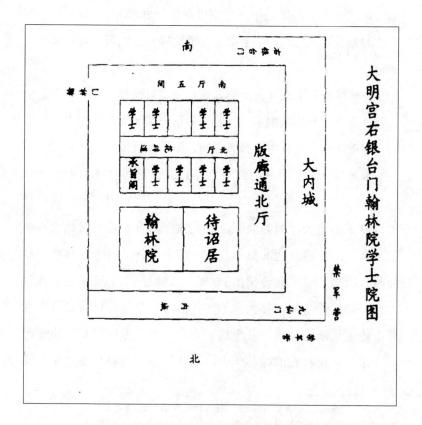

翰林学士及其活动与中唐文学

中唐的社会变迁以及与之相关的文学转型，对唐以后的社会文化来说，具有某种程度的范式意义。陈寅恪先生在《论韩愈》一文中，曾提出过一个重要的论断："唐代之史可分前后两期，前期结束南北朝相承之旧局面，后期开启赵宋以降之新局面，关于政治社会经济者如此，关于文化学术者亦莫不如此。"[①] 的确，中唐以来诸如文人参政意识的空前增强，高位文人的大量涌现，朋党之争的日益激化，文人集团的群起代变等，这些社会文化特征都是过去的时代所不具备或不同时具备的，它们在某种程度上昭示了新的社会文化的出现。

在中唐社会变迁和文学转型的过程中，翰林学士作为唐代政治制度变迁的产物，作为一类具有特殊地位和经历的文人或文人集团，曾经活跃在当时的政治和文化舞台，并扮演了十分重要的角色。翰林学士的主体显然是政治家或政客，同时他们中间也不乏现代意义上的文学家或文章家，他们的社会活动和文学创作，既体现了中唐的时代特征，又对后者产生了相当的影响。这些理应引起文学史研究的关注。本文试图对此进行初步的考察，并由此探讨翰林学士及其活动与中唐文学的种种关联。

---

① 陈寅恪：《论韩愈》，《金明馆丛稿初编》，上海古籍出版社 1980 年版，第 296 页。

一

　　翰林学士始置于唐玄宗朝，是为便于皇帝随时起草重要诏令文诰而设的。本来这是中书舍人的专职工作，但自太宗以来，硕儒名士就常参与草制；高宗乾封以后，这类人便有了个名号，曰"北门学士"。[①] 玄宗时，先是从翰林院里的文词待诏中遴选了一部分人，改称翰林供奉，与集贤院学士分掌制诏书敕；然后又于开元二十六年（738）别置学士院，设立翰林学士，专掌拜免将相、号令征伐等内命的起草。[②] 至此，翰林学士仍是没有独立品秩的差遣或兼职工作，然而其地位和影响却日益尊隆起来。《新唐书》卷四十六《百官志一》甚至这样说："其后，选用益重，而礼遇益亲，至号为'内相'，又以为天子私人。……入院一岁，则迁知制诰，未知制诰者不作文书，班次各以其官，内宴则居宰相之下，一品之上。"到宪宗朝时，又设立了翰林承旨，其地位则大大高于一般翰林学士，相当于学士院的"院长"，而翰林承旨出院后拜相者不乏其人。

　　关于唐代翰林学士，前人曾做过多方面的探讨，而全面研究的展开则始于现代。岑仲勉先生于二十世纪四十年代发表《补唐代翰林两记》、《翰林学士壁记注补》两篇长文[③]，从正史、诗文、

---

① 《旧唐书》卷43《职官二》："其待诏者，有词学、经术、合炼、僧道、卜祝、术艺、书弈，各别院以廪之，日晚而退。其所重者词学。武德、贞观时，有温大雅、魏征、李百药、岑文本、许敬宗、褚遂良。永徽后，有许敬宗、上官仪，皆召入禁中驱使，未有名目。乾封中，刘懿之刘祎之兄弟、周思茂、元万顷、范履冰，皆以文词召入待诏，常于北门候进止，时号北门学士。"中华书局1975年版，第1853页。

② 《新唐书》卷46《百官志一》："玄宗初，置'翰林待诏'，以张说、陆坚、张九龄等为之，掌四方表疏批答、应和文章；既而又以中书务剧，文书多壅滞，乃选文学之士，号'翰林供奉'，与集贤院学士分掌制诏书敕。开元二十六年，又改翰林供奉为学士，别置学士院，专掌内命。凡拜免将相、号令征伐，皆用白麻。"中华书局1975年版，第1183页。

③ 收入岑仲勉《郎官石柱题名新考订》，上海古籍出版社1984年版。

笔记小说和金石资料等方面，进行细致的爬梳整理，对唐人丁居晦《重修承旨学士壁记》所载唐代翰林学士出入学士院的情况做了深入的考订补充，是公认的成就卓著之作。近年大陆的唐代翰林学士研究，自二十世纪八十年代以来形成了一个热点。以世纪之交为界，可分为前后两段。前一段的论文和专著，研究的重点多集中在唐代翰林学士与中晚唐政治的关系方面。如袁刚《唐代的翰林学士》[①]、《唐代翰林学士反对宦官的斗争》[②]、《隋唐中枢体制的发展演变》[③]，杨友庭《唐代翰林学士略论》[④]，赵康《论唐代翰林学士院之沿革及其政治影响》[⑤]，王永平《论翰林学士与中晚唐政治》[⑥] 等。这些研究的共同特点，是对唐代翰林学士的地位和作用评价较高，如杨友庭说翰林学士是唐后期"统治阶级中举足轻重的一股政治势力"，赵康甚至进一步说翰林学士是唐后期"皇帝提拔大臣，经供奉内庭后出任宰相的必经之路"。后一段的论文和专著，从表面上看似乎有回归资料考订和整理的趋向，但实际上其视野较之前一段更为宽阔，研究也更加全面和深入，并产生了一批高质量的作品。其中比较突出的是傅璇琮有关唐代翰林学士的系列考论文章[⑦]，以及毛蕾所著《唐代翰林学士》一

---

① 载《文史哲》1985 年第 6 期。

② 载《山东大学学报》1989 年第 2 期。

③ 袁刚：《隋唐中枢体制的发展演变》，台湾文津出版社 1994 年版。

④ 载《厦门大学学报》1985 年第 3 期。

⑤ 载《学术月刊》1986 年第 10 期。

⑥ 载《晋阳学刊》1990 年第 2 期。

⑦ 傅璇琮先生的系列考论，按照唐代翰林学士建置后各朝皇帝的年代次第展开，计有：《唐玄肃两朝翰林学士考论》(《文学遗产》2000 年第 4 期)；《唐代宗朝翰林学士考论》(将载于台湾《清华学报》)；《唐德宗朝翰林学士考论》)(与施纯德合写，《燕京学报》新 10 期)；《唐永贞年间翰林学士考论》(《中国文化研究》2001 年第 3 期)。上述系列论文，其着眼点在于探讨唐代知识分子的生活方式和心理状态，试图由此研究唐代社会特有的文化风貌，进而从较为广阔的社会背景来认识唐代文学。因此，作者更加关注唐代翰林学士与文学的关系，如文学界关于李白天宝初入翰林院为翰林学士的误解，即为作者的另一篇论文《李白任翰林学士辨》(《文学评论》2000 年第 5 期)所指出和订正。

书①。以上研究，对翰林学士本身材料的梳理和有关史实的认定，以及对翰林学士与中晚唐政治关系的考察，具有重要的意义，对我们进一步探讨翰林学士及其活动与中唐文学的关系，亦具有相当的参考价值。

这里根据傅璇琮先生的系列考论和毛蕾《唐代翰林学士》一书的附表，将中唐时期②翰林学士的基本情况统计如下：

任职人数：玄宗朝8人，肃宗朝5人，代宗朝6人，德宗朝22人，顺宗朝9人，宪宗朝27人，穆宗朝15人，敬宗朝10人，文宗朝34人。其中有22人在一朝以上任职，所以，共有114人在玄宗至文宗朝任翰林学士。

事迹可考者的科举出身：明经4人，明经、制科2人，进士35人，进士、制科31人，制科6人。

翰林承旨人数：25人。

出院拜相人数：30人，使相2人。

从中唐翰林学士的科举出身来看，多为进士和制科；从其入院出院的官职情况看，始入官以中书舍人和六部司官居多，出院时则有不少六部正副长官和州刺史。特别值得一提的是，由翰林承旨拜相者不在少数，25位中就有16位；由普通翰林学士拜相的情况在宪宗设翰林承旨之后也常常出现，此前有6人，宪宗之后有14人，还有使相2人。此外，唐代翰林学士中还有一个有趣的现象，那就是李吉甫和李德裕、令狐楚和令狐绹父子两代都

---

① 毛蕾：《唐代翰林学士》，社会科学文献出版社2000年版。

② 文学史上公认唐玄宗天宝十五载（756）为中唐时期的起点，至于其终止点，其说不一。傅璇琮主编《唐五代文学编年史·中唐卷》止于唐敬宗宝历二年（826），而袁行霈师《在沉沦中演进——试论晚唐诗歌创作趋向》一文（载《中华文史论丛》第48辑，上海古籍出版社1991年版）则主张唐文宗大和九年（835）"甘露之变"事件可作为中晚唐文学的分界线。本文采取大和九年说。

做过翰林学士，而且后来都位至宰相。所以，唐代的翰林学士历来被视为"清要之极选"①；学士院在唐人眼中，不啻储相之所，入院者常常被寄予厚望，如唐诗中就有"已见差肩趋翰苑，更期连步掌台衡"②之类的句子。

　　翰林学士的设立，堪称自隋唐科举制度建立以来，广大士人参与高层政治的又一重要途径。清人赵翼指出"唐时翰林学士不必皆进士出身"③，是说科举出身不是入选翰林学士的唯一条件。如王叔文，原本是翰林院里的棋待诏，新旧《唐书》都没有关于他科举经历的记载，而只说他"粗知书，好言理道"，"颇读书，班班言治道"；他在以棋待诏入直东宫做太子侍读时，曾提醒太子谨言慎行，因而得到信任，顺宗即位后便把他转为翰林学士。李德裕是靠门荫补授的秘书省校书郎，《旧唐书》卷一七四本传说穆宗在东宫时，"素闻吉甫之名，既见德裕，尤重之"，于是即位后便召入翰林充学士。不过值得注意的是，入充学士院者一般都是当时的博学才彦之士，这在唐代广学崇儒的背景下，不啻给执着于传统"三立"价值观的广大士人带来了新的希望④。到了中唐，翰林学士对于政治的参与程度大为加强，如王叔文以翰林学士的特殊身份积极倡导和推进"永贞革新"，白居易大力创作讽谕诗，

① （清）赵翼：《陔余丛考》卷 26，商务印书馆 1957 年版，第 521 页。
② （唐）金厚载：《和主司王起》，《全唐诗》卷 552，中华书局 1980 年版，第 6398 页。王起为文宗时翰林学士，出院后被拜为使相，即以节度使加同平章事衔，虽不问政事，但也是一种荣典。可谓不负厚望。
③ 赵翼语，"唐时翰林学士不必进士出身"，《陔余丛考》卷 26，商务印书馆 1957 年版，第 525 页。
④ 《左传·襄公二十四年》："大上有立德，其次有立功，其次有立言，虽久不废，此之谓不朽。"见《春秋左传正义》卷 35，（清）阮元校刻：《十三经注疏》，中华书局 1980 年版，第 1979 页。翰林院与学士院相邻，在其北侧，内有翰林待诏和翰林供奉宿直。李白天宝初年曾为翰林待诏，后者与翰林供奉可谓翰林学士的前身。而李白的理想以及后人对他的理想化，似乎都与翰林学士这一特殊身份相关。

试图以文学的形式干预时政；而翰林学士在院中以及在入院前后的一系列交往与活动，更是与当时的学界和文坛有着直接或间接的关系，如王叔文集团与啖、赵、陆《春秋》之学创立者的交往，陆贽贞元八年主司时推出的名选"龙虎榜"，李德裕在文宗和武宗时期对科举制度的一系列改革等。因此，翰林学士院的设立，不仅是中唐以来社会制度变迁的一个重要方面，而且，翰林学士及其活动还影响到当时的学风、士风和文人心态。这三个方面无疑都与中唐文学的时代特征有着内在的关联。

二

　　中唐时期，曾入学士院供职且与本论题相关的翰林学士，按年代先后可列举出陆贽、吉中孚、梁肃、王叔文、李绛、崔群、白居易、令狐楚、李德裕、李绅、元稹、蒋防等人。他们的任职过程和在此期间的主要活动，无疑是我们所关心的。这里着重考察其中重要的几位，意在发掘他们身上所体现和所影响的中唐学风、士风、文人心态。

　　陆贽（754—805），大历八年（773）登进士第，并中博学宏词科，授郑县尉，历渭南主簿、监察御史。建中四年（783）以祠部员外郎入充翰林学士，贞元三年（787）初丁忧离职；三年后即贞元六年（790）初再入充，贞元七年（791）以兵部侍郎职出院。次年即拜相，并在翰林学士梁肃的协助下主持贡举，推出了当时的名选"龙虎榜"。在学士院期间，他便深受德宗赏识，在泾原之乱扈从奉天以及随后两年多讨平藩镇的过程中，他的政治才能得到了充分的施展，因而声名大振，当时目为"内相"①。而

---

① 《旧唐书》卷139本传。关于"内相"一说的可信性，傅璇琮先生曾作过辩证，见其《唐德宗朝翰林学士考论》（与施纯德合写），《燕京学报》新10期。

使陆贽获得文名的，正是他在此期间为德宗草制的诏令文诰，其中最为著名的无疑是《奉天改元大赦制》。这篇由德宗授权陆贽改定的"罪己诏"，言辞恳切，反省深刻，体现了儒家道德精神的感染力："长于深宫之中，暗于经国之务，积习易溺，居安忘危。不知稼穑之艰难，不察征戍之劳苦。泽靡下究，情不上通。""兵兴累年，海内骚扰，皆由上失其道，下罹其灾。朕实不君，人则何罪？"①

　　史称陆贽"性畏慎"，故其交游不多，在做翰林学士之前有寿州刺史张镒、大历十才子中的卢纶、钱起，入充学士院后有翰林学士梁肃等，不过此四人在中唐的学界和文坛均有不可忽视的影响。《旧唐书》卷一三九记陆贽与张镒的"忘年交"云：

　　　　贽少孤，特立不群，颇勤儒学。年十八登进士第，以博学宏词登科，授华州郑县尉。罢秩，东归省母，路由寿州，刺史张镒有时名，贽往谒之。镒初不甚知，留三日，再见与语，遂大称赏，请结忘年之契。及辞，遗贽钱百万，曰："愿备太夫人一日之膳。"贽不纳，唯受新茶一串而已，曰："敢不承君厚意。"②

　　这里说张镒有"时名"，是指他曾著有《三礼图》九卷、《五

---

① （唐）陆贽：《奉天改元大赦制》，（清）董诰等编：《全唐文》卷460，中华书局1983年版，第4698—4699页。《旧唐书》卷139本传记述有关情况道："（陆贽）尝启德宗曰：'今盗遍天下，舆驾播迁，陛下宜痛自引过，以感动人心。昔成汤以罪己勃兴，楚昭以善言复国。陛下诚能不吝改过，以言谢天下，使书诏无忌，臣虽愚陋，可以仰副圣情，庶令反侧之徒，革心向化。'德宗然之。故奉天所下书诏，虽武夫悍卒，无不挥涕感激，多贽所为也。"《旧唐书》卷139，中华书局1975年版，第3792页。

② 《旧唐书》卷139，中华书局1975年版，第3791页。

经微旨》十四卷、《孟子音义》三卷①，并在大历初年办学讲经之事：
"大历初，（张镒）出为濠州刺史，政条清简，延经术士讲教生徒。
比去，州升明经者四十人。"②另外可以一提的是，建中四年（783）
陆贽表奏过一篇《奉天荐袁高等状》③，该状举荐的十位"良材"
中，便有中唐啖助《春秋》学派的主将陆质（原名淳，后避宪宗
李淳讳改名为质）。这些都说明了陆贽对当代儒学的关注和支持。
至于与大历十才子的交往，则在入学士院前，如钱起大历八年在
长安，有《送陆贽擢第还苏州》诗："乡路归何早，云间喜擅名。
思亲卢橘熟，带雨客帆轻。夜火临津驿，晨钟隔浦城。华亭养仙
羽，计日再飞鸣。"④卢纶建中初年为昭应令，有诗赠时为渭南主
簿的陆贽："官微多惧事所同，拙性偏无主驿功。山在门前登不得，
鬓毛衰尽路尘中。"⑤

　　梁肃（753—793），建中元年（780）中文辞清丽科，兴元元
年（784）为淮南节度使杜佑掌书记，贞元五年（789）征为监察
御史，不久转右补阙。贞元七年（791）至贞元九年（793）十一
月为翰林学士。梁肃与唐代古文家有广泛的交往和师承关系：早
年曾受到古文家萧颖士的举荐⑥；大历九年（774）至十二年（777）
在常州，师事古文运动的先驱人物独孤及⑦，其《唐故常州刺史独

---

① 《新唐书》卷 57《艺文志一》著录。
② 《张镒传》，《新唐书》卷 152，中华书局 1975 年版，第 4829 页。
③ （唐）陆贽：《奉天荐袁高等状》，（清）董诰等编：《全唐文》卷 169，中华书局
　　1983 年版，第 4794—4795 页。
④ （唐）钱起：《送陆贽擢第还苏州》，（清）董诰等编：《全唐文》卷 237，中华书
　　局 1983 年版，第 2640 页。
⑤ （唐）卢纶：《驿中望山戏赠渭南陆贽主簿》，（清）彭定求等编：《全唐诗》卷
　　278，中华书局 1960 年版，第 3159 页。
⑥ 《新唐书》卷 202《梁肃传》："萧复荐其材，授右拾遗，修史，以母羸老不赴。"
　　中华书局 1975 年版，第 5774 页。
⑦ 《新唐书》卷 162《独孤及传》："及喜鉴拔后进，如梁肃、高参、崔元翰、陈言、
　　唐次、齐抗皆师事之。"中华书局 1975 年版，第 4993 页。

孤公〈毗陵集〉后序》借总结先师成就提出了自己的文学主张:"唐兴接前代浇漓之后,承文章颠坠之运,王风下扇,作者迭起,不及百年,文章反正。其后时浸和溢,而文亦随之。天宝中作者数人,颇节之以礼。泊公为之,于是操道德为根本,总礼乐为冠带,以《易》之精义,《诗》之雅训,《春秋》之褒贬,属之于辞。故其文宽而简,直而婉,辩而不华,博厚而高明,论人无虚美,比事为实录。天下凛然,复睹两汉之遗风。"作为独孤及的学生,梁肃还为古文运动的另一位先驱李华写过《为常州独孤使君祭李员外文》。

据史载,梁肃不仅"文艺冠时",而且乐于奖掖后进,所以深得陆贽信赖,"输心于肃"①。于是,一时间"属词求进之士,奉文章造梁君门下者,盖无虚日"。②他在学士院期间所做的一件最为值得称道的事,就是贞元八年(792)协助陆贽主持贡举,荐拔人才,推出了"龙虎榜"。

关于这一著名的科场盛事,《新唐书》卷二〇三《欧阳詹传》记:"(欧阳詹)举进士,与韩愈、李观、李绛、崔群、王涯、冯宿、庾承宣联第,皆天下选,时称'龙虎榜'。"据徐松《登科记考》卷一三,这一年取进士二十三人,其中以上述八人最为有名。八人中,相当一部分对陆贽和梁肃有行卷之举或有师生关系,然后由梁肃举荐于陆贽。如李观在给陆贽的《帖经日上侍郎书》中,提到去年冬曾献给陆贽"十首之文",其中最为得意的是《报弟书》;还特意说到自己今日帖经考得不甚理想,恳请陆贽不要因此而"以瑕废瑜"。王定保《唐摭言》卷七则记述了李观、韩愈等四人同

---

① 《陆贽传》,《旧唐书》卷139,中华书局1975年版,第3800页。

② (唐)李翱:《感知己赋》,(清)董诰等编:《全唐文》卷634,中华书局1983年版,第6397页。

游梁肃门下之事：

> 贞元中，李元宾、韩愈、李绛、崔群同年进士。先是四
> 君子定交久矣，共游梁补阙之门；居三岁，肃未之面，而四
> 贤造肃多矣，靡不偕行。肃异之，一日延接，观等俱以文学
> 为肃所称，复奖以交游之道。然肃素有人伦之鉴。观、愈等
> 既去，复止绛、群，曰："公等文行相契，他日皆振大名；
> 然二君子位极人臣，勉旃！勉旃！"后二贤果如所卜。①

此外，《新唐书》卷一六五和一七九分别记载了梁肃向陆贽举
荐崔群和王涯之事。所有事实都清楚地表明，梁肃的确对推出贞
元八年的"龙虎榜"起到了至关重要的作用。

这一科场"名选"对中唐文化是有积极的导向意义的，此后
相当一段时期内，"龙虎榜"成员一直是当时政坛和文坛的风云人
物。如果再对比韩愈去年下第的黯然失落和今年登科的意气风
发②，以及李观中第前向梁肃上书表白自己、中第后向梁肃推荐孟
郊的恳切③，则更可见出梁肃对中唐文学格局的形成，具有不可
忽视的影响。这里还可以举出两条材料：一条是《旧唐书》卷
一六〇《韩愈传》："大历、贞元之间，文字多尚古学，效扬雄、
董仲舒之述作，而独孤及、梁肃最称渊奥，儒林推重。愈从其徒游，
锐意钻仰，欲自振于一代。洎举进士，投文于公卿间，故相郑余

---

① （五代）王定保著，姜汉椿校注：《唐摭言校注》卷7，上海社会科学院出版社
　2003年版，第151页。
② 韩愈贞元七年有《落叶一首送陈羽》，其中有"落叶不更息，断蓬无复归"句；
　八年有《北极一首赠李观》，其中有"风云一朝会，变化成一身"句，感情色
　彩反差极大。
③ （唐）李观：《上梁补阙荐孟郊崔宏礼书》，（清）董诰等编：《全唐文》卷534，
　中华书局1983年版，第5420—5421页。

庆颇为之延誉，由是知名于时。寻登进士第。"① 这里所说的主要
还不是文学，而是以文字为载体和表现形式的学术。独孤及、梁
肃倡导"操道德为根本，总礼乐为冠带"，为儒林推重，而韩愈
则是他们的自觉追随者。另一条是孟郊贞元八年落第后向梁肃献
诗求荐，其《古意赠梁肃补阙》诗云："曲木忌日影，谗人畏贤明。
自然照烛间，不受邪佞轻。不有百炼火，孰知寸金精。金铅正同炉，
愿分精与粗。"该诗本身并无可称道之处，但其间殷殷期盼之情，
可谓溢于言表矣！

　　可见，翰林学士在中唐的学界和文坛上具有举足轻重的地位。
就翰林学士与科举考试的关系而言，翰林学士对赴考者有如上列
举的不可忽视的举荐作用，而且翰林学士出院后主持科举者不乏
其例，这些都不是偶然的现象。据徐松《登科记考》，陆贽以后，
有顾少连、卫次公、崔群、李建等人。知贡举，被视为"掌文
柄"②，座主和门生之间，及第同年之间由此形成某种文人圈或门
派，甚至朋党，这在中唐以后可以说是屡见不鲜的事实。翰林学
士往往出院后不久即主持科举：如顾少连于贞元八年（792）出
院，就于贞元九年、十年、十四年三次知贡举，卫次公于元和二
年（807）出院，次年即知贡举，《旧唐书》卷一五九《卫次公传》
称卫主司时"斥浮华，进贞实，不为时力所摇"，这些有过翰林
学士经历的人对当时文风的导向作用，于此不难发现。而翰林学
士在学士院中，则主持过更为关键的科举复试工作，唐后期的几
次较大的复试，几乎都是在翰林学士的主持下完成的。《旧唐书》

---

① 《韩愈传》，《旧唐书》卷160，中华书局1975年版，第4195页。
② （唐）李亢《独异志》卷下：崔群夫人称崔群"往年君掌文柄"，即指其元和十
　年知贡举事。转引自周勋初主编：《唐人轶事汇编》，上海古籍出版社2006年版，
　第1024页。

卷一六四《王播传》对科举复试的缘起是这样记载的："(王起)掌贡二年,得士尤精。先是,贡举猥滥,势门子弟,交相酬酢;寒门俊造,十弃六七。及元稹、李绅在翰林,深怒其事,故有覆试之科。"①这里已经把翰林学士所起的重要作用概括得相当清楚了。

王叔文(753—806),德宗末为棋待诏,太子侍读。贞元二十一年(805)二月,以前司功参军、翰林待诏为起居舍人,充翰林学士。在东宫时,太子曾与人议论宫市之弊,他因提醒太子提防小人离间而深得信任。"由是重之,宫中之事,倚之裁决。每对太子言,则曰:'某可为相,某可为将,幸异日用之。'"②顺宗即位后,王叔文基本上掌握了内廷的决策权,与韦执谊、陆质、吕温、李景俭、韩晔、韩泰、陈谏、柳宗元、刘禹锡等十数人定为"死交",并以翰林学士的特殊身份积极推进"永贞革新"。

在这十个人之中,陆质是中唐显学啖助《春秋》学派的传人,对啖助《春秋》学派由私学进入官学以及它的发扬光大立下了汗马功劳。而吕温曾"从陆质治《春秋》,梁肃为文章"③,柳宗元也自称曾向陆质"执弟子礼"④;故吕、柳可以说是啖助《春秋》学派的再传弟子。啖助《春秋》学派开中唐以来新的学风⑤,在其形成和普及的过程中,王叔文集团成员发挥了不可忽视的作用。王叔文同刘禹锡、柳宗元的关系尤为密切,与王伾时号"二王、刘、

① 《王播传》,《旧唐书》卷 164,中华书局 1975 年版,第 4278 页。
② 《王叔文传》,《旧唐书》卷 135,中华书局 1975 年版,第 3734 页。
③ 《吕渭传》,《新唐书》卷 160,中华书局 1975 年版,第 4967 页。
④ (唐)柳宗元:《答元饶州论〈春秋〉书》云:"恒愿扫于陆先生之门。及先生为给事中,与宗元入尚书同日,居又与先生同巷,始得执弟子礼。"《柳宗元集》卷 31,中华书局 1979 年版,第 819 页。
⑤ 参见查屏球:《唐学与唐诗——中晚唐诗风的一种文化考察》,商务印书馆 2000 年版。

柳"①；从文学的角度看，"二王八司马"事件对刘、柳的创作具有决定性的影响，是不言而喻的。所以，刘、柳卷入中唐政治斗争旋涡，从而引起他们人生和创作的重大转折，也给中唐文学景观带来新的变化，这些均与王叔文存在着或明或暗的关联。

李绛（764—830），贞元八年（792）登进士第，并中博学宏词科。元和二年（807）至六年为翰林学士，其间元和四年四月加翰林承旨，出院后的当年十一月即拜中书侍郎、同中书门下平章事。《资治通鉴》卷二三八"宪宗元和五年六月"条追述了翰林承旨李绛劝宪宗任贤纳谏的一件事情：

> 是时，上每有军国大事，必与诸学士谋之。尝逾月不见学士，李绛等上言："臣等饱食不言，其自为计则得矣，如陛下何！陛下询访理道，开纳直言，实天下之幸，岂臣等之幸！"上遽令"明日三殿对来"。
>
> 白居易尝因论事，言"陛下错"，上色庄而罢，密召承旨李绛，谓："白居易小臣不逊，须令出院。"绛曰："陛下容纳直言，故群臣敢竭诚无隐。居易言虽少思，志在纳忠。陛下今日罪之，臣恐天下各思箝口，非所以广聪明，昭圣德也。"上悦，待居易如初。
>
> 上尝欲近猎苑中，至蓬莱池西，谓左右曰："李绛必谏，不如且止。"②

---

① 《旧唐书》卷160《刘禹锡传》："贞元末，王叔文于东宫用事，后辈务进，多附丽之。禹锡尤为叔文知奖，以宰相器待之。顺宗即位，久疾不任政事，禁中文诰，皆出于叔文，引禹锡及柳宗元入禁中，与之图议，言无不从。""既任喜怒凌人，京师人士不敢指名，道路以目，时号'二王、刘、柳'。"中华书局1975年版，第4210页。

② （宋）司马光编著，（元）胡三省音注：《资治通鉴》卷238，中华书局1956年版，第7678—7679页。

从这里可以看出几个问题：一是翰林学士在中唐的确积极参与了高层政治，经常出入内禁与皇帝商议军国大事；二是普通翰林学士毕竟是"天子私人"，皇帝对其个人命运并不十分在意，所以说白居易"小臣不逊"，欲罢其学士；三是翰林承旨地位大大高于普通翰林学士，所以找李绛商量罢白居易；四是李绛本人在学士院以谏臣自居，并以直言极谏著称，这一点他与白居易颇为同调。

崔群（772—832），贞元八年（792）登进士第，十年中贤良方正能直言极谏科。元和二年（807）至元和九年（814）为翰林学士，其间元和六年（811）加翰林承旨。出院后十年（815）知贡举，十二年（817）拜中书侍郎，同中书门下平章事。崔群与当时文士的交往甚广，值得一提的是，元和十四年（819）韩愈上表谏迎佛骨触怒了宪宗，身为宰相的崔群和裴度为韩愈说情，才使他免于一死。此外与崔群交游的还有梁肃、李观、李绛、柳宗元、刘禹锡、白居易等人。

白居易（772—846），贞元十年（794）登进士第，十八年（802）中书判拔萃科。元和二年（807）至六年为翰林学士。《资治通鉴》卷二三七"宪宗元和二年十一月"条记："盩厔尉、集贤校理白居易作乐府及诗百余篇，规讽时事，流闻禁中。上风而悦之，召入翰林为学士。"其实，白居易的"讽谕"之事和作"讽谕诗"在入充翰林学士后仍然没有停止，他在《与元九书》中说："是时皇帝初即位，宰府有正人，屡降玺书，访人急病。仆当此日，擢在翰林，身是谏官，手请谏纸，启奏之外，有可以救济人病，裨补时阙，而难于指言者，辄咏歌之。"

创作讽谕诗，是身为翰林学士的白居易以文学干政的独特方式。其《新乐府》五十首，有意效仿汉儒注《诗经》的形式，每篇专咏一事，每篇下有一小序，标出该篇主旨：如《秦吉了》，"哀怨民也"；《卖炭翁》，"苦宫市也"。从这里可以看出两点：一是白居易在创作讽谕诗时对经学传统十分重视，力求在复古的基础上达到创新的目的；二是他自认为翰林学士出入内禁，"身是谏官，手请谏纸"，所以篇篇击中时弊。但是他后来终于认识到，也就是他在此期间的"直奏密启"，"不识时之至讳"，以致得罪了"握兵于外者"、"秉权于内者"以及"其余附丽之者"，[①] 才引来了如此多的祸患，于是便转而走向"独善其身"，写他的"闲适诗"、"感伤诗"去了。

令狐楚、李德裕、李绅、元稹四人也是中唐时期重要的翰林学士和文坛上的重要人物。令狐楚以奖掖后进著称，如向朝廷奏进张祜诗卷，又授李商隐作骈文；元和十二年（817）他在翰林学士任时，编有《御览诗》，选大历、贞元及宪宗朝诗人，诗多为五七言律绝，其中收吉中孚诗占十分之一。李德裕、李绅、元稹长庆初年同时在学士院，号为"三俊"，"情意相善"[②]。上述四人的共同点是，他们与当时活跃在文坛上的诗人和古文家都有着广泛的交往，而且均程度不同地卷入了当时日益激化的朋党之争。

关于李德裕，这里应该特别提出的是，他在文宗大和七年（833）奏请进士应通经术，并停诗赋试。《资治通鉴》卷二四四"文宗大和七年七月"条载："上患近世文士不通经术，李德裕请依杨绾议，进士试论议，不试诗赋。"[③] 杨绾在肃宗时曾上疏论贡举之弊，主张停明经、进士等科，恢复汉时的乡举里选，停试诗赋、

---

① （唐）白居易著，顾学颉校点：《与杨虞卿书》，《白居易集》卷 44，中华书局 1979 年版，第 947 页。

② 《李绅传》，《旧唐书》卷 173，中华书局 1975 年版，第 4497 页。

③ （宋）司马光编著，（元）胡三省音注：《资治通鉴》卷 244，中华书局 1956 年版，第 7886 页。

贴经，而代之以策问经义①。李德裕则主张不停进士科，试经术而不试诗赋，意在倡导务实和关注现实的士风和文风，其所体现的精神，正如当年颁布的制词中阐述的那样："汉代用人，皆由儒术，故能风俗深厚，教化兴行。近日苟尚浮华，莫修经艺，先圣之道，堙芜不传。况进士之科，尤要厘革。虽乡举里选，不可复行，然务实抑华，必有良术，既当甚弊，思改其张。"②与此相关的还有他在武宗会昌三年（843）奏请革除进士科试旧俗：进士及第后不得聚集参谒座主，取消曲江宴集，并放开进士及第的人数限制等。

三

以上主要考察了中唐时期一些翰林学士的社会活动，其中颇多涉及他们与当时学界和文坛的关系，以及他们与当时活跃的诗人和古文家的交往。与这些社会活动相比，翰林学士文学创作的意义似乎并不十分显豁。因为对于他们来说，翰林学士往往只是一种临时的差遣或身份。然而翰林学士毕竟是一种特殊的身份，学士院的时光毕竟记录着他们人生中一段特殊的经历；这种经历对他们来说往往是影响终身的，对此他们当然不会忘却。李德裕在诗中这样怀想当时的翰苑："赋命诚非薄，良时幸已遭。……著书同陆贾，待诏比王褒。重价连悬璧，英词淬宝刀。"③元稹虽然在学士院仅有短短的八个月（长庆三年二月至十月），后来却

---

① 《杨绾传》，《旧唐书》卷 119，中华书局 1975 年版，第 3430—3434 页。
② （宋）王钦若等编：《帝王部·敕宥》，《册府元龟》卷 90，中华书局 1960 年版，第 1084 页。
③ （唐）李德裕：《述梦诗四十韵》，（清）彭定求等编：《全唐诗》卷 475，中华书局 1960 年版，第 5390 页。

写了三首诗追忆在翰林供职的情形①。所以，如果我们的视野不局限于他们在任职期间的创作活动，不局限于作品本身的文学价值，而由他们的翰林学士经历拓展到其文学主张和创作活动，并由此探讨其与中唐时代特征、特别是中唐文学新变的关系，则将会得出一些新的结论。

　　翰林学士的主要工作是为皇帝起草诏书文诰，其前身是翰林院里的文词待诏和供奉。两方面的因素加在一起，决定了翰林学士的"工作文体"是一种特殊的政论文，其特点是典雅、缜密、笃实，同时又讲究行文的文气和道德的感染力。虽然骈体文仍是这类文章的主要文体形式，但是由于现实的需要以及作者的刻意追求，遂使这类骈文也开始顺应并引导了中唐文体文风的改革潮流，呈现出散体化的趋势。如陆贽的奏议，力避浮辞丽藻，不征典用事而直趣主题，"真意笃挚，反覆曲畅，不复见排偶之迹"②，堪称这方面的代表；其在中唐古文运动中的先导作用，是文学史所公认的。梁肃在继承独孤及复古宗经文学思想的基础上，更提出了"文气"说："文本于道，失道则博之以气，气不足则饰之以辞。盖道能兼气，气能兼辞，辞不当则文斯败矣。"③此后，临近晚唐的李德裕也有关于文气的论述，周密《齐东野语》卷十记："李德裕《文章论》云：'文章如千兵万马，风恬雨霁，寂无人声。'黄梦升题兄子庠之辞云：'子之文章，电击雷震，雨雹忽止，阒然泯灭。'欧公喜之，遂以此语作祭苏子美文。"④正是由于有如此

---

① （唐）元稹：《奉和浙西大夫李德裕述梦四十韵，大夫本题言赠于梦中诗赋以寄一二僚友，故今所和者亦止述翰苑旧游而已，次本韵》，（唐）元稹著，冀勤点校：《元稹集·外集》卷下；《寄浙西李大夫四首》其二、其三，《元稹集》卷22，中华书局1982年版，第690、251页。

② （清）永瑢等著：《四库全书简明目录》卷15，上海古籍出版社1985年版，第593页。

③ （唐）梁肃：《补阙李君前集序》，（清）董诰等编：《全唐文》卷518，中华书局1983年版，第5261页。

④ （宋）周密：《齐东野语》卷10，中华书局1983年版，第174页。

的精神相通之处，后人才把陆贽与李德裕的文章相提并论①。文气说是中国古代文论的重要组成部分，梁肃和李德裕的有关论述，理应在其发展的过程中占据一定的席位。此外，李绛以长于论事而获得文名，著名的文章有《论任贤疏》、《论朋党》、《论谏臣》、《论河北三镇及淮西事宜状》等，皆可谓诚贯理直，气盛言宜。刘禹锡在《唐故相国李公集纪》中对此类论事文给予了高度的评价："考其文至论事疏，感人肺肝，毛发皆耸。"②

可见，中唐时期的这些翰林学士，无论是其文学主张还是其文章写作，都体现了此期文体文风改革的趋势；与此同时，他们的这些文学主张和文章写作，也对后者起到了积极的导向和推动作用，其结果是散体化的政论或论事文体的确立和朴实直切的文风的形成。

如果说翰林学士与中唐文学存在着某种直接关系的话，则非白居易及其讽谕诗莫属（李绅和元稹与白居易同倡新乐府，是在他们入翰林学士院之前）。前面说到，白居易写讽谕诗，是以文学形式干预政治的一种自觉行为，他的有关文学思想和诗歌主张，基本上是在翰林学士任职期间定型和完善起来的。关于元白新乐府的文学成就及其在文学史上的意义，历来早有定论，毋庸赘述，这里只想强调一下讽谕精神以及讽谕诗这种诗歌体裁与翰林学士身份的内在联系。

前述《资治通鉴》卷二三八"唐纪宪宗元和五年六月"条记

---

① （清）王士禛《池北偶谈》卷 17："（李德裕）《会昌一品制集》，骈偶之中，雄奇骏伟，与陆宣公上下。"（清）孙梅《四六丛话》卷 6《制敕诏册》："超群特出，尤推陆贽、李德裕焉。"王水照编：《历代文话》，复旦大学出版社 2007 年版，第 4372 页。此外，王氏同时还评价了李德裕的诗歌，认为"《忆平泉》五言诸诗，较白乐天、刘梦得不啻过之"。王士禛著，靳斯仁点校：《池北偶谈》卷 17，中华书局 1982 年版，第 416 页。

② （唐）刘禹锡著，卞孝萱校订：《唐故相国李公集纪》，《刘禹锡集》卷 19，上海人民出版社 1975 年版，第 163 页。

翰林承旨李绛劝宪宗任贤纳谏事，以及白居易《与元九书》所说"身是谏官，手请谏纸"，都明确将翰林学士的身份与谏臣的职责联系起来。析言之，二人对这一点的认识还有程度上的不同。李绛在《谢密赐宣劳状》中说"伏蒙奖擢，致于近密，苟有所见，即合启陈"①，似乎只限于报恩尽责的范围之内；白居易在《与元九书》中表示，他写讽谕诗的动机是"欲稍稍递进闻于上，上以广宸聪，副忧勤；次以酬恩奖，塞言责；下以复吾平生之志"，则可以说是将讽谕诗的创作与人生的终极追求统一起来了。在白居易那里，对翰林学士作为谏臣的身份自觉，以及由此引发的种种自我期待，就这样与新乐府的讽谕精神紧密地结合在一起，而白居易也因此必然地承担了历史赋予他的使命。只有认识到了这一点，才能对白居易何以采用讽谕诗这种近乎文学谏书的形式（至少他是这样要求的），以及他的诗歌主张中何以存在如此多的"非文学"成分，予以充分的理解。

中唐时期的诗歌唱和之风一时大盛，也是文学史上引人注目的现象。翰林学士之间、翰林学士与其他中唐诗人文士之间，存在着广泛的诗歌交往，而这种交往是与中唐诗歌唱和之风的盛行同步的。翰林学士的诗歌唱和有一个突出的特点，就是与政治的关系比较密切：他们于酬唱应答之际，流露出宦海浮沉的得意与失落；在思念问候之间，交流彼此政见，表明相互立场。如令狐楚《发潭州寄李宁（益）常侍》："君今侍紫垣，我已堕青天。委废从兹日，旋归在几年。心为西靡树，眼是北流泉。更过长沙去，江风满驿船。"此诗写于元和十五年（820）由宣歙观察使再贬衡州刺史赴任途中，失落和怅惘的意绪可谓溢于言表。李益时为右

---

① （唐）李绛：《谢密赐宣劳状》，（清）董诰等编：《全唐文》卷646，中华书局1983年版，第6540页。

散骑常侍，他的和诗题为《述怀寄衡州令狐相公》，诗云："调元方翼圣，轩盖忽言东。道以中枢密，心将外理同。白头生远浪，丹叶下高枫。江上萧疏雨，何人对谢公。"在抚慰的同时寄托思念的情怀。

造成上述特点的原因，除了政局动荡、党争激烈的现实之外，这些人本身的因素也不可忽视。一些有过翰林学士经历的人，像陆贽、王叔文、令狐楚令狐绹父子、李吉甫李德裕父子，他们或者是掌握了内廷决策权的"内相"，或者后来成为位极人臣的宰相，均可谓势高名远，即使一朝贬职外放，其声望依旧斐然。如白居易《洛下闲居寄山南令狐相公》："已收身向园林下，犹寄名于禄仕间。不锻嵇康弥懒静，无金疏传更贫闲。支分门内余生计，谢绝朝中旧往还。唯是相君未忘得，时思汉水梦巴山。"此诗作于开成元年（836），表明了白居易超然于政治之外的处世态度。时令狐楚出为山南西道节度使，白居易在洛阳为太子少傅分司，尽管他已经"谢绝朝中旧往还"，但对令狐楚仍然"唯是相君未忘得，时思汉水梦巴山"，可见令狐楚对白居易的深刻影响。类似的情况也常常出现在李德裕和刘禹锡的唱和诗中。刘禹锡与李德裕的唱和十分频繁，大和年间，他专门把这些诗编成一个集子，题为《吴蜀集》。

翰林学士诗歌唱和的另一个突出特点，就是这种经常性的诗歌酬唱，直接促成了"元和体"的问世。元稹在《白氏长庆集序》中说："予始与乐天同校秘书之名，多以诗章相赠答。会予遣掾江陵，乐天犹在翰林，寄予百韵律诗及杂体，前后数十章。是后，各佐江、通，复相酬寄，巴蜀江楚间泊长安中少年，递相仿效，竞作新词，自谓为'元和诗'。"① 元白唱和，以及他们分别与张籍、

---

① （唐）元稹著，冀勤点校：《元稹集》卷51，中华书局1982年版，第554—555页。

李绅等人的唱和，在文学史上具有特殊的意义。二人不但以此独特的方式倡导了新乐府，扩大了讽谕诗的影响，而且还创造了一段"诗筒"的佳话。

传奇的兴盛是中唐文学新变的一个重要标志，有意味的是，中唐时期一些翰林学士在其入院前后也为此做出过贡献。如李吉甫，贞元九年（793）在明州元外长史任上曾有《编次郑钦悦辨大同古铭论》，《太平广记》卷三九一"郑钦悦"条记载此事："壬申岁，吉甫贬明州长史。海岛之中，有隐者姓张氏，名玄阳，以明易经，为州将所重。召置阁下，因讲周易卜筮之事，即以钦悦之书示吉甫。吉甫喜得其书，抃逾获宝，即编次之。"[①]鲁迅据此收入《唐宋传奇集》卷二，并在该书卷末《稗边小缀》中说："文亦原非传奇，而《广记》注云出《异闻记》，盖其事奥异，唐宋人固已以小说观之，因编于集。"李吉甫"喜得"郑氏之书，并加编次，表明了他对"奥异"之事的浓厚兴趣，这种兴趣似乎也传给了他的儿子李德裕。李德裕的《周秦行记论》，借其门人韦瓘的小说《周秦行记》攻击政敌牛僧孺，虽然出于政治目的，但李氏父子对传奇小说的关注并参与其间，则是不可否认的事实。另外，李德裕还据其父吉甫从柳芳之子柳冕处听说的玄宗时代的趣闻逸事，编撰了小说集《次柳氏旧闻》（一名《明皇十七事》）一卷，于大和八年（834）进献。这些都印证了明人胡应麟在《少室山房笔丛》卷三十六所说的"至唐人乃作意好奇，假小说以寄笔端"[②]，符合当时的时代特点。此外值得一提的是，李绅对元稹的《莺莺传》曾起到过促成和传播的作用。元稹贞元二十一年（805）作《莺莺传》，在结尾处明确记录了此事：

---

① （唐）李昉等编：《太平广记》卷391，中华书局1961年版，第3129页。
② （明）胡应麟：《少室山房笔丛》卷36，上海古籍出版社2001年版，第371页。

"贞元岁九月，执事李公垂宿于予靖安里第，语及于是，公垂卓然称异，遂为《莺莺歌》以传之。崔氏小名莺莺，公垂以命篇。"随后便以李绅的《莺莺歌》结束全篇。在这里，诗歌与传奇小说彼此契合，互相补充和促动，堪称文学史上一种引人注目的现象。

以上诸人对传奇小说的关注和参与或直接创作传奇小说，大多在他们入翰林学士院之前；以此观之，则蒋防可以说是个例外。蒋防于长庆元年（821）被李绅和元稹推荐为翰林学士，其名篇《霍小玉传》即作于翰林学士任上。卞孝萱认为该篇小说是蒋防从元稹、李绅口中闻得李益之事，为适应元、李的政治需要而作[1]，所以长庆四年李绅为宰相李逢吉排挤，蒋防也左迁汀州刺史。即便如此，诚如胡应麟在《少室山房笔丛》中评论的那样："唐人小说纪闺阁事，绰有情致，此篇尤为唐人最精彩动人之传奇，故传诵弗衰。"《霍小玉传》所取得的文学成就，已经远远超出了它原本负载的政治意义。

四

综上所述，中唐时期的翰林学士称得上是一个具有强烈的政治意识和文化使命感的特殊文人群体。他们拥有接近天子、每日出入内廷的特殊条件，拥有"参天子密议，次为宰相"[2]以及诏令

---

[1]　参见卞孝萱：《唐代文史论丛》，山西人民出版社 1986 年版。

[2]　《新唐书》卷 132《沈传师传》："召入翰林为学士，改中书舍人。翰林缺承旨，次当传师，穆宗欲面命，辞曰：'学士、院长参天子密议，次为宰相，臣自知必不能，愿治人一方，为陛下长养之。'因称疾出。"中华书局 1975 年版，第 4540—4541 页。

文诰悉出其手的优越性,他们意识到"赋命诚非薄,良时幸已遭","日月逝矣,岁不我与"①,因而时时会产生干一番大事业的冲动。当然,这种冲动已经不能和盛唐士人的时代激情同日而语,只能算作面临未曾有过的机会或机缘而生发出的一种自我期待,而正是后者使得他们中间的相当一部分人深深地卷入了政治旋涡。

从表面上看,中唐以来翰林学士参与政治的程度大大加强,似乎有其偶然性:德宗时发生了令贵为天子的皇帝再度仓皇出逃的泾原之乱,此后藩镇叛乱不断,动乱中武将频频倒戈,而儒臣们则忠诚奉主,并由此充分施展其政治才干。但实际上,这是与中唐时期的士人心态和士人文化中心的转移相联系的:安史之乱平息后,广大士人的心中仍然存在着大唐帝国中兴的希冀和期盼;但是在大历以来中兴之梦被现实无情地击碎之后,他们的精神寄托便开始转向严谨朴实的儒家经学,希望以此作为一种精神力量来匡时救国。如柳宗元在《寄许京兆孟容书》中强调"永贞革新"的宗旨是"立仁义,裨教化","以兴尧、舜、孔子之道,利安元元为务"。与此相关的是,正如有学者所指出的那样:中唐时期诗歌在士人文化中的中心地位下降了,自大历初以来呼唤经学摒斥进士科浮辞的思想至此有了结果,才士型的诗人让位于文章家。②于是,像陆贽、梁肃、李德裕、李绅、白居易、元稹这样饱嗜儒家经学并长于为文的翰林学士便历史性地走上了政坛,同时走向文坛的中心。

从上述翰林学士的任职过程和主要活动看,他们身上的确体现和影响了中唐的学风、士风、文人心态。这三者与中唐文学的

---

① (魏)何晏注,(宋)邢昺疏:《论语注疏》卷17,(清)阮元校刻:《十三经注疏》,中华书局1980年版,第68页。

② 参见查屏球:《唐学与唐诗——中晚唐诗风的一种文化考察》,商务印书馆2000年版,第1页。

的关联，已详上文；此外，还可以从以下几个方面加以观察：

首先是翰林学士的思想和学术承传，这无疑主要是儒家经学。他们一方面信奉儒学，另一方面积极传播和发扬儒学。如王叔文集团成员与中唐显学啖助《春秋》学派的密切关系，以及元白讽谕诗与传统经学的精神契合①，等等。反映在文学上，则一方面表现为文风上的朴实直切，力去浮辞，就像韩愈在《答李翊书》中所提出的"惟陈言之务去"；另一方面表现为以文干政，强调风雅兴寄，如白居易在《新乐府序》中所提出的"为君、为臣、为民、为物、为事而作，不为文而作也"，以及在《策林》六十八《采诗》中所提出的"立采诗之官，开讽刺之道，察其得失之政，通上下之情"。

其次是由于翰林学士独特的身份及其交往活动所形成的文人集团。翰林学士本身是一种士人阶层，虽然朝廷在选拔翰林学士时非常忌讳朋党关系，但是实际上像李绅、李德裕、元稹号为"三俊"，王叔文与韦执谊、陆质、刘禹锡、柳宗元等结为"死交"的情况仍然出现了。而对中唐文化起到了积极导向作用的"龙虎榜"，以及翰林学士与中唐其他文士所存在的种种师承关系和文学交往，则可以说是文人集团存在的特殊形式。这些都对中唐文学格局的形成具有不可忽视的意义。

再次是某些翰林学士的活动对中唐文学的直接影响。如陆贽和梁肃精心推出名选"龙虎榜"，使韩愈等人脱颖而出；李绛和崔群敢于冒犯龙颜，出面保护白居易、韩愈；王叔文与刘禹锡、柳宗元结为"死交"，从而使他们的人生和创作发生重大转折等。假如没有翰林学士的如上举动，那么中唐文学的景观则完全会是

---

① 查屏球《唐学与唐诗——中晚唐诗风的一种文化考察》一书对此有深入的研究，可参看。

另外一个样子，这是不言而喻的。

　　最后是他们本身的文化活动，包括文学创作。像陆贽、梁肃对后进的奖掖擢拔，其本人又是文章家或古文运动的推行者；李绅、白居易、元稹是讽谕诗的倡导者和实践者；翰林学士的诗歌唱和对中唐诗歌唱和的盛行所产生的影响；翰林学士对唐传奇的兴盛所作的贡献等，这些都值得从一个新的角度予以观照和总结。

谏官及其活动与中唐文学

在中唐的政治和文化舞台上,谏官堪称活跃的社会角色之一。

如同郎官一样,谏官也是一个类别的社会身份或角色;然而与郎官明显不同的是,从一般的意义看来,谏官的外延并不像郎官那样清晰①。"谏"和"官"两个成分纠结在一起,使这类社会角色的构成显得十分庞杂。有身为谏官而未充分履行谏诤职责的,也有虽非谏官而直言极谏的,这两种情况都在本文的视野之内。当然,如果把视野转向职官制度的层面,则其构成内涵的划分和权利义务的规定还是十分明确的。考虑到以上两种客观存在的情况,本文即从相关制度的层面入手,在梳理唐代谏官组成及其特点的基础上,既考察具有谏官身份的中唐文人的政治和文学活动,又不忽略那些在当时虽无谏官身份而具有谏诤意识并从事谏诤活动的代表人物,并试图发掘谏官的这种身份以及基于这种身份的观念和言行与文学活动之间的互动关系。

一、唐代谏官的组成及其特点

唐代的谏官主要集中在中书和门下两省,是其中具有谏议职

---

① 关于郎官及其活动与中唐文学的关系,笔者另有专文论述。

能之官员的总称。唐代实行三省制度，中书省属下谏官有：右散骑常侍二人，从三品；右谏议大夫四人，正四品下；右补阙二人，从七品上；右拾遗二人，从八品上。门下省属下谏官除给事中和起居郎外，与中书省恰好相对：左散骑常侍二人，从三品；左谏议大夫四人，正四品下；给事中四人，正五品上；起居郎二人，从六品上；左补阙二人，从七品上；左拾遗二人，从八品上。此外，两省之外的翰林学士一职也兼具谏官的色彩。

上述官员中，从名称上看，谏官特征最突出的无疑是谏议大夫，其次是补阙、拾遗。据《唐六典》卷八"门下省"：谏议大夫始置于秦，其职责是"侍从赞相，规谏讽喻"。谏议大夫不仅可以参加三品以上重臣的小范围议政（见后文），还可知制诰[1]，有的可以署敕[2]，还有的更以谏议大夫同平章事[3]。补阙、拾遗始置于唐武则天垂拱年间。补阙的含义是"国家有过阙而补正之"，拾遗的含义是"国家有遗事，拾而论之"。二者的职责是"掌供奉讽谏，扈从乘舆。凡发令举事有不便于时，不合于道，大则廷议，小则上封。若贤良之遗滞于下，忠孝不闻于上，则条其事状而荐言之"[4]。应该说，拾遗补阙的职责最能体现谏官的社会角色特征。

在唐代谏官中，散骑常侍的品秩是最高的。它始置于秦，本

---

[1] 《旧唐书》卷 165《柳公权传》："以谏议知制诰。"中华书局 1975 年版，第 4311 页。

[2] 参见《资治通鉴》卷 192 唐高祖武德九年十二月，"上（太宗）遣使点兵，封德彝奏：'中男虽未十八，其躯干壮大者，亦可并点。'上从之。敕出，魏征固执以为不可，不肯署敕。（司马光按：唐制，中书舍人则署敕。魏征时为谏议大夫，抑太宗亦使之连署邪？）至于数四。"中华书局 1956 年版，第 6026—6027 页。从这里可以看出，作为谏议大夫的魏征有署敕权。

[3] 《旧唐书》卷 167《赵宗儒传》："（贞元）十一年，迁给事中。十二年，与谏议大夫崔损同日以本官同中书门下平章事。"中华书局 1975 年版，第 4362 页。这是说给事中和谏议大夫都有以本官拜相的情况。

[4] （唐）李林甫等著，陈仲夫点校：《唐六典》卷 8，中华书局 1992 年版，第 247、248 页。

为加官，至唐初仍为散官。由于地位显要，出任散骑常侍者多为朝廷元老或罢政要员，所以其侍奉和顾问的色彩要比谏官的身份突出。因此，长庆四年（824）五月谏议大夫李渤曾建议取消散骑常侍的谏官身份。①

给事中原本也是加官，秦置。汉以后或为加官，或为定员；至隋朝移至门下省，唐朝沿置。据《唐六典》，给事中的总职责是"侍奉左右，分判省事"；具体职掌比较庞杂，也很重要。大致可分为以下四类：一是审读奏章制敕，驳正违失；二是仲裁断狱，听讼覆审；三是参与考核官吏；四是审核国家图书的质量。可见，给事中在门下省的地位十分显要，其职能与身份也比较复杂，所以有学者据此指出，给事中"具有集谏官、宪官、法官的某些特征于一身的特点"②。另据史载，有的给事中曾以本官拜为宰相③。

起居郎的本职是史官，以负责记载皇帝言行的"起居注"而得名。唐朝创置。《唐六典》规定其职责是"录天子之动作法度，以修记事之史"。起居注的内容在时间上有明确的记录，到每个季度末，起居郎还要把起居注"授之于国史"，以便修正史或实录时参考。

中国史学一向具有秉笔直书的优秀传统，从客观情况看，这与史官在某种程度上独立于最高统治者有关。惟其如此，史官对皇帝的客观约束作用，有时甚至比谏诤的效果还要明显④。而起居郎之所以兼具谏官色彩，主要有以下原因：一是自唐太宗朝开

---

① （宋）王溥：《唐会要》卷 54，中华书局 1955 年版，第 934 页。
② 张国刚：《唐代官制》，三秦出版社 1987 年版，第 37 页。
③ （宋）王溥：《唐会要》卷 54，中华书局 1955 年版，第 934 页。
④ 如《贞观政要》卷 7 载贞观十三年谏议大夫兼知起居注褚遂良拒绝太宗观见起居注事。上海古籍出版社 1978 年版。皇帝本人即使是出于自我警戒的目的，也不能观见记载其言行的起居注。史官的独立性于此可见。

始,起居郎被授权在重大议政场合执简记录 ①,这同其他谏官参与廷议的情形差不多;二是唐代谏议大夫、给事中等谏官兼任知起居注的事例也不乏见 ②。

此外,翰林学士之职也往往兼具谏官性质,主要有以下几种情形:一是凡翰林学士皆以他官兼领,而以谏官兼翰林学士的情况不乏其例,如梁肃以右补阙兼翰林学士、白居易以左拾遗兼翰林学士、李绅以右拾遗兼翰林学士、崔群以右补阙充翰林学士等;二是有的人在入学士院为翰林学士之前,曾经有过谏官的经历,如元稹做过左拾遗等;三是有的人在入充为翰林学士后不久即拜为谏官,如王涯,入院后旋拜为右拾遗、左补阙等;四是在翰林学士们的主观意识中,往往以谏官自居 ③,而且在客观条件上,翰林学士作为皇帝近臣,可以方便地出入禁中大内,面见最高统治者,具有进谏的便利条件。所以,本文除了专列一章讨论翰林学士的社会角色及其文学活动外,又把翰林学士的有关言行纳入本章之内与谏官一并考察和论述。

在唐代,谏官曾被明确规定可以同三品以上重臣共同议政,

① 见《唐会要》卷 56 "起居郎起居舍人" 条。虽然高宗后这一制度被停止,但个中原因恰好说明了起居郎执简记录的客观影响,并不下于谏诤。

② 如《新唐书》卷 47《百官志二》:"贞观初,以给事中、谏议大夫兼知起居注,或知起居事。" 中华书局 1975 年版,第 1208 页。又如《贞观政要》卷 7 载 "贞观十三年,褚遂良为谏议大夫,兼知起居注" 上海古籍出版社 1978 年版,第 223 页,等。

③ 如《旧唐书》卷 164《李绛传》:"贞元末,拜监察御史。元和二年,以本官充翰林学士。未几,改尚书主客员外郎。逾年,转司勋员外郎。五年,迁本司郎中、知制诰。皆不离内职,孜孜以匡谏为己任。" 中华书局 1975 年版,第 4285 页。又白居易《与元九书》:"擢在翰林,身是谏官,手请谏纸"。(唐) 白居易著,顾学颉点校:《白居易集》,中华书局 1979 年版,第 962 页。此处 "谏官" 指的是白居易在翰林学士任上所拜的左拾遗。按翰林学士的性质,左拾遗只是白居易在翰林学士任上所带的官衔,他仍在翰林学士院办公,并不到左拾遗所在的门下省工作。所以,对于入充为翰林学士的白居易来说,无论是盩厔尉、左拾遗,还是京兆府户曹参军,都是当时所带的官衔,其本职仍是翰林学士。参见傅璇琮《从白居易研究的一个误点谈起》,《文学评论》2002 年第 2 期。

如《贞观政要》卷二"求谏第四"载：

> "贞观元年，太宗谓侍臣曰：'正主任邪臣，不能致理；
> 正臣事邪主，亦不能致理。惟君臣相遇，有同鱼水，则海内
> 可安。朕虽不明，幸诸公数相匡救，冀凭直言鲠议，致天下
> 太平。'谏议大夫王珪对曰：'臣闻木从绳则正，后从谏则圣，
> 是故古者圣主必有争臣七人，言而不用，则相继以死。陛下
> 开圣虑，纳刍荛，愚臣处不讳之朝，实愿罄其狂瞽。'太宗称善。
> 诏令自是宰相入内平章国计，必使谏官随入，预闻政事，有
> 所开说，必虚已纳之。"①

虽然谏官随三品以上重臣入内议事的制度没有坚持下去，但太宗
朝的这个故事，已经足以令后代的谏官和一般士人心驰神往，并
激励他们继承和发扬传统的谏诤精神了。

　　唐代的谏官队伍是十分庞大的，从有关文献和名物来看，当
时不仅有"谏官"这个总称②，而且还有"谏院"之名以及"谏院"
之印。所谓谏院，是指谏官集中的中书省和门下省。如李肇《唐
国史补》卷下说："谏院以章疏之故，忧患略同。"③至于谏院之
印的来历，据《唐会要》卷五十五载：

　　（贞元）十三年八月，以左谏议大夫薛之舆为国子司业。

---

①　（唐）吴兢编：《贞观政要》卷2，上海古籍出版社1978年版，第47页。

②　如岑参《行军诗二首》其二："偶从谏官列，谬向丹墀趋。未能匡吾君，虚作
　　一丈夫。"《全唐诗》卷198，中华书局1960年版，第2048页。按岑参至德二
　　载（757）为右补阙，因论斥权佞，于乾元二年（759）改起居舍人。

③　（唐）李肇等著：《唐国史补》卷下，《唐国史补　因话录》，上海古籍出版社
　　1979年新1版，第53页。

之舆少居于海岱之间，永泰中，淄青节度使李正己辟为从事，因奉使京师。之舆逗留不归，正己召之再三，之舆报曰："大夫既未入朝，之与焉敢归使。"因逃匿于山险间十余年。建中后，方复仕宦。上知之，故赏慰以为谏议大夫。奏谏官所上封章，事皆机密，每进一封，须门下、中书两省印署文牒，每有封奏，人且先知，请别铸谏院印，须免漏泄。又累上言时事，上不说，故改官。无几，以疾免。[①]

薛之舆的意见在当时没有被采纳，直到文宗大和九年（835）才变成现实。[②]《册府元龟》卷一〇三帝王部"招谏二"载："（大和）九年十二月敕：创造谏院印一面，以'谏院之印'为文。谏院旧无印，苟有章疏，各于本司请印，谏官有疏，人多知之。至是特敕置印，兼诏谏官：凡所论事，有关机密，任别以状引之，不须以官衔结署。"由"谏院"之印的来历可见，谏官言事后来走的是另一条通道，至少相对于一般大臣的进谏之言，在形式上比较受重视。

以上概述了唐代谏官组成的基本情况。在唐代谏官的选任环节中，与郎官的选任条件相似，文学因素也占据着相当重要的地位。对此，傅绍良先生在《唐代谏议制度与文人》一书[③]（以下简称"傅著"）中曾做过详细论述，其中许多精彩之见，对本文的启发甚大。

傅著从唐代皇帝的求贤诏令和授予谏官的制文入手，首先讨论了唐代政治与文学的关系，这种强调唐代政治与文学内在同一

---

① （宋）王溥：《唐会要》卷55，中华书局1955年版，第951页。
② 《旧唐书》卷17下文宗大和九年十二月："辛卯，置谏院印。"中华书局1975年版，第563页。
③ 傅绍良：《唐代谏议制度与文人》，中国社会科学出版社2003年版。

性的观点，值得我们重视。本文考察中唐文人的几种规定性社会
角色，从某种意义上说，也就是试图对中唐文人与政治的关系进
行一番梳理和探讨；而谏官这一政治性极强的社会角色，正是一
个比较自然和易于深入的切入点。其次，傅著还具体考察了唐代
谏官的任职资格，以及谏官任职资格中的文学因素。傅著所指称
的文学，实质上是一种文化修养和精神素质，它是唐代士人出入
于文学、政治、学术、道德等领域，实现为学做人和立身处世的
依凭，是文学存在的一种混沌状态。如果说，中国文学的自觉和
独立是其发展过程中的一个里程碑的话，那么它的认识、审美和
教育功能的发挥，仍然要回归到社会生活的土壤，以发挥其社会
政治的功能。这就是文学因素能够和谏官这种政治角色紧密相关
的主要原因。

　　郎官、翰林学士和谏官之间存在着互相迁转的关系，关于这
一点，史书中有许多实例的记载。上文已经提及翰林学士和谏官
之间往往存在兼充或迁转的关系，如果再加上郎官，就可以清晰
地勾画出唐代士人的仕进理想。如《旧唐书》卷一六六载庞严的
履历：左拾遗是庞严仕进的起点，随后经过翰林学士一职，晋升
到左补阙，再就是郎官、知制诰。这是一种比较有代表性的类型。
还有一种类型，如《旧唐书》卷一六九和《旧唐书》卷一七六所
载，谏官是王涯和李让夷等仕宦生涯中重要的一环。

　　关于谏官进谏的方式，一般说来可归纳为五种，如《旧唐书》
卷四十三《职官二》云："凡谏有五：一曰讽谏，二曰顺谏，三
曰规谏，四曰致谏，五曰直谏。"① 对于这五种进谏方式的具体含
义，《唐六典》卷八"门下省"做了如下解释：

---

① 《旧唐书》卷43，中华书局1975年版，第1845页。

一曰讽谏，风之以言，谓之讽谏。孔子曰："谏有五，吾从风。"①《白虎通》曰："人怀五常之性，故有五谏也。"二曰顺谏，谓其不可，不敢逆而谏之，则顺其君之所欲，以微动之，若优游之比。三曰规谏，谓陈其规而正其事。四曰致谏，谓致物以明其意。五曰直谏，谓直言君之过失，必不得已然后为之者。

按《白虎通义》卷上云："人怀五常，故有五谏：谓讽谏、顺谏、窥谏、指谏、伯谏。讽谏者，智也，患祸之萌，深睹其事未彰而讽告，此智之性也。顺谏者，仁也，出辞逊顺，不逆君心，仁之性也。窥谏者，礼也，视君颜色，不悦且却，悦则复前，以礼进退，此礼之性也。指谏者，信也，指质相其事也，此信之性也。伯谏者，义也，恻隐发于中，直言国之害，厉志忘生，为君不避丧身，义之性也。"② 二者的说法具有一定的对应性：从内涵上说，讽谏相同，伯谏与直谏相近，窥谏、顺谏、规谏、致谏的含义有所交叉。总的来说，"五谏"中的讽谏、顺谏和直谏三者的特色最为突出，最能体现中国古代的谏诤传统和谏官议政的特点——直接性、极端性、艺术性、参考性，而且文学性也最强。所谓讽谏，即用委婉的语言和隐语相劝谏，这是进谏时最常用的方式。直谏的含义和方式如上所述，比较好理解。至于顺谏，其字面意义和典章的解释虽然比较显豁，但其具体进谏的情形，如不以实例说明，有时仍然难以揣度。这里试举一例：元和十年，刘禹锡被召回朝，旋即外放，中间经历了一个从除播州刺史到改刺连州的环节。而

① （唐）李林甫等著，陈仲夫点校：《唐六典》卷8，中华书局1992年版，第239页。
② （汉）班固：《白虎通义》卷上"德论上·谏诤"，文渊阁《四库全书》，上海古籍出版社2003年版，子部，第850册，第30页。

在这个环节中，时为御史中丞的裴度起了关键的作用。据司马光《资治通鉴考异》卷二十元和"十年三月刘禹锡为播州刺史改连州"条云：

> 　　《实录》曰："中丞裴度奏：其母老，必与此子为死别，臣恐伤陛下孝理之风……明日，改授禹锡连州。"赵元拱《唐谏诤集》："裴度曰：陛下方侍太后，以孝理天下，至如禹锡，诚合哀矜。宪宗乃从之。明日，制授禹锡连州。"赵璘《因话录》曰："……柳以刘须侍亲，播州最为恶处，请以柳州换。上不许。宰相对曰：禹锡有老亲。上曰：但要与郡，岂系母在！裴晋公进曰：陛下方侍太后，不合发此言。上有愧色。刘遂改为连州。"按《柳宗元墓志》，将拜疏而未上耳，非已上而不许也。禹锡除播州时，裴度未为相，今从《实录》及《谏诤集》。①

裴度的言论可谓大胆犀利，很具冒险性。不过他采取了一个无懈可击的策略，即"以孝理天下"的名义论事，并痛下针砭，终于迫使宪宗收回成命。裴度之论后来被赵元拱收入《唐谏诤集》②，说明古人并没有因为当时裴度不在谏官之列，就把他的谏言排除在外。同样的做法，还可以举出一些例子。宋人王溥等在编撰《唐会要》时，就特意在卷六十二"御史台下"专设"谏诤"一节，可以参看。

　　至于杜牧出任谏官前后对进言的态度，则更为典型地体现了

① （宋）司马光：《资治通鉴考异》卷20，文渊阁《四库全书》，上海古籍出版社2003年版，史部，第311册，第207页。

② 见《十国春秋》卷56《赵元拱传》。其他关于唐代名臣的谏诤言论，见于《宋史》卷209《艺文志》著录的还有张元璹《唐名臣奏》七卷、张易《唐直臣谏奏》七卷、《御集谏书》八十卷、《唐奏议驳论》一卷等。

中晚唐之际士人心态的变化。杜牧于大和七年（833）入淮南节度使牛僧孺幕，任推官、掌书记。有《罪言》一文："国家大事，牧不当官，言之当有罪，故作'罪言'。"[①] 文中力主削平藩镇，并论列了用兵方略。杜牧当时不是谏官而言国事，故自认为是"罪言"；但他既然明知是"罪言"，却仍要执意地言说，既可见其政治抱负，也可见在职事守则之外，还有一个人人皆可谏的原则。当然，这个原则常常受政治时事的制约。当经过了甘露之变以后，开成三年（838）冬，杜牧真地做了谏官即左补阙，却没有当年进谏的勇气了。其间的心理变化，在他的《李甘诗》中表露无遗："予于后四年，谏官事明主。常欲雪幽冤，于时一裨补。拜章岂艰难，胆薄多忧惧。如何斗干气，竟作炎荒土。题此涕兹笔，以代投湘赋。"[②] 这可以说是一般人的心态，至于像刘蕡那样，在文宗大和二年（828）应制举贤良方正直言极谏科时，能够在对策中毫不避讳地指斥时弊，把矛头直接指向权贵、宦官和藩镇，毕竟属于少数。所以，史官们才会把刘蕡其人及其对策大书特书，终于使名义上不是谏官的刘蕡，实际上成了谏官的典范和楷模了。

二、中唐文人的泛谏诤意识与谏官的尴尬处境

因为中国古代士人一向具有抗颜进谏的所谓"谏诤"传统，他们认为自己拥有向最高统治者进谏的权利和义务，每个人的"谏诤意识"都可以说根深蒂固。在唐代，士人们不仅继承和发扬了这个固有的传统，而且在实践这个传统的客观条件方面，比前代

---

① （唐）杜牧著，陈允吉校点：《杜牧全集》卷 5，上海古籍出版社 1997 年版，第 55 页。
② （清）彭定求等编：《全唐诗》卷 520，中华书局 1960 年版，第 5942 页。

士人更具优势。其中主要的有两点：一是尽管唐代前期和后期有所不同，但总的说来，凡是意欲有所作为的皇帝，一般比较鼓励进谏和注重纳谏；二是除了廷议之外，唐代士人还可以通过多种场合和方式来进谏，如应制举"贤良方正能直言极谏科"，或对策、上疏等等。这样就造成了唐代士人追求谏官身份、以谏官的思维方式对待君臣关系和朝政得失的社会风气；而中唐文人在这一点上表现得更加强烈和迫切：这是中唐由盛转衰的社会现实和中唐文人的社会使命感两方面因素的驱使所致。

　　比如，韩愈的仕进理想首先就是做一名谏官。他于贞元八年（792）作有《争臣论》，针对阳城居谏议大夫之位五年而"未尝一言及于政"，表达了强烈的不满和严厉的指责，认为"有官守者，不得其职则去；有言责者，不得其言则去"。这在后代引起了一桩韩愈之论是否公允中正的公案。韩愈的《龊龊》一诗作于贞元十五年（799），时韩愈在徐州节度使张建封幕任观察推官。当年七月，郑、滑大水，河堤溃决，百姓涂炭。郑、滑虽不在徐州辖内，但韩愈认为大贤的所作所为，应与那些忧饥畏寒的龊龊之士迥乎不同，对于百姓的疾苦，不能袖手旁观。对于张建封整日置酒作乐，韩愈十分不满，故作此诗，希望张能推荐自己做一名谏诤之臣，对郑、滑大水之类的天下大事发表意见。诗中的"愿辱太守荐，得充谏诤官。排云叫阊阖，披腹呈琅玕。致君岂无术，自进诚独难"几句，十分典型地反映了唐代文人乃至中国知识分子的入仕理想和抱负，以及不能自引自进的痛苦心理。如果按照一般的心理发展路线，这几句诗的语序应该是："致君岂无术，自进诚独难！""愿辱太守荐，得充谏诤官。排云叫阊阖，披腹呈琅玕。"但是韩愈故意把"致君"一联放在诗末，一是为了造成诗意的跌宕起伏，是出于艺术表达的考虑；二是为了强调自己的仕进理想所在，是出于政治上的考虑。由此看来，虽然韩愈后来没有做谏官，但他的谏诤意识是十分明确和强烈的。事实上，他后来的确是以直言进谏的行为，实现了此诗中的谏诤理念。也正因为如此，他才会遭到贬阳山、潮州的命运。

关于谏官身份的普泛化。清人阎若璩《尚书古文疏证》卷五上云：

> 司马温公《谏院题名记》："古者谏无官，自公卿大夫至于工商，无不得谏者。汉兴以来始置官。"案汉《百官公卿表》："武帝元狩五年，初置谏大夫。"谏官始此。其实，《通典》云："谏议大夫，秦置，掌议论，无常员，多至数十人。武帝乃更置，非初置。"温公亦考未详。余以《孟子》有"言责者不得其言则去"，征之以齐，已先有是官，唯未知官何名；后读《管子》书，使鲍叔牙为大谏，又云："犯君颜色，进谏必忠，不辟死亡，不挠富贵，臣不如东郭牙，请立以为大谏之官"，跃然曰：此即汉郑昌所谓官曰谏为名，鲍宣所谓官曰谏争为职者。与真令人闻名知警，而孟子征实齐官制处，又不待云。[①]

在这里，阎氏以谏议大夫为线索，追溯了谏官的起源。至于唐代谏官的设置和运作，与阎氏所述相比，可以说既带有专业分工的性质，又保留着司马光所谓"自公卿大夫至于工商，无不得谏者"的传统色彩。因而人人都有进谏的权利，也就是说，谏官的社会角色往往既是特定的，又是公共的；按照社会学的社会角色理论，应称之为"角色集"。如颜真卿为刑部尚书时的进谏，《旧唐书》

---

① （清）阎若璩：《尚书古文疏证》卷5上，上海古籍出版社1987年版，第451—452页。

卷一二八《颜真卿传》就有详细记载颜真卿的进谏，是针对元载的专权行径而发，同时也涉及劝谏的一般道理。

考察中唐谏官的活动，可以发现，在中唐谏官的职事活动中，仍然贯穿着传统的谏诤精神；但与以往相比，已经具有了中唐的时代特色。这可以从以下几个方面看出。

首先，中唐谏官的进谏依然体现了对君主日常言行的规诫意义，不过，与初唐时太宗的鼓励进谏和虚心纳谏形成对照的是：对于谏官的这方面言论，中唐的君主或者采取两面手段，即表面上接受，而实际上并不采纳；或者干脆就拒谏不纳，能够虚心纳谏的情形越来越少见了。中晚唐之际，像杜牧等谏官消极避祸心态的形成，或许与此有很大关系。试比较以下两则史料：

《旧唐书》卷一八九上《儒学上》：

> 谷那律，魏州昌乐人也。贞观中，累补国子博士。黄门侍郎褚遂良称为"九经库"。寻迁谏议大夫，兼弘文馆学士。尝从太宗出猎，在途遇雨，因问："油衣若为得不漏？"那律曰："能以瓦为之，必不漏矣。"意欲太宗不为畋猎。太宗悦，赐帛二百段。[1]

《旧唐书》卷十六《穆宗本纪》元和十五年（820）十一月：

> 乙卯，上（穆宗）幸金吾将军郭钊城南庄，钊以庄为献。戊午，诏曰："朕来日暂往华清宫，至暮却还。"御史大夫李绛、常侍崔元略已下伏延英门切谏。上曰："朕已成行，不烦章疏。"

---

[1] 《旧唐书》卷189，中华书局1975年版，第4952页。

谏官再三论列。[①]

两件事情分别发生在初唐和中唐，结果完全不同。一个是旁敲侧击，即已达成进谏的效果；一个是再三论列，却仍然被置于"不烦章疏"的境地。其间对待谏言的态度，可谓判然有别。又《资治通鉴》卷二四一载：

> （元和十五年十月）谏议大夫郑覃、崔郾等五人进言："陛下宴乐过多，畋游无度。今胡寇压境，忽有急奏，不知乘舆所在。又晨夕与倡优狎昵，赐与过厚。夫金帛皆百姓膏血，非有功不可与。虽内藏有余，愿陛下爱之，万一四方有事，不复使有司重敛百姓。"时久无阁中论事者，上（穆宗）始甚讶之，谓宰相曰："此辈何人？"对曰："谏官。"上乃使人慰劳之，曰："当依卿言。"宰相皆贺，然实不能用也。[②]

从穆宗"甚讶之"的反应来看，当时能够直言进谏的谏官已经比较少见。所以，穆宗甫表示口头接纳，宰相们便额手称庆。可是，结果却很具讽刺意味——"实不能用也"。在中唐谏官那里，安史之乱的覆辙是刻骨铭心、不能忘怀的。然而，面对自以为天下"时和久安"的最高统治者，他们也只能侧面劝诫而已，其效果可想而知。当然，也有以"死谏"的策略达到目的的，如前述韦处厚对敬宗游畋晏起的规谏就是一例。

　　其次，中唐谏官的言行与当时的时事政治紧密相关，但由于

---

① 《旧唐书》卷 16，中华书局 1975 年版，第 483 页。
② 《宋》司马光编著，（元）胡三省音注：《资治通鉴》卷 241，中华书局 1956 年版，第 7783—7784 页。

面临藩镇、朋党、宦官三大社会矛盾，能在如此严峻的情势下直言进谏，已属难得和不易，更何况自己的进言还往往难以奏效。这就使谏诤传统的继承，在中唐显得十分艰巨和可贵。

在韦温的谏官意识中，比较突出地体现了谏诤传统的本色特征。读《旧唐书》卷一六八《韦温传》，可以清晰地理出韦温的谏官素质形成的线索。韦温的父亲韦绶即以谏官散骑常侍致仕，韦温本人则是明经及第，又应吏部科目选书判拔萃，且具文才。由于入门中正，为人忠鲠，所以当他承担右补阙的谏官之任时，才能挺身而出，一鸣惊人。他所谓"吾辈谏官，岂避一时之雷电，而致圣君贤相蒙蔽惑之咎耶"的谠言，以及"率同列伏阁切争之"的直行，堪称谏诤传统在中唐的继承和发扬。而他的"由是知名"，也从一个侧面体现了这种精神在当时的难得和可贵。

中唐也有一些谏官，能够像韦温那样，自觉地继承和发扬谏诤传统。如对于宦官擅权能够直言阻谏，史载：元和三年（808）十月，"以神策左军中尉吐突承璀为镇州行营招讨处置等使，以龙武将军赵万敌为神策先锋将，内官宋惟澄、曹进玉、马朝江等为行营馆驿粮料等使。京兆尹许孟容与谏官面论，征伐大事，不可以内官为将帅，补阙独孤郁其言激切。诏旨只改处置为宣慰，犹存招讨之名"。五年（810）九月，"以吐突承璀复为左军中尉。谏官以承璀建谋讨伐无功，请行朝典。上宥之，降承璀为军器使。乃以内官程文干为左军中尉"。[①] 独孤郁乃独孤及之子，他"其言激切"地论说征伐大事，主张不可以内官为将帅，虽然没有使事情发生根本的转变，但他的谏诤还是起到了一定的积极作用。

这是谏官言论产生正面效应的例子。与此形成反差的，是发生在长庆四年（824）的一次谏官集体上书事件，见《旧唐书》

───────────

① 《旧唐书》卷14，中华书局1975年版，第429、433页。

卷十七上《敬宗本纪》：长庆四年十二月，"淮南节度使王播厚赂贵要，求领盐铁使。谏议大夫独孤朗、张仲方，起居郎孔敏行、柳公权、宋申锡，补阙韦仁实、刘敦儒，拾遗李景让、薛廷老等伏延英抗疏论之"。李肇《唐国史补》卷下云："每大朝会，监察御史押班不足，则使下御因朝奏者摄之。谏院以章疏之故，忧患略同。台中则务苛礼，省中多事，旨趣不一。故言：'遗补相惜，御史相憎，郎官相轻。'"①上述谏官集体上书事件，可以印证李肇所说谏官相惜的情形。参加这次抗疏论奏的人员，几乎囊括了谏官群体的各个层面，可谓声势浩大，但仍然于事无补。第二年，王播不仅官复原职，而且变本加厉，"不恤人言"。从这里可以看出，在与谏官的力量对峙中，此时的宦官已经明显地占了上风。

其三，在承袭谏诤传统的前提下，中唐谏官的"谏诤意识"已经有了变化：即更加强调守住谏官的本职，而在某种程度上把"越职言事"视为畏途。更有甚者，就是元稹在《论谏职表》中所指出的："至使凡今之人，以上封进计为妄动，拾遗补阙为冗员"。造成这种变化的原因，大致不外以下几点。

一是在进谏的对象——皇帝那里，谏官言事本是分内之事，所以进谏者的谏官身份是首先要被认定的。按前文所述，穆宗始甚讶之，问宰相："此辈何人？"对曰："谏官。"上乃使人慰劳之，曰："当依卿言。"这一番表现，就是其正名心理的真实写照。另《旧唐书》卷一五九《韦处厚传》载："宪宗皇帝曰：'谏官路随、韦处厚章疏相继，朕常深用其言。'自是识者敬伏焉。"同样是对路随、韦处厚谏官身份的强调，而所谓"识者敬伏"的识者之见，

①　（唐）李肇等著：《唐国史补》卷下，《唐国史补　因话录》，上海古籍出版社1979年版，第53页。

恐怕也离不开这个中心。

二是即使在皇帝那里被正了名，认定了身份，谏官的言论仍然会因为具有直接性或极端性的特点，而引起统治者的不快，甚至欲对所谓的"谤讪朝政，皆无事实"的谏官加以惩戒。这与初唐时太宗的鼓励纳谏，基本上不避讳激烈言论的做法形成了鲜明的对照。如史载，即使是中唐历史上很有政治作为的宪宗，也曾经有惩戒谏官的想法，如果不是翰林学士李绛的谏止，恐怕就要付诸行动了：

> 上又尝从容问绛曰："谏官多谤讪朝政，皆无事实，朕欲谪其尤者一二人以儆其余，何如？"对曰："此殆非陛下之意，必有邪臣欲壅蔽陛下之聪明者。人臣死生，系人主喜怒，敢发口谏者有几！就有谏者，皆昼度夜思，朝删暮减，比得上达，什无二三。故人主孜孜求谏，犹惧不至，况罪之乎！如此，杜天下之口，非社稷之福也。"上善其言而止。[①]

据《资治通鉴》卷二三七，这是发生在元和二年（807）十一月的事。在此前一年，元稹拜左拾遗；在此事发生的当月四日，白居易自盩厔尉入京应试，被召为翰林学士，次年即元和三年（808）四月二十八日，改左拾遗，仍充翰林学士任。他们都是同李绛一样，"孜孜以匡谏为己任"的，因而在中唐的谏官中，元稹和白居易具有突出的代表性。

下面以元白为例，探讨中唐文人"谏诤意识"的演变轨迹。

元稹于元和元年（806）四月参加制举考试，登才识兼茂明

---

① （宋）司马光编著，（元）胡三省音注：《资治通鉴》卷237，中华书局1956年版，第7646页。

于体用科第三次等①,旋拜左拾遗。其《论教本书》、《论谏职表》、《献事表》等文,即作于谏官任上。长庆末,元稹在编删自己的文稿时,曾撰有《叙奏》一文,简述了自己在谏官任上的作为和遭际:"元和初,章武皇帝新即位,臣下未有以言刮视听者。予始以对诏在拾遗中供奉,由是献《教本书》、《谏职》、《论事》等表十数通,仍为裴度、李正辞、韦缵讼所言当行,而宰相曲道上语。上颇悟,召见问状,宰相大恶之。不一月,出为河南尉。"② 这一段话,为我们提供了一条考察其"谏诤意识"的线索。

《论教本书》主要针对东宫太子的教育及其弊端,即书中所说的"近制,官僚之外,往往以沉滞僻老之儒充侍书侍读之选,而又疏弃斥远之,越月逾时,不得召见",正面向宪宗提出"训导太子宫官,宜选正人"③的建议。《旧唐书》的作者认为,此文的作意是影射王叔文和王伾"以猥亵待诏,蒙幸太子,永贞之际,大挠朝政"。实际上,元稹在此主要是针对太子教育中的弊端发表自己的看法,并正面建言献策。上书的效果可以说差强人意,史载"宪宗览之甚悦"④。这可以算作是他初任谏官的一次小试锋芒。

元稹随后所上《论谏职表》,则是一篇专门讨论谏职的政论文。该文首先以太宗朝的谏官王珪和魏征为参照,给"天子之诤臣"下了一个定义,在他的理想中,谏官是皇帝当之无愧的股肱耳目之臣,天子与谏官之间"有君臣之义焉,有父子之恩焉,有

---

① 按惯例,第一、二等空缺,故元稹实际上是头名。白居易有《唐河南元府君夫人荥阳郑氏墓志铭并序》,可参看:"属今天子始践祚,第三科以拔天下贤俊,中第者凡十八人,稹冠其首焉。"(唐)白居易著,顾学颉点校:《白居易集》卷42,中华书局1979年版,第925页。

② (唐)元稹著,冀勤点校:《叙奏》,《元稹集》卷32,中华书局1982年版,第367页。另,《全唐文》卷653题作《文稿自叙》,中华书局1983年版,第6642页。

③ 《旧唐书》卷166,中华书局1975年版,第4337页。

④ 《旧唐书》卷166,中华书局1975年版,第4327页。

朋友之欢焉"。这是多么美好而天真的想法！当然，元稹并没有一味沉浸在幻想和缅怀中，而是把目光投向现实，面对谏官不得备召见和参时政的现实，以及由此带来的谏官实际上的尸位素餐状况，元稹的心情是沉重的。这说明此时他的谏官意识还十分强烈，发扬谏诤传统的自觉性还十分高涨。于是下面就表达了面见宪宗、备陈谏官之职的迫切愿望。①

与《论谏职表》类似的还有《献事表》。元稹在这篇表奏中，首先表明自己的观点：言路畅通是理乱之始的"萌象"；然后以太宗朝人人争先进谏的盛况与谏言寥落的现状进行对比；最后条奏十件当今要务。文章写得有理有节，感情充沛，尤其是对现状的揭露和抨击，可谓振聋发聩。②

以上一书二表，都是元稹初任左拾遗时的论奏。从中可以看出，元稹的谏诤精神是十分突出的。而且，他的上书也收到了良好的效果，史载"上颇嘉纳其言，时召见之"③。然而正当他踌躇满志之时，随后的打击使得他的谏诤意识与谏诤传统开始产生了错位。按《旧唐书》卷一七○《裴度传》载："（裴度）迁监察御史，密疏论权幸，语切忤旨。"裴度的密疏不但没有奏效，反被权幸诬告。宪宗感到其中别有缘故，于是召元稹问状。元稹认为裴度"所言当行"，由此得罪宰相。这是元稹在《叙奏》里交代的事情原委。实际上，元稹被黜的真正原因是他的"谠言直声，动于朝廷"④。裴度的情形也很相似，所以二人同时被贬到河南，裴度出

① （唐）元稹著，冀勤点校：《论谏职表》，《元稹集》卷33，中华书局1982年版，第377页。
② （唐）元稹著，冀勤点校：《献事表》，《元稹集》卷32，中华书局1982年版，第370页。
③ （宋）司马光编著，（元）胡三省音注：《资治通鉴》卷237，中华书局1956年版，第7633页。
④ （唐）白居易著，顾学颉校点：《唐河南元府君夫人荥阳郑氏墓志铭》，《白居易集》卷42，中华书局1979年版，第925页。

为河南府功曹参军，元稹则出为河南县尉。

在《献事表》的末尾，元稹特别向宪宗申明："凡此十者，设使言之而是，是而见用，非臣之福也，天下之福也。苟或言之而非，非而见罪，乃臣之分也，亦臣之愿也。"实际上，这是在申明自己谏官的职分。他的一书二表，都是从谏官的职分出发立论的。从上文可见，他对直言进谏所带来的危险，是有充分认识的。然而这毕竟还停留在理论层面，一旦现实的打击把元稹从踌躇满志的状态惊醒，他才会感到切肤之痛。元和五年（810），元稹从监察御史被贬江陵士曹参军。在经历了继贬河南县尉以后的又一次打击后，他在《酬翰林白学士代书一百韵》中痛定思痛地表白："佞存真妾妇，谏死是男儿。便殿承偏召，权臣惧挠私……敢嗟身暂黜，所恨政无毗。谬辱良由此，升腾亦在斯。再令陪宪禁，依旧履阽危……卧辙希濡沫，低颜受颔颐。世情焉足怪，自省固堪悲。涸鼠虚求洁，笼禽方讶饥。犹胜忆黄犬，幸得早图之。"前面是回顾自己在左拾遗和监察御史任上的谠言直行，后面则是遭到沉重打击之后的痛切反思，并萌生另谋他图的念头。元稹后来走向另一个极端，因与宦官交结而被人诟病，以至士林羞与为伍[1]，其间的必然性因素，在此已初露端倪。

至于白居易，虽然他最终选择的道路与元稹不同，但是其"谏诤意识"的演变轨迹，却与元稹大同小异。

首先，白居易对谏诤传统有着全面的了解。这在他的《初授拾遗献书》中，已有明确的表露。此文写于元和三年（808）五月八日，即白居易授左拾遗、依前充翰林学士的一个多月之后，应该是他对左拾遗之任的筹划之作。虽然他此时身兼二任，而翰

---

[1] 见《唐会要》卷 55 "中书舍人" 条。

林学士的地位更加清要，但他对左拾遗还是十分看重的。因为左拾遗更加直接地给了他上封廷诤的名分和理由；而且从客观条件上来说，他身处翰林学士院，具有直接面君的便利条件，这是一般身处谏院的谏官所不能企及的。所以，在此文的结尾，白居易特别提到：“臣又在中禁，不同外司；欲竭愚衷，合先陈露。”① （从这个角度看，白居易的《与元九书》，于“擢在翰林”之后紧跟一句“身是谏官，手请谏纸”，恐怕也不是无意为之的。）应该说，这些都是他决心继承发扬谏诤传统的具体表现。

其次，白居易以实践证明了他继承发扬谏诤传统的信念和决心。他在谏官任上弹劾的权豪，举其要者，有于頔、裴均、王锷、严绶、李师道等。这里把有关情况和白居易的奏状开列如下：

于頔：贞元、元和之际山南东道节度使，元和三年白居易《论于頔裴均状》；

裴均：荆南节度使，元和三年白居易《论于頔裴均状》；

王锷：岭南节度使，元和三年白居易《论王锷欲除官事宜状》；

严绶：河东节度使，元和四年白居易《论太原事状三件》第一件；

李师道：淄青平卢节度使，元和四年白居易《论魏征旧宅状——李师道奏请出私财收赎魏征旧宅事宜》。

以上数人都是在当时势力强大、割据一方的藩镇。在上述奏状中，白居易表明了要对他们采取抑制其任意发展的态度。

白居易在谏官任上指斥的宦官，有俱文珍（刘贞亮）、李辅光、吐突承璀等，有关奏状如下：

李辅光、俱文珍（刘贞亮）：元和四年白居易《论太原事状三件》

---

① （唐）白居易著，顾学颉校点：《初授拾遗献书》，《白居易集》卷58，中华书局1979年版，第1229页。

第一、二件；

　　吐突承璀：元和四年白居易《论承璀职名状》，同时提出诤议者，还有度支使李元素、盐铁史李鄘、京兆尹许孟容、御史中丞李夷简、给事中吕元膺、穆质、右补阙独孤郁等[①]；

　　仇士良、刘士元：元和五年三月白居易《论元稹第三状》。元稹自江陵府士曹参军诏还西京，途经敷水驿，与仇士良、刘士元争舍上厅，被刘士元击伤，而"帝不直稹，斥其官"[②]。时翰林学士李绛、崔群等俱上书论救[③]。白居易则连上三状，前两状已佚。

　　再次，元、白都是经历了两次现实的打击后，开始反省自己的所作所为同自己的角色之间的关系。白居易在左拾遗任上所递交的奏状，可谓名正言顺，气盛言宜。到元和五年（810）五月，白居易的身份发生了变化：左拾遗秩满，并没有循例升为补阙，或超拜员外郎，而是经过自请，改为京兆府户曹参军[④]，依前充翰林学士。虽然翰林学士一职带有谏官的意味，但是毕竟没有了谏官的正式名分。而白居易似乎没有意识到这一点的严重性，仍以翰林学士、京兆府户曹参军的身份上《请罢兵第三状》[⑤]。按此状上于元和五年六月十五日，乃为谏请宪宗速罢兵征讨河北叛镇王承宗事而作。元和四年（809），宪宗不顾裴垍、李绛等大臣的谏阻，执意派宦官吐突承璀为赴镇州行营兵马招讨处置使，镇压成

---

① （宋）司马光编著，（元）胡三省音注：《资治通鉴》卷238，中华书局1956年版，第7667页。
② 《新唐书》卷207，中华书局1975年版，第5872页。
③ （宋）司马光编著，（元）胡三省音注：《资治通鉴》卷238，中华书局1956年版，第7672页。
④ 参见《旧唐书》卷166《白居易传》。白居易没有循例升转为补阙，或者与宪宗对他的"无礼"耿耿于怀有关。
⑤ （唐）白居易著，顾学颉校点：《请罢兵第三状》，《白居易集》卷59，中华书局1979年版，第1252页。

德叛镇王承宗。因时机不成熟，选将不当，致使战事进行不利，且旷日持久；直至元和六年（811）王承宗"上表自首，请输常赋，朝廷除授官吏"[①]，才算不了了之。白居易对此曾上三状，主张从速罢兵。第一状已佚，第三状的言辞态度，在恳切之中包含着锐利的锋芒，居然要求宪宗"读臣此状一二十遍"，然后再"断其可否，速赐处分"，简直大有向君王"摊牌"之势了，但结果仍然是没有奏效。

元和六年（811）白居易丁母忧出翰林学士院，九年（814）服阕，授太子左赞善大夫。次年六月，白居易以东宫属官的身份第一个上书，亟请抓捕刺杀宰相武元衡的凶手，结果自己反而被黜为江州司马。这大大出乎他的预料。事后，白居易在若干次痛苦的反思中，终于找到了问题的症结所在，那就是"越职言事"。如在《与杨虞卿书》中所谓"狂"与"妄"，大意指的就是越职言事。被加上这样的罪名，白居易似乎无话可言。然而当时给他安上的却是另一个罪名："其母因看花堕井而死，而居易作《赏花》及《新井》诗，甚伤名教。"[②]其中的缘由，白居易本人是一清二楚的，那就是他的谠言直行，引起了权贵近要的极大忌恨。所以，他的反思，都是围绕越职言事和得罪权贵近要这两点展开。而反思的结果，首先是给自己"正名"，即在一些书信和文章里，特别强调和突出自己进谏和写讽喻诗时的谏官身份。如他在《与元九书》中说："仆当此日，擢在翰林，身是谏官，手请谏纸，启奏之外，有可以救济人病，裨补时阙，而难于指言者，辄歌咏之。"这与事实大致相符，只是有意无意地把整个在翰林学士任期间的讽喻诗都算进去了。而在《新乐府序》中，他又特别标出"元和四年左拾

① 《旧唐书》卷 14，中华书局 1975 年版，第 434 页。
② 《旧唐书》卷 166，中华书局 1975 年版，第 4344 页。

遗时作"。其实在《与元九书》中，白居易已经说过，新乐府是"自武德讫元和，因事立题"之作；从其内容来看，似乎并非写于同一年[①]。由此看来，白居易之所以要如此认真地为自己正名，不能不说同当年他越职言事而被黜的惨痛教训有关。

白居易反思的另一个结果，就是选择了"吏隐"的道路，同时放弃了讽喻诗的写作，而把主要精力投入到闲适诗和杂律诗之中去了。

从上述元白"谏官意识"的演变轨迹可以看出，在社会角色的扮演过程中，其角色的内在规定性要求固然是客观的、人所共知的；而一旦涉及具体的人和事，则或者由于认识程度的不同，或者由于事关个人前途命运，总是会有一定的变通余地。因此，在总的原则不变的前提下，中唐文人仍然面临着不同的选择。这一点，在谏官的身上体现得最为明显。在可谏可不谏、直谏或微讽之间，谏官们处于一种尴尬的有待选择的处境。他们可以处理得巧妙，也可能处理得生硬，从中可以见出个人的性格和品质，以及为人处事的不同，亦可以见出时事政治以及与此相关的人事等因素对中唐文人的深刻制约和影响。上述元稹、白居易从直言极谏到明哲保身的转变过程，就为我们认识中唐文人社会角色的变迁提供了十分典型的材料。

在这里，阳城作为唐代谏官的代表和有争议的人物，值得一提。《唐会要》卷五十五"谏议大夫"条云：

> 贞元二年六月，以秘书郎阳城为谏议大夫，仍遣长安县尉杨宁，赍束帛诣夏县所居致礼，城遂以褐衣赴京师，且诣

---

① 朱金城《白居易年谱》认为《新乐府》五十首始作于是年，上海古籍出版社1982年版。

阙上表陈让。上使中使赍章服衣而召见，赐帛五十匹。其后陆贽、李充等，以谗毁受谴，朝廷震惧。上怒未解，势不可测，满朝无敢言者。城闻而起曰："吾谏官也，不可令天子杀无罪人。"即率拾遗王仲舒等数人，守延英门上疏，论延龄奸佞，贽等无罪。上大怒，召宰臣入语，将加城等罪。良久乃解。令宰相谕遣之。于是金吾将军张万福武将不识文字，亦知感激，端笏诣城，与诸谏官等，泣而且拜曰："今日始知圣朝有直臣。"时议以为延龄朝夕为宰相，城独谓同列曰："延龄倘入相，吾惟抱白麻恸哭。"后竟坐延龄事，改为国子司业。[①]

韩愈在贞元八年（792）作《争臣论》，讥讽阳城在其位不谋其政。当时阳城已经做了五年的谏议大夫，在谏官任上毫无作为。但就在韩愈作《争臣论》之后的两年，发生了阳城率众谏官守延英门上疏的事件。所以，围绕着韩愈的《争臣论》，展开了一场关于谏官之职的论争。主要的意见有如下两派：

一是对韩愈之论持赞成态度的。如欧阳修在《上范司谏书》[②]中，从谏官之道的一贯要求去衡量阳城的职事活动。从这个角度看，六年多没有什么作为的阳城，的确不无可指摘之处。特别是欧阳修在此提出的"向使止五年、六年，而遂迁司业，是终无一言而去也，何所取哉"一类说法，可谓掷地有声，似乎难以辩驳。

二是对韩愈之论持批评和保留态度的。如葛立方《韵语阳秋》[③]

①　（宋）王溥：《唐会要》卷55，中华书局1955年版，第950—951页。

②　（宋）欧阳修：《文忠集》卷66，文渊阁《四库全书》，上海古籍出版社2003年版，集部，第1102册，第522—524页。

③　（宋）葛立方：《韵语阳秋》卷7，（清）何文焕辑：《历代诗话》下册，中华书局1981年版。

和范祖禹《唐鉴》①。他们的说法，并没有回避阳城有待而发的事实，但更强调事情的客观效果，强调阳城在其中所起的"人所不能"的作用，也可以说言之凿凿。看来，这桩公案很难有一个令人满意的结局，其原因就在于，人人心中都有一个理想的谏官存在。

三、谏官之诗文与诗文中之谏官

傅绍良先生在其《唐代谏议制度与文人》一书中，对唐代文人的谏臣意识与文学意识做了专门的研究，如贞观时期谏官的文学设计，陈子昂的谏臣意识与唐诗的自我确认，中唐文学家的谏臣意识与诗文革新思潮等，其中不乏精辟之见。本文试另辟蹊径，强调唐代存在一个谏官的文学设计传统，并从此出发，对中唐谏官的文学活动和创作特色做一概括。

所谓谏官的文学设计传统，其内涵是文人以谏官的身份或者角度，去思考和设计文学的发展方向和文风构成的要素等。它是文人和谏官两种角色合二为一的结果，其中谏诤意识起了主导的作用。这种传统是贞观时期以魏征为首的一批谏官创立的。关于唐代谏官的文学设计传统，存在着一个基本的认识问题。以往人们在观察贞观君臣的文风改革时，大都从雅正传统的重新确立角度着眼，很少注意到这一改革的谏政氛围，更忽略了魏征等人所开创的谏官的文学设计传统。而在探讨中唐诗文改革时，又是从中唐士人的中兴愿望、儒学思潮复兴的触发着眼，很少去关注这一谏官的文学设计传统在中唐的延续。的确，如果不从社会角色

---

① （宋）范祖禹：《唐鉴》卷15，文渊阁《四库全书》，上海古籍出版社2003年版，史部，第685册。

的角度出发，去考察唐代文人的社会角色扮演意识，就必然会产生类似的结果。

关注自己和他人的社会身份，早已经成为古人自觉不自觉的意识。这种意识常常会在各种场合或隐或显地体现出来。如果说，只要点出当年魏征、孔颖达、姚思廉、李百药、褚遂良等人的谏臣身份①，留意一下贞观时期谏官异常活跃的史实，便可以明晓谏官在初唐文学设计过程中所起的重要作用的话；那么，对于"四杰"乃至陈子昂，则需要着意挖掘其隐含的谏诤意识，才能发现他们在实现唐代文风转变的进程中，对贞观谏臣们文学设计传统的自觉继承和发展。而中唐文风改革的先驱者和实践者们，尽管都以高蹈超拔等"独始性"的词语评价陈子昂的贡献，但实际上他们和陈子昂一样，在继承魏征等开创的谏官的文学设计传统方面，都具有一贯和相通之处。也就是说，陈子昂的"独始性"是相对而言的。

卢藏用是唐代最早对陈子昂诗文进行整理和推介的人。《旧唐书》卷九十四本传称卢藏用"趑趄诡佞，专事权贵，奢靡淫纵，以此获讥于世"，不过他与陈子昂有忘形之交，对陈的为人和为文十分了解，除为陈子昂集作序外，又撰有《陈氏别传》。值得一提的是，他在武则天长安年间也做过左拾遗，所以对陈子昂的谏诤之辞非常重视，特意把它放在各类文章之首加以评价。从某种程度上说，中唐诗文革新的先驱们，能够对陈子昂在唐诗史上的地位给予一致的肯定，这是与卢藏用对陈子昂诗文的整理和推介之功分不开的。

---

① 魏征，原为李建成太子洗马，太宗登基后，擢为谏议大夫。孔颖达，贞观二年由国子博士转给事中，四年加员外散骑常侍。姚思廉，贞观九年擢散骑常侍。李百药，贞观十年擢散骑常侍。褚遂良，贞观十五年擢谏议大夫，兼知起居事。

　　陈子昂官终右拾遗，故世称陈拾遗。在他一生的政治和文学活动中，无论是否担当谏官的角色，其谏诤意识都是十分明确的。他二十四岁时（684）在洛阳考中进士①，就曾以"草莽臣"的身份，向初当政的武则天上《谏灵驾入京书》和《谏政理书》，表达自己的政治主张。而体现其文学思想的代表之作《修竹篇序》，则更是与贞观谏官们的文学设计大有相通和神似之处。对此，中唐的文人，尤其是那些诗文革新的先驱者们，是心中独有戚戚焉的。从萧颖士、李华、独孤及、梁肃等人的文学主张中，可以发现这种谏诤精神和文学设计传统的延续，看到贞观君臣们倡导的文学理想的影子。而诗文革新的实践者如元稹、白居易、韩愈、柳宗元、李翱等，则把这种精神和传统推向一个新的阶段。所以，从初唐到中唐，文风的设计和改革都贯穿着一条谏诤意识的主线；至于陈子昂，只是其中非常重要的一环而已。

　　关于中唐谏官文学的特色，涉及的问题很多，也较复杂，包括杂文学观念的复归、实用文体的革新，以及谏诤精神在中唐的消长等等。这里试举其要点加以阐释。

　　中国古代的文学观念，在唐代以前经历了从早期众体合一的混沌状态，到魏晋时期文学独立成科而为文章之学，再到齐梁之际的文、笔之分的发展过程。此时，纯文学的观念产生了。进入初唐，在当时编写的几部前代史书如《梁书》、《陈书》、《周书》、《北齐书》中，文、笔之分的概念还很明确。盛唐以后，随着文体改革的深入，文、笔之分又被原先的文章概念所取代。陈子昂在《修竹篇序》中所说的"文章道弊五百年"，其中的"文章"就包括了所有的文体，而中唐的古文家们也是在这个意义上使用文章的

―――――――――――
① 　参见孟二冬：《登科记考补正》卷3，北京燕山出版社2003年版。

概念的。从众体合一到文、笔之分，再回到文章概念，其间几经转换的意义在于，它反映了唐代文学观念的重大变化，即杂文学观念的复归。虽然文体看起来变得庞杂了，但是随着应用文体的回归，文学产生社会作用的基础却明显地扩大了，加之中唐的古文家们纷纷用新的态度从事古文写作，致使原来的文章概念从内涵和外延都发生了质的改观[①]。

正是在杂文学观念复归的前提下，谏官们日常运用的工作文体，如奏状疏表对策等，又重新回到文学的园地，而由这些本身具有较高文学才能的谏官们去耕耘，其结果必然是促进了唐代散文尤其是政论文的发展。比如说奏议，包括翰林学士的制诰等文体，此时已经相当成熟，后来则发展成一种政论文章的门类，其代表作在唐代有陆贽的《陆宣公奏议》、白居易的《白朴》等[②]，再后来就是宋人赵汝愚所编的《宋名臣奏议》和明人杨士奇等所编的《历代名臣奏议》等等。总的说来，唐代谏官们的实用文体写作，在客观上对古文运动是一个策应和支持；在全面推行文章的散体化方面，他们的贡献是不可忽视的。由于本文在论述翰林学士与文学的时候对此已经有所涉及，兹不赘述，仅拟考察一下谏诤精神在中唐谏官诗文中的消长，即谏诤传统在中唐的继承与变奏的轨迹。

人们在观察某种事物或某种因素的消长时，可以向前看，与前代同类相比；也可以向后看，与后代同类比较。在与后代同类

---

① 参见袁行霈主编：《中国文学史》第二卷第四编《隋唐五代文学》第八章《散文的文体文风改革》，高等教育出版社 2000 年版。此章由尚永亮执笔，本文在这里综括其意而略有阐发。

② 元稹《酬乐天余思不尽加为六韵之作》"白朴流传用转新"句下注云："乐天于翰林、中书，取书诏批答词等，撰为程式，禁中号曰《白朴》。每有新人学士求访，宝重过于《六典》也。"（唐）元稹著，冀勤点校：《元稹集》卷 22，中华书局 1982 年版，第 248 页。可见，《白朴》是类似制诰范本一类的东西。

比较时，我们可以发现，晚唐谏官的诗文与中唐谏官的诗文在风格和内容上存在着较大的差异。试举两例。

郑谷，字守愚，袁州人。光启三年（887）擢第，官右拾遗，历都官郎中。幼即能诗，名盛唐末，有《云台编》三卷，《宜阳集》三卷，外集三卷，《全唐诗》编诗四卷。他有《早入谏院二首》描写谏院的氛围以及个人的心情，其一云：“玉阶春冷未催班，暂拂尘衣就笏眠。孤立小心还自笑，梦魂潜绕御炉烟。”其二云：“紫云重迭抱春城，廊下人稀唱漏声。偷得微吟斜倚柱，满衣花露听宫莺。”[①]

吴融，字子华，越州山阴人。龙纪元年（889）及进士第，韦昭度讨蜀，表掌书记，累迁侍御史。乾宁二年（895）贬官荆南，依节度使成汭。次年冬召为左补阙，以礼部郎中召为翰林学士，迁中书舍人。昭宗反正，造次草诏，无不称旨，进户部侍郎。凤翔劫迁，吴融扈从不及，流寓阌乡。天复三年（903）召还翰林，迁承旨学士卒。有《唐英集》三卷，《全唐诗》编诗四卷。其《和陆拾遗题谏院松》与郑谷的《早入谏院二首》风格近似：“落落孤松何处寻，月华西畔结根深。晓含仙掌三清露，晚上宫墙百雉阴。野鹤不归应有怨，白云高去太无心。碧岩秋涧休相望，捧日元须在禁林。”[②]

在上引晚唐谏官的诗歌中，我们只能感受到谏院衙门的幽深寂寥，以及谏官们安于现状、小心奉职、不敢有所作为的自足和忧惧心理，已经听不到元白讽喻诗慷慨激切的吟唱了。与此不同的是，从中唐谏官的诗文写作活动向前看，尚能发现贯穿在其中

---

① 郑谷：《早入谏院二首》，（清）彭定求等编：《全唐诗》卷675，中华书局1960年版，第7734页。

② 吴融：《和陆拾遗题谏院松》，（清）彭定求等编：《全唐诗》卷684，中华书局1960年版，第7851页。

的谏诤传统及其对中唐谏官们的深刻影响。这一点，正是以往的学者们所反复论证和强调的。但是，话说回来，如果我们把目光扩展到这类诗文的相关背景，仍能感受到在谏诤传统承续的前提下，隐藏在中唐谏官们积极用世的豪情背后的一股潜流，那就是这种精神传统的沉重和另寻寄托的心理。从这一点看，中唐谏官的诗文与晚唐谏官的诗文就有了某种程度上的相通和近似之处①。下面以白居易为例略加说明。

白居易在他的讽喻诗《和答诗十首》其二《和阳城驿》中，曾经十分明确地表示过自己继承谏诤传统和直言进谏的决心："誓心除国蠹，决死犯天威。"②在他看来，讽喻诗是他表达政治理想和"救济人病，裨补时阙"的一种补充，所以他不止一次强调"启奏之外，有可以救济人病，裨补时阙，而难于指言者，辄歌咏之，欲稍稍递进，闻于上"③，"当其在近职时，自惟贱陋，非次宠擢，夙夜腼愧，思有以称之。性又愚昧，不识时之忌讳。凡直奏密启外，有合方便闻于上者，稍以歌诗导之。意者，欲其易入而深诫也"④。白居易用写奏章的方式写诗，写诗时甚至比奏章更加激烈，如《轻肥》（"是岁江南旱，衢州人食人！"）、《红线毯》（"地不知寒人要暖，少夺人衣作地衣！"）之类；他把汉儒关于《诗经》的美刺

---

① 当然，二者从总体上来说的区别还是明显的：中唐谏官诗文，就其个人来说，前期一般高昂踔厉，以天下为己任；后期受挫以后，多纵心自适，保身避祸。但是总的看来，诗文的感情基调还是快乐的——尽管这种"乐"有时候是着意寻找的，因而具有中唐国势复兴的风度。但是晚唐谏官诗文，更多的是呈现出残破的气象和幽暗清冷的意味，染上的是晚唐的没落色彩。

② （唐）白居易著，顾学颉校点：《和答诗十首》其二《和阳城驿》，《白居易集》卷2，中华书局1979年版，第41页。

③ （唐）白居易著，顾学颉校点：《与元九书》，《白居易集》卷45，中华书局1979年版，第962页。

④ （唐）白居易著，顾学颉校点：《与杨虞卿书》，《白居易集》卷44，中华书局1979年版，第947页。

的说法用到自己的创作中来，不仅刺，还美，如《道州民》，主
题就是"美臣遇明主也"。可以说，谏诤意识、《诗经》的美刺传
统以及汉乐府缘事而发传统的结合，造就了白居易。

　　白居易在翰林学士院时，并不是只写讽喻诗，也写过一些闲
适诗和杂律诗。如《代书诗一百韵寄微之》，此诗作于元和五年
（810），到达元稹手中时，元稹因与宦官争厅被贬，已经抵达江
陵士曹参军任。诗中回顾了自己和元稹一道在台谏任上"摧强御"
的经历，慨叹元稹被贬后自己人单力孤，难以顶住千钧的压力。
此时他已经在左拾遗任上期满，自请为京兆府户曹参军，依前充
翰林学士。虽然比左拾遗在实际利益上得到了好处，但对于"常
憎持禄位，不拟保妻儿。养勇当除恶，输忠在灭私"[①]的白居易
来说，谏官名分的丧失，对他的政治热情无疑是一次重大的打击。
他在《初除户曹喜而言志》诗中说："我有平生志，醉后为君陈。
人生百岁期，七十有几人？浮荣及虚位，皆是身之宾。惟有衣与
食，此事粗关身。苟免饥寒外，余物尽浮云。"[②]这是他的"言志"
的内容。而所谓"喜"的内容，对于白居易来说，仅仅是"感恩"
一层；而且还是"非为己"，是为了"养禄及吾亲"。从整篇诗看，
白居易的心情是失落的。从这里，我们不难把握到谏诤传统变奏
的弦外之音。

　　除了白居易以外，中唐具有谏诤意识并形诸实际行动的士人
还有很多，如上文曾经提到的韦温、独孤郁、独孤朗、张仲方、
孔敏行、柳公权、宋申锡、韦仁实、刘敦儒、李景让、薛廷老、

----

① （唐）白居易著，顾学颉校点：《与杨虞卿书》，《白居易集》卷44，中华书局
　　1979年版，第947页。
② （唐）白居易著，顾学颉校点：《初除户曹喜而言志》，《白居易集》卷5，中华书
　　局1979年版，第99页。

李绛、阳城等。其中常被称道的，如李绛尤其长于论事,《论任贤疏》、《论朋党》、《论谏臣》、《论河北三镇及淮西事宜状》等皆诚贯理直，说切动人。对此刘禹锡在《唐故相国李公集纪》中给予了高度的评价:"考其文至论事疏，感人肺腑，毛发皆耸。"[①] 又如，李德裕在穆宗初年做过翰林学士和翰林承旨学士，史载："德裕意在切谏,不欲斥言,托箴以尽意。《宵衣》,讽坐朝稀晚也;《正服》,讽服御乖异也;《罢献》,讽征求玩好也;《纳诲》,讽侮弃谠言也;《辨邪》,讽信任群小也;《防微》,讽轻出游幸也。帝虽不能尽用其言，命学士韦处厚殷勤答诏，颇嘉纳其心焉。"[②] 由此评价，可以推见中唐谏官之诗文的一般特点。

以上扼要论述了中唐谏官之诗文，那么诗文中的谏官或者具有谏官之实的中唐士人又是如何的情形呢？这里以白居易和刘贲为例，略加说明。

先看元稹对白居易的评价。元稹与白居易唱和之作数量极多，其中涉及对白居易有关诗文评价的可举出《酬白乐天余思不尽加为六韵之作》、《白氏长庆集序》等。《酬白乐天余思不尽加为六韵之作》描述了白居易的制诰谏论等文章在朝中的影响。而《白氏长庆集序》则描述了白居易与元稹的唱和诗即"元和诗"在民间的广泛流传的盛况。相形之下，他们的讽喻诗和新乐府在民间的影响就逊色得多。从这里可以看出，所谓"元和已后，为文章则学奇诡于韩愈，学苦涩于樊宗师。歌行则学流荡于张籍。诗章则学矫激于孟郊，学浅切于白居易，学淫靡于元稹。俱名为元和体。大抵天宝之风尚党，大历之风尚浮，贞元之风尚荡，元和之风尚

---

① （唐）刘禹锡著，卞孝萱校订：《唐故相国李公集纪》,《刘禹锡集》卷19，中华书局1990年版，第224页。
② 《旧唐书》卷174，中华书局1975年版，第4516页。

怪也"①, 的确是时代风气的总结。不过, 元稹在序中也指出, 当时人们对白居易《贺雨》、《秦中吟》等具有谏诤意识的作品, 也还是给予了极高的评价, 比之为《风》、《骚》, 这实际上已经具有儒家经典的意味了。

再看李商隐眼中的刘蕡以及后人对刘蕡的认同。刘蕡的成名, 缘于他的那篇言辞激切的对策。由于该对策在当时产生了极大的震撼, 史官们才会把刘蕡其人及其对策大书特书, 终于使名义上不是谏官的刘蕡, 实际上成了谏官的典范和楷模。《新唐书》卷一〇三载:"蕡对后七年, 有甘露之难。令狐楚、牛僧孺节度山南东西道, 皆表蕡幕府, 授秘书郎, 以师礼礼之。而宦人深嫉蕡, 诬以罪, 贬柳州司户参军, 卒。"

在刘蕡生前, 李商隐曾经同他有过交往;刘蕡沉冤而死之后, 李商隐又有哭刘蕡组诗之作。在李商隐的眼中, 刘蕡是师是友, 更是屈原、贾谊精魂的再现。李商隐之后, 罗衮于天复三年(903)上《请褒赠刘蕡疏》, 奏请昭宗对刘蕡及其后代予以褒奖。到了元代, 统治者正式给刘蕡授予谏议大夫的名号, 并在其家乡昌平县建置谏议书院, 供奉刘蕡。事见《元史》卷二十九《泰定纪一》:"置谏议书院于昌平县, 祀唐刘蕡", 及卷四十五《顺帝纪八》:"褒封唐赠谏议大夫刘蕡为文节昌平侯"。至此, 刘蕡终于在名义上得到了官方的承认。

---

① (唐)李肇等著:《唐国史补》卷下,《唐国史补 因话录》, 上海古籍出版社 1979 年版, 第 57 页。

论中唐"郎官"与文学

翰林学士是中唐时期活跃的新的社会角色，而作为传统社会角色的郎官，同样引人注目，其原因不外以下几端：

首先，郎官在人们心目中属于"清要"之官。所谓"清要"，意为职位清高尊贵，掌握枢要。宋人赵升《朝野类要》卷二《称谓》云："职慢位显谓之清，职紧位显谓之要，兼此二者，谓之清要。"[①]"郎官清要"之类的说法，在唐人诗文中每每出现。如韩愈的《永贞行》诗中，有"郎官清要为世称，荒郡迫野嗟可矜"句[②]，乃感慨刘禹锡坐交王叔文而遭远贬一事："郎官清要为世称"即指刘禹锡时为屯田员外郎，"荒郡迫野嗟可矜"则指刘禹锡因"二王八司马"事件远贬连州刺史。

其次，唐代许多著名的士人，无论是后来位极人臣的政治家，还是名播海内的经学家，特别是那些领一时风骚的文学家，他们大都有过郎官的任职经历。其中有的父子曾同做郎官，如李吉甫、李德裕父子和令狐楚、令狐绹父子；有的是兄弟同在郎署，

---

① （宋）赵升：《朝野类要》卷2《称谓》，文渊阁《四库全书》，上海古籍出版社2003年版，子部，第854册，第113页。按：慢，轻；紧，重。另《旧唐书》卷185《李素立传》："素立寻丁忧，高祖令所司夺情授以七品清要官。所司拟雍州司户参军，高祖曰：'此官要而不清。'又拟秘书郎，高祖曰：'此官清而不要。'遂授侍御史，高祖曰：'此官清而复要。'"中华书局1975年版，第4786页。可见，清要官均在七品以上。

② （唐）韩愈著，钱仲联集释：《韩昌黎诗系年集释》卷3，上海古籍出版社1984年版，第333页。

如白居易、白行简兄弟。① 大历十才子之一的卢纶，于贞元十三、
十四年（797—798）之际，以其文名盛传而被德宗召入宫中唱和，
结果"超拜户部郎中"。后来文宗亦好文学，尤重纶诗，尝问侍
臣曰："《卢纶集》几卷？有子弟否？"李德裕答道："纶有四男，
皆登进士第，今员外郎简能、侍御史简辞是也。"② 其实，卢纶四
子都曾在郎署任职，只不过李德裕在作上述对答的时候，卢简能
兄弟或许没有同时在郎官任上而已。③ 卢纶四子不仅都曾做过郎
官，而且简能子知猷做过兵部郎中、吏部郎中，简求子嗣业做过
礼部郎中，汝弼做过祠部员外郎。祖孙三代如此"巧合"地历仕
郎官，可以说是比较"极端"的例子了。于是，《旧唐书》的作者
刘昫等不禁借史臣之口感叹道："卢简辞之昆仲，云拖水击，郁
为鼎门，非德积庆钟，安能及此？辞人之后，不亦休哉！"除了
耿湋、崔峒、李端以外，大历十才子中的其余七位都做过郎官，
他们是卢纶、钱起、吉中孚、司空曙、苗发、韩翃、夏侯审。在

---

① （宋）王溥：《唐会要》卷 57 "尚书省诸司上"记载了"叔父兄弟不许同省为郎
官"的不成文规定，以及唐太宗对此"故事"的破例，同时强调了这种破例的
"特别恩顾"的性质："故事，叔父兄弟不许同省为郎官，格令不载，亦无正敕。
贞观二年十一月，韦叔谦除刑部员外郎，三年四月，韦季武除主爵郎中。其年
七月，韦叔谐除库部郎中，太宗谓曰：'知卿兄弟并在尚书省，故授卿此官，
欲成一家之美，无辞稍屈阶资也。'其后同省者甚多。近日非特恩除拜者，即
相回避。"中华书局 1955 年版，第 985 页。

② 《旧唐书》卷 163 《卢简辞传》，中华书局 1975 年版，第 4269 页。

③ 按《旧唐书》卷 163 《卢简辞传》，卢纶四子：长兄卢简能，弟简辞、弘正、简
求。简能"太和九年，由驾部员外检校司封郎中"。简辞"长庆末，入朝为监察，
转侍御史"，宝历中，以监察贪污坐赃案件有功，"寻转考功员外郎，转郎中"。
弘正"太和中……三迁兵部郎中、给事中"。简求"牛僧孺镇襄汉，辟为观察判官。
入为水部、户部二员外郎。会昌末……入为吏部员外，转本司郎中，求为苏州
刺史。"中华书局 1975 年版，第 4269—4272 页。据此，李德裕的对答当在文宗
太和九年以前，此时卢简能已任驾部员外郎，而卢弘正还未任兵部郎中。不过，
李德裕至少忽略了卢简辞此前还做过考功员外郎和考功郎中的事实。而元人辛
文房《唐才子传》卷 4 "卢纶"条记李德裕的对答为"纶四子皆擢进士，仕在
台阁"，或许是辛氏根据史实做了相应的改易。见傅璇琮主编：《唐才子传校笺》
卷 4，中华书局 1989 年版，第二册，第 11 页。

大历年间领一时风骚的十才子中，有郎官经历者竟占了七成，这不能不说是值得特别注意和深入分析的现象。

最后，在唐代文人中，以郎官之职名被载入文学史的不乏其例。杜甫以检校工部员外郎而得"杜工部"之称自不待言；他如张籍，世称"张水部"，因为他做过水部员外郎和水部郎中；卢纶有《卢户部诗集》十卷，和他官至户部郎中的经历有关；白行简的文集更直接以《白郎中集》命名①，则是由于他在长庆年间累迁司门员外郎、主客员外郎、膳部郎中，至宝历元年转主客郎中并终于此任，等等。

由于上述特点，唐代郎官的构成对于唐代士人来说，便具有了普遍的代表性。考察中唐郎官的活动，将会发现，不仅郎官的选任和迁转与当时的社会、政治、教育以及文化有着千丝万缕的联系，而且作为一种文人色彩十分浓厚的官吏，其本身及其活动即已构成了中唐政治生活和文化生活中的重要角色和不可忽视的重要力量。

一、郎官的选任及文人对郎官职务的热衷

郎官是尚书省郎中和员外郎的统称。唐代尚书省六部，除了尚书和侍郎为正副长官外，每部还分四司，另有左右二司，共二十六司，各司的正副长官即为郎中和员外郎。从位置上说，尚书省位于禁城南，故又称"南省"或"南宫"。尚书都堂居中，东有吏、户、礼部，由左司统之；西有兵、刑、工部，由右司统

---

① 白居易《祭郎中弟文》："尔前后所著文章，吾自检寻编次，勒成二十卷，题为《白郎中集》。"顾学颉校点：《白居易集》卷69，中华书局1979年版，第1455页。

之。从品秩上说，郎中为从五品上，员外郎为从六品上。

郎官始置于战国，本为君主的侍从之官。秦代郎官的主要职能是宿卫宫殿，比如"指鹿为马"的赵高，在秦二世元年（前209）曾做过郎中令。《汉书》卷十九上《百官公卿表》载："郎中令，秦官，掌宫殿掖门户"，《续汉志》也说："凡郎官皆主执戟宿卫也。"[①] 在这里，郎官即郎中，是郎中令的属官。如司马迁就曾做过郎中，当时的郎中令是李陵的祖父李广。"当时还没有考试制度，郎中实际上是官僚的候补和见习人员。通常有二千石大官的子弟担任，也有出钱捐职的，所谓'以赀为郎'。司马迁当属于后一种情况"。[②]《唐六典》卷一进一步述其源流、职能云："初，秦置郎中令，其属官有五官中郎将、左、右中郎将，秩皆比二千石，是为三署。署中有中郎、侍郎、郎中。郎中秩比三百石，侍郎秩比四百石，中郎秩比六百石，并无员数，多至千人，分隶三署，主执戟宿卫宫殿门，出充车骑。"[③]

虽然郎官的职能历经各代而有所改易增补，但其作为皇帝近臣的性质却一直保留着。[④] 这一点在唐代士人的观念中可谓根深

---

① 《后汉书》卷33唐章怀太子李贤注引，中华书局1965年版，第1153页。

② 徐朔方：《论〈史记〉》，《史汉论稿》，江苏古籍出版社1984年版，第23页。

③ （唐）李林甫等著，陈仲夫点校：《唐六典》卷1，中华书局1992年版，第9页。

④ 关于唐前郎官的沿革，可参阅阎步克先生《乐师与史官：传统政治文化与政治制度论集》，生活·读书·新知三联书店2001年版。这里稍作补充：

　　作为宿卫近臣，郎官具有接近君主的天然优势，因而一些士人尝试着经由此途去实现自己的政治抱负。比如带有先秦游士之风的李斯，就选择了投靠秦相吕不韦，先做舍人，后由吕氏"任以为郎"。于是，早已试图"西说秦王"、从而实现自己宏图大志的李斯，终于"因以得说"（《史记》卷87《李斯列传》）。又如赵高，在做郎中令时，即被秦二世"任用事"（《史记》卷6《秦始皇本纪》），等等。李斯和赵高后来都做到了秦相，在他们的政治生涯中，郎官经历的重要性显然是不可低估的。

　　到了汉代，郎官的作用有所扩展，已不局限于前朝的"执戟宿卫宫殿门，出充车骑"两项，而具有了"入奉宿卫，出牧百姓"（《后汉书》卷54《杨震列传》）

蒂固。如代宗时宰相元载专权，欲堵塞言路，颜真卿便上疏对代

的职能。比如汉代的皇帝亲军期门、羽林，在当时即属于郎官，有学者指出："它既是宿卫近臣，又是多级官吏的重要来源。史称：'长吏多出于郎官'（《汉书》卷56《董仲舒传》，按原文为'长吏多出于郎中、中郎'）。特别自西汉中期以后，这方面的事例尤为普遍。……武将如冯奉世、赵充国、甘延寿等外，还有不少政治家、外交家也都出自郎官。当时通过郎官制度不仅培养、选拔、储备了大批忠于汉室的人才，而且扩大了封建统治的基础，加强了中央集权的统治。"（黄今言：《汉代期门羽林考释》，《历史研究》1996年第2期。）随着时间的推移，郎官作为"宿卫近臣，又是多级官吏的重要来源"的特殊地位及其作用，便日益突显了出来，以至于皇亲国戚的子弟也以做郎官为荣。东汉明帝时，光武帝的女儿馆陶公主为其子谋求郎官之职，明帝不许，而赐钱千万。事后，明帝向群臣解释道："郎官上应列宿，出宰百里，苟非其人，则民受其殃，是以难之。"（《后汉书》卷2《明帝纪》）

这一事例，除了说明郎官的重要性及其特殊地位外，还有两点值得注意：一是所谓"出宰百里"之说，即由郎官而外派为县令，影响至广，其后，"百里"、"百里长"、"百里宰"等，就成了县令别名。（参见龚延明《中国历代职官别名研究》，《历史研究》1998年第6期）二是所谓"上应列宿"之说，对后代文人思想感情的影响更为深远，成为后代诗文中比喻郎官的出典。《太平御览》卷215"总叙尚书郎"云："《汉书》曰：南宫二十五星，应台郎位，故明帝云：'郎官上应列宿。'即此也。"《太平御览》卷215"总叙尚书郎"条，中华书局1960年版，第1025页。

郎官从侍卫之官向行政官员的转变也自东汉开始。东汉以尚书台为政务中枢，分曹设立尚书郎，是为尚书各曹司省之始。而尚书郎的选任也来自于郎中，《晋书》卷24《职官》云："尚书郎，西汉旧置四人，以分掌尚书。其一人主匈奴单于营部，一人主羌夷吏民，一人主户口垦田，一人主财帛委输。及光武分尚书为六曹之后，合置三十四人，秩四百石，并左右丞为三十六人。郎主作文书起草，更直五日于建礼门内。尚书郎初从三署诣台试，守尚书郎，中岁满称尚书郎，三年称侍郎，选有吏能者为之。"汉光武帝所设六曹三十六郎，史阙其名，而魏晋以来各部名目及其沿革，则十分详细和明确。大抵魏有二十五曹，西晋有三十五曹，东晋先后设十五、十九、二十曹，齐因之，梁二十三曹，陈二十一曹，后魏增至三十六曹，北齐二十八曹，隋开皇初设二十八曹，炀帝对其又有改易，至《唐六典》的撰写年代唐玄宗开元年间基本定型（参见《唐六典》卷1"尚书都省"），以后各代延置。

与此相关的是郎官地位的提升。唐初李百药在《隋故益州总管府司马裴君碑铭》中即有如下的认识："魏晋以还，台郎显要。"（李百药：《隋故益州总管府司马裴君碑铭》，《全唐文》卷143，中华书局1983年影印本）唐开国以来修史数部，其中门阀观念颇重的《南史》有云："郎有杖起自后汉。尔时郎官位卑，亲主文案与令史不异，故郎三十五人，令史二十人，是以古人多耻为此职。自魏晋以来，郎官稍重，今方参用高华，吏部又近于通贵。"（《南史》卷18《萧思话传》附《惠开从子琛传》）凡此，都可见出郎官在唐人心目中的地位。

宗强调："诸司长官皆达官也，言皆专达于天子也。郎官、御史者，陛下腹心耳目之臣也。故其出使天下，事无巨细得失，皆令访察，回日奏闻，所以明四目、达四聪也。"[1] 这几乎可视为唐人关于郎官地位观念的代表。

唐代特别是中唐郎官的选任和迁转很有其特殊性，其间也折射出了中唐的时代特色。具体表现可归纳为如下几点：

1. 凡郎官均由皇帝亲授

唐制，五品以上官员的任命，由尚书省拟名，报中书门下省审议，再报皇帝制授。六品以下官即由吏部铨选，但员外郎却是个例外。也就是说，所有郎官，包括从五品上的郎中和从六品上的员外郎，均由皇帝亲自任命。

关于制授郎官的起始时间，史料上的记载有较大的出入。中唐时人刘肃在《大唐新语》卷十《厘革》中说："隋制，员外郎、监察御史亦吏部注，诰词即尚书、侍郎为与之。自贞观已后，员外郎尽制授。"[2] 而《资治通鉴》卷二一一唐纪开元四年十二月则说："旧制，六品以下官皆委尚书省奏拟，是岁，始制员外郎、御史、起居、遗、补不拟。"胡三省注云："员外郎、起居、遗、补，皆台省要官，由人主亲除，不由尚书奏拟。"[3] 两条材料的时间断限相距甚远，前者语焉不详，只是说在贞观以后；后者则明确断在开元四年。据有关制诏的内容推算，我们至少可以断定《资治通鉴》的说法存在问题。如苏颋的《授裴耀卿检校考功员外郎

① 《颜真卿传》，《旧唐书》卷128，中华书局1975年版，第3593页。
② （唐）刘肃著，许德楠、李鼎霞点校：《大唐新语》卷10，中华书局1984年版，第150页。
③ （宋）司马光编著，（元）胡三省音注：《资治通鉴》卷211，中华书局1956年版，第6725页。

制》①，开篇即有"朝散大夫行河南府士曹参军裴耀卿"的字样。
按据两《唐书》本传，裴耀卿于武则天长安初年拜长安令，此
前为河南府士曹参军。可见裴被制授检校考功员外郎当在任河
南府士曹参军之后、长安令之前；也就是说，他在开元四年之
前已经被制授检校考功员外郎。又李峤有《授崔玄暐库部员外
郎制》②，这里的制授对象是崔玄暐，《旧唐书》卷九十一本传称其
"龙朔中，举明经，累补库部员外郎。……寻授天官郎中，迁凤
阁舍人。长安元年，超拜天官侍郎。"这也是开元四年前制授郎
官的实例。不过，制授郎官的情况在开元以前并不多见，这倒
也是事实。

2. 郎官的过渡性

郎官或由郡丞迁授，或由州刺史低授，意味着郎官在唐代士
人的政治生涯中，只是一个过渡和跳板。例如白居易《衢州刺史
郑群可库部郎中，齐州刺史张士阶可祠部郎中，同制》：

> 今之正郎，班望颇重，中外要职，多由是迁；故其所选，
> 不得不慎，必循名实，而后命之。群与士阶，久典名郡，谨
> 身化下，有循吏之风，会课陟明，宜当是选。③

上引材料，是由州刺史低授为郎官的例子。按唐外州刺史的
品阶，上州是从三品，中州是正四品上，下州是正四品下④，都比

---

① （宋）李昉等编：《文苑英华》卷391《中书制诰》一二"南省七"，中华书局
　　1966年影印本，第1989页。
② （宋）李昉等编：《文苑英华》卷392《中书制诰》一三"南省七"，中华书局
　　1966年影印本，第1994页。
③ （唐）白居易著，顾学颉校点：《白居易集》卷51，中华书局1979年版，第1073页。
④ 参见（唐）李林甫等撰，陈仲夫点校：《唐六典》卷30"上州中州下州官吏"，
　　中华书局1992年版。

从五品上的郎中和从六品上的员外郎品阶高。由低而高的升迁易于接受和理解，而品秩由高而低的改授，显然含有地位特殊的意味在内，同时也说明了郎官的过渡性特征，否则就难以理解身为正五品下的太子中允李林甫，为什么要去谋求做从五品上的司门郎中了。[①]

正因为郎官具有过渡性的特征，所以迟迟得不到郎位，或者久居郎位而不迁，便会自然而然地引发出某种尴尬以至牢骚。元和十五年（820）夏，年已四十八岁的白居易被召回做刑部司门员外郎；是年底，迁为主客郎中、知制诰，有《初除主客郎中知制诰，与王十一、李七、元九三舍人中书同宿，话旧感怀》诗："闲宵静话喜还悲，聚散穷通不自知。已分云泥行异路，忽惊鸡鹤宿同枝。紫垣曹署荣华地，白发郎官老丑时。莫怪不如君气味，此中来校十年迟！"[②]元和十年（815）秋，身为太子左赞善大夫的白居易上书请求急捕刺杀宰相武元衡的凶手，执政恶其越职言事，被贬江州司马，十三年（818）冬转忠州刺史。经历了五六年的贬谪磨难之后，再次回到朝廷，与同僚王起、李宗闵、故友元稹重聚，诗人悲喜交集：悲的是昔日与同僚故友数年"云泥行异路"，喜的是如今再度"鸡鹤宿同枝"。然而鸡鹤毕竟不同，所以就有了"紫垣曹署荣华地，白发郎官老丑时"的迟暮之嗟。郎官所处的"紫垣曹署"固然是荣华之地，但"白发老丑"的颓态，却不能不让人感到仕途蹉跎的尴尬。而这种尴尬以至牢骚，在刘禹锡的《元和十年自朗州承召至京戏赠看花诸君子》（诗云："紫陌红尘拂面来，无人不道看花回。玄都观里桃千树，尽是刘郎去

---

① 《旧唐书》卷116《李林甫传》："李林甫求为司门郎中，乾曜曰：'郎官须有素行才望高者，哥奴岂是郎官耶？'"按：哥奴乃林甫小字。中华书局1975年版，第3235页。

② （唐）白居易著，顾学颉校点：《白居易集》卷19，中华书局1979年版，第403页。

后栽。"）、《再游玄都观绝句》（小序云："余贞元二十一年为屯田员外郎，时此观未有花。是岁，出牧连州，寻贬朗州司马。居十年，召至京师，人人皆言有道士手植仙桃，满观如红霞，遂有前篇以志一时之事。旋又出牧，于今十有四年，复为主客郎中。重游玄都观，荡然无复一树，唯兔葵燕麦动摇于春风耳。因再题二十八字，以俟后游。时大和二年三月。"诗云："百亩庭中半是苔，桃花净尽菜花开。种桃道士归何处，前度刘郎今又来。"）二诗中，则表现得更加淋漓尽致。关于这类诗歌，后面还将提到。

3. 郎官的选任向注重文才倾斜

张广达先生在《论唐代的吏》一文中指出："就社会传统观念而言，就隋唐时代统治阶级的既得利益和控制政权的需要而言，干练的胥吏还不能大踏步地走入官人行列。他们备受轻视，正是由魏晋南北朝封建贵族社会向宋代封建官僚社会过渡时期的必然现象。"[①] 官与吏的分途以及清流与浊品的分别，在中唐时代仍然是十分清晰的，只不过其划分标准已主要不取决于门第高下，而取决于科举出身了。所以，能够从芸芸布衣和数百十倍于官的吏中脱颖而出，进入郎官这一清流阶层，对中唐士人的政治生涯而言，其意义是十分重大的：因为它不仅是一个向上的跳板，而且其本身便是一个质的飞跃。

在下面的例子中，可以看出中唐郎官选任的标准也在经历着某种变迁：开始逐渐打破传统既定的清浊品阶界限，而向注重个人才能的一端倾斜。

《唐语林》卷六载："韦温迁右丞。文宗时，姚勖按大狱，帝以为能，擢职方员外郎。温上言：'郎官清选，不可赏能吏。'帝

---

①　张广达：《论唐代的吏》，《北京大学学报》1989 年第 2 期。

问故，杨嗣复对曰：'勖，名臣后，治行无疵。若吏才干而不入清选，他日孰肯当剧事者？此衰晋风，不可以法。'"[①]同一史实，《旧唐书》卷一六八《韦温传》的记载略有不同：

> 盐铁判官姚勖知河阴院，尝雪冤狱。盐铁使崔珙奏加酬奖，乃令权知职方员外郎。制出，令勖上省。温执奏曰："国朝已来，郎官最为清选，不可以赏能吏。"上令中使宣谕，言勖能官，且放入省。温坚执不奉诏，乃改勖检校礼部郎中。翌日，帝谓杨嗣复曰："韦温不放姚勖入省，有故事否？"嗣复对曰："韦温志在铨择清流。然姚勖士行无玷，梁公元崇之孙，自殿中判盐铁案，陛下奖之，宜也。若人有吏能，不入清流，孰为陛下当烦剧者？此衰晋之风也。"上素重温，亦不夺其操，出为陕虢观察使。[②]

韦温的做法是沿袭故事，"志在铨择清流"，但他所固守的清浊观念，在当时已被目为"衰晋之风"。可见，至少到了中唐，郎官的选任标准与注重清流出身的前代有了区别。姚勖最终被选任为检校礼部郎中，而坚持"铨择清流"的韦温则被出为陕虢观察使，说明这种变迁确确实实地发生了。

在打破传统既定的清浊品阶界限的同时，郎官的选任还特别注重对象的人品和文学才能，从而导致许多文学之士或通过科举之路进身的士人涌入郎官阶层，这同样是具有中唐时代特色的。任命郎官的制文对此有明确的表述，如常衮《授苗发都官员外郎制》：

---

① （宋）王谠著，周勋初校证：《唐语林校证》，中华书局1987年版，第597页。
② 《韦温传》，《旧唐书》卷168，中华书局1975年版，第4379页。

朝散大夫前守秘书丞龙门县开国男苗发：德厚流光，相门才子，代重一经之业，家承万石之风。理诣精微，行归纯至，丽以文藻，振以英华，端其诚而有恒，敏于事而兼适。早登学省，用汰儒流，丧纪外除，素冠未改。弟兄有裕，清论多之，处以弥纶之职，当兹俊茂之选。可行尚书都官员外郎，赐绯鱼袋，散官封如故。①

苗发是肃宗宰相苗晋卿之子，靠门荫得以入仕，在当时很有诗名，为"大历十才子"之一。苗晋卿也工诗善文，大诗人王维在《魏郡太守河北采访处置使上党苗公德政碑》中，甚至把苗晋卿与鲍照、谢朓相提并论，对其文学成就给予极高的评价："时人以为鲍参军谢吏部为更生云。"② 由此看来，"文学世家"和"相门才子"的名声，恐怕是苗发被选任为员外郎的重要原因。柳宗元曾撰《先君石表阴先友记》，列举了其父柳镇的六十八位朋友，其中包括"文学益健"的吏部郎中柳冕、"有文章"的兵部郎中杨凝，以及"最能为文"而"卒赠礼部郎中"的梁肃、"风流有文词"的都官员外郎李益等③。从柳宗元的记述看，他们的被选任为郎官，也都和其自身的文学才能、特别是在当时的文名有这样或那样的关系。至于前述卢纶因文名彰显被召入宫中，"超拜户部郎中"一例，则更为典型地说明了郎官的选任与文学才能的密切关系。

中唐时期为什么特别强调郎官人选的文学才能呢？我们从白

---

① （唐）常衮：《授苗发都官员外郎制》，（清）董诰等编：《全唐文》卷411，中华书局1983年版，第4217页。

② （唐）王维著，（清）赵殿成注：《王右丞集笺注》卷22，上海古籍出版社1984年版，第407页。

③ （唐）柳宗元：《柳宗元集》卷12，中华书局1979年版，第298页。

居易起草的《张籍可水部员外郎制》中，或许能够找到部分答案：

> 登仕郎守国子博士张籍：文教兴则儒行显，王泽流则歌
> 诗作。若上以张教流泽为意，则服儒业诗者，宜稍进之。顷
> 籍自校秘文而训国冑，今又覆名揣称，以水曹郎处焉。前年
> 以来，凡历文雅之选三矣，然人皆以尔为宜。岂非笃于学，
> 敏于行，而贞退之道胜邪？与之宠名者，可以奖夫不汲汲于
> 时者。可守尚书水部员外郎，散官、勋如故。①

这简直是把儒家诗教的那一套理论当作选人依据，搬到选官
程序中去了。"文教兴则儒行显，王泽流则歌诗作。若上以张教流
泽为意，则服儒业诗者，宜稍进之"，以此为选人依据，真可谓
旗帜鲜明。而这种明确的提法，在中唐以前的确是难以见到的。
其背景或前提大概可归纳为以下四条：一是科举之路成为士人进
入仕途的主要途径，二是科举重进士，三是进士重文学，四是中
唐时期进士科已成为"士林华选"②。有了以上背景或前提，郎官
的选任注重对象的文学才能，从而具有中唐的时代特征，也就在
情理之中了。

---

① （唐）白居易著，顾学颉校点：《张籍可水部员外郎制》，《白居易集》卷49，中
　华书局1979年版，第1031页。
② （唐）沈既济：《词科论》概括进士科盛况云："太平君子，唯门调户选，征文射策，
　以取禄位。此行已立身之美者也。父教其子，兄教其弟，无所易业。大者登台
　阁，小者任郡县，资身奉家，各得其足。五尺童子，耻不言文墨焉。是以进士
　为士林华选，四方观听，希其风采。每岁得第之人，不浃辰而周闻天下。故忠
　贤隽彦韬才毓行者，咸出于是，而桀奸无良者或有焉。故是非相陵，毁称相腾，
　或扇结钩党，私为盟歃，以取科第而声名动天下；或钩摭隐匿，嘲为篇咏，以
　列于道路。迭相谈誉，无所不至焉。"《全唐文》卷467，中华书局1983年版，
　第4868页。又封演《封氏闻见记》卷3《贡举》："当代以进士登科为登龙门，
　解褐多拜清紧，十数年间，拟迹庙堂。"文渊阁《四库全书》，上海古籍出版社
　2003年版，子部，第862册，第427页。

4. 郎官的迁转与唐代士人对郎官之职的热切追求。

郎官在士人从科举到入仕、从地方到中央、从低秩到高秩的地位迁转过程中，是一个十分重要的纽带和过渡。其要点正如权德舆《司门员外郎壁记》所强调的："盖宗公贵仕，多由此途出，所以储明才、练官业，必于是焉。"[①] 代宗永泰年间，颁布过这样的敕令："郎中得任中州刺史，员外郎得任下州刺史，用崇岳牧之任，兼择台郎之能。"[②] 上文说过，唐外州刺史的品阶，上州是从三品，中州出正四品上，下州是正四品下。自郎中的从五品上到中州刺史的正四品上，自员外郎的从六品上到下州刺史的正四品下，其间升迁的幅度是非常可观的。统治者这样做的本意，是为了抬高地方刺史的地位，并发挥台郎的才能，所谓"崇岳牧之任，兼择台郎之能"，但在一定程度上，却造成了唐代士人对郎官之职的热切追求。其间的某些心态，颇有值得玩味之处。

如《大唐新语》卷十三《谐谑》第二十八云：

> 晋宋以还，尚书始置员外郎分判曹事。国朝弥重其迁。旧例：郎中不历员外郎拜者，谓之"土山头果毅"。言其不历清资，便拜高品，有似长征兵士，便得边远果毅也。景龙中，赵谦光自彭州司马入为大理正，迁户部郎中。贺遂涉时为员外，戏咏之曰："员外由来美，郎中望不优。谁言粉署里，翻作土山头。"谦光酬之曰："锦帐随情设，金炉任意薰。唯愁员外署，不应列星文。"[③]

① （唐）权德舆：《司门员外郎壁记》，《新刊权载之文集》卷31，上海古籍出版社1994年版，第371页。

② （宋）王溥：《唐会要》卷68，中华书局1955年版，第1201页。

③ （唐）刘肃著，许德楠、李鼎霞点校：《大唐新语》卷13，中华书局1984年版，第190—191页。

又如，白居易有《喜张十八博士除水部员外郎》诗："老何殁后吟声绝，虽有郎官不爱诗。无复篇章传道路，空留风月在曹司。长嗟博士官犹屈，亦恐骚人道渐衰。今日闻君除水部，喜于身得省郎时。"① 长庆二年（822），白居易的友人张籍自国子博士迁水部员外郎。后者属于郎官中的所谓"后行"②，是"闲简无事"之官，官品不但没有提升，反而从正五品上降至从六品上（张籍是守尚书水部员外郎，所以散官、勋一如其故）。尽管如此，白居易不但表示了由衷的欣喜之情，而且特别强调"今日闻君除水部，喜于身得省郎时"，即比自己当初得到郎官时还要高兴。应该说，这种心情是有代表性的，是当时士人的一种普遍的心声。"长嗟博士官犹屈，亦恐骚人道渐衰"，在这里，白居易一方面是为自己得到一个志同道合的同僚而高兴；另一方面，也揭示了"骚人之道"的发扬还需依凭相当的社会地位，所谓"居高声自远"③，意同此类。所以，从这个意义上来说，这种对郎官之职热切追求的风气，对于中唐的士风、进而对于这个时期的文风，都有不可忽视的影响。

这里还有几点需要做补充说明。

---

① （唐）白居易著，顾学颉校点：《白居易集》卷19，中华书局1979年版，第420页。

② （宋）李昉等编：《太平广记》卷250"尚书郎"引韦述《两京新记》："尚书郎，自两汉已后，妙选其人。唐武德、贞观已来，尤重其职。吏、兵部为前行，最为要剧。自后行改入，皆为美选。考功员外专掌试贡举人，员外郎之最望者。司门、都门、屯田、虞、水、膳部、主客，皆在后行，闲简无事，时人语曰：'司门、水部，入省不数。'角抵之戏，有假令吏部令史与水部令史相逢，忽然俱倒，良久起云：'冷热相激，遂成此疾。'先天中，王上客为侍御史，自以才望清雅，妙当入省，常望前行，忽除膳部员外郎，微有怅惋。吏部郎中张敬忠戏咏之曰：'有意嫌兵部，专心取考功。谁知脚跼踏，几落省墙东。'膳部在省中最东北隅，故有此句。"中华书局1961年版，第1937页。

③ （唐）虞世南：《蝉》，（清）彭定求等编：《全唐诗》卷36，中华书局1960年版，第475页。诗云："垂緌饮清露，流响出疏桐。居高声自远，非是藉秋风。"

第一，郎官在唐人心目中的地位是比较特殊的。郎官的文人色彩颇为浓重：不仅郎官本身如此，还往往旁及与郎官有关的一些名物如"郎官湖"等。

"郎官湖"的由来，得自于尚书郎张谓等邀请李白宴饮，并请李白给江城南湖命名赋诗的故事。李白《泛沔州城南郎官湖》诗序称："乾元岁秋八月，白迁于夜郎，遇故人尚书郎张谓出使夏口。沔州牧杜公、汉阳宰王公，舣于江城之南湖，乐天下之再平也。方夜水月如练，清光可掇，张公殊有胜慨，四望超然，乃顾白曰：'此湖古来贤豪游者非一，而枉践佳景，寂寥无闻，夫子可为我标之嘉名，以传不朽。'白因举酒酹水，号之曰'郎官湖'，亦由郑圃之有仆射陂也。席上文士辅翼、岑静以为知言，乃命赋诗纪事，刻石湖侧，将与大别山共相磨灭焉。"李白诗曰：

> 张公多逸兴，共泛沔城隅。当时秋月好，不减武昌都。四坐醉清光，为欢古来无。郎官爱此水，因号郎官湖。风流若未减，名与此山俱。[①]

张谓，字正言，河内（今河南沁阳）人，天宝二年（743）进士。《唐才子传》卷四载其事迹云："少读书嵩山。清才拔萃，泛览流观，不屈于权势。自矜奇骨，必谈笑封侯。二十四受辟，从戎营、朔十载，亭障间稍立功勋，以将军得罪，流滞蓟门。有以非辜雪之者，累官为礼部侍郎。无几何，出为潭州刺史。性嗜酒简淡，乐意湖山。工诗，格度严密，语致精深，多击节之音。

---

① （唐）李白著，（清）王琦注：《李太白全集》卷20，中华书局1977年版，第950—951页。

今有集传于世。"① 应该说，张谓只是唐朝众多富有文才的士人之一，他与李白在江城南湖的宴饮，也不过是古代文人无数宴集中的一次而已；但偏偏李白就把南湖命名为"郎官湖"，从而创造了一个山水名胜和文学典故，张谓和南湖也因此留名后世。

值得一提的是，在有关张谓的生平事迹材料中，并无他做过郎官的正式记载②；而李白的命名和诗作，却特别突出了这一点，并把"郎官"与"逸兴"、"风流"等具有浓厚文人化色彩的字眼联系起来，表达了希望"郎官湖"能与"大别山"③"共相磨灭"的心情。李白的这一举动，可谓影响深远。从此，"郎官湖"就作为一个名胜和著名的典故，频频出现于后代的方志记载和诗文吟咏中④。而李白对郎官的强调以及后人对"郎官湖"的追述和吟咏这一事实本身，则表明了在他们的心目中，郎官占据着一个特殊的地位。

① 傅璇琮主编：《唐才子传校笺》卷 4，中华书局 1989 年版，第 2 册，第 138—146 页。
② 傅璇琮先生对《唐才子传》所记张谓事迹多有辩证，但于张谓"何时仕尚书郎，及尚书何曹"，乃告"均不得其详"。见傅璇琮主编《唐才子传校笺》卷 4，中华书局 1989 年版，第 2 册，第 142 页。陶敏先生补笺云："按《全唐诗》卷 235 贾至有《巴陵寄李二户部张十四礼部》诗，题注：'时贬岳州司马。'贾至乾元二年秋贬岳州，时张谓在尚书郎任。又《李太白全集》卷 17 有《鲁郡尧祠送张十四游河北》诗。李白开元后期居东鲁，张谓时曾游河北（参原笺）。故二诗中张十四均当为谓，乾元中乃官礼部郎。李白序中'故人'二字，亦可得合理解释。"明确了张谓乾元年间曾为礼部郎官。见傅璇琮主编《唐才子传校笺·补正》卷 4，中华书局 1995 年版，第 5 册，第 193 页。按张谓后来于大历七年（772）、八年（773）、九年（774）以礼部侍郎知贡举，当又有升迁。见孟二冬《登科记考补正》卷 10，北京燕山出版社 2003 年版。
③ （宋）陆游：《入蜀记》卷 5："汉阳负山带江，其南小山有僧寺者，大别山也，又有小别，谓之二别云。"中华书局 1985 年版，第 41 页。
④ 如《湖广通志》卷 84 载宋人蒋之奇《清光亭》诗："郑圃仆射陂，汉阳郎官湖。郎官何为名，张谓佩使符。泛舸江城南，乃与太白俱。明月一万顷，清光天下无。"文渊阁《四库全书》，上海古籍出版社 2003 年版，史部，第 534 册，第 238 页。又《宋百家诗存》卷 9 有宋人郭祥正《追和李白郎官湖寄汉阳太守刘宣父》诗："迁客昔登览，愁烟颇四隔。身趋故郎道，心恋成阳都。此景古来好，此人今则无。空余秋夜月，素影湛平湖。便欲凌风去，酣歌与君俱。"文渊阁《四库全书》，上海古籍出版社 2003 年版，集部，第 1477 册，第 209 页。

李翱《祭杨仆射文》云：“贞元中岁，公既为郎，始获趋门，仰公之光。遂假荐言，幽蛰用彰。德惠之厚，殁身敢忘？”① 此文作于大和四年（830）杨於陵殁时。杨贞元八年（792）为膳部员外郎，转考功、吏部二员外后，又迁右司郎中，改吏部郎中。李翱贞元十四年（798）登进士第，或有杨的举荐之功，故这里说“遂假荐言，幽蛰用彰”。从此文的口气看，郎官在一般士人的眼中，是一个可望而又可即的追求目标，既可趋附以求举荐，又可以努力谋求，其过渡性在唐代士人的心目中是十分明显的。

除了文人化色彩浓厚以外，郎官还被认作是文官中地位特殊的一群，这从“郎位列宿”的典故及在唐代的用例可以看出。

“郎位列宿”的典故出处已如前述。在唐代诗文中，“郎位列宿”之类的用例可谓俯拾皆是。如卢照邻《同崔录事哭郑员外》：“文学秋天远，郎官星位尊。”高适《酬裴员外以诗代书》：“自从拜郎官，列宿焕天街。”杜甫《寄刘峡州伯华使君四十韵》：“刺史诸侯贵，郎官列宿应。”孙逖《送李郎中赴京序》：“夫居四民，时地利，周所以贵冬官；草奏议，应列宿，汉所以宠郎署。”② 在授予郎官的正式文件中，有关用例也频频出现。如贾至《授张禹兵部郎中邱据兵部员外郎制》：“上应列宿，尚书郎所以称美也。”③ 又《授李岑工部员外郎制》：“京兆府兵曹参军李岑，敏而好学，出言有章，累登甲乙之科，尝居匡辅之任。隽才利器，在邦必闻，俾振翻于仙署，用扬光于列宿。可工部员外郎。”④ 等等。

① （唐）李翱：《祭杨仆射文》，（清）董诰等编：《全唐文》卷 640，中华书局 1983 年版，第 6467 页。

② （唐）孙逖：《送李郎中赴京序》，（清）董诰等编：《全唐文》卷 312，中华书局 1983 年版，第 3166 页。

③ （唐）贾至：《授张禹兵部郎中邱据兵部员外郎制》，《全唐文》卷 366，中华书局 1983 年版，第 3725 页。

④ （唐）贾至：《授李岑工部员外郎制》，（清）董诰等编：《全唐文》卷 366，中华书局 1983 年版，第 3726 页。

郎官之所以被认作是文官中地位特殊的一群，一方面与传统的清浊观念有关，如前述韦温坚持"国朝已来，郎官最为清选，不可以赏能吏"；另一方面，也缘于这种观念在唐代的强调与强化。如《唐会要》卷五十八"尚书省诸司中"载开元五年四月九日敕："尚书郎皆是妙选"。又如白居易《张元夫可礼部员外郎制》："官有秩清而选妙者，其仪曹员外郎之谓乎？"①薛廷珪《授徐彦枢礼部员外郎制》："文昌列曹，代称清署，宗伯之重，时难厥官，其在外郎，选擢尤重，率多虚位，以待当才。"②正因为如此，崔龁便在《授裴谂司封郎中依前充职制》中把郎官和翰林学士相提并论："台郎望美，词苑地高。粲列宿之辉华，参起草之宥密。自非风仪玉立，器宇川停。摛揽天之雄文，蕴掷地之清韵，则不足以膺我妙选，为时美谈。"③台郎指南省郎官，词苑即指翰林学士。

第二，由于郎官所在的尚书省是国家行政的执行机构，是国家机器赖以运转的重要组成部分，所以郎官的选任，可以说是吏治的关键所在，因而史书中留下了不少有关讨论的记录。

在唐代，围绕郎官话题展开的比较著名的讨论，一次发生在太宗贞观时期，一次发生在中宗朝。前一次见于《旧唐书》卷七十四《刘洎传》：

> 刘洎……十五年，转治书侍御史，上疏曰：尚书万机，

---

① （唐）白居易著，顾学颉校点：《白居易集》卷49，中华书局1979年版，第1029页。仪曹即礼部。

② （唐）薛廷珪：《授徐彦枢礼部员外郎制》，（清）董诰等编：《全唐文》卷837，中华书局1983年版，第8811页。

③ （唐）崔龁：《授裴谂司封郎中依前充职制》，（清）董诰等编：《全唐文》卷726，中华书局1983年版，第7475—7476页。

实为政本。伏寻此选，受授诚难。是以八座比于文昌，二丞
方于管辖，爰至曹郎，上应列宿，苟非称职，窃位兴讥。伏
见比来尚书省诏敕稽停，文案壅滞……将救兹弊，且宜精简
四员。左右丞、左右司郎中如并得人，自然纲维略举，亦当
矫正趋竞，岂唯息其稽滞哉！①

后一次见于《旧唐书》卷九十二《萧至忠传》：

　　至忠上疏陈时政，曰：……顷者选曹授职，政事官人，
或异才升，多非德进。皆因依贵要，互为粉饰，苟得即是，
曾无远图，上下相蒙，谁肯言及？……昔汉馆陶公主为子求
郎，明帝谓曰："郎官上应列宿，出宰百里，苟非其人，则
人受其殃。"赐钱十万而已。……当今列位已广，冗员倍多，
祈求未厌，日月增数。陛下降不赀之泽，近戚有无涯之请，
卖官利己，鬻法徇私。台寺之内，朱紫盈满，官秩益轻，恩
赏弥数。俭利之辈，冒进而莫识廉隅；方雅之流，知难而敛
分丘陇。才者莫用，用者不才，二事相形，十有其五。故人
不效力，而官匪其人，欲求其理，实亦难成。②

　　刘泊和萧至忠的上疏，都是针对当时中央官员队伍庞大、任
人非贤、效率低下等问题而发的。从中可以看出，郎官的选任已
经成为当时吏治的核心问题。

　　第三，从授予郎官的制诰来看，选任郎官的要求比较接近于
进士录取标准，因而二者存在着明显的连带关系。唐代进士科举

---

① 《刘泊传》，《旧唐书》卷 74，中华书局 1975 年版，第 2607—2608 页。
② 《萧至忠传》，《旧唐书》卷 92，中华书局 1975 年版，第 2969—2670 页。

考试和录取标准经历过一些变化，重经义策对，还是重诗赋词藻的争论，从中唐一直持续到晚唐。比如在代宗朝，围绕着是否停止进士科和明经科问题，就曾经发生过一场争论。宝应元年（763）六月，礼部侍郎杨绾上疏论贡举之弊，主张废止进士和明经科，由县令、刺史察举孝廉，送尚书省考试经义和对策。给事中李栖筠、尚书左丞贾至等对此积极赞同，而宰臣和翰林学士等则强调"举人旧业已成，难于速改"、"进士行来已久，遽废之，恐失人业"[①]。由于遭到强烈反对，最终杨绾等改革科举取士的建议被搁置起来。[②] 大和七年（833），文宗"患近世文士不通经术，李德裕请依杨绾议，进士试论议，不试诗赋"[③]，但仅仅实行了不到一年，李德裕罢相后，就又恢复了诗赋取士。

无论是考经义对策，还是考诗赋，对举子和郎官在文翰和词藻方面的禀赋，都有一致的要求，只是争论双方强调的侧重点不同而已。如常衮是进士科的积极倡导者，其《授苗发都官员外郎制》曰："理诣精微，行归纯至，丽以文藻，振以英华。"[④] 又《授崔殷刑部员外郎制》："词华绚丽，台郎高选，清论恰于朝伦。"[⑤] 贾至主张改革科举，其《授韦少游祠部员外郎等制》曰："左补阙直宏文馆韦少游，修词懿文，终温且惠；守右监门卫胄曹参军许登，振藻扬采，穆如清风。并藏器于身，陈力就列。南宫郎位，

① 《杨绾传》，《旧唐书》卷119，中华书局1975年版，第3434页。
② 吴宗国：《唐代科举制度研究》第七章《进士科举考试和录取标准的变化》，辽宁大学出版社1997年第2版，第131—144页。
③ （宋）司马光编著，（元）胡三省音注：《资治通鉴》卷244，中华书局1956年版，第7886页。
④ （唐）常衮：《授苗发都官员外郎制》，（清）董诰等编：《全唐文》卷411，中华书局1983年版，第4217页。
⑤ （唐）常衮：《授崔殷刑部员外郎制》，（清）董诰等编：《全唐文》卷411，中华书局1983年版，第4217页。

是登题柱之才；左禁谏臣，方求折槛之直。少游可检校祠部员外郎，登可右拾遗。"①

虽然进士科举的总体格局没有改变，但是进士录取标准的改革却实际发生了。进士录取标准的改革，突出地体现了中唐的时代特色：当时的政治家和文人，已经开始反思安史之乱在吏治方面的诱因②，并试图从士风和文风着手革除积弊。杨绾、贾至等改革科举的建议，中唐古文运动的先驱如元结、独孤及、梁肃、柳冕等改革文风的努力，都或明或暗地指向这一目标。而作为与进士科举有连带关系的郎官选任，也随着进士科举考试和录取标准的变迁，体现了中唐的时代特色。

二、郎官在中唐社会文化方面的重要作用

由上述可见，作为一个类别的社会角色和数量庞大的官僚群体，郎官在唐代、特别是中唐时所发挥的作用是不可忽视的。鉴于郎官的数量十分庞大，本文在这里只能结合中唐郎官的活动，举例加以说明。

郎官发挥其作用的途径，大致可分为三种：一是由郎官组成的文人集团所发挥的作用，二是郎官本身的职事所发挥的作用，三是郎官个人所发挥的作用。试分述之。

其一，郎官形成文人集团的可能性和现实基础是显而易见的：同年、同门、同任台郎或同一官秩层次的郎官之间，容易

---

① （唐）贾至：《授韦少游祠部员外郎等制》，（清）董诰等编：《全唐文》卷366，中华书局1983年版，第3725页。

② （唐）贾至：《议杨绾条奏贡举疏》，（清）董诰等编：《全唐文》卷368，中华书局1983年版，第3735—3736页。

相互认同。但史书中作正面记述的不多，如果有记载，则多少会和朋党之类的嫌疑牵扯上。如《旧唐书》卷十六《穆宗纪》长庆元年十二月载："贬员外郎独孤朗韶州刺史，起居舍人温造朗州刺史，司勋员外郎李肇澧州刺史，刑部员外郎王镒郢州刺史，坐与李景俭于史馆同饮，景俭乘醉见宰相谩骂故也。兵部郎中知制诰冯宿、库部郎中知制诰杨嗣复各罚一季俸料，亦坐与景俭同饮，然先起，不贬官。"①白居易当时是中书舍人，认为问题的性质并不严重，朝廷的责罚过苛，打击面太大，曾上《论左降独孤朗等状》为其辩护②；其实就是要避免穆宗作出这些郎官有朋党之嫌的判定。

但是由于种种因素，在郎官阶层内部也会不可避免地形成不同的政治分野和利益集团。如德宗时，王仲舒等郎官每日歌酒会聚，过从甚密，在当时令人侧目，被视为朋党。与他们形成对照的李藩，当时是秘书省的一个秘书郎，因为名气大③，王仲舒等想拉他入伙，被其拒绝。④后来李藩也成为郎官，并一直做到宰相⑤。从李藩拒绝王仲舒等人的理由看，他们之间的分野似乎还谈

---

① 《穆宗纪》，《旧唐书》卷16，中华书局1975年版，第493页。

② （唐）白居易著，顾学颉校点：《论左降独孤朗等状》，《白居易集》卷60，中华书局1979年版，第1268页。白居易把独孤朗等人出官词头封还，并为其辩护，结果是疏入不报。

③ 《旧唐书》卷148《李藩传》记载李藩事迹，颇富传奇色彩。

④ 《旧唐书》卷148《李藩传》载："王仲舒、韦成季、吕洞辈为郎官，朋党辉赫，日会聚歌酒。慕藩名，强致同会，藩不得已一至。仲舒辈好为诐语俳戏，后召藩，坚不去，曰：'吾与仲舒辈终日，不晓所与言何也。'后果败。（李藩）迁主客员外郎，寻换右司。"中华书局1975年版，第3998页。

⑤ 《旧唐书》卷148《李藩传》："藩寻改吏部员外郎。元和初，迁吏部郎中，掌曹事，为吏所蔽，滥用官阙，黜为著作郎。转国子司业，迁给事中。制敕有不可，遂于黄敕后批之。吏曰：'宜别连白纸。'藩曰：'别以白纸，是文状，岂曰批敕耶！'裴垍言于帝，以为有宰相器，属郑绸罢免，遂拜藩门下侍郎、同平章事。藩性忠荩，事无不言，上重之，以为无隐。……藩为相才能不及裴垍，孤峻颇后韦贯之，然人物清规，亦其流也。"中华书局1975年版，第3999—4001页。

不上是政治的分野，至多是品性和处事的差异。从"郎官相轻"①
这一俗语在当时流行来看，类似的事情当不少见。至于贞元十九
年（803）王仲舒等郎官被逐的原因，则显然与他们同王叔文、
韦执谊的政治分野直接相关了。据《旧唐书》卷一三五《韦执谊
传》记载：

> 　　德宗载诞日，皇太子献佛像，德宗命执谊为画像赞，上
> 令太子赐执谊缣帛以酬之。执谊至东宫谢太子，卒然无以藉
> 言，太子因曰："学士知王叔文乎？彼伟才也。"执谊因是与
> 叔文交甚密。俄丁母忧，服阕，起为南宫郎。德宗时，召入
> 禁中。初，贞元十九年，补阙张正一因上书言事得召见，王
> 仲舒、韦成季、刘伯刍、裴茝、常仲孺、吕洞等以尝同官相善，
> 以正一得召见，偕往贺之。或告执谊曰："正一等上疏论君
> 与王叔文朋党事。"执谊信然之，因召对，奏曰："韦成季等
> 朋聚觊望。"德宗令金吾伺之，得其相过从饮食数度，于是
> 尽逐成季等六七人，当时莫测其由。②

　　韦执谊后来得到王叔文的引用，做到顺宗朝的宰相；但他
当时（贞元十九年）也只是一个吏部郎中③，因与王叔文交往甚
密，而与王仲舒、韦成季等郎官发生冲突（很可能王仲舒等并

---

①　（唐）李肇：《唐国史补》卷下："台中……务苛礼，省中多事，旨趣不一。故言：……
郎官相轻。"见《唐国史补　因话录》，上海古籍出版社 1979 年版，第 53 页。

②　《韦执谊传》，《旧唐书》卷 135，中华书局 1975 年版，第 3732—3733 页。

③　（清）劳格、赵钺著，徐敏霞、王桂珍点校：《唐尚书省郎官石柱题名考》卷 3
"吏部郎中"有韦执谊题名，中华书局 1992 年版。岑仲勉《翰林学士壁记注补》：
"《旧唐书》传云：'俄丁母忧，服阕，起为南宫郎。'若以《郎官柱》吏中之次
序推之，执谊官吏当在贞元十九年。"收入岑仲勉：《郎官石柱题名新考订》（外
三种），上海古籍出版社 1984 年版，第 228 页。

没有议论韦执谊与王叔文朋党事，而是有人从中挑拨，但韦执谊和王叔文却信以为真了[①]）。由于韦执谊得到恩遇，又告状在先，这场郎官之间的内部争斗，终于以王仲舒等人被逐出朝廷的结局告终。

其二，郎官的职事，有轻有重，因而有所谓“前行”、“中行”、“后行”之分。《太平广记》卷二五〇引韦述《两京新记》云：

> 尚书郎，自两汉已后，妙选其人。唐武德、贞观已来，尤重其职。吏、兵部为前行，最为要剧。自后行改入，皆为美选。考功员外专掌试贡举人，员外郎之最望者。司门、都门（官）、屯田、虞、水、膳部、主客，皆在后行，闲简无事，时人语曰：“司门、水部，入省不数。”角抵之戏，有假作吏部令史与水部令史相逢，忽然俱倒，良久起云：“冷热相激，遂成此疾。”先天中，王上客为侍御史，自以才望清雅，妙当入省，常望前行，忽除膳部员外郎，微有怅惋。吏部郎中张敬忠戏咏之曰：“有意嫌兵部，专心取考功。谁知脚踜蹬，几落省墙东。”膳部在省中最东北隅，故有此句。[②]

这里已经分出“前行”和“后行”。《通典》卷二十三《职官五》云：“尚书六曹，吏部、兵部为前行，户、刑为中行，礼、工为后行。

---

① （唐）韩愈：《顺宗实录》卷5：“贞元十九年，补阙张正买（按“买”当作“一”）为疏谏他事，得召见。正买与王仲舒、刘伯刍、裴茝、常仲孺、吕洞相善，数游止。正买得召见，诸往来者皆往贺之。有与之不善者，告叔文、执谊云：‘正买疏似论君朋党事，宜少诫！’执谊、叔文信之。执谊尝为翰林学士，父死罢官，此时虽为散郎，以恩时时召入问外事。执谊因言成季等朋谶聚游无度，皆谴斥之，人莫知其由。”（唐）韩愈著，马其昶校注，马茂元整理：《韩昌黎文集校注·文外集》下卷，上海古籍出版社1987年版，第721页。

② （宋）李昉等编：《太平广记》卷250，中华书局1961年版，第1937页。

其官属自后行迁入二部者以为美。自魏晋以来，凡吏部官属，悉高于诸曹，其选举皆尚书主之。"① 在"前行"和"后行"之间分出"中行"。又清人钱大昕《十驾斋养新录》卷十"前行中行后行、头司子司"条云："唐宋制，六部有前行、中行、后行三等，而廿四司有头司、子司之称。《唐会要》：故事，以兵、吏及左右司为前行，刑户为中行，工礼为后行。每行各管四司，而以本行名为头司，余为子司。（如吏部为头司，司勋、司封、考功为子司。五部皆仿此。）"② 前行郎官炙手可热，后行郎官则往往被人冷落，如《旧唐书》卷一七七《毕诚传》所说："故事，势门子弟鄙仓、驾二曹，居之者不悦。"仓、驾二曹被视为"后行"，故为势门弟子所鄙，居之者不悦。

上述材料都提示了吏部地位的重要性。关于这一点，白居易有《卢元辅吏部郎中制》："六官之属，升降随时。独吏部郎班秩加诸曹之右，历代迄今，未尝改也。"③ 又有《除李建吏部员外郎制》："六官之属，选部郎首之。"④ 也对吏部的地位加以强调。

吏部地位的重要性是由其职事的性质决定的。《唐六典》卷二《尚书吏部》载：吏部"掌天下官吏选授、勋封、考课之政令"⑤。关于中唐文人在吏部郎官任上的活动及其作用，这里试举一例说明。

大和七年（833），刘禹锡撰《唐故朝议郎守尚书吏部侍郎上

① （唐）杜佑：《职官五》，《通典》卷23，中华书局1984年版，第135页。
② （清）钱大昕著，陈文和、孙显军校点：《十驾斋养新录》卷10，江苏古籍出版社2000年版，第214页。
③ （唐）白居易著，顾学颉校点：《白居易集》外集卷下，中华书局1979年版，第1541页。
④ （唐）白居易著，顾学颉校点：《白居易集》卷55，中华书局1979年版，第1151页。
⑤ （唐）李林甫等著：《尚书吏部》，《唐六典》卷2，中华书局1992年版，第27页。

柱国赐紫金鱼袋赠司空奚公神道碑》①，其中记载奚陟任吏部官员的经历道：

> （奚陟）转吏部员外郎，是曹在南宫为眉目，在选士为司命。公执直笔，阅簿书，纷拏盘错，一瞬而剖。时文昌缺左右丞，都曹差重，遂转左司郎中，寻迁中书舍人。执事者絜公识精，以斟酌大政，非独用文饰也。
>
> 转刑部侍郎……刑曹既清，以余刃兼领选事。居一年，授权知吏部侍郎，又一年即真。是秩言能审官者，本朝有裴、马、卢、李四君子，物论以公媲焉。
>
> 公少以名器自任，及显达，急于推贤。视其所举，则在西省荐权丞相，由右史掌训词。在中铨表杨仆射，由地曹郎综吏部。二公后为天下伟人。②

作为吏部郎官乃至侍郎，奚陟的"急于推贤"之举，只是其履行职事的表现；但这对于当时的社会政治和历史文化来说，则具有不可忽视的意义。因为他所举荐的这两个人，堪称在中唐产生过较大影响的重要人物。

按权丞相即权德舆（761—818），字载之，天水略阳（今甘肃秦安）人。史载其年十五即为文百篇，编为《童蒙集》十卷，名声日大。杜佑、包佶先后辟为从事。德宗闻其才，召为太常博士，改左补阙，又任起居舍人兼制诰，历驾部员外郎、司勋郎中，进

---

① 据碑文，奚陟终于贞元十五年（799）十月，葬于当年十二月，三十四年后，其后人求刘禹锡撰神道碑，故该文写于大和七年（833）。

② （唐）刘禹锡著，卞孝萱校订：《刘禹锡集》卷2，中华书局1990年版，第29页。按"急于推贤"，中华书局本作"忽于举贤"，本文引用时据《四部丛刊》本《刘梦得文集》校改。

中书舍人。贞元十八年（802）拜礼部侍郎，贞元、元和间掌文柄，曾三次知贡举；柳宗元、刘禹锡等皆投文门下，求其品题。宪宗元和初历兵部、吏部侍郎，自太常卿拜礼部侍郎同平章事。八年罢为礼部尚书，历检校吏部尚书留守东都、刑部尚书，十三年卒于山南西道节度使任。赠左仆射，谥曰文。《全唐诗》作者小传评道："德舆积思经术，无不贯综。其文雅正赡缛，动止无外饰，而蕴藉风流，自然可慕，为贞元、元和间缙绅羽仪。"有文集五十卷，《全唐诗》编诗十卷①。杨仆射即杨於陵（753—830），字达夫，弘农（今河南灵宝北）人。年十九擢进士第，节度使韩滉奇之，妻以女。滉为相，方权幸，於陵不欲进取，退庐建昌。滉卒，乃为膳部员外郎。历考功员外郎、吏部员外郎、右司郎中、吏部郎中、京兆少尹、中书舍人、户部侍郎等。元和三年（808）兼贤良方正考官，因判定言辞激烈的皇甫湜、牛僧孺、李宗闵为对策上第，得罪宦官，出为岭南节度使②。穆宗立，迁户部尚书，以左仆射致仕。《全唐诗》作者小传评道："於陵器量方峻，节操坚明，时人尊仰之。"卒赠司空。《全唐诗》收其诗三首。③

其三，在职事之外，郎官作为具有一定社会政治地位的士人，也在中唐发挥着重要的作用。比如，科举考试堪称唐代社会生活中的一件大事，其中有些重要环节就不乏郎官们的直接或间接参与。唐初，科举考试由吏部考功员外郎主持，自开元二十四年（736）发生考功员外郎李昂被举子所讼事件以后，才

---

① 参见《旧唐书》卷148《权德舆传》及《全唐诗》卷320"作者小传"。
② 《旧唐书》卷148《裴垍传》："（元和）三年，诏举贤良，时有皇甫湜对策，其言激切，牛僧孺、李宗闵亦苦讦时政。考官杨於陵、韦贯之升三子之策皆上第，垍居中覆视，无所同异。及为贵幸泣诉，请罪于上，宪宗不得已，出陵、贯之官，罢垍翰林学士，除户部侍郎。"中华书局1975版，第3990页。
③ 参见《旧唐书》卷164《杨於陵传》及《全唐诗》卷330"作者小传"。

改为由礼部侍郎专掌贡举。关于这一变化,《唐会要》卷五十九《礼部侍郎》载:

> 开元二十四年三月十二日,以考功员外郎李昂为举人所讼,乃下诏曰:"每岁举人,顷年以来,惟考功郎所职。位轻务重,名实不伦。欲尽委长官,又铨选委积。但六官之列,体国是同,况宗伯掌礼,宜主宾荐。自今以后,每年诸色举人及斋郎等简试,并于礼部集,既众务烦杂,仍委侍郎专知。"①

尽管如此,中唐时期郎官仍然在科举考试的一些环节发挥着重要的作用。中唐时期郎官单独主持贡举,或者和礼部侍郎等共同主持贡举的情况,以及充任覆试考官的情况,仍然不乏记载。据清人徐松《登科记考》②及孟二冬先生《登科记考补正》③,计有:肃宗至德二载(757)右补阙兼礼部员外郎薛邕知贡举;德宗贞元八年(792)兵部侍郎陆贽知贡举,比部郎中王础④与右补阙翰林学士梁肃辅佐之;长庆元年(821)四月,中书舍人王起、主客郎中知制诰白居易等充重试进士考官,覆试礼部侍郎钱徽知贡举所放进士郑朗等十四人,结果黜落郑朗等十人⑤。

至于制举考试中的考策官,也有不少郎官担任。如贞元元

---

① （宋）王溥：《唐会要》卷59,中华书局1955年版,第1024—1025页。
② （清）徐松著,赵守俨点校：《登科记考》,中华书局1984年版。
③ 孟二冬：《登科记考补正》,燕山出版社2003年版。
④ （宋）王钦若等编：《册府元龟》卷139《帝王部·旌表》："(兴元元年)十二月,以前祠部郎中王础为比部郎中。"中华书局1960年版,第1688页。
⑤ 《旧唐书》卷16《穆宗纪》："敕今年钱徽下进士及第郑朗等一十四人,宜令中书舍人王起、主客郎中知制诰白居易等重试以闻。"中华书局1975年版,第488页。

年（785）右司郎中独孤恤[①]与礼部侍郎鲍防共同担任考官；元和三年（808）复策贤良之士，吏部员外郎韦贯之与户部侍郎杨於陵、左司郎中郑敬、都官郎中李益同为考策官[②]；长庆元年（821）十二月，膳部郎中陈岵、考功员外郎贾餗与中书舍人白居易同考制策[③]；宝历元年（825）吏部郎中崔琯、兵部郎中李虞仲与中书舍人郑涵并充考制策官[④]；大和二年（828）库部郎中庞严与左散骑常侍冯宿、太常少卿贾餗为考策官[⑤]，等等。

那么，这些郎官们在科举考试过程中的作为和影响如何呢？长庆元年（821）白居易有《论重考试进士事宜状》[⑥]，该状的署名是"重考试进士官、朝议郎守尚书主客郎中知制诰臣白居易等"，联合署名的是"重考试进士官、朝散大夫守中书舍人上轻车都尉臣"王起。该状是白居易在郎官任上所作，其事由乃是与中唐政治关系重大的一件科场案。

长庆元年（821），钱徽为礼部侍郎知贡举时，发生一件著名的科场案，其经过见《旧唐书》卷一六八《钱徽传》。简言之，宰相段文昌和翰林学士李绅考前曾向钱徽请托，榜出后所荐之人杨浑之、周汉宾皆落第，而及第者中有郑覃之弟郑朗、李宗闵

---

① （宋）宋敏求：《唐大诏令集》卷 106《贞元元年贤良方正直言极谏科策问》（原注：试官鲍防、独孤恤），商务印书馆 1959 年版。《新唐书》卷 159《鲍防传》："右司郎中独孤恤欲下（穆）质，防不许。"中华书局 1975 年版，第 4949 页。

② 《旧唐书》卷 158《韦贯之传》：（元和）"三年，复策贤良之士，又命贯之与户部侍郎杨於陵、左司郎中郑敬、都官郎中李益同为考策官。"中华书局 1975 年版，第 4173—4174 页。

③ 《旧唐书》卷 16《穆宗纪》："诏中书舍人白居易、膳部郎中陈岵、考功员外郎贾餗同考制策。"中华书局 1975 年版，第 492 页。

④ 《旧唐书》卷 17《敬宗纪》："以中书舍人郑涵、吏部郎中崔琯、兵部郎中李虞仲并充考制策官。"中华书局 1975 年版，第 514 页。

⑤ 《旧唐书》卷 190《刘贲传》："是岁，左散骑常侍冯宿、太常少卿贾餗库部郎中庞严为考策官，三人者，时之文士也。"中华书局 1975 年版，第 5077 页。

⑥ （唐）白居易著，顾学颉点校：《白居易集》卷 60，中华书局 1979 年版，第 1265 页。

之婿苏巢、杨汝士之弟杨殷士、裴度之子裴譔。段文昌怒而面
奏穆宗，告钱徽所放进士郑朗等十四人皆公卿子弟，乃请托所
致。穆宗问于翰林学士李德裕、元稹、李绅等，回答悉如文昌
所言。遂命中书舍人王起、主客郎中知制诰白居易，于子亭重试，
结果黜落郑朗、苏巢、杨殷士等十人。钱徽、杨汝士、李宗闵
也相继被贬。这一事件被旧史认为是中唐朋党之争的一个里程
碑，如《旧唐书》卷一七六《李宗闵传》云："时李吉甫子德裕
为翰林学士，钱徽榜出，德裕与同职李绅、元稹连衡言于上前，
云徽受请托，所试不公，故致重覆。比相嫌恶，因是列为朋党，
皆挟邪取权，两相倾轧。自是纷纭排陷，垂四十年。"[1] 在这场科
举事件中，身为重考试进士官和主客郎中的白居易被深深地卷
了进去，他本想在维持科举制度的公正性和不开罪牛李两党之
间找到一个平衡点，但终于没有成功。所以第二年即长庆二年
（822），他便请求外放，毅然决然地离开长安，做富甲一方的杭
州的刺史去了。

三、郎官的清望之感与中唐郎官的文学活动

《旧唐书》卷一六六《元稹传》载：

> 十四年,(元稹)自虢州长史征还，为膳部员外郎。宰相
> 令狐楚一代文宗，雅知稹之辞学，谓稹曰："尝览足下制作，
> 所恨不多，迟之久矣。请出其所有，以豁予怀。"稹因献其

---

[1] 《李宗闵传》,《旧唐书》卷176，中华书局1975年版，第4552页。

文……穆宗皇帝在东宫，有妃嫔左右尝诵稹歌诗以为乐曲者，知稹所为，尝称其善，宫中呼为元才子。荆南监军崔潭峻甚礼接稹，不以掾吏遇之，常征其诗什讽诵之。长庆初，潭峻归朝，出稹《连昌宫辞》等百余篇奏御。穆宗大悦，问稹安在。对曰："今为南宫散郎。"即日转祠部郎中、知制诰。朝廷以书命不由相府，甚鄙之。然辞诰所出，夐然与古为侔，遂盛传于代，由是极承恩顾。尝为《长庆宫辞》数十百篇，京师竞相传唱。居无何，召入翰林，为中书舍人、承旨学士。[①]

细读上引史料，就会发现：郎官在中唐文人的政治和文学活动中，的确扮演着重要的角色。对于元稹而言，虢州长史—南宫散郎—知制诰这几个社会角色的转换，在他的政治和文学生涯中占据了举足轻重的地位。而在此转换过程中，郎官的身份又起到了承上启下的作用。

中唐郎官里面不乏现代意义上的诗人和文章家，他们的文学成就，已经被当今的文学史家所认可。本文在文学史已有成果的基础上，从社会角色的角度考察他们在郎官职位上的文学活动，意在揭示他们本身所固有的"郎官意识"，以期对其作品的丰富性增加一些认识；同时为探讨中唐文学演进的具体展开，提供一些可供参照的背景。

唐人对郎官"上应列宿"有着高度的共识，已如前述；那么，这些身处郎署的当事者本人对此是怎么看待的呢？他们处在如此的社会角色之中的心态又是怎样的呢？我们认为，他们本身也具有明确的"郎官意识"。这种"郎官意识"至少包含以下几个层面：

---

① 《元稹传》，《旧唐书》卷166，中华书局1975年版，第4332—4333页。

首先，是郎官风流倜傥的形象和踌躇满志的心态。能够进入郎官这一清流阶层，其春风得意的心情以及由此生发的远大抱负是不言而喻的。这从他们本人或其他人的诗文中不难体会到。

除了正常的迁转外，一些人进入郎官阶层或由此再度升迁，乃是缘于皇帝的恩顾，其情形自然与众不同。如前文述及卢纶祖孙三代都做过郎官，就与德宗、文宗的关照和引拔有直接的联系。卢纶本人曾有《酬金部王郎中省中春日见寄》："南宫树色晓森森，虽有春光未有阴。鹤侣正疑芳景引，玉人那为簿书沉。山含瑞气偏当日，莺逐轻风不在林。更有阮郎迷路处，万株红树一溪深。"诗中描绘了南宫郎署仙境般的幽雅氛围，可见他对此郎官列宿之境的向往。又如，刘禹锡的《唐故相国赠司空令狐公集纪》中有一段文字，特别描述了贵为天子的宪宗如何被当年令狐楚的个人魅力所打动：

> 元和初，宪宗闻其（令狐楚）名，征拜右拾遗，历太常博士，入尚书为礼部员外郎。性至孝，既孤，以善居丧闻。中月除刑部员外。时帝女下嫁，相礼缺官，公以本官摄博士。当问名之答，上亲临帐幄，帘内以窥之，礼容甚伟，声气朗彻。上目送良久，谓左右曰："是官可用，记其姓名。"未几，改职方，知制诰。词锋犀利，绝人远甚。适有旨选司言高第者视草内庭，宰臣以公为首。遂转本司郎中，充翰林学士。满岁，迁中书舍人，专掌内制。武帐通奏，柏梁陪燕，嘉猷高韵，冠于一时。①

在刘禹锡的描述中，宪宗对令狐楚是先闻其名，后见其人；

---

① （唐）刘禹锡著，卞孝萱校订：《刘禹锡集》卷 19，中华书局 1990 年版，第 230 页。

而且宪宗并没有直接召见令狐楚，而是"亲临帐幄，帘内以窥之"，然后目送良久，谓左右曰："是官可用，记其姓名。"通过这一文学笔法，令狐楚的形象（也可以说是郎官的典型形象）便呼之欲出，而作者刘禹锡隐藏在背后的钦慕和艳羡之情，也跃然纸上。

其次，是普遍存在于历代文人身上的怀才不遇心理。由于郎官在人们心目中是少年得志的象征，所以如果老大年纪初仕郎官，或者在郎官任上久不升迁，或者在郎官任上获罪，则会使这些当事者感到自身处境的尴尬，并由此引发出某种不满和牢骚。这一点，也清晰地体现在中唐郎官们的诗文中。

中唐诗歌反映这方面情况的例子极多。如元和十五年（820），四十八岁的白居易有《初除尚书郎脱刺史绯》一诗："亲宾相贺问何如，服色恩光尽反初。头白喜抛黄草峡，眼明惊拆紫泥书。便留朱绂还铃阁，却着青袍侍玉除。无奈娇痴三岁女，绕腰啼哭觅金鱼。"诗中一方面洋溢着终于离开贬谪之地、重返朝廷的喜悦，另一方面则充满了老大年纪、娇女无知而又再任郎官的尴尬。两种复杂的心情交错在一起，令人读后心生几多感叹。他的《宿溪翁（时初除郎官赴朝）》（"众心爱金玉，众口贪酒肉。何如此溪翁，饮瓢亦自足。溪南刈薪草，溪北修墙屋。岁种一顷田，春驱两黄犊。于中甚安适，此外无营欲。溪畔偶相逢，庵中遂同宿。醉翁向朝市，问我何官禄。虚言笑杀翁，郎官应列宿。"）以及《闲出觅春，戏赠诸郎官》（"年来数出觅风光，亦不全闲亦不忙。放鞚体安骑稳马，隔袍身暖照晴阳。迎春日日添诗思，送老时时放酒狂。除却髭须白一色，其余未伏少年郎。"）二诗，同样也是这种复杂心境的真实写照。至于前述《初除主客郎中知制诰，与王十一、李七、元九三舍人中书同宿，话旧感怀》诗（"闲宵静语喜还悲，聚散穷通不自知。已分云泥行异路，忽惊鸡鹤宿同枝。紫垣曹署荣华地,白发郎官老丑时。莫怪不如君气味,此中来校十年迟！")
更把这种"既喜还悲"的迟暮之嗟表现得淋漓尽致。

与其他中唐文人相比,刘禹锡的"郎官意识"似乎更加显得
突出。在他的作品中,"刘郎"一词值得关注。[①]"刘郎"一词对于
一般人来说,也许不会有什么特别的含义;无非是指年轻的刘姓
男子,很难与郎官发生直接的关联。然而对于在郎官任上历尽坎
坷的刘禹锡而言,情况就大不相同了。《旧唐书》卷一六〇《刘禹
锡传》载:

> 大和二年,自和州刺史征还,拜主客郎中[②]。禹锡衔前事
> 未已,复作《游玄都观诗序》曰:"予贞元二十一年为尚书
> 屯田员外郎,时此观中未有花木。是岁出牧连州,寻贬朗州
> 司马。居十年,召还京师,人人皆言有道士手植红桃满观,
> 如烁晨霞,遂有诗以志一时之事。旋又出牧,于今十有四年,
> 得为主客郎中。重游兹观,荡然无复一树,唯兔葵燕麦,动
> 摇于春风,因再题二十八字,以俟后游。"其前篇有"玄都

---

① 刘禹锡诗文中,"刘郎"一词凡三见,其中两次是《元和十年自朗州承召至京戏
赠看花诸君子》和《再游玄都观》,与他本人的郎官的经历有关;另一次是《赠
刘景擢第》:"湘中才子是刘郎,望在长沙住桂阳。昨日鸿都新上第,五陵年少
让清光。"则是在"年少才子"的一般意义上使用"郎"这一称呼。

② 清人钱大昕指出:刘禹锡《再游元(玄)都绝句》在大和二年三月,是岁岁次戊申,
而自和州刺史除主客郎中分司东都在大和元年六月,是分司在前题诗在后也。
以郎中分司东都,本是一事,初未到京师也。次年以裴度荐起元官,直集贤院,
方得还都。《元(玄)都诗》正在此时,距元和十年乙未自朗州被召恰十四年矣。"
以此观之,《新唐书》卷168《刘禹锡传》定刘禹锡大和二年分司东都,以及《旧
唐书》卷160《刘禹锡传》定刘禹锡"大和二年自和州刺史征还,拜主客郎中"
均误。钱氏又云:"《至元(玄)都诗》虽含讥刺,亦词人感慨今昔之常情,何
至遂薄其行?史家不考年月,误仞分司与主客为两任,疑由题诗获咎,遂甚其
词耳。"(清)钱大昕著,陈文和、孙显军校点:《十驾斋养新录》卷6,江苏古
籍出版社2000年版,第141页。

观里桃千树，总是刘郎去后栽"之句，后篇有"种桃道士今
何在，前度刘郎又到来"之句，人嘉其才而薄其行。[①]

刘禹锡生于代宗大历七年（772），至作《再游玄都观绝句》
的文宗大和二年（828），已经五十六岁，再也不能称为一般意义
上的"刘郎"了[②]；而他在诗中偏要反复强调，再三致意，显然包
含着很深的用意。

论者过去普遍认为，在这首诗中，刘禹锡展现了他作为胜利
者的姿态，表现了他不屈不挠的性格[③]；而对于他所采用的方法，
即在化用旧典的基础上强化"刘郎"意象这一点注意不够。按"刘
郎"本来就是一个有名的典故，本事见于南朝刘义庆《幽明录》：
东汉永平年间，刘晨和阮肇到天台山采药迷路，遇二仙女，为其
所邀，居留半年始归。回到家中，时已入晋，子孙亦历七代。后
刘晨复入天台山寻访，旧踪渺然。[④] 在玄都观诸诗中，刘禹锡从
前度刘郎的角度，巧妙地化用了这一旧典，并赋予其新的意义，
从而创造了一个新的意象：即作为郎官再度归来的自我。这一意
象，在《元和十年自朗州承召至京戏赠看花诸君子》和《再游玄
都观绝句》中是一以贯之的：只不过"尽是刘郎去后栽"中的"刘
郎"，还是顺宗时期政治改革中叱咤风云的屯田员外郎刘禹锡；

---

① 《刘禹锡传》，《旧唐书》卷 160，中华书局 1975 年版，第 4211—4212 页。
② 欧阳修《戏刘原甫二首》其二："仙家千载一何长，浮世空惊日月忙。洞里新
　　花莫相笑，刘郎今是老刘郎。"（宋）欧阳修著，李逸安点校：《欧阳修全集》
　　卷 57，中华书局 2001 年版，第 832 页。他本"新花"或作"桃花"。欧阳修此
　　诗虽以调侃语出之，但至少有两点值得注意：第一，"郎"是年轻人的专属用语；
　　第二，此诗化用了刘禹锡玄都观诸诗中"刘郎"和"桃花"的典故。
③ 如卞孝萱、吴汝煜在《刘禹锡集·前言》中指出："诗中的一个胜利者的姿态宣告：
　　'种桃道士归何处？前度刘郎今又来！' 小序特别注明年月，并说：'以俟后游。'
　　表现了不怕打击、不变初心的坚强性格。"见《刘禹锡集》，中华书局 1990 年版。
④ （南朝宋）刘义庆著，郑晚晴辑注：《刘晨阮肇》，《幽明录》卷 1，文化艺术出版
　　社 1988 年版。

而"前度刘郎今又来"之后的"刘郎"，则是历经风霜雨雪仍不屈服的主客郎中刘禹锡了。

在刘禹锡创造的"刘郎"这一新的意象中，郎官本身"上应列宿"的空灵意味与上述仙侣故事的神秘色彩很相吻合，所以，郎官的意味是巧妙地隐藏在仙侣故事的背后的。而对于刘禹锡强化"刘郎"意象的用意，以及隐藏在这一举动之后的暗示，当时以致后代的人们似乎早已领会，因而，刘禹锡的"刘郎"就顺理成章地变成了一个新的典故。如白居易有《早春同刘郎中寄宣武令狐相公》："梁园不到一年强，遥想清吟对绿醪。更有何人能饮酌？新添几卷好篇章？马头拂柳时回辔，豹尾穿花暂亚枪。谁引相公开口笑？不逢白监与刘郎！"[1]白监乃白居易自指（白居易于大和元年征为秘书监），刘郎则指尚书主客郎中刘禹锡。又如宋人王楙《野客丛书》卷六"周礼中言糕字"条："宋景文公曰：梦得尝作《九日》诗，欲用糕字，思六经中无此字，遂止。故景文《九日》诗曰：刘郎不肯题糕字，虚负人生一世豪。"[2]苏轼《送刘攽倅海陵》："刘郎应白发，桃花开不开？"[3]等等。

刘禹锡还有一首《酬国子崔博士立之见寄》："健笔高科早绝伦，后来无不揖芳尘。遍看今日乘轩客，多是昔年呈卷人。胄子执经瞻讲坐，郎官共食接华茵。烦君远寄相思曲，慰问天南一逐臣。"与游玄都观诸诗的意思有相通之处。

---

[1]　（唐）白居易著，顾学颉校点：《白居易集》卷 25，中华书局 1979 年版，第 566 页。计有功《唐诗纪事》卷 42："（令狐楚）《节度宣武酬乐天梦得》云：'蓬莱仙监客曹郎，曾枉高车客大梁。见拥旌旃治军旅，知亲笔砚事文章。愁看柳色悬离恨，忆递花枝助酒狂。洛下相逢肯相寄，南金璀错玉凄凉。'刘诗云：'曾经谢病客游梁，今日相逢忆李王。少有一身兼将相，更能四面占文章。'白诗云：'马头拂柳时回辔，豹尾穿花暂亚枪。谁引相公开口笑，不逢白傅与刘郎。'"上海古籍出版社 1987 年版，第 643—644 页。

[2]　（宋）王楙：《野客丛书》卷 6，商务印书馆 1939 年版，第 60 页。

[3]　（宋）苏轼著，（清）王文诰辑注，孔凡礼点校：《苏轼诗集》，中华书局 1982 年版，第 244 页。

　　第三，是对儒家诗教的自觉推行。中唐文人在郎官任上，始终保持着对文学的社会功用以及诗艺的追求，这也是其"郎官意识"的体现方式之一。白居易和张籍围绕着后者任水部员外郎的赠答之作，就是一个突出的例证。

　　长庆二年（822），张籍自国子博士迁水部员外郎。白居易有《喜张十八博士除水部员外郎》："老何殁后吟声绝，虽有郎官不爱诗。无复篇章传道路，空留风月在曹司。长嗟博士官犹屈，亦恐骚人道渐衰。今日闻君除水部，喜于身得省郎时！"①这里的"老何"即何逊，南朝梁人，有诗名，曾任尚书水部郎，世称"何水部"。白居易在这首贺诗中，特意采用"何水部"的典故，明显地包含着对同为水部郎官的张籍的某种期许。前文述及，白居易起草的《张籍可水部员外郎制》中，强调了儒家诗教的立场："文教兴则儒行显，王泽流则歌诗作。若上以张教流泽为意，则服儒业诗者，宜稍进之。顷籍自校秘文而训国胄，今又核名揣称，以水曹郎处焉。前年以来，凡历文雅之选三矣，然人皆以尔为宜。岂非笃于学，敏于行，而贞退之道胜邪？与之宠名者，可以奖夫不汲汲于时者"，在这首贺诗中又用"何水部"的典故，显然是别有用意。对此张籍当然心领神会，于是便以《新除水曹郎答白舍人》诗回赠："年过五十到南宫，章句无名荷至公。黄纸开呈趋府后，朱衣引入谢班中。诸曹纵许为仙侣，群吏多嫌是老翁。最幸紫薇郎见爱，独称官与古人同。"此诗的最后一联可以看作是对白居易的应答。张籍以"张水部"之称留名后世，最终没有辜负白居易的一片用心。

　　张籍后来又于长庆四年（824）迁主客郎中，大和二年（828）拜国子司业。然而对于张籍而言，还是"张水部"对中唐文学的贡献最大。范摅《云溪友议》卷下《闺妇歌》云：

---

① （唐）白居易著，顾学颉校点：《白居易集》卷19，中华书局1979年版，第420页。

　　朱庆余校书，既遇水部郎中张知音，遍索庆余新制篇什数通，吟改后，只留二十六章。水部置于怀抱，而推赞欤。清列以张公重名，无不缮录而讽咏之，遂登科第。朱君尚为谦退闺意一篇，以献张公。张公明其进退，寻亦和焉。诗曰："洞房昨夜停红烛，待晓堂前拜舅姑。妆罢低声问夫婿：画眉深浅入时无？"张籍郎中酬曰："越女新妆出镜心，自知明艳更沉吟。齐纨未足人间贵，一曲菱歌抵万金。"朱公才学，因张公一诗，名流于海内矣。①

张籍在当时文坛上的影响和作用之大，于此可见一斑。

　　总之，上述"郎官意识"的几个层面，既体现了中国古代文人的普遍心态和处世方式，同时也具有鲜明的中唐时代特征。比如说第一个层面：由于科举在中唐成为士人参与政治的主要途径，使得许多经由此途的文学之士进入郎官这一清流阶层。身居郎署之后，一开始他们都是跃跃欲试，想要在政治上大显身手；但中唐的社会现实，却时时给他们带来盛世不再的打击，于是不平和牢骚出现了，这便与第二个层面相关了。但是中国文人实现其理想抱负的途径是多样化的：有的以诗干政，有的则通过对文风的创造或纠偏发挥其作用；这就与上述第三个层面联系了起来。

---

① （唐）范摅：《闺妇歌》，《云溪友议》卷下，古典文学出版社1957年版，第79页。

中唐州郡官与贬谪题材文学的兴盛

在中唐文人的几种活跃和具有代表性的社会角色中，翰林学士、郎官和谏官，都属于京城中朝官这个范畴。[1] 作为全国的政治和文化中心，京城历来是文人聚集荟萃、寻找个人发展机会和施展各种才能的舞台。唐代文人们都热衷于入朝做官，如杜甫，为了实现"致君尧舜上，再使风俗淳"的政治理想，曾滞留长安十年，度过了"朝扣富儿门，暮随肥马尘，残杯与冷炙，到处潜悲辛"[2] 的艰难生活。不过，中朝官毕竟只是他们承担的诸多社会角色中的一类；天子脚下的仕宦经历，也只是他们人生历程的一个阶段。中唐文人还有一个更广阔的活动天地，那就是京城以外的地方基层。虽然对于他们来说，从京城到地方，或者从中央到基层，有时是他们主动的选择，如科举或铨选不利，便去做幕府僚佐；有时是无奈的接受，如外放和贬谪。但无论如何，正因为走向了这样一个广阔的天地，经历了那么多的坎坷和遭遇，才使得他们比从前更加贴近现实，了解民生，才使得他们的人生折射出时代的沧桑；同时，通过他们的文学交往和创作活动，给中唐文学带来诸多新的发展契机和变化因素。

在这一大类社会角色中，中唐的刺史等州郡官无疑是非常引

---

① 关于这三种社会角色及其与中唐文学的关系，笔者另有专文论述。

② （唐）杜甫著，（清）仇兆鳌注：《奉赠韦左丞丈二十二韵》，《杜诗详注》卷 1，中华书局 1979 年版，第 73 页。

人注目的。这类社会角色与中唐文人的关系十分密切：中唐文人出任刺史和别驾、长史、司马等职屡见于记载；而描绘他们出任州郡官的种种经历和情感历程的诗文等作品，也成为中唐文学的重要景观。

州郡官是刺史及其佐官别驾、长史、司马以及参军等属官的统称。本文的讨论对象，以刺史和司马为主，兼及别驾和长史；至于参军等属官，因数量庞大，难以遍考，故本文择其要者，偶或及之。

一、刺史等州郡官的设置以及重内轻外风气的盛行

刺史始置于汉武帝元封五年（前 106），原本是中央派至地方的监察官，受御史中丞统辖。设立刺史的目的，是为了加强中央对地方的督察和控制。当时，除三辅、三河、弘农外，将全国划分成十三州部，每部设刺史一人，分管几个郡国，称部刺史或州刺史。刺史的主要职务是督察诸侯王、郡守和地方豪族。刺史每年秋冬需到所管的郡国巡察，当时人称为"行部"；他们通过"行部"以了解下情，年底回京奏事。刺史之秩原来只有六百石，而所监察的对象却为二千石；成帝时，为使其权位与品秩相符，于绥和元年（前 8）罢部刺史，改置州牧，同时将州牧之秩提高到二千石。以后刺史和州牧的名称几经对换，到东汉光武帝建武十八年（42）以后，刺史的性质开始发生了变化：刺史有了固定治所，不必再亲自回京报告，同时也有了属吏。实际上，这时的州已经成为一个行政区域，刺史也成为比郡守高一级的行政官员，权责比西汉时有很大的增加。东汉末年，也有些刺史甚至成了地方割据势力的首领。

　　魏晋时期，刺史有领兵和不领兵之别。前者称领兵刺史，后者称单车刺史。至隋初，文帝开皇三年（583）撤郡，除雍州牧外，州长官均称刺史。炀帝又改州为郡，改刺史为太守。

　　唐代以后，州郡的名称又有几次反复，至肃宗时基本定型。所以唐代的州和郡、太守和刺史是同义的，但是按照辖境大小、经济强弱和位置轻重的不同，有"四辅"（长安近畿的同、华、岐、蒲四州）、"六雄"（郑、陕、绛、汴、怀、魏六州）、"十望"（宋、亳、滑、许、晋、洛、虢、卫、相、汝十州）、"紧州"（郓、徐、蔡、寿、鄂、梓等州）之分；除此之外，诸州又根据户口的多寡，有上州（四万户以上）、中州（二万户以上四万户以下）、下州（二万户以下）之别。有的大州，因是采访使或观察使这类道级长官的治所，或者曾置都督、总管等军政机构，如并、益、荆、扬四州等；还有的是因地理位置重要，或有历史原因，如西京（雍州、京兆府）、东都（洛州、河南府）、北都（太原府）三都等，又称为府，其长官称尹。

　　诸州官员的设置大致如下：上州刺史1人，从三品；别驾1人，从四品下；长史1人，从五品上；司马1人，从五品下。中州刺史1人，正四品上；别驾1人，正五品下；长史1人，正六品上；司马1人，正六品下。下州刺史1人，正四品下；别驾1人，从五品上；司马1人，从六品上。诸府州内设录事、司功、司仓、司户、司兵、司士参军等属官，分曹执掌州中事务。

　　刺史的职掌与京兆、河南、太原牧及都督相同，为"清肃邦畿，考核官吏，宣布德化，抚和齐人，劝课农桑，敦谕五教。每岁一巡属县，观风俗，问百姓，录囚徒，恤鳏寡，阅丁口，务知百姓之疾苦。部内有笃学异能闻于乡闾者，举而进之；有不孝悌，悖礼乱常，不率法令者，纠而绳之。其吏在官公廉正己清直守节者，必察之；其贪秽谄谀求名徇私者，亦谨而察之，皆附于考课，以为褒贬。若善恶殊尤者，随即奏闻。若狱讼之枉疑，兵甲之征遣,兴造之便宜,符瑞之尤异,亦以上闻。其常则申于尚书省而已。若孝子顺孙,义夫节妇,志行闻于乡闾者,亦随实申奏,表其门闾;若精诚感通,则加优赏。其孝悌力田者,考使集日,具以名闻。其所部有须改更,得以便宜从事"。[①]刺史总理一州行政事务,别驾、长史、司马作为刺史的佐官,"掌贰府、州之事,以纪纲众务,通判列曹,岁终则更入奏计"。[②]有时刺史空缺或者另有原因,佐官也可以权知州务。

从职掌的具体内容来看,刺史任内的事务几乎包罗了地方行政的方方面面。其中刺史在地方风化中所起的作用,常常见于文字记载;有关刺史职责的议论或疏奏中,也不时对此加以强调。这里仅举一例:

> 颜鲁公为临川内史,浇风莫竞,文教大行。康乐已来,用为嘉誉也。邑有杨志坚者,嗜学而居贫,乡人未之知也。山妻厌其儋藿不足,索书求离;志坚以诗送之曰:"平生志业在琴诗,头上如今有二丝。渔父尚知溪谷暗,山妻不信出身迟。荆钗任意撩新鬓,明镜从他别画眉。今日便同行路客,相逢即是下山时。"其妻持诗诣州,请公牒,以求别醮。颜公案其妻曰:"杨志坚素为儒学,遍览九经,篇咏之间,风骚可摭。愚妻睹其未遇,遂有离心。王欢之廪既虚,岂遵黄卷;朱买之妻必去,宁见锦衣。恶辱乡闾,败伤风俗,若无褒贬,侥幸者多阿王。决二十,后任改嫁,杨志坚秀才,赠布绢各二十匹、禄米二十石,便署随军,仍令远近知委。"江左十

① (唐)李林甫等撰、陈仲夫点校:"三府督护州县官吏",《唐六典》卷30,中华书局1992年版,第747页。

② (唐)李林甫等撰、陈仲夫点校:"三府督护州县官吏",《唐六典》卷30,中华书局1992年版,第747页。

数年来，莫有敢弃其夫者。[①]

据郁贤皓先生《唐刺史考全编》卷一六〇"江南西道·抚州（临川郡）"考证，颜真卿大历三年—七年（768—772）在抚州刺史任[②]。抚州在隋朝为临川郡，唐高祖武德五年（622）改置抚州。内史是西汉诸侯国对掌民政之官的称呼，魏晋南北朝沿用，这里代指刺史，所以临川内史乃是抚州刺史的别称。颜鲁公于建中三年（782）以淮宁军宣慰使的身份劝喻叛镇李希烈，兴元元年（784）遭缢杀，终以道德文章留名青史；从上述他在刺史任上的所作所为来看，堪称君子之道，一以贯之[③]。

一般说来，在唐代的地方行政体系中，刺史等州郡官占有重要的位置。但值得注意的是，受政治因素和社会风气的影响，唐代士人对刺史等州郡官的看法，并不像对郎官等清望之职的认识那样高度一致。可以说，刺史等州郡官并不是他们首选的仕进目标；他们心中的理想，仍然是到天子所在的京城施展自己的才能。这种传统的"恋阙"心理[④]以及对清望官的向往和趋求，每每会

---

① （唐）范摅：《云溪友议》卷上"鲁公明"，古典文学出版社1957年版，第3页。这个"鲁公明判断离婚案"的例子，同时从另一个侧面说明，唐代妇女在婚姻中的实际地位并没有像有的论者所断定的那样，得到了很大的改善。参见马自力《唐人笔记小说中的唐代妇女——从资料与问题出发的初步考察》一文，《文艺研究》2001年第6期。

② 郁贤皓："江南西道·抚州（临川郡）"，《唐刺史考全编》卷160，安徽大学出版社2000年版，第2316—2317页。

③ 《论语·里仁》："参乎！吾道一以贯之。"（宋）朱熹：《四书章句集注》，中华书局1983年版，第72页。

④ "恋阙"意识在中国古代文人身上可谓根深蒂固，唐代文人也不例外。如《旧唐书》卷174《李德裕传》载："德裕久留江介，心恋阙廷，因事寄情，望回圣奖。而逢吉当轴，枳棘其涂，竟不得内徙。"中华书局1975年版，第4516页。诗中亦每见吟咏，如杜甫《散愁二首》其二："恋阙丹心破，沾衣皓首啼。"（唐）杜甫著，（清）仇兆鳌注：《杜诗详注》卷9，中华书局1979年版，第774页。耿沣《奉和第五相公登郡阳郡城西楼》："晓肆登楼目，春销恋阙魂。"王建《和裴相公道中赠别张相公》："鞍马朝天色，封章恋阙情。"以上二诗见（清）彭定求等编：《全唐诗》，

在送同僚、上司、亲友归朝入京等场合情不自禁地流露出来。如孟郊有《送魏端公入朝》诗：

> 东洛尚淹玩，西京足芳妍。大宾威仪肃，上客冠剑鲜。岂惟空恋阙，亦以将朝天。局促尘末吏，幽老病中弦。徒怀青云价，忽至白发年。何当补风教，为荐《三百篇》。①

端公是唐侍御史的俗称。据华忱之、喻学才先生《孟郊诗集校注》推测，此诗约作于元和二、三年间（807—808），时孟郊居洛阳任协律郎。②在诗中，羡慕和向往、自怜和自励、希图荐引和传承诗教的自觉等数种心理意绪纠结在一起，读来令人感慨不已。又如《资治通鉴》卷二一一唐玄宗开元四年（716）载：

> 扬州采访使班景倩入为大理少卿，过大梁，若水饯之行，立望其行尘，久之乃返，谓官属曰："班生此行，何异登仙！"③

以上是史家的记载，重在事实的记录；而同一故事，在中唐人郑处诲的笔下则是这样描述的：

> 开元中，朝廷选用群官，必推精当，文物既盛，英贤出入，皆薄其外任，虽雄藩大府，由中朝冗员而授，时以为左迁。班景倩自扬州采访使入为大理少卿，路由大梁，倪若水

卷 269、卷 297，中华书局 1960 年版，第 2998、3366 页。刘禹锡《遥和令狐相公坐中闻思帝乡有感》："当初造曲者为谁？说得思乡恋阙时。"（唐）刘禹锡著，卞孝萱校订：《刘禹锡集》卷 33，中华书局 1990 年版，第 467 页。等等。

① （唐）孟郊著，华忱之、喻学才校注：《孟郊诗集校注》卷 8，人民文学出版社 1995 年版，第 390 页。

② 参见《孟郊诗集校注》附录华忱之编次《孟郊年谱》，人民文学出版社 1995 年版。

③ （宋）司马光编著，（元）胡三省音注：《资治通鉴》卷 211，中华书局 1956 年版，第 6716 页。

为郡守，西郊盛设祖席。宴罢，景倩登舟，若水望其行尘，谓橡吏曰："班公是行，何异登仙乎？为之驺殿，良所甘心。"默然良久，方整回驾。既而为诗投相府，以道其诚，其词为当时所称赏。[①]

郑处诲的描述，更突出了人物心理的活动。这里的大梁，是汴州州治浚仪的古称。作为"六雄"之一，汴州刺史倪若水的官品至少不低于上州刺史，即在从三品以上；而班景倩即将赴任的大理寺少卿仅为从四品上，比汴州刺史至少差了三阶。但倪若水却视班景倩入朝如登仙境，艳羡不已，甚至不惜心甘情愿地"为之驺殿"，即为他当马夫。这种心理看似反常，但如果揭示了隐藏在背后的原因，一切就会了然："上虽欲重都督、刺史，选京官才望者为之，然当时士大夫犹轻外任。"[②] 此外，传统的"恋阙"意识和当时社会风气的影响，也不可忽视。

如果进一步挖掘这种重内轻外风气盛行的原因，将会发现，它与朝廷对州郡官的政策有关。从初唐到中唐，朝廷对州郡官的态度，大致有一个从重视到轻忽，再到主观上虽然有一定程度的重视，但实际上仍然轻忽的变化过程。与此同时，唐代士人对外官的看法也随之发生摇摆和变化。

贞观初期，朝廷对刺史等州郡官可以说是十分重视的。《唐会要》卷六十八"刺史上"引唐太宗谓侍臣曰："治人之本，莫如刺史最重也。朕故屏风上录其姓名，坐卧常看，在官如有善恶事迹，具列于名下，拟凭黜陟。"[③] 唐太宗对刺史的这种重视程度，堪称

---

① （唐）郑处诲著，田廷柱点校：《明皇杂录》卷下"官吏皆薄外任"，《明皇杂录 东观奏记》，中华书局 1994 年版，第 33 页。

② （宋）司马光编著，（元）胡三省音注：《资治通鉴》卷 211，中华书局 1956 年版，第 6716 页。

③ （宋）王溥：《唐会要》卷 68，中华书局 1955 年版，第 1197 页。

世所罕见。然而，随着承平日久，士人中追求台省清要职位的风气渐盛；而朝廷常把京官贬向外地的做法，更助长了这种风气。所以，从贞观中后期开始，州郡官原来在执政者观念中的重要地位就受到了挑战。贞观十一年（637），侍御史马周上疏：

> 治天下者以人为本。欲令百姓安乐，惟在刺史、县令。县令既众，不可皆贤，若每州得良刺史，则合境苏息。天下刺史悉称圣意，则陛下可端拱岩廊之上，百姓不虑不安。自古郡守、县令，皆妙选贤德，欲有迁擢为将相，必先试以临人，或从二千石入为丞相及司徒、太尉者。朝廷必不可独重内臣，外刺史、县令，遂轻其选。所以百姓未安，殆由于此。[①]

马周在此指出的"独重内臣，外刺史、县令"的弊端，到武则天垂拱元年（685）仍然没有得到有效救治。于是，时为秘书省正字的陈子昂提交了《上军国利害事》疏奏三条，其中"牧宰"一条，对州郡官的重要性重新进行了强调。在这篇疏奏中，陈子昂从一个普通百姓的角度，把刺史分为"贤明"和"贪暴"两类，辨析了所任之人得与不得的利害，言辞语气十分朴素：

> 臣窃惟刺史、县令之职，实陛下政教之首也。陛下布德泽，下明诏，将示天下百姓，必待刺史、县令为陛下谨宣之。故得其人，则百姓家见而户闻；不得其人，但委弃有司而挂墙壁尔。陛下欲使家兴礼让，吏勖清勤，不重选刺史、县令，

---

① （唐）吴兢编著：《贞观政要》卷3"择官第七"，上海古籍出版社1978年版，第90—91页。

将何道以致之邪？愚臣窃见，陛下未有舟楫而欲济河，河不可济也。臣比在草茅，为百姓久矣，刺史、县令之化，臣实委知，国之兴衰，莫不在此职也。何者？一州得贤明刺史，以至公循良为政者，则千万家赖其福；若得贪暴刺史，以徇私苛虐为政者，千万家受其祸矣。夫一州祸福且如此，况天下之众，岂得胜道哉！故臣以为陛下政化之首，国之兴衰，在此职者也。①

"牧"谓州牧，"宰"谓县令。陈子昂把州郡官的作用提到"政化之首，国之兴衰"的认识高度，便是针对"刺史县令，陛下独甚轻之"的情况，以及当时重京官轻外任的社会风气而发。所以，陈子昂最后恳切地向武则天提出："伏愿深思妙选，以救此弊。"

当然，统治者也不是没有意识到问题的严重性。《资治通鉴》卷二〇七则天后长安四年（704）载："太后尝与宰相议及刺史、县令。三月，己丑，李峤、唐休璟等奏：'窃见朝廷物议，远近人情，莫不重内官，轻外职，每除授牧伯，皆再三披诉。比来所遣外任，多是贬累之人；风俗不澄，实由于此。'"李峤、唐休璟的分析，触及了问题的实质。鉴于这种情况，他们提出建议："望于台、阁、寺、监妙简贤良，分典大州，共康庶绩。"并表示"臣等请辍近侍，率先具僚"。于是，武则天采纳了他们的建议，派韦嗣立及御史大夫杨再思等二十人各以本官检校刺史，韦嗣立则出任汴州刺史。②

---

① （唐）陈子昂著，徐鹏校：《陈子昂集》卷8，《上军国利害事》，此疏凡"出使"、"牧宰"和"人机"三条。中华书局1960年版，第183—189页。

② （宋）司马光编著，（元）胡三省音注：《唐纪二十三》，《资治通鉴》卷207，中华书局1956年版，第6570页。

开元十三年（725），玄宗继开元四年（716）派京官外任后，又一次遴选诸司有才俊名望者十一人外任刺史，并且"命宰相、诸王及诸司长官、台郎、御史饯于洛滨，供张甚盛。赐以御膳，太常具乐，内坊歌妓，上自书十韵诗赐之"①。尽管如此，被选中的尚书左丞杨承令还是"不欲外补，意怏怏，自言'吾出守有由。'"结果玄宗"闻之怒"，把他贬为睦州别驾②。天宝初期，玄宗又颁布诏令，在"前资及白身人"中广泛搜求堪当刺史的人才：

> 国之急务，莫若求才。顷者虽屡搜扬，士庶尚虑遗逸，更宜精访，以副虚怀。其前资及白身人中，有儒学博通，及文词秀逸，或有军谋越众，或武艺绝伦者，委所在长官，具以名荐。若乃宏我风化，实惟方岳，必伫其人，以膺共理。其京文武官五品已上清资、并郎官据资历人才，堪为刺史者，各任封状自举。③

派遣具有才俊名望的大臣外任做刺史，这是统治者提高州郡官声望的一个措施；另一个措施，便是从刺史、县令未来的发展考虑，把优秀的地方官员输送到朝中，并提拔到侍郎和郎官等重要的位置，以期造成"人争就刺史、县令"④的风气。如唐玄宗开元八年（720）敕：

---

① （宋）司马光编著，（元）胡三省音注：《资治通鉴》卷212，中华书局1956年版，第6763页。

② （宋）司马光编著，（元）胡三省音注：《资治通鉴》卷212，中华书局1956年版，第6764页。

③ （宋）宋敏求编：《改元天宝敕》，《唐大诏令集》卷4，商务印书馆1959年版，第21页。

④ （宋）王溥：《唐会要》卷68"刺史上"载景龙二年（708）兵部尚书韦嗣立上疏，中华书局1955年版，第1199页。

　　刺史古之通侯，公卿，国之重任。百揆时叙，必在得贤；万邦咸宁，期于共理。郎官出宰，抑惟前事；方伯登台，闻之往躅。顷来朝士出牧，例非情愿，缘沙汰之色；或受此官，纵使超资，尚多怀耻。亦有朝廷勋旧，暂镇外台，却任京都，无辞降屈，且希得入，众以为荣。为官择人，岂合如此？自今以后，诸司清望官阙，先于牧守内精择；都督刺史却向京官中简授；其台郎以下除改，亦于上佐县令中通取。俾中外迭用，贤良靡遗。①

　　但是，由于传统的习惯和社会风气的强大影响难以一时消除，故朝廷不得不一再颁布所谓"妙择牧宰"的诏令，如开元十二年（724）敕："朕欲妙择牧宰，以崇风化，亦欲重其资望，以励衣冠。自今已后，三省侍郎有阙，先求曾任刺史者。郎官阙，先求曾任县令者。"② 其内容基本上是前一敕令的重复，只不过更加具体罢了。上述杨承令被选中出刺时"意怏怏"的态度和"吾出守有由"的反应，典型地代表了当时士人重内轻外的普遍心理。

　　以上州郡官，均以刺史为其代表。所以，凡论及州郡官的重要性，或者采取具体的措施，最后大都落实到刺史这一角色身上。关于延长刺史考课期限的讨论，就是一个突出的例子。《唐会要》卷六十八"刺史上"：

　　天授二年，获嘉县主簿刘知几上疏曰："臣闻汉宣帝云：'与我共治天下，其良二千石乎？'二千石者，今之刺史也。

---

① （宋）宋敏求编：《京官都督刺史中外迭用敕》，《唐大诏令集》卷 100，商务印书馆 1959 年版，第 508 页。

② （唐）玄宗：《重牧宰资望敕》，（清）董诰等编：《全唐文》卷 35，中华书局 1983年版，第 382 页。

移风易俗，其寄不轻。求瘼字民，金属斯在。然则历观两汉已降，迄乎魏晋之年，方伯岳牧，临州按郡，或十年不易，或一纪仍留，莫不尽其化民之方，责以治人之术。既而日就月将，风加草靡，故能化行千里，恩渐百城。今之牧伯，有异于是，倏来忽往，蓬转萍流，近则累月仍迁，远则踰年必徙。将厅事为逆旅，以下车为传舍。或云来岁入朝，必应改职；或道今兹会计，必是移藩。既怀苟且之谋，何假循良之绩？用使百城千邑，无闻廉杜之歌；万国九州，罕见赵张之政。臣望自今已后，刺史非三岁已上，不可迁官。仍以明察功过，精甄赏罚，冀宏共治之风，以赞垂衣之化。"①

刘知几的上疏，尖锐地指出了刺史的频繁迁转带来的负面效果，并建议延长刺史的考课年限，以使刺史本人对其职位产生一种责任感，而不是把它视为仕途的一个中转站。《资治通鉴》卷二〇五定刘知几上疏为武则天天册万岁元年（695），并记"疏奏，太后颇嘉之"。但是，刘知几的疏奏没有得到采纳。于是又有御史中丞卢怀慎在景龙二年（708）给睿宗的上疏：

比来州牧、上佐及两畿县令，下车布政，罕终四考。在任多者一二年，少者三五月，遽即迁除，不论课最。或有历时未改，便倾耳而听，企踵而望，争求冒进，不顾廉耻。亦何暇为陛下宣风布化，求瘼恤人哉！礼义未能兴行，风俗未能齐一，户口所以流散，仓库所以空虚，百姓凋弊，日更滋甚，职为此也。何则？人知吏之不久，则不从其教；

---

① （宋）王溥：《唐会要》卷 68，中华书局 1955 年版，第 1198 页。

吏知迁之不遥，又不尽其力，偷安爵禄，但养资望……臣
望请诸州都督、刺史、上佐及两畿县令等，在任未经四考
已上，不许迁除。察其课效尤异者，或锡以车裘，或就加
禄秩，或降使临问，并玺书慰勉。若公卿有阙，则擢以劲能。
其政绩无闻及犯贪暴者，免归田里。以明圣朝赏罚之信，则
万方之人，一变于道矣。致此之美，革彼之弊，易于反掌，
陛下何惜而不行哉！①

尽管卢怀慎在这里已经把问题的前因后果讲得十分清楚明
白，分析得入木三分，而且明确提出了解决问题的办法，但结果
仍然是"疏奏不纳"②。

联系朝廷的政策和当时的史实，不难发现问题的症结：上述
关于延长刺史考课年限的建议，在某种程度上同朝廷从地方调任
京官的措施以及外放得罪京官的做法存在冲突。所以，这一看来
十分简便易行的建议，始终难以被朝廷采纳，致使卢怀慎等人常
常有"致此之美，革彼之弊，易于反掌，陛下何惜而不行哉"的
不解和慨叹。而重内轻外之风的极度发展，甚至还一度造成了所
谓"今天下诸州，良牧益寡"的恶果③。特别是那些经济文化落后
的州郡，情况就更加严重。如元结就曾揭露自己的前任道州刺史
"贪猥愚弱，不分是非，但以衣服饮食为事"，以致"自至此州，
见井邑丘墟，生人几尽。试问其故，不觉涕下"④。这种生民涂炭
的状况，固然是所任刺史的贪暴恶行造成的，但客观上也与州郡

---

① 《卢怀慎传》，《旧唐书》卷98，中华书局1975年版，第3065—3066页。
② 《卢怀慎传》，《旧唐书》卷98，中华书局1975年版，第3068页。
③ （唐）李林甫等著，陈仲夫点校：《唐六典》卷68"刺史上"载景云元年（710）
　谏议大夫宁原悌上疏，中华书局1992年版。
④ （唐）元结：《刺史厅记》，《次山集》卷9，文渊阁《四库全书》，上海古籍出版
　社2003年版，集部，第1071册，第566页。

官所处的尴尬地位有很大关系。所谓"人知吏之不久，则不从其教；吏知迁之不遥，又不尽其力，偷安爵禄，但养资望"，以及"既怀苟且之谋，何假循良之绩"之类的激烈批评和痛切针砭，大概就是针对这种恶性循环的"怪现象"而发。

上述令人困扰的状况，大致到肃宗至德以后，才在一定程度上得以缓解。《通典》卷三十三《职官十五·郡太守》云："自至德之后，州县凋弊，刺史之任大为精选，诸州始各有兵镇，刺史皆加团练使，故其任重矣。"[①] 这是针对军政形势普遍严峻的局面所采取的措施。但既然是兼领军事，那么这种改善的实际效果，也就更多地体现于那些紧州大郡和军事要害地区；而其余的广大州郡，则依然延续过去的状况。所以，从整体上说，重内轻外这一因袭已久的士风，仍旧没有得到根本的扭转。上述紧州要郡之外的那些州郡，恰恰是许多中唐的有志之士，特别是那些在朝中以谠言直行得罪了皇帝或权贵的著名文人，或者在朋党纷争的角逐中落败的政客常被贬谪和外放的地区。因为只要我们把目光投向八司马和其他诸多中唐著名文人贬谪或外放的那些州郡，就不难发现，当地与前一时期相比，并没有根本的变化；如果我们再倾听他们的陈情和怨诉，就更会加深这种印象。

二、中唐州郡官的"窜逐"心理及其与
文学创作的内在契合

假如我们不刻意地从州郡官的角度着眼，而只看下面罗列的

---

① （唐）杜佑：《通典》卷33，中华书局1984年版，第188页。

人物，不免会产生一种错觉（排除数位身份明显的政治家或政治
人物）——似乎这很像是中唐文学史上一个强大的作家阵容：

刘晏	杨炎	第五琦	常衮	元载	贾至	独孤及
韦应物	刘长卿	郎士元	戴叔伦	李端	戎昱	畅当
陆贽	韦执谊	颜真卿	段秀实	阳城	武元衡	卫次公
柳冕	裴度	杜佑	权德舆	羊士谔	唐次	元稹
白居易	崔玄亮	钱徽	郑余庆	韩愈	段文昌	刘禹锡
柳宗元	陆质	吕温	陈谏	韩泰	程异	凌准
李景俭	许孟容	樊宗师	王建	崔群	蒋防	李吉甫
令狐楚	李绅	李宗闵	杨虞卿	李德裕	牛僧孺	李逢吉
李绛	李渤	李肇	李翱	李翊		

这个中唐文人任州郡官的简要名单，是根据郁贤皓先生的《唐
刺史考全编》及其他史料开列的（其中州郡官职位的择取范围，
以刺史和司马为主，兼及长史和别驾）。不难发现，在中唐州郡
官的圈子里，汇集了许多当时活跃的文学家和知名文人。这种情
况表明，中唐文人参与政治的程度和层次比以往有了很大的提高。
而且，这个名单的组成，也有力地验证了本文绪论中所概括的一
个观点，即中唐文人的政治化和政治家的文人化往往统一于一个
主体中，从而构成一个主体的两类角色；更体现了中唐州郡官的
角色特征：它是刺史等州郡官这类规定性的社会角色，同文人或
作家这类开放性的社会角色高度整合的结果。

那么，这种集两类角色于一身的特征是如何形成的呢？本文
认为，其中的关键在于，刺史等州郡官的精神状态，尤其是他们
的"窜逐"心理，与文学创作具有某种契合关系。下面，本文试
图以中唐一些著名文人担任州郡官的经历为例，从一个侧面揭示
中唐文人在承担这种社会角色时的一般情形。

先看刘晏、杨炎和第五琦。此三人都是中唐前期著名的计臣，他们担任州郡官的经历，在反映了个人荣枯浮沉的同时，也体现了中唐政治某些方面的特征，如朋党倾轧、宦官擅权等。值得注意的是，此三人的结局，几乎都与州郡官的角色密不可分。以社会角色的理论来考虑或以此视角来观察，这一貌似巧合的现象及其包含的意义，已经足够发人深省了。

刘晏的成名极富于传奇色彩。史载他七岁举神童，开元十三年（725）玄宗封禅泰山，驾临其家乡曹州南华（今山东东明县）时，刘晏以神童之名被当地举荐，遂进奉歌颂封禅盛事的《东封书》。玄宗命宰相张说等当场出题策试，刘晏对答裕如，于是立即拜为秘书省正字 ①。如此年少即入仕途，堪称世所罕见，故轰动朝野（这段故事还被编入《三字经》，广为传诵）。可见，刘晏当时是以文才识见卓拔于同侪而步入仕途的。

杨炎比刘晏小十岁，亦以文辞雄丽而隐居不仕闻名，《旧唐书》卷一一八《杨炎传》载："炎美须眉，风骨峻峙，文藻雄丽。汧、陇之间，号为'小杨山人'。"按杨炎之父杨播自玄宗时即隐居，朝廷征拜其为谏议大夫，仍弃官就养。故"小杨山人"之称，当就区别于其父而言。至德二载（757）杨炎释褐入世，被河西节度使杜鸿渐辟为掌书记。在此之前，杨炎游于河西，有《河西节度使厅壁记》、《大唐河西平北圣德颂》等作，其文名之显或与此类文章的流传有关。

第五琦在安史之乱初期，为北海郡太守贺兰进明录事参军，

①　见《旧唐书》卷 123《刘晏传》："刘晏字士安，曹州南华人。年七岁，举神童，授秘书省正字。"中华书局 1975 年版，第 3511 页。但刘晏生于开元五年（717），至玄宗封禅泰山的开元十三年（725）时，应为九岁。参见齐涛、马新《刘晏 杨炎评传》，南京大学出版社 1998 年版，第 6 页。本文关于刘晏、杨炎的仕历系年，也一并参照该著所附刘、杨年表。

曾为贺兰进明出谋划策,"厚以财帛募勇敢士,出奇力战,遂收所陷之郡",使其免受军令责罚;事后向玄宗奏言:"方今之急在兵,兵之强弱在赋,赋之所出,江淮居多。若假臣职任,使济军须,臣能使赏给之资,不劳圣虑。"玄宗大喜,即日拜第五琦为监察御史,勾当江淮租庸使,寻拜殿中侍御史,寻加山南等五道度支使[①]。

刘晏入仕后,历经洛阳尉、夏县令、温县令、侍御史、度支郎中领江淮租庸事等职,于肃宗至德二载(757)拜余杭太守,旋改淮南西道行军司马,同年转任彭原太守,从此跻身州郡官的行列。乾元二年(759)为陇州、华州刺史,擢河南尹。同年第五琦拜相,兼执掌财计。不久因铸重钱引起谷价腾贵和盗铸成风,贬忠州长史;既在道,被告受人黄金,追贬配流夷州[②]。

上元元年(760),刘晏入朝为户部侍郎、兼御史中丞,充度支、盐铁、铸钱等使,兼京兆尹。就在他仕途顺畅、扶摇直上之时,被司农卿严庄诬陷,遭受了平生第一次贬谪,于上元二年(761)出为通州刺史。后被宰相元载援引,官复原职,重掌财计大权。两年后拜吏部尚书、同平章事,仍兼度支任。宝应初,起第五琦为朗州刺史,因其甚有能政,召入为太子宾客,改京兆尹、户部侍郎,专判度支。

广德二年(764),刘晏因元载忌嫉,以坐交宦官程元振之名被贬为太子宾客,不久又起用为河南、江淮等道转运使,主持东南漕运。大历元年(766),刘晏以户部尚书的身份与户部侍郎第五琦分理天下财赋。大历五年(770),第五琦受元载排挤,以坐

---

① 《第五琦传》,《旧唐书》卷123,中华书局1975年版,第3516—3517页。

② 《旧唐书》卷123《第五琦传》:"乾元二年十月,贬忠州长史,既在道,有告琦受人黄金二百两者,遣御史刘期光追按之。琦对曰:'二百两金十三斤重,忝为宰相,不可自持。若其付受有凭,即请准法科罪。'期光以为此是琦伏罪也,遽奏之,请除名,配流夷州,驰驿发遣,仍差纲领送至彼。"中华书局1975年版,第3517页。

交宦官鱼朝恩之名，被贬为括州刺史；次年，元载奏请亲信韩滉
与刘晏共同分理财赋。

大历八年（773），刘晏转吏部尚书，与时为中书舍人、吏部
侍郎的杨炎"盛气不相下"①，"各恃权使气，两不相得"②，为二人
最终的悲剧结局埋下了伏笔。同年第五琦改饶州刺史，在其任达
五年之久。大历十二年（777），权相元载伏诛，杨炎坐交元载，
被贬为道州司马。对此，刘晏拍手称快，史载："炎坐元载贬，
晏快之，昌言于朝。"③次年，门下侍郎同平章事常衮因忌嫉刘晏
名望，荐刘晏为尚书左仆射，欲夺其实权；但国家财赋之任还
要倚重刘晏，故仍兼诸使。大历十三年（778），第五琦改湖州刺
史，次年召为太子宾客，分司东都。大历十四年（779）德宗即位，
宰相常衮因奏崔佑甫事失实，被贬为潮州刺史；杨炎则被德宗起
用，由道州司马径直拜相。

这里对常衮与崔佑甫之争略作叙述。该事见于《旧唐书》卷
一一九《崔佑甫传》，又见于《旧唐书》卷十二《德宗纪上》、《资
治通鉴》卷二二五代宗大历十四年④。大历十四年（779）闰五月，

① 《刘晏传》，《新唐书》卷 149，中华书局 1975 年版，第 4796 页。
② 《刘晏传》，《旧唐书》卷 123，中华书局 1975 年版，第 3515 页。
③ 《刘晏传》，《旧唐书》卷 123，中华书局 1975 年版，第 3515 页。
④ 《旧唐书》崔佑甫本传："是日，百僚且经序立于月华门，立贬衮为河南少尹，
以佑甫为门下侍郎、平章事，两换其职。佑甫出至昭应县，征还。"中华书局
1975 年版，第 3440 页。《旧唐书》卷 12《德宗纪上》："闰月壬申，贬中书舍人
崔佑甫为河南少尹。甲戌，贬门下侍郎、平章事常衮为潮州刺史。召崔佑甫为
门下侍郎、同中书门下平章事。"中华书局 1975 年版，第 319—320 页。《资治通鉴》
卷 225 代宗大历十四年"闰月，壬申，贬佑甫为河南少尹。""甲戌，百官衰经，
序立于月华门，有制，贬衮为潮州刺史，以佑甫为门下侍郎、同平章事，闻者
震悚。佑甫至昭应而还。"中华书局 1956 年版，第 7257 页。从上引三条史料看，
在关于常衮的贬职上《旧唐书·崔佑甫传》与《旧唐书·德宗纪》和《资治通鉴》
不同，兹从《旧唐书·德宗纪》和《资治通鉴》；而在贬常衮的日期上，《资治通鉴》
又与《旧唐书·德宗纪》不同，按甲辰日距壬申日相隔一月有余，崔佑甫从长
安到诏应（即新丰，治所在今陕西临潼县西北）不可能走一个月，故于理不合，
兹从《旧唐书·德宗纪》，并录以存疑。

为排挤政敌、前宰相杨绾的亲信崔佑甫，宰相常衮沿用肃宗以来宰相联署的惯例，私自代替中书令郭子仪、检校司空平章事朱泚二人署名，上书刚刚即位的德宗，称崔佑甫率情变乱，轻议国典，请贬之为潮州刺史。德宗以为责罚过重，诏贬崔为河南府少尹。不料此事引起郭子仪和朱泚的强烈不满，认为自己虽然"名是宰臣，当署制敕，至于密勿之议，则莫得闻"，而且上书力辩崔佑甫罪不当贬。德宗对此开始不解，后来证实常衮在其中做了手脚后，大为震怒，"谓衮诬罔"。于是立即收回成命，改贬常衮为潮州刺史，征召已经行至昭应（今陕西临潼）的崔佑甫还朝，拜门下侍郎、同中书门下平章事。数日之内，常衮和崔佑甫的身份发生了如此戏剧性的对换。故敕令一出，朝野惊骇。而常、崔本人在角色转换的瞬间，其内心所受到的巨大冲击也是可想而知的。

杨炎执政后，积极用事，主张废内库，颁行两税法，皆被德宗采纳，一时政绩卓然。但与此同时，杨炎不忘旧嫌，专以报恩复仇、排斥异己为事。《太平广记》卷一五三所引《续命定录》，十分真切地描述了杨炎当年仓促离京和赴任途中的种种惨状；不难想见，在那种悲苦凄凉的情形之下，杨炎心中郁结的复仇和报恩情绪会多么强烈：

> 户部侍郎杨炎贬道州司户参军，自朝受责，驰驿出城，不得归第。炎妻先病，至是炎虑耗达，妻闻惊，必至不起。其日，炎夕次蓝田，清方主邮务。炎才下马，屈崔少府相见。便曰："某出城时，妻病绵惙，闻某得罪，事情可知。欲奉烦为申辞疾，请假一日，发一急脚附书，宽两处相忧，以候其来耗，便当首路，可乎？"清许之，邮知事吕华进而言曰："此故不可，敕命严迅。"清谓吕华："杨侍郎迫切，不然，申府

以阙马，可乎？"华久而对曰："此即可矣。"清于是以此闻于京府，又自出俸钱二十千，买细毡，令造毡异，顾夫直诣炎宅，取炎夫人。夫人扶病登异，仍戒其丁勤夜行。旦日达蓝田，时炎行李简约，妻亦病稍愈，便与炎偕往。炎执清之手，问第行。清对曰："某第十八。"清又率俸钱数千，具商于己来山程之费。至韩公驿，执清之袂，令妻出见曰："此崔十八，死生不相忘，无复多言矣！"炎至商于洛源驿，马乏，驿仆王新送骡一头。又逢道州司仓参军李全方挽运入奏，全方辄倾囊以济炎行李。①

　　杨炎就是在这种心态下开始了排斥异己的行动。他选择的首要目标就是刘晏，因为二人存有旧隙，且目前只有刘晏可以同他抗衡。他利用刘晏参与废黜太子的传言，罗织罪名，奏请德宗下诏，罢免刘晏所兼财赋诸使，贬刘晏为忠州刺史。随后以亲信庾准为江陵尹兼御史中丞、荆南节度使，监控刘晏。建中元年(780)七月，庾准受杨炎指使，上奏德宗，称刘晏致书朱泚求救，"言多怨望"，又私召兵马，谋拒朝廷。杨炎派人到忠州证成其事，德宗信以为真，急遣中使缢杀刘晏，数日后才颁下赐死诏书。《旧唐书》本传载："是月庚午，晏已受诛，使回奏报，诬晏以忠州谋叛，下诏暴言其罪，时年六十六，天下冤之。家属徙岭表，连累者数十人。贞元五年，上悟，方录晏子执经，授太常博士；少子宗经，秘书郎。执经上请削官赠父，特追赠郑州刺史。"②一代名臣就这样陨落了。

　　刘晏的结局是被贬忠州刺史，被诬谋叛，被缢杀，死后追赠郑州刺史；第五琦则前后在忠州、朗州、括州、饶州、湖州度过

---

① （宋）李昉等编：《太平广记》卷153"崔朴"，中华书局1961年版，第1098页。
② 《刘晏传》，《旧唐书》卷123，中华书局1975年版，第3516页。

了近十年的州官生涯，后来做了几年太子宾客，分司东都，到建中三年（782）召还京师时，却"信宿而卒"。而在刘晏死后的十五年，即贞元十一年（795），陆贽因裴延龄构陷，也被贬往忠州为别驾；十年后顺宗召还回朝的敕文到达忠州时，陆贽未闻其诏，已蒙冤而死。十分巧合的是，同样被召却未闻诏而死的，还有当年力辩陆贽无罪的道州刺史阳城。

至于杨炎，虽然构陷刘晏得逞，自己却难逃悲剧下场。他对新任宰相卢杞公然表示轻蔑，引起后者的衔恨，而在政治较量中又不敌对手，节节败退，最后终于被卢杞抓住他在曲江之南王气之地构建家庙的把柄，进言罢相，直至远贬崖州司马，行至距崖州百里时赐死。时值建中二年（781），杨炎五十五岁。杨炎对自己的结局似乎有所预感，他从道州司马召还入京时，曾说："吾岭上一逐臣，超登上台，可常哉？且有非常之福，必有非常之祸"①；此次流贬岭南，在途中写下《流崖州至鬼门关作》一诗："一去一万里，千知千不还。崖州何处在，生度鬼门关。"②原本预料到将来必有非常之祸，现在以为过了岭南鬼门关就性命无虞了；不想历史却以其人之道还诸其身，让一年前他构陷刘晏的故事在其身上重演，证成了他终究是一个悲剧性的人物。从某种程度上说，元载、刘晏、杨炎、卢杞之间的恩恩怨怨，实质上是中唐朋党倾轧的一个缩影。《旧唐书》卷一五九《韦处厚传》载韦处厚的上疏曰："建中之初，山东向化，只缘宰相朋党，上负朝廷。杨炎为元载复仇，卢杞为刘晏报怨，兵连祸结，天下不平。"③可谓一语中的。刺史等州郡官，历来被加上各种光

---

① （宋）李昉等编：《太平广记》卷 153 "崔朴"，中华书局 1961 年版，第 1098 页。
② （唐）杨炎：《流崖州至鬼门关作》，（清）彭定求等编：《全唐诗》卷 121，中华书局 1960 年版，第 1213 页。
③ 《韦处厚传》，《旧唐书》卷 159，中华书局 1975 年版，第 4184 页。

彩的名号，如"治人之本"、"古之通侯"等，这种耀眼的光环，却也掩盖和隐藏了诸多历史的悲剧，以及诸多类似刘晏、杨炎、陆贽和阳城等悲剧性的人物。

刘晏、杨炎、第五琦三人可以说是典型的政治家型文人。从他们的入仕途径来看，刘晏是举神童，杨炎起自幕府从事，第五琦以吏干进；只有刘晏的成名和入仕与科举制度有一些联系，不过一则其中的传奇色彩较为浓重，二则童子科毕竟是科举中情况比较特殊的一种，如吴宗国先生指出："（童子科）实为粉饰盛世而设，以诵经为课不过是照顾了儿童善于背诵的特点，如有善属文等其它才能者，自不必拘以常规。"[1] 因而在中唐士人中不具有普遍性。但三人都具有较高的文学才能，也多与文学之士交游，则是毫无疑问的。刘晏的成名本身就是很好的说明；此外，他与文学之士有广泛的交游，在他的转运盐铁使幕中，曾汇集了刘长卿、张继、戴叔伦、包佶、顾况等知名诗人。杨炎自视才高，鄙视卢杞，主要是嫌卢杞"无文学，仪貌寝陋"，《旧唐书》本传称杨炎"风骨峻峙，文藻雄丽……与常衮并掌纶诰，衮长于除书，炎善为德音，自开元已来，言诏制之美者，时称常、杨焉"[2]。由此可见，杨炎所倚恃的资本也是文才。关于这一点，贬逐杨炎的诏书说得明明白白："尚书左仆射杨炎，托以文艺，累登清贯，虽谪居荒服，而虚称犹存。"[3] 至于第五琦，也是工诗善文，宋人洪迈《容斋随笔》三笔卷八"唐贤启状"条云：

> 故书中有《唐贤启状》一册，皆泛泛缄题其间，标为独

①　吴宗国：《唐代科举制度研究》，辽宁大学出版社1997年版，第34页。
②　《杨炎传》，《旧唐书》卷118，中华书局1975年版，第3419页。
③　《杨炎传》，《旧唐书》卷118，中华书局1975年版，第3425页。

孤常州及、刘信州太真、陆中丞长源、吕衡州温者各数十篇，亦无可传诵。时人以其名士故，流行至今。独孤有《与第五相公书》云："垂示《送邱郎中》两诗，词清兴深，常情所不及。'阴天闻断雁，夜浦送归人'，酞丽闲远之外，文句窈窕凄恻，比顷来所示者，才又加等，但吟诵叹咏，大谈于吴中文人耳"。又云："昨见《送梁侍御》六韵，清丽妍雅，妙绝今时，掩映风骚，吟讽不足。"按第五琦乃聚敛之臣，不以文称，而独孤奖重之如此，观表出十字，诚为佳句。乃知唐人工诗者多，不必专门名家而后可称也。①

洪迈说《唐贤启状》本身并无可传诵之篇，但因为集子的作者都是名士，所以得以流传至宋代。可惜独孤及在《与第五相公书》中大加赞许的第五琦的三首诗，流传至今的仅有上述"阴天闻断雁，夜浦送归人"一联。②

上引洪迈"唐人工诗者多，不必专门名家而后可称也"的断语值得我们注意：它一方面可以理解为对唐人作诗普及程度的赞赏；另一方面，也可以理解为对唐人文学素养的肯定。在此，洪迈是把唐代士人中的"工诗者"和"专门名家"区分开了。从一定的意义上说，"工诗者"是"专门名家"的"后备军"和"人力资源"。本文以职事活动为中心，考察中唐文人的社会角色与文学之间的关系，其出发点与此类似，也是从一个更广泛的背景下，重新观察和梳理中唐文学的发展及其意义。因此，在上述视野中，即使是刘晏、杨炎、第五琦这样著名的计臣，同样也具备了不同于以往士人的意义，从而与中唐文学发展的背景

---

① （宋）洪迈：《容斋随笔·三笔》卷 8，中华书局 2005 年版，第 525—526 页。
② （清）彭定求等编：《全唐诗》卷 795，中华书局 1960 年版，第 8944 页。

有机地结合起来了。

再看"八司马"、元稹、白居易、韩愈等。与刘晏、杨炎等政治家型文人不同，他们可以说是文人型政治家或政治人物。对于他们来说，文学才能不仅仅是一种单纯的修养或者仕进的工具，更多的还是他们在特定环境和遭遇下抒情言志甚至匡时救弊的手段。这些文才卓异且自负才名的文人，其传承儒家诗教的意识和使命感自然更加自觉和强烈，所以在他们身上，典型地体现了州郡官的"窜逐"心理等精神状态与文学创作的内在契合。

这种精神状态的外在表现，首先是获悉被贬和外放之际，或者被贬和外放之初产生的强烈心理反应，那就是所谓的"窜逐"感。

一般说来，对于外放，无论是历经仕途坎坷还是一帆风顺的文人，都是很敏感的。如《旧唐书》卷一二八《颜真卿传》载：

> 卢杞专权，忌之，改太子太师，罢礼仪使，谕于真卿曰："方面之任，何处为便？"真卿候杞于中书曰："真卿以褊性为小人所憎，窜逐非一。今已羸老，幸相公庇之。相公先中丞传首至平原，面上血真卿不敢衣拭，以舌舔之，相公忍不相容乎？"[1]

先中丞即卢杞之父卢奕，天宝时为御史中丞，安史乱起，叛军攻下洛阳后被杀，传首至平原，以此威胁平原郡太守颜真卿[2]，欲使其叛降。当年一郡太守颜使君对死亡的考验和威胁毫无畏惧，

---

① 《颜真卿传》，《旧唐书》卷128，中华书局1975年版，第3595页。
② 据郁贤皓先生《唐刺史考全编》卷110，颜真卿天宝十二载一至德元载（753—756）为平原太守。按德州在隋为平原郡，唐武德四年置德州，设总管府，后改都督府，贞观元年废都督府，天宝元年改为平原郡，乾元元年复为德州。郁贤浩：《唐刺史考全编》，安徽大学出版社2000年版。

以舌舔卢奕面上血，并奋勇抗敌；而现在，二十六七年过去了，身为东宫要员的颜太师却对卢杞看似轻飘飘的一句"方面之任，何处为便"，表现出异常的敏感，特意向卢杞重提当年乃父旧事，称说自己现在已经年迈体衰，希望卢杞不要让他再次陷入"窜逐"的境地。从本文第一节关于唐代重内轻外风气的概述可见，这种心理是其来有自的。而颜真卿在此以"相公忍不相容乎"的反诘与卢杞"方面之任，何处为便"的试探相提并论，更从另一个侧面表明，在唐代士人的心目中，外任与"窜逐"几乎就是同义语。

其次，这种精神状态的外在表现，更多的是与"窜逐"心理相关联的委屈之情和忠孝之心。这种委屈之情和忠孝之心，往往被承继忠君恋阙传统的中唐士人们强化，因而具有极强的文学色彩。

如元稹在《同州刺史谢上表》中，即把外放与"窜逐"明确地联系起来，其中表露出的种种心态，颇为耐人寻味。文章开篇道：

> 臣罪重责轻，忧惶失据，虑为台府迫逐，不敢徘徊阙廷，便自朝堂匍匐进发，谨以今月九日到州上讫。臣某辜负圣朝，辱累恩奖，便合自求死所，岂宜尚忝官荣？[1]

长庆二年（822）六月，李逢吉指使亲信奏告元稹，称元稹曾密遣刺客，欲杀裴度以报私怨；因查无实据，元稹、裴度皆罢相，李逢吉遂趁机填补空缺。裴度以功高德重仍为右仆射居京，而元稹则被出为同州刺史，事见《资治通鉴》卷二四二穆宗长庆二年。同州地处京畿道，距都城长安不远，所以元稹很快便到达

---

[1]　（唐）元稹著，冀勤点校：《同州刺史谢上表》，《元稹集》卷33，中华书局1982年版，第383页。

任所，并匆匆上表谢罪言志。

按唐代官员的贬谪，论其"罪行大小"、"情节轻重"，一般重贬的外放地包括两种：一是荒僻偏远之地，如崖州、潮州、播州、连州、忠州等，外放的著名文人有韦执谊、杨炎、李德裕、韩愈、刘禹锡、刘晏、陆贽、白居易等；二是落后贫穷之地，如道州、朗州、永州、柳州等，外放的著名文人有阳城、第五琦、李翱、柳宗元等。这些州郡，无一不比此次元稹所贬的同州状况差得多，元稹自然明晓于此。这就说明，元稹在此文中所要重点表达申述的，主要是自己遭贬的委屈之情和忠孝之心。于是，接下来他就不厌其烦地铺叙了自己从少年发奋读书到应举登第，以及入仕后尽职尽责，至今坎坷蹭蹬的历程：

> 臣八岁丧父，家贫无业，母兄乞丐以供资养，衣不布体，食不充肠。幼学之年，不蒙师训。因感邻里儿稚，有父兄为开学校，涕咽发愤，愿知诗书。慈母哀臣，亲为教授。年十有五，得明经出身。自是苦心为文，夙夜强学。年二十四，登乙科，授校书郎。年二十八蒙制举首选，授左拾遗。始自为学，至于升朝，无朋友为臣吹嘘，无亲党为臣援庇，莫非苦己，实不因人，独立成性，遂无交结。任拾遗日，屡陈时政，蒙先皇帝召问延英，旋为宰相所憎，贬臣河南县尉。及为监察御史，又不敢规避，专心纠绳。复为宰相怒臣不庇亲党，因以他事贬臣江陵判司。废弃十年，分死沟渎。[①]

元稹在这里主要是表白自己在任上专心尽职，从不结党营私，

---

① （唐）元稹著，冀勤点校：《同州刺史谢上表》，《元稹集》卷 33，中华书局 1982 年版，第 383—384 页。

所以得罪执政，遭此贬谪之祸。由此可见中唐党争的激烈程度：士人们走上仕途，特别是一旦参与高层政治，就会面临如何站队的选择。这对久蘸于圣贤之学，执着于书本之道的传统文人来说，显然是一个极大的挑战。陆贽在德宗出奔奉天的特定时期，实现了他"上不负天子，下不负吾所学"的人生理想①，为世人提供了一个封建文人参与高层政治的成功范例。但那毕竟是恰逢特定的时期，离不开特定的条件。一旦情况发生变化，陆贽的"内相"和"天子私人"的地位就大打折扣，甚至形同虚设了。实际上，中唐的其他文人们都在寻求类似陆贽这样的机会，元稹也不例外。所以，他在此文中极力渲染先帝宪宗对他的种种恩遇，无非是为将来的复出做某种铺垫工作：

> 元和十四年，宪宗皇帝开释有罪，始授臣膳部员外郎。与臣同省署者，多是臣初登朝时举人；任卿相者，半是臣同谏院时拾遗、补阙。愚臣既不能低心曲就，辈流亦以此望风怒臣。不料陛下天听过卑，知臣薄艺，朱书授臣制诰，延英召臣赐绯。宰相恶臣不出其门，由是百计侵毁。陛下察臣无罪，宠奖逾深，召臣面授舍人，遣充承旨学士，金章紫服，光饰陋躯，人生之荣，臣亦至矣。然臣益遭诽谤，日夜忧危，唯陛下圣鉴照临，弥加保任，竟排群议，擢备台司。臣忝有肺肝，岂并寻常宰相？况当行营退散之后，牛元翼未出之间，每闻陛下轸念之言，微臣恨不身先士卒。所以问计策，遣王友明等救解深州，盖欲上副圣情，岂是别怀他意？不料奸人疑臣杀害裴度，妄有告论，尘黩圣聪，愧羞天地。臣本待辨明亦

---

① （唐）权德舆：《唐陆宣公翰苑集序》，《唐陆宣公翰苑集》卷首，《四部丛刊初编》，
上海商务印书馆 1929 年版，集部，第 665 册，第 8 页。

了，便拟杀身谢责，岂料圣慈尚在，薄贬同州。虽违咫尺之颜，不远郊畿之境。伏料必是宸衷独断，乞臣此官，若遣他人商量，乍可与臣远处藩镇，岂肯遣臣俯近阙庭？臣所恨今月三日，尚蒙召对延英，此时不解泣血，仰辞天颜，便至今日窜逐。臣自离京国，目断魂销，每至五更朝谒之时，臣实制泪不得，若余生未死，他时万一归还，不敢更望得见天颜，但得再闻京城钟鼓之音，臣虽黄土覆面，无恨九原。臣某无任自恨自惭，攀恋圣慈之至。①

元稹说穆宗对他的处罚是"薄贬"，这正与同州"俯近阙庭"而非"远处藩镇"的地理位置有关；然而即便如此，元稹还是要强调自己处在"窜逐"的状态。于是，他在文中把忠君恋阙的情结表达得百转千回，读之令人动容。

再次，与州郡官"窜逐"心理相联系的这种精神状态，还表现为在"窜逐"过程中对自己人生道路的痛切反思，以及由此产生的"信而见疑，忠而被谤"②的不平，随后就是冷静之后的现实抉择。这种状态，伴随着强烈的感情起伏和思想动荡，最适宜以文学的形式表达。所谓"物不得其平则鸣"③，"和平之音淡薄，而愁思之声要妙；欢愉之辞难工，而穷苦之言易好"④等，说的就是这个道理。事实上，正如我们看到的，这种痛切反思的结果，的确造就了一大批成功的文学家和文学作品。对于元稹、白居易、

---

① （唐）元稹著，冀勤点校：《同州刺史谢上表》，《元稹集》卷33，中华书局1982年版，第384—385页。
② （汉）司马迁：《屈原贾生列传》，《史记》卷84，中华书局1959年版，第2482页。
③ （唐）韩愈著，马其昶校注，马茂元整理：《送孟东野序》，《韩昌黎文集校注》，上海古籍出版社1986年版，第232页。
④ （唐）韩愈著，马其昶校注，马茂元整理：《荆谭唱和诗序》，《韩昌黎文集校注》，上海古籍出版社1986年版，第262页。

韩愈、柳宗元、刘禹锡这些早已成名的文学家而言，则更是其创作历程中的重要里程碑。

元和十年（815），白居易被贬江州司马。他在《自悔》中痛切地反思自己的人生道路，并筹划将来，试图以放达任真的态度度过余生：

> 乐天乐天，来与汝言：汝宜拳拳，终身行焉。物有万类，锢人如锁；事有万感，热人如火。万类递来，锁汝形骸；使汝未老，形枯如柴。万感递至，火汝心怀；使汝未死，心化为灰。乐天乐天，可不大哀！汝胡不惩往而念来？人生百岁七十稀，设使与汝七十期：汝今年已四十四，却后二十六年能几时？汝不思二十五六年来事？疾速倏忽如一寐。往日来日皆瞀然，胡为自苦于其间？乐天乐天，可不大哀！而今而后，汝宜饥而食，渴而饮；昼而兴，夜而寝。无浪喜，无妄忧；病则卧，死则休。此中是汝家，此中是汝乡。汝何舍此而去，自取其遑遑？遑遑兮欲安往哉？乐天乐天归去来！①

白居易在这里表达了自己纵浪大化、不喜不惧地生活的意愿，其中不乏与陶渊明精神相通之处。被贬江州司马，可以说是白居易一生中所受到的最沉重的打击。此时，他所扮演的太子左赞善大夫的角色虽然失败了，但他作为文学家和诗人的角色却仍然熠熠闪光（其实，当年的陶渊明又何尝不是如此）。值得注意的是，在经历了此次人生的重大转折后，白居易的精神世界较之从前更加贴近现实了，特别是对下层人民产生了"同是天涯沦落人，相

---

① （唐）白居易著，顾学颉校点：《白居易集》卷39，中华书局1979年版，第885页。

逢何必曾相识"的认同感，从过去作为旁观者的悲天悯人，升华到现在作为局中人的感同身受和同病相怜。这对白居易的仕宦生涯来说，当然是不幸的事情；但对中唐文学来说，则堪称不幸中的大幸了。

与白居易被贬江州司马类似的情况，还可以举出一些例子，如韩愈的被贬潮州刺史。元和十四年（819）正月，韩愈因上《论佛骨表》反对崇佛，触怒宪宗，几乎被判极刑，幸得宰相裴度、崔群的论救，乃贬为潮州刺史，时年五十有二。得到敕令之后，韩愈匆匆踏上南迁的漫漫长路，诗歌名篇《左迁至蓝关示侄孙湘》就是韩愈行至出长安不远的蓝田关时所作："一封朝奏九重天，夕贬潮州路八千。欲为圣明除弊事，肯将衰朽惜残年。云横秦岭家何在，雪拥蓝关马不前。知汝远来应有意，好收吾骨瘴江边。"①经过两个多月的长途跋涉，韩愈终于抵达潮州任所，旋即进奉《潮州刺史谢上表》，其中充满了谢罪和自责之语：

> 臣某言：臣以狂妄戆愚，不识礼度，上表陈佛骨事，言涉不敬，正名定罪，万死犹轻。陛下哀臣愚忠，恕臣狂直，谓臣言虽可罪，心亦无他，特屈刑章，以臣为潮州刺史。既免刑诛，又获禄食，圣恩弘大，天地莫量；破脑刳心，岂足为谢！臣某诚惶诚恐，顿首顿首。②

接下来重笔描述潮州的险恶环境以及自己的惨状，以期博得

① （唐）韩愈著，钱仲联集释：《左迁至蓝关示侄孙湘》，《韩昌黎诗系年集释》，上海古籍出版社 1984 年版，第 1097 页。
② （唐）韩愈著，马其昶校注，马茂元整理：《潮州刺史谢上表》，《韩昌黎文集校注》卷 8，上海古籍出版社 1986 年版，第 617—618 页。

宪宗的同情；随后又极力铺叙个人的文学才能和社会影响，俨然以一代文宗自居：

> 臣受性愚陋，人事多所不通，惟酷好学问文章，未尝一日暂废，实为时辈所见推许。臣于当时之文，亦未有过人者。至于论述陛下功德，与《诗》《书》相表里；作为歌诗，荐之郊庙；纪泰山之封，镂白玉之牒；铺张对天之闳休，扬厉无前之伟迹；编之乎《诗》《书》之策而无愧，措之乎天地之间而无亏，虽使古人复生，臣亦未肯多让！①

不过韩愈在此的意图，实际上是希望以自己的文学才能引起宪宗的重视，以期得到再度起用。所以，韩愈的笔触很快就转向对宪宗的歌功颂德，到了文章的结尾，几乎用的是哀求的语调了："伏惟皇帝陛下，天地父母，哀而怜之，无任感恩恋阙惭惶恳迫之至。"②

这种婉转曲折、一唱三叹的写法，固然是"谢上表"这类体裁的内在要求限定的，但也可以从中看出作者的一些真情实感。所以韩愈的这篇文章，既得到后人的赞许和理解，也受到不少讥评。如吴闿生《古文范》卷三："此篇公贬斥后要结主知之作。竭尽平生材力为之。其经营之重，盖不减《平淮西碑》，全运以汉赋之气体，如铸精金纯铁，如驱千军万马，山起潮立，坚刚直达，山岳可穿，读之每字入口皆有千钧万石之重。至于切要之处，则精神喷溢而出，声光炯炯，轩天拔地，所谓'编之乎《诗》《书》

---

① （唐）韩愈著，马其昶校注，马茂元整理：《潮州刺史谢上表》，《韩昌黎文集校注》卷8，上海古籍出版社1986年版，第619页。

② （唐）韩愈著，马其昶校注，马茂元整理：《潮州刺史谢上表》，《韩昌黎文集校注》卷8，上海古籍出版社1986年版，第620页。

之策而无愧,措之乎天地之间而无亏'。盖能言称其实也。"① 这是针对文章的写作成就而言的,更多的是针对人品和性格发表议论的,如侯方域《书昌黎潮州谢上表后》:"昌黎一代人杰,其谏佛骨,几致杀身,尤挺立不挠。然贬潮州,而其谢上表,亦何哀也。"②欧阳修《与尹师鲁第一书》:"每见前世有名人,当论事时,感激不避诛死,真若知义者。及到贬所,则戚戚怨嗟,有不堪之穷愁形于文字,其心欢戚,无异庸人,虽韩文公不免此累。"③ 等等。

对于八司马来说,上述的精神状态恐怕更为典型地体现了与文学创作的内在契合。如柳宗元于贞元二十一年(805)九月坐交王叔文被贬邵州刺史;十一月,在赴邵州途中,再贬永州司马,从此在永州度过了十年形同拘囚的谪居生涯。他的《与李翰林建书》记录了永州险恶的自然环境和自己悲愤郁闷的精神状态:

> 永州于楚为最南,状与越相类。仆闷即出游,游复多恐。涉野有蝮虺大蜂,仰空视地,寸步劳倦;近水即畏射工沙虱,含怒窃发,中人形影,动成疮疣。时到幽树好石,暂得一笑,已复不乐。何者?譬如囚拘圜土,一遇和景出,负墙搔摩,伸展支体,当此之时,亦以为适,然顾地窥天,不过寻丈,终不得出,岂复能久为舒畅哉? ④

这种精神状态,很容易让他们联想起屈原以及屈骚传统。事

---

① 吴闿生:《古文范》卷 3 下编之二,民国十六年(1927)文学社刊行本。

② (清)侯方域:《壮悔堂文集》卷 9,《四库禁毁书丛刊》,北京出版社 2000 年版,集部,第 51 册,第 573 页。

③ (宋)欧阳修著,李逸安点校:《与尹师鲁第一书》,《欧阳修全集》卷 69,中华书局 2001 年版,第 997 页。

④ (唐)柳宗元:《与李翰林建书》,《柳宗元集》卷 30,中华书局 1979 年版,第 801—802 页。

实上，他们在自己的文学创作中的确自觉地对此进行了发扬和光大。关于这一点，本文在下一节将要提到。这里只想说明，本文所说的州郡官的"窜逐"意识等，主要是就他们在社会角色转换之初的精神状态而言，一旦他们完成了这种角色转换，还会自觉地承担起相应的责任，并以自己的政治才能和文学特长，为惠一方。所以在他们放逐的地区，常常会产生一些关于他们的传说或典故。同时，中唐文人也有一些以某某州为名的世称，诸如韦苏州、刘随州、独孤常州、柳柳州、吕衡州等，也可以说是对他们治郡政绩，所谓"在郡有治声"的一种肯定。比如独孤及，大历三年（768）为濠州刺史，大历五年（770）改舒州刺史，八年（773）迁常州刺史，世称独孤常州。独孤及喜奖掖鉴拔后进，梁肃、权德舆、朱巨川、崔元翰、陈京、唐次皆出其门下[1]，而韩愈"从其（按即梁肃）徒游"[2]，则可以说是独孤及的再传弟子了。

在此，值得特别一提的还有阳城，他在道州刺史任上废当地进贡侏儒之举，堪与当年"率拾遗王仲舒等数人，守延英门上疏，论延龄奸佞，贽等无罪"[3]的壮举交相辉映，传诵千载：

> 道州土地产民多矮，每年常配乡户贡其男，号为"矮奴"。城不平其以良为贱，又悯其编甿岁有离异之苦，乃抗疏论而免之，自是乃停其贡，民皆赖之，无不泣荷。[4]

阳城自贞元十四年（798）九月开始，直至贞元二十一年（805）

---

① 《新唐书》卷162《独孤及传》："及喜鉴拔后进，如梁肃、高参、崔元翰、陈京、唐次、齐抗皆师事之。"中华书局1975年版，第4993页。

② 《韩愈传》，《旧唐书》卷160，中华书局1975年版，第4195页。

③ （宋）王溥等著：《唐会要》卷55"谏议大夫"，中华书局1955年版，第950页。

④ 《隐逸传·阳城传》，《旧唐书》卷192，中华书局1975年版，第5133—5134页。

顺宗"追……前谏议大夫道州刺史阳城赴京师……未闻追诏,而卒于迁所"①,做了近七年的道州刺史。《旧唐书》以阳城出身于隐士,把他归入《隐逸传》;而《新唐书》则以他的卓特言行,把他归入《卓行传》。关于阳城废道州进贡侏儒的事迹,《新唐书》载:"至道州,治民如治家,宜罚罚之,宜赏赏之,不以簿书介意。月俸取足则已,官收其余。日炊米二斛,鱼一大鬻,置瓯杓道上,人共食之。州产侏儒,岁贡诸朝,城哀其生离,无所进。帝使求之,城奏曰:'州民尽短,若以贡,不知何者可供。'自是罢。州人感之,以'阳'名子。"②

阳城的废除道州进贡侏儒之举,对主张"惟歌生民病,愿得天子知"③的白居易来说,无疑是一个绝好的文学题材,于是被他敏感地抓住,写入《新乐府》组诗中,名为《道州民》:"道州民,多侏儒,长者不过三尺余。市作矮奴年进送,号为道州任土贡。任土贡,宁若斯?不闻使人生别离,老翁哭孙母哭儿。一自阳城来守郡,不进矮奴频诏问。城云臣按六典书,任土贡有不贡无;道州水土所生者,只有矮民无矮奴。吾君感悟玺书下,岁贡矮奴宜悉罢。道州民,老者幼者何欣欣!父兄子弟始相保,从此得作良人身。道州民,民到于今受其赐,欲说使君先下泪。仍恐儿孙忘使君,生男多以阳为字。"④ 这个事实本身说明,阳城作为新乐府题材的提供者和新乐府所吟咏的对象之一,也为元白倡导的新乐府运动做出了一份实际的贡献。

---

① (唐)韩愈著,马其昶校注,马茂元整理:《顺宗实录》卷2,《韩昌黎文集校注》,上海古籍出版社1986年版,第700页。

② 《卓行传·阳城传》,《新唐书》卷194,中华书局1975年版,第5572页。

③ (唐)白居易著,顾学颉校点:《寄唐生》,《白居易集》卷1,中华书局1979年版,第15页。

④ (唐)白居易著,顾学颉点校:《道州民》,《白居易集》卷3,中华书局1979年版,第68页。

三、州郡官的特定角色与贬谪题材的兴盛

韩愈在《柳子厚墓志铭》中特别指出：

> 子厚前时少年，勇于为人，不自贵重顾藉，谓功业可立就，故坐废退；既退，又无相知有气力得位者推挽，故卒死于穷裔，材不为世用，道不行于时也。使子厚在台省时，自持其身已能如司马刺史时，亦自不斥；斥时有人力能举之，且必复用不穷。然子厚斥不久，穷不极，虽有出于人，其文学辞章，必不能自力以致必传于后如今，无疑也。虽使子厚得所愿，为将相于一时；以彼易此，孰得孰失，必有能辨之者。①

韩愈的这个论断，虽然是针对柳宗元个人的遭际和性格而发，其中包含了他对二王八司马的一些成见；但是，这对其中所包含的真理成分并不产生负面的影响。本文认为，这个论断对于中唐的州郡官群体与中唐文学的关系来说，同样具有普遍性的意义。因为正如上文所述，在中唐时期，活跃着相当一批富于文才并具有继承儒家诗教自觉的州郡官；这个庞大的文人群体中的代表人物，或者说其中的文才卓异之士，大部分都有贬谪或外放的人生经验；而这种人生经验的表达和交流，具有相当的自觉性和广泛性，一旦形成高潮，就构成了中唐贬谪题材的兴盛，从而成为中唐文学发展和进步的重要标志。反过来说，如果这些文学之士在政治上得遂所愿，仕途一帆风顺，则中唐文学史

① （唐）韩愈著，马其昶校注，马茂元整理：《柳子厚墓志铭》，《韩昌黎文集校注》卷 7，上海古籍出版社 1986 年版，第 513 页。

上这个重要的景观也许就不会出现。两相权衡，孰得孰失，应该不难判断。

众所周知，历史或许能任人"打扮"而绝对不能人为设计，所以我们必须面对也只能面对历史发展的实际。在此，本文以中唐文学史上这种重要的现象为考察对象，对中唐的州郡官及其特定的社会角色在中唐贬谪题材中占有的地位和起到的作用，做一初步探讨，并对这种贬谪题材的主要特色做一简要的论述。

首先，关于"窜逐"心理的发生。如前所述，唐代重内轻外风气的盛行，对外放州郡官的精神状态的确有巨大的影响；但归根结底，这只能算作是外在的原因，内在的因素则来自当事者社会角色的巨大落差，以及这种落差给他们带来的强烈的精神冲击。这些例子上文举过很多，这里不再重复，而仅仅指出一个令这些迁客骚人心中不安的事实，那就是按照经验，唐代对官吏的贬谪常常会出现分几步到位的情况，有的甚至最终难逃追诏赐死的厄运。这种例子是屡见不鲜的。最著名的就是八司马中柳宗元、刘禹锡的在道再贬，第五琦的追诏流放夷州，以及杨炎的被追诏赐死等。白居易的《太行路》一诗，即道出了唐代文人普遍存在的怵惕心理：

> 行路难，难于山，险于水。不独人间夫与妻，近代君臣亦如此。君不见：左纳言，右纳史；朝承恩，暮赐死？行路难，不在水，不在山，只在人情反复间！ [1]

因此，他们从踏上贬谪之途的那一刻起，就时时处于惶惶不

---

[1]　（唐）白居易著，顾学颉点校：《太行路》，《白居易集》卷3，中华书局1979年版，第64页。

安的状态之中；即使路途再遥远艰险，也不敢有片刻的延误。其
情其景，好似在与厄运竞赛。即便路途较近，如元稹长庆二年（822）
被贬同州刺史，也是"忧惶失据，虑为台府追逐，不敢徘徊阙廷，
便自朝堂匍匐进发"①，到达任所后旋即递交"谢上表"。至于路途
遥远的，更是忧惧之心始终伴随，直至抵达贬所。由此，我们才
能理解杨炎在写那首"一去一万里，千知千不还。崖州何处在，
生度鬼门关"②诗时的复杂心情。令人慨叹的是，诗中表达的侥幸
和庆幸并没有给杨炎带来好运，追诏赐死的结果，最终使这首《流
崖州至鬼门关作》成了他的"绝命诗"。

在"窜逐"过程中，能够传达出生命体验的沉痛和深刻的文
学作品，往往出自那些大家之手。比如在韩愈的《左迁至蓝关示
侄孙湘》中，诗人已经做好了埋骨瘴江的心理准备，故全篇笼罩
着一种浓厚的凄凉色彩和沉重的悲壮氛围。又如刘禹锡的《酬乐
天扬州初逢席上见赠》：

> 巴山楚水凄凉地，二十三年弃置身。怀旧空吟闻笛赋，
> 到乡翻似烂柯人。沉舟侧畔千帆过，病树前头万木春。今日
> 听君歌一曲，暂凭杯酒长精神。③

据卞孝萱先生《刘禹锡年谱》，宝历二年（826）冬，刘禹锡
罢和州刺史，"《旧传》云：'大和二年，自和州刺史征还。'时间

---

① （唐）元稹著，冀勤点校：《同州刺史谢上表》，《元稹集》卷33，中华书局1982年版，
　　第383页。

② （唐）杨炎：《流崖州至鬼门关作》，（清）彭定求等编：《全唐诗》卷121，中华
　　书局1960年版，第1213页。

③ （唐）刘禹锡著，卞孝萱校订：《酬乐天扬州初逢席上见赠》，《刘禹锡集》卷31，
　　中华书局1990年版，第421页。

有误。兹据《白旧谱》（按即陈振孙《白居易年谱》）：宝历二年，'梦得在和州。岁暮，罢归洛，与公相遇于扬楚间'"。"时白居易以病免苏州刺史，亦返洛阳。禹锡与居易相遇于扬州，结伴同行。"[①] 刘禹锡自永贞元年（805）开始到写下此诗的现在，除去元和十五年（820）在洛阳丁母忧之外，就一直处于"窜逐"的状态之中，按时间先后，分别出为连州刺史（永贞元年，805 年，未赴任，途中再贬）、朗州司马（永贞元年至元和十年，805—815 年）、播州刺史（元和十年，815 年，未赴任，改连州刺史）、连州刺史（元和十年至元和十四年，815—819 年）、夔州刺史（长庆元年至长庆四年，821—824 年）、和州刺史（长庆四年至宝历二年，824—826），这就是刘禹锡在诗中所说的"二十三年弃置身"的实际内容。诗中的人世沧桑之感和不甘沉寂、欲自振拔的精神交互显现，令人深切地感受到其中丰厚的哲学和文学内涵。

其二，"窜逐"心理的升华与贬谪中的诗歌唱和。"窜逐"心理本来是苦涩的，但在这些逐臣的诗文中却被净化了，他们一面品咂自己的痛楚，一面把这种痛楚加以提升，使之化为富有悲剧美感的词句。例如刘长卿的《重送裴郎中贬吉州》："猿啼客散暮江头，人自伤心水自流。同作逐臣君更远，青山万里一孤舟。"[②] 把凄苦的情绪转化为高远的意境，这是一种文学对现实的净化；又如他的《负谪后登干越亭作》：

---

① 卞孝萱：《刘禹锡年谱》，中华书局 1963 年版，第 128—129 页。按，卞孝萱先生断此诗作于宝历二年（826），又与诗中所谓"二十三年弃置身"时间不合。因为从永贞元年（805）算起，到大和二年（828）正好是二十三年，《旧唐书》刘禹锡本传所说这个的时间与此正好相合。究系宝历二年还是大和二年，姑存疑；但此诗作于罢和州刺史赴京途中，则是没有疑义的。

② （唐）刘长卿：《重送裴郎中贬吉州》，（清）彭定求等编：《全唐诗》卷 150，中华书局 1960 年版，第 1556 页。

> 天南愁望绝，亭上柳条新。落日独归鸟，孤舟何处人。
> 生涯投越徼，世业陷胡尘。杳杳钟陵暮，悠悠鄱水春。秦台
> 悲白首，楚泽怨青苹。草色迷征路，莺声伤逐臣。独醒空取笑，
> 直道不容身。得罪风霜苦，全生天地仁。青山数行泪，沧海
> 一穷鳞。牢落机心尽，惟怜鸥鸟亲。①

也具有一种壮士迟暮的悲剧美感。而像刘禹锡的《浪淘沙词九
首》其八："莫道谗言如浪深，莫言迁客似沙沉。千淘万漉虽辛
苦，吹尽狂沙始到金"②这样的句子，已不仅仅是痛苦意绪的文学
表达，而堪称对"窜逐"心理的哲学提升了。

交流是人与生俱来的本能和社会需要，对于那些外放的州郡
官来说，这种互相之间的鼓励和安慰就显得格外的珍贵和必要。
如刘禹锡在《答道州薛郎中论书仪书》中说："及谪官十年，居僻陋，
不闻世论。所以书相问讯，皆昵亲密友，不容变更。"③这里的"昵
亲密友"，当指昔日的同志僚友，今天的天涯沦落人，如柳宗元等。
而柳宗元也在《段九秀才处见亡友吕衡州书迹》中这样形容自己
与吕温的交谊："交侣平生意最亲，衡阳往事似分身。袖中忽见
三行字，拭泪相看是故人。"④元和元年（806）八司马之一的连州
司马凌准卒于贬所，柳宗元有诗哭之："我歌诚自恸，非独为君

---

① （唐）刘长卿：《负谪后登干越亭作》，（清）彭定求等编：《全唐诗》卷149，中
　华书局1960年版，第1540页。
② （唐）刘禹锡著，卞孝萱校订：《浪淘沙词九首》其八，《刘禹锡集》卷27，中华
　书局1990年版，第361页。
③ （唐）刘禹锡著，卞孝萱校订：《答道州薛郎中论书仪书》，《刘禹锡集》卷10。
　中华书局1990年版，第128页。《刘宾客文集》卷10，题作《答连州薛郎中论
　书仪书》，文渊阁《四库全书》，上海古籍出版社2003年版，集部，第1077册，
　第393页。
④ （唐）柳宗元：《段九秀才处见亡友吕衡州书迹》，《柳宗元集》卷42，中华书局
　1979年版，第1184页。

悲！" ① 从这一点睛之笔来看，柳宗元的长歌当哭，是把自己的身世遭际一同吟咏了。

这些作品的内容十分丰富：既有遭贬后的委屈不平和恋阙思乡之情，又有放旷潇洒的意态表现；既有在贬谪途中的写景状物，又有诤友间的同病相怜和交游唱和。至于体恤民众、为惠一方等思想的表达，也是题中应有之义。而其表现形式，更是多种多样，凡送别、相遇、唱和（寄赠）、宴集等，不一而足。

前文提到，唐人的恋阙思乡情结十分强烈，这一特点在中唐州郡官的身上同样得到了鲜明的体现。兹举数例，以见其一般：

> 韩愈《次邓州界》："潮阳南去倍长沙，恋阙那堪又忆家。心讶愁来惟贮火，眼知别后自添花。商颜暮雪逢人少，邓鄙春泥见驿赊。早晚王师收海岳，普将雷雨发萌芽。" ②

> 张署《赠韩退之》："九疑峰畔二江前，恋阙思乡日抵年。白简趋朝曾并命，苍梧左宦一聊翲。鲛人远泛渔舟水，鹏鸟闲飞露里天。涣汗几时流率土，扁舟西下共归田。" ③

> 刘禹锡《和浙西李大夫霜夜对月听小童吹觱篥歌依本韵》："海门双青暮烟歇，万顷金波涌明月。侯家小儿能觱篥，对此清光天性发。长江凝练树无风，浏栗一声霄汉中。涵胡画角怨边草，萧瑟清蝉吟野丛。冲融顿挫心使指，雄吼如风转如水。思妇多情珠泪垂，仙禽欲舞双翅起。郡人寂听衣满霜，

---

① （唐）柳宗元：《哭连州凌员外司马》，《柳宗元集》卷 43，中华书局 1979 年版，第 1208 页。

② （唐）韩愈著，钱仲联集释：《次邓州界》，《韩昌黎诗系年集释》卷 11，上海古籍出版社 1984 年版，第 1103 页。

③ （唐）张署：《赠韩退之》，（清）彭定求等编：《全唐诗》卷 314，中华书局 1960 年版，第 3538 页。张署，河间人，贞元中监察御史，谪临武令，历刑部郎，虔、澧二州刺史，终河南令。《全唐诗》收诗一首。

江城月斜楼影长。才惊指下繁韵息，已见树秒明星光。谢公高斋吟激楚，恋阙心同在羁旅。一奏荆人白雪歌，如闻洛客扶风邹。吴门水驿按山阴，文字殷勤寄意深。欲识阳陶能绝处，少年荣贵道伤心。"①

而州郡官们在贬谪迁转途中的种种心绪感情，也常常发诸吟咏，如柳宗元《登柳州城楼寄漳汀封连四州》：城上高楼接大荒，海天愁思正茫茫。惊风乱飐芙蓉水，密雨斜侵薜荔墙。岭树重遮千里目，江流曲似九回肠。共来百越文身地，犹自音书滞一乡。②

元和十年（815）春，柳宗元等五司马被召回京，"左降官韦执谊、韩泰、陈谏、柳宗元、刘禹锡、韩晔、凌准、程异等八人，纵逢恩赦，不在量移之限"③，所以三月又被贬为远州刺史。除柳宗元为柳州刺史外，韩泰为漳州（治今福建漳浦县）刺史，韩晔为汀州（治今福建长汀县）刺史，陈谏为封州（治今广东封开市）刺史，刘禹锡为连州（治今广东连州市）刺史。这首诗就是柳宗元怀念同遭贬谪的友人，寄赠给韩泰、韩晔、陈谏和刘禹锡的。

在此，权德舆编辑的《盛山唱和集》值得一提。该集前有权德舆的《唐使君盛山唱和集序》。唐使君即唐次，字文编，曾师事独孤及，贞元八年（792）至十九年（803）为开州刺史。盛山郡即开州。贞元十九年冬，唐次自开州刺史迁夔州刺史，权德舆编次唐次在开州任刺史时二十三人唱和诗《盛山唱和集》一卷。

---

① （唐）刘禹锡著，卞孝萱校订：《和浙西李大夫霜夜对月听小童吹觱篥歌依本韵》，《刘禹锡集》卷37，中华书局1990年版，第544页。

② （唐）柳宗元：《登柳州城楼寄漳汀封连四州》，《柳宗元集》卷42，中华书局1979年版，第1164页。

③ 《宪宗纪上》，《旧唐书》卷14，中华书局1975年版，第418页。

权德舆序记载了编次该集的经过：

古者采诗成声以观风俗，士君子以文会友，缘情放言，言必类而思无邪，悼谷风而嘉伐木，同其声气，则有唱和，乐在名教而相博约，此北海唐君文编盛山集之所由作也。初，文编以英华籍甚，辉动朝右，书法草奏，为明庭羽仪，谈者谓翰飞密侍，润色告命，如取诸怀之易也。

八年夏，佩盛山印绶，朱两轓而西。天子雅知其文采，慰勉甚厚，且曰：第如新莅，分我忧叹，于是惠而保之，四封熙熙，比岁连课为百城表率。十九年冬，既受代，转迁于夔，上方以恺悌纾息之为大，人文华国之为细，或者蕴而决之，使目不暇瞬，庸讵知向时岁月不来之推毂邪？

理盛山十二年，其属诗多矣，非交修继和，不在此编，至于营合道志，咏言比事，有久敬之义焉。暌携痡叹，惆怅感发，有离群之思焉。班春悲秋，行部迟客，有记事之敏焉。烟云草木，比兴形似，有寓物之丽焉。方言善谑，离合变化，引而伸之，以极其致。昔魏文帝称刘公干五言诗之善者，妙绝一时《抱朴子》云："读二陆之文，恐其卷尽。"今览盛山之作有似之。凡汉庭公卿，左右曹方国二千石，军司马部从事，暨岩栖处士，令弟才子稽合，属和二十有三人，共若干篇。盍簪则七子偕赋，发函亦千里善应，尊贤下士，备见于斯。葳蕤照烛，虽南金青玉之不若也。

噫！文编所友善者，仆多善之。周星之间，物故殆半；梁宽中杨，懋功尤为。莫逆文友零落，如何可言。况其雅音已矣，多叹三复，感念涕洟，集于笔端。是集也编，于德舆

尝有木桃琼瑶之往复，辱求序引，所不敢让者，俟夫子征还
道旧之日，破涕为笑于斯文也。[1]

从权德舆的记述看，这是一部郡斋僚友的唱和诗集。类似的
集子，据陈尚君先生的考证，还有颜真卿编次的《吴兴集》十卷，
收颜真卿在湖州刺史任上与文人词客和门生子弟的唱和之作，等
等。除了上述本地唱和之作外，还有大量异地唱和之作的结集，
如元稹、白居易、崔玄亮的《三州唱和集》一卷；元稹、白居
易、李谅的《杭越和诗集》一卷；元稹、白居易的《元白唱和集》
十四卷；刘禹锡、白居易的《刘白唱和集》三卷；刘禹锡、李
德裕的《吴越唱和集》、《吴蜀集》一卷；刘禹锡、白居易、裴度
等的《汝洛集》一卷；令狐楚、刘禹锡的《彭阳唱和集》三卷，
等等。[2]

韩愈《送灵师》诗曰："开忠二州牧，赋诗时多传。"[3]开忠二
州牧，指的是唐次和李吉甫。贞元八年（792），窦参贬官，唐次
出为开州刺史，在巴峡间十余年不获进用；李吉甫亦以窦参故出
为明州员外长史，久之遇赦，为忠州刺史。这些唱和之作，或者
是以一个州郡官为中心，或者在几个州郡官之间，或者是他们与
其他官员之间唱和。唐人潘远《纪闻谈》"诗语暗合"概括元白
唱和之作的特点云："元白酬和千篇，元守浙东，白牧苏台，置
驿递诗筒，及云：'有月多同赏，无杯不共持。'其句都是暗合处

---

① （清）陈梦雷编：《古今图书集成》理学丛编文学典卷195，诗部，中华书局，
第 64 册，第 77709 页。
② 陈尚君：《唐人编选诗歌总集叙录》，《唐代文学丛考》，中国社会科学出版社
1997 年版，第 184—222 页。
③ （唐）韩愈著，钱仲联集释：《送灵师》，《韩昌黎诗系年集释》卷 2，上海古籍出
版社 1984 年版，第 202 页。

耳。"① 其他唱和类型的一般情况，恐怕与此大同小异。如令狐楚《坐中闻思帝乡有感》："年年不见帝乡春，白日寻思夜梦频。上酒忽闻吹此曲，坐中惆怅更何人。"② 刘禹锡《和令狐相公闻思帝乡有感》："当初造曲者为谁，说得思乡恋阙时。沧海西头旧丞相，停杯处分不须吹。"

在交流或表达自己的思想感情时，可采用多种文体：陈情谢罪，即用表状；友朋往来，即用书信；抒发个人情志，则多形诸于诗歌；等等。其中谢上表的特色最为突出，因为上文已经举过多例，这里便不再重复了。

其三，屈骚传统的自觉继承，可以说是贬谪文学题材的精神实质。柳宗元《对贺者》云：

> 柳子以罪贬永州，有自京师来者，既见，曰："余闻子坐事斥逐，余适将咺子。今余视子之貌浩浩然也，能是达矣，余无以咺矣，敢更以为贺。"
>
> 柳子曰："子诚以貌乎则可也，然吾岂若是而无志者耶？姑以戚戚为无益乎道，故若是而已耳。吾之罪大，会主上方以宽理人，用和天下，故吾得在此。凡吾之贬斥幸矣，而又戚戚焉何哉？夫为天子尚书郎，谋画无所陈，而群比以为名，蒙耻遇僇，以待不测之诛。苟人尔，有不汗栗危厉偲偲然者哉！吾尝静处以思，独行以求，自以上不得自列于圣朝，下无以奉宗祀，近丘墓，徒欲苟生幸存，庶几嗣续之不废。是

---

① （宋）朱胜非：《绀珠集》卷 9，文渊阁《四库全书》，上海古籍出版社 2003 年版，集部，第 872 册，第 454 页。

② （唐）令狐楚：《坐中闻思帝乡有感》，（清）彭定求等编：《全唐诗》卷 334，中华书局 1960 年版，第 3751 页。

以儆荡其心，倡伴其形，茫乎若升高以望，溃乎若乘海而无
所往，故其容貌如是。子诚以浩浩而贺我，其孰承之乎？嘻
笑之怒，甚乎裂眦，长歌之哀，过乎恸哭。庸巨知吾之浩浩
非戚戚之尤者乎？ ①

由此可见，这种"窜逐"心理与屈骚具有天然的联系，因为
屈骚也是在"窜逐"的状态中完成的。由于遭际和心态的相似，
历代的逐臣们对屈原均有高度一致的认同。在他们的心目中，楚
辞中那行吟泽畔、慷慨悲歌的诗人形象，既代表了一种可以追随
效法的精神人格，又是一种可以努力达至的作品意境。于是对屈
骚的自觉继承和发扬广大，在中唐逐臣的文学作品中，占有相当
重要的地位。

《旧唐书》卷一六〇《柳宗元传》载："（柳宗元）既罹窜逐，
涉履蛮瘴，崎岖堙厄，蕴骚人之郁悼。写情叙事，动必以文。为
骚文十数篇，览之者为之凄恻。"可以说，柳宗元在永州和柳州的
许多咏物抒情、寄情山水之作，大都笼罩在这种"投迹山水地，
放情咏《离骚》" ② 的感情基调之中，只不过常常以清远放达的风
格体现而已。此外，刘禹锡之作《竹枝词》，不仅是向当地的民间
文学汲取素材和体裁等成分，同样也是在向屈骚之作汲取精神养
料。其《竹枝词九首》序云："四方之歌，异音而同乐。岁正月，
余来建平（按：唐时属夔州，长庆二年至四年，刘禹锡为夔州刺
史）里中儿联歌《竹枝》，吹短笛击鼓以赴节。歌者扬袂睢舞，以
曲多为贤……虽伧宁不可分，而含思宛转，有淇、濮之艳。昔屈

---

① （唐）柳宗元：《对贺者》，《柳宗元集》卷 14，中华书局 1979 年版，第 361 页。
② （唐）柳宗元：《游南亭夜还叙志七十韵》，《柳宗元集》卷 43，中华书局 1979 年
　　版，第 1198 页。

原居沅、湘间，其民迎神，词多鄙陋，乃为作《九歌》，到于今，荆、楚歌舞之。故余亦作《竹枝词》九篇，俾善歌者扬之"①。无疑，这是一种感情基调的趋近与认同。

其四，在写作过程中，贴近现实和下层人民，向民间文学汲取养料。刘禹锡的乐府诗《竹枝词》和《杨柳枝词》可以说是典型的代表。此外，传奇志怪的发达，寓言等杂文写作的兴盛，也是中唐文学发展过程中十分突出的标志。在这中间，中唐州郡官的参与和贡献也是不可忽视的。

例如，《枕中记》是唐代传奇的名篇。作者沈既济在大历中曾为江西从事，建中元年（780），宰相杨炎推荐他为左拾遗、史馆修撰。次年杨炎得罪，坐贬为处州司户参军。兴元元年（784），以陆贽荐，复入朝任事，官终礼部员外郎。《枕中记》写于何时，尚无定论。如为沈既济的晚年之作，则当时沈既济已从处州司户参军被召回朝②。也有学者根据小说中的史实，推测该篇作于贬处州司户参军之时③。无论写于何时，由于作者历经了仕途的荣辱沧桑和诸多社会角色的转换，所以能把这种人生感慨化入亦真亦幻的叙述中，通过卢生在黄粱一梦中大喜大悲的遭遇，批判和影射现实中的种种丑陋现象，表达自己淡泊势利、追求真实人生的思想。在小说中，沈既济把两种社会角色很好地结合起来，但其规定性表现角色显然是其开放性表现角色的存在基础和发生效用的起点。李肇在《唐国史补》卷下对其给予极高的评价："沈既济撰《枕中记》，庄生寓言之类；韩愈《毛颖传》，其文尤高，不下

---

① （唐）刘禹锡著，卞孝萱校订：《竹枝词九首》序，《刘禹锡集》卷 27，中华书局 1990 年版，第 358 页。

② 李时人编校《全唐五代小说》卷 19 称《枕中记》不详何时所作，或稍晚于《任氏传》（建中二年）。李时人编校：《全唐五代小说》，陕西人民出版社 1998 年版。

③ 参见周绍良：《唐传奇笺证》，人民文学出版社 2000 年版，第 15 页。

史迁。二篇真良史才也。"[①]

　　有关这些内容，文学史著作和其他专题研究常常会涉及，本文不拟赘述，只需从社会角色的角度作一提示就足够了。

---

① （唐）李肇等著：《唐国史补》卷下，见《唐国史补　因话录》，上海古籍出版社1979 年版，第 55 页。

中书舍人等中唐文人社会角色与文学

中唐时期具有代表性的、活跃的社会角色，除了翰林学士、郎官、谏官和州郡官外[1]，对中唐社会和文学发挥了重要作用的社会角色，还可以举出数种。

一

关于中书舍人。

中书舍人是与翰林学士性质相近的一种社会角色，不同之处主要在于：其一，中书舍人是一种传统的社会角色，始置于三国时的魏国，与翰林学士有某种渊源关系；其二，中书舍人是中书省的正式属官，带有正五品上的品阶，而翰林学士则是一种差遣，一般由他官充任。

关于中书舍人的设立和沿革，杜佑《通典》卷二十一职官三"中书令"考述甚详，兹逐录如下：

> 魏置中书通事舍人，或曰舍人、通事，各为一职。晋江

---

① 关于这几种中唐文人社会角色与文学关系的论述，可参见拙文《谏官及其活动与中唐文学》（《文学遗产》2005 年第 6 期）、《论中唐"郎官"与文学》（《文学评论》2006 年第 2 期）、《中唐州郡官与贬谪文学体裁的兴盛》（《文史》2006 年第 4 辑）。

左乃合之，谓之通事舍人。武冠，绛朝服，掌呈奏案章。后省之，而以中书侍郎一人直西省，即侍郎兼其职而掌其诏命。宋初，又置中书通事舍人四员，入直阁内，出宣诏命。凡有陈奏，皆舍人持入，参决于中，自是则中书侍郎之任轻矣。齐永平初，中书通事舍人四员，各住一省，时谓之"四户"，权倾天下，与给事中为一流。梁用人殊重，简以才能，不限资地，多以他官兼领。后除"通事"字，直曰中书舍人，专掌诏诰，兼呈奏之事。自是诏诰之任，舍人专之。陈置五人。后魏有舍人省，而不言其员。北齐舍人省掌署敕行下，宣旨劳问，领舍人十人。后周有小史上士二人，此其任也，属春官。隋内史舍人八员，专掌诏诰。炀帝减四人，后改为内书舍人。大唐初为内史舍人，至武德三年，改为中书舍人，置六员。龙朔以后，随省改号，而舍人之名不易。专掌诏诰、侍从、署敕、宣旨、劳问，授纳诉讼，敷奏文表，分判省事。自永淳以来，天下文章道盛，台阁髦彦无不以文章达。故中书舍人为文士之极任，朝廷之盛选，诸官莫比焉。①

可见，中书舍人也是一种文学色彩颇为浓重的清要之官。白居易有两首自咏中书舍人的《紫薇花》诗，其一云："丝纶阁下文书静，钟鼓楼中刻漏长；独坐黄昏谁是伴？紫薇花对紫薇郎。"②其二云："紫薇花对紫薇翁，名目虽同貌不同。独占芳菲当夏景，

---

① （唐）杜佑：《通典》卷 21，中华书局 1984 年版，第 125—126 页。
② （唐）白居易著，顾学颉点校：《紫薇花》，《白居易集》卷 19，中华书局 1979 年版，第 406 页。

不将颜色托春风。"①这里的紫薇郎，即中书舍人②。诗中传达出作为中书舍人的文人，其雅兴和清望之感，丝毫不逊于翰林学士和郎官。故在历史文献中，常常可以见到有关中书舍人才情文笔的描述。如《唐会要》卷五十五省号下"中书舍人"：

> 天授元年，寿春郡王成器兄弟五人初出阁，同日受册，有司撰选仪注，忘载册文。及百僚在列，方知阙礼，宰臣相顾失色。中书舍人王教，立召小吏五人，各令执笔，口授分写同时须臾俱毕。词理典赡，时人叹服。
>
> 景龙四年六月二日，初定内难，唯中书舍人苏颋，在太极殿后，文诏填委，动以万计，手操口对，无毫厘差误。主书韩礼、谈子阳，转书诏草，屡谓颋曰："望公稍迟，礼等书不及，恐手腕将废。"中书令李峤见之，叹曰："舍人思若泉涌，峤所不测也。"③

这一段文字，如果不标出《唐会要》的书名，把它当作笔记诗话中常见的文坛逸事来读，亦未尝不可。

白居易和元稹都做过中书舍人，在二人的文集中，收录了他们执笔撰写的大量制诰文字。白居易有中书制诰六卷，元稹更有

---

① （唐）白居易著，顾学颉点校：《紫薇花》，《白居易集》卷24，中华书局1979年版，第531页。

② （明）方以智《通雅》卷23"官制"："唐故事，中书有军国政事，则中书舍人各执所见，杂署其名，谓之五花判事。李泌曰：给舍分司押事，故舍人谓之六押。盖晋以后之舍人，即汉尚书郎，魏置中书通事舍人，梁去通事字，隋改内史舍人，唐武德改中书舍人，又称西台凤阁紫薇舍人。元丰官制行，遂以中书舍人判后省之事。今则内阁舍人为宰相承行，与两殿舍人皆非正途，惟中书科之舍人准考选，然非昔之任矣。"文渊阁《四库全书》，上海古籍出版社2003年版，子部，第857册，第480—481页。

③ （宋）王溥：《唐会要》卷55，中华书局1955年版，第944页。

制诰十卷。这一类文字，虽然是代皇帝立言，却往往能折射出执笔者的某种思想和主张；故他们在整理作品时，都不会忘记把这些代笔之作收入自己的文集中，以流传后世。在他们的中书制诰中，涉及文学的部分自然也不少，如本文在论述郎官的选任时，曾引用过白居易起草的《张籍可水部员外郎制》："文教兴则儒行显，王泽流则歌诗作。若上以张教流泽为意，则服儒业诗者，宜稍进之。"这可以说是把儒家诗教的那一套理论当作选人依据，径直搬到选官程序中去了，其中恐怕不无有意为之的成分。而元稹在他的制诰文字之前，更加上一个《制诰序》以说明写作意图：

> 制诰本于《书》，《书》之诰命训誓，皆一时之约束也。自非训导职业，则必指言美恶，以明诛赏之意焉。是以读《说命》，则知辅相之不易；读《胤征》，则知废怠之可诛。秦汉已来，未之或改。近世以科试取士文章，司言者，苟务刓饰，不根事实；升之者美溢于词，而不知所以美之之谓；黜之者罪溢于纸，而不知所以罪之之来；而又拘以属对，蹢以圆方，类之于赋判者流，先王之约束盖扫地矣。元和十五年，余始以祠部郎中知制诰，初约束不暇，及后累月，辄以古道干丞相，丞相信然之。又明年，召入禁林，专掌内命。上好文，一日，从容议及此，上曰："通事舍人不知书便其宜，宣赞之外无不可。"自是司言之臣，皆得追用古道，不从中覆。然而余所宣行者，文不能自足其意。率皆浅近，无以变例。追而序之，盖所以表明天子之复古，而张后来者之趣尚耳。[①]

① （唐）元稹著，冀勤点校：《制诰序》，《元稹集》卷40，中华书局1982年版，第442页。

　　这又几乎可以看作是一篇文风改革的纲领了。在此，元稹对制诰的内容和形式都做了全新的诠释，特别强调了自己的制诰所采用的是浅近的语言和文风，而且十分自觉地把它与古文的写作联系起来，大力倡导。所以，元白的制诰之作也可以视为中唐古文运动实绩的重要组成部分。

二

　　关于幕僚。

　　中唐时期的文人入幕构成了士人阶层流动的一大景观，对于社会政治和文化各个方面均有不可忽视的影响，这是有目共睹的事实。对于唐代的文职幕僚，戴伟华先生进行过系统深入的专题研究，无论是相关资料的挖掘整理，还是对其整体特征的分析和把握，都有独到的发现，取得了一系列重要成果。本文在此不拟重复戴氏的研究，而仅就中唐文人入幕的具体情况略作补充，以见其作为一种重要社会角色的基本状况和一般性特点。

　　中唐时期，文人入幕的数量和规模比之盛唐有了很大程度的发展[①]。仅凭粗略的观察，就可以列出一批文人入幕的名单，如

---

① 陈铁民先生在《关于文人出塞与盛唐边塞诗的繁荣——兼与戴伟华同志商榷》一文中，对戴氏关于盛唐文人入幕是个别现象的结论提出质疑，将文人出塞分为入幕、游边、使边三个方面，通过具体史实的考证，指出入幕是盛唐文人仕进的一条主要途径，而文人出塞对盛唐边塞诗的繁荣起到了至关重要的作用。见《文学遗产》2002 年第 3 期。对此，戴氏在《关于盛唐文人入幕诸问题答陈铁民先生》一文中进行了回应和反驳，认为：陈文对"文人入幕"的理解有误，混淆了入幕者文、武不同的身份；陈文在考证中忽视《唐方镇文职僚佐考》，造成了文献整理成果出现先后的混乱；陈文因对文献的片面理解而加大了彼此观点的分歧；陈文某些推论缺少必要材料支撑。

权德舆、秦系、李嘉祐、顾况、李翰、吕渭、梁肃、崔元翰、王建、刘太真、裴度、杜佑、陆质、李绅、王起、刘禹锡、凌准、韩愈、崔群、孟郊、李益、李公佐、杨巨源、白行简、李翱、令狐楚等。这些在中唐历史上起过相当作用的文人，皆有入幕的经历。他们中的一些人是在中第后和入仕前入幕，如韩愈是在"四举于礼部乃一得，三选于吏部卒无成"①的情况下入汴州节度使董晋幕的。贞元十四年（798）即他入幕后的第三年，始得任命为试校书省校书郎、汴宋亳颍等州观察推官；另一些则是在仕途上不得志的文人，他们也对入幕可能给自己带来的境遇的改善抱有希望，如张籍一生虽未入幕，但入幕之念一度颇为强烈。张籍贞元十四年（798）登进士第，旋返和州（今安徽和县），居丧不仕。元和元年（806）补太常太祝，十年不调。害眼疾三年，几乎失明，又穷困潦倒，孟郊曾有《寄张籍》诗曰："西明寺后穷瞎张太祝，纵尔有眼谁尔珍？天子咫尺不得见，不如闭眼且养真。"②元和六年（811），张籍友人浙东观察使从事李翱来长安，对李逊之贤称颂不已，张籍于是兴起入幕为僚的念头，央求好友、时为职方员外郎的韩愈写了一封《代张籍与李浙东书》：

月日，前某官某谨东向再拜，寓书浙东观察使中丞李公阁下：籍闻议论者皆云，方今居古方伯连帅之职，坐一方得专制于其境内者，惟阁下心事荦荦，与俗辈不同。籍固以藏之胸中矣。近者阁下从事李协律翱到京师，籍于李君友也。

---

① （唐）韩愈著，马其昶校注，马茂元整理：《上宰相书》，《韩昌黎文集校注》卷 3，上海古籍出版社 1986 年版，第 155 页。
② （唐）孟郊著，华忱之、喻学才校注：《寄张籍》，《孟郊诗集校注》卷 7，人民文学出版社 1995 年版，第 304 页。

不见六七年，闻其至，驰往省之。问无恙外，不暇出一言，且先贺其得贤主人。李君曰：子岂尽知之乎？吾将尽言之。数日籍益闻所不闻，籍私独喜，常以为自今已后，不复有如古人者，于今忽有之。退自悲不幸，两目不见物，无用于天下，胸中虽有知识，家无钱财，寸步不能自致。今去李中丞五千里，何由致其身于其人之侧，开口一吐出胸中之奇乎？因饮泣不能语。既数日，复自奋曰：无所能，人乃宜以盲废；有所能，人虽盲，当废于俗辈，不当废于行古人之道者。浙水东七州，户不下数十万，不盲者何限？李中丞取人，固当问其贤不贤，不当计盲与不盲也。当今盲于心者皆是若。籍自谓独盲于目尔，其心则能别是非。若赐之坐，而问之其口，固能言也。幸未死，实欲一吐出心中平生所知见，阁下能信而致之于门邪？籍又善于古诗，使其心不以忧衣食乱，阁下无事时一致之座侧，使跪进其所有，阁下凭几而听之，未必不如听吹竹弹丝、敲金击石也。夫盲者业专于艺必精，故乐工皆盲。籍傥可与此辈比并乎？使籍诚不以蓄妻子、忧饥寒乱心，有钱财以济医药，其盲未甚，庶几其复见天地日月，因得不废，则自今至死之年，皆阁下之赐。阁下济之以已绝之年，赐之以既盲之视，其恩轻重大小，籍宜如何报也！阁下裁之度之！籍惭再拜。

此封书信写得既委婉曲折，又大气磅礴，把张籍处于贫病困厄而又不甘于自弃沉沦的心态，刻画得淋漓尽致。百般无奈中，身为朝官的张籍一度把自己的后半生寄托于幕府，而与唐代重内轻外的风气背道而驰，这种现象恰好说明了幕府在唐代士人心目中的重要地位以及幕府对他们的极大吸引力。

文人入幕之后，相对于幕主而言，一般是处于某种程度的依附状态，所以会自然而然地产生附势心理，这可以从反面得到证明。如张籍有《节妇吟寄东平李司空师道》一诗，用委婉的口气，拒绝河北藩镇李师道对他的聘请。该诗以节妇自喻，表达出士人面临人生重大抉择时的一种复杂的心态：

> 君知妾有夫，赠妾双明珠。感君缠绵意，系在红罗襦。妾家高楼连苑起，良人执戟明光里。知君用心如日月，事夫誓拟同生死。还君明珠双泪垂，恨不相逢未嫁时。[①]

清人贺贻孙《诗筏》评曰：

> 此诗情辞婉恋，可泣可歌。然既垂泪以还珠矣，而又恨不相逢于未嫁时，柔情相牵，展转不绝，节妇之节危矣哉！文昌此诗，从《陌上桑》来，"恨不相逢未嫁时"，即《陌上桑》"使君自有妇，罗敷自有夫"意。然"自有"二语甚斩绝，非既有夫而又恨不嫁此夫也。"良人执戟明光里"，即《陌上桑》"东方千余骑，夫婿居上头"意。然《陌上桑》妙在既拒使君之后，忽插此段，一连十六句，絮絮聒聒，不过盛夸夫婿以深绝使君，非既有"良人执戟明光里"，而又感他人"用心如明月"也。忠臣节妇，铁石心肠，用许多转折不得，吾恐诗与题不称也。或曰文昌在他镇幕府，郓帅李师古又以重币辟之，不敢峻拒，故作此诗以谢。然则文昌婉恋，良有以也。[②]

---

① （唐）张籍：《节妇吟寄东平李司空师道》，（清）彭定求等编：《全唐诗》卷382，中华书局1960年版，第4282页。

② （清）贺贻孙：《诗筏》，郭绍虞编选，富寿荪校点：《清诗话续编》，上海古籍出版社1983年版，第131页。

　　张籍一生并未入幕，贺贻孙"或曰"云云误；然而他对此诗感情脉络的把握，却是十分准确到位的。张籍对李师道的聘请的确是婉拒，故态度不甚坚定，与《陌上桑》的"决绝"相比，完全是两个境界；但张籍的"婉恋"却以另一种方式，更曲折、更幽微地反映了当时诗人的复杂心态。这种心态对于入幕的文人来说，是具有代表性的。可以设想，文人一旦接受幕主的聘请，则其幕僚的身份将同嫁妇一般。故这种附势心态，具体表现为感遇题材的诗文创作。如《唐诗纪事》卷四十三载：

　　良史为张徐州建封从事。每自吟曰："出身三十年，发白衣犹碧。日暮倚朱门，从朱污袍赤。"公因为奏章服焉。《春山夜月》云："春来多胜事，赏玩夜忘归。掬水月在手，弄花香满衣。兴来无远近，欲去惜芳菲。南望钟鸣处，楼台深翠微。"①

《唐语林》卷四载：

　　于良史为张徐州建封从事，每自吟曰："出身三十年，白发衣犹碧；日暮倚朱门，从未污袍赤。"公闻之，为奏章服焉。②

　　于良史天宝末入仕，大历中为监察御史。贞元四年至十六年（788—800）在徐泗濠节度使张建封幕为从事。高仲武《中兴间气集》卷上称"侍御诗清雅，工于形似，如'风兼残雪起，河带断冰流'，吟之未终，皎然在目。"③这一联还被胡应麟推举为典型

---

① （宋）计有功：《唐诗纪事》卷43，上海古籍出版社1987年版，第650页。
② （宋）王谠著，周勋初校证：《唐语林校证》卷4，中华书局1987年版，第360页。
③ （唐）高仲武选编：《中兴间气集》卷上，（唐）元结、殷璠等选：《唐人选唐诗》（十种），上海古籍出版社1978年版，第269页。

的"中唐句"。① 而上引于良史的这篇《自吟》诗,可称为中唐幕僚感遇悲时诗歌的代表之作。

更能反映入幕文人附势心态的例子是李益的《献刘济》。贞元十三年（797）前后,李益入幽州节度使刘济幕,作有《献刘济》一诗:"草绿古燕州,莺声引独游。雁归天北畔,春尽海西头。向日花偏落,驰年水自流。感恩知有地,不上望京楼。"② 关于李益入幕的经过和此诗的本事,《旧唐书》卷一三七载:

> 李益,肃宗朝宰相揆之族子。登进士第,长为歌诗。贞元末,与宗人李贺齐名。每作一篇,为教坊乐人以赂求取。唱为供奉歌词。其《征人歌》《早行篇》,好事者画为屏障;"回乐峰前沙似雪,受降城外月如霜"之句,天下以为歌词。然少有痴病,而多猜忌,防闲妻妾,过为苛酷,而有散灰扃户之谭闻于时,故时谓妒痴为"李益疾";以是久之不调,而流辈皆居显位。益不得意,北游河朔,幽州刘济辟为从事,常与济诗而有"不上望京楼"之句。
>
> 宪宗雅闻其名,自河北召还,用为秘书少监、集贤殿学士。自负才地,多所凌忽,为众不容,谏官举其幽州诗句,降居散秩。

李益此诗中的"感恩知有地,不上望京楼"云云,的确容易让朝廷误会。其实,这只不过是幕僚对幕主附势心态的集中体现而已。类似的情况如韩愈贞元十五年（799）在张建封幕,作《龌龊》诗:"愿辱太守荐,得充谏诤官,排云叫阊阖,披腹呈琅玕。

---

① （明）胡应麟:《诗薮》内编卷 4,上海古籍出版社 1979 年版,第 59 页。
② （唐）李益:《献刘济》,（清）彭定求等编:《全唐诗》卷 283,中华书局 1960 年版,第 3217 页。

致君岂无术，自进诚独难！"亦有请张荐引之意。这一点已见前述，兹不赘。

就文人入幕的特定阶段和作用而言，按唐代文人正常的自我设计，它应该是入仕前的准备和铺垫；如果老而无成，长期托身幕府，则其效果会适得其反。尤其对那些具有"致君尧舜上，再使风俗淳"远大报负的文人来说，是有违初衷的，因而终老幕府难以让他们接受。如杜甫有《正月三日归溪上有作简院内诸公》："野外堂依竹，篱边水向城。蚁浮仍腊味，鸥泛已春声。药许邻人斫，书从稚子擎。白头趋幕府，深觉负平生。"[①] 就是这种心态的体现。而前引于良史的《自吟》诗和李益的《献刘济》诗，也明显地含有这种"怨望"的成分。

至于幕僚在幕府的职事，一般是文书工作。如刘禹锡于贞元十六年（800）入徐泗濠节度使杜佑幕为掌书记，后随杜佑到淮南，为节度使掌书记。杜佑对他照顾有加，瞿蜕园先生《刘禹锡集笺证》附录一《刘禹锡集传》记："佑辟禹锡掌记，既以故人子遇之，又重禹锡之文望，欲以衣钵授之也。"[②] 刘禹锡在杜佑幕，为其代写了许多文章，《刘禹锡集》中收录有二十余篇。由此可见，幕府的文书之作在这些文人的职事生涯中占据了重要的地位。

三

关于学官。

---

① （唐）杜甫著，（清）仇兆鳌注：《正月三日归溪上有作简院内诸公》，《杜诗详注》卷14，中华书局1979年版，第1201页。

② （唐）刘禹锡著，瞿蜕园笺证：《刘禹锡集笺证》，上海古籍出版社1989年版，第1551—1583页。

　　唐代学校，以官学为主，其设置包括国子监及其下设的六学即国子学、太学、四门学、律学、书学、算学等；官学里的学官，从国子监的正副长官祭酒、司业，到六学中的博士、助教、直讲等，不一而足。在此仅就中唐学官直接见于诗文中的情况，略举数例。

　　中唐时期李绅、张籍、韩愈等著名文人曾经做过学官。

　　李绅于元和九年（814）拜国子助教。国子助教从六品上，掌佐博士，分经以教授。助教的生活是清贫的，其官职相对于那些清望官而言，也很冷落。白居易作于元和九年的《渭村酬李二十见寄》："百里音书何太迟？暮秋把得暮春诗。柳条绿日君相忆，梨叶红时我始知。莫叹学官贫冷落，犹胜村客病支离。形容意绪遥看取，不似华阳观里时。"① 以及《初授赞善大夫早朝寄李二十助教》："病身初谒青宫日，衰貌新垂白发年。寂寞曹司非熟地，萧条风雪是寒天。远坊早起常侵鼓，瘦马行迟苦费鞭。一种共君官职冷，不如犹得日高眠。"② 二诗，皆突出地描绘了助教这种学官"贫且冷落"的状况。

　　张籍于元和十一年（816）拜国子助教。长庆元年（821），韩愈荐其为国子博士。国子博士正五品上，掌教文武官三品以上及国公子孙等。虽然官品接近，但国子博士的状况比起郎官来，仍要差一段距离。故次年张籍转水部员外郎时，白居易特意写了一首《喜张十八博士除水部员外郎》致贺，诗曰："老何殁后吟声绝，虽有郎官不爱诗。无复篇章传道路，空留风月在曹司。长嗟博士官犹屈，亦恐骚人道渐衰。今日闻君除水部，喜于身得省

---

①　（唐）白居易著，顾学颉点校：《渭村酬李二十见寄》，《白居易集》卷 15，中华书局 1979 年版，第 299 页。

②　（唐）白居易著，顾学颉点校：《初授赞善大夫早朝寄李二十助教》，《白居易集》卷 15，中华书局 1979 年版，第 300 页。

郎时！"① 对张籍的转郎官（水部是郎官中最清冷的官职）表示出莫大的喜悦，甚至比自己当年得到郎官的职位更感欣慰，这显然是在对一般学官困窘的社会地位和经济状况表示同情。

这里值得一提的是韩愈的《进学解》。该篇作于唐宪宗元和八年（813），当时韩愈由职方员外郎再贬为国子博士。文章假设师生对话，讨论学习和个人前途问题，借学生之口为自己鸣不平，以发泄自己"才高被黜"的牢骚情绪，同时坚定自己守道固穷，勤学不辍的信念，总结融贯百史、自成一家的古文写作经验。文章中牢骚以幽默的反语出之，与老师的正面训话交相映衬，反映了韩愈的上述两种心绪情结。

元和十五年（820），韩愈离袁州刺史任，还朝为国子祭酒，这是韩愈第四次出任学官。考察韩愈四次出任学官的历程，以及出任学官时的心态、行事和创作，对了解中唐文人社会角色的变迁与文学演进的关系，很有启示意义。

韩愈第一次所任学官为四门学士，时为贞元十八年（802）。十年前即贞元八年（792）韩愈中龙虎榜，进士及第，但随后三应吏部制举博学宏词科而未中，于是在贞元十二年（796）入宣武军节度使董晋幕为观察推官，三年后即贞元十五年（799）又入武宁军节度使张建封幕，为试协律郎、徐泗濠节度推官，贞元十七年（801）秋末或初冬始"调选"为国子监四门博士，这是韩愈所任的第一个朝官（为宣武军节度推官虽曾加秘书省校书郎衔，但非实授），可以说是韩愈仕宦生涯的起点。国子学、太学是贵族子弟学校，四门学则兼有下层贵族和平民子弟。四门博士是四门学的学官，正七品上，"掌教文武官七品已上及侯、伯、子、

---

① （唐）白居易著，顾学颉点校：《喜张十八博士除水部员外郎》，《白居易集》卷19，中华书局1979年版，第420页。

男子之为生者，若庶人子为俊士生者"。① 元和元年（806），经监察御史、阳山令、江陵府法曹参军等任后，韩愈再做学官，是为国子博士，分司东都。这可以说是韩愈仕宦生涯第一个起伏后的回归。国子博士，正五品上，"掌教文武官三品已上及国公子孙、从二品已上曾孙之为生者"。② 七年后的元和七年（812），韩愈经两任郎官（都官员外郎、职方员外郎）、一任县令（河南令）后第三次任学官，再为国子博士。这可以说是韩愈仕宦生涯第二个起伏后的回归。而第四次出任学官，就是上面说到的元和十五年（820）从潮州、袁州刺史返回长安为国子祭酒。这可以说是韩愈仕宦生涯的第三次回归。国子祭酒是国子监的最高长官，从三品，"掌邦国儒学训导之政令"③。韩愈的第四次出任学官，终于达到了这个层次的最高点。

由上述韩愈四次出任学官的历程来看，他的每一次出任学官，都在其仕宦生涯中具有重大意义：或者是其仕宦生涯的起点，或者是其仕途起伏后的回归。由此可见，学官这个社会角色在韩愈一生中是多么的重要。不仅如此，他在任学官期间，还写下了许多在中国思想史和文学史上具有里程碑意义的代表作。其中不乏在当时广为流传、并为后人耳熟能详的名篇，即使是现在，我们仅仅读一下这些篇名，仍然可以感受到它们所蕴含的震撼力。现据陈克明《韩愈年谱及诗文系年》一书④，将其罗列如下：

贞元十七年出任四门博士，有诗《山石》，文《送李愿归盘谷序》、《答李翊书》、《重答李翊书》、《送孟东野序》等；

---

① （唐）李林甫等著，陈仲夫点校：《唐六典》卷21，中华书局1992年版，第561页。
② （唐）李林甫等著，陈仲夫点校：《唐六典》卷21，中华书局1992年版，第559页。
③ （唐）李林甫等著，陈仲夫点校：《唐六典》卷21，中华书局1992年版，第557页。
④ 陈克明：《韩愈年谱及诗文系年》，巴蜀书社1999年版。

元和元年出任国子博士，有诗《荐士》、《秋怀诗十一首》、《会合联句》、《城南联句》，文《荆潭唱合诗序》、《请复国子监生徒状》等；

元和七年再为国子博士，有文《进学解》等；

元和十五年出任国子祭酒，有诗《猛虎行》，文《举荐张籍状》等。

其中《进学解》问世后，在当时广为传诵，史载"执政览其文而怜之，以其有史才，改比部郎中、史馆修撰。"①迁比部郎中的理由，在《韩愈比部郎中史馆修撰制》中说得很清楚："太学博士韩愈：学术精博，文力雄健。立词措意，有班、马之风。求之一时，甚不可得。加以性方道直，介然有守，不交势利，自致名望。可使执简，列为史官。记事书法，必无所苟。仍迁郎位，用示褒升。可依前件。"②

四

以上简略补充概述了中唐的几种社会角色，他们对于中唐社会和文学所发生的历史作用，与翰林学士、郎官、谏官和州郡官一样，都是不可忽视的。

最后，需要说明的一点是，社会角色发生作用时，往往并不是以单一的角色形式体现，而是多种角色或曰角色集共同起作用。本文按社会角色的种类一一论述，主要是为了突出此类社会角色

---

①　《旧唐书》卷160《韩愈传》。执政指李绛、武元衡和李吉甫。中华书局1975年版，第4198页。

②　见《白氏长庆集》卷38、《白居易集》卷55，归入翰林制诰类。但白居易元和六年至元和八年丁母忧出翰林学士院，至元和九年方授太子左赞善大夫，而韩愈除比部郎中、史馆修撰在元和八年春，故白居易不可能撰此制词。岑仲勉先生曾指出这一点，见《白氏长庆集伪文》，收入《岑仲勉史学论文集》，中华书局1990年版。

的作用以及行文的方便。实际上，如果以人物和事件为线索展开，或许会有另一番景象展现在我们的面前。

这里试举一例。贞元九年（793）李翱二十岁时"始就州府之贡举人事"①，取得乡贡资格。当年九月赴长安，准备应明年春的进士试，并以所业谒梁肃。梁肃对李翱颇为欣赏："谓翱得古人之遗风，期翱之名不朽于无穷，许翱以拂拭吹嘘。"②可见，李翱的文名是因为得到梁肃的"拂拭吹嘘"，才在京师传播开来。而当时梁肃为右补阙，以本官充翰林学士，兼皇太子侍读、史馆修撰。贞元八年（792）梁氏与崔元翰同荐韩愈、李观、欧阳詹等登第，次年十一月卒，年四十一。所以李翱在贞元十年应进士试时，失去了梁肃的荐引，因而没有中第。以后又连考三年，至贞元十四年（798）时才登进士第。崔元翰与梁肃皆对独孤及执弟子礼，贞元八年时为职方员外郎、知制诰。从上列材料看，对李翱而言，发生影响的是梁肃，而梁的角色就有多种；对登"龙虎榜"的韩愈等人而言，发生作用的更是多人，如陆贽、梁肃、崔元翰等，而他们又是身兼多任。从这里便可以清楚地看出，角色集在社会生活中的意义以及所发挥的实际作用。

---

① （唐）李翱：《感知己赋并序》，（清）董诰等编：《全唐文》卷634，中华书局1983年版，第6397页。
② （唐）李翱：《感知己赋并序》，（清）董诰等编：《全唐文》卷634，中华书局1983年版，第6397页。

历史与小说

——对于小说观念发展的简要回顾

中国的小说观念在其发展的进程中，长期伴随着历史著作的影子。原因何在？为了认清这个问题，有必要对小说观念的发展做一个简单的回顾。

在很长的一段时期内，所谓"小说"一直被视为"小道"，但汉代的桓谭是例外。他在《新论》中指出："若其小说家，合丛残小语，近取譬论，以作短书，治身理家，有可观之辞。"[①]班固虽然轻视小说，但他在《汉书·艺文志》中毕竟承认了"小说家者流"，而且把它并入诸子十家之列。[②]这里有班固的功绩，但也就是从此开始，从历史学的角度看待小说，便形成了一个不易动摇的传统，从东汉到清末，影响深远。

一

如所周知，神话传说是小说的一个远祖。在我国，由于神话

[①] 原书散佚，此段为《文选》卷31江淹《李都尉从军》李善注引。见（梁）萧统编，（唐）李善注：《文选》，中华书局1977年版。

[②] （汉）班固《汉书·艺文志》："诸子十家，其可观者九家而已（小说家除外——引者注）。"中华书局1962年版，第1746页。

传说的被历史化，小说以及小说观念也就蒙上了历史的色彩。这种影响对神话传说来讲，是巨大而深远的。东晋人郭璞在《注山海经叙》里，就把神话传说中的幼稚的幻想，极度的夸张和浪漫、天真的想象，都当作历史的真实记录。他的根据是什么呢？拿今天的话来说，就是少见多怪："世之所谓异，未知其所以异；世之所谓不异，未知其所以不异。何者？物不自异，待我而后异，异果在我，非物异也。"针对"世之览《山海经》者，皆以其闳诞迂夸，多奇怪俶傥之言，莫不疑焉"的看法，他在引用了庄子语录"人之所知，莫若其所不知"后说，"吾于《山海经》见之矣……俗之论者，莫之或怪；及谈《山海经》所载，而咸怪之；是不怪所可怪，而怪所不可怪也。不怪所可怪，则几于无怪矣；怪所不可怪，则未始有可怪也。"因此，他把《山海经》看成了博物志："达观博物之客，其鉴之哉！"①

　　神话传说的被历史化，还给小说观念本身以强烈的冲击。以"信"、"实"，而不是以艺术真实要求小说创作，成为批评小说的一大标准。唐代以前，中国小说可分为志怪小说和轶事小说两大类，为了强调作品自身的价值，不为社会所鄙弃，小说家们无不极力避免被戴上"失实"、"虚错"的帽子。《搜神记》的作者干宝，便一口否认他所记载的是经过人们造作的奇闻异事。在《搜神记序》中，他极力申辩道："今之所集，设有承于前载者，则非余之罪也。若使采访近世之事，苟有虚错，愿与先贤前儒分其讥谤。及其著述，亦足以发明神道之不诬也。"②

---

① （东晋）郭璞:《注山海经叙》,见袁珂《山海经校注》,上海古籍出版社 1980 年版。在郭璞之前,《汉书·艺文志》把它列入形法家之首,以为"大举九州之势以立城郭舍形"。而《隋书·经籍志》以下所将它列入地理类,至《四库全书总目提要》才认定其"实则小说家之最古尔"。
② （晋）干宝著,汪绍楹校注:《搜神记》,中华书局 1979 年版,第 2 页。

二

但若仅仅是神话传说的被历史化，似乎还难以如此触动小说家，其中必然包含着复杂的因素。有古人认识水平的局限，又有小说创作方式的独特性（稗官的四方搜集与记录）的制约。但更为重要而深刻的，恐怕就是儒家正统观念的要求了。"子不语怪、力、乱、神"① 这句话的分量，在中国这个儒家思想占统治地位的国度里，是显而易见的。就连自称要"究天人之际，通古今之变，成一家之言"的司马迁，提及《山海经》时还要退避三舍，② 其他人便可想而知了。

据王嘉《拾遗记》载，晋武帝司马炎曾诏问张华："卿才综万代，博识无伦……然记事采言，亦多浮妄……昔仲尼删诗书不及鬼神幽昧之事以言怪力乱神，今卿《博物志》，惊所未闻，异所未见，将恐惑乱于后生，繁芜于耳目，可更芟截浮疑，分为十卷。"③ 这无疑是对不符合儒家正统观念的"虚妄之说"的责难，而干宝的申辩恰好像是为此而发的。不难设想，处于这种认识水平的干宝，是会欣然接受"鬼之董狐"的美称的。④ 因为成了被孔子誉为"书法不隐"⑤ 的良史，那么即使他写的是鬼神之事，人们也无法怀疑。

---

① （宋）朱熹：《论语・述而》，《四书章句集注》，中华书局 1983 年版，第 98 页。
② 《史记》卷 123《大宛列传》："《禹本纪》、《山海经》所有怪物，余不敢言之也。"中华书局 1975 年版，第 3180 页。
③ （晋）王嘉：《拾遗记》卷 9，中华书局 1991 年版，第 211 页。
④ （南朝宋）刘义庆：《世说新语・排调》："干宝向刘真长叙其《搜神记》。刘曰：'卿可谓鬼之董狐。'"见余嘉锡《世说新语笺疏》，中华书局 1983 年版，第 798 页。董狐，春秋时晋国史官。
⑤ 《左传・宣公二年》："孔子曰：'董狐，古之良史也，书法不隐。'"见《春秋左传正义》卷 21，（清）阮元校刻：《十三经注疏》，中华书局 1980 年版，第 1867 页。

于是，他就可以回避儒家"虚妄"、"失实"的苛责了。

到了唐代，倡言"文以载道"的韩愈站出来为小说之类的"驳杂之说"辩护，但他的《重答张籍书》却让人们看到了另一方面的含义："驳杂之讥……昔者夫子犹有所戏，《诗》不云乎："善戏谑兮，不为虐兮。'《记》曰'张而不弛，文武不能也'，恶害于道哉？"[①] 这段意味深长的话语总结性地表明：小说只有符合《诗》、《礼》之教，方能被封建统治阶级认可，"与正史参行"。[②] 而这正是处于"襁褓期"的小说生存下去的必备条件和保护措施。

三

然而，如此成长起来的囿于历史和政治伦理范围的小说，不可能创造唯独属于自己的天地，它只能是"与正史参行"不悖的、服从于《诗》、《礼》之教的另一形式。同时，戴了道学家、史学家的眼镜，也永远不能认识到小说的独立价值——小说永远是"史之余事"。[③]

唐传奇的出现，标志着小说创作开始脱离历史著作而成立。从此，人们对于小说的独立价值开始有了初步的认识。如沈既济在《任氏传》的结尾写道："向使渊识之士，必能揉变化之理，察神人之际，著文章之美，传要妙之情，不止于赏玩风态而已"，已经注意到了小说的审美特性。但是，小说观念仍然难以摆脱儒

---

① （唐）韩愈著，马其昶校注：《韩昌黎文集校注》卷2，上海古籍出版社1987年版，第136页。

② （唐）刘知几著，黄寿成校点：《史通》卷10，辽宁教育出版社1997年版，第81页。

③ （明）笑花主人：《今古奇观序》："小说者，正史之余也。"明刻本《今古奇观》卷首。

家正统观念的束缚和史学家眼光的局限。所谓"知善不录,非《春秋》之义也,故作传以旌美之"①;"言报应,叙鬼神,征梦卜,近帷箔,悉去之;纪史实,探物理,辨疑惑,示劝诫,采风俗,助谈笑,则书之"②;"沈既济撰《枕中记》,庄生寓言之类。韩愈撰《毛颖传》,其文尤高,不下史迁。二篇真良史才也。"③ 从创作思想到评价小说的标准都未敢越雷池一步。只有到了南宋,才由洪迈对唐传奇做了中肯的评价。他说:"唐人小说,不可不熟。小小情事,凄婉欲绝,洵有神遇而不自知者,与诗律可称一代之奇。"④ 至此,小说观念的发展便达到了一个新的境界。

宋元"说话"艺术的盛行,使人们对白话小说有了许多感性认识。但是这些认识都是单方面的,没有真正建立在小说与历史著作相比较的基础上(如南宋吴自牧的《梦粱录·小说讲经史》),而儒家正统观念在小说理论领域仍有着深远的影响。就在元末明初,还有人要把小说纳入儒家正统轨道,使之与经史传记参行。⑤

四

由上述可以发现,在我国初期发展的小说理论中,有一种占统治地位的意见,即一方面承认小说"自成一家","其所由来尚矣";另一方面又强调小说要"与正史参行",而所以能如此,是

---

① (唐)李公佐著,汪辟疆校录:《谢小娥传》,《唐人小说》,上海古籍出版社1978年版,第95页。
② (唐)李肇:《唐国史补序》,《唐国史补　因话录》,上海古籍出版社1979年版,第3页。
③ (唐)李肇:《唐国史补》卷下,上海古籍出版社1979年版,第55页。
④ (清)陈世熙编:《唐人说荟·凡例》引,1922年扫叶山房石印本。
⑤ (元)杨维桢:《说郛序》,文渊阁《四库全书》,上海古籍出版社2003年版,子部,第876册。

因为小说与"三坟、五典,《春秋》、《梼杌》"等"上代帝王之书,中古诸侯之记",这些"行诸历代"的"格言"有精神上相一致的地方。① 这种认识一方面固然与小说表现形式本身的不成熟,尤其是文言小说的不成熟有关（唐传奇以前的文言小说往往是笔记式的野史或记事、记言的丛残小语）,小说创作——其实还很难称得上创作——在唐传奇出现之前大部分还只着眼于纪实、直录,作者也往往从先代古书中获得材料；有的干脆把这些材料直接辑入到自己的著述中去,有的只是稍加改动而不进行独立的创作；从事着实质上是保存历史资料的工作。另一方面,这种认识明显地与儒家正统观念的渗入——无论是对批评家,还是对小说家都是如此——有关。当然,这种渗入还不如诗文领域里那么明显和直接。

由此看来,对旧小说观念的突破,就应基于以上两个方面。应该说突破的端倪是从明代显现的。明代中叶以后,一种新兴的思想潮流成熟了,并且日益发生巨大的影响,这便是李贽的"童心说"。李贽不愧为明代划时代的思想家,他的出现,也给小说观念带来了实质性的转变。"童心说"反对用封建礼教、道统的统一规范扼杀人的个性特点,给人们提供了建立新理论的广阔视野和巨大勇气。它摘除了长期架在人们鼻子上的道学家、史学家的有色眼镜,使人们真正从文学的发展进化观点去认识和评价小说的独立价值,这就为在小说观念中小说与历史著作的真正区分、为小说创作的繁荣奠定了基础。小说评点的出现以及明代文人对话本的编辑、加工和拟话本的写作,标志着小说观念中对小说艺术肯定评价的确立和对小说性质认识的加深。在这些方面,李贽、

① （唐）刘知几著,黄寿成校点:《史通》卷 10,辽宁教育出版社 1997 年版,第 81 页。

叶昼、冯梦龙、凌蒙初等做出了杰出的贡献。但是，从他们的评点以及序言中可以看出，他们仍然没有从小说与历史著作比较的高度上规范小说；小说观念中历史著作的影子仍然未能完全去除。

这是一个艰巨的任务。它的完成，有待于明末清初一个堪称为小说评点集大成式的人物——金圣叹——的出现。只有他，才明确地把小说与历史著作做了明确的区分和规范，所谓"《史记》是以文运事,《水浒》是因文生事"；[①] 并指出了小说艺术审美特征的所在。金圣叹在建立中国古典小说美学方面,起了关键的作用。这方面的论著很多,此不赘述,而只想指出一个值得注意的事实：金圣叹之后，又出现了一个大评点家毛宗岗，在他身上，小说观念似乎形成了一个"历史的反复"。在托名金人瑞的《三国演义序》中，他说："近又取《三国志》读之，见其据实指陈，非属臆造，堪与经史相表里"，小说好像又与历史著作相"混淆"了。然而，我们不能因此就简单地下结论说：这是小说观念的一个大倒退。毛宗岗的意见固然很保守，但是我们必须看到，他在这里涉及了一个至今为止仍未完全讨论彻底的问题——历史小说的真实性的标准问题。从今天的观点看来，毛宗岗对这个问题的回答显然是不正确的，但这个错误的认识毕竟是基于历史小说这一层次和高度上的认识，并不意味着小说观念本身的倒退；而就其对当时胡编乱造的小说予以批判这一点来说，反而是值得肯定的。历史不允许简单的反复和循环，从对历史著作与小说观念发展的简单回顾中可以看到这一点。历史小说问题的提出，只是表明了小说理论向新的领域和高度开拓、前进的趋势，表明了小说观念面临新

---

① （清）金圣叹评点,文子生校点:《读第五才子书法》,《第五才子书施耐庵水浒传》,中州古籍出版社 1985 年版, 第 18 页。

的考验这一情况的出现。

从被轻视，到被承认；从被曲解，到被钳制；从"正史之余"，到真正的独立——中国小说从历史的母体中一步步地挣脱出来，终于显现了它的真面目。小说观念的发展，正是这个复杂的进化过程的生动写照。

唐人笔记小说中的唐代女性

——从资料与问题出发的初步考察

一、小说观与历史观

就唐代妇女史的资料而言，历代笔记无疑是不容忽视的一个组成部分。事实上，许多学者包括大史学家，都已大量采用过笔记材料进行历史研究。因为这里所说的笔记，无论从形式上还是从内容上看都可以说是"实录"，所以人们往往把这部分笔记称为"史料笔记"或"笔记史料"。

然而，这里却隐含着一个重要的问题：按照中国传统的小说观念，此类笔记无疑当属于"小说家"的范畴，既然它们已经被史学家们接纳，那么其他同属一类的、在数量和内容上有过之而无不及的小说应该如何处理呢？换言之，与笔记共生并同属于一类文体的古小说，能否像前者那样进入妇女史同时也进入历史研究的资料视野呢？

东汉初年的桓谭在《桓子新论》中说："小说家合丛残小语，近取譬论，以作短书，治身理家，有可观之辞。"稍后的班固承袭了这一观念，并从文体角度进行了规范。《汉书·艺文志·诸子略》云："小说家者流，盖出于稗官，街谈巷语，道听途说之所造也。孔子曰：'虽小道，必有可观之辞。致远恐泥，是以君子弗为也。'然亦弗灭也。闾里小知者之所及，亦使缀而不忘，如或一言可采，此亦刍荛狂夫之议也。"可见中国古代的小说是一个相当宽泛的文体,因此被归入小说类的著作十分庞杂。《汉书·艺文志》著录十五种,《隋书·经籍志》加入了记谈笑应对、叙艺术器物及游乐的内容。《新唐书·艺文志》把原在史部杂传类中记神怪、明因果的著作划入小说类,此外增加了垂教诫、数典故、纠谬误、叙服用等类。后来明人胡应麟对这些庞杂的著作进行了爬梳,将其分为志怪、传奇、杂录、丛谈、辨定和箴规六类。①

我们现在所说的笔记,基本上属于胡应麟所说的杂录和丛谈类;而在古人那里,现在看来文学色彩较浓的志怪和传奇等,则是与所谓笔记等价齐观的。在他们的笔下乃至在他们的心目中,笔记和志怪传奇等都遵循着同一种叙事策略或精神,即史家的"实录"精神。因为就其写作目的而言,不外乎希望"一言可采",以备"治身理家"之类。所以,作为一种叙事性文体,由于受传统小说观念的影响和制约,传统小说特别是白话小说产生以前的作品,事实上一直是被作为"史之余"来看待的。如刘知几《史通·杂述篇》就把古小说的逸事、琐言、杂记等三类作品划入"史氏十流"。这是小说的"不幸",然而却可以说是历史的"大幸"。许多历史著作,包括一些官方的正史类著作,正是由于这些文学性较强的叙事类作品的渗入,而显得丰富多彩和生动感人。②所以,将与笔记共生并同属于一类文体的古小说置于历史研究的资料视野,本来就是符合其生长和存在的实际的。

---

① 见(明)胡应麟:《少室山房笔丛》丙部"九流绪论下",上海书店出版社2001年版,第282页。

② 历史著作自太史公司马迁开始就有了从民间采集历史素材的传统,许多纪传体和纪事本末体的历史著作之所以写得具体生动,也往往是由于参照了野史笔记甚至小说。《史通·采撰篇》云:"晋世杂书,谅非一族,若《语林》、《世说》、《幽明录》、《搜神记》之徒,其所载或诙谐小辩,或神鬼怪物。其事非圣,扬雄所不观;其言乱神,宣尼所不语。皇朝新撰《晋史》,多采以为书。"文渊阁《四库全书》,上海古籍出版社2003年版,史部,第685册,第36页。

但事情本来就有它的两面性。一方面就小说本身的历史认知价值而言，它折射出的往往是当时人们心灵的一个侧面，是另一种意义上的真实。另一方面，古小说的作者虽然受传统小说观的深刻影响而史家意识较浓，其作品也往往打着历史著作的烙印，但古小说仍然不可避免地具有文学本身的特征。即它所反映的不一定都是历史上的真人实事，而更多的是包含在其中的善恶美丑的原生态以及对于善恶美丑的评价。当我们研究唐代妇女史的时候，如果能把握住"人情"和"事理"这两条线索，从上述角度考察唐代的笔记小说，或许会比从纯历史的角度来搜讨关于唐代女性的史料视野更宽广，更能发现隐藏在历史著作背后的另一种真实。本文即本着这样一种对于笔记小说的认识，尝试对唐人笔记小说中的女性做一粗略的考察。

二、体制与特征

笔记和小说，分别是从近代小说观念出发的表述。前人诸多关于唐人小说的选本，如鲁迅《唐宋传奇集》中的唐传奇和汪辟疆的《唐人小说》，都是从这一观念出发选编的。但是如前所述，在唐人的观念里，本来并没有笔记和小说的区分，它们都统一在小说的范畴内。于是近年来有学者按当时人的观念，将笔记和小说合为一体而编辑了"全唐小说"。就笔者阅读所及，王汝涛编校的《全唐小说》是搜罗比较齐备的一种，堪称唐代小说总集。①此书将唐代小说分为传奇、志怪和杂录三大类，计收单篇传奇

---

① 王汝涛编校：《全唐小说》（四卷本），山东文艺出版社1993年版。

49 篇，志怪和杂录所涉及的各类专集 138 种，总字数约 190 万字。虽然此书在编校和印制质量方面存在许多这样和那样的问题，但此书的最大功绩在于，通过编校者艰苦的搜集和辑佚工作，人们已经大致可以一窥唐代小说的全貌了。本文的考察，即以此书为基本材料来源。①

传奇是古小说发展到唐代而出现的一种新型的文体。本为小说的篇名，如元稹的《莺莺传》，在《类说》中题作《传奇》；或为小说专集的名称，如裴铏的志怪小说集，亦名《传奇》。鲁迅《中国小说史略》设"唐之传奇文"和"唐之传奇集"，并做了如下的概括："此类文字，当时或为丛集，或为单篇，大率篇幅曼长，记叙委屈……故论者每訾其卑下，贬之曰传奇。"此后传奇就成为这类小说的总称。鲁迅又说："传奇者流，源盖出于志怪，然施之藻绘，扩其波澜，故所成就乃殊异。其间虽抑或托讽谕以纾牢愁，谈祸福以寓惩劝，而大归则究在文采与意想，与昔之传鬼神明因果而外无他意者，甚异趣矣。"此类小说大多以传、记名篇，写法上也多采用史家作人物传记的笔法记叙奇闻异事，其中有不少作品直接描写唐代妇女的婚姻与爱情生活，虽然往往出之以传奇之笔，但由于有真实生活的基础，所以其中不乏可观之辞。特别值得注意的是，由于是当时人写当时人或事，故而无论是其人其事还是作者所发的议论或寄寓于文字中的意想，对于研究当时的妇女生活，就都有了不可忽视的参考价值。② 唐传奇还往往被当时的科举应试者用来"温卷"，以显示其史才、诗笔和议论，

---

① 按变文作为俗讲的文本，多采取佛经故事，也有不少采取民间传说和历史故事，亦属唐代小说的一种，为宋元话本、宝卷、鼓词、弹词一类的前身，而此书未予收录。因鲜有涉及时人时事，故本文将其置于考察范围之外。

② 从某种意义上来说，唐传奇对于研究唐代妇女史的价值接近考古发现的唐代女俑。二者同为折射现实生活的艺术作品，而所用的材质不同。

故多以单篇行世,可以说是单篇的文言短篇小说。所以《全唐小说》的编校者即以宋以前曾以单篇形式流传为收录标准,其他传奇名篇如《红线》、《聂隐娘》、《昆仑奴》等则多随其专集归入志怪类。

志怪是唐传奇的母体,传奇从志怪脱胎而来,但并未取代志怪。事实上,唐代小说中堪称蔚为大观者非志怪莫属。这类小说大多以记叙神仙鬼怪或因果报应为能事,其中的一些篇章不乏惩恶扬善和道德教化的内容或意味。这类小说在《全唐小说》中数量最多而对研究唐代妇女直接可采者甚少,但从作者笔下和心目中的女性形象这一角度着眼,仍能看出时人隐含在其中的对于善恶美丑的某种观念和态度。

杂录类作品可以说是最"正统"的古小说,野史笔记是其主体。《全唐小说》收录的这类作品多为历史小说和野史,其形态多表现为街谈巷议的丛残小语,内容则多记叙人物掌故和风土人情。记人上至帝王将相,下及平民百姓,叙事则从天文地理到柴米油盐,无所不有。由于与传奇和志怪两类小说相比,其虚构的成分要少得多(虽然传奇和志怪小说在表述上也常常是言之凿凿,年月日齐全),因而往往为史家所直接采纳。比较典型的例子是,张固《幽闲鼓吹》记宣宗责万寿公主不视驸马郑颢之弟疾,立遣万寿公主归宅事,被收入《资治通鉴》卷二四八(大中二年十一月),文字表述也大同小异。

三、形象与角色

如同社会性别的组成中男女角色缺一不可一样,女性形象也是唐人笔记小说中不可或缺的组成部分。就其社会角色和阶层而言，唐人笔记小说中的女性形象包括皇族、贵族、宦家女、宫女、侠女、妓女、尼姑、女冠、女巫、农妇、商人妇、征人妇，以及各种拥有绝技的女子如工绣女、擅弈女、绳妓等；此外，还有大量以女性形象出现的精灵妖魅。就其时代和地域而言，则以盛唐和中唐为出现的高峰，而以京师、中原和江南为出现的主要区域；至于初唐和晚唐时代，陇西、巴蜀和岭南等区域，在唐人笔记小说中也不乏以其为背景来描绘女性形象的笔墨。

相对而言，唐传奇中的女性形象最为具体完整和生动可感。这不仅是从文学的角度，同时也是从妇女史研究的角度观察的结果。正因为如此，讨论唐传奇中的女性形象，并由此上升到对唐代妇女社会地位的推定，以及对包括唐代妇女的婚姻爱情观念在内的种种社会思潮和社会活动的评论，常常是屡见不鲜的话题。如有学者从唐传奇中研究唐代妇女的婚恋观，说"唐传奇塑造了一系列个性独特鲜明、可爱可敬的女性形象，通过她们的悲欢离合、凄婉欲绝的爱情故事，真实地再现了唐代社会的婚恋状况"。"宽松的社会氛围、活泼开朗的性格特点，自然地带来唐代女性在婚恋问题上表现出特有的勇敢大胆和主动热情。从贵族千金到闺阁小姐、田野村妇，都敢于大胆追求恋爱、婚姻的自由。也遂造成了所谓'未婚少女私结情好，有夫之妇另觅情侣，离婚再婚蔚成风气'"。[1] 更有学者通过对唐传奇女性形象的剖析，指出"唐传奇妇女形象的许多基本属性，传奇作家采用的某些表现手法，都和女权的强化密切相关。在一定意义上，唐传奇是在女权强化的过程中对妇女形象的一次重塑"[2]。如此看来，人们对于唐传奇中女性形象的解读，往往会导致关于唐代妇女地位的结论；而解

---

[1] 罗萍：《从唐传奇看唐代女性婚恋观》，《四川师范学院学报》1999年第1期。

[2] 李炳海：《女权的强化与妇女形象的重塑——唐传奇女性品格刍议》，《学术交流》1996年第3期。

读的全面和深刻与否，则又常常受解读者主观意志的制约。

　　试以《莺莺传》为例说明。小说的女主人公崔莺莺是一个陷于困顿的大户人家之女，她对张生的态度可谓一波三折，十分耐人寻味。崔母郑氏命令莺莺"以仁兄礼奉见"，答谢张生的护佑崔家之恩，莺莺以疾辞，郑氏不悦，怒而责其"远嫌"，莺莺始初次出场。这里表现了莺莺作为大户人家女儿的矜持，也提示了她性格特点中的内向和羞怯。张生惊艳之余，"以词导之，不对"。以后张生在红娘的建议下，"试为喻情诗以乱之"，莺莺酬以题诗《明月三五夜》的彩笺。及至西厢相见，莺莺一通"以礼自持，毋及于乱"的道德教训，令张生"自失久之"，"于是绝望"。然后就是莺莺"出人意料"的主动以情相许。先是"终夕无一言"，十余日"杳不复知"；张生授《会真诗》三十韵后，"复容之"几一月。再以后是张生的西下长安，文战不胜，遂止于京。此时，莺莺给张生的答书似乎揭开了她前后矛盾态度的谜底：原来"情"与"礼"的冲突自始至终在困扰着她，先是"婢仆见诱，遂怀私诚"，"及荐寝席……致有自献之羞，不复明侍巾帻"。于是莺莺终于成为情礼冲突的牺牲品，而为张生开脱的"忍情"说也就水到渠成、堂皇出笼了。

　　如此解读莺莺形象，必须勘破一层情与礼的关系。唐代对"情"的重视是超乎以往的，《本事诗》"情感第一"记开元中有守边兵士于军衣中得宫女诗："沙场征戍客，寒苦若为眠。战袍经手作，知落阿谁边。蓄意多添线，含情更著绵。今生已过也，重结后身缘。"凄苦之情，溢于言表。玄宗为之感动，准许该宫女嫁给得诗兵士。又同卷叙崔护题"人面桃花"诗，以及崔护和一"笄年知书"女演出唐代版"情使人死，复使人生"的故事。但即使如此，唐代妇女在试图冲决礼法的桎梏时，仍然会感到无形的巨大压力。宫女只能在诗中与兵士寄托"后身缘",当玄宗寻查诗作者时,这位宫女惶惶然"自言万死";"笄年知书"女心仪崔护而无以达情,乃至抑郁而死;莺莺的"自献之羞"导致她与张生的爱情悲剧,如此等等,无一不在昭示着唐代女性所受到的身心摧残。而这一点往往被唐传奇的众多解读者所忽略,于是就有了许多关于唐代妇女地位的"失之毫厘,谬以千里"的结论。的确,在唐代笔记小说中不乏女性主动大胆地追求自由婚姻和爱情的故事,而且她们往往在事件的过程中处于支配的地位,但这并不意味着她们在现实生活中的社会地位有了根本的改观。李娃助荥阳生功成名就,从表面上可以说她是荥阳生的庇护人,但能否以此来证明唐代女权的强化呢?人们不禁要问,是什么压力使得李娃一度离开荥阳生而去?李娃又何以获得汧国夫人的封号?《李娃传》作者白行简在故事结束时议论道:"倡荡之妇,节行如是,虽古先烈女,不能踰也。焉得不为之叹息哉!"本来已经很能说明问题的实质了,又怎么能够由此"感受到唐代女权的强化"呢?

与此相关的是唐代笔记小说中妒妇和复仇女子形象。段成式《酉阳杂俎》前集卷八载:"今妇人面饰用花子,起自昭容上官氏所制,以掩点迹。大历以前,士大夫妻多妒悍者,婢妾小不如意,辄印面,故有月点、钱点。"张鷟《朝野金载》卷三记叙了任环妻的一段故事:

> 初,兵部尚书任环敕赐宫女二人,皆国色。妻妒,烂二女头发秃尽。太宗闻之,令上官赍金壶瓶酒赐之,云:"饮之立死。环三品,合置姬媵。尔后不妒,不须饮;若妒,即饮之。"柳氏拜敕讫,曰:"妾与环结发夫妻,俱出微贱,更相辅翼,遂致荣官。环今多内嬖,诚不如死。"饮尽而卧,

然实非酖也，至半夜睡醒。帝谓环曰："其性如此，朕亦当
畏之。"因诏二女令别宅安置。①

　　刘餗《隋唐嘉话》卷中记房玄龄妻事，与此大同小异。唐代
妒妇多且常见于各类记载，的确是一个值得注意的社会现象。对
此应结合礼法制度和当事人的具体情况进行分析。就礼法制度而
言，显然是不支持妇人嫉妒的。《朝野金载》记宣城公主派宦官截
驸马裴巽外宠耳鼻，并令驸马当众出丑事，其结果是公主和驸马
皆被奏降，公主降为郡主，驸马亦左迁。公主驸马尚且如此，可
见官方对妒妇的整体态度。但这里也有一个"度"以及当事人的
具体情况的问题。悍妒而未破坏礼教大防，虽然妾婢受些伤害，
还是可以容忍的。前举《酉阳杂俎》一段就把它淡化了，妒妇的
悍妒在这里反而成就了面饰的杰作。而任环妻的理直气壮的辩白
和坦然赴死的刚烈之举，更使包括太宗在内的男性大为畏惧。当
然，这里恐怕也有李唐出于关陇，于此门户家法尚不十分严格的
因素存在。所以，男性对此还不十分在意，甚至于无可奈何之际
流露出一丝敬畏和欣赏的态度来。但随着礼法的强化，进入中唐
以后，这种情况就发生了变化。《酉阳杂俎》明确指出"大历以前，
士大夫妻多妒悍"，以及前列宣宗责万寿公主不视驸马之弟疾事，
便说明了这一问题。

　　复仇女子在唐人笔记小说中时有见之。她们或者化为厉鬼惩
罚负心男子，如蒋防《霍小玉传》中的妓女霍小玉；或者为报杀
父杀夫之仇而自投凶手家门为佣取证，如李复言《续玄怪录》中
的尼妙寂；或者亲自手刃杀父郡守并杀子以绝其夫之念，如皇甫

———————
① （唐）张鷟：《朝野金载》，《隋唐嘉话　朝野金载》，中华书局 1985 年版，第 59 页。

氏《原化记》中的崔慎思妾，等等。然而在现实生活中，男女两性如果发生冲突，受伤害的往往是女性。于是，她们在阳间不能惩罚负心薄幸汉，只能化为厉鬼报复，其情也哀矣。所以从霍小玉对李益的复仇行为中也不能发现女权强化的趋势。至于其他的复仇女子形象，则更与此无关。

　　不过，从唐人笔记小说中倒是能够明确读出唐代妇女的婚姻状况和爱情观念的改变。唐人笔记小说中反映择婿、离婚、再嫁的材料比比皆是。择婿方面，就不乏女子自主选择夫婿的事例。如牛僧孺《玄怪录》卷一"韦氏"条，卢氏《抒情诗》"李翱女"条。而牛肃《纪闻》"李眪"条则涵盖了离婚、再嫁两方面的内容：李逢年之妻郑氏，与逢年"情志不合，去之"。逢年为再娶事托请于李眪："此都官僚女之与妹，纵再醮者，亦可论之。"果然，李眪为逢年找了一位年幼且美的孀妇："兵曹李札，甚名家也。札妹甚美，闻于蜀城。曾适元氏，其夫寻卒。资装亦厚，从婢且二十人，兄能娶之乎？"逢年许之。虽然后来这门婚事因为发现双方同姓而未成功，但当事人和周围人并不把妇女再嫁和男子娶已婚女子当作多么了不得的大事。于此可见唐代婚姻状况之一斑。但这仅仅是一斑而已，因为妇女的择婿标准仍然是老的一套，而且在自主选择的时候，她们往往还要打出前世命定的招牌来："吾此乃梦征矣。"[1]至于在离婚方面，妇女也很难处于主动的地位，即使提出要求，也未必得到认可。如范摅《云溪友议》卷一记杨志坚妻因其夫嗜学居贫，求书索离。丈夫倒是很爽快地同意了，而且以诗送之。但是当女方拿着诗去求得官方公牒时，却被临州内史颜鲁公教训了一通。结果是判女方"二十年后，任自

_____

① （唐）牛僧孺：《玄怪录》卷 1 "韦氏"条，上海古籍出版社 1985 年版，第 20 页。

改嫁"，男方则"赠布绢各二十匹，米二十石，便署随军"。于是，"江左十数年来，莫有敢弃其夫者。"

由上述唐人笔记小说中反映的唐代妇女婚姻状况来看，其间最大的变化应是发生在观念上而不是在婚姻中的妇女地位上。即有未婚少女私结情好、有夫之妇另觅情侣、妇女离婚再婚之事，但这些现象远远没有"蔚成风气"。也就是说，唐代妇女只是迈出了试图改变自己在婚姻中地位的第一步而已。只要看一看她们的最终结局，就不难发现她们为了这"第一步"付出了多么沉重的代价。与此相关而值得欣慰的，倒是男性在爱情观念上的某些带有"男女平等"意味的"突破"，如尉迟敬德在拒绝太宗嫁女时说："臣妇虽鄙陋，亦不失夫妻情。臣每闻说古人语，富不易妻，仁也。"[1] 韦会在其妻齐氏被枉杀之后说："夫妻之情，事均一体，鹣鹣翼坠，比目半无，单然此身，更将何往？苟有歧路，汤火能入。"[2] 等等。

关于唐人笔记小说中的妇女，可以划分为许多类型，这些类型又可以和妇女生活的种种情形相关联，上述只是概括了其中的比较有特色的内容，其他如与唐代的社会变迁相关的商人妇、征人妇等形象，与孝悌相关的唐代女性形象，以及与士大夫的冶游生活相关的妓女形象等，本文在此无法展开具体的分析。最后要说的一点是，尽管人们可以通过唐人眼中与笔下的女性形象，从唐人的笔记小说中努力发掘出潜藏在其中的一些唐人的妇女观与价值尺度，但是在实际进行这项工作时，仍然会常常感到某些缺

---

[1] （唐）刘䬡：《隋唐嘉话》卷中，《隋唐嘉话　朝野金载》，中华书局 1979 年版，第 25 页。

[2] （唐）牛僧孺：《玄怪录》卷 1，上海古籍出版社 1985 年版，第 94 页。

憾：总的来说，笔记小说街谈巷议和丛残小语的文体特征，作意好奇的写作方式以及小说发展到此时的有意为之的叙事策略，决定了唐代的笔记小说中女性形象常常偏于奇、偏于异。作者往往着意于故事的经营和叙述，而相对忽视了女性形象的现实性及其内涵。除了少数的唐传奇的名篇和那些杂录具体人事的笔记野史外，其他大部分小说，尤其是志怪类作品，把其中的人物换成任意时代的人物，似乎都无不可。这就大大影响了人物本身作为史料的价值，难怪史家极少直接采用纯小说材料。与诗歌相比，笔记小说虽然在叙事的完整性上有其长处，但在真实性上却存在着明显的不足。

语录体与宋代诗学

宋代是中国古代散文发展的重要阶段，也是中国诗学批评发展的关键时期。在宋代社会文化环境的影响下，语录体作为一种古老的散文文体，不仅焕发了新的活力，同时也对宋代诗学的发展做出了积极的贡献。本文即从语录体与宋代诗学的关系入手，探讨这一散文史上和诗学批评史上的独特现象，以期对相关问题得出一个基本的认知。

一、诗话中的语录体与宋代诗学

语录体作为一种记言的文体形式，诞生于先秦。在上古历史文献总集《尚书》中，有许多篇章是记录先民言论和上古帝王讲话的，如《盘庚》、《汤誓》等；而在春秋战国时期的诸子散文中，如《论语》、《孟子》、《庄子》等著作里面，有关诸子讲学、论辩等言论的记录，更是比比皆是。

在以上语录体散文或语录体文字中，涉及诗学批评内容的，也有不少，如《尚书·虞书·舜典》中记录帝舜所言"诗言志，歌永言，声依永，律和声"。这是就内容而言，从形式上看，语录体散文在行文中，还往往夹杂着对话的形式，如上引《舜典》

那一段，就是帝舜和夔的对话记录，又如《论语·八佾》中，则记录了孔子与子夏关于"绘事后素"的对话。除了对话形式，比较多见的还有作者设为问答。其实，这也是一种特殊的对话形式。无论是对话还是设为问答，其效果都是营造或设定出一种讨论、讲学或论辩的场景和氛围，以便于引发或突显发言者的思想观点。关于这一点，《论语·八佾》对话结束时，孔子发了一通感慨，值得注意："起予者，商也，始可与言《诗》已矣！"这既是孔子对他与子夏的对话的小结，也是对这种"言说"形式有利于深入论《诗》的充分肯定。要之，以上材料说明了这样一个基本事实：语录体散文从它诞生的那一刻起，就以记录言谈议论的内容，以及对话或设为问答的文体形式，与中国诗学批评的理论形态和实践形式结下了不解之缘。

　　"诗话"作为一种诗学批评著作的文体形式，始见于宋代。按照它的本义："诗话者，辨句法，备古今，纪盛德，录异事，正讹误也"①，其源头可以上溯至先秦，但是毕竟以"诗话"命名的诗学批评著作，还是出于北宋欧阳修之手——他的《六一诗话》最初即名为《诗话》。郭绍虞先生断言："诗话之称，固始于欧阳修，即诗话之体亦可谓创自欧阳氏（亦可称欧氏）矣。"②实际上，欧阳修作此《诗话》二十八条的时候，并无意"创格"，但自《六一诗话》问世后，时人纷纷起而效法，终于使"诗话"这一独特的诗学批评形式在宋代蔚为大观。由于《六一诗话》开宗明义的"资闲谈"的性质，也就把语录体这种文体形式和"诗话"这种诗学批评形式紧密地联系在了一起。

---

① （宋）许颢：《彦周诗话》，吴文治主编：《宋诗话全编》，江苏古籍出版社 1998 年版，第 1392 页。

② 郭绍虞：《宋诗话考》，中华书局 1979 年版，第 1 页。

　　首先，"诗话"的诞生与语录体在宋代的流行有十分密切的关系。

　　徐中玉先生曾经指出："诗话之称，其起源与流行于唐末宋初之'说话'即'平话'之风有关。"①徐先生是早期对诗话进行系统研究的现代学者，他敏锐地觉察到了诗话的兴起与唐末宋初的"说话"或"平话"存在着某种渊源关系。不过从内容上看，"说话"或"平话"历来分为"小说"、"说经"、"讲史"、"合声（生）"四家，讲的是烟粉、灵怪、传奇、公案以及佛经、历史等故事，即使存在《大唐三藏取经诗话》这样的说经故事，出现了"诗话"的名目，却只是在讲述取经故事时加入一些承上启下的诗歌而已，与后来专门记录诗歌创作本事、品评诗作优劣的"诗话"迥乎不同。而从形式和风格上看，诗话口语化、通俗化的文体特点倒是与"说话"、"平话"如出一辙：以欧阳修《六一诗话》、司马光《温公续诗话》、刘颁《中山诗话》、释惠洪《玉壶诗话》、魏泰《临汉隐居诗话》、赵令畤《侯鲭诗话》、陈师道《后山诗话》、蔡启《蔡宽夫诗话》、吴开《优古堂诗话》、蔡绦《西清诗话》、许顗《彦周诗话》等为代表的宋代诗话，其写作均以"闲谈"为宗，以"记事"为主，"往往写得娓娓动人，读来津津有味，风格与'轶事小说'十分相似"。②也就是说，就思维方式和表达方式而言，这类宋代诗话的体制的形成，的确是受到了"说话"、"平话"的某些影响。如欧阳修《六一诗话》共有二十八条，大都是"丛残小语"，正文前面的小序只有"居士退居汝阴，而集以资闲谈也"区区十三个字；司马光《温公续诗话》共三十一条，文前小序也

---

① 徐中玉：《诗话之起源及其发达》，《中山学报》1卷1期，1941年11月。
② 刘方：《"闲话"与"独语"：宋代诗话的两种叙述话语类型——以〈六一诗话〉和〈沧浪诗话〉为例》，《文艺理论研究》2008年第1期。

只有二十七个字。这种情况，大体同小说在其发轫期的"街谈巷语，道听途说"、"近取譬论，以作短书，治身理家，有可观之辞"①等文体特点相一致；或者可以说，它们在写作动机上有某些相近之处。

但是，与诗话诞生关系更加直接的，恐怕还要算语录体。语录体这种文体形式，在宋代十分流行。仅从书籍名称上看，《四库全书》所收以"录"字命名的所有书籍，计有215种，其中宋代书籍就有91种（经部1种，史部23种，子部63种，集部4种），占42%以上。其中以"语录"命名的宋代书籍，计有5种，为江端礼编徐积撰《节孝语录》，朱熹删定胡安国、曾恬所录谢良佐《上蔡语录》，龚昱编李衡撰《乐庵语录》，王崇庆解马永卿编《元城语录解》，陆持之编陆九渊撰《象山语录》；以"谈录"命名的宋代书籍，计有2种，为王钦臣《王氏谈录》、王辟之《渑水燕谈录》；以"漫录"命名的宋代书籍，计有6种，为吴曾《能改斋漫录》、张邦基《墨庄漫录》、张舜民《画墁录》、曾慥《高斋漫录》、陈世崇《随隐漫录》、史浩《鄮峰真隐漫录》；以"闻见录"命名的宋代书籍，计有2种，为绍伯温《闻见录》、叶绍翁《四朝闻见录》。② 这里"录"的内容，无非包括事件和言论两类，而其中的"语录"和"谈录"就是专门记言的。所以，在语录体这种文体形式被当时文坛普遍采纳和接受的前提下，欧阳修在其致仕"退居汝阴"的晚年整理和编纂《六一诗话》，而"集以资闲谈也"，就成了顺势而为的自然而然之举。

---

① （东汉）班固：《汉书·艺文志》："小说家者流盖出于稗官，街谈巷语道听途说者之所造也。"桓谭《新论》："若其小说家，合丛残小语，近取譬论，以作短书，治身治家，有可观之辞。"（《六臣注文选》卷31江淹《李都尉从军》李善注引）
② 以上数据根据文渊阁《四库全书》电子版统计。

另据郭绍虞先生《宋诗话考》，唐庚口述、强行父记录的《唐子西文录》，王若虚《滹南诗话》卷二对其进行评论时，称之为《唐子西语录》，这是"语录"最早用于诗话的记录，"是为语录通诗话之始"。[①] 此外，宋人阮阅编辑的《诗话总龟》收诗话二百种，其中宋代语录就有《金陵语录》、《上蔡语录》、《三山语录》、《龟山语录》、《雪窦语录》、《元城语录》、《林和集（靖）语录》、《三山老人语录》等八种。可见只要是论诗语录，即被宋人归入诗话类著作的范畴之内。以上两点亦可说明，语录体在宋代的流行对于诗话的兴起，的确具有直接的影响。

其次，诗话中的这类语录体内容和文字，与传统的诗学理论著作相比，具有鲜明的文体特点。

宋代流传至今的许多笔记散文，都保留了语录体"直接记录讲学、论政，以及传教者的言谈口语"[②] 的文体特征。而在上述"资闲谈"一类的诗话中，语录体的行文方式也得到了普遍的运用。如在《六一诗话》中，第十二条梅尧臣与欧阳修关于"诗家造语"的对话，第十五条梅尧臣关于"诗句义理虽通，语涉浅俗而可笑者，亦其病也"的议论，都是以记录有关诗歌评论的对话和言论为主的。

这些语录体诗话的文体特点可以概括为以下数端：

一是口语化，具有不避俚俗、通俗易懂的特点。语录体的内涵，即是指直接记录讲学、论政，以及传教者的言谈口语的一种文体。故而采用当时口语，以达到"资闲谈"，从而在轻松自由的氛围中品评诗歌的目的，是语录体诗话的一大特点。

二是生活化，具有形象生动的特点。语录体诗话可以将枯燥

---

① 郭绍虞：《宋诗话考》，中华书局 1979 年版，第 45 页。
② 褚斌杰：《中国古代文体概论》（增订本），北京大学出版社 1990 年版，第 468 页。

乏味的诗学理论问题，转变成生活化的事例而加以阐释。这里的
关键是作者往往采用"戏剧化"的口吻，将批评对象置于某种具
体的生活场景中，设喻取譬，褒贬品评。如欧阳修《六一诗话》
第二十七条：

> 退之笔力无施不可，而尝以为诗为文章末事，故其诗云：
> "多情怀酒伴，余事做诗人"也。然其资谈笑，助谐谑，叙人情，
> 状物态，一寓于诗，而曲尽其妙，此在雄文大手，固不足论，
> 而余独爱其工于用韵也。盖其得韵宽，则波澜横溢，泛入傍
> 韵，乍还乍离，出入回合，殆不可拘以常格，如《此日足可
> 惜》之类是也；得韵窄，则不复傍出，而因难见巧，愈险愈奇，
> 如《病中赠张十八》之类是也。余尝与圣俞论此，以谓譬如
> 善驭良马者，通衢广陌，纵横驰逐，惟意所之；至于水曲蟺
> 封，疾徐中节，而不少蹉跌，乃天下之至工也。圣俞戏曰："前
> 史言退之为人木强，若宽韵可自足，而辄傍出，窄韵难独用，
> 而反不出，岂非其拗强而然与？"坐客皆为之笑也。[①]

这里先是用欧阳修本人的口吻，表达对韩愈诗歌特别是其"工
于用韵"的赞赏，然后借梅尧臣之口，把韩愈诗歌的用韵特点与
他的为人性格联系起来，加以妙喻式的阐释，从而使枯燥乏味的
诗学理论生活化了。不难设想，看到这样的议论，读者也会像在
场的座客一样，报以会心一笑。

三是个性化，具有较强的文学意味。在语录体诗话中，个性
化显现了评论主体的语言风格和审美好尚的差异，比如司马光的

---

① （宋）欧阳修：《六一诗话》，《六一诗话　白石诗说　滹南诗话》，人民文学出版
社 1962 年版，第 16 页。

严谨细密，当然会和欧阳修的雍容和缓不同，从而这种语录体诗话也就有了自己的文学风格特点。这一点，从司马光《温公续诗话》的小序中即可看出端倪："诗话尚有遗者，欧阳公文章名声虽不可及，然记事一也，故敢续书之。"[1] 也就是说，二者的性质虽同，都是诗话，但个性不同，风格各异。

四是谐谑化，具有轻松幽默的特点。因为要"资闲谈"，即充当"闲谈"的话题和材料，所以故作轻松幽默，原本是诗话的先天特点，假如再加上语录体的口吻，其"喜剧"效果就会得到进一步的强化。如《六一诗话》第十五条记梅尧臣在发表关于"诗句义理虽通，语涉浅俗而可笑者，亦其病也"的议论后，举了两个例子："如有《赠渔父》一联云：'眼前不见市朝事，耳畔惟闻风水声。'说者云：'患肝肾风。'又有咏诗者：'尽日觅不得，有时还自来。'本谓诗之好句难得耳，而说者云：'此是人家失却猫儿诗。'人皆以为笑也。"[2] 其实诗作者未必有此意，读者开始也未必有此理解，但一经评诗者从旁点透，就难免令人不做此想，随即莞尔。

需要指出的是，语录体对于宋代诗学的发展固然有上述积极影响的一面，但是由于诗话与生俱来的"资闲谈"的特点，使得其自身天然地缺乏一以贯之的理论和严谨科学的结构，不可避免地存在着散漫、随意，甚至粗鄙的缺点。而这些弊端，正是需要由以严羽《沧浪诗话》为代表的另一类具有理论体系形态的诗话来纠正和弥补的。

---

① （宋）司马光：《温公续诗话》，吴文治主编：《宋诗话全编》，江苏古籍出版社1998年版，第367页。
② （宋）欧阳修：《六一诗话》，《六一诗话　白石诗说　滹南诗话》，人民文学出版社1962年版，第11页。

二、杂记和笔记中的语录体与宋代诗学

广而言之，诗话也可以看作是关于"诗"的话题，因而一切论诗的著述或文字都应当包括在内。吴文治先生主编的《宋诗话全编》，其编纂方法即为搜罗宋代人所有的论诗文字，在作者的名字之后冠以"诗话"的名目。这种平添出许多新诗话的做法，固然有其历史依据：因为如果欧阳修不在他退居汝州之后，编纂和整理出他的创作诗歌、品评诗歌的心得，也就不会有中国的第一部诗话《六一诗话》的问世；而现行洪迈《容斋诗话》六卷，则是后人从《容斋五笔》中辑录其论诗之语编纂而成的，当时并没有《容斋诗话》其书，如此等等。

不过，笔者认为，就诗话别集而言，诗话之作毕竟和散见于各类著作中评诗论诗的只言片语不同，其本身似乎还应该存在着某种体系或结构方面的自足性因素。对此本文暂不置论，需要指出的是，除了历史上已经被命名为"诗话"的那些著作外，毕竟还是存在着许多并不以"诗话"命名、也不属于诗话范畴的杂记和笔记类著作。这些著作以记录各种史料和见闻为主，其中也加入了部分论诗评诗的内容。而以语录体行文的情况，在这些著作中并不乏见。

这里从撰述者的角度，把这些著作中的语录体文字分为两种情况加以讨论。

第一种情况，作者本身是文学家或文论家。比如石介、王安石、苏轼、黄庭坚等。撰述这类文字的主要目的，是表达作者个人的文学思想和见解主张，因而往往直奔主题，直接发表议论；即使采用语录体，也往往是设为问答，其目的是突出思想性。如

石介《怪说中》开篇就提出问题："或曰：天下不谓之怪，子谓之怪。今有子不谓怪，而天下谓之怪。请为子而言之，可乎？""曰：奚其为怪也？"接着，作者就对此发表议论：

> 曰：昔杨翰林欲以文章为宗于天下，忧天下未尽信己之道，于是盲天下人目，聋天下人耳，使天下人目盲，不见有周公、孔子、孟轲、扬雄、文中子、韩吏部之道；使天下人耳聋，不闻有周公、孔子、孟轲、扬雄、文中子、韩吏部之道。俟周公、孔子、孟轲、扬雄、文中子、韩吏部之道灭，乃发其盲，开其聋，使天下唯见己之道，唯闻己之道，莫知有他。[①]

作者采用设为问答的方式，借他人之口（"或曰"），辨析了世间所谓怪与不怪的本质区别，批评的矛头直指宋初以杨亿等馆阁文人为代表的形式主义文风，对其展开了猛烈的抨击。这在受西昆体影响积四十年，人们对形式主义文风已经见怪不怪的宋初时期，的确具有振聋发聩的作用。在此，设为问答的语录体言说方式，所起到的作用无疑是十分明显的：作者提出的问题，就像文章的标题或纲目，使得作者议论的主题和指向更为集中，立论的气势和批驳的力度得到进一步的强化。

第二种情况，作者是诗评言论的记录者或者阐释者。如朱弁、李廌、庄绰等。朱弁《曲洧旧闻》"东坡诗文盛行"条：

> 东坡诗文，落笔辄为时人传诵，每一篇到，欧阳公为终日喜。前辈类如此。一日，与棐论文及坡公，叹曰："汝记吾言，

---

① （宋）石介：《徂徕石先生文集》卷5，中华书局1984年版，第61—62页。

三十年后，世上人更不知著我也。"崇宁、大观间，海外诗盛行，后生有不复言欧公者。是时朝廷虽尝禁止，赏钱增至八十万，禁愈严而传愈多，往往以多相夸，士大夫不能言坡诗者，便自觉气索，而人或谓之不韵。①

　　由于只是充当诗评言论的记录者，所以与第一种情况不同，这类文字更着意于评诗论诗的场景的铺垫和言说效果的渲染。李廌《师友谈记》专记苏轼、苏辙、范祖禹及"苏门四学士"黄庭坚、秦观、晁补之、张耒等元祐名流和众师友的各类言谈，"多名言格论，非小说琐录所比"②，故名《师友谈记》。作为师友言论的记录，其语录体的文体特征比较明显，如实的记录和必要的交待是其行文的基本法则。如"张文潜言说诗者妄为臆说"条③，忠实地记录了张耒的诗论主张，完全是站在一个记录者的角度，没有加入作者的任何意见。同书"东坡先生言人君之学与臣庶异"条④，则可以说是苏轼讲学的听课笔记：文中开始交代何月何日见东坡先生，随后就原原本本地记录了苏轼关于君王和士子之学的一段"高论"。

　　记录者之外，作者有时还充当阐释者的角色。像朱弁《曲洧旧闻》"参寥谓东坡天才无施不可"条⑤，借僧道潜之口，对苏轼

---

①　（宋）朱弁：《曲洧旧闻》卷8，《师友谈记　曲洧旧闻　西塘集耆旧续闻》，中华书局 2002 年版，第 204—205 页。

②　（清）纪昀等著：《四库全书总目提要》卷 120，河北人民出版社 2000 年版，子部 30，第 3109—3110 页。

③　（宋）李廌：《师友谈记》，《师友谈记　曲洧旧闻　西塘集耆旧续闻》，中华书局 2002 年版，第 38 页。

④　（宋）李廌：《师友谈记》，《师友谈记　曲洧旧闻　西塘集耆旧续闻》，中华书局 2002 年版，第 11 页。

⑤　（宋）朱弁：《曲洧旧闻》卷9，《师友谈记　曲洧旧闻　西塘集耆旧续闻》，中华书局 2002 年版，第 208 页。

的诗法渊源进行了一番探究和考证。在这里，作者就不仅仅是诗评言论的记录者，而已经充当起诗论的阐释者的角色了。与此相近似的，还有陈鹄《西塘集耆旧续闻》"欧公荆公辩诗"。此段文字先是揭示作者的观点，即"后学读书未博，观人文字不可轻诋"①，然后用大段的篇幅，生动地描述了欧阳修与王安石之间关于诗歌用典的一场争论，记录了相关的诗作背景材料，以印证自己的论点。

值得一提的是，由于这类著述的写作方式往往是史料记载与叙述描写结合，诗话文评与典故考证杂糅，所以《四库全书总目》一般把它们从其本来应该属于史部的杂史类挑拣出来，将它们归入子部杂家类杂说之属，或子部小说家类杂事之属。这样一来，就在有意无意之间造成了一种新的"景观"：从目录学的角度看，这些语录体的杂著笔记类文字，已经赫然同那些道学语录和佛门禅语归并到一起，成为子部的组成部分了。

三、禅门语录、道学语录与宋代诗学

造成上述有意味的"景观"的原因，是多方面的，其中一个重要的方面当来自于文体因素。从思维方式和言说方式来看，佛经和理学著述比之诗话和杂记笔记类著作，显然距离语录体更近，采用语录体也更频繁。换句话说，如果要寻找同语录体关系更为直接的文字的话，那么它们无疑当属禅门语录和道学语录。

禅门语录是一种白话文体，主要记载禅师接引人的言语、行

---

① （宋）陈鹄：《西塘集耆旧续闻》卷1，《师友谈记 曲洧旧闻 西塘集耆旧续闻》，中华书局2002年版，第290—291页。

事。禅门接引人弘扬佛法，贵在使对象自觉自悟，所以，其言语尚活句而不尚死句，为使对象及早开悟，常常引诗为说。这些相关的言论记载下来，便成为所谓"灯录"，也就是参禅谈禅时言行的如实记录。

《玉海》卷五十八《传灯录》条云："三十七卷，僧道原纂，景德中诏翰林学士杨亿等刊定，自天竺七佛至达摩以来传至法眼，凡五十二世，一千七百人语录。"① 这里的"传灯录"，指的是宋代景德元年（1004）释道原撰《景德传灯录》。书中的"录"，也就是"语录"的简称。② "灯录"的编写在宋代达到了高潮，为宋人接受禅学疏通了渠道，打开了方便之门。宋初西昆体代表人物杨亿，曾为宋代第一部"灯录"即《景德传灯录》作序。宋代的许多著名文人如欧阳修、苏轼、黄庭坚、朱熹等，与方外之人修颙、佛印、常总、祖心、道谦等往还密切，并以"居士"的身分载录于《居士分灯录》。而理学大师周敦颐也曾经从庐山东林常总禅师游，学习静坐之法，讨论性理之学。《居士分灯录》卷下载：

> （周敦颐叩访东林常总禅师）总曰："吾佛谓实际理地即真实无妄，诚也。'大哉乾元，万物资始'，资此实理；'乾道变化，各正性命'，正此实理。天地圣人之道，至诚而已。必要着一路实地工夫，直至于一日豁然悟入，不可只在言语上会。"又尝与总论性及理法界、事法界，至于理事交彻、冷然独会，遂著《太极图说》，语语出自东林口诀。③

---

① （宋）王应麟：《玉海》卷58，江苏古籍出版社1987年版，第1099页。

② 参见张伯伟《禅与诗学》，浙江人民出版社1992年版，第33页。

③ （明）朱时恩辑：《居士分灯录》卷下，《大日本续藏经》卷下之下，第一辑第二编，乙第20，第5册，上海涵芬楼1923年影印本。

这里所说周敦颐的《太极图说》"语语出自东林口诀"，显然是佛教中人的夸大其词；但"濂学"与佛学的确存在着千丝万缕的关系，也毋庸讳言。

从佛学的传播到理学的兴起，伴随着佛教这种外来宗教本土化和儒学化的过程。清人江藩指出："儒生辟佛，其来久矣，至宋儒，辟之尤力。然禅门有《语录》，宋儒亦有《语录》；禅门《语录》用委巷语，宋儒《语录》亦有委巷语。夫既辟之而又效之，何也？盖宋儒言心性，禅门亦言心性，其言相似，易于浑同，儒者亦不自知而流入彼法矣。"①江氏注重挖掘宋儒与禅门在思维方式和言说方式的相通之处，所论极富启发意义。

道学语录是宋代理学最常见的理论表达方式。在南宋赵希弁编辑的《郡斋读书志》附志中，专立"语录类"一项，列宋代理学家语录著作二十余种。②通过这些语录体著作，可以窥见宋代理学家的诗学批评理论与实践之一斑。

禅门语录往往以其口语化、通俗化的言说方式，去追求直达本心、当下互动的效果。关于这一点，在刘善泽为《五灯会元》所作的跋语中，有生动的概括："但禅门古德，问答机缘，有正说，有反说，有庄说，有谐说，有横说，有竖说，有显说，有密说。例如一棒打杀与狗子吃，者里有祖师么，唤来与我洗脚等语，览者当守马援'耳可得闻而口不可得言'之诫。苟神悟未契，徒逞舌锋隽利，尤而效之，则化醍醐为砒霜，变栴檀作棘刺矣。其可乎？"③这种口语化、通俗化的言说方式，在宋儒的道学语录中，

---

① （清）江藩著，钟哲整理：《国朝宋学渊源记·附记》，《国朝汉学师承记》（附《国朝经师经义目录》、《国朝宋学渊源记》），中华书局1983年版，第190页。

② （宋）晁公武著，孙猛校证：《郡斋读书志校证》，上海古籍出版社1990年版。

③ （清）刘善泽：《五灯会元》跋，（宋）普济著，苏渊雷点校：《五灯会元》，中华书局1984年版，第1400页。

也被普遍采用；而宋儒对直达本心、当下互动的言说效果的追求，则更加强烈。如在二程的理念中，"学诗妨事"、"作文害道"的思想是根深蒂固的，但在表达这种文道不能两立的观点时，他们并没有板起面孔发表长篇大论的说教，而是采用语录体，用文学化的言说方式展开：

> 或问：诗可学否？曰：既学时，须是用功方合诗人格。既用功，甚妨事。古人诗云："吟成五个字，用破一生心。"又谓："可惜一生心，用在五字上。"此言甚当。先生尝说："王子真曾寄药来，某无以答他，某素不作诗，亦非是禁止不作，但不欲为此闲言语。且如今言能诗无如杜甫，如云：'穿花蛱蝶深深见，点水蜻蜓款款飞。'如此闲言语，道出做甚？某所以不常作诗。今寄谢王子真诗云：'至诚通化药通神，远寄衰翁济病身。我亦有丹君信否？用时还解寿斯民。'……"①

二程并不反对学诗，在这里，他们之所以不厌其烦地列举关于诗歌炼字的一些言论，乃至具体的生活事例，其目的就是要说明"文"乃"道"之"器"，如果本末倒置，就会"学诗妨事"，乃至"作文害道"。《朱子语类》卷一三九记：

> 才卿问："韩文《李汉序》头一句甚好。"曰："公道好，某看来有病。"陈曰："'文者，贯道之器。'且如《六经》是文，其中所道皆是这道理，如何有病？"曰："不然。这文皆是

---

① （宋）朱熹编：《河南程氏遗书》卷18，伊川先生语四，《二程集》，中华书局1981年版，第239页。

从道中流出，岂有文反能贯道之理？文是文，道是道，文只如吃饭时下饭耳。若以文贯道，却是把本为末。以末为本，可乎？其后作文者皆是如此。"因说："苏文害正道，甚于老佛，且如《易》所谓'义者利之和'，却解为义无利则不和，故必以利济义，然后合于人情。若如此，非惟失圣言之本指，又且陷溺其心。"先生正色曰："某在当时，必与他辩。"却笑曰："必被他无礼。"①

朱熹论文主张"道者文之根本，文者道之枝叶"②，这段语录体文字，如实地记载了朱熹与其门徒间关于"文"与"道"关系的讨论，生动地还原了当时的场景和氛围，使人读后如临其境。

简而言之，理学家的诗学理论与批评实践，常常借助语录体的形式展开。在这些道学语录中，不乏与今天所见诗话十分相近的诗论诗评的片段。在这些"诗话"片段中，语录体通俗生动、灵活多变的文体特征得到了充分的发挥。所以，道学语录和禅门语录一样，实际上是以其独特的方式，参与了中国诗学的批评实践。

综上所述，语录体对宋代诗学的影响，不外乎两点：一是语录体的流行促成了诗话的诞生；二是语录体的言说方式对于宋代诗学批评实践具有直接或间接的启发。总的看来，以上所探讨的在语录体影响下的宋代诗学，属于中国古代文学批评中诗文评点的体系，其随笔杂著式的写作和言说方式，构成了宋代诗学批评乃至中国古代诗学批评的一种独特风貌，是中国文学批评重视作

---

① （宋）黎靖德编：《朱子语类》卷139，中华书局1986年版，第3305—3306页。
② （宋）黎靖德编：《朱子语类》卷139，中华书局1986年版，第3319页。

品品评和史实考据传统的反映。这一传统下的文学批评，虽然与《文心雕龙》、《原诗》等理论体系完备之作相比，有其理论思维上的缺陷和空白，但它毕竟是一个具有悠久历史和强大生命力的存在，需要我们从各个方面去认识和发掘其内涵，对其意义和价值进行实事求是的判断。

文学、文化、文明的横通与纵通

——袁行霈教授访谈录

一、学问的气象

马自力：您在《学问的气象》一文中，曾用这样的语句形容学者们心向往之的大家气象："如释迦之说法，霁月之在天，庄严恢宏，清远雅正。不强服人而自服，无庸标榜而下自成蹊。"在您看来，造就这种"学问的气象"的关键是什么？在治学中您又是怎样追求这种气象的呢？

袁行霈：中国近现代的学者中，不乏具有大家气象的人物，如梁启超、陈寅恪等。他们的共同特点是学术格局和视野开阔，治学道路平正通达，思维逻辑清通简畅，显示出总揽全局的能力。我曾经用南宋词人张孝祥的《念奴娇·过洞庭》来形容治学："尽挹西江"可以说是穷尽相关研究资料，"细斟北斗"是对资料细细辨析，"万象为宾客"则是把相关学科都用来为自己的研究服务。学问能做到这一步，也就不是常人所能及的了。

有气象的学问必有开山之功，开拓新领域，建立新学科，发凡起例，为后人树立典范，像陈寅恪评王国维所说的那样："自昔大家巨子，其关系于民族盛衰、学术兴废者，不仅在能承续先哲将坠之业，为其托命之人，而尤在能开拓学术之区宇，补前修所未逮。故其著作可以转移一时之风气，而示来者以轨则也。"

中国历来是道德学问并重，学问的气象实有赖于道德的高尚。为人正直、诚实、刚强，方能不随波逐流，勇于坚持真理；如果又能虚怀若谷，富有宽容精神，气象就更加超凡了。还有就是对后进晚辈的爱护提携不遗余力。

我写《学问的气象》这篇札记，是缘于平时读书有感，多少窥见一点内中的堂奥，借以自勉，为在治学中追求这种境界树立一个"标杆"。

马自力：在上世纪七八十年代，您曾倡导过"横通与纵通"，以及"博采、精鉴、深味、妙悟"，是否基于对"学问的气象"的追求这种考虑呢？

袁行霈：也可以这么说吧。那时"文革"刚刚结束，学术研究开始恢复正常，而我已经 41 岁了，学术的路怎么走？我做了一番冷静的思考。一个认真的学者应当做一点有个人特色的学问，我分析了当时学术界的状况，选择了一向被忽视的诗歌艺术作为重点，以中国独特的诗歌艺术理论和诗歌艺术史为课题，将诗歌与哲学、宗教、绘画、音乐等邻近学科沟通起来，在广阔的文化背景下从事研究。

"横通"是借用章学诚《文史通义》中"横通"这个贬义词，赋予它褒义，加以发挥，强调多学科交叉；"纵通"则是我杜撰的词，它的含义是：对研究课题的来龙去脉有纵向的把握，虽然是局部的问题也能放到一条发展线索中做历史的、系统的考察。例如文学史的研究，应当不只局限于一个时期、一个朝代的分段研究，而能上下打通；即使是研究某一段或者某段内的一个具体问题，也能运用关于整个文学史的修养，对这个具体问题做出历史的考察和判断。"纵通"还有另一层意思，就是对学术史的关注和了解。研究一个问题，必先注意已有的研究成果，看到有关这个问题的前沿，将研究工作的起点提高，这样，研究的结果也必然水平更高。

马自力：这种"横通"与"纵通"的结合，是对中国文史治学传统的一种总结和概括，这似乎已经成为当前学界的共识。不过在上世纪70年代末，明确提倡文学与邻近学科的沟通，强调多学科交叉，确实是得风气之先的，这也可以称得上是一种"学问的气象"吧！那么"博采、精鉴、深味、妙悟"，是否可以理解为"纵通"的要领呢？

袁行霈：我的研究范围偏重于六朝诗、唐诗、宋词、文言小说，同时也在文学批评史特别是诗学史方面下过一番功夫。"博采、精鉴、深味、妙悟"是我研究中国诗歌艺术的体会。诗歌艺术不等于平常所谓写作技巧，它的范围很广泛，制约因素也很多。就一个诗人来说，人格、气质、心理、阅历、教养、师承等都起作用。就一个时代来说，政治、宗教、哲学、绘画、音乐、民俗等都有影响。把诗人及其作品放到广阔的时代背景上，特别是放到当时的文化背景上，才有可能看到其艺术的奥秘。我写《王维诗歌的禅意与画意》(1980)、《李白诗歌与盛唐文化》(1985)，就是这方面的尝试。这就是"博采"。

马自力：我想您是用"博采"的方法，把研究对象从一个狭小的范围里解放出来，比如说把诗歌艺术从写作技巧这种成见的禁锢中解放出来，然后对它进行重新审视。那么"精鉴、深味、妙悟"的含义和作用又是怎样的呢？

袁行霈："博采"和"精鉴"是治学的普遍要求。"精鉴"一方面指资料的鉴别与考订。考据的乐趣类似侦探推理，其间自有许多乐趣；但我一向认为，不能为了考证而考证，应该把考证与评论结合起来，也就是在考证的基础上加以概括综合，做出新的评论。如果把考证的功夫用到诗歌艺术的研究上，这项工作就有了坚实的基础；如果能从资料的鉴别考订引申到诗歌艺术的品评上来，会感到更有兴味。我写《温词艺术研究》（1984）时，为了弄清"小山重叠金明灭"中"小山"的含义，曾参考各家注释和时贤研究成果，遍检《花间集》和《唐五代词》，通过考证，看出这句诗含有双重意象，体现了温词构图精巧、富于装饰美的特点。"精鉴"另一方面的含义是善于鉴别作品的优劣，像《文心雕龙·知音》所说的："凡操千曲而后晓声，观千剑而后识器；故圆照之象，务先博观。"看得多了才有比较，亲自从事创作实践才更精于鉴赏，而且趣味要高，眼力要好。

　　至于"深味"与"妙悟"，则是研究诗歌艺术的特殊要求。简单地说，"深味"就是对诗歌言外的韵味和"滋味"细细地加以咀嚼；"妙悟"是对于诗歌的一种超常的感受能力和共鸣效果。

二、中国诗歌艺术研究与情趣的陶冶

　　马自力：您把中国诗歌艺术作为自己最初的研究方向，一定是在深思熟虑后的选择，您能否谈谈自己从事中国诗歌艺术研究的着手点和具体方法？

　　袁行霈："博采、精鉴、深味、妙悟"是研究诗歌艺术的前提要求，在此基础上，我试图摸索出一条道路，以期进入诗歌艺术的堂奥。中国是一个诗的国度，在诗歌艺术方面有许多值得认真总结的经验和规律，一些诗学的理论和范畴也有待于结合诗歌创作加以阐述。这项研究前人虽然做了一些，但是不够系统，特别是将诗歌理论和诗歌创作结合起来进行研究，还比较薄弱。我在"文革"以前已经有了从事这方面研究的想法，并发表过论文，"文革"期间中断了。1977年才又重新拾起来，1979年结合讲授"中国诗歌艺术研究"这门专题课，写了一系列的论文，在此后的几年里陆续发表，后来编成《中国诗歌艺术研究》一书，于1987年出版。我总结出"言"、"意"、"象"、"境"等几个范畴，找出其间的关系，并从人格、语言、意境等方面解释"风格"的形成。又从诗歌艺术史的角度，考察了自屈原到陆游共十四位诗人的艺术特色、艺术风格和艺术成就，力求将诗人的人格与风格、诗歌主张和诗歌艺术、艺术渊源与艺术创新互相沟通起来加以研究。

马自力：您所说的"言"、"意"、"象"、"境"这几个范畴之间的关系是怎样的？它们对中国诗歌艺术研究意味着什么呢？

袁行霈：诗歌语言是诗歌艺术分析的依据。如果从语言学的角度给诗歌下一个定义，不妨说诗歌是语言的变形；在语音方面是建立格律以造成音乐美；在用词、造句方面表现为改变词性、颠倒词序、省略句子成分等。各种变形都打破了人们习惯的语言常规，取得新、巧、奇、警的效果；增加了语言的容量和弹性，取得多义的效果；强化了语言的启示性，取得写意传神的效果。

由语言分析深入一步就是意象分析。语言是意象的外壳，意象多半附着在词或词组上，中国传统的词语诠释方法和西方的意象统计分析方法，可以互相补充。比如可以研究诗人最喜欢使用的是哪些词语或意象，哪些词语或意象是哪位诗人创造的，这些词语或意象的出现说明了什么，还可以研究诗人不同的词语群或意象群，以及诗人连缀词语或组合意象的特殊方式。

由语言和意象的研究再进一步就是意境和风格的研究。词语的组合构成诗篇，意象的组合构成意境，境生于象而超乎象。揭示意境的形成，既可看到诗人的构思过程，又可窥察读者的鉴赏心理。诗歌的意境和诗人的风格也有密切的关系，诗中经常出现某一种意境，就会形成与之相应的某一种风格。风格即是人，风格研究已经脱离单纯的艺术分析，而深入到人格的领域，是对诗人所做的总体把握。而这种总体把握，与中国古代对诗歌艺术的总体品鉴相比，经过了对诗的语言、意象、意境、人格诸环节的分析过程，所以得到的是更细致、系统和清晰的总体认识。

马自力：您在治学中一再强调人格与风格的关系，又十分突出古典诗词对情趣的陶冶作用，这是出于您的治学追求和人生经历吧？

袁行霈：的确是我的切身体验。古典诗词可以使我们与古代优秀的诗人在心灵上相沟通，他们的人格感染了我们，也提高了我们的情趣。古典诗词可以让人以诗的眼光去观察生活并体味生活的多姿多彩。古典诗词还可以启发我们体会人生的道理。有些诗句本身就含有这样的道理，更多的诗要靠我们自己去体会，挖掘它们的内涵，也不妨加以引申，从中得到启发。比如杜甫的"随风潜入夜，润物细无声"，做人也应该这样。润物倒也不难，我们都做过好事，帮助过别人，润物而又细无声，这就不是每个人都能做到的了。又如陶渊明的"虽未量岁功，即事多所欣"，我想，做事不能不考虑功利，但功利主义不好，读书做学问尤其不能讲功利主义。追求和发现真理的过程就是一种自我完善自我满足的过程，快乐就在这个过程之中。

马自力：说到陶渊明，对您来说，研究陶诗和整理陶集是否在很大程度上与情趣的陶冶有关呢？

袁行霈：在诗词研究领域，我尝试开拓一个面，也就是诗歌艺术研究；同时也努力深入一个点，即陶渊明研究。大体而言，有的作家主要是以他的作品吸引读者，作家的为人和事迹并不为一般读者所重视；而有的作家除了作品之外，他的为人和事迹同样为读者津津乐道。陶渊明就属于后一类。我对陶渊明的兴趣正是从他这个人开始的，小时候先听到他的故事，才找到他的诗来读。后来当我将陶渊明当作研究对象时，便很自然地兼顾他和作品两方面：既重视其作品，也重视其人品；既重视其作品的评论，也重视其生平的考证。陶渊明不仅是诗人，也是哲人。他是中国士大夫的一个典型，又是士大夫精神上的家园，他为后代的士大夫筑起一个精神上的"巢"，一道精神上的"屏障"，使他们求得内心世界的安宁。所以，研究陶渊明的意义已经超出诗歌研究的范围，而进入哲学史、士大夫史的范围了。而对我来说，研究陶诗和整理陶集已不仅是一项必须完成的工作，而且是一种精神寄托，是我跟那位真率、朴实、潇洒、倔强而又不乏幽默感的诗人对话的渠道。这也算是一种情趣的陶冶吧。

三、中国文学概论、中国诗学通论与新的研究格局

　　马自力：您的《中国文学概论》于上世纪八九十年代分别在台湾、香港和大陆出版，又于今年增补再版。这部富于个性色彩的著作，填补了长期以来同类著作阙如的空白。您是在什么样的一种情况下撰写这部专著的？作为概论，其体系又是怎样做到既符合中国文学的实际，又富于个性化的？

　　袁行霈：说起来这是一部"命题"之作。1987 年我应日本爱知大学中岛敏夫教授的邀请，前往讲授中国文学概论。这对我来说是一项颇具挑战性的工作，因为长期以来，中国大陆似乎没有

出版过《中国文学概论》之类的书籍可供我参考，我只能根据自己平时对中国文学的理解，摸索着建立一种理论体系。这种体系既不同于中国文学史，也有别于偏重理论的文学概论；既要涵盖中国文学的各个方面和全部过程，又要简明扼要并且具有理论性，其中的困难是很多的。另一方面，我们多年来对中国文学的研究，偏重于一个个作家和一部部作品的评论，而缺少多侧面的透视和总体的论述。在这种情况下，用概论的方式阐述中国文学，也许可以为读者提供若干新的视点，从而使读者对中国文学得到一些新的认识。因此我很乐意做一次新的尝试。

我在这部书的总论部分，分别阐述了中国文学的特色、分期、中国文学的地域性与文学家的地理分布、中国文学的差别、趣味、鉴赏等这些关乎中国文学本质的宏观问题；在文体论部分，阐述了文体的演进与风格特征、文体之间的相互渗透，以及中国文学发展过程中的一些规律等，已不同程度地引起学术界的注意。有的问题，如文学的传媒，当时我没有注意到，至今学术界仍然没有充分注意，这就是此次再版增补的"中国文学传播的方式与媒介"。

至于个性化，我想主要是因为这部书立足于我本人阅读古代文学作品的感受，力图用简单明了的文字将自己感受最深的、曾经打动过我的东西告诉读者，希望读者分享我在阅读过程中的感受。我想强调，此书又是立足于文学本位的，既然是"文学"概论，就要讲文学，讲作品，讲其感动人的地方，讲其审美的价值。但在书中不求面面俱到，许多想法只是点到为止。我所重视的是启发性，而启发性也正是中国传统的学术追求。

马自力：我记得当时罗宗强先生曾经为您的《中国文学概论》撰写过一篇书评，题目是《老人不再"耳提面命"》，就是指这种富于启发性的个性化特点吧。的确，您在此书提出的一些命题，逐渐成为那以后国内学术界讨论的热点，有些还被开拓为新的研究领域。那么，您和孟二冬、丁放合著的《中国诗学通论》，与其他众多的文学批评史著作相比，又是在哪些方面力图突破旧的研究格局，体现自身的学术个性的呢？

袁行霈：在中国，"诗"的概念始终没有像西方那样广泛，仅仅限于古近体诗和词而已。而"诗学"也仅指关于诗的理论与品评。我们的这部《中国诗学通论》主要是对中国历代关于诗的理论和品评做一番搜集、爬梳、整理和总结的工作。中国是一个诗的国度，这不但表现在诗的创作上，也表现在诗的理论与品评上。中国有不同于其他国家的独特的诗的传统，也有不同于其他国家的独特的诗学。认真总结中国的诗学，既有助于理解中国的诗，也有助于丰富中国的文学理论，乃至世界的文学理论。

我们力图在以下几个方面突破以往的研究格局：一是分期。中国文学批评的分期一向以朝代划分，而这部诗学通论尝试以重要的具有划时代意义的著作作为分期的参考，把中国诗学史分为六期：从《尚书》到王逸《楚辞章句》的发轫时期，从曹丕《典论·论文》到刘勰《文心雕龙》的相对独立时期，从钟嵘《诗品》到司空图《二十四诗品》的独立发展时期，从欧阳修《六一诗话》到严羽《沧浪诗话》的高潮期，从辛文房《唐才子传》到叶燮《原诗》的建立理论体系的时期，从王士祯《带经堂诗话》到王国维《人间词话》的趋向多元化时期。二是分类。这部诗学通论把中国文学批评分为创作论、源流论、鉴赏论、作家论、功用论五类。三是把中国诗学分为功利派和非功利派。四是把中国诗学的总体特点概括为实践性、直观性、趣味性。

四、"守正出新"与中国文学史研究方法论及 "三古七段"说

马自力：您在《中国诗学通论》的绪论中还强调了需要注意的四个问题，我觉得凸显了一种自觉的学理化追求：一是从诗歌创作的实际出发，结合作品理解各种诗歌主张的背景及其针对性，进而把握其真正的含义；而不是从概念到概念，脱离创作实际做无端的演绎。二是必须具有中国哲学史、艺术史的修养，与哲学理论、艺术理论相参照，从而深入了解中国诗学。三是要注意中国诗学的特点，也就是要了解中国诗学的特殊思维方式和表达方式，切忌将古人现代化，把古人没有的东西强加给古人，或者把原来并不系统的思想硬是系统化。四是要有世界文学的眼光，把中国诗学放到世界文学的大格局中来研究，这样才能更清楚地看到中国诗学的特点，包括长处和短处，才能进一步融汇外国的经验来发展中国自己固有的文学理论。这些自觉的学理追求在您主编的四卷本《中国文学史》中有哪些深化和发展呢？

袁行霈：从1995年开始，我承担了国家教委规划的《中国文学史》的主编工作。这是一套"面向21世纪课程"的大学教材，既要在此前两套成熟的文学史著作（游国恩本和社科院本《中国文学史》）的基础上有所出新，又要体现"面向21世纪"的时代特色，的确是困难重重。我认为，大学教材具有两重性：知识性和探索性。它既能传授给学生那些基本的已成定论的知识，又有总结已有成果，将学生带入学术前沿的作用，所以新编《中国文学史》在介绍文学史基本知识的同时，更注重挖掘新资料、提出新问题、找到新视角，力图从中国文学史研究的方法论到对具体

文学现象的探讨都做到守正出新。

马自力："守正出新"是您一贯主张和坚持的治学原则，您能否简单地阐述一下它的含义？您在主编和撰写《中国文学史》的过程中，又是如何贯彻这一原则的呢？

袁行霈：学术研究的创新，无非体现在以下三个方面：或者有新的材料，或者有新的观点，或者有新的方法。做到其中的一个方面，就可以称为创新。但我一向主张，不能为了创新而创新，出新不能离开守正，要平正通达，故意用偏锋，或者故意抬杠，都不是学者的风范。我把自己所采取的这种态度称为"守正出新"，并在主编和撰写《中国文学史》的过程中遵循这一精神。这种努力，体现在以下三个方面：

首先，要守住文学本位。要把文学当作文学来研究，文学史著作应立足于文学本位，重视文学之所以成为文学并具有艺术感染力的特点及其审美价值。文学史研究有几个层面：最外围是文学创作的社会政治、经济背景，但背景的研究显然不能成为文学史著作的核心内容，不能将文学史写成社会发展史的图解。第二个层面是文学创作的主体即作家，包括作家的生平、思想、心态等，但作家研究也不是文学史著作的核心内容，不能将文学史写成作家评传的集成。第三个层面是文学作品，这才是文学史的核心内容。文学史著作的核心内容就是阐释文学作品的演变历程，而前两个层面都是围绕着这个核心的。总之，文学创作是文学史的主题，与之密切相关的文学理论、文学批评、文学鉴赏是文学史的一翼，文学传媒是文学史的另一翼。"文学本位"就是强调文学创作这个主体及其两翼。

其次，文学史属于史学的范畴，撰写文学史应当具有史学的思维方式。要突破过去那种按照时代顺序将一个个作家作品简单地排列在一起的模式，注意"史"的脉络，清晰地描述出承传流变的过程。要将过去惯用的评价式的语言换成描述式的语言，说明情况、现象、倾向、风格、流派、特点，并加以解释，说明创作的得失及其原因，说明文学发展变化的前因后果。要寻绎"史"的规律，而不满足于事实的罗列，但规律存在于文学事实的联系之中，是自然而然的结论，而不是从外面贴上去的标签。

再次，要从广阔的文化学的角度考察文学。文学的演进本来就和整个文化的演进息息相关，古代的文学家往往兼而为史学家、哲学家、书法家、画家，他们的作品里往往渗透着深刻的文化内涵。所以，借助哲学、考古学、社会学、宗教学、艺术学、心理学等邻近学科的成果，参考它们的方法，会给文学史研究带来新的面貌，在学科的交叉点上，取得突破性的进展。

马自力：这就是您提出的文学史著作的撰写原则：文学本位、史学思维与文化学视角。我们知道，成于众手的著作很难个性化，许多文学史著作都是这样，但您却在这部文学史的"总绪论"中特别提倡主观性和当代性，这是基于什么考虑呢？

袁行霈：由于文学史的资料在当时记录的过程中已经有了记录者主观的色彩，在流传过程中又有佚失，现在写文学史的人不可能完全看到；再加上撰写者选用的角度不同，观点、方法和表述的语言都带有个性色彩，所以纯客观地描述文学史几乎是不可能的，总会多少带有一些主观性。但是，如果这主观性是指作者的个性，这个性又是治学严谨而富有创新精神的，这样的主观性正是我们所需要的。进一步说，如果这主观性是指一个时代大体相近的观点、方法，以及因掌握资料的多少而具有的时代性，那也没有什么不好。我们当代人写文学史，既是当代人写的，又是为当代人写的，必定具有当代性。这当代性表现为：当代的价值判断，当代的审美趣味以及对当代文学创作的关注。我认为，研究古代的文学史，如果眼光不局限于古代，而能够通古察今，注意当代的文学创作，就会多一种研究的角度，这样写出的文学史也就对当代的文学创作多了一些借鉴意义。具有当代性的文学史著作，更有可能因为反映了当代人的思想观念而格外被后人注意，但是无论如何，决不能把主观性当作任意性、随意性的同义语。

马自力：您主编的《中国文学史》采用了一种新的文学史分期——"三古七段"，它与传统的文学史分期最大的不同体现在哪里？

袁行霈：传统的文学史分期基本上是以朝代为断限，如先秦两汉、魏晋南北朝隋唐五代、宋元明清。这种朝代分期符合长期以来文学史研究和教学的习惯，便于操作，而且朝代的更替确实与文学的兴衰有密切的关系，如汉之盛在赋，唐之盛在诗，元之盛在曲，因此朝代分期自有其不可完全替代的理由。"三古七段"是我们处理中国文学史分期问题的一种新的视角，它主要着眼于文学本身的发展变化，体现文学本身的发展变化所呈现的阶段性，而将其他的条件如社会制度的变化、王朝的更替等视为文学发展变化的背景。将文学本身的发展变化视为断限的根据，而将其他的条件视为断限的参照。

马自力：这就是您主张的"文学本位"原则在中国文学史分期问题上的体现吧。那么您所说的文学本身的发展变化有哪些方面，它们与"三古七段"的划分有何内在联系呢？

袁行霈：文学本身的发展变化包括九个方面：一、创作主体；二、作品思想内容；三、文学体裁；四、文学语言；五、艺术表现；六、文学流派；七、文学思潮；八、文学传媒；九、接受对象。"三古七段"就是综合考察了文学本身发展变化的这九个方面的因素，并参照社会条件而得出的结论。

三古即上古、中古、近古，这是中国文学史大的时代断限。上古期可以分为先秦、两汉两段。中国文学的各种体裁、中国文学的思想基础、中国文学思潮的主流几乎都孕育于这个时期。从文学的创作、传播、接受来看，士大夫作为创作的主体和接受对象，文字作为传播的主要媒介，中国文学的这个基本格局也是在上古期奠定的。

中古期包括魏晋至唐中叶、唐中叶至南宋末和南宋末至明中叶三段。中国文学开始了自觉的时代，并在南北朝完成了这个自觉的进程。文学语言发生了划时代的变化，由古奥转向浅近。诗、词、曲三种重要的文学体裁在此期达到了鼎盛，文言小说在魏晋南北朝初具规模，在唐代达到成熟，白话小说在宋元两代已经相当繁荣，白话长篇在元末明初也已经出现了《三国志演义》《水浒传》等作品。文学传媒出现了印刷出版、讲唱、舞台表演等各种新的形式；文学创作的主体和对象，包括了宫廷、士林、乡村、市井等各个方面。也就是说，中国文学所有的各种因素都在这个时期具备而且成熟了。

近古期包括明嘉靖初至鸦片战争和鸦片战争至五四运动两段。把明中叶看成文学新时代的开端，主要基于以下事实：一是随着商业经济的繁荣、市民的壮大、印刷术的普及，文人的市民化和文学创作的商品化成为一种新的趋势；适应市民生活和思想趣味的文学占据了重要的地位。二是在王学左派的影响下，创作主体的个性高扬，对理性禁欲主义进行了强烈的冲击，晚明诗文中表现出来的重视个人性情、追求生活趣味、模仿市井俗调的倾向，也透露出一种新的气息。三是诗文等传统的文体虽然仍有发展，但已翻不出多少新的花样，而通俗的文体则显得生机勃勃，其中又以小说最富于生命力。这些通俗文学借助日益廉价的印刷出版这个媒体，渗入社会的各个阶层，并产生了广泛的影响。

五、文化的馈赠与关于中华文明史的思考

马自力：自1992年北京大学中国传统文化研究中心成立并由您主持中心工作以来，中国传统文化研究中心以及后来改称的北京大学国学研究院在弘扬中国传统文化和促进中外文化交流方面，做了许多引人瞩目和卓有成效的工作，如创办大型学术刊物《国学研究》，规划出版《国学研究丛刊》，筹办汉学研究国际会议，策划并编辑出版《北京大学百年国学文粹》，合作制作电视系列片《中华文化讲座》《中华文明之光》，今年又推出推出了四卷本的《中华文明史》等。请你谈谈您主持国学研究院的指导思想是什么？是什么因素促使您在推动国学研究方面不遗余力呢？

袁行霈：北京大学传统文化研究中心于1992年1月成立，2001年中心改名为国学研究院。作为这个中心的主任和院长，我和我的同事们为弘扬中华优秀传统文化做了一些工作。其动力一方面来自对祖国文化的热爱，另一方面是感到我们这些从事传统文化研究的学者，身负承传、弘扬传统文化，推动中外文化交流的历史使命。我在1998年由北京大学中国传统文化研究中心主办的汉学研究国际会议上，曾提出"文化的馈赠"的观点。我想这既是我们处理世界各民族之间文化关系的原则，也是我们履行弘扬中华传统、推动中外文化交流使命的出发点。

马自力：您在从事中国古代文学研究的过程中，一直都贯穿着对中国传统文化或中华文明的总体性思考。您能否扼要谈谈"文

化的馈赠"的含义？中华文化可以馈赠给人类的主要是什么呢？

袁行霈："馈赠"这个词，是冯之浚教授在一次有关中国文化的研讨会上用过的，"文化的馈赠"可以恰当地表达我对处理世界各民族之间文化关系的想法。各种文化之间的差异是客观存在的，但差异不一定导致冲突。如果抱着强加于人的态度，就会产生冲突；如果抱着馈赠于人的态度，就不会导致冲突。馈赠是双向的，既把自己的好东西馈赠给人，也乐意接受别人的馈赠。馈赠的态度是彼此尊重，尊重对方的选择，可以接受也可以不接受。馈赠的结果是多种文化的互相交融、共同繁荣。事实证明：不同的文化需要互相补充，也可以互相补充，但并不互相依存，任何一种文化的民族特色在很大程度上决定着它的价值。"文化的馈赠"意在通过互相交融，促进各民族文化的发展，以形成全球多元文化的高度昌盛。

中华文化从思想层面可以馈赠给人类的主要是阴阳观念、人文精神、崇德尚群、中和之境、整体思维等五个方面。这五个方面都与国学研究密切结合在一起，所以国学研究的一项重要任务，就是开发中华文化的宝藏，弘扬中华文化的精神，以哺育中华民族的子孙，以馈赠世界各国的人民。

马自力：的确，相对于西方所谓"文明的冲突"的观点，"文化的馈赠"思想是一种富于历史感和现实意义的积极回应，其内涵充分体现了中华优秀文化的本色。这种思想也会在一定程度上体现在您对中华文明史的思考之中吧？近些年来陆续出版过或再版过《中华文明史》或《中国文化史》之类的著作，作为北京大学国学研究院的重点项目，您和严文明、张传玺、楼宇烈先生共同主编的北大版《中华文明史》，在总体的设计和立意方面有什么特别的考虑呢？

　　袁行霈：既然要承担"文化的馈赠"的历史任务，就必须研究、描述和宣扬本民族的优秀传统文化。近年来的确出版过一些《中华文明史》或《中国文化史》的著作，但在总体上还有继续系统探讨和深入发掘的空间。北大版《中华文明史》着重描述那些反映中华文明总体面貌的标志性成果，也就是对中华民族甚至全世界的进步产生过重大影响的文明成就。我们认为，分门别类地叙述科技、制度、思想、文艺等方面的成就是必要的，但更需要把这些方面综合起来，说明各个文明的过程和特点。文明史不同于科技史、制度史、思想史、文学史、艺术史等的简单拼合，更不是一部百科知识全书。所以我们在考虑《中华文明史》的学术定位时，确立的基本出发点就是既不能脱离各门专史，又要力求做到多学科的交叉与综合，其目的是对中华文明的演进作出总体性的概括和描述，着重阐述各个时期文明的亮点、特点及其形成的原因，并尽可能地揭示文明的发展规律。我们主张把中华文明放在世界文明的大格局中加以考察，这样才能更准确地把握中华文明发展各个时期的特点，了解中华文明对世界的贡献，以及中华文明对世界其他各种文明的吸收和借鉴，从而在总结文明发展历史的基础上，启发读者思考未来文明的发展方向。总之，当代意识、前瞻性、多学科交叉综合是我们在《中华文明史》的总体构想和立意上考虑的出发点。

　　马自力：这样看来，北大版《中华文明史》在总体构想上体现了您对中华文明的整体思考和一贯的学术追求。这部著作对中华文明史的分期，如同您主编的《中国文学史》对中国文学发展过程的分期一样，具有与众不同的特点，请您谈谈这种分期的主要依据是什么？

　　袁行霈：我在这部书的"总绪论"中说，一般通史的写法偏

重于政治史，但文明包括物质文明、政治文明和精神文明，所以
文明史的写法自然应当有别于通史，必须总体考察文明各个方面
的状况，找到文明发展总体的阶段性。因为文明所包括的范围很
广，文明的各种要素的发展不平衡，在综合考察的同时还必须有
重点，也就是不同时期不同的标志性文明成果。总体性和标志性
二者的综合，是我们划分中华文明史发展阶段的主要依据。

从总体性和标志性这个分期的依据出发，我们把中华文明史
分为四期，其中还可以细分为八个阶段，即第一期：先秦（第一
阶段：先夏，第二阶段：夏商周）；第二期：秦汉魏晋南北朝（第
一阶段：秦汉，第二阶段：魏晋南北朝）；第三期：隋唐至明中叶（第
一阶段：隋唐五代，第二阶段：宋元至明中叶）；第四期：明中
叶至辛亥革命（第一阶段：明中叶至鸦片战争，第二阶段：鸦片
战争至辛亥革命）。

马自力：读者也许会发现一个有意味的现象：在您主编的这
两部著作中，都把明中叶作为一个历史分期的断限，这显然不同
于朝代断限，那么是否它具有如同鸦片战争和五四运动等重大历
史事件同等重要的里程碑意义呢？

袁行霈：是的，明中叶是中华文明史一个新的发展阶段的开
端。明嘉靖初开始了中华文明史的第四期，因为从物质文明、政
治文明和精神文明所包含的诸要素来看，此时开启的中华文明与
此前有诸多阶段性和本质性的不同。其重要的标志就是商业经济
的繁荣、市民的壮大，以及由此带来的城市文化形态的形成，世
俗化、商业化、个性化成为一时之风气。同时王学左派兴起，张
扬个性，肯定人欲，向理学禁欲主义发起冲击，为思想解放开辟
了一条道路。以上两股潮流互为因果，它们的合力为这个时期造
成了一种有别于传统的新的文明景观，整个社会呈现出个性解放

的气息。另一个值得注意的现象就是对外贸易的迅速增长，中国经济整体水平居于世界领先地位。文学艺术中出现新的世俗化商品化倾向，借助日益廉价的印刷出版这个媒体，在社会下层广泛传播。以上总体性和标志性的特征，决定了无论是中华文明史还是中国文学史，都选择了明中叶作为一个历史分期的断限。它既不同于朝代断限，也不同于历史事件断限，而是以新的历史阶段的开启为依据的。

六、唐诗风神与学者本色

马自力：您在 1999 年发表了《诗国高峰——盛唐气象与盛唐时代》一文，论述盛唐诗坛新局面的几个标志，探讨盛唐气象及其形成的历史、文化原因；前两年又发表了《唐诗风神》一文，从唐诗的语言、意象、意境和风格等方面，继续追问唐诗之所以成为唐诗的艺术精髓所在。在您的治学领域不断开拓的同时，唐诗研究始终是您坚守的领域，让人感到您对唐诗怀有一种特殊的情结。最让人感佩的是，在您身兼多种社会工作的情况下，仍能以学问为本，体现了一种宝贵的学者本色。我知道，您现在正在从事国家社科基金项目"盛唐诗坛"的课题研究，已经发表了几篇相关研究成果，请您谈谈这个课题与您以往的诗歌艺术研究的内在联系和区别。

袁行霈：前面说过陶渊明有两句诗："虽未量岁功，即事多所欣"，不管收获有多少，做学问是快乐的，做老师是幸福的。我在《花甲忆昔》曾写道：六十年的光阴不算短了，应该做更多的事，却没有做到，不免有许多遗憾。现在距离写这篇文章已经过去了十年，我将加倍珍惜光阴，世界上有什么比光阴更可贵的呢！我们那一代学者曾经被蹉跎了宝贵的学术生命，这也许是一代人的共同感受吧。

至于现在我和丁放教授合作进行的"盛唐诗坛研究"，是想在唐诗研究领域探索一条新路，所遵循的原则仍然是"守正出新"这四个字。多年前我曾对唐诗研究发展提出一些建议，在做"盛唐诗坛研究"这个课题时，我们想落实到唐诗研究的实践上去。其中主要的有两点：一是加强综合研究，即调动一切研究方法和手段，从各个不同的侧面入手，建立以唐代诗歌为中心的多学科研究的新格局。综合研究有纵横之分：纵向的研究是指唐代诗史的整体描述，注意史的脉络和纵的比较，它不再是诗人生平创作的罗列，而能再现唐代诗歌的总体风貌、唐代诗歌思潮和唐诗创作演变的轨迹及其内在外在的原因、唐代诗人的群体和唐诗的流派等等。横向的综合研究应再现唐朝的文化背景，并把唐诗放到这个背景上考察，偏重于唐诗和唐朝的哲学、宗教、艺术等学科之关系的研究，以及唐代诗人的生活风貌、美学思想、宗教信仰、唐代诗人的创作契机、唐诗在社会生活中的作用、唐代诗人的地理分布和唐诗的地方差异等方面的研究。二是唐诗研究应当紧紧把握唐诗本身的特点，把诗当作诗来研究，把唐诗当作唐诗来研究。已经发表的论文集中在对盛唐诗坛的形成和发展具有重要影响的政治人物身上：如唐玄宗、李林甫、玉真公主。论唐玄宗重点在他崇尚道家与道教方面；论李林甫重点在盛唐的政局以及盛唐诗人在李林甫当政时的仕宦轨迹方面；论玉真公主重点在她的生平、政治地位、道教活动，特别是她与盛唐一些诗人的关系方面。不过这些只是盛唐诗坛的外围，我们最终还是要把探讨的重点放到盛唐诗人及其诗歌创作这个中心上来。

马自力：非常感谢您接受我的访问。我有一个突出的感受，就是您的学术思想始终充满了一种活力。衷心祝愿您身体健康，永葆学术青春！

文化的馈赠：关于国学教育和传播的思考

——在"第十三届中国现代化学术研讨会"上的发言

本次会议的分议题"传统文化与两岸关系"，从一般的意义上来讲，其内涵和外延比较明晰，我们可以理解为传统文化在两岸关系中的地位和作用；但如果再进一步探究，将涉及两岸在现代化进程中如何对待祖国传统文化，这一来问题就复杂了：因为在大陆，第四代新儒家自 2004 年兴起以来声势很大，以至于 2004 年被称为"文化保守主义年"；而进入新世纪以来，新的一轮国学热争论一直持续着，到今天也没有十分令人信服的结论。故而在这里，本文仅围绕国学教育和传播问题，谈一些个人的看法，同时也介绍一下相关的情况，最后结合 6 年前个人来台的亲历，对两岸学术文化交流提一点建议，供同仁批评参考。

一、先进文化与文化的多元性："拿来"和"馈赠"

文化有先进和落后之分，这是毋庸置疑的事实；否则 20 世纪初期的新文化运动就没有必要请出"德先生"和"赛先生"，提出向西方学习了。但是，先进文化不是一个时间性的概念，并不是越新的就是越先进的；而学习也应该是自主的学习，否则学了人家的东西而失去了本民族传统文化，像邯郸学步一样，这个民族就失去了灵魂；一旦如此，文化也就失去了其多元性的特征。正是在这样的背景下，20 世纪初，"国学"就被提出来了，而 20 世纪二三十年代的中西文化之争也因此持续到现在。但是总的说来，直到 20 世纪末，大陆的思想界和文化界，对于西方文化基本上采取的是"拿来主义"的态度。

　　与"拿来主义"相对的是"文化的馈赠"。其提出的背景大致如下：随着时代的发展，特别是经济全球化和信息化社会到来以后，人们普遍认为，对于文化或文明的交往应该秉持通达的眼光，拥有广阔的胸怀。在对亨廷顿"文明的冲突"思想进行反思之后，有的学者，如北京大学教授袁行霈先生提出了"文化的馈赠"思想。在 1998 年北京大学举办的汉学研究国际会议上，他对"文化的馈赠"做了如下的阐释："文化的馈赠是双向的，是一种极富活力和魅力的文明创新活动，各个民族既把自己的好东西馈赠给别人，也乐意接受别人的馈赠。馈赠的态度是彼此尊重，尊重别人的选择，决不强加于人。馈赠和接受的过程是取长补短、融会贯通。馈赠和接受的结果是多种文明互相交融、共同发展，以形成全球多元文明的高度繁荣。因为不同的文明本来就各具本色，吸取外来文明的内容、分量和方式又不相同，交融之后出现的人类文明仍然是千姿百态，我们的世界仍然是异彩纷呈。"①

　　我认为，这一思想表明了一种积极的姿态，体现了对于中华文明的历史和现实的责任感。坚持向先进文化学习，同时以"文化的馈赠"的态度积极开展文化交流，才能保有本民族的传统文化，保持文化的多元性特征。这不仅是文化交往的出发点，也是从事国学教育与传播应该持守的立场。

---

① 　袁行霈：《文化的馈赠》，《北京大学学报》2004 年第 6 期。

二、国学教育和传播需要一种文化向度：大陆新儒学以及国学热争论之外的沉思

诚如有学者概括的那样，尊孔、读经和倡导文化保守主义的猛烈势头出现在 2004 年，以至于人们把这一年称为"文化保守主义年"。到了 2005 年，发生了一系列与中国传统儒家思想学说有关的事件，引起人们的广泛关注和讨论，有时在有些问题上甚至产生了激烈、尖锐的争论，这一切使得人们再一次认真思考国学在当代中国教育中的地位以及在社会生活中、在现代化进程中的作用。

关于大陆的国学热和文化保守主义，中国社会科学院学者徐友渔先生曾做过精辟的概括和分析。他在南昌大学发表过一次演讲，题目就是《当代中国社会思想：国学热和文化保守主义》。[①]文章谈到 90 年代初期的第一次国学热、2004 年新的一轮国学热以及蒋庆由倡导读经运动而引发的争论、2005 年发生的与国学有关的几次事件（一是围绕中国人民大学成立国学院而引起的争论。这件事引发了国学在现代中国的地位、作用及对五四新文化运动批判传统的评价等问题的争论，参与争论的双方态度比较激烈，立场相当对立。二是科举制度被废除的 100 周年纪念活动中，关于科举的利弊以及废除科举的利弊发生争论。三是对祭孔活动的争论）、蒋庆的保守主义等四个方面的问题。蒋庆的文化保守主义干预现实的倾向十分明显，一些学者把蒋庆当作第四代新儒家和"文化保守主义"代表人物。

---

① 徐友渔：《当代中国社会思想：国学热和文化保守主义》，《社会科学论坛》2006 年第 2 期。

　　无论是国学热还是文化保守主义，都有其思想文化背景。事实上人们可以看到的是，国内一些大学或者是研究机构陆续成立了国学院、国学课堂、企业家国学培训班。这几年，社会上很流行儿童读经，其内容是中国古代经典，特别是儒、释、道经典。对此，学者们表示支持和表示警惕甚至反对的都大有人在。但无论如何，国学的教育和传播的确已经成为不可回避的教育问题，它关系到中华文化的未来走向。

　　国学热和文化保守主义的是非功过，最后可能还是要由历史来评说；抛开这一点，国学教育和传播需要一种文化向度，这是毋庸置疑的。这里所谓的文化向度，首先是在国学教育和传播过程中须要坚持本民族文化的自主性和主体意识。只有坚持本民族文化的自主性和主体意识，才能在与其他文化和文明的交流中，把握主动权，不迷失自己。历史证明，中华文明的发展和进步，其实就是在与外来文明的交流和碰撞中实现的。

　　其次，文化向度还包括国学教育和传播的目的或者取向，即以培养和提高青少年的文化素质为目标，增加其心智结构中本民族文化传统的底蕴。关于这一点，应该说在国学教育和传播中收到了实效。科技部研究中心对国学教育改革的评估报告显示，73%的家长和87%的教师认为国学教育对孩子起到了弘扬传统文化的作用，近90%的家长和96.7%的教师认为对孩子的个人修养和人格发育起到了良好的作用。

　　另外还要强调的是，国学教育和传播的方式应该具体化、生活化，融入到日常的生活中，成为生活方式的要素，否则它就永远是课堂上和书本上的知识，而和继承弘扬本民族优秀文化传统无关。

三、两岸文化交流特别是学术交流面临的问题：着眼于
打破地域区隔，扩大规模和提高层次

6 年前，也就是 2002 年，我在北京大学在职攻读博士期间，曾受中华发展基金会"奖助大陆地区研究生来台研究"基金资助，到淡江大学中文系进行了为期两个月的研修。研修结束后，按照中华文化发展基金会的要求，写了一份"研究心得报告"。在那篇报告的最后两部分，我从个人的观察出发，就两岸的学术文化交流发表了一点不成熟的意见。以下是其中的主要内容：

当前，两岸交流的坚冰虽然已经打破，渐渐开拓了不少沟通的渠道，但是多年的隔绝所造成的负面影响依然没有完全消除。以我的观察和体会，无论是规模范围，还是层次数量，两岸的学术文化交流还都远远不能适应时代和文化发展的需求。我认为，两岸学术文化交流存在的主要问题，是个人化色彩较重而整体性较差。具体地说，交流的机会往往是通过个人的介绍，一个一个地传递下去的，由此造成了交流的层次和质量不能保持在一个十分稳定的水平上。比如说，大陆来台讲学或参加学术会议的学者，其学术素养和成就往往参差不齐。当然，与艺术交流相比，学术交流的层次本来就不那么容易确定：歌星、影星、音乐家、画家等等，往往可以有共同的评价机制或标准；而学术成就，尤其是人文学科的学术成就，便不那么容易下断言，而如果掺杂进去意识形态的因素，则问题就会变得更加复杂。但是总的说来，在两岸各自的学术圈子里面，哪个部门或个人在哪个领域或课题研究中处于领先地位，仍然有大致相同的认定。所以，要克服个人化倾向，就需要加强整体了解，而了解的方式和渠道，就不能以个

人介绍为依据。于是，搜集和掌握对方的学术动态和信息就显得十分重要。这些动态和信息可以通过各种年鉴、学术综述、书评，当然最主要的是通过学术期刊、专著、论文集获取，也可以通过互相参加各自举办的学术会议获取。当然，与此相关的就是解决开放出版物市场和简化国际会议的审批手续问题。

加强两岸学术文化的交流，还有一个重要方面的问题，就是如何做到学术资源共享，以及在此基础上开展合作研究。如果能够最大程度地共享学术资源，包括古籍善本的利用，学术成果的交流，进而在学风、治学方法、学术规范方面进行良性互动，开展合作研究，则两岸学术研究的整体性提高，是可以期待的。以往台湾出版界在这方面做了许多有益的工作，但是如果能进一步超越地区性经营的考虑而面对整个学术界，相信会呈现出一种新的面貌，同时也可以避免课题撞车的情况出现。举例来说，假如当初北京大学古文献所整理《全宋诗》时，能与早已开展这方面工作的成功大学张高评先生合作，就会避免北大版《全宋诗》出现许多不如人意的状况，如"寻常坊本之漏参失收"，"台湾珍藏之善椠名钞未能经眼"等等；而更重要的是，如果双方学者及早沟通，出版业超越地区性经营的局限，大概也不会出现台湾版《全宋诗》夭折，张高评先生的学术热忱"蒙受到空前的挫折"的情况。这桩公案，现在看起来还是十分"惨烈"的。

与此相关的还有双方学术出版物交流渠道的开拓问题。据我了解，两岸学者在这方面的交流还基本上处于个人之间相互馈赠的"初级"水平，其实，彼此的需求都很迫切，市场空间很大。开拓交流的渠道需要解决的问题固然不少，比如在超越泛政治化、意识形态化局限的前提下，台湾的出版商到大陆投资设点；或者在原有格局下，在具体运营中考虑对方消费群的能力而对书价进行适当调整，即建立合理的图书价格体系等等。

总之，我相信通过两岸各界的共同努力和良性互动，一定能够克服区隔化带来的不利后果，两岸的学术文化交流的前景将会是一片灿烂辉煌。葆有中华文化的共同根脉，这是两岸文化界义不容辞的责任，也是两岸关系改善的最根本的基础。而就目前而言，尽快实现"三通"，特别是通航；双方通过协商，简化办理入境手续；建立文化学术交流的通畅渠道，似乎是可以期待的。

6年过去了，两岸文化和学术交流仍然面临上述问题，此外还增加了电子媒体、网络学术资源的交流和共享等问题。不过总的说来，两岸文化和学术交流的条件或者说大环境已经大为改善，这是令人十分欣慰的。我想，只要两岸携起手来，着眼于打破地域区隔，在交流中注意扩大规模和提高层次，国学的教育与传播就一定能提升到新的更高的平台，这是每一个希望中华民族强盛的人所乐观其成的。

中国文学史课程教学与创新性思维的培养

　　中国文学史课程是高等院校汉语言文学系大学本科的基础核心课程，由于它承担着其他基础课程无法取代的传承传统文化、传授专业知识、培养专业能力的综合性、多样性使命，所以历来在大学本科生培养方案中占据着举足轻重的地位。这不仅体现在中国文学史课程设置的课时最长、学分最多，也体现在教师的重视和投入程度最大等方面。但是，关于中国文学史课程的教学到底应该遵循什么样的宗旨，发挥和承担什么样的功能，应该达到什么样的培养目标，以及采取什么样的手段达到这样的目标，历来众说纷纭。这里，本人结合以"中国文学史教学与创新思维的培养"为课题的教学改革实践，对以上问题做一初步探讨。

一、宗旨：夯实基础，守正出新

　　中国文学史教学和创新思维的培养应该遵循什么宗旨？我认为应该是夯实基础，守正出新。这里有两个方面的含义：

　　一是强调夯实基础，入门须正。创新思维和创新精神的培养与尊重传统、遵守规范并不矛盾，因为创新从来不是无本之木、无源之水。这在中国文化发展的历史长河中，特别是中国文学的演进过程中不乏其例，比如从陈子昂到元稹、白居易、韩愈、柳宗元、欧阳修等等，他们掀起的每一次诗文革新运动，几乎都是打着"复古"的旗号进行的，这就是所谓"把历史工具化"的"尊古重史"的传统。还有一种叫做"人格化的历史传统"，即"把历史人格化"，以史为美，尊古重史是为了法先王、追前贤，推崇某种理想人格以及由这种理想人格所生成化育的一切。对人格理想的追求造成了尊古重史的心理基础和社会氛围，而理想人格本身的意象性、多义性，则造成了文化传播与发展的独特机制——以复古为革新，托古以行其道。[①]结合上述中国文化发展和文学史演进的实际，向学生说明夯实基础，入门须正的道理，应该有充分的说服力。

二是强调了解前沿，守正出新。创新的实现途径是考镜源流、品评得失，在了解学术史，遵守学术规范的基础上进行创新实践，方能做到真正的推陈出新，而不至流于标新立异，哗众取宠。

"守正出新"，原本是目前大学普遍使用的中国文学史教材的主编者袁行霈先生在编写四卷本《中国文学史》时提出的。他说，所谓"守正"，首先是以辩证唯物主义和历史唯物主义为指导，贯彻批判继承的精神，实事求是，具体问题具体分析。其次，是吸取已有的各种文学史的编写经验，吸收各方面新的研究成果，使这部书能够体现当前的研究水平。所谓"出新"，就是以严谨求实的态度，挖掘新的资料，采取新的视角，做出新的论断，力求有所突破和创新，并把学生带到学术的前沿。[②]这里的"守

---

①　马自力：《清淡的歌吟——中国古代清淡诗风与诗人心态》，苏州大学出版社1995年版，第11—12页。

②　袁行霈：《守正出新及其他——关于中国文学史的编写与教学》，《中国大学教学》1999年第6期。

正出新",虽然是就教材编写而言的,但中国文学史课程的教学无疑与该教材的编纂在精神上是一致相通的。应该说,把"夯实基础,守正出新"作为中国文学史教学所遵循的宗旨,既是专业教学的内在规定,也是培养创新思维和创造型人才的必然要求。

二、目标：几个能力的培养

创新思维的养成,是提高本科人才培养质量的关键所在。长期以来,我们过于重视知识和概念的传授,忽略了在传授知识和概念的同时,进行创新思维和创新能力的培养,这是中国文学史课程教学效果不显著,学生学习和参与的积极性不高的主要原因。近来,随着国家中长期人才培养规划的出台,创新思维与创造型人才的关系等问题,引起教育界的重视和热议。如教育心理学家林崇德认为：创造性的实质,是"根据一定目的,运用一切已知的信息,产生出某种新颖、独特、有社会意义或个人价值的产品的智力品质。这个定义既指创造或创新的过程,又指创造或创新的产品,也指创造或创新的个性特征"。从这一实质出发,创造性人才可视为创造性思维加创造性人格,创造性学习、创造性教育和创造性人才培养是整个教育过程的核心环节。[1]

事实上,无论是创新思维还是创造型人才,其教育过程都要落实到创新能力的培养上。具体到中国文学史课程,我认为,起码要重视以下几种能力的培养：

---

① 林崇德：《创造性人才特征与教育模式再构》,《中国教育学刊》2010 年第 6 期。

1. 文学现象的发现能力

指对文学与非文学之间的区别的判断力。关于文学边界的模糊性，在当今中国已经成为了一个问题，因为文学的存在形态已经与古代不同了，文体的泛化很具普遍性。这种情况在中国古代同样存在。通过文学史的学习，使学生了解经典作品的产生和积淀过程，从而提高对于文学现象的发现能力，就显得尤其重要和有意义。

2. 文学作品的鉴赏能力

对于文学作品的鉴赏能力，无疑是文学专业学生的基本功和看家本领。一部作品拿来，特别是在没有可参照评论资料的情况下，如何综合个人、时代、文体等因素，对其文学价值和审美价值做出正确和恰当的判断，是对文学专业学生的基本功和专业素养的极大挑战。就像文物鉴定专家那样，不仅要做到果断自信地一锤定音，而且其间的奥妙还要能向外行人说出来，讲明白。它包括两个环节，一是鉴别和鉴定，二是品评和欣赏。通过中国文学史课程的学习和训练，培养学生的文学鉴赏能力，对于帮助他们将来从事独立的科研活动或者教师工作，都具有十分重要的意义。

3. 文学特征的把握能力

这是指对作品文学性的概括和把握能力。要使学生明白，文学的概念、范畴、体系与文学现象、文学作品具有某种对应关系，而且运用到不同的文体（诗词、散文、小说、戏曲）上，相关的话语、核心词各不相同。如何判断对作品文学性具有概括和把握能力呢？我认为最实际简洁的标准，就在于对各种文体批评话语体系了解的多寡，以及对各种文体批评话语运用的熟练程度。所以，在中国文学史的课程教学中，还要适当地穿插中国文学批评史的内容，如诗话、词话、文话、小说评点等等。

4. 理性与感性相结合的表达能力

　　相对于其他人文社会科学而言，文学批评和研究的话语具有特殊性，其突出的特点是理性为筋骨，感性为血肉。表达能力是多方面因素综合作用的结果，在实施有计划的专门训练过程中，一方面要使学生明白，文学批评和研究的话语表达是可操作、能模仿、有规范的；另一方面，又要特别强调独立思考，个性张扬，力戒八股。

三、手段与内容：弥补缺失，强化训练

　　课堂教学与课外辅导相结合，弥补缺失，强化训练，是达到以上目标的基本手段。其主要内容包括：

1. 背诵、赏析、使用工具书——基本功与基本素质的训练

　　开展背诵经典活动，弥补课堂教学中的原典缺失。在国学热浪潮中，"元典"一词频频出现。它强调的是典籍对人类文化和民族精神所具有的根本而又深远的影响意义，而这里的"原典"，则强调典籍所保有的未经论释或迻译的原始的性质，二者在具体使用过程中不应混淆。具体落实环节是：学期一开始就布置必背篇目，以后随时进行课堂测验，并在期末考试题中体现考查内容（如填空、默写题，另外，论述题中引用经典原句的多寡及其恰

当程度，也是判分的重要依据）。此外，结合汉语言文学特色专业的建设，定期举办长诗背诵大赛，让更多的同学参与其间，领略古今中外文学经典的永久魅力，挑战自我，完善知识结构，从中获得多方面的启迪和教益。

进行赏析文章写作训练，弥补课堂教学中的实践缺失。具体落实环节是：教师在课外辅导时，举例讲解中国文学鉴赏的基本要素、写作的基本范围和基本路数，使学生感到，即使是最能体现作者个性的赏析文章也是有章可循、具有操作性和写作规范的，同时提倡百花齐放，鼓励学生写出真性情。同样也是在学期一开始就布置作业，要求学生自己选择作品和拟定题目，选择对象以标志性作家和标志性作品为主，也可以选择非热点作家作品，要求撰写不少于一千字的赏析文章，期末交稿，计入平时成绩。在课外辅导时，就已交的赏析文章进行讲评。

讲解文学史料的搜集方法和工具书使用的基本知识和要领，弥补以往文学史教学中忽视史料和工具使用的缺失。具体的落实环节是：教师在课外辅导中进行专题讲解，在布置赏析作业时说明具体的考查要求。

2. 探究式学习方式——问题意识训练

受目前中学教材以课题式展开基本原理阐述的改革思路启发，尝试在大学课堂以课题探讨的方式，展现中国文学史上某些成说的推导和演进过程。目的在于使学生不仅知其然，而且知其所以然，从而弥补中国文学史课堂教学中的理论缺失。如在讲解宋诗特征、南北宋词的区别时，尽量采取这种方式。这对培养学生的问题意识，以及独立思考的习惯很有帮助。

3. 扩大阅读，触摸理论——学术史意识训练

指定课外阅读书目，其目的是使学生知晓除了教材所展现的文学史形态外，还存在着另一种文学史景观；通过阅读参考书目，了解和接触学术前沿，梳理文学史上的相关问题，比如南北文风、情景关系、文体互渗、香草美人、拟言代答等等，弥补中国文学史课堂教学中的问题缺失。具体的落实环节是：在课外辅导中，推荐数种精选的阅读书目，以概论性的著作为主。如袁行霈的《中国文学概论》，傅璇琮、蒋寅总主编的七卷本《中国古代文学通论》等，分别介绍每部书的内容和特点，指出需要重点关注和阅读的部分。

4. 写作论文，重视规范——课题研究训练

通过学年论文和毕业论文的写作，使学生完整地经历课题研究的各个环节，以弥补中国文学史课堂教学中的规范训练缺失。在强调遵守学术规范的前提下，激发学生参与课题研究和创新实践活动的热情。其中，面谈和修改论文是不可或缺的指导环节。面谈应以启发式为主，重在引导和质疑，论文修改以强化规范为主，重在操作和实效。

四、效果与思考

1. 学生的主观反映和相关评价

学生的主观反映和相关评价集中在以下三个方面：授课内容、授课方式、教学特色。其中出现频率较高的词汇是：进步、收获、完善、开拓、掌握方法。可见，关于课程教学改革基本上是成功的，

收到了积极的效果。以下摘录几段学生的主观反映和相关评价（摘自"首都师范大学文学院中国文学史 3 课程修习报告"，授课对象为 2008 级汉语言文学非师范专业）：

"通过本学期的学习，我觉得在以下几个方面有了较大的进步。一是在古文阅读方面，对文言文的语法、字词等有了更好的理解，也是对古代汉语知识的再复习巩固。二是在古典诗词的背诵方面，大量的背诵篇目不但增强了我们的文学素养，更令我们在写作中言之有物。三是在相关历史了解方面，文史不分家，理解一篇文学作品，总是要结合创作的历史背景来看的，培养合理的有广度与深度的历史赏析观有助于对文学的把握。我也从整体上了解把握此阶段的作家作品流派、思想等知识，完善了知识体系"。

"提高了我从整体上对词进行赏析、比较和评价的能力，在诗词鉴赏上得到了提升。通过老师布置的宋词鉴赏作业，我对宋词的赏析方法、分析步骤及格式有了准确的认识，收获很大"。

"学到了课上学不到的知识，接触了一些好书，让我对宋代文学有了更深刻的认识，也学到了如何阅读古代文学方面的专著。浩瀚的知识的确让人着迷，老师生动的方式提升了我对古代文学的兴趣"。

"课下辅导确实对我们古代文学的学习起了很大的作用，老师会讲很多有益处但课上没时间讲的知识。推荐的参考书目让我们在课外阅读时不会毫无方向可循，也不会因为太艰涩而无法理解。诗词鉴赏和论文写作，提高了我们的鉴赏水平和写作规范（能力）"。

"老师的指导，使我们了解了更多关于诗词鉴赏写作的方法技巧。老师提供的阅读版本是经过淘炼的，使我们省出"辨伪"的时间，让我们更快速直接地去体会好的作品"。

"学习到了如何去鉴赏一部文学作品，并且了解到站在文学史角度去学习作品的重要性。此外，本学期接触了许多好书，从书中看到了历代名家对文学作品的评论、鉴赏，对我自己提高文学鉴赏能力，拓展学习思路，很有帮助。总之，在老师的指导下，我对学习古代文学有了更多的兴趣"。

"本课程完善了我们的知识体系，提高了文学素养，升华了文学底蕴，积累了文学常识，加强了文学理解及运用的能力水平，增加了对中国古代文学以及历史的了解，令人受益匪浅，感慨颇多。老师学术精致，理论高深，知识广博，治学严谨，并勤于与同学们沟通交流，较好地介绍了本学期的重点研究领域及成果和主要研究思路，给准备考研的我们提供了极大的参考与帮助"。

"老师每次辅导都很用心负责，方法严谨又灵活。不光注重培养学生的知识积累，更注重培养学生的自主学习的能力，传授方法。我们从中了解了许多中国古代文学博大精深的内含，觉得这样的辅导很有意义"。

2. 学生课业与试题分析

将修课报告同课业文章、期末试卷进行比照，不难发现：凡是认真听讲、积极思考、确实阅读指定书目的同学，其赏析文章和考试水平都堪称优秀。

以下是两个图表：2010—2011 年第 1 学期中国文学史 3 总成绩分布、2010—2011 年第 1 学期中国文学史 3 期末考试成绩分布：

首都师范大学成绩统计分析与试卷分析

2010—2011学年秋（两学期）

课题名称	中国古代文学3		学时		54		学分		3
开课院系	文学院		任课教师		马自力		课号		3010003
成绩构成									
考试方式			成绩类型		录入百分成绩				
分数段	50—100	85—89	80—86	75—79	70—74	65—69	60—64		0—59
人数	9	10	5	5	2	0	1		1
百分比	27.27%	30.30%	15.15%	15.15%	6.06%	0.00%	3.03%		3.03%
上课人数	36		考试人数		33				
平均分	82.9		最高分		97		最低分		25
不参与计算	未遇过原因		申请缓考	作弊	旷考	缺考	违纪	取消资格	
			0	0	0	3	0	0	
	学生类别		0						

成绩分析直方图

图一　2010—2011年第1学期中国文学史3总成绩分布

其中，总成绩和期末考试成绩低于 60 分的，属于没有交赏析文章（占总成绩的 30%）和上课缺勤过多的情况。

3. 有关首都师范大学"教学双推进"计划的思考

首都师范大学从 2010 年开始，实施了"教学双推进"计划。该计划旨在加大教师的教学投入和学生的学习投入，这里就有个如何理解教学投入和学习投入以及二者的关系问题。

加大教师的教学投入，与科研并不构成互相对立的矛盾。尽管在以往强调科研和学科建设时期，曾经把教师分为科研型和教

首都师范大学期末成绩统计分析与试卷分析

2010—2011学年秋季

课题名称	中国古代文学3	学时	54	学分	3
开课院系	文学院	任课教师	马自力	课号	3010003
成绩构成					
考试方式		成绩类型		录入百分成绩	

分数段	90—100	85—89	80—84	75—79	70—74	65—69	60—64	0—59
人数	9	5	9	3	3	2	0	2
百分比	27.27%	15.15%	27.27%	9.09%	9.09%	6.06%	0.00%	6.06%

上课人数	36	考试人数		33	
平均分	81.4	最高分	97.5	最低分	36

不参预计算	未遇过原因	申请缓考	作弊	旷考	缺考	违纪	取消资格
		0	0	0	3	0	0
	学生类别	0					

成绩分析直方图

图例：
- 80—100
- 85—89
- 80—86
- 75—79
- 70—76
- 65—69
- 60—56
- 0—59

1.分数分布直方图（左图）
2.标准均值：75
3.平均值：78.5
4.标准差：6.5
5.偏差：3.5

图二　2010—2011 年第 1 学期中国文学史 3 期末考试成绩分布

学型两大类，但事实证明，讲课质量高、效果好的老师，同时也往往是科研做得好的老师。因此，应该把科研作为带动教学改进的动力，通过课程建设和精品教材建设，积极推动把科研成果转化为教学成果。

至于加大学生的学习投入，首先是调动各方面的积极因素，营造敬畏学术、努力向学、独立思考的学习氛围；其次是向学生展示知识的广阔性、多元性和趣味性，使同学们明白这样的道理：学习的场所应该不仅仅限于教室，学习的内容也不应该仅仅限于课业和考试，应该是走向图书馆，走向学术实践，最终走向社会实践。总之，只有把学生的学习兴趣调动起来，教师的教学投入才能收到实效，中国文学的精髓才能内化为学生的创新思维和创造能力。

魏晋南北朝隋唐五代文学研究综述（2000）

进入新世纪以来，国内学术界关于魏晋南北朝隋唐五代文学的研究取得了令人瞩目的成就。无论研究领域的广度和深度，抑或有关学术会议、学术论文和专著的数量和质量，都有新的拓展和进步。下面仅就北京地区高校和科研机构学者的有关学术活动和论著做一综述。

一、世纪之交的学科回顾和展望依然是
本年度学者们关注的问题

这一点，从大量的学术会议和论著被冠以"回顾"和"前瞻"的名目即可看出。前者如"21 世纪中国古代文学研究走向及学科发展研讨会"（武汉大学人文学院、《文学评论》编辑部联合主办，2000 年 5 月上旬，武汉大学）、"世纪之初中国古代文学研究的回顾与前瞻学术研讨会"（暨南大学中文系主办、文学院协办，2000 年 7 月 9 日至 11 日，暨南大学）、"世纪之交杜甫国际学术研讨会"暨《全唐诗大辞典》首发式"（山东大学、杜甫研究会、山东社科联联合举办，2000 年 10 月 23 日至 27 日，济南）等。后者如葛晓音、张少康的《世纪之交古代文学研究的回顾与展

望——北京大学古代文学学科部分青年教师座谈会纪要》^①、刘跃进《新时期中国古典文学研究的回顾与展望》^②等文,分别论及研究队伍、格局以及一些热点问题的研究状况;袁行霈在《文学史研究的前瞻》^③一文中则强调了大作家和一流作品的研究、深入的文本研究、史实的考订和梳理、田野考察和民俗调查、文学语言的研究以及与邻近学科的交叉研究等值得注意的问题,其中特别提到"以唐诗为例,语言研究较好的途径有三条:一是把语言和意象结合起来进行研究。中国传统的词语诠释方法和西方的意象统计分析方法,可以互相补充。我们可以研究唐人最喜欢使用的是哪些词语(意象),哪些词语(意象)是唐人创造的,这些词语(意象)有哪些新的涵义,这些词语(意象)的出现说明了什么。还可以研究某些大诗人的词语群(意象群),以及唐人连缀词语(组合意象)的特殊方式。二是研究语言的多义性,研究其本义之外的各种启示义;研究唐诗之所以为唐诗的各种语言特点,研究每一位独具特色的唐代诗人独特的语言符号。三是研究诗人独特的语言风格,具体地说就是研究其语言的感情内涵和语境。感情内涵是指以诗歌语言为载体的感情意趣及其组合;语境是指隐藏在诗歌语言背后的种种复杂的历史、文化因素,这种历史、文化因素构成语言风格的大背景"。

除了上面提到的三个学术会议以外,在魏晋南北朝隋唐五代研究领域还召开了两个重要的国际研讨会:它们分别是"魏晋南北朝文学与文化国际学术研讨会"和"中国唐代文学学会第十届

① 葛晓音、张少康:《世纪之交古代文学研究的回顾与展望——北京大学古代文学学科部分青年教师座谈会纪要》,《北京大学学报》2000 年第 5 期。
② 刘跃进:《新时期中国古典文学研究的回顾与展望》,《许昌师专学报》2000 年第 6 期。
③ 袁行霈:《文学史研究的前瞻》,《中国社会科学》2000 年第 1 期。

年会暨唐代文学国际学术研讨会"。前者由南开大学中文系主办，2000 年 7 月 29 日至 30 日在天津举行。诗文小说创作是该会研讨的一个重要问题，涉及这一时期文坛上的模拟之风、六朝杂拟诗的题材类型、建安文人乐府诗的音乐基础、齐梁诗歌的俗化趋势等。会议还研讨了这时期的玄佛思想文化、诗人心态及有关问题。汪春泓提交了《论南朝文学之"抒情"》，该文搜寻一些相关材料，继续发挥罗宗强在《魏晋南北朝文学思想史》一书中提出的"南朝重艺术特质的文学思想倾向"，着重分析了与"图精养生"观彻底决裂文化背景下的南人之抒情，认为这归根到底应从南士儒家经学贫瘠来找原因。南人在文坛凯起，非在深厚的经学氛围中生长的南人，其人生观、人格及生活情趣都表现出与北人不同的特点，情感恣肆，标新立异，更接近于自然本真的生命状态。南朝文学的"抒情"，正是在这样新的文化学术背景下展开。沈约是南人文学开风气的人物。萧纲的文学主张也可一言以蔽之，曰：突出文学之抒情本体；是宣泄性的，无所顾忌的，他与图精说完全不同；他是凭藉宣泄，以重建心理平衡，并达到各种情感的满足。梁元帝萧绎文学观与萧观大致相同，图精之禁忌，至此一变而成为内心之享受。萧子显讲"委自在机"与"独中胸怀"，抒情便成为文学真生命之所在了。钱志熙提交了《建安文人乐府诗的音乐基础》，该文指出建安是文人乐府诗的第一个阶段，奠定了文人乐府诗的创作传统。但它与汉乐府有着亲子的血缘关系，并且其基本的性质，仍是一种合乐的歌词。不仅如此，建安诗人所作的乐府常调之外的五言诗，也受到了音乐的深刻影响。另外，北京地区学者提交的论文还有：刘跃进《〈古今乐录〉与汉魏六朝乐府诗研究》、孙明君《陶渊明：幻灭的田园梦》、袁济喜《兴：魏晋六朝艺术生命的激活》、张海明《略论六朝文学的女性化特征》、马纯《左思〈三都赋〉序、注作者及成赋时间问题》、傅刚《俄藏敦煌写本 φ242 号〈文选注〉发覆》等。

2000 年 10 月 16 日至 22 日，"中国唐代文学学会第十届年会暨国际学术研讨会"在武汉召开。会议由中国唐代文学学会、武汉大学、湖北大学、黄冈师范学院主办，华中师范大学、中南民族学院、郧阳师专协办。有关此次会议的综述[①]认为，这是唐代文学在新旧世纪之交的一次盛会，来自海内外的众多唐代文学研究者以其出色的学术整合与拓展，站在世纪桥头发为先声，在一定程度上预示了新时代古典文学的蓬勃态势和研究走向：首先，重视文献学研究和实证方法，拓宽研究领域，注意新材料的发现和利用。(1) 过去为人忽略的一些课题开始受到重视，并在文献学研究方面取得阶段性成果。如徐俊于会前不久出版的《敦煌诗集残卷辑考》[②]一书，得到了与会者的高度评价。(2) 考证传统疑难问题，对某些重要作家行迹、作品系年作出新论。如张耕提交会议的论文《王建生平考论》。(3) 深入历史的隐微处，关注那些常被人忽略而实极重要的问题。邓小军的《杜甫疏救房琯墨制放归鄜州考》细辨肃宗朝士大夫清流、浊流之分野，肃宗对清流士大夫之敌视、排斥，并由其对杜甫之放归而就"墨制"之体制、情形详予探究，指出肃宗放归杜甫的不合理、不合法性，说明此即杜甫以廷争、弃官、不赴诏回应唐室的原因所在。其次，对作家作品、接受个体或群体、文学与政治文化、诗学理论等重加观照。(1) 文学本体研究。陶文鹏的《仁爱胸怀与万物的诗意交融——论杜甫表现自然物的诗歌》一文，从艺术表现、艺术情感、艺术

---

① 参见尚永亮、王位庆：《中国唐代文学学会第十届年会暨国际学术研讨会综述》，《文学遗产》2001 年第 2 期。

② 徐俊纂辑：《敦煌诗集残卷辑考》，中华书局 2000 年版。

哲理、艺术成就等方面细致探究杜甫的咏物诗，着重研究了杜诗中对物情物性的同情体贴、物情与人情的交融，以及杜甫与自然万物亲如朋友的情谊。（2）文学与政治文化及社会习尚的综合研究。谢思炜的《初盛唐的政治变革与文学繁荣》认为：从初唐到盛唐，政治理性和文学规范对文人的不同引导，最终形成了盛唐文学"复"与"变"的多样结合，从而促成了文学繁荣的出现。而吴相洲的《论初唐人对近体诗律的探索与诗歌入乐之关系》①，从诗人的创作情境、入乐歌诗在形式上的特点、声律探索者的音乐素养和职责几个层面展开分析，对两者关系作出回答。（3）诗学现象和诗学理论的研究。陈铁民的《情景交融与王维对诗歌艺术的贡献》，主要从正面论证"诗至盛唐，已完全达到了情景交融，王维即其突出的代表"。蒋寅的《剔出盛唐真面目——〈唐贤三昧集〉与王渔洋诗学》说明了《唐贤三昧集》的产生背景及经过，进而对这部著名选本的实际内容作出分析，澄清了学术界一些不合实际的结论。此外如陈允锋的《韩愈诗学思想渊源新探》等，都就论题做了深入发掘。再次，对百年学术的回顾与前瞻，蕴涵了浓郁的世纪意识、面向未来的学理思考，以及横向交流、纵向展开的阔大意向。（1）关于断代文学史、诗词学术史和作家研究史的回顾。董乃斌《"唐代文学史"的编纂:历史与现状》一文扼要介绍了唐代文学史发展演变的情况，并对《天宝文学编年史》、《隋唐五代文学史》、《唐代文学流变史》、《唐代文学史》、《唐五代文学编年史》等五部唐代文学史的共性和学术个性作了重点评述。葛晓音的《唐诗研究百年的走向和得失》指出：众多相关学科的介入、文本研究的深入、综合研究的兴盛，都展现了唐诗

---

① 此文后改题为《论初唐近体诗律的形成与歌诗入乐的关系》，发表于《首都师范大学报》2000 年第 2 期。

研究引人注目的进展。至于唐诗研究以至古代文学研究往往因描述性的写史方式而导致理论思维的欠缺，则应引起研究者的重视。（2）关于海峡两岸的学术特点和学术交流。（3）关于前瞻性思考和电子媒介的采用。

二、关于文学史研究的范式及文学史编写问题的讨论，在实践的基础上继续推向深入

　　郭英德的《论古典文学研究的私人化倾向》[①]一文，在回顾新时期的古典文学研究之际，对 90 年代以来古典文学研究的所谓"私人化"倾向，即"小题大做"、"舍内求外"、"考据至上"、"制谱成风"进行了猛烈的抨击，把反思的触角深入到自身的灵魂内部，"声讨古典研究者有如'冷血动物'般的冷漠、顽固，并大声疾呼血性男儿的出现"。应该说，该文指出的以上倾向的确是客观存在的，但正如文章强调的那样，以上四种倾向在其"负"的一面之外，也还存在着其"正"的一面。"挖掘"、"拿来"、"考据"、"编年"四项工作在 2000 年成效突出，因而仍然有其存在的价值。以文学编年史而言，继 1998 年傅璇琮主编《唐五代文学编年史》问世并产生极大影响之后，曹道衡、刘跃进于 2000 年出版了《南北朝文学编年史》[②]。该书分前编、正编和后编三个部分，前编为南北分裂时期的十六国文学编年（279—419），正编为南北朝时期（420—589），后编为南北融合时期的隋代文学编年（590—618）。著者试图突破以往文学史的编写模式，不以朝代为断限，

① 　郭英德：《论古典文学研究的私人化倾向》，《文学评论》2000 年第 4 期。
② 　曹道衡、刘跃进：《南北朝文学编年史》，人民文学出版社 2000 年版。

而特别注意疏通文学自身发展的内在脉络，努力清晰地勾划出南北朝文学兴衰的轨迹。具体编录内容为：（1）对当时作家发生重要影响的政治事件、哲学思潮、文学活动；（2）作家行迹，包括升迁贬谪、人物交往等；（3）作品系年。

对于编年文学史研究和写作的这种学理化追求，董乃斌曾做过专题研究，其《论文学史范型的新变——兼评傅璇琮主编的〈唐五代文学编年史〉》[①]一文指出，新时期以来的学术反思，呼唤一种新的大文学史观，从而将文学史写作推向新阶段，《唐五代文学编年史》就是这一时期众多实践成果中的卓越代表。所谓"新的大文学史观"，即主张充分尊重各个时代人们的文学观，全面辩证地对待一切文学史现象，包括史料和文体，同时引入文化史、社会史的研究成果，深入探索创作主体的内心世界等等。过常宝的《建立在模式之外的陈述方式——评聂石樵教授著〈先秦两汉魏晋南北朝文学史〉》[②]一文，也对文学史的建构方式和阐释模式发表了看法。该文肯定了聂著文学史（《先秦两汉魏晋南北朝文学史》，分先秦卷、两汉卷、魏晋南北朝卷，由北京师范大学出版社分别于1994年、1999年出版）建立在叙述习惯或叙述传统上的文学描述方式——聂著在严密的历时性框架下以作品而不是以作者为中心，书中往往以文体为理由，将同一作者的作品系于不同的章节。这一形式首先当然是为了更方便地描述古代文体的嬗变，也是为了替文学史这一学科维持一个基本的连续性主题。但这一组织方式，在事实上冲击了另一种文学史观念，那就是人

---

① 董乃斌：《论文学史范型的新变——兼评傅璇琮主编的〈唐五代文学编年史〉》，《文学遗产》2000年第5期。

② 过常宝：《建立在模式之外的陈述方式——评聂石樵教授著〈先秦两汉魏晋南北朝文学史〉》，《北京师范大学学报》2000年第4期。

们一直孜孜以求的社会意义观念。文章认为，来自意识形态的意义模式，和传统的知人论世的诗教观念相结合，成为当今文学史编写中的一个最顽固的模式。只有削弱了我们习以为常的知人论世的意义模式，文学事实才会凸显出来，文学史才能为我们提供文学事实，而不是所谓"意义"。

三、传统考证以及专题研究中理论化、学理化的追求引人注目

这里可以举两个比较突出的例子，一个是傅璇琮近年来特别是 2000 年有关唐代翰林学士的系列考证论文。《李白任翰林学士辨》[1]、《唐玄肃宗两朝翰林学士考论》[2] 虽然是十分严格的考证文章，但作者的用意却不仅仅在厘清史实，而是试图在此基础上打通文学和历史的界限。因为只有做到了这一点，才能从唐代文人的就仕之途考察其参与政治的情况，以及任翰林学士对当时文人生活、思想及文学创作的影响。前者论证了李白天宝初任翰林学士之说实不可靠，提出当时李白任翰林供奉，两职在天宝时职务、身份不同，其对李白当时的生活、思想和创作，以及他后期的某种心态，影响很大。后者对翰林学士的起始阶段，即玄宗、肃宗朝的翰林学士做了个案分析，并与当时的中书舍人等作比较研究，探讨这一时期翰林学士的政治环境及相应的社会作用。

如果说傅璇琮的上述论文的理论色彩还不太鲜明的话，那么杨义有关李白和杜甫诗歌研究的系列论文，其理论化追求则一望

---

[1]　傅璇琮：《李白任翰林学士辨》，《文学评论》2000 年第 5 期。
[2]　傅璇琮：《唐玄肃宗两朝翰林学士考论》，《文学遗产》2000 年第 4 期。

可知——它们都是作者《李杜诗学》书稿的组成部分。兹以发表于 2000 年的论文为例：《李杜诗学：原理与方法论》①、《李白代言体诗的心理机制》②、《杜诗复合意象的创造》③、《杜诗抒情的共振原理》④ 以及《杜甫的"诗史"思维》⑤，不仅篇幅宏大，而且理论意味浓厚。如《杜诗抒情的共振原理》一文这样概括杜诗的抒情特征："杜甫诗的沉郁顿挫风格，源于因广博的内容，有限的篇幅以及诗人的工力和苦心孤诣之间形成的共振性诗学机制。这种机制具有强大坚韧的组合功能，包融了作者的灾难感和忧患意识。在共振显现上，首先表现为感情共振，其结构多为双情感系统形态。其次，情感是诗歌体制组合的纽带和内在动力，其旋转方向和形态，则受深层的意义支配。同时，这种诗学机制，与古代诗论中的兴关系密切。"《李白代言体诗的心理机制》认为，李白对古典代言体诗的疆域，作出了新的开拓。他在广泛借鉴和转化传统代言体的基础上，怀着悲天悯人的博大忧虑，关怀着社会上一群被压抑、被漠视的悲伤灵魂，并从中萃取弃妇情结为自己也身处其间的文人生存境遇伸张正义和宣泄郁积。他使诗歌的审美心理功能获得了长足的进展和深入的开发；并且在推进代言体向广义形态发展中，探索着丰富多彩的社会问题、文化症结和人生哲学。《杜诗的诗史思维》则详细论述了杜诗中诗与史的异质同构思维特征、诗史思维的精神指向、诗史思维的文化底蕴、诗的时事化与时事的诗化及诗史思维中的叙事主体及时间距离等问题。

---

① 杨义：《李杜诗学：原理与方法论》，《中国文化研究》2000 年第 4 期。
② 杨义：《李白代言体诗的心理机制》，《海南师院学报》2000 年第 1—3 期。
③ 杨义：《杜诗复合意象的创造》，《中国文化研究》2000 年第 2—3 期。
④ 杨义：《杜诗抒情的共振原理》，《荆州师院学报》2000 年第 3—4 期。
⑤ 杨义：《杜甫的"诗史"思维》，《杭州师院学报》2000 年第 1—2 期。

四、专题研究继续向深度和广度掘进开拓

首先值得一提的是傅刚关于《文选》的研究。傅刚于本年度连续推出了两部专著:《〈昭明文选〉研究》①、《〈文选〉版本研究》②和系列论文:《从〈文选〉选赋看萧统的文学观》③、《论李善著〈文选〉版本》④、《俄藏敦煌写本 φ242 号〈文选注〉发覆》⑤、《〈文选〉的流传及影响》⑥等。两部专著分别为作者的博士学位论文和博士后出站报告,对"选学"的基本问题,如《文选》的编者、编辑宗旨、体例、选录标准等,以及《文选》的版本问题进行了系统的研究,得到了学术界广泛的称赞,是新时期"选学"成果的杰出代表。除此之外,傅刚还在魏晋南北朝文学研究领域发表了一些论文,如《汉魏六朝文体辨析的学术渊源》⑦、《汉魏六朝著书、编辑撰人考论》⑧。前者认为,文体辨析是汉魏六朝文学批评的基本前提,而其学术渊源则来自《七略》和《汉书·艺文志》。二书"辨章学术,考镜源流"的思想,对汉魏六朝时期的文学、史学乃至佛学,都产生了极大的影响。此时期的文学家、史学家和佛学家无不在这一学术思想指导下工作,并因此构成了本时期主要的学术背景。在这个背景中开展的文学创作和批评(包括总集编纂),都鲜明地带有追溯源流的特征。它不仅使文体辨

① 傅刚:《〈昭明文选〉研究》,中国社会科学出版社 2000 年版。

② 傅刚:《〈文选〉版本研究》,北京大学出版社 2000 年版。

③ 傅刚:《从〈文选〉选赋看萧统的文学观》,《北京大学学报》2000 年第 1 期。

④ 傅刚:《论李善著〈文选〉版本》,《国学研究》第七卷,北京大学出版社 2000 年版。

⑤ 傅刚:《俄藏敦煌写本 φ242 号〈文选注〉发覆》,《文学遗产》2000 年第 4 期。

⑥ 傅刚:《〈文选〉的流传及影响》,《中国典籍与文化》2000 年第 1 期。

⑦ 傅刚:《汉魏六朝文体辨析的学术渊源》,《中国社会科学》2000 年第 2 期。

⑧ 傅刚:《汉魏六朝著书、编辑撰人考论》,《中国文化研究》2000 年第 4 期。

析更趋细致、周密，而且各文体源流有自，对纠正当时写作体例混乱、文本不明等时风末弊，起到了良好的指导作用。后者则从汉魏六朝著书、编集的动因、体例、撰人三个方面探讨了《文选》编纂的背景。

　　其次可以提到的是吴相洲关于唐代歌诗与诗歌关系的研究。吴著《唐代歌诗与诗歌——论唐诗传唱在唐诗创作中的地位和作用》由北京大学出版社 2000 年 5 月出版。"歌诗"指入乐入舞的诗。在唐代，歌诗传唱曾是普遍的客观存在，而过去人们对齐言的诗的演唱情况一直估计不足。任半塘的《唐声诗》和王昆吾的《隋唐五代燕乐杂言歌辞研究》对唐诗入乐的情况作了详细的考察，但他们只是把研究的精力放在基础工作上，而且局限于入乐的范围之内，故对这些入乐的诗在诗坛上的地位和作用及其对其他诗歌创作的影响未予论述。吴著试图突破这种状况，该书共分五章，第一章对歌诗创作在唐代诗歌创作中的地位和作用进行理论上的考察，后四章则从初盛中晚四个时段依次进行历时性的考察，重点论述了以下四个问题：（1）初唐人对近体诗律的探索与歌诗传唱的关系；（2）盛唐诗的繁荣与歌诗传唱；（3）中唐元白诗派的诗歌创作与歌诗传唱；（4）晚唐"才子词人"的歌诗创作。该书把歌诗研究和诗歌研究联系起来，打通了以往人为地加在二者之间的界限，开辟了唐诗研究的新领域，因而具有重要的学术意义。

　　与此相关的是葛晓音和户仓英美对唐乐谱中声辞配合关系的研究，以及她们对王小盾和钱应时商榷文章的答复。近年来乐府文学逐渐成为唐代文学研究的热点，而探索与文学相关的唐代乐舞的形式，则是这项研究继续深入的前提。葛晓音和户仓英美在搜集中日双方文献和有关研究成果的基础上，于 1999 年发表了两篇论文:《关于古乐谱解读的若干问题》①和《从古乐谱看乐调和曲辞的关系》②。前文试图在琵琶定弦与调性、"、"号的作用、"□"号的位置等问题上沟通中日学者之间的一些不同意见,并根据中日文献里为数不多的古歌谱来观察歌辞配置与节奏符号的关系;后文在前文的考证基础上提出声辞配合若干规则,探讨齐言与杂言曲辞的音乐根源以及同调异体等问题。由于这是一个比较复杂和尖端的前沿课题,因而必然会存在各种各样的方法和结论,而且各种方法和观点之间有时难免会产生一些冲突,这是十分正常和可以理解的。2000年第5期和第6期的《中国社会科学》杂志就分别刊登了王小盾、钱应时针对后文的商榷文章《唐传古乐谱和与之相关的音乐文学问题》和葛晓音、户仓英美的论文兼答复王、钱二位的《关于古乐谱和声辞配合若干问题的再认识》,从而将唐乐府文学中声辞配合关系的研究推向一个新的阶段。关于这个问题的深入探讨,无疑具有明显的学术价值,它不仅有助于在均拍谱或节拍变化规则的乐谱里寻找填词的规律,而且有助于更透辟地解释词的起源问题,所以值得唐宋文学研究者乃至整个古代文学研究界关注。

同样值得关注的是敦煌文学的整理和研究。上文曾提及徐俊的《敦煌诗集残卷辑考》一书,该书以写本叙录与作品辑校相结合的方式,对敦煌诗歌作品进行了比较全面的清理。上编《敦煌诗集残卷辑考》共厘定诗集、诗钞63个,诗1401首;下编《敦煌遗书诗歌散录》辑录散见于经头卷尾和僧俗杂写中的零散诗篇524首(句)。二者合计1925首(句),是迄今为止收录最全的

---

① 葛晓音、户仓英美:《关于古乐谱解读的若干问题》,侯仁之、周一良主编:《燕京学报》第五期,北京大学出版社1998年版。

② 葛晓音、户仓英美:《从古乐谱看乐调和曲辞的关系》,《中国社会科学》1999年第1期。

敦煌诗歌作品集。作者自 1985 年以来陆续发表了一系列与此专题相关的论文，如《敦煌本〈珠英集〉考补》[①]、《敦煌写本唐人诗歌重出互见综考》[②] 等，并在 2000 年发表过两篇相关文章：《敦煌文学作品整理本提要》[③]、《敦煌先唐诗考》[④]，这些都是此书的前期成果。敦煌诗歌以唐诗为主，兼有少量唐前及宋初的作品。既有流传于敦煌的中原文人诗歌，又有敦煌当地民众的创作；既有传统题材的雅正之作，也不乏民间通俗明白的"白话诗"。从某种意义上说，《敦煌诗集残卷辑考》所发掘的敦煌诗集残卷可以看作一个标本，其价值一方面在于它具有无可替代的校勘和辑佚功用，另一方面更在于它所反映的唐五代宋初这一典型写本时代的诗歌创作和流传的真实形态。

　　柴剑虹的《敦煌吐鲁番学论稿》[⑤] 则是更广义的敦煌文学研究成果。此书系作者 1979 年以来从事敦煌吐鲁番学研究的论文合集，其中不乏关于敦煌吐鲁番文学研究的学术论文：有关诗文的如《德藏吐鲁番北朝写本魏晋杂诗残卷初识》、《〈敦煌唐人诗集残卷（伯 2555）〉初探》、《敦煌唐人士文选辑残卷（伯 2555）补录》、《列宁格勒藏敦煌〈长安词〉写卷分析》、《敦煌词辑校四谈》、《敦煌题画诗漫话》等；有关小说和其他文学艺术样式的如《敦煌古小说浅谈》、《敦煌的童蒙文学作品》、《胡旋舞散论》等；有关诗论的如《敦煌文学中的"因缘"与"诗话"》、《列宁格勒藏〈文酒清话〉残本考察》等。这些学术论文虽然都集中在敦煌吐鲁番学的

① 徐俊：《敦煌本〈珠英集〉考补》，《文献》1992 年第 4 期。

② 徐俊：《敦煌写本唐人诗歌重出互见综考》，《敦煌吐鲁番研究》第一卷，北京大学出版社 1996 年版。

③ 徐俊：《敦煌文学作品整理本提要》，《书品》2000 年第 3 期。

④ 徐俊：《敦煌先唐诗考》，敦煌遗书发现一百年纪念国际学术研讨会（甘肃敦煌）论文，2000 年 7 月。

⑤ 柴剑虹：《敦煌吐鲁番学论稿》，浙江教育出版社 2000 年版。

范围之内，但其题材广泛，探讨深入，而且有相当一部分为前人所未涉及，因而具有开创性。

此外，钱志熙的《汉魏乐府的音乐与诗》①、张庆民的《魏晋南北朝志怪小说通论》②、刘跃进的《〈玉台新咏〉研究》③、周绍良的《唐传奇笺证》④以及吴相洲的《玄宗与盛唐气象》⑤等专著，均对论题有较深入的研究。其中有的是作者的博士学位论文，如张著《魏晋南北朝志怪小说通论》；有的则是作者多年积累的研究成果结集，如周著《唐传奇笺证》。这里简要介绍一下后者。该书分"唐传奇简说"和"唐传奇笺证"两部分，前者主要界定传奇的概念，提出了区分传奇的6条标准：(1)具有奇情故事情节；(2)有一定的真实性，也有虚构；(3)不是志怪、记事、述异，而是创作；(4)深刻反映社会背景和现实，描绘内心活动；(5)突出作者的思想认识；(6)讲究词采，具有散文风格，篇幅较长。值得注意的是，作者明确反对以广义的小说取代传奇的提法，认为传奇是一种特定的文体，这对目前的一些唐传奇和唐人小说选本将二者混为一谈的做法具有一定的纠偏作用。至于该书的笺证，则主要从著录、版本、沿革、制度、人物考证五方面展开，采用的是文史结合的方法。

除上述研究成果以外，本领域专题研究中值得注意的论文还有：曹道衡的《〈文选〉对魏晋以来文学传统的继承和发展》⑥、陈铁民的《论律诗定型于初唐诸学士》⑦、吴相洲的《从岑参在封

①　钱志熙：《汉魏乐府的音乐与诗》，大象出版社 2000 年版。

②　张庆民：《魏晋南北朝志怪小说通论》，首都师范大学出版社 2000 年版。

③　刘跃进：《〈玉台新咏〉研究》，中华书局 2000 年版。

④　周绍良：《唐传奇笺证》，人民文学出版社 2000 年版。

⑤　吴相洲：《玄宗与盛唐气象》，大象出版社 2000 年版。

⑥　曹道衡：《〈文选〉对魏晋以来文学传统的继承和发展》，《文学遗产》2000 年第 1 期。

⑦　陈铁民：《论律诗定型于初唐诸学士》，《文学遗产》2000 年第 1 期。

常清幕的处境、职责看其诗歌战报式特点》[1]、孟二冬的《论张籍的归属及相关问题》[2]、钱志熙的《山水审美方式的演变和中古山水诗发展的阶段性》[3]、张海明的《关于初唐文学思想的几个问题》[4] 等。

五、在研究实践的基础上提出了一些值得反思的课题

《北京大学学报》2000 年第 2 期刊发了张少康的《刘勰的文学观念——兼论所谓杂文学观念》和孙明君的《阶级性在古代文学研究中应予正视——关于汉魏文学与政治之关系的思考之一》。张少康认为，刘勰能从人类文化发展的角度来认识文学的本质和特点，既看到文学作为人类文化中的一部分而具有普遍共性："道之文"，同时看到它又和人类文化中其他部分，如哲学、历史、政治、伦理道德等根本不同。刘勰与六朝时许多文学批评家一样，清楚地看到了那种宽泛的"文"的观念是不科学的，他们一直在用各种方式试图寻找和探讨文学艺术，也就是所谓纯文学的特征。所以，张少康对简单地肯定所谓"杂文学"观念，甚至把它说成是中国古代文学的民族特点持反对态度。孙明君则针对近年来古代文学研究回避和无视阶级性存在的状况，以魏晋文学为例，强调阶级性在古代文学研究中既不能夸大，更不能忽视。这一问题与

---

① 吴相洲：《从岑参在封常清幕的处境、职责看其诗歌战报式特点》，《社会科学辑刊》2000 年第 2 期。

② 北京大学中国传统文化中心编：《文化的馈赠——汉学研究国际会议论文集》（语言文学卷），北京大学出版社 2000 年版。

③ 北京大学中国传统文化中心编：《文化的馈赠——汉学研究国际会议论文集》（语言文学卷），北京大学出版社 2000 年版。

④ 张海明：《关于初唐文学思想的几个问题》，《北京师范大学学报》2000 年第 2 期。

上述郭英德《论古典文学研究的"私人化"倾向》一文所提出的问题一样，的确值得广大古代文学研究者深入反思。

就具体的专题研究的方法论而言，蒋寅的《对王维"诗中有画"的质疑》①值得注意。该文是一篇翻案文章，作者从历来对诗画关系的理解、王维诗对画的超越等方面，对"诗中有画"作为批评尺度进行商榷，提出"诗中有画"并不能代表王维山水诗的精髓，而且王维本人的创作也显示出力图超越绘画性的意识，这正是他对六朝以降以谢灵运为代表的"工于形似之言"即重视诗歌语言的描绘性、呈示性特征的突破和超越。如果不着眼于此，反而津津乐道"诗中有画"，并不适当地夸大它在王维诗中的意义，实在是贬低了王维诗歌的艺术价值。最后，作者指出，从一般艺术论的角度说，用绘画性即视觉的造型能力作为衡量诗歌的尺度，正像用再现性即听觉的造型能力来衡量音乐一样，显然是不可取的。

---

① 蒋寅：《对王维"诗中有画"的质疑》，《文学评论》2000 年第 4 期。

魏晋南北朝隋唐五代文学研究综述（2001）

2001 年北京地区的魏晋南北朝隋唐五代研究出现了新气象，呈现了新面貌。这不仅体现在学术活动的活跃、研究领域的拓展上，而且还体现在研究队伍的壮大和学术讨论的深入上；与此相应的则是有关学术会议的频繁召开、学术论文和专著的大量涌现及其质量的提高。

一、新世纪的古代文学学科建设成为本年度学者们关注的中心课题

如果说 2000 年度学者们关注的问题还只是一般性的世纪之交的学科回顾和展望的话，那么本年度学者关注的中心已转向切切实实的古代文学学科建设上来。2001 年度召开的几个重要的学术会议，其议题无不围绕着这个中心展开。

学风建设是古代文学学科建设的起点。2001 年 5 月 10 日至 11 日，在上海召开了"新世纪中国古代文学学科建设研讨会"，讨论的主题就是"推出精品，针砭学风"。会议由中国社会科学院《文学评论》与《文学遗产》编辑部、上海师范大学人文学院联合主办，来自全国古代文学领域的 50 多位专家学者参加。学

者们从目前学术界存在的学风浮躁问题入手，深入解剖了浮躁学风产生的社会、经济、个人和学科管理机制方面的根源，提出了整顿学风、规范学风的一系列意见和建议。在会上，徐公持做了《关于当前的学风问题》的专题发言，全面分析了浮躁学风产生的原因；邓绍基论述了社会风气对学风的不良影响；葛晓音总结了浮躁学风在学术成果方面的种种表现：第一，与著名学者商榷以博取名声。并不是说商榷不好，而是这个商榷只是在一定的评价比例或者一个提法是否全面等方面较劲儿。第二，套用流行的思潮或研究方法。第三，善于把别人提出的比较粗略的观点发挥得淋漓尽致，而自己并没有什么创见。第四，大量地综合他人的同类研究成果，搭成一个总结性研究的架子。第五，把意义不太大的小题目做成大题目，盲目地拔高选题的意义及研究对象在文学史上的地位。葛兆光提出古代文学的研究应该参照历史学等其他领域的研究思路、研究方法，对于传统的古代文学研究进行反思。现在所说的文学史，实际上是人们建构的一部我们理解的文学历史，文学史著作、文学史论文还在不断地描述、建构我们理解的文学史，其实文学史是不是这样很难说。如果我们改变一下研究方法，是不是可以讨论一下文学史、文学作品怎样虚构了或者说构造了一个我们理解的传统。其实这个问题既涉及文学又涉及历史，历史真实的反思引起文学研究的变化。傅璇琮认为20世纪80年代以来，古典文学研究者无论治学道路、理论观念，还是精神素质、学术兴趣等，都显露出一种新的发展方向和学术品格，形成了更为独特的研究视野和观念，成绩是突出的。但还存在着一些问题，如学术研究中求大而实虚、求新而实旧的现象，这对学科建设非常不利。古代文学需要进一步充实的地方很多，如唐代文学范畴的晚唐文学研究、唐人笔记整理、重新整理、编写《登科记考》等，这些切实的工作有待深入落实。王飙认为，21 世纪的古典文学研究应该有自己的理论体系。现在研究古典文学都是拿当代的文艺理论做指导，表现出所谓的当代意识，总有一种不协调的感觉。实际上古代文学中有很多概念术语：从义法到神理、气、味、格律、声色，这些概念是从古代文学创作实践中总结出来的，我们可以运用当代的观点，吸取古代文论当中合理的成分，根据古代文学创作的实践，建立自己的理论，而不是以现代的艺术性、形象性来衡量古代文学作品的理论。

学术转型是学科建设的必然要求。上述会议中已有学者涉及这个问题，而 2001 年 6 月 22 日在北京召开的"文艺学史与当代学术转型"小型座谈会则对此进行了专门的探讨。会议由中国社会科学院文学所理论室和北京语言文化大学《中国文化研究》编辑部联合举办，在京专家 20 余人参加。学者们一致肯定了近年来古代文论研究在学理方面的进步，强调了学术转型对于学科建设的重要意义。

学术创新是学科建设的终极追求。2001 年 6 月 12 日，由浙江师范大学、绍兴文理学院与《文学评论》编辑部、《光明日报》文艺部、《新华文摘》编辑部、人民文学出版社古典部、《文艺研究》编辑部、《学术月刊》编辑部等全国部分新闻出版单位联合发起的"21 世纪中国古代文学研究的前瞻与创新"学术研讨会在浙江金华召开。来自全国主要核心期刊和部分新闻出版单位以及承办单位浙江师范大学、绍兴文理学院的专家学者共 40 余人参加了会议。会议的主要议题围绕着经济大潮下古代文学研究的学术独立性、古代文学的理论建设、古代文学研究中文献考证与理论思维的结合、古代文学与现当代文学研究的打通、关于文学史的编写等问题进行了探讨。

以上会议及其讨论的议题虽然比较宏观，看似与本时段的研究无直接关系，但实际上它们首先可以称之为本年度古典文学研究者关注的中心课题，其次，它们对本时段研究的理念、方法以及选题的取向亦具有重要的指导意义，所以有必要予以充分的关注。

二、关于文学史编撰的讨论继续深入，出现了 多民族文学史的著作；同时关于海外古代文学研究的 状况也纳入学者们的视野

关于文学史研究的范式及文学史编写问题的讨论，是 2000 年古代文学研究的一个热点，因为这一年前后出现了几部影响较大的文学通史和断代文学史著作,如袁行霈主编的《中国文学史》和傅璇琮主编的《唐五代文学编年史》。本年度关于文学史编撰的讨论，依然在这几部文学史著作的基础上进行反思。朱靖华的《就〈中国文学的历史与审美〉谈文学史的撰写》① 一文另辟蹊径，认为近年来中国古代文学研究 "或倾向于资料考证和长编，或为社会思潮所左右，其学术品格处于迷失状态"，而冷成金的专著《中国文学的历史与审美》② 则与这种倾向迥然不同,"它以历史—哲学—文化为基础，以审美评价为指归，深入内部梳理中国文学

---

① 朱靖华：《就〈中国文学的历史与审美〉谈文学史的撰写》,《中国人民大学学报》2001 年第 2 期。

② 冷成金：《中国文学的历史与审美》，中国人民大学出版社 1999 年版。

史的审美发展历程，突出审美性的心灵感受，在'视界融合'中
寻求开放性的审美阐释，为文学史的撰写提供了新的思维取向"。
这种对于文学史编撰中审美阐释的强调，是近年来较少听到的。
董乃斌的《唐代文学史的编撰：历史与现状》[①]一文，回溯了唐代
文学史研究发展演变的历史，通过对近年出版的 5 部有代表性的
唐代文学史著作[②]的评述，阐述了断代文学史的基本性质、学术
要求和它们所可能具备的特色。这种对于文学史编撰的研究，已
经深入到断代文学史的层面中去了。

　　与前几年的文学史著作面貌迥然不同的是，本年度学术界开
始了关于民族文学关系的研究，并出版了《中国南方民族文学
关系史》系列专著。其中邓敏文撰写的《中国南方民族文学关系
史》（隋唐十国两宋卷）[③]设立了如下章节：第一章　南方民族文
学交流的使者　王昌龄与"洞蛮乞诗"　李白与长江流域的浪漫
诗风　杜甫与"夔州僚人"　刘禹锡与"巴渝遗音"　韩愈等人与
"岭南蛮夷"；第二章　南方各族的汉文创作　张九龄与中南各族
汉文创作；第三章　南方民族与南国诗风　浪漫诗风之胜地　田
园诗风之沃野　婉约诗风之温床　隐逸诗风之佳境；第六章　歌
谣体系　南方民族歌谣体系的形成　唐宋时期南方各民族歌谣概
况　内容体系　格律体系　传播体系　岭南"歌仙"刘三姐，等
等。这些内容有些在以往作家作品的研究中偶或可见，而如今放

---

① 董乃斌：《唐代文学史的编撰：历史与现状》，《学术研究》2001 年第 3 期。
② 熊笃编著：《天宝文学编年史》，重庆出版社 1987 年版；罗宗强、郝世峰主编：《隋
　唐五代文学史》，高等教育出版社，上卷 1993 年版，中卷 1994 年版，下卷待出；
　李从军：《唐代文学演变史》，人民文学出版社 1993 年版；乔象钟、陈铁民主编：
　《唐代文学史》上卷，吴庚舜、董乃斌主编：《唐代文学史》下卷，人民文学出
　版社 1995 年版；傅璇琮主编：《唐五代文学编年史》，辽海出版社 1998 年版。
③ 邓敏文：《中国南方民族文学关系史》（隋唐十国两宋卷），民族出版社 2001 年版。

入民族文学关系的框架中进行新的探讨，则不啻在人们面前展现了一片新的文学天地，表明民族文学关系的研究是大有可为的。

关于海外中国古代文学的研究状况，过去国内学术界重视程度不够。随着人员来往的日渐频繁和文化交流的日益扩大加强，对这方面情况的掌握，特别是对海外古代文学研究中出现的新现象和新观点、新方法的了解，便逐步成为从事中国古代文学研究的学者们的必要知识背景。有些学者近年来专门从事这方面的工作，如陈友冰对台湾古代文学研究史的研究，傅璇琮曾专门撰写书评予以关注①。此外，蒋寅撰有《20世纪海外唐代文学研究一瞥》一文②，对20世纪海外包括台湾地区的唐代文学研究做了概述和简要的评价；刘跃进的《近年美国的中国古代文学研究掠影》③指出，美国对于中国古代文学的研究始于19世纪，到20世纪则迅速崛起，其丰富的藏书奠定了汉学研究的坚实基础，而数量可观的研究机构、学者和期刊，也使其研究形成了相当的规模和深度，极具参考价值。

三、唐五代小说研究趋向活跃，一批博士研究生成为研究队伍中的生力军

本年度魏晋南北朝隋唐五代文学研究在整体面貌上的明显改观，就是唐五代小说研究的活跃。李鹏飞《从〈梁四公记〉看唐前期小说创作的自觉意识——兼论小说主题、创作背景及创作动

---

① 　傅璇琮：《〈海峡两岸唐代文学研究史〉序》，《江淮论坛》2001年第6期。
② 　蒋寅：《20世纪海外唐代文学研究一瞥》，《求索》2001年第5期。
③ 　刘跃进：《近年美国的中国古代文学研究掠影》，《福州大学学报》2001年第1期。

机》① 指出，初盛唐时代军事政治形势的演变以及作者张说个人的思想情感与人生经历都在《梁四公记》这篇小说中留下了清晰的投影。在题材及创作手法方面，《梁四公记》是一篇熔铸史实与传说、现实与幻想于一炉的典型的小说文本，体现了唐代前期作家有意为小说的明确意识。通过素材的溯源、排比，可以分析作者的具体创作手法，从而把握这些手法之中所隐藏的自觉的技巧意识与作者的小说观念。从这篇论文可以看出，作者是在有意发掘唐代前期作家"有意为小说"的创作意识及其小说文本，其指向显然是为唐代小说发展勾勒具体的轮廓。作者的另外一篇论文《〈游仙窟〉的创作背景及文体成因新探》② 认为，《游仙窟》在内容与形式上的重要特征都与作者张鷟所处的时代风气息息相关。小说取材于初唐文人所熟悉的冶游生活，同时还受到嘲谑、咏物、酒筵行令、诗歌竞赛等社会风气以及前代汉译佛经文体的深刻影响，从而形成了该篇小说极为独特的长篇以诗相调的体制。而张氏的逞才使气的愿望，使他过分专注于表现诗歌骈赋才能，却忽视了对小说叙事技巧的应有关注。潘承玉的《唐五代通俗小说综论》③ 指出，从小说文体的内涵精髓而非现代小说的一般形式出发，应以"唐五代通俗小说"代替"唐代话本"概念，指唐五代以通俗语体，包括通俗说唱语体写成的虚构性叙事作品。它们是我国古代通俗小说的一个强劲而耀眼的开端，这不仅是就数量而言，更是就其具有丰富、深刻的美学和历史价值而言：在遗落当代史的时候反映了当代史；其诗笔、诗思、诗情可与

---

① 李鹏飞：《从〈梁四公记〉看唐前期小说创作的自觉意识——兼论小说主题、创作背景及创作动机》，《北京大学学报》2001 年第 2 期。

② 李鹏飞：《〈游仙窟〉的创作背景及文体成因新探》，《山西师范大学学报》2001 年第 1 期。

③ 潘承玉：《唐五代通俗小说综论》，《海南大学学报》2001 年第 2 期。

文人传奇相互映照而又迥然不同；特别善于"把死历史作成活话剧"；在小说题材、形象和描写技巧诸方面均取得了可观的成就。这篇文章可以称得上是近年来唐代通俗小说整体研究的新收获。

马自力的《唐人笔记小说中的唐代女性——从资料与问题出发的初步考察》①，是一篇文史结合的论文。该文从资料与问题出发，对唐人笔记小说中的唐代女性进行了初步的考察。作者认为，从共生并存的意义上说，唐代小说理应与唐代笔记一样，纳入唐代妇女史研究的资料视野，但在进行判断时，应注意其作为文学文本的特殊性；传奇、志怪、杂录类作品从体制上说有不同的特点，因而对于研究唐代妇女史具有不同的价值。文章进而分析了唐人笔记小说中的女性形象，指出了在解读此类女性形象中常常出现的某些偏差，以及由这些女性形象所反映的唐代妇女婚姻状况和爱情观念的改变。

值得注意的是，在唐五代文学研究队伍中，一批博士研究生成为较为活跃的生力军，在学术界日益发挥其不可忽视的作用。如李鹏飞是北京大学的博士生，潘承玉是北京师范大学的博士生，另外，《中唐文学思想研究》②的作者唐晓敏，《〈搜神记〉和宋代话本小说中的女神、女鬼、女妖形象的文化解读》③的作者刘相雨，也是北京师范大学的博士生。这种情况在全国范围内更是普遍。许多博士论文的出版，给古代文学研究带来了新气象和新收获，这是近年来有目共睹的事实。

---

① 马自力：《唐人笔记小说中的唐代女性——从资料与问题出发的初步考察》，《文艺研究》2001 年第 6 期。
② 唐晓敏：《中唐文学思想研究》，北京师范大学出版社 2000 年版。
③ 刘相雨：《〈搜神记〉和宋代话本小说中的女神、女鬼、女妖形象的文化解读》，《江西师范大学学报》2001 年第 2 期。

四、传统考证和文本研究中不断涌现新的成果，表明作品的文学性研究是常用常新的恒久方法，而学理化追求则是传统方法取得新成果的必要条件

在传统考证方面，傅璇琮继续从事唐代翰林学士的考论，本年度发表了《唐永贞年间翰林学士考论》[①]、《唐德宗朝翰林学士考论》[②]。傅璇琮的研究可谓传统研究方法的代表，但值得注意的是，他的研究中明显体现了一种学理化的追求，如他关注唐代选举与文学的关系，曾发表过书评《〈唐代铨选与文学〉序》[③]；此外，他还就中国诗歌研究的走向提出过三点意见[④]：中国诗学研究应该在研究的角度实现创新，注意从纯文艺批评、文艺理论的研究中走出来，多从创作的角度去研究古典诗歌创作；其次，要在研究的走向上有所创新，要沟通古今，在古代诗歌与"五四"以后诗歌的渊源联系上，在传统与现代的结合上求得突破；第三，要加强古典诗歌研究的中外交流，既要加强对域外流传汉诗的研究，也要加强中外古典诗歌比较研究以及学术交流。

袁行霈的《陶诗析疑》[⑤]，表面上是对陶渊明诗歌中一些疑难字句的疏解，实则体现了作者对陶诗的别有会心，以及作者一向提倡的"博采、精鉴、深味、妙悟"原则。其实质仍是文本的文学性研究。

在老一辈学者的唐诗研究中，舒芜的《唐诗论札》[⑥]较为引人

---

① 　傅璇琮：《唐永贞年间翰林学士考论》，《中国文化研究》2001 年秋之卷。
② 　傅璇琮、阎纯德：《唐德宗朝翰林学士考论》，《燕京学报》新十期，2001 年 5 月。
③ 　傅璇琮：《〈唐代铨选与文学〉序》，《兰州大学学报》2001 年第 3 期。
④ 　傅璇琮：《新世纪中国诗歌研究三题》，《安徽师范大学学报》2001 年第 3 期。
⑤ 　袁行霈：《陶诗析疑》，《北京大学学报》2001 年第 3 期。
⑥ 　舒芜：《唐诗论札》，《文学遗产》2001 年第 4、5 期。

注目。这不仅是因为《文学遗产》用两期连载了作者的这篇解放前的旧作，而且是因为这是近年来唐诗意象研究和唐代诗人的重要成果。《唐诗论札》分析了杜诗中的猛禽鸷鸟意象，指出杜甫也有李白的侠气豪情；分析了李白诗歌中的白日光辉意象，指出李白是一个白日光辉下的诗人，他把阴铿、鲍照、陈子昂、《大雅》、《离骚》等等的诗世界，统统放到他所特有的白日光辉照耀之下，另成一个光明、爽朗、矫健、高超、有热力、有生气、游行自如、飞翔自在的诗世界。《唐诗论札》的续篇则从文学并称入手，论述了王维与孟浩然、高适与岑参诗歌的诸多不同，其方法仍然是对诗歌意象的分析和概括。此外，刘国盈的《"双鸟"解》①，分析了韩愈诗中的"双鸟"意象，也是一篇寓考证于文学性研究之中的论文。同类文章还有曹道衡的《关于杨衒之〈洛阳伽蓝记〉的几个问题》②，徐公持《潘岳早期任职及徙官考辨》③，孙明君《荀彧之死》④，宋红《谢灵运年谱考辨》⑤等。

五、专题研究继续向深度和广度开拓掘进，同时在某些问题上形成有益的交锋

陈铁民的《试论唐代的诗坛中心及其作用》⑥一文是近年来唐诗研究的重要成果。诗坛中心是一个很有意义和相当复杂的课题，

①　刘国盈：《"双鸟"解》，《首都师范大学学报》2001 年第 3 期。
②　曹道衡：《关于杨衒之〈洛阳伽蓝记〉的几个问题》，《文学遗产》2001 年第 3 期。
③　徐公持：《潘岳早期任职及徙官考辨》，《文学遗产》2001 年第 5 期。
④　孙明君：《荀彧之死》，《东南大学学报》2001 年第 3 期。
⑤　宋红：《谢灵运年谱考辨》，《文学遗产》2001 年第 1 期。
⑥　陈铁民：《试论唐代的诗坛中心及其作用》，《国学研究》第 8 卷，2001 年 10 月。

它涉及政治学、社会学、传播学、教育学、美学等许多领域，而本文则着重从诗坛中心的存在及其作用方面进行研究。文章首先界定了"诗坛中心"的概念，即它是诗人荟萃的中心、诗歌创作和传播的中心以及诗艺交流的中心。其次，分别论述了初、盛、中、晚唐诗坛中心的特点及其作用。初唐近百年中始终存在的宫廷诗苑，就是当时诗坛的中心。其主要人物是一批学士和宫廷诗人。初唐宫廷诗苑由于处于诗坛中心地位，加上得到帝王的扶持，因而影响巨大，对当时诗坛起着支配作用：小到影响"初唐四杰"的排名和创作，大到担负并完成了宫廷诗苑圈子之外的人难以担负和完成的促进诗歌发展的任务（诱导学诗、传授作诗技艺、普及诗歌创作、完成律诗的定型工作）等等。开元以后，西京长安成为唐代首要的诗坛中心，东都洛阳则是唐代的另一个诗坛中心。诗人是否居于京、洛诗坛中心，对其在当世诗坛的地位与影响产生重要作用。如李白在当时诗坛的地位与影响就不如长期居于长安的王维；杜甫在天宝十二载之前的诗名比不上长期居于长安且进士及第的岑参，至德二载杜甫任左拾遗以后，与两省僚友唱和甚盛，又写下了众多名篇，因而诗名大盛，而从乾元元年六月被贬为华州司功参军以后，漂泊西南，远离了诗坛中心，虽然这几年是杜甫的创作高峰期，但由于诗作得不到迅速流布，所以没能在诗坛上获得应有的地位。中唐以后，两都的诗坛中心地位下降了，代之而起的是一些以某一、二位在诗坛有影响的人物为核心的小创作中心，如以鲍防为核心的浙东联唱，以颜真卿为核心的湖州联唱，襄阳以段成式、温庭筠为核心的小创作中心，以皮日休、陆龟蒙为核心的苏州唱和等等。晚唐时代，京、洛更多地只能起到一个诗歌传播中心的作用。与此相应，晚唐两大家李商隐和杜牧，由于一生的大部分时间在地方任职，所以生前诗名并没有遍及天下，反倒是文名大于诗名。再次，文章还论述了处于诗坛边缘的创作与诗坛中心的相互影响和渗透作用。如白居易、元稹倡导的"新乐府运动"，就是始生于诗坛边缘，而后大行于长安诗坛中心，并通过其作用影响到整个诗坛的。

杜诗研究一向是唐代文学的重要领地。本年度的专题研究，除了杨义出版了他的李白和杜甫诗学系列论文集《李杜诗学》① 之外，还有其他几篇重要论文。钱志熙的《杜甫诗法论探微》②，首先考察了杜诗中"法"及与"法"内涵相近的一系列概念的理论价值，指出杜甫诗法理论的丰富性及在创作实践中的一贯性，认为杜甫所谓的"诗律"、"律"是一种诗法论，而非简单的声律论。其次，文章探讨了杜甫诗法论的美学意蕴，认为杜甫的"法"不是指导初学的门径之法，而是达到最完善的艺术创造状态的一种自觉意识。最后，追溯了杜甫诗法论的渊源及对后世诗学的巨大影响。谢思炜《杜诗的自我审视与表现》③ 指出，杜诗的自我审视一方面是情感发现与道德自觉的过程，另一方面则伴随着反省自嘲和对自觉主体的拆解，由此引出杜诗在内容和修辞、风格上的一系列变化：穷愁生活的描写、修辞上的用拙以及具有反讽意味的戏谑风格。唐诗研究中值得注意的论文还有孟向荣的《英华乍起的诗体——初盛唐七律论略》④、何庄的《试论杜牧诗歌的喜秋意识》⑤ 等。

---

① 杨义：《李杜诗学》，北京出版社 2001 年版。刘方喜：《李杜文章在——杨义新著〈李杜诗学〉述评》说该著"在研究方法上具有极强的生命意识、语言意识、文化意识、历史意识和哲学意识等，并能将这几者高度统一在一起：历史文化意识赋予研究以深度，哲学意识则使其赢获高度；语言意识使研究颇具新意，而生命意识则使其理论研究呈现出活性。"（《文学评论》2001 年第 5 期）
② 钱志熙：《杜甫诗法论探微》，《文学遗产》2001 年第 4 期。
③ 谢思炜：《杜诗的自我审视与表现》，《文学遗产》2001 年第 3 期。
④ 孟向荣：《英华乍起的诗体——初盛唐七律论略》，《齐鲁学刊》2001 年第 4 期。
⑤ 何庄：《试论杜牧诗歌的喜秋意识》，《湖南师范大学学报》2001 年第 1 期。

刘勰的文学思想及《文心雕龙》研究也取得了引人注目的进展。童庆炳的《〈文心雕龙〉"因内符外"说》① 论述《文心雕龙》的风格理论，指出《文心雕龙·体性篇》全力论证了"因内符外"或"表里必符"的观念，是对"文如其人"传统的发挥，但在实际创作中，人与文不相类是常有的，这个问题刘勰意识到了，却未能作出解释，本文即从意识与无意识的视角，对此提出了新的阐释。冷卫国《刘勰的赋学思想》② 认为，对辞赋源流的探讨、文体特征的规定、发展演变的评述、具体而微的形式批评、创作原则的阐说，构成了刘勰赋学批评的主要内容，其赋学体系的系统性、科学性、全面性，使刘勰的赋论成为中国赋学思想史上的一大重要关节。汪春泓的《关于纪昀的〈文心雕龙〉批评及其文学思想之研究》③ 则从另一个侧面总结探讨了纪氏在注释以及义理阐释方面的成就，并由此研究纪氏的"龙学"观对《四库提要》文学思想形成的影响。

六朝文学研究也取得了令人瞩目的成就。贾奋然的《论齐梁古今文体之争》④ 认为，齐梁文体之争不限于以萧纲与裴子野分别为代表的古体、今体文学集团之间的冲突，它是贯穿于整个齐梁时代，几乎进入到每个批评家视野中的文体形态和文体观念的冲突，这种冲突促进了古体向今体的进化。王树人的《汉魏古诗之气象——举例评析汉魏古诗对人生真谛的体悟》⑤ 提出，在汉魏古诗中，对于人生真谛的深刻体悟，其"无迹可求"的气象，都是

---

① 童庆炳：《〈文心雕龙〉"因内符外"说》，《福建论坛》2001 年第 5 期。

② 冷卫国：《刘勰的赋学思想》，《齐鲁学刊》2001 年第 1 期。

③ 汪春泓：《关于纪昀的〈文心雕龙〉批评及其文学思想之研究》，《北京大学学报》2001 年第 5 期。

④ 贾奋然：《论齐梁古今文体之争》，《首都师范大学学报》2001 年第 4 期。

⑤ 王树人：《汉魏古诗之气象——举例评析汉魏古诗对人生真谛的体悟》，《中国社会科学院研究生院学报》2001 年第 4 期。

平常心借平常事物展现的，正是在这种平常心和平常事物中，见出了人生的真谛。谭家健的《六朝诙谐文述略》①将六朝诙谐文分为三类：一是用寓言形式，假借自我嘲弄而发其怀才不遇之牢骚，二是用类似童话或神话的手法，把动植物或无生物拟人化以影射现实，三是纯游戏之作，讽刺意味不太明显。三类文章有很高的艺术性、趣味性，对后世杂文创作产生了深远的影响。张廷银的《论玄言诗产生的文学原因》②指出，受玄学言意指出辨的影响，魏晋文学理论认为应把表现某种形而上的义理当作义务，这就给诗歌谈玄说理提供了理论基础，先秦以来的诗歌创作就已存在说理论道的情形，至魏晋受老庄玄学炽盛的影响，集中以玄妙语言阐释老庄之道，便蔚然成风，魏晋清谈作为一种口头创作，其谈论的内容及语言风格，对玄言诗追求简约平淡的创作风格有直接的影响。袁济喜的《论六朝文学精神的演化》③和韩经太的《论汉魏"清峻"风骨》④就六朝文学思想展开论述。前者认为，西晋的文学精神由于士族阶层的世俗化，导致了"正始之音"中人文精神的被扭曲，实开六朝后期浮靡文风之先河。南朝时代，世俗化的主体便是悄然兴起的寒人武夫集团，他们以其自身素质的低下和趣味的市井化，对文学中的审美趣味作了进一步的改造，从而使六朝文学中的人文精神全面庸俗化。后者以清理前人"风骨"阐释的内在理路为基础，探寻其历史建构的合理框架，通过对其渊源及走向的分析，最终确认被定位在"风清骨峻"之美的"风骨"美，一方面应该包含两汉文章丰富在内，另一方面具有批示高扬气度的精神倾向，文章由此对汉魏以来的诗文风格进行了以"风骨"

---

① 谭家健：《六朝诙谐文述略》，《中国文学研究》2001年第3期。
② 张廷银：《论玄言诗产生的文学原因》，《南京师范大学学报》2001年第2期。
③ 袁济喜：《论六朝文学精神的演化》，《中国人民大学学报》2001年第1期。
④ 韩经太：《论汉魏"清峻"风骨》，《中国文化研究》2001年冬之卷。

美为主要参照的具体评析。此外，邓小军的《陶渊明与庐山佛教之关系》①，张廷银的《论曹操与魏晋玄学》②，李春青的《心中瞩目景与眼中瞩目景——陶诗与谢诗的文本差异及其文化原因》③等也值得关注。

　　本年度陈铁民发表了几篇商榷性文章。在这几篇论文中，如果说《〈敦煌写本《历代法宝记》所见岑参事迹考〉求疵》④只是对诗人事迹的考证提出异议和补充，那么《情景交融与王维对诗歌艺术的贡献》⑤则涉及唐诗情景交融关系形成时期究竟在盛唐还是在中唐这一重要问题。该文的主要观点，在文章的开端表述得十分清楚——有学者说："盛唐诗的主客、情景关系基本上仍是分离的：自然景物通常是作为观赏的对象而非表现的媒介出现；诗人描绘自然景物主要是欣赏它们的感性之美，抒发由此获得的愉悦。因此写自然景物的诗中情景就明显地分为两部分——客观性的描写和主观性的抒情。"只有到了大历时代，诗歌才"消融了客观描写和主观抒情的分界，使二者融为一体"⑥。我则认为，诗至盛唐，已完全达到了情景交融，王维即是突出的代表。文章的第一部分首先就情景交融的内涵作了简要的总结和概括，接着论证王维诗在情景交融方面已达到很高层次，从而为中国诗歌艺术传统和民族特色的形成作出了贡献。第二部分将王维与其他盛唐诗人和大历诗人作比较，说明他们在情景交融方面的共同点与

---

① 邓小军：《陶渊明与庐山佛教之关系》，《中国文化》第 17、18 期。

② 张廷银：《论曹操与魏晋玄学》，《清华大学学报》2001 年第 3 期。

③ 李春青：《心中瞩目景与眼中瞩目景——陶诗与谢诗的文本差异及其文化原因》，《社会科学辑刊》2001 年第 2 期。

④ 陈铁民：《〈敦煌写本《历代法宝记》所见岑参事迹考〉求疵》，《文学遗产》2001 年第 2 期。

⑤ 陈铁民：《情景交融与王维对诗歌艺术的贡献》，《中国文化研究》2001 年秋之卷。

⑥ 蒋寅：《走向情景交融的诗史进程》，《文学评论》1991 年第 1 期，《大历诗风》第六章，上海古籍出版社 1992 年版。

不同点。蒋寅曾在《文学评论》2000年第4期发表《对王维"诗中有画"的质疑》一文，该文是一篇翻案文章，作者从历来对诗画关系的理解、王维诗对画的超越等方面，对"诗中有画"作为批评尺度进行商榷，提出"诗中有画"并不能代表王维山水诗的精髓，而且王维本人的创作也显示出力图超越绘画性的意识，这正是他对六朝以降以谢灵运为代表的"工于形似之言"即重视诗歌语言的描绘性、呈示性特征的突破和超越。如果不着眼于此，反而津津乐道"诗中有画"，并不适当地夸大它在王维诗中的意义，实在是贬低了王维诗歌的艺术价值。最后，作者指出，从一般艺术论的角度说，用绘画性即视觉的造型能力作为衡量诗歌的尺度，正像用再现性即听觉的造型能力来衡量音乐一样，显然是不可取的。陈铁民的这篇文章，显然与蒋寅的观点形成了交锋。我们认为，这种学术观点的交锋是有益的，它可以帮助我们从多方面、多个参照系来观照研究对象。当然，这个问题涉及的方面较为复杂，这里毋庸作简单的是非判断，而只想强调，如果这种实实在在的学术论争能够持续下去，那么学术规范的确立和学术风气的健康化就是大有希望的。

魏晋南北朝隋唐五代文学研究综述（2003）

　　2003 年北京地区的魏晋南北朝隋唐五代文学研究，总的来说，比较引人注目的是专题研究的拓展和深入。其突出的体现，是学者们越来越注意强化自己的理论家、史家的心态和意识，无论是从事宏观还是微观的课题研究，其主体的理论自觉比以往日益凸显出来；而研究的兴趣，则继续向多元化和个性化发展。

一

　　一般而言，学术会议的召开和及其主旨，往往可以看作是学者们的研究兴趣和学术发展动向的风向标。从数量上看，本年度召开的大型全国性学术会议或者说会议宗旨比较宏观的学术研讨会，与上个年度相比虽然有所减少，但仍然可以从中发现一些趋势及其特点。仅从《中国文学史学史》专题研讨会透露出来的信息就清楚地表明，学者们对本学科学术史的重视程度较之以往是大大提高了。

　　《中国文学史学史》专题研讨会 2003 年 9 月 22 日在中国社会科学院文学研究所召开，来自全国社会科学规划办公室、中国社会科学院科研局、中国社会科学院文学所、北京大学、清华大学、北京师范大学、首都师范大学、北京语言大学、北京广播学院等单位的学者以及部分参编人员出席了这次会议，其中自然也不乏来自本研究时段的学者（本书的三位主编董乃斌、陈伯海、刘扬忠都是专治唐宋文学的专家）。三卷本《中国文学史学史》是由中国社科院文学所和上海社科院文学所共同合作的国家社会科学"九五"规划重点项目，同时也是中国社会科学院的重点项目，该书系统地回顾和总结了中国文学史学科由传统向现代演化的历程，仔细考察了文学史演进中诸种内部与外部关系的交互作用，因而对这门学科未来的建设和发展具有重要作用和意义。对此，许多学者给予了高度的评价。如杨义指出："这部书是文学史观自觉思潮的标志，也是文学史观自觉的结晶。"胡明认为："这部书从古代研究贯穿到当代研究，具有内在的深刻性、理性的穿透力和驾驭中国文学史的高屋建瓴的文学史家心态。好的文学史家必须要取得三千年来文学史的支持，然后延伸到文学史的理论领域，包括文学史的体验、文学史的态度、文学史的性格、文学史的建构等。该书呈现的是现在的知识理论水平，着眼于当今人类精神上、心灵上、知识结构上的导引。"[①] 总之，这部书的学科意义和它所呈现出来的理论家和史家心态，得到了广大学者的普遍认同，体现了鲜明的时代色彩。至于这部书与本时段相关的内容，后文还将作进一步的评述。

　　关于中国文学与音乐关系的研究，上一年度基本上是以笔谈的形式出现的，本年度则继续走向深入，中国文学与音乐关系研究学术研讨会的召开是其标志。由首都师范大学中国诗歌研究中

---

① 　汪艳菊：《〈中国文学史学史〉专题研讨会召开》，《文学遗产》2004 年第 1 期。

心和《文艺研究》编辑部主办，北京华百年传媒投资有限公司协办的"中国文学与音乐关系研究学术研讨会"，于 2003 年 12 月 11 日至 12 日在北京紫玉饭店召开。这是继 2002 年"中国诗歌与音乐关系学术研讨会"后，第二次以学术会议的形式将文学研究界和音乐界的专家学者聚集在一起，来共同探讨中国文学与音乐的关系。

在提交的会议论文中，李昌集的《"苏幕遮"的乐与辞——胡乐入华的个案研究与唐代歌曲声、辞关系的探讨》，从"苏幕遮"的辞乐入手，着重探讨了"胡乐入华"与词体之产生、唐代歌曲的音乐与歌辞语文体式之关系等问题，从而总结出唐代胡乐对中华歌曲音乐的影响。刘明澜的《唐代诗歌的应用性及唐诗的繁荣》，就中国语音音乐性、汉语句读等问题，对中国诗歌音乐本质进行了细致的探讨。刘崇德、徐文武的《燕乐声乐化与词体的产生》，试图揭示隋唐燕乐"以句为拍"的节奏特征及其"曲子"的出现过程，从而探讨词体形成与最终确立的过程，总结出了曲子作为一种歌舞声乐体式是隋唐燕乐由器乐乐舞声乐化的结果。岳珍的《隋唐燕乐小曲考略》提出，应该重视小曲的研究，认为小曲与大曲一样也是兼有歌、舞、声乐的多遍曲，词体发生的真实过程是隋唐燕乐的摘编。此外，王小盾的《关于乐府诗集·琴曲歌辞的几个问题》、范子烨的《啸：中国古代诗歌中的一种音乐意向——关于中国古代音乐与诗歌的一项研究》、吴相洲的《永明体创立与佛经转读关系再探讨》等等，虽然基本上是从诗乐关系角度对中国文学史、音乐史问题的个案研究，但由于涉及文学史上的一些重大问题，也值得本时段研究者重视。

2003 年是中国社会科学院文学研究所建所 50 周年，对于文研所主编的三卷本《中国文学史》的再评价，便理所当然地成了纪念活动的一个重要内容。众所周知，文研所本和游国恩本文学史几十年来一直是全国各个大学中文系的法定教材，它们是 20世纪中叶的产物，带有鲜明的时代烙印。尽管在今天看来，这两部中国文学史著作在许多方面存在着这样或那样的问题，但它们对于几代大学生的中国文学观的建构，乃至对几代学者的学术视野和治学路径的形成，都产生了至关重要的影响，这是不可否认的事实。因而有必要在总结的基础上，对其学术史意义进行重新估价。葛晓音撰文称这两部影响巨大的文学史著作是"总结我国20世纪中叶学术研究成果的双璧"，她进而论述了两部著作各自的特点，认为与游国恩本文学史注重教学目的相比，文研所本文学史定位于专业研究：游国恩本文学史以讲述作家作品以及在文学史上的地位和影响为主，重视作品思想艺术的分析，同时注意突出文学史上的重大现象，关于文学史知识的讲解比较完备。文研所本文学史则突出文学史演变的线索，在社会发展史的框架内考察文学发展兴衰的内外部原因，广泛涉及史学、经学、道学、佛学研究等各方面相关的重要成果，从而使时代特征和学术背景与文学的关系扣得较紧，能从横切面上较为分明地显示出文学发展的阶段性和曲折性；在论述文学现象的关系和区别时，又能适当打破朝代的界限；在论述文学自身演变时，重视时代风气的变革和转换；在基本常识的阐述中，增添了不少专业性较强的内容，适当地介绍了近人学术研究的成果。因而文研所本文学史更适合于爱好古典文学研究的读者。[1]这种评价无疑是十分中肯的，同时也是对于20世纪中叶以来中国古典文学研究学术史的一种概括。

---

[1]　葛晓音：《一个历史阶段的标志——从两部〈中国文学史〉的对照看文研所对文学史研究的贡献》，《文学遗产》2003 年第 5 期。

实际上，时下大多数古代文学研究者的治学路数，大体上摆脱不了上述两部著名文学史的影响：游国恩本文学史影响到他们对作家作品的分析，文研所本文学史影响到他们对于研究对象的背景和相关学科的关注；只不过是在分析的眼光和关注的角度上，今天的学者更加个性化和多元化罢了。我们看到，当下的许多文学史著作和论文，基本上是把这两者的特点结合起来，并且根据具体情况去作进一步的发挥而已。而从这一典型的例子不难发现，当今的学者们对于本学科学术发展史的关注，其原因的确是其来有自。

作为历史文化名人，李白研究及其在当代的影响显然具有某种程度的典型意义。这一点，从 2003 年李白国际学术研讨会的透露的信息中不难察觉到。由中国李白研究会和太原师范学院联合举办的 2003 年李白国际学术研讨会，于 8 月 19 日至 24 日在山西省太原市召开。据有关资料，出席此次研讨会的代表共有 50 多人，分别来自北京、天津、重庆、山东、陕西、山西、浙江、安徽、广东、广西、新疆、四川等 17 个省、市、自治区。学者们通过大会发言、分组讨论、个别交流等形式，对李白的生平事迹、思想人格、艺术个性、版本、辨伪、格律音韵、李白在中国文学史和文化史上的地位、李白研究与现代精神、新世纪李白研究前途展望及其他有关李白研究的种种问题，从文学、史学、美学、哲学、词语学、接受史、研究史、诗与音乐、典章制度等方面进行了广泛的探讨。值得注意的是，与会学者纷纷指出，在新的历史条件下，李白研究必须与时俱进，积极采用新理论和新方法，不断开拓新的研究领域，深入探讨李白研究的现实意义及其对当代文化的贡献，尤其是对当代先进文化的建设意义；而李白研究的现代化问题，将是今后一个时期内学会专家应该考虑的重要内容之一。从这里我们可以看到，古代文学研究包括本时段文学史的研究在当下社会的一种生存状态及其特点。

二

关于文学史的编撰和写作，一直是进入新世纪以来学者们格外关注的课题。此外，还有一个传统的课题，那就是关于文学史研究的方法论问题。在这两个方面，从事本时段文学研究的学者们都投入了相当的精力。

郭英德继出版了《中国古典文学研究史》①一书后，进而对中国古代文学史的写作问题进行思考，指出文学史的叙述原则，应该是历史事实的外在性和客观性与历史理解的内在性和主观性的统一，并体现出特定的文学修辞性和意识形态性；文学史的主要叙述对象，是文学作品；因此文学史的叙述，要努力贯彻主体性、关联性和审美性的原则。由此看来，中国古代文学史的写作，可以采用以文学自身审美风貌的转移为基本依据、兼顾政治兴衰与朝代更替的历史分期方法，以及以历史演进为时间线索、以文体演变为空间场景来展开文学作品审美阐释的写作体例。②实际上，郭英德提出的这些文学史的写作原则，已经在许多文学史著作中得到了不同程度的体现，只是广大的学者们还没有达到如此的理论自觉而已。

而作为对于自己亲身经历的历史的回忆和总结，徐公持的笔下充满了感性的色彩。他深情地回顾了中国社会科学院文学研究

---

① 郭英德等著：《中国古典文学研究史》，中华书局1995年版。
② 郭英德：《关于中国古代文学史写作的思考》，《陕西师范大学学报》2003年第5期。

所古代研究室自 20 世纪五六十年代以来的学术史，其中包含了文研所本《中国文学史》的写作、"中国科学院文学研究所古代文学读本丛书"（包括《诗经选》、《史记选》、《乐府诗选》、《汉魏六朝诗选》、《唐诗选》、《宋诗选注》、《唐宋词选》等）的编写、关于一些文学史重大问题（如山水诗问题、文学史主流问题、蔡琰与《胡笳十八拍》、陶渊明诗歌、李煜词、《红楼梦》）的学术讨论、《文学评论》和《文学遗产》杂志的成立和编辑工作等等。[①] 这些历史，实实在在地构成了文研所的学术传统以及中国当代学术史的重要部分，对于几代学者的古典文学研究，产生了巨大和深远的影响。

与此相关的是关于中国古典文学研究的回顾和总结，这是前几年学科总结话题的继续和深入。刘跃进以 20 世纪先唐文学史研究作为考察对象，分别对先秦、秦汉文学史研究、魏晋南北朝文学史研究和先唐文学史研究的新课题发表了自己的意见，对 20 世纪先唐文学史研究经历了由"杂"到"纯"，再由"纯"到"泛"的演变过程进行了论述；通过对这样一个演变过程的描述，揭示出 20 世纪中国文学研究观念的变化。[②]

钱志熙的关注点与此不同，他把目光投向了古代的文学史构建及其特点。他认为，在作为现代人文学科的文学史学形成之前，已经存在着历史悠久的传统文学史学，其中具有丰富的、有待发掘的学术资源。对文学史的回顾与文学批评、鉴赏一样，是文学活动的一种基本形式。在此认识基础上，他对从汉代到唐宋的文学史学的主要发展脉络作了比较完整的描述，指出魏晋南朝为传统文学史学学术形式的成熟期，唐宋时代文学史建构转向以作家

---

① 徐公持：《我们亲历的一段学术史——半个世纪以来的文学研究所与古代文学研究感言》，《文学遗产》2003 年第 3 期。

② 刘跃进：《徘徊与突破——20 世纪先唐文学史论著概观》，《西安交通大学学报》2003 年第 1 期。

建构文学史为主流。他还论述了构建文学史与同时代文学发展的互动关系，并分析了传统文学史构建的若干实例，如唐人构建唐前诗歌史的过程，宋元明清人构建唐诗史的过程等。①

　　刘跃进的另一篇论文，则把目光转向当下的古典文学研究，以世纪之交的中国古典文学研究为考察的对象，分别阐述了近年来中国大陆发现的新资料以及国外古典文学资料的新发现，并对近5年来中国古典文学研究论著进行了扫描。通过对若干具体资料的介绍，试图从宏观的角度提出这样的一种研究思路：要想深入研究文学，就必须跳出文学的范围；要想深入研究中国文学，就必须跳出中国文学的范围。②与以往的回顾和总结不同，他的思路已经跳出了学术史的范畴，而转向了对本学科的规划和展望。

　　从学术史的角度对某些专题进行总结，是本年度学科研究的一个普遍特征，也是本时段学者强化史家意识的突出体现。

　　在古代文论方面，陈雪虎对1996年以来的"古文论的现代转换"讨论予以了充分的关注，指出自1996年以来，关于"古代文论的现代转换"的思路引发了文论界内外的热烈讨论。许多学者就古代文论研究的目的和方法，如何理解古文论的"现代转换"，如何对古文论进行现代阐释等问题，纷纷发表了各自的看法。讨论和反省加深了古文论研究的整体认识，也表明了古文论现代转换的必要性和紧迫性。③

　　在古代文学与相关学科的综合研究方面，20世纪以来唐代"地域文化与文学"研究，无疑是值得人们予以特别注意的课题。20世纪前半期，研究者并未真正有意识从地域文化角度去研究中国

---

① 钱志熙：《中国古代的文学史构建及其特点》，《文学遗产》2003年第6期。

② 刘跃进：《世纪之交的中国古典文学研究》，《周口师范学院学报》2003年第3、6期。

③ 陈雪虎：《1996年以来"古文论的现代转换"讨论综述》，《文学评论》2003年第2期。

古代文学，但是梁启超、王国维特别是陈寅恪的研究，已经确立了本世纪唐代"地域文化与文学"研究的基本格局；1949 年后至 1976 年，中国古代文学研究只是数量上的增加，而不是本质上的变更。在十年浩劫期间，甚至数量上也呈倒退趋势；20 世纪的最后二十年，特别是最后十年，从地域文化角度研究唐代文学可谓学界的一个热点，论著层出不穷，并且波及 21 世纪。[①] 近年来地域文化与文学的研究可谓异军突起，一些中青年学者撰写的有关论著，比如胡阿祥的《魏晋本土文学地理研究》[②]、陈尚君的《唐代文学丛考》[③]、李浩的《唐代关中士族与文学》[④]、《唐代三大地域文学士族研究》[⑤]、李德辉的《唐代交通与文学》[⑥] 等等，的确十分引人注目。可以毫不夸张地说，它们已经在传统的研究领域之外，构筑了一道新的学术风景线。

　　除了地域文化与文学的关系研究之外，制度与文学的关系研究，也是近年来值得注意的领域。这方面可以举出傅绍良的《唐代谏议制度与文人》[⑦] 一书作为代表。傅著从唐代皇帝的求贤诏令和授予谏官的制文入手，首先讨论了唐代政治与文学的关系，指出："从儒学和博学门类中独立出来的文学，在唐代政治中拥有了一种与儒学相同的政治地位和政治责任，因而唐代政治也有一种极明显的重文倾向。""唐代政治上的文学，是一种综合了儒学、

① 钟良：《20 世纪唐代"地域文化与文学"研究综述》，《南宁师范高等专科学校学报》2003 年第 2 期。
② 胡阿祥：《魏晋本土文学地理研究》，南京大学出版社 2001 年版。
③ 陈尚君：《唐代文学丛考》，中国社会科学出版社 1997 年版。
④ 李浩：《唐代关中士族与文学》，中国社会科学出版社 2003 年版。
⑤ 李浩：《唐代三大地域文学士族研究》，中华书局 2002 年版。
⑥ 李德辉：《唐代交通与文学》，湖南人民出版社 2003 年版。
⑦ 傅绍良：《唐代谏议制度与文人》，中国社会科学出版社 2003 年版。这部著作是作者在北京师范大学博士后流动站的出站报告。

文辞、智略、品德诸因素的文化实体，它既肯定并要求文学的独立性，同时又强调并鼓励文学的政治性"。这种强调唐代政治与文学内在同一性的观点，值得我们重视。其次，傅著还具体考察了唐代谏官的任职资格，以及谏官任职资格中的文学因素，指出：从唐代谏官的任职制诰来看，"皇帝任命谏官的条件主要有四方面：一曰文或艺文；二曰学或儒术；三曰干或吏能；四曰行或人品。值得注意的是，文、学、干、行四者又组合成文与学、文与吏、文与行三组关系，而且，这三组关系又统一于文。从唐代政治史上来说，这种特点正好回避了唐代选士制度中的某种矛盾"。"谏官制度中的'文学'因素，由于综合了儒、吏、行、史诸内涵，超越了文学范畴，赋予了文学和文学家重大的使命和责任"。"谏官的任职确乎有重文的标准。因之许多文学家入仕，大都先任谏官"。"从这个意义上说，谏官制度所产生的文化感染力，又超出了政治的范畴，具有更深远的社会影响。它不仅可以确立文人的政治奋斗目标，而且还可以引导文人的为学做人的方向。要之，谏官制度中的文学并非普通意义上的文学，它是对文人知识结构的全面要求，也是对文人人格修养和行政能力的政治实践"。傅氏的这种研究，基本上属于文学与政治关系研究的范畴；但值得注意的是，在广度和深度上，它已经比以往单纯从文学、史学或政治学角度出发的"单向度"研究，大大向前推进了一步。

三

　　本年度的单篇学术论文，按照其内容大体可划分为以下几个方面：

一是作家作品的疏证和研究。这虽然是古代文学的传统项目，但是由于研究者拥有了一个新的材料基础和认识起点，所以往往会在具体问题的探讨中，迸发出一些新的火花。这里按照研究对象的历史年代顺序，把这部分论文排列如下：郭鹏的《〈诗品〉曹植条疏证》①，王明辉的《竹林七贤的精神世界》②，诸葛忆兵的《"采莲"杂考——兼谈"采莲"类题材唐宋诗词的阅读理解》③，傅刚的《〈文选〉与〈玉台新咏〉》④，刘宁的《试析唐代娼妓诗与女冠诗的差异》⑤，邓小军的《杜甫疏救房琯墨制放归鄜州考——兼论唐代的制敕与墨制》⑥，吴相洲的《论中唐诗的风骨》⑦，吴相洲、冯淑华的《唐代歌诗创作对诗人风格形成作用的理论分析》⑧等等。

其中，刘宁和吴相洲、冯淑华的论文值得注意。前文比较了娼妓诗和女冠诗的差异，认为从现存作品来看，娼妓诗和女冠诗在唐代女性诗人的创作中，数量最多，艺术上也最为成熟。娼妓诗具有浓厚的应酬风格，缺乏鲜明的个性抒情形象；女冠诗则较少应酬气，富于鲜明的个性抒情形象，艺术内涵比较深入，代表了唐代女诗人创作的最好水平。文章从女性诗人的身份和社会处境的差异入手，分析了娼妓诗与女冠诗艺术差异的成因，认为女

---

① 郭鹏：《〈诗品〉曹植条疏证》，《唐山师范学院学报》2003 年第 3 期。

② 王明辉：《竹林七贤的精神世界》，《五邑大学学报》2003 年第 3 期。

③ 诸葛忆兵：《"采莲"杂考——兼谈"采莲"类题材唐宋诗词的阅读理解》，《文学遗产》2003 年第 5 期。

④ 傅刚：《〈文选〉与〈玉台新咏〉》，《镇江高专学报》2003 年第 4 期；傅刚：《〈玉台新咏〉与〈文选〉》，《中国典籍与文化》2003 年第 1 期。

⑤ 刘宁：《试析唐代娼妓诗与女冠诗的差异》，《中国典籍与文化》2003 年第 4 期。

⑥ 邓小军：《杜甫疏救房琯墨制放归鄜州考——兼论唐代的制敕与墨制》，《杜甫研究学刊》2003 年第 1、2 期。

⑦ 吴相洲：《论中唐诗的风骨》，《北京化工大学学报》2003 年第 1 期。

⑧ 吴相洲、冯淑华：《唐代歌诗创作对诗人风格形成作用的理论分析》，《大连大学学报》2003 年第 3 期。

冠在唐代社会中，以其独特的宗教身份，在行为方式与社会交往等方面，与娼妓有很大区别，由此对唐代女冠迹同娼妓的传统意见，提出了不同的看法。后文从音乐角度来考察唐诗，认为唐诗创作一直与歌诗传唱保持着密切的关系，歌诗创作从审美观念、主题、题材、体裁、语言等方面对诗人的创作提出了要求，而诗人为了适应这些要求而进行的创作，自然会影响到其风格的形成。可见，前者是通过文本材料和艺术分析，对传统说法提出不同意见；后者是从相关学科的角度，探讨唐诗风格形成的内在原因。可以说这些探索都是有益的，其切入问题的角度，也能给人们带来某种启示。

二是文体的研究。文体研究是近年来古代文学的热点之一。本年度的文体研究成果可以举汪春泓的《论赋体之缘起》①、孙明君的《刘勰之书信观》②、钱志熙的《元白诗体理论探析》③三篇论文为代表。三文的角度和出发点不同，但都提出了值得重视的新论。

汪文从题目上看是切切实实的文体起源研究，但作者却意在探究赋体的缘起与小学家、纵横家、小说家及楚辞家之关系，从而证明赋体的形成，乃是由复杂因素的综合作用造成的。孙文具体讨论了刘勰的书信观，认为刘勰对于书信一体非常重视，他不仅对书信作出了细致的分类，而且概括了书信的总体特征和不同类型的特征，特意强调了书信体的文学特征，描述了历代书信体的流变，评论了书信史上的重要作家和作品，从而在中国书信史上占有重要位置，对于我们研究中国古代书信史具有重要的参考

①　汪春泓：《论赋体之缘起》，《许昌学院学报》2003年第6期。
②　孙明君：《刘勰之书信观》，《清华大学学报》2003年第5期。
③　钱志熙：《元白诗体理论探析》，《中国文化研究》2003年春之卷。

价值。而钱文则首次对元稹、白居易的诗歌体裁理论及其与创作实践的关系作了系统的论述，指出其在诗体理论的发展史上的重要地位。该文首先介绍和比较了元稹、白居易的诗歌体裁分类理论，讨论了白居易何以称古体为"格诗"的问题；其次，依据元白的自述，研究其尊古轻律思想的实践历史，并以他们创作的典型个案，透视唐诗体裁系统中"古体"和"近体"两大体裁的关系；第三，研究元稹的近体诗理论，探讨元白近体诗歌的艺术风格与此种理论的对应性，并涉及唐宋两代诗人在近体方面的不同艺术标准。从三篇论文的立论和切入点来看，本年度的文体研究已经开始向更加细致和深入的方向推进。

　　三是影响研究。在文学的纵向影响研究方面，袁行霈对"和陶诗"的探讨具有典型意义。文章指出，和陶是一种很特殊的、值得注意的现象，其意义已经超出文学本身。这种现象不仅证明陶渊明的影响巨大，而且表明后代的文人对他有强烈的认同感。和陶并不是一种很能表现创作才能的文学活动，其价值主要不在于作品本身的文学成就，而在于这种文学活动的文化意蕴。在研究了大量的和陶诗之后，作者强调：陶渊明已经成为中国文化中的一个符号。和陶在不同程度上表明了对清高人格的向往，对节操的坚守，以及保持人之自然性情和真率生活的愿望。真实的陶渊明也许并不很单一，我们不能排除后人对他的认识有理想化的成分，而这正是符号的特点。至于和陶的人，多数未能达到陶渊明那样的人生境界，有的只不过是借以自我标榜而已。陶渊明的不断地被追和，说明这个符号在中国文化中不断地被重复和强化。而研究和陶诗，则可以为我们提供一个研究中国文化的切入口。①这种从文化学的角度对和陶诗的研究，不仅把诗歌的唱和活动纳

---

① 　袁行霈：《论和陶诗及其文化意蕴》，《中国社会科学》2003 年第 6 期。

入自己的研究视野，而且特别关注其中的文化意义和价值。文章提出陶渊明已经成为中国文化的一个符号，并从符号学的角度对和陶诗进行解读，值得我们重视。

影响研究是多方面的，除了上述的纵向影响研究外，横向的比较研究同样值得关注。在这方面，郭鹏有关《文心雕龙》所受前代文论家和著作影响的研究，显得比较突出。他在本年度发表的两篇相关论文里，分别探讨了桓谭和《淮南子》对《文心雕龙》思想体系形成的影响。① 这种横向的影响研究，可以视为《文心雕龙》研究的一个新动向。

四是比较研究，这种研究同上面所说的影响研究具有某种程度上相通之处。郭鹏认为，《文心雕龙》作为中国文学批评史上理论体系最为周全详赡的理论专著，对后世产生了极为深远的影响。将这些影响细加分析，便于更为全面深刻地领会《文心雕龙》的理论意义。江西诗论在中国文学批评史中也占据着极为重要的地位，将《文心雕龙》和江西诗论进行比较研究，发掘二者的一致之处，可以为江西诗论找寻到一个理论源头，进而审源知统，从而便于在一种历史的视角下把握江西诗论。② 的确，不同历史阶段的文学思想之间的比较研究，需要一种审慎明快的态度和方法，不论其结果如何，这种探索精神本身无疑是值得鼓励的。

五是古代文论研究。这方面与本时段相关的论文，计有汪春泓的《论先秦汉魏至六朝文学"抒情"概念的发展演变》③、《关于

---

① 郭鹏：《简论〈淮南子〉对〈文心雕龙〉的影响》，《南阳师范学院学报》2003 年第 8 期；郭鹏：《桓谭对〈文心雕龙〉的影响》，《南都学坛》2003 年第 5 期。

② 郭鹏：《太山遍雨　河润千里——〈文心雕龙〉与江西诗论比较谈》，《太原师范学院学报》2003 年第 1 期。

③ 汪春泓：《论先秦汉魏至六朝文学"抒情"概念的发展演变》，《殷都学刊》2003 年第 1 期。

〈文心雕龙〉"江山之助"的本义》①，王明辉的《浅析〈文心雕龙〉
中"虚静"的来源》②，郭鹏的《传神写照与〈文心雕龙〉的风骨——
兼论〈隐秀〉篇的传神写照式解读》③，张海明的《殷璠〈河岳英灵集〉
诗学思想述略》④等。由于本文的重点和篇幅的关系，这里暂不评述。

　　六是相关研究。这方面的成果，有汪春泓的《佛教的顿悟和
渐悟之争与刘勰的"唯务折衷"》⑤和《论魏晋时期学术思想之转
型——关于〈世说新语〉一条材料的疏证》⑥。二文分别探讨了佛
教与文学、思潮与文学的关系，不是空对空地发表议论，而是从
具体的事例、甚至是一条材料的疏证入手。这种情况，既体现了
作者严肃踏实的治学态度，同时也符合近年来学术研究的风气朝
务实方向转变的大趋势。

　　七是学术讨论。这方面的论文虽然数量不多，但很容易引起
广大研究者的关注。唐晓敏评论了钱钟书对韩愈的"不平则鸣"
的阐释及其成因，他通过文本的细读，结合韩愈当时的思想状
况，提出钱氏把韩愈的"不平"解释成"不平静"，是包括"欢乐"
在内的广义的波动的情感，这种说法既不符合事理，也不符合韩
愈的思想实际。⑦不论该文的结论正确与否，这种从对客体的细

---

① 汪春泓：《关于〈文心雕龙〉"江山之助"的本义》，《文学评论》2003 年第 3 期。
② 王明辉：《浅析〈文心雕龙〉中"虚静"的来源》，《临沂师范学院学报》2003 年
　　第 4 期。
③ 郭鹏：《传神写照与〈文心雕龙〉的风骨——兼论〈隐秀〉篇的传神写照式解读》，
　　《临沂师范学院学报》2003 年第 1 期。
④ 张海明：《殷璠〈河岳英灵集〉诗学思想述略》，《中国文化研究》2003 年夏之卷。
⑤ 汪春泓：《佛教的顿悟和渐悟之争与刘勰的"唯务折衷"》，《南开学报》2003 年
　　第 3 期。
⑥ 汪春泓：《论魏晋时期学术思想之转型——关于〈世说新语〉一条材料的疏证》，
　　《中国典籍与文化》2003 年第 1 期。
⑦ 唐晓敏：《重论韩愈的"不平则鸣"——评钱钟书的一个观点》，《绥化师专学报》
　　2003 年第 3 期。

致和深入的把握出发，大胆地向学术权威和成说挑战的姿态，无疑是值得肯定的。

　　关于"意象"和"意境"，似乎永远是讨论不尽的话题，它不仅是古代文论的传统课题，而且也涉及唐诗研究的某些方面。陶文鹏、韩经太针对蒋寅近年来的有关论述，与他展开商榷，同时表达了自己的"意象"观和"意境"观。他们认为，蒋寅对"意象"和"意境"的阐释，[①]并未清晰地区分世界"通用"与中国"专用"之间、历代通用与当时专用之间的不同。对于"通用"性的阐释，必须满足中国诗歌艺术对相应理论阐释的需要，并适应它的历史经验；最好在本来不谋而合的地方寻找"通用"性阐释的理论生长点。作者建议用"典型化的情景交融"这种带有中西文论话语相结合特色的阐释方式，来阐释"意象"和"意境"范畴。[②]可以肯定的是，类似这种重大理论问题的讨论，随着时代和个人的学术背景和研究取向的演进，还会连续不断地进行，并取得更加深入和富有启示的认识。

四

　　上面已经涉及了一些本年度出版的重要专著，这里再从学术规范和学术发展的角度，提出三本书进行评述。

---

① 蒋寅：《对王维"诗中有画"的质疑》，《文学评论》2000 年第 4 期；蒋寅：《语象·物象·意象·意境》，《文学评论》2002 年第 3 期；蒋寅：《说意境的本质及存在方式》，《古代文学理论研究》第 16 辑，上海古籍出版社 1992 年版。
② 韩经太、陶文鹏：《也论中国诗学的"意象"与"意境"说——兼与蒋寅先生商榷》，《文学评论》2003 年第 2 期。

正如本文开始时所描述的那样，三卷本《中国文学史学史》[①]的出版，在 2003 年的中国古代文学研究界产生了重大影响。这里以和本时段相关的章节为例，阐述一下该书的特点。在第 1 卷中，作者把魏晋南北朝隋唐五代的文学史学发展划分为前后两个阶段，其特征被概括为"传统文学史学的演进"和"传统文学史学的初步综合"。在相应的题目之下，分别探讨了"质文代变论"、"同源异流论"、"复古、新变与通变的分流"、"文学史料学的专门化"、"文学史纂形式的萌芽"，以及"隋及唐初寓变于复的文学史观"、"从'四杰'到盛唐'质文半取'的文学史观"、"意古而词新"的中唐文学史观"、"晚唐五代'通变'观的分化及其表现"、"史料的整理与史纂的创新"等重要问题。从上述章节题目中，我们可以发现，该书的作者是以文学史学的若干范畴以及文学史观发展的阶段性特征为关注中心和论述重点的。与以往的中国文学批评史著作相比，这种关注的角度和论述方式具有鲜明的特点，因为前者一般是以文论家的个人成长和文学思潮的发展为线索展开叙述的。从这里我们也可以看到，以本书的出版为标志，中国的文学史学的确开始走向独立和成熟了。

在古籍整理和作家作品研究方面，袁行霈的《陶渊明集笺注》[②]一书，为我们提供了一个范例。该书是作者在 20 余年的相关研究实践基础上厚积薄发的重要成果，全书不仅体例安排合理的当，而且个性鲜明；这一点与以往的古籍整理著作相比，显然是十分引人注目的。首先，作者以陶渊明年谱的研究和编排为整理陶渊明作品的起点，重新考订了陶渊明的享年，重新提出并论证了享年 76 岁说。其次，作者在广泛征引和阐发前人注释的基础上，

---

① 董乃斌、陈伯海、刘扬忠主编：《中国文学史学史》，河北人民出版社 2003 年版。
② （东晋）陶渊明著，袁行霈撰：《陶渊明集笺注》，中华书局 2003 年版。

常常别立新说；在阐发题义和诗义时，特别强调对文本的细读和
精鉴。因此，书中对陶诗别有会心的解悟几乎随处可见。第三，
作者阅读和阐释的姿态，常常是"对床夜语"式的，仿佛是在和
陶渊明促膝谈心。这种状况，正如作者在该书的跋语中所描述的
那样："整理陶集对我来说已不仅是一项必须完成的工作，而且
是一种精神寄托，是我跟那位真率、朴实、潇洒、倔强而又不乏
幽默感的诗人对话的渠道。我此时的心情，一方面是喜悦和轻松，
因为实现了一个夙愿；另一方面又感到怅惘，因为陶渊明这位
多年来朝夕相处的朋友，或将与我分别一段时间了。"第四，该
书首次全面整理了九种共十家和陶诗，并把它们纳入陶诗研究
的范围，从而给陶诗研究乃至中国古代诗歌研究增添了新的内
容和对象。

在文学分体史和断代史方面，程毅中的《唐代小说史》[①]一书
的出版具有重要意义。该书也是作者多年来悉心研究中国古代小
说的结晶，作者联系唐代文学发展过程，论述了唐代小说的渊源、
兴起、全盛以及后期遗韵。在阐述唐代小说发展的基本史实的基
础上，该书还着重对唐代的小说集作了介绍，借以揭示唐代小
说的全貌。所以，该书堪称填补分体史与断代史空白的一部力作。

---

① 　程毅中：《唐代小说史》，人民文学出版社 2003 年版。

魏晋南北朝隋唐五代文学研究综述（2004）

　　2004 年度北京地区的魏晋南北朝隋唐五代文学研究，在学术视野、研究理念、研究路向和专题研讨等方面，均有一定程度的开掘和拓展；各个年龄层的学者，尽管其研究重点或学术兴趣不同，但与以往相对比，有一个突出的特点，那就是十分重视自己的研究在学术发展史上意义，或者在这一认识前提下强调个人的学理追求，从而使本年度该领域的研究呈现出更加学理化、多元化和个性化的特色。以下从四个方面对此加以综述。

一

　　学术会议历来是学术界研究热点和兴趣的风向标，它所透露出的信息，往往在一定程度上预示或总结了学界的研究发展趋势或动向，因此值得我们加以关注。2004 年召开的以下四个会议，可以说与本时段研究的学术视野、研究理念和研究路向的关系较为密切。

　　首先是"文学观念与文学史学术研讨会"。此会的主旨是强调文学观念在文学史研究中的意义，倡导文学观念的更新。2004年 7 月 31 日至 8 月 2 日，由河北师范大学文学院、中国国家图书馆、《文学评论》编辑部、《文学遗产》编辑部联合主办的"文学观念与文学史学术研讨会"在河北承德召开。来自北京大学、复旦大学、北京师范大学、中国社会科学院等单位的 40 多位专家学者，围绕"文学观念对文学史写作的介入"等议题展开了广泛深入的研讨。其内容大致如下：（1）文学观念与文学史写作的关系。百年文学史的写作实践表明，文学观念对于修撰文学史发生了深刻的影响。文学史的优长与弊端，都与文学观念密切相关。詹福瑞指出，几部通行的文学史都受到"文学是社会生活的反映"这一观念的支配，许多文学现象未能纳入文学史，例如无视"游戏"的观念及行为对于中国文学的推动作用，造成了文学史知识谱系的缺失。（2）更新文学观念，倡导文学史写作的多元化。杨义重申重绘中国文学地图的观点，主张确立以过程哲学为脉络的大文学史观，重新审视文学所牵涉的民族、地理、雅俗等问题，重视图志等文献所提供的信息。文学史写作不仅要有全国的视野，还应有世界的视野，思考中国的学术经过百年转型后怎样与世界平等对话。胡明认为文学史的任务是解释历史，解释历史的层面很多，基本概念应在不同层面铺开来谈，要有下大力气掘深井的精神。陶文鹏将文学史的写作任务概括为三个方面：一是理清文学现象、发展脉络，点明盛衰消长的原因；二是揭示中国文学的审美创造精神；三是总结民族特色。詹福瑞认为，撰写中国古代文学史，必须紧紧围绕中国古代文人对文学的认识与需要，才能把握古代文学的命脉。郭英德指出文学无疆界，文学史的写作亦无疆界。文学史的功能除了认识历史还应支持文化传播、预见文学的发展。（3）关注相关学科，实现贯通研究。温儒敏指出，古代文学学科有其自足性，也有自身的局限，只有通过多学科的相互交流、借鉴，才能不断创造学术增长点。杨义强调文学史应与文明史、艺术史互相参照。左东岭认为，文学史由文学与历史两端构成，因此不应忽略历史的层面。文学研究应该借鉴史学界的研究思路，注重把握历史事件的关联，加强对"过程"的研究而不必要总结规律，因为文学史的结论不能检验、重复，因而谈不上规律。此外，王国健提出关注民族学、历史学，张晶以为中西相互阐发不失为解救学科危机的有效途径。

其次是"传统文学与现代性"国际学术研讨会。本次会议的主题是找寻传统文学与当今文学的内在关联，提倡研究视野与学术范型的现代转换。2004年9月23日至24日，由中国社会科学杂志社、中山大学中文系、广州大学人文学院联合主办的"传统文学与现代性"国际学术研讨会在广州举行，来自海内外的80多位专家学者出席了会议。与会学者围绕"传统文学与现代性"的会议主旨，对"治学方法与学术范型转换"、"中国文学的历史现实与学术视野"等问题展开了热烈的讨论。本次会议的关键词是学术研究的"现代性"，学者们就此各抒己见，结合自己的研究经验、研究领域给予"现代性"以不同的诠释。这些理解可分为两大类：第一类是从宏观层面对传统文学的研究提出新的思路和途径。如傅璇琮在题为《探索古代文学研究的新思路》的大会发言中，结合自己的治学经验对于新世纪传统文学的研究趋向作了展望，提出了以下具体思路：(1) 进一步拓展古典文学的社会—文化研究，继承、发扬文史结合的传统，探索古典文学的历史文化研究方法。如唐代文学与政治，唐代文学与宗教、妇女、科举、幕府，唐代文学与其他文艺形式（如音乐、舞蹈、绘画等），甚至唐代文学与交通，以此拓展对作家群体与知识分子生活道路、思维方式、心灵状态的探索。(2) 加强古典文学的中外交流研究，倡导学术视野的国际化。即考察中国古典文学如何由近及远传播国外，探索不同国家不同地区的学者如何从不同的角度来研究中国文学。(3) 新材料的探索和发现。注意书面文献、域外典籍，着眼地域文化，重视文学发展的大背景。第二类则是从微观层面结合具体的学科，从不同角度建构现代性。黄霖在《原人：文学传统与现代性血脉相连》一文中，通过追问传统文论的核心精神提出了以人为本原，即"原人论"，并从心化、生命化、实用化三个层面上加以具体的阐发。文学的心化、生命化、实用化，归根到底是"以人为本"，三个方面互相联系有机统一，关系到文学的创作、文本和接受等各个方面，但也各有侧重：心化主要关系到创作，生命化主要着眼于文本，实用化则主要指向功用。原人精神、以人为本、为人服务、张扬人性精神横贯文论与创作，是检验文学现代性与当代文论科学性的一杆标尺。朱德发《古今文学在审美现代性上的互通点》一文认为，古今文学在审美现代性上能够互通，主要的理论根据是趋同的人道原则，创作主题的自觉，文化的传承性和审美文本的永恒因素；而古今文学在审美现代性上的根本的决定的互通点，则是人本主义思潮铸就的作家主题以及以人为本的艺术思维范式。鲁枢元在《汉字"风"的语义场与现代生态系统观》一文中，从探索汉字"风"的语义场与现代生态系统关系的角度研究发现，"风"的语义场几乎辐射到了中华民族传统文化精神的各个方面，集中体现了中华民族的生存状态和文化模式，揭示了潜在的中国古代生态系统观念，从而为现代生态美学、生态文艺学学科建设提供了一定的学术资源。

再次是"中国中古文学（汉—唐）国际学术研讨会"。此会的一大特色，即是对于中古文学界域的重新划定。会议主办者将中古文学的界域定位为从汉到唐，这同以往魏晋南北朝隋唐五代的界域划分，存在着很大的不同。一般情况下，每一次对于研究分期的重新划定，均在一定程度上体现了学界对于研究对象性质的一种新的认识。2004年8月18日至8月21日，中国中古文学（汉—唐）国际学术研讨会在北京召开。会议由首都师范大学中国诗歌研究中心、首都师范大学文学院，日本广岛大学北京研究中心，日本广岛大学文学院联合主办。来自中国大陆和中国台湾、香港、澳门地区以及日本、韩国、美国、德国、捷克等地的专家、学者130多人出席了本次大会，共提交论文100多篇。这次大会对过去中古文学研究中的文学发生与自觉、文学观念、文体演进、文本解读、文化交流与传播等问题进行了冷静的反思和广泛的讨论。赵敏俐在提交的会议论文《魏晋文学自觉说反思》中，详细地考察了魏晋文学自觉说的来龙去脉，并通过重新解读曹丕的《典论·论文》、比较功利主义与文学自觉之关系、分析汉代个体意识与文学创作，对魏晋文学自觉说提出了质疑，认为这一说法不能准确描述从汉代到魏晋以后文学的发展变化，应该重新思考。这篇论文对"魏晋文学自觉说"的否定，以及对"汉代文学自觉说"的提倡，可以看作是本次会议重新划分中古文学研究界域的理论依据。

最后是"中国唐宋诗词第三届国际学术研讨会"。2004年5月15日至19日，中国唐宋诗词第三届国际学术研讨会在西安举行。此次会议由陕西师范大学文学院发起并联合中国韵文学会、《文学遗产》编辑部、陕西省文史馆、南京师范大学文学院及华阴市人民政府等单位共同主办。会议讨论的主要内容包括：第一，唐宋诗词与音乐的关系。吴相洲《论唐代乐府的入乐问题》通过对具体史料的分析提出，唐人有相当一部分旧题乐府仍是入乐传唱的，因此唐人作旧题乐府的动机可能并不像过去想象的那样简单，其创作效果、作品风格可能也需要重新评判。第二，唐宋诗词流派研究。第三，唐宋诗词作家作品研究。第四，有关唐宋诗词的宏观研究。乔力《唐宋词主流及艺术精神：发展阶段论》在对唐宋词作全盘审视的基础上，理出唐宋词演进的清晰脉络，并努力挖掘其内在的艺术精神。第五，唐宋诗词与新诗创作。第六，唐宋诗词的研究方法和新的出路。刘扬忠从钱钟书先生"通才"的研究中受到启发，指出目前词学研究在繁荣的背后也有隐忧，这就是词学"体制内"专家们自我封闭，围守"词学"这块小天地，路子越走越窄，常常就词论词，快要论不出什么新东西了。而救之之道，在于"打通"——不仅与相邻的文体和相邻的学科打通，还要"通"到能够把相关问题置于整个文学文化大背景（中国的乃至世界的）中来进行研究。

纵观上述会议的主旨和议题，我们不难发现，文学观念的更新和学科之间的打通已经成为当今古代文学研究者的共同的认识和一致的学理追求。

二

宏观研究与综合研究是集中体现学理追求的一个重要方面。

比较引人瞩目的是，学者们在进行宏观研究或综合研究时，自觉地把文学与其他学科打通，比如把文学的研究视角与史学、宗教、文化学、心理学、民俗学的研究视角相结合，从而形成一种新的研究格局和气象。比如曹道衡从学术史的角度对中古学术文化的研究。他在《略论南北朝学风的异同及其原因》[①]中指出，南北朝时期，南北两地的学风不同，其原因可上溯到东汉中后期。

---

① 曹道衡：《略论南北朝学风的异同及其原因》，《河南大学学报》2004 年第 4 期。

我国古代学术文化，本以今山东、河南二省黄河以南地区最为发达，这里士人对东汉后期腐败统治感受最深，由于这里是士人集中之地，交游论学之风极盛，推动了新学风的形成。西晋灭亡后，这里的士人逃往江南，和江南士人共同创造了南方的学术。至于黄河以北地区，由于战乱，人们长期聚居"坞壁"之中，学术上较滞后，但到后期，他们大力吸取南方成果，水平得到了较快提高。作者在另一篇论文《黄淮流域和中古学术文化》[①]中认为，在中古学术文化史上，大多数重要人物的籍贯在黄淮流域一带。三国到东晋南朝时期重要的学术、政治人物多出于这个地区。东晋一代，南迁的黄淮流域的士家大族把持着政坛和学术文化界。南朝以后，这一区域人士在政坛、文化艺术界的影响逐渐下降。黄淮流域在中古学术文化史上的兴盛，有其传统和经济上的原因。春秋战国以来，这一区域的文化就处于领先地位，即使两汉的政治文化中心在长安，但活跃于政界、文化界的重要人物，仍多出于这一地区。当时黄淮一带经济繁荣，人才辈出，门阀制度也维护着黄淮流域高门的文化地位。作者以上的探讨，虽然还没有直接落实到中古文学，但的确是与其发展的方方面面密切相关的。在此基础上进行中古文学研究，相信其格局和气象将会与以往大不相同。

李俊的《北朝后期诗歌创作心理的本土认同》[②]是从心理学的角度考察北朝后期诗歌。该文认为，北魏分裂后，东魏、西魏政权展开其长期的争霸格局。他们立足于所在地的历史，为新政权寻求统治的文化基础。这种倾向对关中、邺都的诗歌创作有一定的影响。西魏、北周方面，以庾信为代表，大量运用周秦汉时期的历史典故，特别是西汉时期的人物故事和盛世文明，来歌颂关

---

① 　曹道衡：《黄淮流域和中古学术文化》，《文史哲》2004 年第 3 期。
② 　李俊：《北朝后期诗歌创作心理的本土认同》，《南都学坛》2004 年第 2 期。

中的新气象。东魏、北齐方面，继承了北魏时期洛阳文化的传统，上溯魏晋时期的京洛文明，并且和邺下士民的生活方式相结合。在人力模仿南方写作的同时，企图获得本上文学心理的复苏。周隋统一以后，原来的北齐诗人，一方面怀恋故国文化，另一方面，也渐渐认同于自古帝王州的周汉故地的关中文化传统。这种心理，对其诗歌风气的转变，也产生了一定的影响。从心理学的角度切入文学史，这在以往是不乏其例的；但是，作者努力把研究的基础建立在对北朝后期政治文化的整体把握之上，而不是像以往那样，建立在文本的分析和感受的基础之上，这就体现了一种新的研究取向。

这些论文的切入点也与以往较为单纯的文学史角度有明显的不同。比如刘跃进的《六朝僧侣：文化交流的特殊使者》[①]是从宗教的角度考察六朝僧侣在当时文化交流和文学创作中的特殊意义。作者认为，在古代中国，不论是官方往来、民间交流，或是其他方式的交往，终究受制于一定条件。而且，由于政治制度、文化背景乃至风俗习惯的差异，各地之间的交流往往存在着很深的隔阂乃至偏见。惟有佛教文化例外。魏晋南北朝时期的绝大部分统治集团，多视佛教为神明，顶礼膜拜。因此，各地的佛教文化交流几乎是无条件的。六朝僧侣作为文化交流的特殊使者，纵横南北，往来东西，在传播佛教文化的同时，也在传递着其他丰富的文化信息。其影响所及，不仅渗透到当时社会的各个阶层，而且在很大程度上改变了中国文化的发展方向。从长安、洛阳、建康、凉州四大文化中心的兴衰及其文化交流的若干途径看，从僧侣自身的文学创作、佛教思想对于中古诗律演变、中古文学题材、中古文学思想的巨大影响等方面看，六朝僧侣

---

① 刘跃进：《六朝僧侣：文化交流的特殊使者》，《中国社会科学》2004 年第 5 期。

在魏晋南北朝时期的文化传播过程中，的确起到了特殊和重要的作用。

康震的《长安侠文化传统与唐诗的任侠主题——长安文化与唐代诗歌研究之一》[①] 则是从地域文化的角度切入诗歌主题的研究。该文指出，崇尚武功，舍生取义是长安侠士的行为道德准则。西汉长安"五方杂错"的风习、黄老政治的施行是长安多游侠的文化渊源。唐长安的"恶少"、"英豪"群体是长安多游侠的社会基础。唐长安的多元文化存在是长安多游侠的思想背景。长安豪侠辅助关陇集团克定关中长安多游侠的历史动因。唐长安游侠在唐诗中成为超越世俗、建立奇勋的人格象征。他们逞强好胜，骄纵不羁的个性被诗化为豪迈矫健的英雄行为。唐诗中的侠士超越了横行复仇的个人意气，升华为慷慨的爱国激情，表现出俊逸的浪漫精神，为唐代诗歌注入劲健、刚猛的精神活力。把地域文化的因素引入文学研究，虽然很早就是丹纳《艺术哲学》所倡导的原则之一，但要把二者比较自然和充分地结合起来，仍然需要付出艰苦的劳动，本文在这方面做出了成功的示范。

刘航的《中唐诗歌嬗变的民俗观照》[②] 一书，是近年来关于中唐文学跨学科研究的重要成果之一。该著的一个突出特点就是从民俗学的角度切入唐诗研究。作为古今诗运转关的重要转折点，中唐诗歌历来备受唐诗研究者关注。作者从风俗诗兴盛于中唐这一引人注目的现象入手，从风俗学的角度观照中唐这一诗歌史上由唐音转入宋调的关键时期，在挖掘风俗诗的史料价值和文学价值的基础上，力求准确地把握中唐的时代精神，寻绎中唐诗歌嬗变的轨迹及其缘由。对风俗诗所蕴含的丰富复杂的文化信息的发

---

① 康震：《长安侠文化传统与唐诗的任侠主题——长安文化与唐代诗歌研究之一》，《人文杂志》2004 年第 5 期。

② 刘航：《中唐诗歌嬗变的民俗观照》，学苑出版社 2006 年版。

掘和分析，是本书把握中唐时代精神的切入点。通过风俗诗，不仅能够了解中唐风俗的具体内容，还可以觉察到诗人对题材进行文化选择的心理脉络。而由来已久的"风教说"在中唐诗坛的盛行，更使得相当一部分风俗诗在题材的选择上带有明确的政教目的，因而更集中地体现了当时的社会心理，此乃中唐风俗诗独特的史料价值之所在。作者又通过对中唐风俗诗较常涉及的几种风俗事项的辨析，得出以下结论：中唐是一个沉迷于世俗享乐、极度豪奢而又极度迷茫的时代，世俗精神是中唐的时代精神。作者还在《对风俗内涵的着意开掘——中唐乐府的新思路》① 一文中强调，由于创作和采集两方面的原因，乐府诗与风俗形成了一种复杂矛盾的关系，并因此造成了乐府诗题与内容的疏离。这种状况直到中唐才发生了根本变化。作为乐府诗史上的高峰之一，着力挖掘诗题蕴含的风俗内容，是中唐乐府诗革新的重要思路。以张籍、王建为代表的中唐诗人，往往并不仅仅满足于详尽地描述风俗本身，还力图展示出主人公的民俗心理，并以精到的心理描写发展、深化了汉乐府的叙事艺术。

　　以上把文学与其他学科打通的成功尝试，对本时段乃至整个文学史的研究向新的深度和高度开掘和拓展，具有重要的促进作用。

三

　　在本时段的作家作品研究方面，新的研究对象比如文学侍从、

---

① 刘航：《对风俗内涵的着意开掘——中唐乐府的新思路》，《文学遗产》2004 年第4 期。

政治人物等等，被纳入研究视野，是本年度的一个引人瞩目的新动向。实际上，上述刘跃进的六朝僧侣研究，已经把僧侣这个特殊的研究对象纳入研究视野。此外，傅璇琮的《翰林侍读侍讲学士考论》[①]，对中晚唐翰林学士院中设置的侍讲学士、侍读学士进行了系统的考论，认为他们与翰林学士共同构成了唐代高层文士具有时代特色的文化职能。这可以看作是作者对唐代翰林学士研究的延伸。

丁放、袁行霈的《李林甫与盛唐诗坛》[②]，则是把关注的重心放在政治人物与文学的关系上。文章首先结合盛唐时期吏治与文学之争，对盛唐的政局特别是李林甫所扮演的政治角色作了说明，揭示出李林甫对待诗人的三种不同态度。其次，文章对盛唐主流诗人在李林甫当政时的仕宦轨迹作了描述，指出当时凡是正直的有才华的诗人大都遭到贬抑，这与张说、张九龄执政时的状况大不相同。但是，诗人们在仕途上的偃蹇处境，反而在一定程度上促成了诗歌创作的丰收。接着，作者从李林甫与盛唐诗坛的关系这个角度，对盛唐诗歌之盛的背景提出了一些看法。

除了研究对象范围的扩大以外，新的研究角度的发掘也是学者们努力追求的目标。蒋寅翻译的日本学者川合康三的论文《游戏的文学——以韩愈的"戏"为中心》[③]，虽然是一篇译作，但也反映了译者在寻找新的研究角度方面的自觉意识。文章揭示了三种耐人寻味的现象：裴度以"戏"批评韩愈文学的游戏倾向；韩愈征引经书，以"戏"来为自己辩解；柳宗元从"有益于世"角度为韩愈的游戏文学辩护。通过对这三种现象的分析，指出"戏"

---

①　傅璇琮：《翰林侍读侍讲学士考论》，《清华大学学报》2004 年第 5 期。

②　丁放、袁行霈：《李林甫与盛唐诗坛》，《文学遗产》2004 年第 5 期。

③　〔日〕川合康三著，蒋寅译：《游戏的文学——以韩愈的"戏"为中心》，《河南教育学院学报》2004 年第 3 期。

在不同的语境中具有不同意味，与韩愈的文学创作发生着不同的
联系。与此角度相近的是刘宁的《论韩愈〈毛颖传〉的托讽旨意
与徘谐艺术》①。作者认为，韩愈《毛颖传》并非是抒发作者有才
而不能见用的感慨，或是揭露统治阶级的内部矛盾，而是曲折表
达了韩愈对体现在官员致仕问题上的君臣之道的理解。在这个问
题上，韩愈与白居易、裴度等人所代表的意见存在分歧，从中折
射出元和士人政治态度的分殊。《毛颖传》通过微末之物模仿庄重
之举产生徘谐意趣，这一笔法与中唐以至五代某些流行的文学观
念存在冲突，因此对此文的批评基本上出现于这个时期，宋代以后，
韩愈的地位受到充分尊重，因而对此文的评价也转向以肯定为主。

康震的《论王维政治思想的内涵与意义——兼论王维政治风
度的美学境界》②，则是对传统研究对象不为人们所重视的某些方
面的重新发掘。作者认为，王维具有较系统的政治思想和深具人
格特色的政治风度，匹夫节操与仁爱道德是其政治思想的基点。
王维的政治思想更贴近政治实践本身，对政治策略的思考相当深
刻具体。初盛唐儒学的实践精神是王维政治思想形成的重要基础，
其政治风度审美境界的实质是政治人生的审美化。它促使王维更
接近于真善美的为政之道，朝臣山林宴游唱和之作是这审美境界
的重要表现。王维的奉和应制诗映射出作者追慕政治理想崇高境
界的政治风度。

提出新概念，解决老问题，可以说是 2004 年本时段研究的
一大亮点。比较突出的是袁行霈的《唐诗风神》③，该作堪称近年
来对唐诗艺术特征研究的重要成果。作者试图运用"风神"这一

①　刘宁：《论韩愈〈毛颖传〉的托讽旨意与徘谐艺术》，《清华大学学报》2004年第2期。
②　康震：《论王维政治思想的内涵与意义——兼论王维政治风度的美学境界》，《南
京师范大学学报》2004 年第 3 期。
③　袁行霈：《唐诗风神》，《北京大学学报》2004 年第 5 期。

概念，对唐诗所以区别于宋诗的艺术特征进行新的概括。"风神"乃是文艺作品内在特质之艺术外现，是文艺作品给人的一种总体艺术感觉，偏重于言外象外的、能给读者以无限想象余地的艺术感发力量。作者以"风神"二字概括唐诗，意在探讨唐诗的艺术精髓所在，指出唐诗和宋诗的区别，以及唐诗在中国诗歌史上的地位。

在对传统研究对象或旧话题进行重新探讨时，如果能够翻出新意，应该说也是需要研究观念和研究视角的更新和变化的。袁行霈的《李白〈古风〉（其一）再探讨》①，就是这样的一篇学术论文。李白《古风》（其一）历来受到文学史家和诗论家的重视，作者认为，此诗主要不是论诗，而是论政，重点在论政治与诗歌乃至整个文化的关系。李白的志向不仅是做诗人，更重要的是做政治家。他所谓"我志在删述"，并不是要学孔子删诗，而是要想效法孔子写一部《春秋》，总结历代政治的得失，以此流传千古。就诗论而言，此诗与李白其他作品中表达的文学思想，尤其是与其创作实践有矛盾的。李白并不全盘否定六朝诗歌，所谓"清真"也不是指诗歌风格而言。

与此相近的是董希平的《从"五代人物"到"词人性格"——对五代词风的另一种阐释》②。文章指出，五代人物作风的亮点形成了五代的词人性格，词人性格发为词章，于是形成了以此为底蕴的、耀人眼目的五代词章，这不失为我们考察五代词风的又一种思路。而在此基础上形成的五代词人性格，更在一定程度上得到凝固和传承，并在后来的词人身上显示出来。词体在晚唐五代独立，并空前地繁荣起来，是与词人们这种近乎惊世骇俗的作风

---

① 袁行霈：《李白〈古风〉（其一）再探讨》，《文学评论》2004 年第 1 期。
② 董希平：《从"五代人物"到"词人性格"——对五代词风的另一种阐释》，《第三届唐宋诗词国际研讨会论文集》，中国社会出版社 2004 年版。

相伴而来的，这两者之间的关系值得我们注意。词人与词作相互影响，为词体奠定了一种主流的风格特征。当这种主流风格特征确立并延续了一段时间之后，词坛便转而期待新的风格，以及整个词坛的新面貌。新面貌有待于一批具备别样性格的新型词人的出现，有待于他们的素养以及他们的文学创新能力。这就是文学发展为随之而来的宋代词人所提供的机会。

谢思炜的《白居易讽谕诗的诗体与言说方式》①，则对白居易的讽谕诗这一传统研究对象，从修辞学的角度进行了新的发掘。作者认为，在白居易讽谕诗的主题与言说方式之间，有着明显的对应关系：除少数颂美作品采用模仿章表体"对君言"的第二人称形式外，其他"规刺"之作均采用基本一致的客观叙事形式，这既是文体限制和创作惯例使然，也是作者采取的一种明智的修辞策略。讽谕诗又由传统的兴寄体和政论体两种诗体组成，但显然是以后者为主，用后者的时事性、宏观性、批判性改造、融汇了前者。

当然，运用文学史的传统视角和方法，比如文本研究、文体研究、资料考证等等，也是具有广阔的发挥空间的，关键是学者对论题本身的把握是否具有了理论的自觉。这方面的成果很多，这里就不一一列举了。②

---

① 谢思炜：《白居易讽谕诗的诗体与言说方式》，《陕西师范大学学报》2004年第3期。

② 如曹道衡：《萧统的文学观和〈文选〉》，《文学遗产》2004年第4期；傅刚：《南朝乐府古辞的改造与艳情诗的写作》，《文学遗产》2004年第3期；陈君：《释"仁中区以玄览"》，《文学遗产》2004年第5期；戴燕：《索靖、陆机交往考》，《中国典籍与文化》2004年第1期；董希平：《词集的出现与词之主体风格的形成——试论晚唐五代词体演进的一个重要标志》，《清华大学学报》2004年第6期；董希平：《试论词在晚唐的奠基与开拓》，《思想战线》2004年第5期；董希平：《试论韩愈在唐音至宋调转变中的承启作用》，《北京科技大学学报》2004年第2期；谢思炜：《元稹〈代曲江老人百韵〉诗作年质疑》，《清华大学学报》2004年第2期；傅璇琮、吴在庆：《杜甫与严武关系考辨》，《文史哲》2004年第1期；等等。

四

在专题讨论及其他相关课题的研究方面，也不乏值得我们关注之处。

孟二冬的《"无弦琴"的认同与启示》①，是一篇专门研究陶渊明"无弦琴"典故的论文。沈约、萧统等人最初赋予陶渊明"无弦琴"的佳话，未必符合陶渊明生活的实际情况，但"无弦琴"却带着陶渊明的诸般因素而为后世所普遍认同，并给人们带来许许多多的思考与启示。文章对"无弦琴"的内涵及其继承和发展，进行了长时段的梳理和论述。

葛兆光的《"唐宋"抑或"宋明"——文化史和思想史研究视域变化的意义》②一文，则涉及更广阔的领域，而且从"唐宋"到"宋明"的视域变化，将对整个历史研究和文学史研究产生重要的影响。作者提出，在文化史与思想史研究领域里，是否可以将历来习惯于"唐宋"对比的方法，转向注重"宋明"连续的思路？这一研究视域变化的意义是：把关注领域从仅仅围绕和瞩目于精英与经典，转为兼顾一般知识、思想与信仰世界；随着研究重心的转移，思想与文化的制度化、世俗化和常识化过程，将成为研究的重要历史脉络；研究思路从关注"创造性思想"的唐宋，到关注"妥协性思想"的宋明，会刺激文化史思想史研究的文献资料范围的更大拓展。这种视域或时段的改变，将会引起文化史

---

① 孟二冬：《"无弦琴"的认同与启示》，《国学研究》第13、14卷，北京大学出版社2004年版。

② 葛兆光：《"唐宋"抑或"宋明"——文化史和思想史研究视域变化的意义》，《历史研究》2004年第1期。

思想史研究的一些根本性改变。

　　蒋寅的《"中国古代文学通论"述略》[①]一文，则在对文学史写作反思的基础之上，论述了中国古代文学史著作新的写作思路。他认为，迄今为止的中国文学史著作，大多以王朝和文体为经纬，以作家为单元，依次叙述。其优点是突出作家的历史贡献，文学史的基本事实交代得比较清楚；缺点则在于头绪较多，史和论、叙述的独立和交叉之间的关系不好处理，而且整体性较差，难以呈现文学演进的历史线索和内在逻辑。而文学史研究的一个重要任务，就是通过揭示不同时代的创作范式，把握整个文学史运动的轨迹。围绕这一中心，蒋寅提出要突破现有文学史著作的体例和格局，必须在分段的基础上展开横向的综合性研究，重点进行以下五个方面的工作：（1）通论各段文学的时间起讫、历史分期、时代特征及文学史地位。（2）根据各阶段文学创作的不同状况，分论各体文学的创作风貌、高下得失，描述各体文学的盛衰流变，尤着眼于"一代有一代之胜"，重点论述《诗经》、《楚辞》、汉赋、六朝乐府、唐诗、宋词、元曲、明代戏曲小说、清代俗文学、文学批评的成就。（3）从各段文学的时代特征出发，抓住文学创作中的主要问题，研究文学与社会生活、政治经济、文化艺术、文学传统的关系，注意从"历史—文化"的角度作跨学科的综合研究。（4）梳理历来整理、研究各段文学典籍的成果，对各类文学典籍的存佚、收藏及整理情况加以总结性的评述。（5）站在20世纪学术发展的高度回顾近代以来的古典文学研究，从学术观念、研究方法的角度对学术史加以反思，在此基础上指出各段文学研究面临的问题，提出学术界当务之急的工作和研究思路。总之，这一

---

① 　蒋寅：《"中国古代文学通论"述略》，《文艺研究》2004年第3期。

课题的目标是力求全面阐述古典文学的基本内容，展现 20 世纪的学术积累和认识深度，表达当代学者对古典文学的总体认识、评价及对学术史的估量。

曾经有学者在有关唐代文学研究专著的评论中指出："长久以来，我们忽略了学术史，忽略了学术史上的大师，同时也就忽略了既有成果的增长和积累。当我们提出问题时，写作学术论著时，没有更前提性的反省，没有方法的自觉，只是无休止地重复着陈旧的话题在原有的知识水平上踏步。改善这种状况的希望，部分寄托于 20 世纪 90 年代以来的学术史研究，部分寄托于世纪末的学术规范讨论，而后者又是在前者的直接刺激下勃发的。但目前我们尚未在古典文学研究中看到令人乐观的前景。信息'零度写作'所制造的学术泡沫，正在将学术淹没。"[①] 所谓信息"零度写作"，大意是指无视学术史积累的重复写作。由于它是没有创新性的，因而只能是无意义的写作，称不上严格意义上的学术研究。令人欣慰的是，文章流露出的这种沉重的危机意识，目前正在逐步化为广大学者自觉的学理追求。我们有理由相信，不久的将来，在中国古代文学研究、包括本时段的研究领域内，一定会涌现出具有学术史里程碑意义的、具有多元化和个性化特色的一批新作。

---

① 蒋寅：《朱易安著〈唐诗学史论稿〉读后》,《文学评论》2004 年第 3 期。

魏晋南北朝隋唐五代文学研究综述（2005）

　　2005 年北京地区的魏晋南北朝隋唐五代文学研究，从整体上看十分活跃，呈现出多元化的特色；尤其是在选题的发掘和视角的开拓方面，取得了引人瞩目的成绩。众所周知，魏晋南北朝隋唐五代文学历来是整个中国文学史研究的重要时段，集中了本学科人数众多的研究力量。但是，就其研究视野和疆域的开拓而言，多年以来一直有待突破。这是毋庸讳言的。而 2005 年北京地区魏晋南北朝隋唐五代文学研究取得的实绩，可以说初步改变了这一现状，它使人们有理由相信，这一传统的研究领域仍然拥有强大的更新能力和广阔的发展空间。

　　以下循着从研究观念的拓展更新到具体的研究实践这一线索，对 2005 年北京地区魏晋南北朝隋唐五代的研究成果做一概述。

一、中华民族整体文学的理念、通识的眼光与社会—文化研究的视角

　　在文学研究理念的拓展与更新方面，首先值得关注的是"中华民族整体文学"这一理念的再度强调和广泛认同。

　　杨义在《重绘中国文学地图与中国文学的民族学、地理学问题》一文中明确地提出了重绘中国文学地图的问题。这篇文章是在国内外几所著名大学所做演讲的基础上整理而成的，作者运用一种独特的"形象思维"进行宏观的理论思辨，其核心就是"文学地图"的概念："地图概念的引入，使我们有必要对文学和文学史的领土，进行重新丈量、发现、定位和描绘，从而极大地丰富可开发的文学文化知识资源的总储量。首先，这种地图当然是文学这个独特的精神文化领域的专题地图，它有自己独特的地质水文气候和文化生态，它要揭示文学本身的生命特质、审美形态、文化身份，以及文体交替、经典形成、盛衰因由这类复杂生动的精神形成史过程。其次，这个地图还是一个中国这样文化千古一贯、又与时俱进的大国的国家地图，它应该展示我们领土的完整性和民族的多样性，以及在多样互动和整体发展中显示出来的全部的、显著的特征。文学与地图的互动，就是以文学生命特质的体验去激活和解放大量可开发、待开发的文学文化资源，又以丰厚的文学文化资源充分地展示和重塑文学生命的整体过程。作为现代大国，中国应有一幅完整、深厚而精美的文学地图。"①

　　如何重绘中国文学地图？作者提出要与民族学、地理学相结合，关注多民族文化的融合、地域文化的特色、作家的出生地、宦游地、流放地、大家族的迁移、文化中心的转移等问题，只有这样，才能把被传统文学史观遮蔽的那些文学史发掘和展现出来。作者正在撰写的多卷本《中国文学图志》（其中"宋、辽、金、西夏、回鹘、大理、吐蕃卷"已经出版）便是"重绘中国文学地图"这

---

① 杨义：《重绘中国文学地图与中国文学的民族学、地理学问题》，《文学评论》2005年第3期。

一思想的具体展开。

"重绘中国文学地图"问题的提出，实际上是再度强调了"中华民族整体文学"的理念，这一理念在近年的学界已经得到了广泛的认同。而魏晋南北朝隋唐五代恰好是中华民族融合和文化交流特别活跃的时期，许多著名的文学家或者有着少数民族的血缘，或者受到少数民族文化的影响。如果从中华民族整体文学的角度考察本时段的文学发展，相信"重绘"以后这一时段的文学必将呈现出新的面貌。

其次值得注意的是通识的眼光与社会—文化研究视角的提倡。

这实际上也是古代文学研究界多年来的一种呼声。数年来，傅璇琮对于通识的眼光与社会文化研究视角的提倡一直不遗余力。本年度，他在为《华南师范大学学报》"新视域下的唐代文学研究"专栏撰写的主持人语中，又一次强调指出："走过20世纪的现代学术之路，唐代文学研究已经跨入一个新的纪元。无论是基础资料建设还是文学理论探讨，无论是学术领域的开拓还是学术方法的创新，都取得了令人瞩目的成就。立足于20世纪的学术发展，面向21世纪的学术趋向，唐代文学研究应走向更具广阔前景和广泛意义的社会—文化研究。"

在这样一个大的学术背景下，他强调研究者应该具备一种现代学术观念："对作家作品及文本研究外，更应将文学视为特定社会历史文化条件的产物之一，对文学的研究应在社会文化大背景之下来进行。从文化视角切入唐代文学研究，是一种历久弥新的方法。如闻一多的唐诗研究、刘师培论文学的地域性特征、陈寅恪以诗证史及文史互证等，皆为后学者树立了典范。作家的出现和成熟、作品的内容和表现形式、文人的唱和和交往、文化的

传播和接受，自有其生长的社会文化土壤。应将文学的研究拓展
到政治制度、传统思想、社会思潮、社会群体（家族、流派、作
家群、社团等）、科举、幕府、音乐、绘画、民俗、交通等文化层面，
注意在文史哲相关学科和其他交叉学科的联系中探索知识分子的
生活道路、思维方式、心灵状态和社会处境。对复杂的文化背景
的综合研究将有助于人们更真实而深入地解读文学，厘清文学与
社会文化的多重互动关系，从总体把握文学史的复杂流变和演进
规律。这对研究思路的拓宽、研究领域的开辟和研究方法的更新
不无裨益。"①

由傅璇琮、蒋寅担任总主编的《中国古代文学通论》②，便体
现了上述学术思想。这部由众多学者参与撰写的七卷本著作，总
体上强调一种通识的眼光和现代学术观念，注重考察文学与社会
文化的多重互动关系，为中国古代文学研究领域的开拓做出了积
极的贡献。这套七卷本的巨著虽然是 2004 年底问世的，但它真
正发生影响是在第二年即 2005 年，所以我们把它放在本年度予
以评述。

从全书的体例来看，分为上、中、下三编。以刘跃进担任分
卷主编的"魏晋南北朝卷"为例，上编为"魏晋南北朝文学的基
本内容"，分别概述本时段的各种文学体裁，如诗歌、散文、辞
赋小说和文学批评；中编为"魏晋南北朝文学与社会文化"，分
别概述本时段与文学发展关系密切的各种社会文化事项，包括
"'建安风骨'再解读"、"魏晋玄学的兴起与正始文学"、"玄言诗与
山水诗"、"世族与魏晋南北朝文学"、"佛教与魏晋南北朝文学"、

---

① 傅璇琮：《唐代文学研究：社会—文化—文学》，《华南师范大学学报》2005 年第
　2 期。
② 傅璇琮、蒋寅总主编：《中国古代文学通论》，辽宁人民出版社 2005 年版。

"音乐与魏晋南北朝文学"、"绘画与魏晋南北朝文学"、"四声的发现与近体诗的发展"、"史家意识与汉魏六朝志人小说的发展"、"北朝社会环境对学术和文艺的影响";下编为"魏晋南北朝文学的基本文献",分别概述本时段的文学总集、诗文、文论、小说研究文献以及相关的其他历史文献和考订著作。值得注意的是卷末的"结语",虽然这部分内容所占比例较少,但其性质相当于本时段研究的学术综述和课题指南,分别概述了魏晋南北朝文学研究在三个方面(原始资料研究、社会文化研究、文学批评研究)的重要突破、魏晋南北朝文学的专题研究与综合性文学史、魏晋南北朝文学研究的新课题。在"结语"之后,是附录"研究书目举要",列举了魏晋南北朝文学研究的基本书目和重要研究专著。

可见,这部综述研究成果、指示学习门径的"通论"著作,其特色在于资料性和思想性的结合,它系统地概括了本学科成立以来,特别是近年来相关领域的代表性研究成果,从中可以看出古代文学研究的学术风尚和发展趋向。再比如由蒋寅担任分卷主编的"隋唐五代卷",其中编部分概述了隋唐五代文学与政治、传统思想、宗教、科举制度、文学传统、艺术、交通、幕府、妇女等专题,而这些专题的研究成果,十分清晰地反映了近年来隋唐五代文学研究发展的趋势和路向。

钱志熙的《魏晋南北朝诗歌史述》[①]一书,也体现了上述研究理念。该著阐述了魏晋南北朝各时期诗歌的渊源流变,以及各时期诗歌与当时思想文化的关系,并将这一段诗史放在整个上古至近代的诗歌史中加以考察,从而使论述具有了开阔的视野和厚重的历史感。

---

① 钱志熙:《魏晋南北朝诗歌史述》,北京大学出版社 2005 年版。

曹道衡的南北朝文学研究，一向注重史学和文学的结合，他的《北朝社会环境对学术和文艺的影响》①一文，论述了南北朝时代北方文学的基本状况及其与南方文学的差别。文章指出，西晋灭亡之前，中国的学术文化中心原在北方，尤其黄河沿岸一带。但此后，战乱频仍，民不聊生，文人有的饥饿而死，有的疆场捐躯，有的惨遭杀戮，有的隐居山林，有的避乱外迁，无暇进行学术活动，几无著作传世。后来，一些南迁文人及其后裔在江南的土地上，继承和发扬了中原文化的传统，创造了灿烂的六朝文学和艺术。另一部分人无法南奔，避地河西，其后裔成了北朝学术文化复兴的一支重要力量。还有一部分人避居河朔地区，成为北魏的高门士族，对北朝文化做了不少贡献。多年来，曹道衡在南北朝文学研究方面做了许多开创性的工作，得到了学界的广泛认同，故而这篇论文的主要内容被《中国文学通论·魏晋南北朝文学卷》作为专题研究成果进行了概述。

二、运用艺术生产理论研究古代歌诗的 生产与消费

从文学的生产与消费角度来考察古代文学，无疑会令人感到耳目一新。赵敏俐、吴相洲等人共同撰写的《中国古代歌诗研究——从〈诗经〉到元曲的艺术生产史》②一书，运用马克思的艺

---

① 曹道衡：《北朝社会环境对学术和文艺的影响》，《周口师范学院学报》2005 年第 1 期。

② 赵敏俐、吴相洲等著：《中国古代歌诗研究——从〈诗经〉到元曲的艺术生产史》，北京大学出版社 2005 年版。

术生产理论研究中国古代歌诗，亦即可以演唱的诗歌，开辟了一种全新的研究思路和研究方法。

本书从照顾各时代特点出发，从艺术生产的总原则出发，每个时代分别选取不同的问题展开讨论，以期能更好地反映各时代艺术生产特点，反映中国古代歌诗艺术生产内容的丰富性。全书共12章，导论和结语各一，以时代划分，从《诗经》至元曲，分别探讨了各时代歌诗艺术的成就和特点。

在魏晋南北朝隋唐五代部分，本书设立了"魏晋南北朝时代的歌诗生产"、"艺术生产视野下的魏晋南北朝歌诗艺术成就"、"初盛唐诗歌创作与歌诗传唱的关系"、"中晚唐诗歌创作与歌诗传唱的关系"四章，分别考察这一时段与歌诗生产和消费相关的各个部门与环节。比如，在考察"魏晋南北朝乐府机关的变革与歌诗生产"时，作者就分别从"汉哀帝罢乐府的政治背景及其对歌诗生产的影响"、"魏晋南北朝乐府官署的变革与清商乐的发达"、"北朝及隋代乐府官署的变革与胡乐的流行"等三个方面展开论述。

可见，本书从生产与消费的角度研究歌诗，实际上是把诗歌创作以及传播这两个过去被看作是相互独立的环节和过程打通了。本书所体现的理论创新的勇气和取得的成绩是值得赞许的，所以在这里特别提出，以期引起学界的关注。

三、从制度的层面关注文学以及跨学科研究的发展

从制度的层面关注文学的发展，是近年来古代文学研究的一个新的取向。在本时段，科举制度与文学的关系较早有学者涉及，

而选官制度与文学关系的研究则是近年来开拓的一个新的领域。

关于后者，有陈铁民、李亮伟的《关于守选制与唐诗人登第后的释褐时间》①的文章，该文针对王勋成《唐代铨选与文学》一书中"唐时及第进士必须守选三年才能释褐授官"的提法进行商榷，认为这一提法牵涉到不少唐代诗人的生平事迹考证问题，值得深入探讨。作者认为，王说大抵符合中、晚唐的情况，却并不符合初、盛唐的实际。作者据此认为，王勋成对岑参、王维生平进行的改写难以成立。这虽然是一篇针对唐代选官制度与文学的商榷文章，但是作者并没有否定二者之间的联系，而是试图把二者的联系落到实处，因而可以说是这方面研究的进一步深化。

上文提到的社会文化研究实际上属于跨学科研究，作为一种价值取向，无疑是值得肯定的，但是也要看到它们面临的共同问题就是如何找到合适的选题，使得跨学科研究既能敏锐地把握文学与其他学科的关联，又不能因此而放弃了文学的本位。跨学科研究在近年的发展状况及其存在的问题，正如张海明在《跨学科比较与中国古典文学研究》②一文中所指出的，跨学科比较虽属比较文学研究方法，但在中国古代文学研究领域有着广泛的应用前景，中国古代的泛文学观念、文史哲不分的传统以及文学和艺术的密切关联，为跨学科比较提供了宽广的用武之地，故自20世纪80年代以来得以迅速发展，成为这一时期古代文学研究的重要现象。倘能结合古代文学研究的实际需要对该方法加以变通灵活应用，相信有助于更好地认识古代文学的整体特性和对具体文

---

① 陈铁民、李亮伟：《关于守选制与唐诗人登第后的释褐时间》，《文学遗产》2005年第3期。

② 张海明：《跨学科比较与中国古典文学研究》，《清华大学学报》2005年第1期。

学现象作更深入的考察。

在政治与文学的关系方面，统治者的需要和提倡对文学发展的影响一直是人们关注的重点。如李俊在《初唐时期的祥瑞与雅颂文学》①一文中指出，初唐时期统治者对天降祥瑞表现出极大的兴趣和政治依赖，受其影响不但产生了大量润色鸿业、歌颂祥瑞的表奏赋颂，而且渐渐形成了初唐诗歌"观照自然"的一种普遍的心理状态，确立了雅颂文学写作的基本感发方式。在具体的景物描写以及咏物的过程中，也着重强化融和绚丽的嘉祥气氛，甚至表现民间生活的风物之美，佛寺道观的福地圣域都受到这种心态的影响。

在音乐与文学的关系方面，人们关注较多的是永明声律说与音乐的关系。如吴相洲《永明体的产生与佛经转读关系再探讨》②一文指出，自从陈寅恪提出永明声律说的产生是受佛经转读影响这一观点后，几十年来学界聚讼纷纭。作者改变了以往只注意探讨四声知识来源的研究方向，对佛经转读和永明体这两个关键主体做了具体考察，发现二者之间存在显而易见却一直被人忽视的联系，即二者都是与音乐有关的一种活动，所遇到的问题有很大的一致性，即都是要解决字与声（词与乐）的配合问题，这是把二者联系起来的最重要的依据，但目前尚无直接证据表明永明体的产生就是受到了佛经转读的影响。

除了永明声律说与音乐的关系之外，乐府曲辞与音乐的关系也是学者关注的课题。姚小鸥的《关于刘宋"今鼓吹铙歌"〈上邪曲〉的研究》③即为这方面的代表。作者认为，《宋书·乐志》中

---

① 李俊：《初唐时期的祥瑞与雅颂文学》，《中国青年政治学院学报》2005 年第 5 期。
② 吴相洲：《永明体的产生与佛经转读关系再探讨》，《文艺研究》2005 年第 3 期。
③ 姚小鸥：《关于刘宋"今鼓吹铙歌"〈上邪曲〉的研究》，《北方论丛》2005 年第 1 期。

保存有若干声辞杂写、不可通读的古代曲辞，包括《上邪曲》在内的刘宋"今鼓吹饶歌词"三篇尤为难解。"今鼓吹饶歌词"《上邪曲》的研究对于其本身及其他汉魏六朝乐府曲唱文本的解读都具有重要意义。

在宗教与文学的关系方面，丁放、袁行霈的《唐玄宗与盛唐诗坛——以其崇尚道家与道教为中心》[①]一文是本年度的重要成果。该文指出，唐玄宗治国之道以道家清静无为的思想为主，盛唐时期，朝廷弥漫着崇尚道家和迷信道教的氛围，其影响所及，造成道教诗歌的兴盛。与此同时，在唐玄宗周围形成几个道教人物的中心，他们既能对玄宗的政事产生影响，又在自己周围聚集了一批诗人，成为沟通诗人与玄宗之间的桥梁。这些盛唐道教诗歌与前代游仙诗相比，在题材、风格、体裁等方面都有了新的特点。这篇文章由盛唐道教与文学的关系，引出盛唐道教诗歌的话题，并由此考察政治人物与文学的关联以及盛唐道教诗歌的文体特征等，收到了多重的功效，可以说是跨学科研究的典范之作。

在社会学与文学的关系方面，有学者提出以社会学的社会角色理论来考察社会角色与文学创作的互动关系，这可以说是对以往文学社会学研究方法的一种深化。如马自力的《论中唐文人社会角色的变迁及其特征》[②]一文，从社会角色的变迁角度考察中唐文学的整体特征，指出士是中国古代的一种重要社会角色，唐前士人的社会角色经历了曲折的变化，唐代士人社会角色的变迁是与唐代社会政治的变迁紧密相连的，而儒士、文人和官僚的三位一体，构成了唐代文人的基本面貌。从社会身份的角度看，活跃

---

① 丁放、袁行霈：《唐玄宗与盛唐诗坛——以其崇尚道家与道教为中心》，《中国社会科学》2005 年第 4 期。

② 马自力：《论中唐文人社会角色的变迁及其特征》，《陕西师范大学学报》2005 年第 6 期。

在唐代社会政治文化生活中的几种社会角色,基本上可说是郎官、翰林学士、谏官、幕僚、州官等等。这几类人中,除了翰林学士是新产生的一种社会角色外,其他几类基本上是在原有的官僚体制格局中略作调整;但郎官、幕僚和州郡官之流在社会政治和文化活动中尤为活跃,所起的作用也更加明显。科举和入幕,特别是科举,成为士人改变自己的社会地位和转换社会角色的两大基本途径。大多数士人都走过这条坎坷不平之路。而科举和入幕的共存,集中体现了唐代士人社会角色变迁的时代特征。

从社会角色的角度考察文学,其出发点是试图把文学的演进过程还原为活的历史图景。马自力的另一篇论文《谏官及其活动与中唐文学》①即贯彻了这一视角。作者认为,谏官是中唐政治和文化舞台上活跃的社会角色之一。中唐文人具有强烈的泛谏诤意识,从谏诤精神在中唐谏官诗文中的消长,即谏诤传统在中唐的继承与变奏的轨迹中,可以清理出中唐谏官的文学活动和创作特色,还可以发掘出谏官的这种身份以及基于这种身份的观念和言行与文学活动之间的互动关系。

四、发掘中国文学传统新的内涵

发掘中国文学传统新的内涵,可以说是一项艰巨的开创性工作。由于其内容与本时段研究相关,所以也在这里特别提出。韩经太的《诗艺与"体物"——关于中国古典诗歌的写真艺术传统》②

---

① 马自力:《谏官及其活动与中唐文学》,《文学遗产》2005 年第 6 期。
② 韩经太:《诗艺与"体物"——关于中国古典诗歌的写真艺术传统》,《文学遗产》2005 年第 2 期。

一文，即是发掘中国古典诗歌写真艺术传统的努力。文章通过对魏晋六朝、唐、宋以来诗学批评及诗歌创作实践所共有的艺术课题的系统考察，揭示出中国古代诗歌艺术本来存在着"体物"写真艺术传统这一长期被忽略或轻视的事实。作者认为，具体分析中国古代诗歌先后与辞赋和绘画艺术所发生的历史性联系，并使之与魏晋至于唐宋之际体物写真的诗艺讲求联系起来，将不仅发现其含有艺术竞技与科学理性的诗艺学精神，而且可以具体认识到在写实求真中实现艺术原创的特定创作意识。

五、在文体研究中注重各文体间要素的相互关系与影响

在文体研究方面，唐诗体裁历来是人们关注较多的对象。钱志熙的《论唐诗体裁系统的优势》① 可以说是有关唐诗体裁的宏观研究。作者认为，唐诗艺术特征之形成、唐诗之繁荣，与唐代诗人使用的近体、古诗、乐府体三足鼎立的体裁系统存在密切的关系。唐代诗人在运用古近体的体裁系统方面，具有后世所没有的优势，这就是"唐诗体裁系统的优势"。它是我们认识和研究唐诗的另一种思路。唐诗体裁系统中诗与歌的关系、古体与近体的关系，是唐诗体裁系统中存在的两大矛盾，同时又因矛盾的张力而成为两大优势。

与唐诗体裁研究平行的是词体的研究。董希平的《诗人之词与词中诗心——论中唐诗歌影响之下的文人词》② 认为，中唐是早

---

① 钱志熙：《论唐诗体裁系统的优势》，《陕西师范大学学报》2005 年第 4 期。
② 董希平：《诗人之词与词中诗心——论中唐诗歌影响之下的文人词》，《天中学刊》2005 年第 3 期。

期词史发展的重要阶段：彼时的文人词作者皆为声名卓著的诗人，尚无专业的词作者出现；其时的文人词与诗没有明确的界限与分野，演唱实践中诗词并用、难分彼此，词尚未成为独立的文体；词在意境、取象、表现情感等方面，都有鲜明的中唐诗歌的特点。可以说，中唐词是诗歌影响之下的诗人之词。对于中唐词这一特征的考察，揭示了诗歌对于早期词发展的影响以及早期词体建设所作的贡献。

在文体研究中，注重考察文体间各要素的相互影响，是近年来值得注意的一种研究动向。这里所说的文体间各要素，既包括各种不同的文体，比如汉赋与小说；也包括不同文体中某些具有强势影响的要素，比如诗风与词风。陈君的《张衡〈西京赋〉与〈思玄赋〉中的小说因素》[①]考察汉赋与小说的互动关系，认为张衡赋与小说情节暗合的情形并不是孤立的现象，它是东汉时期两种繁荣的文体之间发生相互影响的例证。董希平的《中晚唐诗美学与词的特质》[②]关注的是诗词之间的相互影响。作者认为，中晚唐是唐诗风貌变化的重要转关，也是诗词盛衰更替的重要转关，诗衰词盛一时成为当日文坛发展的趋势。诗歌俗艳、浅直等一系列与流行曲词相似的特征逐渐得到强化，其中所显示的新的审美追求逐渐与词的内在特质相重合。李贺、李商隐、韩偓三位前后继起跨越一百余年的诗人可为代表，他们的作品在特征、功能上接近于词，其语言、意象、技巧也在文人词的创作上导夫先路，为稍后的词人所祖尚。诗歌的词化及其对词体的影响在此得到充分体现。

---

① 　陈君：《张衡〈西京赋〉与〈思玄赋〉中的小说因素》，《文学遗产》2005 年第 5 期。
② 　董希平 ：《中晚唐诗美学与词的特质》，《中国韵文学刊》2005 年第 1 期。

六、对文学风格、文人交往与
文学流派的新定位

　　蒋寅的古代文学研究一向追求学理的自觉，他的《孟郊创作的诗歌史意义》[①]就是一个例证。该文着重研究文学风格与艺术倾向的时尚问题，以及它们因超前、流行、滞后的时差带来的价值差异，从而对文学风格的意义进行了新的定位。

　　从严格的意义上说，任何一位诗人都是一个独特的存在，任何一种风格和表现都有不可取代的价值。然而实际上，每位诗人、每种风格和艺术表现由于出现的时间不同，对于诗史的意义也是不一样的。向来的研究一直注重于诗人风格及艺术特征的差异与独创性，而相对忽略了风格与艺术倾向的时尚问题，从而也就忽略了它们因超前、流行、滞后的时差带来的价值差异。有些诗人的创作，孤立地看固然也很有特色，但如果放到诗史的进程中去考察的话，就会呈现出更不寻常的诗史意义。孟郊就是这样一位诗人，尽管他作为一位风格独特的诗人一直为研究者所重视，其诗史意义也被从不同方面加以认识和肯定，但他对中唐诗歌所产生的主要影响尚未得到充分揭示，这主要是因为学者们对孟郊诗风的分析都集中于本文层面，通过意象和语言运用的特征来说明其诗境和风格的形成，较少深入到感觉的层次，研究其独特的感觉方式，从而发现孟郊在中唐诗坛的特殊意义。

　　《孟郊创作的诗歌史意义》一文从孟郊的艺术渊源与艺术倾向入手，研究诗人的感觉方式及与大历诗、元和诗的关系，认为

---

① 蒋寅：《孟郊创作的诗歌史意义》，《华南师范大学学报》2005年第2期。

他在唐诗演进中的特殊意义在于：第一，作为皎然和韩愈之间的过渡性人物，孟郊对中唐复古思潮起了前导作用；第二，其诗歌中显示出强烈的自我意识，强化和深化了诗歌抒情的主观色彩；第三，孟郊用独特的诗歌语言形成了他主观化的艺术表现，为中唐尚奇的诗歌风气开了先河。

如果说蒋寅的孟郊诗歌史意义研究为文学风格做了新的定位，那么杨义的《李白诗的生命体验和文化分析》① 则为文学风格研究提供了一个新的范本。作者指出，李白的醉态思维、远游姿态、明月情怀是其对中国诗学的重要贡献。李白继承了诗酒风流传统，同时又借助于胡地以及黄河、长江文明的综合气质，为我们民族的精神体验、审美体验提供了一个新的空间和新的形式。一般的文学风格研究常常是从文学意象和语言修辞的角度展开，而本篇论文从作者的中华民族整体文学理念出发，借助民族学和地理学的方法，对李白诗歌的风格进行了独特的审美解读，从而给人们带来不少启发。

以往从文人交往的角度研究文学，大都是在一般意义上的考察文人间的个人关系，较少涉及创作风格和文学流派的层面。陈才智的《张祜与元白诗派的离合》② 一文与此不同，该文研究张祜与元白的交往，其目的在于探讨张祜的诗歌创作风格及与元白诗派的关系。作者认为，张祜与元白诗派有合有离。就交往而言，离多于合；就诗歌创作而言，尽管可以自成一派，但在浮艳与讽谏之篇并存、古题乐府和新题乐府颇具元白新乐府精神、诗作中不乏浅近的律绝这三点上，则与元白诗派的合多于离。因而张祜位居白派入门弟子之席，还是有相当资格的。

①　杨义：《李白诗的生命体验和文化分析》，《文学遗产》2005 年第 6 期。

②　陈才智：《张祜与元白诗派的离合》，《文学遗产》2005 年第 5 期。

七、对"魏晋文学自觉说"的反思以及
中古文学理论范畴的梳理

在近年来的中国古代文学研究中，"魏晋文学自觉说"是最有影响的一种说法，它甚至成为许多人从事中国古代文学研究中的一个常识性判断。但是，赵敏俐的《"魏晋文学自觉说"反思》[①] 就对这一常识性的判断提出了大胆的质疑。该文指出：日本学者铃木虎雄首倡的"魏晋文学自觉说"并不是一个科学的论断，而鲁迅先生接受这一说法本是一种有感而发，虽然具有一定的学术启发性，但是不能把它上升为一种文学史规律性的理论判断。"汉代文学自觉说"是对"魏晋文学自觉说"的一个有力挑战，从汉魏以来"功利主义"与"文学自觉"、汉人的"个体意识"与抒情文学的关系来看，促进汉魏以来中国中古文学发展变化的根本原因是秦汉社会制度的变革、文人阶层的出现及其特殊的文化心态，以及他们对于文学的基本态度。以此为基础，可以清晰地看到从汉到唐的中国文学的演变轨迹。"魏晋文学自觉说"不能全面地描述中国中古文学的发展过程，它影响了我们对于中国文学发展规律和本质特征的认识，因而在中国中古文学研究中不适宜使用"文学自觉"这一概念。

应该说，这一质疑以及文章倡导的"汉代文学自觉说"是有一定的道理的，但是，我们更加看重的是提出这一质疑的理论勇气。

有关魏晋南北朝隋唐五代时期文学理论基本范畴的梳理工

---

① 赵敏俐：《"魏晋文学自觉说"反思》，《中国社会科学》2005年第2期。

作,可以举詹福瑞的《中古文学理论范畴》^①一书为代表。该书按文德、文术、文体、文变的秩序设立了四章,每章均择取其所属"最为重要、影响深远"的概念、范畴,"给以考辨和分析论述",外加一篇综述性质的《引言》和一篇附录《传神理论实质的历史演变》。全书重在从"史"的角度对中古时期文学理论的核心范畴进行正本清源。

八、借助学术评论表达学术思想

2004年北京地区的学者在从事学术研究之余,也积极投身于学术评论。这种情况的出现,显然与近年来古代文学研究成果引人瞩目有关,更与世纪之交以来学术史研究的兴盛趋势密切相关。

这些学术评论有一个突出的特点,即许多学者往往借助对同行研究成果的评论,来表达自己的学术思想和学术见解。如陶文鹏、张剑的《评傅璇琮〈唐宋文史论丛及其他〉》^②,对傅璇琮先生数年来在学科建设方面所做的努力,以及傅先生在唐宋文史研究方面取得的成就给予了高度的评价,同时也寄寓了作者对古代文学跨学科研究的见解;葛晓音的《力求摆脱依傍的唐传奇研究——评李鹏飞〈唐代非写实小说之类型研究〉》^③,在丝丝入扣地评析李鹏飞的《唐代非写实小说之类型研究》之余,表达了自己对古代小说研究的深入思考,同时对目前学术界存在的过度依傍前人、

只满足于小修小补的不良倾向提出了批评；蒋寅的《游刃于文学史话语和文化政治之间》[1] 评析陈国球的《文学史书写形态与文化政治》一书，旨在反思文学史话语和文化政治的异同和边界，希望在二者之间找到相同和互动的关节点；而蒋寅的另一篇书评《在宇文所安之后，如何写唐诗史？》[2] 则把眼光投向汉学家宇文所安，从杰出汉学家的治学之道反观国内学界存在的种种问题和弊端。这些学术评论尽管有的超越了本时段研究的范围，但对于当下和今后的文学史研究无疑具有显而易见的启发和促进作用。

---

[1]　蒋寅：《游刃于文学史话语和文化政治之间》，《读书》2005 年第 8 期。
[2]　蒋寅：《在宇文所安之后，如何写唐诗史？》，《读书》2005 年第 4 期。

魏晋南北朝隋唐五代文学研究综述（2006）

中古文学研究作为中国古代文学研究的重镇，其所取得的学术成就，无论是从数量还是从质量来说，历来都是引人瞩目的。本年度北京地区的魏晋南北朝隋唐五代文学研究状况亦可以作如是观。总的来说，以下两个特点比较突出：一是研究视野继续拓展，出现了一些新的研究领域或方向；二是课题的挖掘更加深入，对以往研究中存在的难点问题或疑点作出了正面的回答。以下结合本年度的具体研究成果做一概括的描述和分析。

一、研究理路：学科反思与问题反思

学者们对本学科的整体反思和所涉及问题的反思，在本年度是从多方面、多角度展开的。一些学者从学术史的角度指出古典文学研究存在的某些缺环，如蒋寅在《学术史：对学科发展的反思和总结》[①] 一文中认为，近年出版的古典文学各种学术史，存在这样一些问题：一是对新中国成立以后的学术史关注较多，对民国年间的成果注意不够；二是只知道国内的学术史，不了解或回避海外的研究成果；三是对有争论的问题注意较多，对

① 蒋寅：《学术史：对学科发展的反思和总结》，《云梦学刊》2006 年第 4 期。

扎实积累的成果注意较少；四是对作者师友的论著评述多，对其他学者的论著评述少；五是列举成果，转述内容多，准确判断其学术价值少。

在存在上述缺环情况下，学术研究的自觉性和探讨问题的深度显然会打折扣。因为不熟悉民国间的学术积累和海外的成果，不知道国际汉学对国内的影响，就不能纵向评价学术的发展和进步，也不能横向比较国内外有关研究的水平，以致学术史不能在广阔的学术视野里审视当代学术的发展，准确地判断学术的独创性。再加上编纂者的门户之见，更在很大程度上影响了学术判断的公正，致使真正有独创性、有建设性的成果常不能得到应有的重视和评价，而一些无关痛痒的问题和似是而非的结论却充斥在学术史的叙述中。浏览一部部学术史，虽堆积着许多人名和书名，但当代学术史是如何建构起来的，仍然不清楚。

作为研究对象的学术史，是学者对学科发展所作的反思和总结。这项工作的目的，是通过对既有成果加以淘汰和筛选，在知识积累的意义上肯定杰出学者及其成果的价值，在技术进步的高度上总结经验和教训，最终为学术发展指明方向。显然，这一工作对学者的学术素养和学术判断力的要求都是很高的，所以前辈治学术史的都是学富五车的大家，像黄宗羲、朱彝尊、梁启超、钱穆。在学术日益深化、学术领域的划分愈益细密的当代，不要说再难出现那样的通才，即使在一个有限的学术领域内，要具备贯通古今的专业知识也变得相当困难。在这种情况下，无论个人性的学术史研究，还是集体性的学术史著作撰写，都有必要确立一个基本的学术前提，那就是先审视学科或专业的知识构成，理清现有的知识是由哪些基本问题和重要认识构成的，也就是清理出支撑这门学问的关节点在哪里，这样我们就可以考究这些问题是由谁的什么论著提出和解决的，由此确认学科知识的基本框架是由哪些学者的贡献支撑的。在这个基础上，再考究这些知识是如何细化和完善的，就比较容易了。

有鉴于此，傅璇琮、蒋寅于 2004 年主编并出版了七卷本的《中国古代文学通论》，力图打通文学各部门之间、文学与文献、文学与社会文化之间的界限，多角度多层面地呈现中国古代文学的整体风貌。这应该说是努力弥补上述研究缺环的积极尝试。

另一些学者则着眼于近年来学术理念和方法的变化，如刘跃进的《回归与超越——漫议中国文学研究中的历史感问题》一文 [①]，分析了中国古代文学研究出现的注重历史感和文献材料等新情况，指出研究进路的发展前景：近几年来中国古典文学的研究呈现出两个鲜明的变化，即我们已经不满足于对浅层次艺术感的简单追求，而更加注重厚实的历史感；同时，我们也已经不满足于对某些现成理论的盲目套用，而更加注重文献的积累。由此，中国古典文学的研究呈现出向传统文献学回归的迹象。但这并不是一种简单的重复和回归，因为传统文献学已经远远不能适用于新时代的需要。电子文献、出土文献、国外文献为传统文献学添加了许多新的内容，同时并为中国古典文学的研究超越传统文献提供了可能。

作为学科反思和问题反思的另一个标志，是以访谈的形式对学术思想和研究方法进行探讨，受访者为至今仍然活跃在中国古代文学研究第一线的学术大家或知名学者，如马自力的《文学、文化、文明：横通与纵通——袁行霈教授访谈录》[②]、马世年的《走向通融：汉魏六朝文学史的文献学研究——刘跃进先生学术访谈

---

① 刘跃进：《回归与超越——漫议中国文学研究中的历史感问题》，《杭州师范学院学报》2006 年第 1 期。

② 马自力：《文学、文化、文明：横通与纵通——袁行霈教授访谈录》，《文艺研究》2006 年第 12 期。

录》^①等。前者体现了受访者弘通的学术视野和治学理念，提出文学、文化、文明的横通与纵通思想。后者提出传统文献学的四层次说、文献学在当代的发展、东汉文学研究领域的新开拓、新世纪古典文学研究"走向通融"的趋势及其深刻的变化：文学本位意识、文献基础意识、理论创新意识等。这些精彩和深刻的学术思想，既是对近三十年来中国古代文学研究的学理性总结，又具有时代性和前瞻性，对今后的学科建设和发展具有重要的理论指导意义。

问题反思，可以葛晓音的《从诗骚辨体看"风雅"和"风骚"的示范意义——兼论历代诗骚体式研究的思路和得失》^②为代表。对于这一问题反思的意义，作者有明晰的认识：细致地选择历代研究材料，以开拓未来研究的思路，是整理诗骚研究史的重要目的；在梳理的过程中把握前人常循的思路，有益于克服传统研究的惯性，寻找现代思辨的路向；搞清《诗经》学史和楚辞学史中关于风雅和风骚的纠缠，可以加深对于汉唐诗歌史的认识。可见，学者们对于问题的反思，并未局限于具体的题目本身，而是有更加长远和深入的思考作为基础。

以上研究理路层面上对于学科和问题的反思，构成了本年度魏晋南北朝隋唐五代研究的学术背景。

二、研究视野的拓展和研究领域的开掘

研究视野的拓展，体现在从研究对象的整体出发，而不是其

---

① 刘跃进，马世年：《走向通融：汉魏六朝文学史的文献学研究——刘跃进先生学术访谈录》，《甘肃社会科学》2006年第3期。

② 葛晓音：《从诗骚辨体看"风雅"和"风骚"的示范意义——兼论历代诗骚体式研究的思路和得失》，《中华文史论丛》第83辑，上海古籍出版社2006年版。

某一方面的性质出发，去考察其存在的价值和意义。如以往我们都是把陶渊明看作是一个诗人，因而总是从诗歌研究的角度寻找相关的研究资料，而袁行霈的《古代绘画中的陶渊明》一文 ① 则指出，陶渊明是中国文化的一个符号。古代绘画中大量关于陶渊明的作品，从一个侧面印证了这个论断。现存关于陶渊明的绘画可以分为三大类：第一类取材于他的作品；第二类取材于他的遗闻轶事；第三类是陶渊明的肖像画。考察这些以陶渊明为题材的绘画，可以看到陶渊明在画家心目中的影像，进而探讨陶渊明作为中国文化的一个符号所体现的人生追求和美学理想，以及陶渊明所产生的广泛影响。

研究视野的拓展，对于重新审视以往的学术史，开拓新的研究领域，其意义都是不言而喻的。

至于研究领域的深入开掘，则可以说在本年度取得了丰硕的成果。建构乐府学是一个突出的亮点。吴相洲在《关于建构乐府学的思考》一文 ② 中指出：乐府本有专门之学，与诗经学、楚辞学、词学、曲学，构成了完整的中国音乐文学史学，然而学界对乐府学的关注却远远不够。有鉴于此，文章阐述了乐府学研究的意义，分析了乐府学研究存在的不足，提出了乐府学三个层面（文献、音乐、文学）和五个要素（题名、曲调、本事、体式、风格）的基本工作路径和方法，并对这些研究的理论依据进行了思考。作者强调，建立现代意义上的乐府学是当代学人的重要学术使命。经过努力，围绕乐府学这个领域，目前已经拥有以首都师范大学诗歌研究中心为主要研究力量的基地，出版了专门的学术刊物《乐

---

① 　袁行霈：《古代绘画中的陶渊明》，《北京大学学报》2006 年第 6 期。

② 　吴相洲：《关于建构乐府学的思考》，《北京大学学报》2006 年第 3 期。

府学》，并取得了相当的研究成果，形成了一定的研究规模。如左汉林的《论教坊在中晚唐的发展和衰落》①即属于乐府学的相关领域研究，该文对教坊这一乐府的重要机构在中晚唐的兴衰进行了系统的梳理。

几年前，就有学者注意到古代官方和私人的教育，即官学和私学对于形成当时学术风气乃至文学创作风气的重要影响，如查屏球的《唐学与唐诗》。本年度，学者继续从文学与教育的关系角度进行探究，如康震在《唐代私学教育的文学性特征》一文②中进一步提出，唐代私学教育的繁荣与科举制度的直接促生密切相关；其课程体系、教育内容从经史转向文学辞章，并日益显示出其特有的活力。唐代私学教育具有多元化、个体化、自由化的特征，考生来源多样，教育教学形式多元化，有益于文学的接受与传播。唐代私学教育独特的教学环境为文学风格流派的形成提供了重要的自然人文环境，促进了唐代文学创作活动的发展。

对于古代文学研究来说，唐代翰林学士研究是傅璇琮先生几年前开拓并引领的新的研究领域。本年度，他在这方面研究已经产生了阶段性成果，即《唐翰林学士传论》。关于这一传统史学领域的研究课题与文学研究的关系，傅璇琮在《〈唐翰林学士传论〉前言》一文③中认为，唐代士人参加地方节镇幕僚，人数很多，其在幕府的仕历对文人的生活道路与文学创作也很有影响。不少翰林学士在其早期，也曾做过方镇的文职僚佐。但翰林学士的社会地位与政治作用，是大大高于方镇幕僚的。唐朝翰林学士是文

---

①　左汉林：《论教坊在中晚唐的发展和衰落》，《乐府学》2006年第1辑。

②　康震：《唐代私学教育的文学性特征》，《陕西师范大学学报》2006年第6期。

③　傅璇琮：《〈唐翰林学士传论〉前言》，《长江学术》2006年第3期。

士参预政治的最高层次。在盛唐设置的这一颇有文采声誉的职位，一直延续到清朝末世，也就是 20 世纪初。作为社会政治文化的一种重要现象，作为封建时代文人的必然就仕之途，科举制与翰林院，进士与翰林学士，是研究唐至清一千二三百年历史文化所不可回避的。在傅璇琮的《谈谈〈唐翰林学士传论·晚唐卷〉》①和有关《唐代翰林学士传论》的书评（《一部高品位的学术著作——〈唐翰林学士传论〉》②）中，傅璇琮及其他学者都对这一研究领域课题的学术价值进行了论证。

除了唐代翰林学士外，古代文人的其他社会角色也陆续进入了学者的研究视野，如郎官、学官、州郡官等。马自力的《论中唐"郎官"与文学》一文③即考察了中唐文人的郎官角色与文学创作的关系，指出作为中唐时期活跃的社会角色，郎官的活动与中唐文学有着重要和密切的关系。中唐文人对郎官职位十分重视和热衷，在中唐社会文化方面，郎官无论是作为文人集团还是作为个人，都起到了重要的作用。郎官意识既体现了中国古代文人的普遍心态和处世方式，同时也具有鲜明的中唐时代特征，在中唐郎官的文学活动中始终得到了充分的体现。这一选题可以说受到了有关翰林学士研究思路的启发，同时又注意将文人的社会角色与文学活动以及政治制度联系起来进行综合考察，对此，蒋寅在《考察中唐文化与文学转型的新视角——读马自力〈中唐文人之社会角色与文学活动〉》一文④中作了充分的肯定。

---

① 傅璇琮：《谈谈〈唐翰林学士传论·晚唐卷〉》，《中国图书评论》2007 年第 5 期。
② 《一部高品位的学术著作——〈唐翰林学士传论〉》，《社会科学辑刊》2006 年第 3 期。
③ 马自力：《论中唐"郎官"与文学》，《文学评论》2006 年第 2 期。
④ 蒋寅：《考察中唐文化与文学转型的新视角——读马自力〈中唐文人之社会角色与文学活动〉》，《北京大学学报》2006 年第 1 期。

三、对课题内在规定性的深入挖掘和
描述清晰度的提高

有学者指出，文学史家一个重要的工作目标就是尽可能清楚地描述出文学史上的现象并对其现象做出解释，如同高清晰度成为电视更新换代的标志一样，描述出高清晰度的文学史已经逐渐成为众多古代文学研究者的共同追求。而电视清晰度的提高有赖于像素的增多，文学史描述清晰度的提高有赖于描述视点的增多，从多个视角来审视中国古代文学，加强对文学产生背景的分析，以提高描述的清晰度，正是许多学人的自觉追求。

提高描述的清晰度，还有赖于对研究课题内在规定性的深入发掘。究其动因，正像前面刘跃进指出的那样，广大学者已经不满足于对浅层次艺术感的简单追求，而更加注重厚实的历史感；同时，广大学者也已经不满足于对某些现成理论的盲目套用，而更加注重文献的积累。所以说，只有直面学术史上真命题，努力解决学术史上的难点和疑点问题，才有可能真正超越前人。

如学者们在研究中国古代小说中的骗局时，已不满足于对题材的简单分类和概括，而是把它纳入文体研究的范畴，使这一看似十分传统的老题目，具有了更加广阔的内涵和新的意义。李鹏飞的《中国古典小说中的骗局》[①] 即是如此。该文的结论是，骗子小说是中国古代的一种重要小说类型，起源于唐，兴盛于明、清，对中国古代小说的各种文体、各种类型都有所渗透。比如其中精怪类骗局曾影响到《西游记》。现实类骗局则技巧高超，内容广泛，

---

① 　李鹏飞：《中国古典小说中的骗局》，《北京大学学报》2006年第1期。

涉及社会人生的诸多领域，对人类心理特征及性格弱点都有深刻揭示，具有文学、心理学及社会学上的多重意义。此外，明清骗局小说均有强烈的现实针砭意图，同时也表现出对骗局的赏玩态度，这显示出这类小说的劝惩功能与娱乐功能之间的一种矛盾关系。

文体研究方面，基于上述学术追求，学者们突破了以往简单地探讨文体的沿革演变的思路，而把文体的沿革演变与其他相关领域的相互作用以及文学发展的内在要求和规定性联系起来。这是本年度古典文学界值得关注的现象。葛晓音的《汉魏两晋四言诗的新变和体式的重构》[①]堪称代表作。文章从诗歌体裁与语言演变的关系出发，指出四言诗随着语言的发展实字化以后，由于单句语法意义的独立，失去了《诗经》体四言丰富多变的富有节奏感的句序。而在汉魏到两晋长达四百年的重构体式的探索中，实字四言所找到的新句序主要是与二二节奏最相配的对偶及排比句的连缀。对偶的单调性和高密度造成了使用单音节虚字和连接词的困难，使四言最适合于需要罗列堆砌的内容，自然就成为颂圣述德应酬说理之首选。于是，向《诗经》的风诗和小雅寻求减少对偶、自然承接的句式，就成为必然趋势。但陶渊明复归《诗经》体的成功，却说明实字四言重构体式的失败。这是东晋以后四言衰亡的内在原因。作者在这方面的研究成果，还可以举出《论汉魏三言体的发展及其与七言的关系》[②]、《论早期五言体的生成途径及其对汉诗艺术的影响》[③]等。此外，姚小鸥、秦瑞利的《铜镜

---

① 葛晓音：《汉魏两晋四言诗的新变和体式的重构》，《北京大学学报》2006年第5期。

② 葛晓音：《论汉魏三言体的发展及其与七言的关系》，《上海大学学报》2006年第5期。

③ 葛晓音：《论早期五言体的生成途径及其对汉诗艺术的影响》，《文学遗产》2006年第6期。

铭文与回文诗》① 系统地考察了铜镜铭文与回文诗的关系，对于中国古代文体的研究也具有积极的推动作用。

除了文体本身的研究外，学者们还关注到文体间的互动关系对文学史的影响，这可以说是文学史研究和文体研究互相结合的综合性研究。董希平、曹胜高《从诗词间作到诗词兼擅——论诗词互动视野下北宋词繁荣的一个重要标志》一文② 是这方面的代表。作者认为，宋词在欧阳修、苏轼之际走向高峰，一在于大批作者的创作，二在于得到了宋诗的助力。从"诗词间作"之诗人，到"诗词兼作"而以词擅长的词人，再到"诗词兼擅"的大词人欧阳修出现，宋词随着宋诗的成熟，也走向了繁荣。所以，欧阳修的出现，不仅在词史上具有里程碑的意义，也是北宋诗词共同繁荣的一个重要标志。中国古代文学在每个朝代，几乎都有代表性的成熟的文体，如先秦散文、汉赋、六朝骈文、唐诗、宋词、元曲、明清小说等，研究各个代表性文体的互动及其对文学发展的影响，不失为一种可行的研究路数。

文学作品的艺术分析历来是传统的研究课题，但其研究深度往往不能达到人们期待的水平。其原因在于，以往的艺术特征研究文章，往往满足于概括出研究对象几点特征，因而只能局限于艺术欣赏的层面，没有达到与文学创作的各个层面触类旁通的效果。陶文鹏、赵建梅《论唐代绝句描绘人物的艺术》③ 可以说是一个突破。文章的选题十分独特：描绘人物一般是叙事文学而非抒情文学的特长，但作者却注意到唐代绝句在描绘人物方面的独特

---

① 姚小鸥、秦瑞利：《铜镜铭文与回文诗》，《寻根》2006 年第 1 期。

② 董希平、曹胜高：《从诗词间作到诗词兼擅——论诗词互动视野下北宋词繁荣的一个重要标志》，《江海学刊》2006 年第 2 期。

③ 陶文鹏、赵建梅：《论唐代绝句描绘人物的艺术》，《文艺研究》2006 年第 5 期。

性，并由此展开分析，指出唐代诗人喜爱并擅长在篇幅短小的绝句中描绘人物。唐代诗人用绝句来摹写各种人的外貌、动作、语言，画人的眼睛，揭示其内心世界，从而刻画出形神兼备、栩栩如生的人物形象，同时也抒写自我情怀，营造深邃的意境。有些绝句杰作竟能描写两三个人物或展现一幕人生戏剧，其高超的艺术概括力与表现力令人叹为观止。

　　提高描述的清晰度，意味着对于研究对象的把握，必须建立在正面解答学术史难点和疑点问题的基础上。这就要求学者必须具备相当深厚的学术史素养和研究功力。邓小军的《李白〈峨眉山月歌〉释证》一文 ① 可视为代表。李白《峨眉山月歌》誉满千秋，其解释则迄今聚讼纷纭，莫衷一是。文章依据《毛诗正义》等文献，第一次提出诗中"半轮"指上弦月，上弦月是农历每月初七、八中午月出，月相呈为半圆，入夜月在中天，午夜月落，诗言"峨眉山月半轮秋"，又言"夜（后半夜）发清溪"、"思君（月）不见"，是上半夜见半圆月而后半夜不见，正是上弦月。作者依据宋黄鹤《补注杜诗》等文献，在前人研究基础上，进一步确定青溪驿在犍为县。全诗言舟行经平羌江到嘉州宿，已经入夜，一路上上弦月伴随人行，次日拂晓前从嘉州出发，到清溪宿，再次日拂晓前从清溪出发，出发时上弦月早已月落，虽不见月而念念不忘月。由李白此诗可见，飘逸、神韵、浪漫与写实，在诗歌中可以融为一体。由文章的基本思路和结论看来，作者不仅清晰地描述了研究对象"是什么"，而且力求回答"怎样"乃至"为什么"。这不能不说描述清晰度的提高，对于整个中国古代文学研究具有整体上的提升作用。

---

① 　邓小军：《李白〈峨眉山月歌〉释证》，《北京大学学报》2006 年第 5 期。

四、传统领域里其他课题的研究

传统领域里其他课题的研究，在本年度也呈现出多姿多彩的状态。以下择其要者，举例作一扼要概述。

关于作家作品研究。

孙明君的《谢灵运的庄园山水诗》[①]旨在探讨谢灵运庄园山水诗的特征及其在诗史上的地位。作者认为，谢灵运的山水诗可分为庄园山水诗和远游山水诗两大类型。所谓庄园山水诗，其作者主要是贵族阶层中具有高栖意向的士人，他们或者拥有自己的大型庄园，或者有条件经常出入、盘桓于贵族庄园之内。此类诗重在描写庄园区域的自然风光和园林建筑，以及诗人在庄园生活中对生命意义、生存价值的体悟和感受。在庄园山水诗之外，谢灵运还有一些写于行旅途中或仕宦之地的山水诗，姑且称之为远游山水诗。

钟涛的《〈文选〉赋鸟兽类选文刍议》[②]旨在对《文选》选文标准进行研究。在《文选》所收赋的十五个类别中，"鸟兽"类有五篇，是选文较多的一个类别。"鸟兽"类的设立有其合理性。"鸟兽"类的选文，无论是在内容上还是艺术上，都很有典型性和代表性。

关于文学思想研究。

吴光兴的《论萧纲的文学活动及其宫体文学理想》[③]把萧纲的文学活动、成长环境以及文学理想的形成联系起来，进行整体观

---

① 孙明君：《谢灵运的庄园山水诗》，《北京大学学报》2006 年第 4 期。
② 钟涛：《〈文选〉赋鸟兽类选文刍议》，《青海师范大学学报》2006 年第 6 期。
③ 吴光兴：《论萧纲的文学活动及其宫体文学理想》，《文学遗产》2006 年第 4 期。

照。指出作为宫体诗的主要倡导者，萧纲的文学观念的形成，与他本人成长的环境密切相关。文章以萧纲生平的四个阶段为线索，考察他的文学活动与宫体文学理想的形成过程，通过对这一过程的论述，萧纲《与湘东王书》对理想文学的深切关怀能得到比较透彻的理解；徐陵、庾信早年成长的平台也基本可以建构起来。

陈建农、苗贵松的《"文贵形似"与东晋南朝诗学中的形神问题》一文[1]，将东晋南朝诗学中的"形神"问题，与山水诗和绘画理论以及人物品评结合起来进行比较研究，认为晋宋之际山水诗的兴起，带来了"文贵形似"的创作风尚。与绘画理论和人物品评不同的是，这一时期的诗学理论中对"形似"的看法不像前者带有贬义，"形"与"神"都有特定的内涵，并不是完全对立的概念。从创作理论和实践上看，东晋南朝以来的诗学观念实际上是形神并重的。当然，与后代相比，这一时期诗学中的形神理论还没有达到从心与物、情与景的妙合无垠、浑然一体的关系上认识的高度。

谢思炜的《试论中唐的道教批判运动》[2]则把文学思想与当时的政治宗教思想结合起来，进行整体考察，认为中唐以韩愈、白居易等人为代表的批判道教运动，是知识阶层人士以理性态度思考人生和现实问题后决意采取的行动，其影响也局限于知识阶层内，对统治者和下层民众基本没有产生影响，因而是一场比较纯粹的思想和信仰问题的争论。道教遭受批判是由于其教义本身难以自圆其说、长生思想日显荒谬，但更重要的原因还在于在中唐历史条件下理性精神得到特殊发扬。因此，这场运动的思想史意

---

[1]   陈建农、苗贵松：《"文贵形似"与东晋南朝诗学中的形神问题》，《常州工学院学报》2006 年第 3 期。

[2]   谢思炜：《试论中唐的道教批判运动》，《清华大学学报》2006 年第 3 期。

义绝不逊于同一时期的排佛运动。但不能将理性态度坚持到底，又导致这些人士在信仰问题上的迷惑和动摇。

钱志熙的《情性与通变——唐人诗学的基本思想与方法》① 指出：造成唐诗繁荣并取得卓越艺术成就的重要原因之一，应是唐人在诗学思想与诗学方法上的高度自觉及实践上的有效。诗学之根本有两点，一是诗人对诗歌本体的体认与追求，二是诗人对诗歌创作中通变规律的自觉运用。唐人的成功，在很大程度上取决于他们对以情性论为主旨的诗歌本体观的坚持，和对主要表现为继承与创新关系的通变规律的正确把握。

关于文学语言的研究。谢思炜的《白居易讽谕诗的语言分析》② 认为，白居易的讽谕诗与其创作目的和风格要求相适应，使用了大量典故（事典）和书面成语（语典），尽管其中大部分都不生僻，但也有被后人误解之例。此外，讽谕诗使用口语词的情况在整个唐诗中也不算突出。白诗的浅切易懂并非来自它的口语化或近俗，而是由于它题旨清楚、合于书面语规范和言事真切。宋人"俗"的评语模糊了白诗的实际面貌。

---

① 钱志熙：《情性与通变——唐人诗学的基本思想与方法》，《长江学术》2006 年第 1 期。
② 谢思炜：《白居易讽谕诗的语言分析》，《文学遗产》2006 年第 1 期。

魏晋南北朝隋唐五代文学研究综述（2007）

2007 年度北京地区魏晋南北朝隋唐五代文学研究的重要进展，主要体现在以下几个方面：

一、关于文学观念与研究方法的讨论

文学观念与研究方法的进步，关系到文学研究的进步。本年度古代文学研究界关于文学观念与研究方法的讨论，主要集中在两个问题上，一是古代文学研究如何向外拓展，二是古代文学研究与现实生活的关系。前者有杨义的一系列文章，如《文学的文化学和图志学问题》[①]、《重绘中国文学地图的方法论问题》[②]、《重绘中国文学地图的纲目》[③]、《诗学与叙事学的创新策略》[④] 等，后者有傅璇琮的《走出唐诗的"唐诗之路"》[⑤]。

重绘中国文学地图、文学的文化学和图志学问题的提出及其探讨，标志着文学研究疆域的重要拓展。这一问题由杨义提出，

[①] 杨义：《文学的文化学和图志学问题》，《西南民族大学学报》2007 年第 1 期。

[②] 杨义：《重绘中国文学地图的方法论问题》，《社会科学战线》2007 年第 1 期、《学术研究》2007 年第 9 期。

[③] 杨义：《重绘中国文学地图的纲目》，《北京联合大学学报》2007 年第 2 期。

[④] 杨义：《诗学与叙事学的创新策略》，《北京联合大学学报》2007 年第 1 期。

[⑤] 傅璇琮：《走出唐诗的"唐诗之路"》，《中华遗产》2007 年第 9 期。

并以一系列研究成果，如《中国新文学图志》、《中国文学图志》
等著作，显示了其重要学术价值。在本年度发表的《文学的文化
学和图志学问题》、《重绘中国文学地图的方法论问题》、《重绘中国
文学地图的纲目》等文章中，杨义对这一问题进行了系统的阐释。
其中心思想可以概括为：文学史研究实际上是对一个民族如何感
知和想像世界的研究，对一个民族的感情、志趣和自由想像的精
神历程的研究。中国文学史写作的理论和实践，经历了中华民族
精神演变的过程。从当年讨论"文学定义"到今天讨论"文学边
界"，人们对文学史写作和民族精神重铸关系的关注重点已发生
了实质性的变化，应该把它归还到原本的文化语境之中，以文
学文本为中心，发掘它与文化人类学、人文地理学、民族学以
及文献学等之间的联系。一百年来以《中国文学史》命名的著
作，基本上都是汉语文学史，而实际上汉族与少数民族之间经
过数千年的碰撞融合，早已共同构成了一个多元一体的文化总
体，衍化出中华民族伟大的文化精神和文化哲学。今后少数民
族文学的"边缘的活力"，应该进入中国主流文学史的写作之中。[①]

　　在古典文学研究中，"浙东唐诗之路"是把传统与现实联系起
来的一个范例。傅璇琮的《走出唐诗的"唐诗之路"》一文[②]，对
"浙东唐诗之路"在中国文学史、文化史上的地位，它的学术价值、
遗产价值和现实意义进行了阐释。文章认为，浙东唐诗之路可与
河西丝绸之路并列，同为有唐一代极具人文景观特色、深含历史
开创意义的区域文化。首先，它拓展了唐代文学研究的领域，并
可把唐诗与六朝遗风、山水胜景、社会民俗、佛道玄理、园林建
筑、书画音乐等与文学有关的其他亲缘学科进行交叉、交融和综

---

① 杨义：《文学史研究与中华民族的精神谱系》，《徐州师范大学学报》2008年第1期。
② 傅璇琮：《走出唐诗的"唐诗之路"》，《中华遗产》2007年第9期。

合探索。其次，"唐诗之路"构建出人文景观、自然景观与唐诗整体性的渊源关系，因而为传统文化研究提供了范例。传统文化研究成果如果利用得当，可以促进当代经济建设和文化发展。这不但为古代文学研究，也为当代经济研究提供了新的课题。古代文学研究应当把传统与现实结合起来，中国唐代文学学会对"浙东唐诗之路"的研究，就极有现实性，开发利用价值极高。当代经济研究，应重视古代文学研究，尤其是身在"唐诗之路"上的经济界人士，可从文化土壤中汲取营养，凭藉地理优势，拓宽思路，发展经济。

二、关于文学与政治

文学与政治的关系历来是古代文学研究的重要领域。但是，二者的关系不是谁决定谁的关系，而是相互影响的关系。这种文学观念，与以往简单地将文学与政治对应起来相比，无疑是一个明显的进步。而深入挖掘其中的种种要素及其相互关系，进而对文学史提出一种新的规律性认识，则是近年来古代文学研究，特别是本时段古代文学研究的重中之重。

首先是翰林学士与文学的关系研究。此课题经傅璇琮先生的提倡和实践，[①] 近年形成了一个热点，而且在逐步走向深入。如康震的《文学与政治之间——唐玄宗朝翰林学士述论》一文，梳理了翰林学士的缘起、演变及唐玄宗时代翰林学士的主要行事，由此得出结论："作为固定的使职差遣，唐翰林学士确定于唐玄宗

---

① 如傅璇琮先生近年出版了《唐代翰林学士传论》上、下卷，辽海出版社 2005 年、2007 年版。

朝。它经历了文学侍从、翰林待诏、翰林供奉和翰林学士等几个阶段。玄宗朝翰林学士的中枢政局定位尚欠明确，运行体制亦不完善，所以它的政治作用未能完全发挥，政治地位也不稳定，对其他政治权力有较强的依附性。玄宗朝翰林学士的入选与开天之际重用文学之士有密切关系。由于身处枢密机要之地，兼以文词之士出身，翰林学士成为盛唐文士投献诗文的重要对象。众多优秀文学家因此云集京城，令开天时期京城的文学创作呈现出多元风格，衍生出丰富的文学现象。翰林学士在客观上促成开天时期京城诗人群体审美趣味的汇聚、整合与形成。翰林学士是开天时期文词之士进阶仕途的重要渠道。"①

其次是政治人物与文学的关系研究。这类研究与以往文学社会学的研究方法的不同之处在于，在研究者的理念中，政治人物不再是文学活动的背景，而是文学活动的中心，不再是一个简单的符号，而是影响文学活动的重要因素。如丁放、袁行霈近年来集中研究政治人物对盛唐诗坛的影响，本年度共发表了两篇相关论文，其一是《杨氏兄妹与盛唐诗坛》。该文认为，杨国忠、杨贵妃兄妹及其家族是天宝后期左右政坛的势力。在杨国忠当政期间，诗人们在政治上继续被边缘化，而他们的政治使命感却更强了，对征讨南诏、东北边疆危机、杨氏集团的奢侈腐败等，均有及时而深刻的反映。盛唐诗歌从而更具有时代感，或者说带有类似新闻报道的特点，这对中唐新乐府诗有启发作用。盛唐诗人对杨贵妃有一种爱恨交织的复杂感情，杨贵妃成为盛唐及其后诗歌、戏曲、小说的绝妙素材。② 其二是《姚崇、宋璟与盛唐诗坛》。该

---

① 康震：《文学与政治之间——唐玄宗朝翰林学士述论》，《山西大学学报》2007 年
　　第 1 期。
② 丁放、袁行霈：《杨氏兄妹与盛唐诗坛》，《文学评论》2007 年第 3 期。

文指出，姚崇、宋璟是"开元之治"的奠基者，著名的"姚崇十事"是他们的施政纲领，其可信度很高。他们开创了政治开明、经济繁荣的局面，为盛唐诗人提供了宽松的创作环境。姚、宋也能诗，但水平不甚高；此期长安诗坛存在着一个以岐王为中心的小圈子和以韦陟为中心的小圈子，但影响都不太大；张说被贬出朝期间，诗歌创作达到新的高度，他的诗代表这一时期诗坛的水准；盛唐诗歌高潮虽然尚未到来，但一大批一流诗人的储备与一批名篇的出现，已昭示了盛唐诗歌美好的未来。①

三、关于文学的接受与传播

文学的接受与传播也是近年来古代文学研究的热点。本年度这类研究在广度和深度方面，均有所开拓，出现了一些引人瞩目的研究成果。

有的文章挖掘出文学的接受与传播中某些带有规律性的现象，进行系统的梳理和理论概括，如邓小军的《隐藏的异代知音》一文，对文学史上的异代知音现象进行了概括，并对典型个案做了详细的分析，得出了一些重要的结论，值得重视。② 文学史上的异代知音现象，包括显性的和隐藏的异代知音。显性的异代知音，是指前代作家优秀作品的精微蕴藏，被后代学者所独到、准确、深刻地理解，并通过其注释评论的表述而明显地揭示出来，其见解往往超越于以前所有注释家评论家之上。隐藏的异代知音，是指前代作家优秀作品的精微蕴藏，被后代诗人所独到、准确、深

---

① 丁放、袁行霈：《姚崇、宋璟与盛唐诗坛》，《文学遗产》2007 年第 3 期。

② 邓小军：《隐藏的异代知音》，《文学遗产》2007 年第 3 期。

刻地理解，并通过其文学作品中的用典或广义的用典而潜在地表现出来，其见解往往既超越于以前又超越于以后的所有注释家评论家之上。该文还对文学隐藏的异代知音的特征、文学隐藏的异代知音何以能够超越以前所有注释家评论家之上，进行了简要的分析。

有的研究者则从某种以往不太关注的角度提出问题，如孙明君的《天下文宗　名高希代——唐代宗期待视野中的王维诗歌》一文，[①] 从最高统治者对文学作品的接受角度，对王维诗歌进行了独特的解读。该文认为，王维被唐代宗誉为"天下文宗"，这个评价不是一个普通读者对一位普通诗人的看法，它折射了当时最高统治者对文学创作的政治态度和审美情趣。从朝廷政治的角度看，典雅平和的王维诗歌是代宗眼里的新经典。从日常生活的角度看，王维诗歌反映了盛唐时代贵族阶层的审美标准和艺术趣味。在盛唐诗人中，只有王维才最符合封建帝王及其政权对文学的政治要求和审美期待。

有的文章从文学史的内在联系出发，阐释两种文学现象之间的相互影响。如钱志熙的《论初唐诗人对元嘉体的接受及其诗史意义》一文，[②] 阐述了初唐诗人接受元嘉体影响的诗史事实，考察了李峤、杜审言、陈子昂、张说、张九龄等诗人在创作实践中吸收元嘉三大家诗风的艺术表现，并从晋宋迄初盛唐的诗史流变中把握这一问题，指出唐诗在全面发现汉魏诗风的经典价值之前，经历过学习晋宋体以超越齐梁体的环节。

---

① 孙明君：《天下文宗　名高希代——唐代宗期待视野中的王维诗歌》，《陕西师范大学学报》2007 年第 5 期。
② 钱志熙：《论初唐诗人对元嘉体的接受及其诗史意义》，《中国文化研究》2007 年第 3 期。

四、关于文体形成

关于文体形成的研究，学者们达成了一种共识，即历时性的研究，除了高屋建瓴的规律性把握外，也要明了各种枝节性的细节。因此，以一种文体为范本，进行文体发展的比较研究很有必要。以下试举两例。

在诗体形成研究中，葛晓音的《早期七言的体式特征和生成原理——兼论汉魏七言诗发展滞后的原因》一文，[①] 引用节奏和音节的概念，对诗体形成的过程进行具体分析，从而把文体形成的研究引向了深入。该文认为，战国后期，由于韵文中四言词组和三言词组的愈趋实字化以及语法意义的独立，对于二者之间节奏关系的探索，成为骚体诗和民间谣谚的共同现象，这是酝酿七言节奏的主要背景。七言节奏的生成原理决定了早期七言篇制由单行散句构成、意脉不能连属的体式特性，使七言只能长期适用于需要罗列名物和堆砌字词的应用性韵文和俗文字，而不适宜需要意脉连贯、节奏流畅的叙述和抒情。汉末少数七言作品在突破七言自身局限方面所作的尝试，为七言体朝叙述和抒情的方向发展提供了一些初步的经验，但是与生成途径不同的五言诗相比尚欠成熟，这是汉魏七言诗发展滞后的基本原因。

在文章文体研究中，钟涛的《试论晋唐启文的体式嬗变》一文，[②] 对魏晋到隋唐的"启"这种文体进行了细致的梳理，考察了它的起源、功用及其创作流变，由此对晋唐文章创作中骈散嬗变的研究，提供了一个案例。

---

① 葛晓音：《早期七言的体式特征和生成原理——兼论汉魏七言诗发展滞后的原因》，《中国社会科学》2007 年第 3 期。
② 钟涛：《试论晋唐启文的体式嬗变》，《文学遗产》2007 年第 4 期。

五、关于作家作品

　　作家作品研究作为古代文学研究的传统领域，依然为学者们所关注。虽然这类研究的重点依然集中在名家和名作之上，但是学者们已经不仅仅满足于对作家生平、思想的考证、阐释，以及对其代表作的分析和解读，而是试图通过考证和解读，进一步挖掘作家作品的文学史意义乃至文化史意义。如邓小军的《陶渊明〈饮酒〉诗作年考——兼论"亭亭复一纪"之年代问题》[①]一文指出，《饮酒》当作于刘宋。《饮酒》用邵平典故寄托易代之感，言新朝也会灭亡，当作于入宋。以饮酒象征政治不合作，来自竹林七贤；象征政治不合作以及隐逸躬耕以保全独立自由人格和生命权利，则是来自陶渊明的新玄学实践境界。

　　关于杜甫研究，重要的研究成果有邓小军《杜甫〈北征〉补笺》[②]、葛晓音《杜甫的孤独感及其艺术提炼》[③]、杨义《杜甫诗的历史见证品格及其审美分析》[④]、陶文鹏、赵建梅《论诗哲杜甫》[⑤]等文。从选题上看，杜甫研究的深度和广度显然非一般诗人能比；但是，尽管学者们的研究已经触及美学、历史、哲学的方方面面，却仍然没有脱离文学文本中心以及文学研究的本位。这无疑是值得肯定的。如《论诗哲杜甫》一文认为，杜甫的诗歌对社会、人生、自然、宇宙的哲理表现，达到了中国诗歌史上前所未有的广

① 邓小军：《陶渊明〈饮酒〉诗作年考——兼论"亭亭复一纪"之年代问题》，《晋阳学刊》2007 年第 5 期。
② 邓小军：《杜甫〈北征〉补笺》，《北京大学学报》2007 年第 3 期。
③ 葛晓音：《杜甫的孤独感及其艺术提炼》，《陕西师范大学学报》2007 年第 1 期。
④ 杨义：《杜甫诗的历史见证品格及其审美分析》，《清华大学学报》2007 年第 2 期。
⑤ 陶文鹏、赵建梅：《论诗哲杜甫》，《南京师范大学学报》2007 年第 1 期。

度与深度。杜诗中的哲理，有以议论和警句的形式表现的，更多是寄寓在对自然界和社会生活物象与事象的生动描绘之中。这些作品是诗情、画意与理趣三者完美的结合。大变动的时代背景、杜甫以儒为主兼收佛道的思想、颠沛流离的人生体验，以及他对曲尽物理的自觉追求，是杜诗丰富深刻的哲理意蕴生成的原因。杜甫哲理诗对宋诗理趣的形成有巨大的影响，是宋诗理趣的开山祖师。

六、争鸣与讨论

"意境"是中国古代文论的重要范畴，有关"意境"范畴的探讨和争论向来引人瞩目。韩经太、陶文鹏的《中国诗学"意境"阐释的若干问题——与蒋寅先生再讨论》一文①，继续前几年与蒋寅的争论，并且试图在争论中把这一问题的探讨引向深入。该文强调，认真的讨论将有助于对中国既有理论范畴的充分阐释，从而也有助于构建中国特色的文学理论体系。"意境"阐释是中国诗学古今贯通的课题。"意境"阐释中的历史意识，始终与美学意识交织在一起，需要针对具体问题作出理性的辨析。基于魏晋以来诗歌艺术实践的唐宋"意境"诸说，除明确提出"意境"概念之外，更有关于"意"与"境"之结构模式的深入阐释。苏轼"境与意会"说是中国古典"意境"阐释的基本意向。明清以来的"意境"阐说具有现象描述和价值判断的双重内涵。王国维在认可严

---

① 韩经太、陶文鹏：《中国诗学"意境"阐释的若干问题——与蒋寅先生再讨论》，《北京大学学报》2007 年第 6 期。

羽"兴趣"说、王士祯"神韵"说的前提下进而"探其本"。探
讨中国诗学的"意象"和"意境"说，需要本着具体语境具体分
析的精神来精细解读相关文本，需要认识到中国传统文学理论批
评概念间的"丛生"关系。

七、其他

除了以上六个方面的重要进展外，还有一些值得关注的重要
研究成果。如康震的《文化地理视野中的诗美境界——唐长安城
建筑与唐诗的审美文化内涵》^①指出，唐长安城是唐朝的国都，是
唐长安文化的重要载体与重要组成部分。作为唐朝国家意志的象
征，长安城是唐代审美理想物化形态的典范，也是唐诗创作重要
的人文环境。唐诗不仅承载着长安城的建筑思想与审美文化，也
是不断充实、拓展长安城文化内涵的艺术形式。正是在承载与拓
展的过程中，在与周边文化地理环境、都城建筑群体的交流互动
中，诗人的创作心态日益成熟，诗歌的审美文化内涵日趋丰富，
并呈现出丰富多元的审美形态与审美境界。该文把唐诗研究与文
化地理学结合起来，试图从一个新的角度揭示唐代长安城的建筑
思想和审美文化与唐诗创作的互动关系，从而向人们提供了传统
诗歌研究领域拓展的新思路。

此外，雒三桂的《王羲之集校笺》^②，吴伟斌的《元稹考论》^③、

① 康震：《文化地理视野中的诗美境界——唐长安城建筑与唐诗的审美文化内涵》，
《文艺研究》2007 年第 9 期。
② 雒三桂：《王羲之集校笺》，商务印书馆 2007 年版。
③ 吴伟斌：《元稹考论》，河南人民出版社 2008 年版。

《元稹评传》^①也是近年来本时段研究的重要成果，已经引起学术界的关注。^②前者的意义在于对艺术家的文学创作进行梳理；后者的意义在于对文学史上的传统成见的突破。

---

① 吴伟斌：《元稹评传》，河南人民出版社 2008 年版。
② 分别参见傅璇琮《〈王羲之集校笺〉序》，《山西大学学报》2007 年第 3 期；傅璇琮《吴伟斌〈元稹考论〉序》，《中国文化研究》2007 年冬之卷。

魏晋南北朝隋唐五代文学研究综述（2008）

　　2008 年适逢改革开放三十周年，关于新时期古代文学研究的总结和反思理所当然地成为古代文学界热议的话题。北京的许多学者，包括主要从事魏晋南北朝文学研究的学者踊跃参加了讨论，发表了若干形式多样的文字。这些文章，如袁行霈《走上宽广通达之路——新时期古代文学研究的趋向》[①]、胡明《为最近三十年的中国古代文学研究立块碑石》[②]、蒋寅《古代文论研究的回顾与前瞻》[③] 等等，既是改革开放 30 年来古代文学发展成长历程的回顾和总结，同时对本时段的文学史和相关问题研究亦具有启示意义。

　　在对于新时期古代文学研究的总结和反思中，可以梳理出几个带有全局性的问题或课题。这些问题或课题，在本年度魏晋南北朝隋唐五代文学研究中，同样也是值得关注的。故这里即以这些问题或课题为线索，展开本年度的研究综述。

一、古代文学研究的还原与重构

　　关于古代文学研究的还原与重构，无疑是近年来学界讨论的

---

① 　袁行霈：《走上宽广通达之路——新时期古代文学研究的趋向》,《文学遗产》2008 年第 1 期。
② 　胡明：《为最近三十年的中国古代文学研究立块碑石》,《文学遗产》2008 年第 1 期。
③ 　蒋寅：《古代文论研究的回顾与前瞻》,《文学遗产》2008 年第 1 期。

焦点问题之一。以往的讨论，集中在是否需要以及如何还原与重构，现在人们认识到，还原和重构不仅需要创新思维，面临纷繁复杂的学术环境和全球化浪潮，学者更需要清晰和正确的研究理念。随着对西方学术思想和学术理念反思的深入展开，人们开始注意到本民族文化传统与现代学术思想的"对接"问题：既要充分认识到本民族文化传统的"独特性"，又要避免在具体的研究中，用这种"独特性"去取代现代公认的学术范式和理念。所以，今天的古代文学界仍然面临着廓清基本架构、厘清基本理念的严峻任务。

从这种背景来看，陶礼天的《文化传统与〈文心雕龙〉之性质略论》[①] 一文就有了某种特殊的意义和功效。针对近来有些学者把刘勰当作文章学家，把《文心雕龙》当作"文章学"著作的观点，该文强调了文化传统在文学研究中的作用，指出从内在理论结构、讨论问题的重点、论述文学性质的历史性深度等等"中和"起来看，《文心雕龙》应该定性为文学理论批评著作，犹如我们承认《庄子》是一部哲学著作，《史记》是一部历史著作，其间的道理是相同的。这一问题看似简单，然而它的确关系到今人用什么样的眼光去看待文学现象，用什么样的方法去驾驭文学史料的基本问题，因而值得引起我们的高度注意。

二、古代文学研究方法论的反思

改革开放三十年，也是古代文学研究方法论取得自觉和突破的三十年。2008 年的方法论讨论，集中在以下几个方面：

---

① 陶礼天：《文化传统与〈文心·雕龙〉之性质略论》，首都师范大学文学院编：《文学前沿》，学苑出版社 2008 年版。

1. 文学中的史学与史学中的文学

从文史结合的角度切入研究对象，往往能够有不同寻常的发现，如王国维就曾提出过著名的"二重证据"法，以后饶宗颐又在此基础上提出了"三重证据"法，这一规律被学术史多次证明。而把文史结合的方法运用到文学理论研究领域，以往还是不多见的，彭民权的《论刘勰的文学史书写——以〈文心雕龙·时序〉为中心》[①]是一个突出的例子。作者认为，从文学史视野考察《文心雕龙》有其积极意义。首先，历史书写是刘勰的言说习惯。从某种程度上说，《时序》可以看成一篇短小精悍的文学简史。以《时序》为中心，再结合其他诸篇，可以看到，刘勰客观上书写了一段从先秦到南朝宋的文学史。其次，历代文学的书写中，对帝王及帝王文学的大力书写是一大特色，充分体现了刘勰的文学理想。第三，从价值评价的角度看，十代文学的发展有高下之分。在刘勰看来，周代及其以前的文学是后代无法企及的高峰。文史贯通言易行难，特别是要对一部百科全书式的巨著进行文史贯通的考察，从中有所发现，更属不易。

2. 诗歌意象的计算机检索、统计和分析

随着计算机检索、统计和分析方法在学术研究中的广泛运用，近年这个问题越来越引起人们的关注。但是从方法论的角度正面论述，并结合实例展示其成果的文章并不多，蒋绍愚的《李白、杜甫诗中的"月"——计算机如何用于古典诗词鉴赏》[②]即是其中

---

① 彭民权：《论刘勰的文学史书写——以〈文心雕龙·时序〉为中心》，《山西师范大学学报》2009 年第 5 期。

② 蒋绍愚：《李白、杜甫诗中的"月"——计算机如何用于古典诗词鉴赏》，《语文建设》2008 年第 11 期。

值得关注的代表作。该文探讨的是如何使用计算机进行诗歌鉴赏的问题，作者首先指出，计算机擅长的是检索、分类、统计，而诗歌是感情的结晶、创造的艺术，用机械的检索、分类、统计手段来分析诗歌，无异于扼杀诗歌的生命。然后提出正确的做法应该是将计算机和人脑相结合：利用计算机强有力的检索功能，快速、全面、准确地提供有关资料，然后由熟悉诗歌的研究者从审美的角度来探索诗歌艺术的奥秘。

运用计算机进行古典诗词的鉴赏，可以从诗歌意象入手。意象是古典诗词中艺术创造的重要因素，它是诗歌中经常出现的形象，这些形象以其自然的属性为基础，又融入了人文的因素，包含了深厚的文化积淀，如该文所考察的"月"。运用计算机技术鉴赏古典诗词，可以以意象为中心，用计算机提供某种意象在某个作家或某个时代的诗词中出现的全部例句和诗篇，在此基础上进行艺术分析，深入探究诗人的语言艺术。当然，利用计算机技术对古典诗词进行鉴赏，还有较大的局限性。用计算机鉴赏古典诗词，主要是在"炼字""炼句"两个层而，有时也可以涉及"炼意"，但那些不事雕饰、浑然一体、自然天成的"炼意"，还无法涉及。其实，那样的"炼意"应属诗歌的上品。

三、文学体裁相互影响的研究

前些年，一些高校纷纷成立文体研究中心，如北京大学中文系于 2002 年成立了中国古代文体研究中心，中山大学中文系于 2003 年成立了中国文体学研究中心。这些研究机构的成立，标志着中国古代文体研究正在从自由和分散的研究形态，向自觉和系统的研究形态"进化"。

2008年的古代文学文体研究依然保持了以往强劲的势头，而且从深度和广度来说，都比以往有所推进，其中"文体互参"是研究热点之一。

蒋寅的《中国古代文体互参中"以高行卑"的体位定势》[①] 着眼于中国古代文体演变的一般规律，指出文体互参是中国古代文学创作中的一个习见现象。诗词曲之间，古文和时文、辞赋和史传之间，甚至在韵文和散文两大文类之间，都普遍存在着互参现象，并且互参之际显示出以高行卑的体位定势，即高体位的文体可以向低体位的文体渗透，而反之则不可。这种定势及其艺术效果，因为在书法中表现得最为直观易解，所以古代批评家常用书法来比喻和说明文体互参中的这种体位定势。"破体"这一书法术语也在唐代被引入文论，又在宋代浓厚的辨体意识中与"本色"构成一对有关文体互参的互补性概念，左右着人们对具体文体相参的审美评价。以高行卑的美学依据，实质就是木桶原理，即作品整体的风格品位取决于体位最低的局部，以高行卑可以提升作品的风格品位，反之就会降低作品的风格品位。不过问题的复杂在于，在跨文类互参之际，由于涉及文体的功能，也存在不同程度的例外。

陶文鹏、赵雪沛的《论唐宋词的戏剧性》[②]，着眼于词与戏曲这两种不同文体之间的相互借鉴和渗透，同时又注重其间的转化中介，这就是词与戏曲同为音乐文学。文章认为，唐宋词从多方面表现出明显的戏剧性。唐宋词的代言体特点、个性化抒情唱词、

---

① 蒋寅：《中国古代文体互参中"以高行卑"的体位定势》，《中国社会科学》2008年第5期。

② 陶文鹏、赵雪沛：《论唐宋词的戏剧性》，《文学评论》2008年第1期。

二人或多人的问答对唱方式，词中展示出戏剧冲突、戏剧动作、戏剧情境等各种戏剧因素，都是其戏剧性的体现。唐宋词中有正剧、喜剧、悲剧与带泪的喜剧、梦幻剧、寓言剧等多种风格形式。唐宋词对戏剧确有巨大的影响，唐代参军戏与宋代杂剧或许也曾给予词的创作以一定的启迪。词与戏剧的关系也印证了宋代文学艺术不同体裁相互借鉴渗透的特征。

应该说，在中国文学史上，各种文体在形成过程中受其他文体影响是很自然的事情，小说与戏曲、诗与词、词与曲之间都有影响关系。但是在进行文体影响研究的时候，必须遵循一个原则：不仅要比较双方在表面形式上的异同，更要关注不同文体之间的本质特征，如此才不致流于为比较而比较。赵敏俐的《七言诗并非源于楚辞体之辨说——从〈相和歌·今有人〉与〈九歌·山鬼〉的比较说起》①一文，通过七言诗与楚辞体两种诗体的比较，具体说明了这一问题。七言诗源于楚辞体，是现代学术界大多数人的看法，其中一个重要材料就是沈约《宋书·乐志》中录有《今有人》一诗，是由《九歌·山鬼》改写而成。但是，两首诗之间的改写关系不能看成是两种文体的演化。从本质上讲，楚辞体与七言诗是两种不同的诗体，后者不可能是从前者演变而成。楚辞体在汉代沿着两条路线发展，一种是以楚歌的形式和骚体赋的形式继续存在，一种是变为散体赋中的六言句式，而七言诗的产生自有其独立的过程。

葛晓音的《先唐杂言诗的节奏特征和发展趋向——兼论六言和杂言的关系》②和《中古七言体式的转型——兼论"杂古"归入"七

---

① 赵敏俐：《七言诗并非源于楚辞体之辨说——从〈相和歌·今有人〉与〈九歌·山鬼〉的比较说起》，《深圳大学学报》2008 年第 3 期。

② 葛晓音：《先唐杂言诗的节奏特征和发展趋向——兼论六言和杂言的关系》，《文学遗产》2008 年第 3 期。

古"类的原因》①，是作者中国古代诗歌体式研究课题的系列成果。
在这两篇论文中，作者继续沿用从节奏、音节的角度探讨诗歌的
体式沿革的思路，取得了新的进展。特别是关于先唐杂言诗的探
讨，填补了这方面的空白。关于诗体研究的论文，还有刘占召的
《"以古为律"——盛中唐律诗创作的一个倾向》②等。

　　关于乐府诗的研究，有范子烨《论〈江南〉古辞——乐府诗
中的明珠》③、《〈乐府诗集〉三题》④，梁海燕《汉唐舞曲乐府诗探
析》⑤等。这些文章或探讨乐府诗中吴歌、西曲的相关概念，或考
察乐府诗作为一种音乐体裁，其舞曲歌辞兼具表演艺术、歌辞文
学的双重属性，揭示了汉唐之际乐府诗在表演、流传过程中，其
舞曲本事、叙述内容、主题思想、舞蹈形象、演艺情况等，都对
当时及后代文坛产生了独特影响。

四、完善文学传统对文学发展产生影响的链条

　　文学传统与文学发展的关系，无疑是文学史研究的题内之义。
但是，由于涉及许多宏观和微观的文学、非文学因素，要梳理清
楚某种文学传统与某一时段文学发展的内在关联，从而发掘出其
中的文学史意义，绝非易事。

---

① 葛晓音：《中古七言体式的转型——兼论"杂古"归入"七古"类的原因》，《北
京大学学报》2008 年第 2 期。
② 刘占召：《"以古为律"——盛中唐律诗创作的一个倾向》，《唐都学刊》2008 年
第 3 期。
③ 范子烨：《论〈江南〉古辞——乐府诗中的明珠》，《南阳师范学院学报》2008 年
第 11 期。
④ 范子烨：《〈乐府诗集〉三题》，《乐府学》第三辑，学苑出版社 2008 年版。
⑤ 梁海燕：《汉唐舞曲乐府诗探析》，《南华大学学报》2008 年第 6 期。

　　杜晓勤《北齐文学传统与初唐诗歌革新之关系》① 指出,学界在研究盛唐风骨形成过程时，大多直接溯源到建安诗人，未曾注意到由北齐入周隋的卢思道、薛道衡、孙万寿等诗人的创作传统，是初唐诗歌革新派刚健诗风的近源这一中古诗歌史的重要环节，诸多研究成果，也都局限于隋代诗坛论述他们的诗歌特色和成就。其实，出身北齐、活跃在周隋易代之际，以卢思道、薛道衡等为代表的诗人群体，不仅自觉踵武建安诗人，发抒朝代更迭过程中个人前途的忧虑和志不获骋的悲怨，使他们的作品成为继建安诗歌之后罕见的慷慨多气、风骨凛然之作，而且还对初唐一些革新派诗人的创作活动和革新理论发生了直接或间接的影响。他们的诗作是初盛唐诗人远绍建安诗歌、恢复汉魏风骨的重要津梁，在南北朝向唐代诗歌艺术转型过程中，具有相当重要的文学史意义。

五、从相互影响的角度观照文学思想和文学创作

　　把文学思想与文学创作联系起来，是罗宗强倡导的文学思想史研究的理念。但需要注意的是，文学思想史的研究，着重在从文学创作中发掘文学思想，而在文学史研究中，则更关注文学思想与文学创作的相互影响。可喜的是，学者们超越了学科的界限，用宏阔的眼光，多角度地观照这一问题，从而取得了积极的成果。跃进的《释"齐气"》② 是其中的典型代表。该文从文献、地域、民俗、心理、文化的角度，比较了建安七子中齐鲁诸子在文学创作方面的异同，并进一步考察了"齐气"与"齐俗"、"齐学"的

①　杜晓勤:《北齐文学传统与初唐诗歌革新之关系》,《文学评论》2008 年第 5 期。
②　跃进:《释"齐气"》,《文献》2008 年第 1 期。

关系。虽然作者自称只是围绕着"齐气"钩稽了若干史料，弥缝折衷，比类成编，深入系统的探讨，还有待于来日，但我们仍然可以感到作者已经搭建好了一个十分严密的阐释结构，而且在搭建的过程中不难看到钱锺书治学的影子。这方面的文章，还有李伟《王勃文学思想中的"文儒"特征》①、陈先明《张九龄的文学思想初探》②等。

六、诗歌与意象研究中的学理追求

这是古代文学研究的传统课题之一。值得注意的文章有钱志熙的《李白〈清平调词〉新解——从"叶想衣裳花想容"说起》③，王莹的《唐宋"国花"意象与中国文化精神》④，蒋寅的《贾岛与中晚唐诗歌的意象化进程》⑤，黄秀端、黄丹玥的《唐诗里竹子造景的意象组合及意境创造》⑥，梁海燕的《论唐诗中的"牧童"意象》⑦等。

李白的《清平调词》三首，第一句"云想衣裳花想容"，北宋蔡襄书"云想"作"叶想"。然未为人所注意。清人王琦认为是蔡氏落笔之误。对于三首诗的本义，历来的解释都以为是咏人。钱志熙的《李白〈清平调词〉新解——从"叶想衣裳花想容"说

---

① 李伟：《王勃文学思想中的"文儒"特征》，《武汉科技大学学报》2008 年第 3 期。
② 陈先明：《张九龄的文学思想初探》，《广东广播电视大学学报》2008 年第 1 期。
③ 钱志熙：《李白〈清平调词〉新解——从"叶想衣裳花想容"说起》，《中国典籍与文化》2008 年第 4 期。
④ 王莹：《唐宋"国花"意象与中国文化精神》，《文学评论》2008 年第 6 期。
⑤ 蒋寅：《贾岛与中晚唐诗歌的意象化进程》，《文学遗产》2008 年第 5 期。
⑥ 黄秀端、黄丹玥：《唐诗里竹子造景的意象组合及意境创造》，《理论观察》2008 年第 3 期。
⑦ 梁海燕：《论唐诗中的"牧童"意象》，《河北工程大学学报》2008 年第 3 期。

起》从"叶想"非误的观点出发，重新论定三诗的本义为咏花之词。咏花为主，暗寓咏人。对于诗歌意象的探讨，意在纠正古今说诗者对此诗本义的误解。

王莹的《唐宋"国花"意象与中国文化精神》从文化精神层面观照诗歌意象，指出中国自古就有咏物传统，咏花诗是咏物诗的重要大类。"花"意象植根于中国文化的土壤，具有独特的审美意蕴与精神价值。唐宋两代声势浩大的"尚花"风习和咏花热潮，以国花产生的方式，推动中国精神体验的攀升。该文探究唐宋"国花"意象的生成过程及其流变，从而揭示出唐宋"国花"意象超越时代的思想艺术价值如何建构起圆融丰盈的中国文化精神。

中国的咏花诗词从《诗经》初见端倪，《楚辞》初步建立了"花"作为人格象征的意象内涵。唐宋诗词上承诗骚与魏晋风流，将"咏花"诗词的书写推向极致。花风即唐宋风，因缘于时代的政治、经济、社会、文化风气而呈现不同的气象。文人个体命运遭际、升迁贬谪、物喜己悲等主客观原因又导致他们对于"花"的书写融入了强烈的个性特征，生发出摇曳多姿的文化风貌。从审美文化史、文人思想心态史、绘画史等多角度，可以窥见从唐到宋的文化转型积淀了怎样的文化底蕴和人格形态，揭示出唐宋人文精神、文化心态、文人审美趣味的流变。两代国花由牡丹到梅花之更替，代表着截然不同的精神气质之转换，折射着潜在的文化裂变与重新整合，展示了中国文化精神整体的辩证统一构成的新境界。

从以上两篇文章中，我们可以清晰地看到学者们执着的学理追求。那就是不满足于文学现象的平面比较和线性认知，而力图建立各种相关现象之间的联系，从而构建出一幅立体的活生生的文学史图景。

七、突出文学题材和类型研究的文学史意义

这方面的文章有白岚玲的《唐传奇遇仙故事类型研究》[①]，陶文鹏、赵雪沛的《论唐宋梦幻词》[②]，孙明君的《咏新曲于故声——改造旧经典、再造新范型的陆机乐府》[③] 等。它们的共同点在于把题材和类型进行有效的对比和沟通，从而突出对象的文学史意义。

八、从目录学切入文学传播问题

文学传播是近年来古代文学研究的热点之一。钱志熙的《早期诗文集形成问题新探——兼论其与公谦集、清谈集之关系》[④]，考察的是早期诗文集的形成与传播问题。集部的形成与发展是魏晋南北朝文学中最重要的问题之一。但由于文献的缺乏，此问题一直处于模糊认识之中。历来认为别集始于东汉，但对现存文献的研究表明，别集始于魏晋之际，且是从史部中派生出来的。通过对晋宋两代以集名书情况的集中考察，特别是对一些一向被忽略的重要文献信息（如鲍照《松柏篇序》中提到的《傅玄集》）的文献价值的发掘，可让我们窥探到早期别集的传播情况。而对

---

① 白岚玲：《唐传奇遇仙故事类型研究》，《湖南文理学院学报》2009 年第 1 期。
② 陶文鹏、赵雪沛：《论唐宋梦幻词》，《文学遗产》2008 年第 6 期。
③ 孙明君：《咏新曲于故声——改造旧经典、再造新范型的陆机乐府》，《北京大学学报》2008 年第 3 期。
④ 钱志熙：《早期诗文集形成问题新探——兼论其与公谦集、清谈集之关系》，《齐鲁学刊》2008 年第 1 期。

晋宋清谈集、群体唱和的文人宴集与集部形成与流行之间可能存在的关系的探讨，则是研究集部成因的新角度。

九、重大问题的讨论和反思

关于重大问题的讨论和反思，始终是学界关注的焦点。除了本文开头提到的关于三十年来古代文学研究的宏观问题的反思外，刘宁的《李白是浪漫诗人吗？——反思中国 20 世纪对李白的浪漫主义解读》[①] 提出了一个 20 世纪学术史的公案，因而十分引人注目。

众所周知，20 世纪的中国李白研究，受到了欧美浪漫文学和浪漫主义文学批评的显著影响。作为外来的文学批评概念，"浪漫"与"浪漫主义"是否适合用来理解李白的人生与艺术，是一个很值得思考的问题。这些概念产生于与中国传统文学差异较大的西方文学传统之中，以之阐释中国的传统诗文艺术，枘凿之处自然不可避免。因此对这种做法的质疑，自其产生之日起，就从未停止。在这里，作者提出了一个出人意料而又发人深省的问题：外来的文学批评资源，对于我们理解中国的传统艺术是否只会带来障蔽和曲解，我们是否有可能，或者有必要彻底拒绝这些资源而重返传统的批评方式，我们该如何理解外来批评资源对于理解传统的意义？

基于以上认识，本文作者梳理了 20 世纪中国学者在李白研究中，对浪漫主义批评方式的接受与拒斥，分析了浪漫文学经验

---

① 刘宁：《李白是浪漫诗人吗？——反思中国 20 世纪对李白的浪漫主义解读》，《文学遗产》2008 年第 3 期。

与浪漫主义批评视角对理解李白艺术的积极意义及其局限，对中国古典文学研究如何面对外来文学经验和文学批评传统的影响做出反思。本文的可贵之处，不仅在于具体地梳理了浪漫主义文学批评对 20 世纪李白研究的影响，更在于把理论的反思建筑在广阔的学术背景之上，不仅注目国内学界，更把眼光扩大到当今的西方汉学界，在古今中西的对比中，展示了新一代学者不拘一格的学术视野和冷静客观而又积极审慎的治学态度。

十、向历史本真和文学本真靠近

陈贻焮的《怎样读王维诗》[①]，是新近整理出的陈先生的遗作。整理者杜晓勤、陈瑜在附记中写道："先生在这篇文章中以诗人之心去体味、欣赏王维诗艺的精妙之处，既空灵又到位，代表了先生晚年对王维诗歌艺术更为圆熟精微的理解。"从这篇旧文中，我们可以体会到老一辈学者严谨求真的治学态度："十年浩劫期间，没想到李白竟给荒谬地吹捧成'法家'，而现实主义大师杜甫却被定为'儒家'遭到批判。（不管是扬还是抑，这样做，对李、杜都是歪曲和不敬）李、杜尚且如此，王维就更不在话下了。"这一段话，特别是括号里的文字，不仅批判了那个荒谬的年代，亦可为当下学界立一面镜子，照出许多学者不自觉的浮躁之气。故本文虽为旧文，亦诚弥足珍贵。

向历史本真和文学本真靠近，是文学研究者的追求和使命。这个过程无疑是漫长和艰辛的，而其靠近的方式和形态无疑应该是异彩纷呈的。这是我们的目标，也是我们的期待。

---

① 陈贻焮：《怎样读王维诗》，《北京大学学报》2008 年第 4 期。

魏晋南北朝隋唐五代文学研究综述（2009）

2009 年北京地区学术界关于魏晋南北朝隋唐五代文学的研究，一直处于整个学术界反思和呼唤学术诚信、重视和强调文献学研究的氛围之中。

首先是 2009 年初由所谓的"大师热"引发的思考。2009 年 2 月，有学人发表文章，从年龄、身世和学问三个方面对"国学大师"文怀沙提出质疑，而号称"国学泰斗"的文大师对此始终未给予正面回答。一石击起千层浪，"文氏事件"引发了学术界对"大师"现象的新一轮争论。5 月 9 日，"'大师热'引发的思考"座谈会在中国社会科学院召开，与会学者围绕"大师热"以及专家学者的社会形象与社会责任等问题进行了热烈讨论。[①]

其次，在反思和呼唤学术诚信的同时，重视文献学的研究成为古代文学研究界学者们的共识。重视文献是中国学术的优秀传统，王国维先生在"清华学校研究院"授课时，提出取地下之新材料与纸上之旧材料互证，主要谈的就是运用文献的方法，体现的是对文献的重视。清华大学于 2008 年 4 月成立"清华大学古典文献研究中心"，中心主任傅璇琮发表题为《文献学与文学研究结合》的文章强调，用"提要"这一传统形式，就现代治学思

---

① 参见《社会科学论坛》2009 年第 7 期（上）刊发的一组笔谈，如左玉河《时代呼唤真正的大师》、董希平《"种子"问题，抑或是"土壤"问题？——对于近年来"大师"问题的分析与反思》、霍桂桓《建议设立"学者学术信用评价系统"》等。

路，可以为当前古典文学研究拓展领域，夯实基础。[①] 傅文还重点介绍了该中心拟从文献学与文学研究结合的角度规划的三个项目，即《中国古代诗文名著提要》、《续修四库全书》集部类提要、《宋才子传笺证》。前两项都属于提要的编纂、撰写，而提要则是文献学的基础——目录学的一个组成部分。

2009 年，基于上述两点共识，学术界举办了一系列学术会议。如 2009 年 11 月 13 日至 15 日国家图书馆主办的"中国古典文献学国际学术研讨会"。在本次会议上，国内外专家学者围绕古文献整理研究的理论与方法创新、典籍数字化与文献研究、古文献整理研究的交流与合作、专题古文献整理研究的最新进展以及古籍整理出版等议题，进行了广泛而自由的讨论。学者们针对古籍整理出版的专业性与规划性、古籍数字化对文献整理研究传统模式的冲击、文献资料使用中的主客观障碍等问题，提出了富有建设意义的思考和建议。又如 2009 年 12 月 12 日—13 日，由北京大学古代文体研究中心、古代诗歌研究中心主办的"中国文学史学科百年学术讨论会"。来自全国院校、研究机构的近一百位学者围绕文学史学科发展的脉络、文学史家的研究特点、文学史撰写的模式、文学史作为基础课程中所存在的问题，进行了广泛和深入的讨论。

在上述学术背景下，本年度北京地区的魏晋南北朝隋唐五代文学研究，在以下几个方面取得了值得关注的进展。

一、文学与政治军事的关系

文学与政治军事的关系，向来为治古典文学的学者们所重视。

---

① 傅璇琮：《文献学与文学研究结合》，《清华大学学报》2009 年第 1 期。

邓小军本年度发表的一篇论文，专门讨论了南朝乐府《西洲曲》与南北朝长江军事分界线的问题[①]，指出《西洲曲》爱情故事与南北朝历史地理背景及其变动密切相关。当长江南北之间交通自由时，江北男子曾到江南与江南女子相恋，后来长江南北之间交通断绝，双方不能见面、通信，唯有隔江相思。南北朝之间边境防守严密，禁止通行，故可称之为南北朝军事分界线。南北朝时，只有梁末至陈代前期（549—573）及陈代后期（579—589），长江两次成为南北朝军事分界线。因而《西洲曲》爱情故事的历史地理背景，当为梁末至陈代前期或陈代后期江北地区属北时的长江下游地区。而《西洲曲》的声律有局部粘对，亦与梁陈时期近体诗声律进化到局部粘对、甚至全部粘对的状况相一致。综上所述，从《西洲曲》的历史地理内容及声律看，《西洲曲》当是梁末至陈代的作品（549—589）。这篇文章与其说是探讨文学与政治军事的关系，不如说是借由作品所反映的历史地理因素来推断其创作的时代。因而此类研究虽可以归于文史结合的传统路数，但从其立论的角度和关注点来看，仍颇具新意。从此我们也可以发现学者们在治学门径上既向传统复归，又追求现代学术意义上的突破的自觉意识。

二、文学与精神思想史的关系

以往的文学研究，特别注重作品的思想内容及其进步意义，至于作品产生的精神思想土壤以及它们对当时和后代的精神思想

---

① 邓小军：《〈西洲曲〉与南北朝长江军事分界线——兼论〈西洲曲〉的创作时代》，《晋阳学刊》2009 年第 5 期。

的影响，则往往被搁置在一边。但是，如何将文学与精神思想史联系起来，无疑是一个难题。蒋寅的《陶渊明隐逸的精神史意义》[①]对此做出了回答。在这篇被安排在"重塑文学史：古代文学研究新视界"栏目的文章里，作者指出：陶渊明作为精神偶像树立于诗坛，纯粹是靠文学实现的。而他的作品后来被尊奉为一种风格典范，则是依赖其作品的精神史内涵。陶渊明的经典化过程，包含着一个很耐人寻味的过程，作为其文学之标鉴的"隐逸"在后世的接受也呈现为多样的内涵，尤其是到明清两代，已被注入特殊的积极意义，而与"隐逸"的原初含义有了很大的不同。

隐士的祖先，从传说中帝尧时代的高士许由算起，中经商周之际不食周粟的伯夷、叔齐，春秋时代的长沮、桀溺和楚狂接舆，到秦末避世商山的"四皓"，再到汉代与其妻孟光"举案齐眉"的隐士梁鸿，无论怎样论资排辈，都远轮不上陶渊明；但是，陶渊明最后成了"隐逸诗人之宗"，充分证明了隐逸的文学化，正是陶渊明被经典化的过程。而这也应了孔子"言之无文，行而不远"（《左传·襄公二十五年》）的那句至理名言，同时也说明，隐逸的文学化正是陶渊明与精神思想史的缩结之所在。

三、文学创作与音乐艺术的关系

如上所述，在中国古代作家中，陶渊明可以说是一个极其简单而又复杂至极的人物。范子烨有关陶渊明研究的系列论文[②]以

---

① 蒋寅：《陶渊明隐逸的精神史意义》，《求是学刊》2009 年第 5 期。
② 《"阮公"与"惠孙"：陶渊明〈咏贫士〉诗未明人物考实》，《九江学院学报》2009 年第 1 期；《田园诗人的别调：陶渊明与楚声音乐》，《文艺研究》2009 年第 11 期；《颖水之思与鸿儒之道：陶渊明〈示周掾祖谢〉诗解》，《文学遗产》2009 年第 3 期。

及专著《悠然望南山——文化视域中的陶渊明》[①]，即向人们揭示了陶渊明及其创作的独特内涵，值得特别重视。范氏有关陶渊明系列论述的一个突出特点，是特别重视并深入探讨了陶诗与音乐的关系。如《田园诗人的别调：陶渊明与楚声音乐》一文指出，陶渊明素以恬美静穆的田园诗驰誉后世，其文学创作与音乐艺术的密切关系，由于旧史的错误记载，长期受到遮蔽，而成为陶渊明研究史中的一个盲点。通过对陶渊明诗文以及相关史料的开掘，范子烨从这个独特的方面展示了这位伟大诗人的艺术气质和审美情怀，揭示了他高雅脱俗的文化品格以及由于他对楚声音乐之文化因子的吸纳和转化，而使其某些作品中呈现了特殊的艺术魅力。其次，范子烨还对陶渊明的若干诗篇进行了还原解读。如《颍水之思与鸿儒之道：陶渊明〈示周掾祖谢〉诗解》一文，在全面的文本梳理基础上，从晋宋之际的政治史、佛学史和儒学史的角度对陶渊明的《示周掾祖谢》一诗进行了精彩的阐发，具体而微地揭示了该诗的思想寄托和艺术特质。指出此诗在波澜不惊、恬静自然的颍水之思中激荡着时代的风云变幻，反映了在文人纷纷趋炎附势的浇薄颓败世风之下，陶渊明对儒家道统的坚守、对佛教的拒斥态度及其在诗歌创作中的特殊价值。文章在文本还原阐释的同时，又展开了对陶渊明的宗教文化解读。可以说，作者对陶渊明的音乐文化解读、宗教文化解读以及文本的还原解读，构成了一个相对圆融的阐释体系，从而为陶渊明研究乃至古代作家研究提供了一个可供借鉴的范本。

　　钱志熙的《南北朝隋代散乐与戏剧关系札论》[②]是一篇关于音

---

①　范子烨：《悠然望南山——文化视域中的陶渊明》，东方出版中心 2010 年版。
②　钱志熙：《南北朝隋代散乐与戏剧关系札论》，《文学与文化》2010 年第 1 期。

乐史和戏剧史的论文。汉魏六朝时期的百戏、散乐与戏剧的关系，一直受到学者们的重视。从多种情形来看，百戏、散乐，都可以说是中国古典戏剧的直接渊源。本文在论述百戏、散乐与戏剧的基本关系的基础上，着重考察隋唐七部乐中的"礼毕"即"文康乐"的戏剧性质，即考证文献所载魏晋南北朝百戏、散乐中的戏剧成分。对于考察中国戏剧形成的历史而言，从音乐艺术入手，当然是研究对象使然，即题中应有之义，但作者通过对南北朝隋代散乐与戏剧关系的考察，得出了在"汉魏六朝及隋的乐府中，广泛地存在着戏剧的成分"，乐府"应该是唐前戏剧史的主体"的结论，这就回到了对文学史规律的把握上，因而该文堪称本年度的重要之作。

乐府诗的音乐性质是与生俱来的，因而考察其与音乐艺术乃至舞蹈艺术的关系也是题中应有之义。梁海燕的《舞曲乐府诗的文体特征探讨》[1]认为，舞曲歌辞是汉唐乐府诗的一个重要类别，与舞蹈艺术结合，是其有别于其他类乐府诗的重要特征。在舞曲创作背景、表演情境的影响下，大多舞歌文本重叙述事件、描写场面，具有很强的故事性，其语言具有指向受众的内在要求。同时受舞曲来源影响，舞歌在一定程度上仍然保留着民间歌舞的色彩，呈显雅俗并存状态。

吴相洲的《论唐代诗人之歌》[2]则侧重考察唐诗演唱活动，这也是与音乐艺术密切相关的课题。作者强调，在唐代，诗人是诗歌演唱的第一主体，诗人之歌是唐诗的一种创作形态和存在形态，是诗歌活动的重要组成部分，研究诗人之歌是全面认识唐人诗歌活动的重要视域。文章描述了唐代诗人歌的存在形态，分析了诗

---

[1]　梁海燕：《舞曲乐府诗的文体特征探讨》，《延安大学学报》2009 年第 2 期。

[2]　吴相洲：《论唐代诗人之歌》，《文学遗产》2010 年第 4 期。

人之歌的功能作用，考察了诗人之歌与乐人之歌、大众之歌的关系，揭示了诗人之歌在诗歌创作上的文本显现，从而总结出研究唐代诗人之歌的六点意义，即有助于认识诗人的创作情境、有助于认识诗人的创作心境、有助于认识诗人的人生态度、有助于认识诗歌形式、有助于认识诗歌的风格、有助于认识诗人诗歌的传播与价值实现的情况。

可见，考察文学与音乐舞蹈艺术的关系，不仅可以扩大研究的视野，更重要的是能够给囿于某种思维定势的学者提供新的思路，发现一些被常规思路和方法所忽略的课题。

四、经典作品产生年代的确切考证

经典作品产生年代的确切考证，本来是普通的文献学考证问题，但是，对于一些特殊的课题而言，则具有特殊的学理意味。如关于《古诗十九首》的创作年代，一直是中国诗歌史上的重大课题，也是一个重大难题。因而木斋近年来发表的关于《古诗十九首》并非产生于现在文学史著作所说的东汉，而是产生于建安魏晋时代的系列论文[①]，理所当然地引起了学术界的关注。对此，一向积极倡导文学史研究方法革新的傅璇琮先生撰文给予高

---

① 木斋：《试论五言诗的成立及其形成的三个时期》，《山西大学学报》2005 年第 3 期；木斋：《论建安游宴诗的兴起——兼论今日良宴会的作者》，《山西大学学报》2006 年第 1 期；木斋：《论建安山水题材五言诗及其诗歌史意义》，《社会科学战线》2006 年第 5 期；木斋：《陌上桑创作时间、作者考辨》，《北方论丛》2008 年第 1 期；木斋：《从语汇语句角度考量古诗十九首与建安诗歌》，《山西大学学报》2009 年第 1 期；木斋：《论〈古诗十九首〉与曹植的关系——兼论〈涉江采芙蓉〉为曹植建安十七年作》，《社会科学研究》2009 年第 4 期。

度评价，指出木斋有关《古诗十九首》问题的研究，可以看作是自梁启超发表"东汉"说之后对《古诗十九首》和五言诗起源的第一次系统总结、第一次系统的梳理和第一次具有创新意义的突破。就其研究的深度、广度和系统性来说，是前所未有的，其关于《古诗十九首》产生于建安十六年之后的结论，已经改写了文学史。[①]傅文强调，木斋成功的关键在于将汉魏五言诗的成立问题与《古诗十九首》的出现时间问题打并为一体，把整个汉魏五言诗的写作过程，进行了一个细致的编年，从而使原本从外在看来互无关联的五言诗写作，成为一部生动的、有着内在生命流动过程的发生演变史。从这篇评论文章里，我们也不难感受到傅璇琮先生对文献学与文学相结合方法的积极倡导。

五、文学总集与选本

文学总集和选本的研究重新纳入学者的视野，是近年来古代文学研究值得注意的现象。除了《文选》和《玉台新咏》外，本段文学史中的"唐人选唐诗"历来是学者们关注的热点，只是又增加了一个女性诗的视角。如傅璇琮、卢燕新《从〈玉台后集〉到〈瑶池新咏〉——论唐总集编纂对女性诗什的接受》[②]指出，唐人编选诗文总集，散佚甚多，今可考选女性诗者五种。从《玉台后集》到《中兴间气集》，可知选诗家对女性诗态度的转变；《又玄集》与《才调集》表明选诗家对女性诗什的接受趋向自觉；《瑶

---

① 傅璇琮：《〈古诗十九首〉研究的首次系统梳理和突破——评木斋的汉魏五言诗研究》，《山西大学学报》2009年第2期。

② 傅璇琮、卢燕新：《从〈玉台后集〉到〈瑶池新咏〉——论唐总集编纂对女性诗什的接受》，《文学评论》2009年第3期。

池新咏》则标志着选诗家对女性诗完全自觉的审美认同。而根据
唐代总集编纂者对女性诗的接受，可以探察其编选女性诗的心态
及其演变历程，展示一个时代的诗学意义。与初期对文学选本的
文献学研究不同，此类研究已经深入到了某类作者，特别是女性
作者在选诗家眼中的文学价值判断及审美接受的层面。

六、文学作品的主题与主旨

文学作品的主题，是其思想艺术价值的核心所在；同时，由
于主题和题材的相通，又使关于文学作品的主题的探讨具有了文
学史研究的意味。不过，以往对作品主题的探讨大多是就事论事，
缺乏历时的梳理和通达的判断。邓小军、马吉兆的《铜雀台诗"宫
怨"主题的确立及其中晚唐新变》[1]改变了这一状况。该文指出，
以铜雀妓故事为历史本事的铜雀台诗通常被看做传统宫怨诗，但
事实上，不同时代诗人们对此题材的关注程度、角度和重点都在
变化和丰富中。在南朝和初唐的铜雀台诗中，"宫怨"主题得以确
立，缺憾是只悲叹歌妓命运而无问责。中晚唐铜雀台诗发生了两
个重大新变：独特地承载了唐人对奉陵宫人的同情和对活人配陵
制度的批判；由宫怨主题转向咏史怀古，由表现对铜雀妓的同情
转为对悲剧制造者的批判和对历史沧桑的感悟。

钟涛的《魏晋南北朝的释奠礼与释奠诗》[2]则选择释奠礼与释
奠诗这一独特的视角展开考察。作者指出，释奠这一南北朝时期
朝廷重要的官方祀礼，在唐宋直至明清一直施行。太子或天子释

① 邓小军、马吉兆：《铜雀台诗"宫怨"主题的确立及其中晚唐新变》，《北方论丛》
2009年第4期。
② 钟涛：《魏晋南北朝的释奠礼与释奠诗》，《文史知识》2009年第4期。

奠于学的记录不绝于史，是中国古代社会中一种独特的文化现象。正是在这种政治文化背景之下，历代产生了大量与释奠相关的诗歌作品。这些作品，构成了古代庙堂文学的一个重要分支。南北朝时期的释奠诗，其内容、价值取向、话语模式和艺术风格，都为后世释奠诗所祖述，值得注意。作为释奠礼这种文化现象的文学载体，以及庙堂文学的重要类型，释奠诗既保持着传统四言诗的形式，又在艺术上具有许多新特征，是时代审美思潮、文学风气的产物。

关于作品主旨的研究，有董希平的《李商隐〈无题二首〉解》[①]和过常宝的《李商隐〈花下醉〉诗解析》[②]、《李贺〈将进酒〉解析》[③]等。前两篇文章在对诗歌文本进行全面解读的基础上，结合李商隐的身世以及同类创作，表达了对这位唐代著名的朦胧诗人的独特理解。所谓"诗无达诂，前人早有此叹。我们阅读这类诗歌，大可效释子舍筏登岸的读经修行之法，舍其纷繁诗象而阅其混沌诗情，以空灵之情寻求与诗心的契合，藉以达到与古人进行心灵的沟通和对话可也。所谓相视一笑，莫逆于心，能够获得不形诸文字的理解，也就是了"[④]，这种读诗和解诗的态度，用在朦胧诗人李商隐的作品分析上，无疑是恰如其分的，因而也是值得称道的。

七、文学体裁及其相关文学史问题

文体学的迅猛发展和大行其道，是新时期中国古代文学研究

---

① 董希平：《李商隐〈无题二首〉解》，《古典文学知识》2009年第5期。
② 过常宝：《李商隐〈花下醉〉诗解析》，《文史知识》2009年第1期。
③ 过常宝：《李贺〈将进酒〉解析》，《文史知识》2009年第6期。
④ 董希平：《李商隐〈无题二首〉解》，《古典文学知识》2009年第5期。

的一大特征。时至今日，文体研究往往与相关文学史问题联系起来，成为一个新的学术生长点。如葛晓音的《"独往"和"虚舟"：盛唐山水诗的玄趣和道境》[①]一文，把山水诗这种诗歌体裁同庄老、玄学、道教佛教经典联系起来，指出"独往"和"虚舟"是一对源自《庄子》的哲学概念，后来在两晋玄学、道教佛教典籍以及唐代诗文的各种语境中得到多重阐释，内涵愈益丰富。由于其理念本身以形象鲜明的比喻来表述，而且其含义最适合在描写隐逸生活和山水游赏的诗歌中充分发挥，因而其意象自然化为山水诗意境的组成部分，从诗人的行迹和心境两方面表现盛唐诗人对超然物外、游于大道的妙悟，而这就是盛唐山水诗独具"泠然独往"之趣的基本原因。作者的另外两篇论文《鲍照"代"乐府体探析——兼论汉魏乐府创作传统的特征》[②]、《论汉魏五言的"古意"》[③]，也都具有将文体学与文学史相关问题联系起来进行贯通研究的特征。所谓汉魏五言的"古意"，主要以汉诗的特征为标准。就内涵而言，"古意"指汉诗所表现的人心之至情，世态之常理，即抒情言志具有普世性和公理性的特质。就艺术而言，汉诗的"古意"指其意象浑融、深厚温婉，而这种魅力又源自汉诗的三种基本表现方式：即场景片断的单一性和叙述的连贯性；比兴和场景的互补性和互相转化；以及对面倾诉的抒情方式。魏诗中有相当多的作品继承了汉诗内涵的特质和基本表现方式，因而使汉诗的古意在魏诗中得到延续。而这就是汉魏并称的基本原因。

　　另外，钱志熙在《论魏晋南北朝乐府体五言的文体演变——

---

① 葛晓音：《"独往"和"虚舟"：盛唐山水诗的玄趣和道境》，《文学遗产》2009 年第 5 期。

② 葛晓音：《鲍照"代"乐府体探析——兼论汉魏乐府创作传统的特征》，《上海大学学报》2009 年第 2 期。

③ 葛晓音：《论汉魏五言的"古意"》，《北京大学学报》2009 年第 2 期。

兼论其与徒诗五言体之间文体上的分合关系》^①一文中指出，作为魏晋南北朝诗坛的主要体裁的五言诗，因功能不同形成不同的体制。其中，乐府五言在文体上的历时演变及其与同时的徒诗五言的分合关系值得研究。五言出于乐府，在魏晋诗坛上分流为乐府与徒诗两体。乐府体五言在脱离音乐之后，一方面在形式上受到徒诗五言藻饰、对仗等修辞技巧的明显影响，内容上也受到徒诗五言主观抒情、哲理化等作风的影响；但作为乐府体仍然以各种不同的方式保持其体裁的特点，与汉乐府有着密切的血缘关系。其中内部衍生的题材系统、叙事文体、"结体散文"的形式等因素，表现出与徒诗五言明显不同的文体特点。

以上这类"连带式"的文学体裁研究，往往会起到一般的文体研究所不能及的作用，即具有补充或修订文学史著作成说的功效。

八、文人阶层与文学

文人阶层、家族、集团、群体与文学的关系，是近年来中国古代文学研究的热点。孙明君近年一直致力于两晋士族文学的研究，他的《两晋士族文学的走向》^②一文给士族文学下的定义是：它指士族文人所创作的，以反映士族意识为主的，体现士族阶层审美情趣的文学作品。该文认为，汉魏两晋时代的文学具有鲜明的士族文学的特征。陆机、孙绰、谢灵运是两晋士族诗人的领袖

---

① 钱志熙：《论魏晋南北朝乐府体五言的文体演变——兼论其与徒诗五言体之间文体上的分合关系》，《中山大学学报》2009年第3期。

② 孙明君：《两晋士族文学的走向》，《陕西师范大学学报》2009年第4期。

人物。太康时代有两个文人群体：一个是以二陆为中心的东南士族文人群体，一个是以石崇为中心的金谷士族文人群体，他们的生活情趣可以用"身名俱泰"来概括。永和士族文人从西晋士族文人的"身名俱泰"转变为"顺现自泰"的人生模式。元嘉时期的士族文人"物性并重"，其文学总的特征是在山水自然中寻找精神上的解脱。当然，在任何时代，士族文学都不能囊括文学的全部内容。汉魏之时，士族文学只是当时文学大河中的一条细小的支流，而两晋之时士族文学则成为时代的主流。西晋时代得势的门阀士族领袖并没有从事文学创作，也不曾留下参与士族文学活动的记载。写作的主力是被视为"寒素"的东南士族和中原地区的次等士族。东晋时代士族的领袖人物王导、谢安都参加了士族文人的文艺活动。永和年间的谢安、王羲之，义熙年间的谢混，都是士族阶层的领袖人物。同时，即使是士族诗人的代表人物，他们的文学作品反映了一定的士族意识和士族志趣，也不是说他们所有的创作必然与士族意识挂钩，其中也有与士族意识没有关系的作品。到了南朝，士族文学依然存在，甚至可以说除了两晋之外，中国文学史上最明显的士族文学当推南朝了。谢朓的山水诗、庾信咏怀诗标志着士族意识的发展与流变。但在南朝，宫廷文学、民间文学增长迅速，士族文学已经不再是时代文学的主流了。

丁放、袁行霈的《宫廷中的诗人与盛唐诗坛——盛唐诗人身份经历与创作关系研究之一》[①]则尝试按照诗人的身份，研究宫廷中的诗人与盛唐诗坛的关系。按照他们与唐玄宗的亲疏，将宫廷中的诗人分为三类，即皇族、宰相及知贡举或掌典选的大臣、朝

[①]　丁放、袁行霈：《宫廷中的诗人与盛唐诗坛——盛唐诗人身份经历与创作关系研究之一》，《文学遗产》2009 年第 1 期。

廷中的下层官吏。宫廷中的诗人由于其所处的地位，对盛唐诗坛具有不可忽视的影响，他们也为诗歌的发展做出了贡献，同时也存在不少缺陷，这些缺陷被盛唐其他诗人弥补了。该文最值得关注的是对于以往盛唐诗人分类的质疑，以及提出的新的分类标准，即一反以往的山水田园诗人和边塞诗人的分类方法，而依照诗人的身份、地位和主要生活经历来进行分类，将盛唐诗人分为三大类：宫廷中的诗人、在地方担任官职的诗人、在野诗人，每一大类中又可分出若干小类。

文人阶层与文学的关系研究，可以说是方兴未艾，前景未可限量。因为它恰好十分贴切地反映了"文学是人学"这一朴素的原理。

2009 年是中华人民共和国成立 60 周年，中国古代文学研究也随着新中国的成长走过了 60 年的坎坷历程。刘跃进在《弘扬民族精神　探寻发展规律——古典文学研究六十年感言》[①] 中说："新的世纪，学术转型已经蓄势待发。最明显的三点变化表现在，第一，我们已经不满足于对浅层次艺术感的简单追求，而更加注重厚实的历史感；第二，我们也已经不满足于对某些现成理论的盲目套用，而更加注重文献的积累；第三，努力寻求中国文学理论体系及中国文学研究格局的构建方法和途径。"虽然今天我们还没有认定这些变化已经成为学术界的普遍现象，但它无疑应该是中国古代文学研究者们的努力方向所在。

---

① 刘跃进：《弘扬民族精神　探寻发展规律——古典文学研究六十年感言》，《文史知识》2009 年第 7 期。

后　记

　　本书所收录的文章，最早的发表于 1986 年，最晚的截至 2011 年，是我自学习和从事中国古代文学研究及教学以来，主要心得体会的第一部结集。其中大部分发表于各种学术刊物、论文集、年鉴，由于主要内容是关于中古文学的，故名"中古文学论丛"；又因为还有一些与之相关的篇章，所以又加上了"及其他"三个字。

　　这些文章就其性质和内容来看，大致可以分为五类：

　　一是有关中国古代清淡诗派和唐诗的研究；

　　二是有关中唐文人社会角色与文学活动的互动研究；

　　三是有关小说、散文、诗话等文体之间关系的研究；

　　四是有关国学研究、文学史教学和治学之道的心得体会和学术访谈；

　　五是有关北京地区 2000 年以来魏晋南北朝隋唐五代文学研究的学术综述。

　　从以上文章的内容看，大部分集中于中国中古文学研究，特别是中古诗歌研究，但初看起来还是显得比较驳杂；这大概与我做了近 20 年学术刊物的编辑工作有关。2008 年我转入教学科研岗位以后，这种关注学术史的发展动向和借鉴相关学科理念方法的习惯，依然保持了下来。我觉得在这一点上，自己是个受益者。

以下是已发表文章的篇目及所刊发的出版物和刊期、版次，特开列如下，并向有关学术期刊和出版社的编辑同仁朋友致以衷心的感谢：

《中国古代清淡诗风与清淡诗派》，《文学遗产》1994 年第 6 期

《论中国古代清淡诗派的创作审美心态》，《北京科技大学学报》2009 年第 3 期

《接受美学与中国古代清淡诗派批评》，《北京科技大学学报》2010 年第 4 期

《论陶渊明的咏史诗及其特征》，《江西社会科学》1990 年第 3 期

《论陶诗对后代山水诗的影响》，《北京科技大学学报》1999 年第 2 期

《试论唐太宗及贞观诗风》，《八十年代大学生毕业论文选评》，福建人民出版社 1986 年版

《李白诗与妇人及酒——兼谈王安石评李白诗》，《南京社会科学》1990 年第 2 期

《论韦柳诗风》，《中国社会科学》1989 年第 5 期；收入《缀玉集》，北京大学出版社 1990 年版

《韦柳诗歌与中唐诗变》，《学术论坛》1990 年第 5 期

《论中唐文人社会角色的变迁及其特征》，《陕西师范大学学报》2006 年第 6 期

《唐代的翰林待诏、翰林供奉和翰林学士》，《求索》2002 年第 5 期

《翰林学士及其活动与中唐文学》，《国学研究》第 9 卷，北京大学出版社 2002 年版

《谏官及其活动与中唐文学》，《文学遗产》2005 年第 6 期；收

入《中国中古文学研究——中国中古（汉—唐）文学国际学术研讨会论文集》，学苑出版社 2005 年版

《论中唐"郎官"与文学》，《文学评论》2006 年第 2 期；收入《中国中世文学研究论集》，上海古籍出版社 2006 年版

《中唐州郡官与贬谪题材文学的兴盛》，《文史》2006 年第 4 期（总第 77 辑）

《中唐文人社会角色与文学——中书舍人、学官及入幕研究》，《北京科技大学学报》2007 年第 3 期

《历史与小说——小说观念发展略论》，《北京科技大学学报》2005 年第 2 期；收入《叙事学的中国之路》，中国社会科学出版社 2006 年版

《唐人笔记小说中的唐代女性——从资料与问题出发的初步考察》，《文艺研究》2001 年第 6 期

《语录体与宋代诗学》，《北京大学学报》2010 年第 5 期

《文学、文化、文明的横通与纵通——袁行霈教授访谈录》，《文艺研究》2006 年第 12 期

《魏晋南北朝隋唐五代文学研究综述》（2000—2009），收入《北京社会科学年鉴》2001 卷—2010 卷，北京出版社 2001—2010 年版

　　在此，我要特别感谢业师袁行霈先生。是先生把我带入中国古代文学的殿堂，二十余年受教，如坐春风，以致在思考和探究学术问题时，往往不自觉地受到先生治学思想的浸染。本书收录的《文学、文化、文明的横通与纵通——袁行霈教授访谈录》一文，是对先生治学理念的一次梳理和总结。还要感谢我的另一位博士导师王小甫先生。我的研究课题虽然多采取文史结合的视角，但于历史的角度，往往是模糊不清的，是王小甫先生把我带入了

真正的中国古代历史的殿堂。以往自己眼中严肃神秘的历史学和呆板僵硬的史料，在他的阐释和讲解中，一下子变得亲切生动了起来……

　　感谢首都师范大学古代文学学科，给了我这样一个检视自己学术成长的机会。我愿把这部论文集当作一个温馨的回顾和纪念，更作为一个激励自己的新起点。

　　感谢商务印书馆接纳本书稿；及现读书·生活·新知三联书店副总编辑常绍民先生为本书出版提供的诸多帮助。商务印书馆金寒芽女史为本书出版和书稿质量的提高付出了许多心血，作为曾经的同行，我深知个中甘苦，铭感于心。我的学生伊然、田晨露、朱灵芝、杜光熙核对了全书的引文和注释，在此一并致谢。

　　是为记。

2011 年 5 月，北京，首都师范大学寓所